U0126204

物・性別・觀看
——明末清初文化書寫新探

毛文芳著

臺灣 學生書局 印行

艷紫荊的窗口（代序）

在記憶中，曾拍過兩張照片。

高中畢業前一個普通的陽光日子，我因爲即將要告別總統府旁的學府生涯，依依不捨地穿著綠衫，在校園一隅花叢中，留下了一個影像。清湯掛麵的臉龐，懸著一付專注於一朵盛開花蕾的神情，還嗅得出當時花香似的，傾身側臉近景的特寫，渾然忽略那個五步距離內持著鏡頭的觀眾。

這個取景，幾年後，再度重現。

第二張照片的影中人不同了。長髮紮了辮飾，也換穿起秀麗的洋裝，唯獨這個傾身以臉就花的景面，影子般潛伏了過來。兩個影中人，隔著歲月，彼此交疊地自足於鏡頭前的表演。

我爲什麼會在不同的人生階段中，選擇如此雷同的景象來展現自己？神啓似地將眼神避開，裝作觀眾不在場般地自在從容？我能如何追索自己潛藏的意識底層？

容我猜想，自己當時很可能處於一種被馴服的女性文化中，恬然自適。那兩個時刻下的鏡頭決定，形成一個視野的框架。不論持著鏡頭的人是誰，照片沖洗後，我將再現於一幅有框的畫面中。無庸置疑，框中的我是要被觀看的，避開與觀眾眼神正面接觸的形象，既表徵了含蓄、典雅、婉約的陰柔氣質，好像也傳達了某種女性神祕的魔力似的。幽黯不明的意識底層，我幾乎是以「男性的凝視」爲預設，安排了自己鏡頭前的表演。

這個揣測，我後來在少數男性觀眾的口中，得到了證實。

這不是饒有興味嗎？

我竟然在豆蔻年華，不自覺地隱遁於馴化自己的意識裡。

× × × ×

而現在的我，很幸運地，洞悉了這個原未察覺的女性文化馴服過程。

× × × ×

博士後的日子，各種新挑戰接踵而至。教學、研究、家務、育兒，教一個人的心智，四散分裂。忽忽五年已逝。

我的新家座落在南臺灣的城郊，外子用還原磚砌成堅固的堡壘，鞏固我們的家庭版圖。他一如往日地體貼我，特意在書房裡，開了一扇視野廣闊的窗，供我神思奔逸。往往就在浸染著嘉南平原的草香鼻息中，我悠然地出入古今。

我每天總是從這個堡壘出發，前往另一座城池。

二年多前，我如願回到了家人的身邊，佈滿艷紫荊的中正校園，成爲我另一座思想的城池。我在等待擴充知識彈藥與糧草的斗室中，坐擁花季時一大片艷紅與翠綠、晴日尋訪而來的鴿鳴、以及一種無所不在的新型幸福感。

這種幸福感，遠遠超過了那兩張照片中，被凝視與被垂顧的熱切期待。

在思想知識的激盪中，我逐漸體會到女子畢竟也有自己攻防的火力與陣勢，不容小覷。何其有幸！得到許多師友朋輩特別的關愛、指引、切磋與勉勵，供養自己在一個學術領域裡，泅泳逍遙。我感到空前無比的富有與豐足。

我從馴服的女性文化中醒來：女子不該天生就要避開觀眾的眼神，而內心卻焦慮自己能否抵得上一個美麗的景觀！女子的領地，不該僅止於一個鏡頭圈圍而成的世界而已。

× × × ×

這本著作，正是一段如此得來不易的思考歷程，我試圖將自己近來的讀書心得、與圖像對話的習慣、提問與解惑的紛呈思惟，有條不紊地整理成章。

漫漫五年間，我由都會轉身鄉野、由古代邁入近代、由中心踱進邊緣、由文字跨步圖像、由男性走向女性、由大敘述漫遊小敘述……。這本書，象徵自己航行到學術海域裡的一個碼頭，暫時停靠。在一連串有著舵手領航的冒險歷程中，我不時返照自己的處境：一個本該守在自己圍城內，棲息在堅實的堡壘裡，守著丈夫與孩子的女子……，而我竟然如此幸福地，隨時得以掌舵繼續航程。

從艷紫荊的窗口，瞧見四百年前的杜麗娘遊魂般地走過去了，葉小鸞低眉垂目地走過去了，柳如是幅巾弓鞋地走過去了，吳藻飲酒讀著離騷地走過去了，顧太清一路走，還一路頻頻回頭對我微笑……，紫荊花氛由斗室窗口自由無阻地流瀉了進來。

四百餘年的時光，橫亙在眼前，成爲我的一道護身符。此刻的我，實在無法道盡心中的感謝！幸賴身旁無數有形無形的助緣，鋪設成一道向著天光的階梯，供我攀爬。這個世紀的我，不必像黃媛介等古代閨秀，誠惶誠恐地將嘔心瀝血的詩稿拿去焚燬。在一個如此寬容與無限可能的時代中，拋頭露面不再是女性的禁忌了，我再也毋需第三度迴避觀眾眼神的留影了。

現在，請讓我誠懇地揭開拙作的思惟序幕，與您對話。

2001 歲末 誌於艷紫荊的故鄉－嘉義民雄

物·性別·觀看
——明末清初文化書寫新探

·總　目·

豔紫荊的窗口（代序）.. I
各篇目次.. iii
Ⅰ導論：明末清初文化書寫的面向與意涵.. 1
Ⅱ長物：物體系與物的神話.. 55
Ⅲ園林：圖繪、文本、慾望空間.. 147
Ⅳ寫真：女性魅影與自我再現.. 281
Ⅴ青樓：遊戲、品鑑、權力論述.. 375
Ⅵ結論：多重書寫的並置.. 485
參考書目.. 505
圖版目錄.. 519

物·性別·觀看
——明末清初文化書寫新探

·各篇目次·

Ⅰ導論：明末清初文化書寫的面向與意涵......... 1

壹、「明末清初」的時代理解 3

一、世變的斷代特性... 3

二、世俗化的社會傾向.. 5

三、公共性與私密性... 8

貳、書籍 10

一、書籍成爲販賣知識的商品.. 10

二、書籍的幾種型式... 11

㈠ 總匯與合刻... 12

㈡ 日用生活的類輯.. 14

㈢ 生活的評賞：雜品.. 16

㈣ 世俗生活的景觀：圖像.. 19

㈤ 出版商與書籍的邊緣性.. 23

參、文化書寫的兩重面向：「物」、「觀看」 25
一、「物」的面向 25
㈠ 一部理解「明末清初」歷史意義的著作 25
㈡ 物與世俗生活之樂 27
㈢ 美物的佔有 29
二、「觀看」的面向 33
㈠ 遊者閒觀 33
㈡ 觀看的位置 34
㈢ 小結 35
肆、貫串文化書寫的「性別」面向 36
一、學界現況 36
二、女性書籍 37
三、女性圖像 41
㈠ 女性肖像：寂靜的景觀 41
㈡ 展示的意圖 43
㈢ 小結 44
三、性別的空間：陰柔氣質 45
四、物化與品藻 47
㈠ 物化 47
㈡ 品藻 48
五、女性主體與自覺 49
㈠ 青樓歌妓的人格化取得 49
㈡ 女性自我意識的成長 51
伍、交織含涉的論題 53

Ⅱ長物：物體系與物的神話 55

壹、緒論 57

一、「長物」：晚明新興的物觀 57

二、物的體系 59

三、物的神話 62

㈠ 功能論述的提出與弱化 62

㈡ 一則物的神話 63

貳、物的氣氛論述 64

一、物的詩意修辭 65

㈠ 如畫 65

㈡ 典故 73

㈢ 詩境 79

二、超越邊緣性的古物收藏 84

㈠ 起源的懷慕 84

㈡ 文化時間的標幟 88

㈢ 「古物現在」的異質文化風格 93

㈣ 熱情與裝飾 97

參、物的評價論述 101

一、「古」、「雅」爲終極價值 101

㈠ 材料與樣式 102

㈡ 關於價格的問題 107

㈢ 評價的依準與內涵 110

二、兩重意識型態的論述面向 117

㈠ 強調差異與對照的對立意識 118
㈡ 以負面論述迂迴定義雅士的生活型範 122
三、以文化威權的語言策略締造新的流行文化 132
㈠ 物作爲生活體系的符號 132
㈡ 負面展列的閱讀樂趣 133
㈢ 文化威權的口吻 134
㈣ 締造士人的流行文化 137
肆、結論：創建物的流行神話 138
一、長物／非長物：長物成爲非長物 138
二、古物／包裝：古物的神話包裝 140
三、反流行／流行：以反流行締造新流行 141
四、虛擬／眞實：虛擬變成眞實 143

Ⅲ園林：圖繪、文本、慾望空間 147

壹、緒論篇：明末清初的園林課題 149
一、城市與園林：江南園林的興起 149
二、園林與物 151
三、園林意涵的變遷 153
四、公共空間與私密空間 155
五、觀看 158
六、本文的論題與論述次第 161
貳、一個典例：祁彪佳的《寓山注》 162
一、寓園的建造 165

㈠ 夙緣與癡癖 …… 166
㈡ 興建工期 …… 166
二、寓園的藍圖：「寓山圖」 …… 168
三、臥遊導覽寓園 …… 173
㈠ 寓園總覽 …… 174
㈡ 寓園的景象導引 …… 175
三、拼貼的寓園：寓園景致的文化境域分析 …… 181
四、隱密與公開 …… 184
㈠ 知交的場域：小眾團體 …… 184
㈡ 開放與流通：寓園的世俗化傾向 …… 186
五、結語 …… 188
參、實錄與導覽：園林文本的書寫意涵 …… 189
一、訪遊實錄的特性 …… 189
㈠ 祁彪佳《越中園亭記》 …… 189
㈡ 劉侗、于奕正《帝京景物略》 …… 191
二、圖景再現的導覽敘述 …… 194
㈠ 勾描遊覽動線 …… 194
㈡ 標明景點的寫作程式 …… 198
三、結語：創造文本中的觀看位置 …… 200
肆、遊憩、裝飾與炫耀：園林繪本的圖像意涵 …… 201
一、林下風致：變調的隱逸 …… 201
二、細節紛披的休閒場景 …… 205
三、園林繪本的畫幅型式 …… 208
㈠ 展示與炫耀的立軸 …… 208

㈡ 靈活組合的冊頁 214
四、典故的仿古空間 216
五、新興的圖像觀看方式 218
伍、兩座官商園林 219
一、前言：園林的類型 219
二、明末汪廷訥的環翠堂與坐隱園 222
㈠ 認識沽名釣譽的汪廷訥 222
㈡ 「環翠堂園」的建造 225
㈢ 《環翠堂園景圖》 229
㈣ 結語 237
三、清初喬逸齋的「東園」 238
㈠ 一個揚州的富商園林 238
㈡ 親訪實遊的〈揚州東園記〉 240
㈢ 應酬的兩篇題記 243
㈣ 袁江的〈東園勝概圖〉 249
㈤ 〈東園勝概圖〉的圖面訊息 254
四、餘論：世俗慾望與華麗版圖 257
陸、幻滅與遊戲：明末清初園林的解構 261
一、幻滅與滄桑 261
二、達官貴人「心不在焉」 263
三、後設之園 265
四、一個園林的遊戲：黃周星的「將就園」 266
㈠ 導覽將就園 267
㈡ 園林慾望之集大成 270

五、以遊戲拆解將就園 273
㈠ 幻境與遊戲 273
㈡ 拆解將就園 276
六、結語 279

Ⅳ寫眞：女性魅影與自我再現 281

壹、緒論 283
一、人物畫沈寂後復興 283
二、傳神理論 286
三、女性畫像的思考 291
㈠ 鶯鶯遺像 291
㈡ 女性畫像的層次釐辨 294
㈢ 創作目的與畫面景觀的衝突 295
㈣ 才女寫眞的論題意義 298
貳、女性畫像的歷程 299
一、唐：悲憐命運 299
二、宋：求寫照、觀名妓、塑才女 302
三、明：傳神與抒情 306
四、小結 308
參、杜麗娘的塑形、寫眞與再現 308
一、《牡丹亭》風潮 308
二、以幻爲眞的女子傳奇 312
三、文本中的麗娘寫眞 315

四、版畫中的杜麗娘再現 318
㈠ 麗娘寫真 318
㈡ 麗娘再現 319
肆、女性魅影：畫中人與鶯鶯遺照 325
一、鏡像：照鏡的主題 325
二、畫像成眞的圖像魅力 329
三、鶯鶯遺照：男性的觀看視野 334
㈠ 女性肖像畫的側面性 334
㈡ 裝框的視覺景觀 337
㈢ 男性權力的映照 342
伍、杜麗娘的女性閱讀 345
一、《牡丹亭》的閨閣解人 345
二、麗娘如鏡：女性自我影像的投射 350
㈠ 俞娘：杜麗娘的宿命 350
㈡ 小青：杜麗娘的悲影 352
㈢ 葉小鸞：杜麗娘隔世再現 356
㈣ 錢宜：與杜麗娘夢遇 359
陸、結論 364
一、男性的觀點與凝視 364
二、女性的陰柔氣質與自我意識 365
三、虛構的眞實 368
四、女性畫像的餘論 369

V青樓：遊戲、品鑑、權力論述 375

壹、緒論 377

一、明末清初的聲色書寫 378

二、明末清初兩部重要的青樓代表著作 382

㈠ 清茗逸史的《品花箋》 382

㈡ 余懷的《板橋雜記》 384

三、仙家迷陣的架設 386

四、風月品鑑的場景 393

五、本文的論題與論述次第 396

貳、男性的慾望世界 397

一、男造的審美景觀 398

二、百媚圖 399

三、男性的夢境：神祕的魅影 403

四、男性的感官／女性的身體 405

㈠ 視線與觸覺 406

㈡ 香氛與嗅覺 409

參、文人言說的權力場域 412

一、戲謔的品鑑模式 412

㈠ 科考的框架 412

㈡ 世說的月旦 413

㈢ 筆墨調笑的遊戲 416

二、酒色文化的符碼 417

㈠ 「郝筠」與「雷逢兒」 417

㈡ 飲宴娛興的酒籌 420
㈢ 歌妓：物化的酒籌符號 422
三、文人文化的形塑與包裝 425
四、文人的言說權力 429
五、性別場域下的商業機制 432
肆、名卉的比附與知識的戲耍 435
一、歌妓／名卉比附的書寫型態 435
㈠ 意象思惟 436
㈡ 引類連情 438
㈢ 零句斷片的組合 441
二、知識的戲耍：徐震的美人譜及其他 443
㈠ 譜錄型態的知識建構 443
㈡ 美色收集的享樂清單 445
伍、見證、遊蕩與塡補的歷史癖 449
一、青樓書寫的史觀與見證 449
㈠ 爲諸妓立傳 450
㈡ 《板橋雜記》濃厚的史傳色彩 451
㈢ 史觀與見證 453
二、歷史的遊蕩與縫隙的塡補 456
陸、邊緣書寫的感傷與焦慮 461
一、青樓書寫的邊緣性 461
二、感傷的旋律 464
㈠ 琉璃命運 464
㈡ 薄命紅顏 465

三、繁華夢斷的時代縮影 468
四、情色書寫的焦慮傳統 472
柒、結論：青樓書寫焦慮的解除策略 475
一、設問與詭辯 475
二、疏離的書寫結構 479
三、懺悔與徹悟 481

VI結論：多重書寫的並置 485

一、小敘述與歷史知識的對話 487
二、性別的對話 488
㈠ 男性以權力建構女性 489
㈡ 女性的自我投射 490
㈢ 「我」是誰？ 492
㈣ 男性寄寓 493
三、流行神話 495
四、自我拆解 497
五、多元話語的並置與光影交織 501

參考書目 505

圖版目錄 519

I 導論：明末清初文化書寫的面向與意涵

壹、「明末清初」的時代理解

一、世變的斷代特性

儘管史學界對中國歷史分期的說法頗有出入，❶但視「明末清初」爲中國邁向現代化的一個轉捩點，則頗有共識。這個階段起於明代中葉、走入漫長的萬曆王朝、歷經明朝的覆亡、以迄清初順治、康熙二朝的秩序重建……。整個古老中國，正面臨著各項衝擊與變動，這是個彌漫「世變」氣氛的歷史階段。❷自萬曆王朝以降，經濟達到前所未有的發展，有全世界人口 1/4 所賴以生存的農村統一秩序，同時，稅務機關亦可以銀兩課稅代替農作與勞役；傳統的農業生產逐漸轉向、並擴及到商業日用品的製造，財富累積迅速、資訊傳播便捷以及城市的興起……。經濟發展的因素，既衝擊著原來強大、守舊、凝固且僵化的官僚運作模式，也爲原來鞏固不

---

❶ 研究中國歷史與社會的學者，大致喜以「上古、中古、近世」的歷史分期法，作爲理解中國史的架構，只是馬克斯學說、日本京都學派、東京學派與大陸學者等，各自採用不同的解釋重點，使得時間斷限，呈現眾說紛紜的現象。詳參龔師鵬程撰〈唐宋文化變遷之研究〉（《國文學誌》第三期，1999 年 6 月）。

❷ 中央研究院近年舉辦兩場大型的國際會議，便是以「世變」爲主軸，探討朝代之際的文藝現象。分別是「世變與創化：漢唐、唐宋轉換期之文藝現象」（1999 年 1 月 7-8 兩日），以及「世變與維新：晚明與晚清的文學藝術」（1999 年 7 月 16、17 兩日）。

移的社會秩序，帶來莫大的變動。明末清初的快速發展，在經濟、政治、社會環環相扣下，達到史無前例的變貌與規模，正處於一個將「過去」順承轉渡爲「現代」的歷史轉接點上，亦是一個回顧傳統與面向新變的時間歷程，吾人必需對這個「現代化」初階，產生新穎的時代理解。❸

---

❸ 儘管對中國歷史分期斷限的說法不一，但是以資本財產、消費型態、社會階層、文化世俗化等角度，視「明末清初」爲現代化的初期，則頗具共識。劉俊文主編《日本學者研究中國史論著選譯》（北京：中華書局，1993 年），第二卷「專論」與第六卷「明清」，所收如重田德撰〈鄉紳支配的成立與結構〉、檀上寬〈明清鄉紳論〉、田中正俊〈關於明清時代的包買商制生產——以絲棉紡織業爲中心〉、宮崎市定〈明代蘇松地方的士大夫和民眾〉、山根幸夫〈明及及清初華北的市集與紳士豪民〉等論文，以及所參考如酒井忠夫、森正夫等學者的論點，對於商品經濟的興起、生產制度的變遷、失秩的社會現象、士大夫階層的不穩定性，「鄉紳階級」由國家給予了免役特權，因而獲得優越的社經勢力，並以此成爲支配的階級等。日本學者以上的研究，皆環繞著十五、十六、十七世紀（約合於明末清初的時期）來開展。至於英國學者 Craig Clunas 的論著 "*Superfluous Things: Material Culture and Social Status in Early Modern China*," (First published 1991 by Polity Press in association with Basil Blackwell, Oxford OX4 1JF, UK.) Clunas 認爲明代中後期至清初是「現代化之早期」，這樣的認知，較陳舊之「資本主義萌芽」的觀察途徑更爲有效，後者著重生產，前者集中焦點於消費，以奢華品或藝術品的流通，作爲操控性的社會策略，這是一個理解中國之物其豐富與原初意義，並且可以產生新穎時代理解的較好途徑。該書企圖將「現代中國」的認知，界定在明末清初物質的課題中。「明末清初」的斷代，大致起自隆、萬，下至清初康熙，而時代的界線，可能還會各自往上往下略爲伸展，形成一個大致的輪廓。在中國歷史上，代表著一個充滿了變遷意義的時代，學界以「明末清初」爲斷代寫成的專書、學位論文，不勝枚舉。一般學者將在這段期間內活動的文人範圍放寬，有出生於隆、萬之前而活動於此期者，也

二、世俗化的社會傾向

紀綱凌夷、天崩地解，是學者對明末政治社會變動的評論。明代後期的社會確實起了很大的變化，儉樸敦厚、貴賤有等的風氣，被華侈相高、僭越違式的風氣所取代，禮制與價值觀的鬆動，乃至治安敗壞，皆可視爲當時經濟發展與政局變化的反映。奢靡風尚與物力豐盈的相互循環與刺激，充分表現在人們食衣住行等日常生活上，亦對原先貴賤有等的社會階層造成衝擊。財富可以作爲晉身之階，過去以稱號、服飾、屋樣、用品料式等社會等級的標幟，均被財富所打破，財富可以購買一切，包括改變身分的功名官爵。仕商階層界限的變動最大，種種迷惑、不安與失序，也拉近了四民間的距離，造成明末社會明顯的世俗化趨向。❹

世俗化社會的文化特性如何？由富商鼓動奢華社會的活力，❺自然影響到廣大的庶民生活，競求古董、或古董日用成爲流行的範疇。古銅器可用爲香爐、花瓶，玉器可用爲水滴，刀可用爲紙

有出生於此期，而卒年已入盛清者，由於文化的氛圍與影響無法判然二分。中國學者以「明末清初」爲斷代所發表的各類文史專著論文，不計其數。顯示「明末清初」確是一個文化上不能分割的歷史分期，並具有鮮明的文化特性。

❹ 學者對於明代社會的研究，鎖定在社會風氣變遷的線索者，有徐泓〈明代社會風氣的變遷——以江浙地區爲例〉（收入《第二屆國際漢學會議論文集》『明清與近代史組』）一文，以及邱仲麟〈明代北京都生活與治安的轉變〉（《九州學刊》第五卷第二期，1992 年，頁 49-108）、〈明代北京的社會風氣變遷——禮制與價值觀的改變〉（《大陸雜誌》第八十八卷第三期，1994 年 3 月，頁 124-138）二文。

❺ 關於奢華社會的大眾活力，詳參同註❹，徐泓一文。

鎮……等，這樣的文獻記載，透露著當時必有發展得很好的古董交易市場在運作，而且因爲追求古風潮流的裝飾生活，對於古董的需求量變得更大，更多的文化產品被商品化，商品經濟的流通夾帶著藝術文物的仿冒，創造了一個雅俗相淆的豪華文物商品市場。

由於皇室性格的迴異，宋明兩朝的品味，本來就有著清雅與俗麗的差別，官營工藝品多數是官府或內廷的日用器與裝飾器，其共同的特徵是富麗、工繁、奇巧，皇室的品味直貫晚明。階層界限的鬆動，雖對庶民有文化提昇的作用，而文人的品味亦不得不往世俗的方向走去。❻庶民對於藝術品的賞鑑，汲引了文人的訊息，將之帶入民間，但由於美學品味的差距，庶民只帶走了精美的生活表層，缺乏深層的文化體驗，於是雅俗之別在此立現。這樣的發展，的確伴隨著矛盾，藝術家們一方面期待自己的藝術品充滿商品潛力，另一方面卻又拒絕自己的藝術品像商品那樣地被物質化對待，錢謙益「不相稱買主」的譏語，道出了抵制藝術品商品化的心聲。

此外，在鄉紳階層主導的文化場域中，收藏家、鑑識家、玩賞家、消費者、創作者等角色游移而不固定，這些社會階層各自代表的立場及其背後的審美品味相互滲透。藝術家與贊助者、文人與庶民、富商的美學品味，亦在這樣的狀況下彼此滲透。雅俗彼此滲透，不止表現在四民階級的流動上，亦直接地反映在藝術創作上。

---

❻ 文人擺脫不了環境的影響，難免會以價格之高、造形之奇、人間罕得等條件，作爲品質優劣的標準，這種訴諸市場價值來區分良窳，較宋代文士對個人美感的執著與肯定之獨立判斷相去甚遠。詳參蔡玫芬撰〈文房清玩——文人生活中的工藝品〉，收入《中國文化新論 藝術篇》「美感與造形」冊（臺北：聯經出版社，1982年），頁629-630。

例如以筆墨外的媒介作筆墨繪畫的再現，立體圓筒雕刻追求平面繪畫的視覺效果，一如長卷或手卷的畫景，供周繞賞觀，或平面裝飾的器物，傾向於冊頁式的小景。❼變形主義畫家，用筆墨皴擦出造園怪、漏、透、瘦的疊石氣勢，❽許多繡像插畫，頗有戲曲的味道，人物的動態如打鬥、對談等，仿作戲曲舞臺效果的表現。❾

明末時期，原來只屬於少數雅人賞玩的嗜好，逐漸擴及於縉紳與富商，風氣最盛乃在江南吳地官宦聚居之處，以及安徽新安巨賈雲集的地區，他們的收藏不僅是附庸風雅而已，也是積聚財產及誇示財富的方式。商人投入古董市場，雅俗之分，在於古玩之有無，大量資金介入市場的動作，自然影響了藝品的價格及欣賞的方向。沈德符對這個現象，深有觀察曰：「始於一二雅人，賞識摩挲，濫觴於江南好事縉紳，波靡於新安耳食，諸大估曰千曰百，動輒傾橐相酬，眞贋不可復辨。」❿由於市場交易，帶來了雅賞品味俗化、以及雅俗相淆的文物商品市場。

自明代中葉以後，江南一帶爲我國文化熟極而爛的時代，城市文明爲社會帶來了無比的活力，過去小眾擁有的精緻文化，因日漸獲得庶眾青睞也日漸淺俗。市民社會的世俗化傾向，勢所不免，尤

---

❼ 詳參同註❻，蔡玫芬文，頁 648。

❽ 詳參〈明末畫家變形觀念之興起〉一文，收於《晚明變形主義畫家作品展》，臺北：國立故宮博院院，1980 年。

❾ 詳參莊伯和撰〈明代小說繡像版畫所反映的審美意識〉一文，收入《明代版畫藝術圖書特展專輯》（臺北：國立中央圖書館，1989 年）。

❿ 引自沈德符編《萬曆野獲編》（北京：中華書局，1997 年）下冊，卷 26〔玩具〕「時玩」條，頁 653。

其隆、萬數十年期間，爲中國俗文化的濫觴，原來文化細緻嚴整的一面漸漸消失，代之而起的是大眾化的標準與趣味。譬如對於世俗「身體」的注意，大別於以往。「養生」已正式由道家析出，在明代私家編撰的書目中，成爲一個專類，並落實到人們的生活中。⓫不僅對個人世俗生命體的注意而已，對於女性身體，亦充滿了窺探的興趣，大量俗麗的春宮畫出現，正說明了這個訊息。⓬文人標榜生活清高的理想隱逸精神，明中葉以來，被江南文人以物慾爲風流所發展出的才子心態所取代，文藝不再是嚴肅的事業，而成爲文人生活中的遊戲。⓭

三、公共性與私密性

城市住民公共空間的構築，是明末清初社會的一項特質。媒介強大的傳播能力既可以聲張正義，同時亦可作爲推銷各種信念的管道；戲劇演出，可以達成娛樂大眾的目的，也同時附載批評時事的

⓫ 明代中期高儒編的《百川書志》，爲歷來分類中細目最詳者，如子志下有德行家、崇正家、政教家、格物家，翰墨家與雜藝並列，衛生術、房中術亦由道家析出，皆可視爲一代學術的反映。「尊生」的觀念，是晚明人相當重視的一個世俗概念，高濂《遵生八牋》整部書，便以「尊生」爲核心，詳述一套世俗生命養護的實踐哲學。詳參毛文芳撰《晚明閒賞美學》（臺北：臺灣學生書局，2000 年）〈尊生與審美——晚明美學之兩大課題〉一文。

⓬ 詳參楊新〈明代女畫家與春宮畫謅議〉，《故宮博物院院刊》1995 年第 3 期，頁 1-5。

⓭ 詳參漢寶德著《物象與心境——中國的園林》（臺北：幼獅文化事業公司，1996 年）頁 110-111。

功能，市民社會中，由戲劇舞臺、邸報等資訊傳輸，形成了公眾論壇；一向束之高閣的古董，由私人收藏之家走出，透過流通管道，躍入交易市場，也屬於公共領域。公論如潮水，公共領域的形式亦是流動的。社會變遷下資訊流通的方式，相當程度地改變了活動空間的形式，在流動的空間中、控制或壓迫的狀況下，權力的邏輯，變得片斷且隱伏不見，特殊利益在不同的空間形式中被取得。簡言之，新興的市民社會形成了公共領域，這是明清新興社會的重要指標。⓮

公共領域的崛起，誠然是明清市民社會的文化指標，相對而言，必然隱含著私密領域的存在。明末清初集中表現市民文化的小說戲曲等文獻資料中，儘管描繪公共空間如街市、商店、酒樓、茶館，並不罕見，然而更大量地呈現了私密世界的描繪：男女歡愛的情節，或閨閣、宅園、青樓等私密空間。相較於宋代文人強調以理性管理情慾，晚明學者倡言重個人私情、疏導私慾的觀念，已引起當代人的普遍共鳴。

競營奢靡的消費風氣，充分表現了營居室、築園亭、侈飲食、備僕從、養優伶、蓄姬妾、召妓女、事博奕、易古董等不同層面的個人慾望。疏導私情私慾的思潮，不僅使得園林財產的構築與佔有，成爲合理的世俗追求，連私人隱私的窺視慾，亦受到相當程度的鼓舞。明末清初的世俗化與個人主義的倡盛，對於個人私密世界

⓮ 歷史研究者王鴻泰近來關注明清時期城市文明下公共空間的課題，已發表若干相關論著。其《流動與互動——由明清間城市生活的特性探測公眾場域的開展》（臺大歷史研究所博士論文，1998 年），乃爲此課題中之傑作，對筆者甚具啓發，值得明清學界注意。

的理想構築、或對他人私密領域的窺探興趣，皆有賴強大的媒介力量加以傳輸，書籍即具有這種強大的媒介力。

貳、書籍

一、書籍成爲販賣知識的商品

由於雕版印刷術發明流行，得書較易，私家藏書之風，宋代開始興盛。然兩宋時期，圖書仍原其學術智識與傳達意蘊的功能，書籍本書，尚未形成被賞鑑的對象，要到明代中晚期，始開始重視刻版。入清，錢牧齋倡之在前，黃蕘圃應之於後，二人藏書目錄，一改前人以錄略之書爲主，而沿晚明賞鑑之習，創出記載版本的體制，創造了乾嘉以後賞鑑書志的主流。牧齋族孫錢曾的《讀書敏求記》，不同於以往目錄學的體制，撰寫學術意義的敘錄，僅討論繕寫雕刊之工拙、異同與傳流，成爲賞鑑書志的先河。⓯古人備眾版本，原以供考訂讎校之便，明清以來則重刻本，極力蒐羅豐富，脫離探求書中旨意的目的，純爲審美欣趣，或藏而不讀，或僅詳版雕工拙，流爲收藏賞鑑二派。

過去在抄本時代，傳遞的是知識，只有少數擁有抄本的人始能擁有知識，知識代表了一種文化權貴。錢曾的賞鑑書志，仍保留了

⓯ 本論文關於諸家書志目錄學之源流、著作與相涉論題的探討，詳參昌彼得、魏美月合著《中國目錄學》（臺北：文史哲出版社，1986 年）。

文化權貴的心態。然而晚明以後，發展得很好的私家精刻與書坊出版，擴大了文化參與的版面。印刷術的發達、印刷數量的攀升、閱讀人口的激增、生活日用的需求、書估掠販的手法等，使得書籍及其附載的知識，已逸出了文化傳承的目的，成爲可販賣的商品。⑯印刷術的發達與大量出版，改變了書籍創造的形式，也打破了文化權貴的迷思，書籍編撰者比過去更能意識到隱藏不見廣大讀者的存在，如何將「私密領域」轉成「公共領域」的遊目騁懷？投其所好的編撰方針，自然翻新了書籍附載的知識內容，這些特性，與日漸世俗化的社會可謂同步進展。

二、書籍的幾種型式

明初重經史儒書教化等書籍的刻印，到了明中葉以後，逐漸轉

---

⑯ 對中國印刷歷史發展的研究專著，詳參張秀民撰《中國印刷史》（上海：人民社出版，1989 年）。至於明清書籍印刷出版的相關研究，有日人大木康專著《明末江南における出版文化の研究》（收入《廣島大學文學部紀要》第 50 卷特輯號一，1991 年）一書，共有四章，首章探討刊行版次的增加、刻書地、刊行形態的變化。次章由印刷技術、原料供給、刻工、價格需求等方向，討論出版業隆盛的理由。三章由李卓吾思想、董其昌家發生的民變、東林復社，以及明末清初的情報傳達，探索出版現象延伸至傳播社會的形成。末章則討論陳繼儒與馮夢龍兩位文人與出版的關係。至於個案研究，有張秀民〈明代南京的印書〉（《文物》1980 年第 11 期，總 249 號）、徐學林《試論徽州地區的古代刻書業》（《文獻》1995 年第 3 期），分別針對南京、徽州兩個地區的出版型態，深入探究，另外沈津〈明代坊刻圖書之流通與價格〉（《國家圖書館館刊》，民國 85 年第 1 期），則特別針對商業化的書坊出版模式，與書籍作爲商品經濟的考察。

向迎合廣大讀者需而包羅萬象的各類書種：叢書、類書、通俗文學、實用圖籍、繪刻插圖等。例如祖父子三代紹述之盛、藏書豐富的衛泳，輯刻二十五種祕書成《枕中祕》，多爲生活物類的輕短讀物，馮夢龍對衛泳之父衛翼明說：

> 所纂皆逸士之雅譚，文人之清課，俗腸不能作，亦未許俗眼看也，白玉麈尾是王謝家物……永叔（按泳字）方弱冠，工博士家言，而能留情風雅如此……余因語翼明曰：舞劍可以悟書，磨杵可以悟學，局戲可以悟河圖，善讀書者曆日帳簿，俱能佐腹笥之用。宜任永叔讀盡天下奇書，成一博物君子，勿但以八股拘束，作俗秀才出身也。⑰

劍、杵、局戲、曆日帳簿等列爲小道的書寫，現在則堂皇地納入閱讀的主流。這段對話，代表明末文人特殊的讀書觀，輕巧清言的著作，無礙傳達處處可以留心的學問。明末清初書籍最大的特色，是世俗生活的關注，以下根據當時出版界流行的幾種書籍類型分別討論。

㈠ 總匯與合刻

叢書包羅群籍，最便於學。筆者檢閱《四庫全書》，叢輯出版

⑰ 參見《枕中祕》馮夢龍的跋語。《枕中祕》一書收入《四庫全書存目叢書》（臺南：莊嚴文化事業，1995 年，影印北京師大圖書館藏明刻本。）子部 152 冊，頁 699-790。

著作歸隸在《四庫全書》〈子部・雜家類〉下「雜編之屬」、「雜纂之屬」中，以世俗生活物類的範圍而言，除了上述衛泳的《枕中祕》之外，又如李璵編《群芳清玩》，收有〈鼎錄〉、〈研史〉、〈畫鑑〉、〈石譜〉、〈瓶史〉、〈奕律〉、〈蘭譜〉、〈茗芨〉、〈香國〉、〈採菊雜詠〉、〈蝶几譜〉等十二種。其他相近著作如《飲膳六種》專收茶酒蔬食之書；《藝游備覽》專收游藝雜技譜錄之書，程榮編《山居清賞》、汪士賢編《山居雜志》、屠本畯編《山林經濟籍》等，皆爲林下嚮往之士所編的生活指引。另外，陳繼儒《寶顏堂祕笈》與周履靖《夷門廣牘》爲當代頗富盛名的大套叢書，亦收羅了極豐富論物小品的著述。⑱這些作品，經常是文人對前代筆記雜俎的重新編整，或自行創作的小品形式，以匯抄或合刻等叢輯形式出版，爲當時的流行風氣。⑲明末清初大量雜

⑱ 陳繼儒編《寶顏堂祕笈》，收入《百部叢書集成》之十八（嚴一萍選輯，臺北：藝文印書館，本叢書各集出版年次不一）。共有正、續、彙、廣、普與眉公雜著等六集，共二百二十六種四百六十四卷，各集所收以宋明兩代爲主的書自十六種至五十種不等，每集均或多或少地收有包括書畫、鼎彝花木鳥獸蟲魚之譜錄、生活閒適等閒賞類的書籍。周履靖編《夷門廣牘》，收入《百部叢書集成》之十三（同上），收書八十六種，共分「藝苑」、「博雅」、「尊生」等十三門，其中「法書」爲書法與篆印類、「畫藪」爲肖像、花竹禽石等各類畫科的畫譜、「食品」爲茶酒蔬食之譜類、「娛志」爲雜藝游戲類、「雜占」爲命相占驗類、「禽獸」爲鳥獸蟲魚之譜類、「草木」爲農圃樹藝類、「招隱」爲神仙逸民傳記、「閒適」爲詩賦吟詠類、「觴詠」爲酒頌類等。

⑲ 關於談物小品叢輯出版的現象，詳參同註⑪，拙著《晚明閒賞美學》〈晚明閒賞文獻之盛況、分類與分析〉，頁 139-160。另參附錄七〈晚明閒賞文獻分類目錄提要〉，頁 450-526。

纂與類書的編輯出版，證明了一代的博雜學風。[20]

㈡ 日用生活的類輯

由於出版條件齊備，明末清初成為書籍大量匯刻流通的時代，為了滿足各類讀者的生活需求，日用類書的出版，亦達空前盛況。自魏的《皇覽》、明的《永樂大典》，到清的《古今圖書集成》，包羅閎富的中國類書，體系愈見完備，類書的編輯，顯示中國文化偏好以分類建構知識體系。[21]宋元以來，書坊已為日常生活編輯參考讀物，到了明代晚期，更大量出版了生活必備的日用類書，如《萬用正宗》、《萬寶全書》、《五車拔錦》……等。以收載內容最多樣化的《五車拔錦》為例，將四散分開的資料廣為搜羅，依照

---

[20] 例如方以智的《物理小識》，為一本由博物志、物類相感志諸書衍伸出來的物之總覽，分天、曆、風雷雨暘、地、占候、人身、鬼神、方術、異事、醫藥、飲食、衣服、金石、器用、草木、鳥獸等十五門。〈四庫提要〉云：「博物志，物類相感志……但言剋制生化之性，而此則推闡其所以然，雖所錄不免冗雜，未必一一盡確，所論亦不免時有附會而細大兼收，固亦可資博識而利民用……則識小之言，亦未可盡廢也。」晚明如《物理小識》之類的雜纂與類書，不可勝數，顯示一代的博雜學風。詳參同註[11]，《晚明閒賞美學》〈晚明閒賞美學的文獻環境：博雜學風——以《四庫全書》的著錄為考察中心〉一文，頁 89-116。

[21] 中國的類書乃是最明顯以分類建構知識體系的典型，《四庫全書》共收載類書 64 部 6973 卷，存目更多達 217 部 27500 卷。西方學者傅柯已注意到中國式動物分類法，將動物分成帝王寵物類、薰製標本類、馴養動物類、乳豬類、人魚類等，德勒茲戲謂此為分類狂，看來像是為紛繁的事物貼上標籤，卻正是概念的整編。請參黃建宏譯〈大腦即螢幕——《電影筆記》與德勒茲的訪談〉，《當代》第 147 期，1999 年 11 月號，頁 20-22。

人們日常生活必需的知識架構，加以重新編排分類。共計有：天文、地輿、人紀、諸夷、官職、律例、文翰、啓箚、婚娶、葬祭、琴學、棋譜、書法、書譜、八譜、塋宅、剋擇、醫學、保嬰、卜筮、星命、相法、詩對、體式、算法、武備、養生、農桑、侑觴、風月、玄教、祛病、修身等三十三門。存仁堂刊梓的《萬寶全書》，封面上刻印有「徐筆洞先生纂」，及「每部定價　銀壹兩正」等字眼，顯然像這些將五車學問分類匯聚，「凡人世所有日用所需，靡不搜羅而包括」㉒的書籍，透過出版銷售的方式，爲百姓的日常生活，提供知識檢索與查核的功能。㉓

此外，明清還盛行出版商用類書，如《一統路程圖》、《新刻士商必要》、《客商一覽醒迷》……等。明代中葉以後，由於商品

㉒ 《萬用正宗》余象斗序言：「乃乘餘閑，博綜方技，彙而集之，門而分之，纂其要擷其芳，凡人世所有日用所需，靡不搜羅而包括之，誠簡而備精，而當可法而可傳也，故名之曰萬用正宗。」轉引自小川陽一著《日用類書による明清小說の研究》（日本：東京研文出版，1995 年）頁 20 書影。

㉓ 明清時期的日用類書，大量流散於日本，收藏在內閣文庫、尊經閣文庫、蓬左文庫、陽明文庫等地，由於資料之便，日本學者對於日用類書的研究投注心力最多，成果亦豐碩。作者認爲通俗日用類書的出版，足可供作《金瓶梅》、《三言二拍》、《醒世姻緣傳》、《儒林外史》、《岐路燈》、《紅樓夢》等小說生活背景參考。故通俗日用類書階層範圍廣泛，而明清世情小說亦多描寫廣大的百姓生活，二者皆對飲食、遊戲、占卜、俗信、倫理、民間醫藥、等日常生活的細節，均有幫助。本書的內容，即此線索的探討，全書內容分爲四個方向，一爲日用類書的素材、二爲明清小說中所見酒令、三爲明代小說與占卜四爲明代小說與善書。筆者本文中關於日用類書的材料與引文，參引自同註㉒，第一篇〈日用類書とその素材〉，頁 13-47。

流通量擴增、商人資本活躍、商業繁榮、與商賈販銷於全國等各種因素，於是爲新興商賈階層所編的類書，應運而生，具有特定的商用目的。以乾隆五十七年刊行之《重訂商賈便覽》爲例，該書內容包括工商坊要商業倫理道德、經營糧食五穀兼菜子分辨、神誕風暴吉凶日期、各省疆域風俗土產、算法摘要、平秤市譜、辨銀要譜、應酬書信、時令佳句、月令別名、族親稱呼、天下水陸路程附土產等。這些商書，是以從事於商業活動的商賈爲主要的閱讀對象，或作爲商業經濟的知識傳授、或作爲商賈商業活動的條規和準則、或作爲職業道德的讀物、或作爲初涉商場生徒的啓蒙教材，印刷發行量很大，傳播很廣。商用類書是商人行旅時的重要參考，編纂者根據自身經商、行旅中的體察與徵詢商旅，並參考流傳下來的交通圖籍而編成，其線路大都以兩京或徽州爲中心展開。[24]

無論是一般庶民日用的類書，或是特定職業的商書，或是如《古今醫統正脈全書》、《薛氏醫按二十四種》等醫書，這些類書，呈現了讀者取向的出版動態。

㈢ 生活的評賞：雜品

除了叢輯、類書之外，《四庫全書》〈子部·雜家類〉下，有一類集中收錄了閒賞用物的書籍，這個新創的類例名詞爲「雜

---

[24] 關於明清商書的相關研究，請參考王學文著《明清時期商業書及商人書之研究》（臺北：洪葉文化事業，1997 年）。該書分爲『明清商書的總體及應用之研究』與『明清商書的個案之研究』上下兩篇，附錄一爲〈關於明清商書版本與序列的研究〉，針對明清商書較爲重要和流行者二十餘種，撰有簡單的題要。附錄二爲〈商書研究論著目錄〉，極具參考價值。

品」。「雜品」是將譜錄、格物、日用類書交會聚合而成的一種新興書寫，其書寫焦點，置於物與生活兩大範疇重疊之處。日常生活庶物的紀錄，原被視爲鄙事，因爲關乎民生日用，而被抬高到前所未有的地位，編纂者以周孔不避物之閎博委瑣而條列櫛比，爲這些書尋求合理的傳統定位。㉕「雜品」之「雜」，指品類紛繁，有別門區項、俱載全備的分類企圖，爲日常瑣事瑣物的總匯，原是邊緣性範疇，經過書寫與表述，組成了符號系統。「雜品」之「品」指品賞，寫作方針在品評論賞，雜品書將邊緣性範疇的物，引入文化詮釋。文人編纂的「雜品」著作，品物書寫的架構是由日用類書的輯錄模式，加上品評文字而成，在庶民日用類書的分類系統下，增添文采與風雅，「雜品」書爲讀者提供審美生活之日用參考，甚至可以說就是一種廣義的文人閱賞類書。㉖

㉕ 范惟一〈多能鄙事序〉曰：「因題曰多能鄙事，以自附於孔子少賤之義……古之聖賢多能無如孔子，其顯達而經世則莫有踰周公，以今考周禮一書，皆其治天下之具閎博委瑣條列而櫛比，何其設也，謂曰鄙事，可哉？」參見《四庫全書存目叢書》（臺南：莊嚴文化事業，1995 年）子部第 117 冊，頁 445-446。又如《便民圖纂》的編纂理念，四庫提要云：「夫有生必假物以爲用，故雖細民必有所資，百工制物，五材並用，而聖人寔作之……是故業有世守，其人無貴賤，皆足爲師，藝有顓門，其言無精粗，皆足爲經」。詳參《四庫全書總目提要》卷 130「子部 40，雜家類存目七」。

㉖ 宋代專寫一事一物的「譜錄」書，或是物類相感的「格物」書，均是一個知識體系建構下的文化產物。而晚明興盛的「雜品」書，則轉向美學。格物、雜品二者的體例，還與日用類書保持某種親密的關係，三者同樣顯示了中國文化以分類建構知識體系的偏好。對於日用類書造就新的出版文化，創造新的話語空間，請詳參商偉〈晚明的小說、日用類書與印刷文

「雜品」的內容，為同屬子部的「藝術」與「譜錄」兩個子類的總成，藝術與譜錄乃專明一事一物者，「雜品」則雜陳眾品。《四庫全書》此項下收錄了宋代趙希鵠《洞天清祿集》、周密《雲煙過眼錄》、明代曹昭《格古要論》、張應文《清祕藏》、高濂《遵生八牋》、文震亨《長物志》、清代姜紹書《韻石齋筆談》、劉體仁《七頌堂識小錄》等書，以明末清初最夥。這些書將生活庶物的書寫，聚合至古董的欣賞與懷想，延展構築成具有古典雅蘊的悠閒生活，再進一步與焚香、鼓琴、栽花、蒔竹等雅事連成一起，遊山玩水、尋花品泉、焚香對月、採石試茗、洗硯弄墨、鼓琴蓄鶴、摩挲古玩、擺設書齋、佈置園林……透過各類美感欣趣的物類，為日常起居整合為一種清心樂志的生活。其中文震亨的《長物志》就是「長物」與「雜品」新興寫作環境下的產物，該書集中呈現物的書寫，以一截一截片斷的文字，勾勒審美生活的面貌。

「雜品」是呈現明末清初生活美學的重要書籍類型，編撰者將書畫、篆刻、器用、圃牧、禽蟲、飲饌、服飾、書齋、游藝等項合治一爐，擺脫宋代以來專究一事一物之藝術或譜錄的「博古」寫作

化〉，發表於「世變與維新：晚明與晚清的文學藝術」研討會，中央研究院中國文哲研究所籌備處與美國哥倫比亞大學東亞系合辦，1999 年 7 月 16-17 日。又「雜品」與「譜錄」等學術類例源流複雜的探討，請詳參同註⓫，拙著《晚明閒賞美學》〈晚明「閒賞」美學在中國學術史上的範疇定位與源流發展——目錄學角度的探討〉一文，頁 65-88。另外，筆者新近完成的論文：〈時與物——晚明「雜品」書中的旅遊書寫〉（收入《旅行與文藝國際會議論文集》（高雄：中山大學文學院，付梓中），其中亦對「譜錄」書、「格物」書、「日用類書」、「雜品」書彼此的範疇關係，作深入探討，亦請一併參閱。

模式，轉而臚列種種文娛日用品物，以企圖建構一個閒適悅樂的審美生活體系。

㈣ 世俗生活的景觀：圖像

明末清初，是小說、戲曲等俗文學極繁榮的時期，當時小說題材廣泛，有著名的長短篇作品受到大眾的喜愛；戲曲亦因文人雅士所染指，蔚成大觀，㉗這些或是歌頌英雄、或是吟詠愛情、或是描繪升斗小民日用的故事與情節，成爲庶眾生活裡最好的文藝調劑。明代中葉以來，刻書印刷業突飛猛進，印書刻坊的規模很大，所刻書籍種類繁多，書賈能根據文藝市場需要刊刻各種書籍，助長出版活絡的另一因素，是版畫圖像的大量刊刻，以小說和戲曲刻得最多，其他如醫書、啓蒙讀物、小型類書等，亦多附有插圖。書坊刻書，在書名前，冠以「纂圖」、「繪像」、「繡像」、「全像」、「圖像」、「出像」，以及「全相」、「出相」、「補相」等，這樣的宣傳手段，對顧客具有很大的吸引力。㉘版畫插圖的出現，使萬曆以後，進入一個文化史的圖像時代，例如凌濛初捨大雅經典之作，而精美雕琢俗文學的作品，就是基於廣大市場的考量，㉙這是

㉗ 祁彪佳《遠山堂曲品》、《劇品》著錄明代戲曲作品 670 餘種，大部分爲明代後期的作品。參引夏咸淳：《晚明士風與文學》（北京：中國社會科學出版社，1994 年），頁 276。

㉘ 詳參沈津：〈明代坊刻圖書之流通與價格〉，《國家圖書館館刊》八十五年第一期，1996 年，頁 109。

㉙ 謝肇淛曾批評凌濛初刻《莊子》、《離騷》等經典著作，粗製濫造，錯誤百出，而對於俗文學作品，則精雕細琢：「吳興凌氏諸刻，急于成書射利，又慳於倩人，編摩其間，亥豕相望，何怪其然。至于《水滸》、《西

印刷術發達後，文藝著作商品化，將昔日菁英小眾人口轉向普羅大眾的閱讀時尚，他們既包括了代表知識菁英的縉紳士夫，也同樣擴及農工商販與市井婦女。

明代中葉以來，許多知名畫家都參與了繪刻工作，如唐寅爲《西廂記》作插圖，仇英爲《列女傳》插圖起稿，另外如陳洪綬、鄭千里、趙文度、藍田叔、顏正誼、丁雲鵬等人，皆對版畫發生興趣，爲當時的書坊繪製插圖。萬曆到天啓年間，可謂版畫的黃金時代，刻版的取材與刀法技術、均較過去更爲精湛，原來版畫侷促一角，布局不易開展的缺點，到了劉龍田刊印的《西廂記》插圖，將狹小的型式，改變爲全頁巨製，可以更清楚表現畫中人物的動作與表情，故能繪刻出更受歡迎的書籍插畫。此外版畫的體裁多元化了起來，兵法武器、古董名物、專刻譜錄，山水、翎毛、花卉、摹刻名人繪畫……等畫譜，諸種類型，應有盡有，可謂盛況空前。㉚

在眾多版畫資料中，以女性爲描繪主題的出版品，數量亦夥，以劉向《列女傳》爲底本，附有插圖的系列重編本甚多。另外如《青樓韻語》是收錄古來一百八十位青樓女子的詩詞共五百多首，實爲明代文人的遊戲之作，其中亦附有相關版畫可供觀賞。明末流行的曲本《西廂記》，插圖本多達數十種，湯顯祖的《牡丹亭》亦一版再版，甚至一縣之內，短期間出數刻數版。這些膾炙人口、感

廂》、《琵琶》及《墨譜》、《墨苑》等書，反覃精聚神，窮極要眇，以天巧人工，徒爲傳奇耳目之玩，亦可惜也。參見謝著《五雜俎》卷 13。轉引自同註㉗，《晚明士風與文學》，頁 277。

㉚ 詳參吳哲夫著〈中國版畫書〉，收入《古籍鑑定與維護研習會專集》（臺北：中國圖書館學會，1985 年），頁 248-251。

人肺腑的戲曲，或是《吳騷合編》、《詩餘畫譜》等柔媚詞曲的圖文對照作品，著重描繪幽期歡會、惜別傷情的圖像細節，均以女性登上版畫畫幅而受到讀者大眾的歡迎。㉛

晚明流行的評點閱讀習慣，也使得觀看插圖的讀者，順理成章地成了畫面舞臺幕後的窺視者。俗文學敘事性的畫面營構，借鏡自戲曲舞臺的場景：庭院齋室圍牆門扉多敞開作剖面式，要觀者一目瞭然其中的物象陳設。人物活動儘量採取正面角度，就像戲曲舞臺對觀眾開放一樣。空間深度不大，畫面採取近景處理，景深在物象充塞的空間裡，具有拼貼的效果，彷彿舞臺的佈景一般，有時連人物的姿勢亦採自演戲中的動作，以攫取豐富的故事情節與熱鬧趣味。將畫幅以類舞臺的場面經營成爲戲劇情節，㉜這是明代戲曲盛

㉛ 清初雖查禁部份明代圖書，影響了版畫的發展，但小說戲曲等俗文學並未全數禁燬，依然保留了通俗戲曲小說中極好的插圖，要到清代中葉以後，版畫的盛況才逐漸式微。版畫的圖像資料，詳參周心慧主編《新編中國版畫史圖錄》（北京：學苑出版社，2000 年）最爲完備。此外《中國美術全集》（臺北：錦繡出版社，1989 年）、《中華五千年文物集刊》（臺北市：中華五千年文物集刊編輯委員會，1991 年）皆各收有《版畫》冊、其餘尚有戲曲、小說版畫專輯的各種類型出版，均將明末清初的版畫世界，作了相當程度的重現。

㉜ 王伯敏認爲：明代版畫的一項特點是對於畫面上的組織，如舞臺場面那樣來處理。1.不論是背景或對空間的處理，都如舞臺場面，就連人物的手勢都採自演戲中的動作……2.人物的距離與空間深度，也顯得是如組織在舞臺場面上……3.每幅插圖，人物大小都佔畫幅之半……4.書室、閨房或廳堂，都作剖圖式……。參見王伯敏著《中國版畫史》（臺北：蘭亭書店，1986 年），頁 79-80。

行之際對版畫界的明顯影響。㉝人物的故事、對話，被安排在戲曲舞臺的場景佈置中，以滿足群眾讀者的觀戲慾望，大力發揮了影像世俗化的功能。影像在歷史上具有世俗化的功能，古代亦多以圖示眾來下達政令，一般俗眾對於抽象詩文的捕捉能力有限，而影像卻是具體可見的視界，觀看具有故事性的圖像文本時，符合一般人的視覺心理，這是圖像從俗品味的一個重要因素。㉞

西方文學理論家拉康、克麗絲蒂娃、德希達等人，皆認同圖繪可以總結一直存在論述中零散與斷裂的文字意象，而涵蘊繁複的文字意象亦可以圖繪補充之。㉟明末清初表達生活細節的畫蹟，或是通俗流行的小說、戲曲等出版品的插圖版畫，或是作為玩賞目的的各類工藝品，或是各種生活用物的實際圖錄，如信箋、酒牌、畫譜、各類傢俱擺設、乃至女性畫像等，均具體而細節地保存了當時生活的面貌，這些圖物資料，可與集中呈現生活物體系的叢輯、雜

㉝ 關於明代戲曲盛行影響了版畫的構圖理念，詳參蕭麗玲撰〈戲曲插圖——戲曲批評的一種形式：容與堂本「琵琶記」中之忠孝矛盾〉，發表於清華大學兩性與社會研究室主辦「性別的文化建構：性別、文本、身體政治國際學術研討會」，1997 年 5 月 24-25 日。

㉞ 關於明末版畫界的種種現象，詳參毛文芳撰〈於俗世中雅賞——晚明《唐詩畫譜》圖像營構之審美品味〉「二、俗文學與文藝商品化的互動」、「三、取徑小說的敘事性與戲曲的舞臺效果」、「四、徽商特有的文化性格」等節，筆者有重點式的討論。該文收入中興大學中文系編，《通俗文學與雅正文學』第一屆全國學術研討會》（臺中：國立中興大學中國文學系，2001 年），頁 313-364。

㉟ 詳參 Michael Payne 著、李奭學譯《閱讀理論——拉康、德希達與克麗絲蒂娃導讀》（臺北：書林出版公司，民 86 年 7 月）第五章「讀畫」，頁 301-330。

品、類書，相互補充與印證。

㈤ 出版商與書籍的邊緣性

明末清初書籍出版的背後，涉及出資者的文化意願，在仕商階層鬆動的時代中，出版商扮演了舉足輕重的地位。明末商人，在當時有特殊的文化性格，多以「賈而好儒」的精神投入文化活動中，既有高財可周旋於天下名士間，並介入商品經濟發展的文化消費市場，其中刻書便是一項很重要的文化投資。「賈而好儒」，是以儒爲體、爲目的，以賈爲用、爲手段，一方面藉賈來進行文化活動；一方面藉儒來洗脫俗儈氣，商人以靈活的經商成就，達到理想文士的生活模式。分別在金陵、新安、建陽等富庶區游走於仕商之間的汪廷訥、潘之恒、余象斗，可爲代表。㊱富商依著個人好儒的傾向，從事文化事業，將文雅儒士生活世界裡的種種菁華介紹給一般社會大眾，因此，出版品必需「通俗」才符合市場機能，以徽州爲例，萬曆以前，刻書以詩集、文集、經、史、醫書、族譜、方志等傳統士夫文化爲主，萬曆以後，則以小說、戲曲、叢輯、類書等俗文學的刊刻爲大宗，尤其俗文學在畫面的處理上，著重豐富的故事性與熱鬧的趣味，正反映了新興閱讀階層的品味，與徽商求新求變的商業活力。

㊱ 汪廷訥的文化活動，詳參本書第三篇〈園林：圖繪、文本、慾望空間〉。另詳參林皎宏撰〈晚明徽州商人文化活動——以徽商族裔潘之恒爲中心〉（《九州學刊》6 卷 3 期，1994 年，頁 35-60）、以及〈明代出版家——余象斗傳奇〉（《中外文學》第 16 卷第 4 期），二文分別針對富商潘之恒與余象斗的文化性格，有深入探討。

明末這樣一種融合了俗商與雅儒的文化型態，與昔日純粹文人主導重視私密情誼的文化活動，性質迥異。富商以廣闊的交遊，邀請海內外名公高士題詩作序，並在書上刊登廣告，以作生意的手法投入文化出版，將商業色彩帶入了文化活動中。[37]

四庫館臣譏斥明末叢輯著作為「無聊遊戲」之作，似乎是針對這些充滿商業世俗色彩、迎合大眾口味的出版品的一種嚴厲批評。叢輯為各類書籍的總匯、日用類書提供生活查閱、雜品為閒物之評賞、插圖則是文字的輔助閱讀，這些新興的書籍類型，在文學範疇中雖是邊緣讀物，卻有充分的市場導向，難道真如館臣所謂無聊遊戲之作嗎？這些著作，呈現了實際存在過的生活面向與物品系列，也是人們抽象記憶中的懷想對象，而圖像之於庶眾，更有無可忽視的視覺魅力。這些書籍類型，置於現代化歷程起點的市民社會中，有豐富的文化意涵等待探索。

---

[37] 大陸地區近十數年來，關於徽商的大量研究論文，重點大致鎖定在晚明經濟史的範疇，陸續亦有關於徽商文化活動的著作寫成。臺灣學者林皎宏先生撰寫〈晚明徽州商人文化活動——以徽商族裔潘之恒為中心〉，同註[36]，特別針對潘之恒的文化活動作個案研究，林文詳細探討徽商「賈而好儒」特質在文化活動中的表現，頗有參考價值。徽商的專著，詳參《'95國際徽學學術討論會》（合肥：安徽大學出版社，1997 年）、劉淼輯著《徽州社會經濟史研究譯文集》，（合肥：黃山書社，1988 年）、周曉光、李琳琦合著《徽商與經營文化》（上海：世界圖書出版公司，1998年）等著。

參、文化書寫的兩重面向：「物」、「觀看」

明末清初的市民社會不僅有著迥異於以往、特殊處世態度的文化主流階層——文人，展現奇異的身姿，亦有新興的商人階層起而主導文化的走向，包含了消費型態、商業贊助、出版熱潮、圖像傳播、女性意識等新穎議題，乃至於「流行文化」的鼓動與傳播，皆顯示了邁入現代化社會的契機。這些潛伏的現代化質素，使文史研究者得以透過研究工作的展開而出入古今、游移於傳統與當代，進行各項饒富意義的對話。以諸如「物」、「圖像」、「性別」等嶄新角度，置於社會變遷的層次下思考，探索明末清初複雜變異的文化現象，無疑是一項具有挑戰性的學術任務。

筆者前文由世俗化社會、公共與私密性，探討了明末清初的斷代特性，並展列了當時盛行的書籍類型與富商的文化性格。以下將繼續探究文化書寫的幾重面向及其意涵。

一、「物」的面向

㈠ 一部理解「明末清初」歷史意義的著作

英國學者 Craig Clunas 的大作 “*Superfluous Things: Material Culture and Social Status in Early Modern China*”（按筆者譯爲《長物：早期現代中國的物質文化與社會狀態》），作者正標題「長物」，顯係取用文震亨《長物志》的書名，企圖將「現代中國」的時代理解鎖定在「物」的課題上，副標題說明了對於現代中國的關懷與考察進路。該書序言指出，學界對於「物」課題的重視，不僅止於典藏實物之博物館的研究人員而已，亦吸引了歷史、考古、社會、經濟等廣闊領域中的學者注意，他們各自選取不同的研究方法：有的以符號語言學的觀點，系統介紹一個社會與個人傳輸信息的途徑；有的以尋找資本主義成長和現代化世界的解釋觀點，將物視爲經過生產之後，成爲一股物質世界自律於思想外的力量，兼具物質與符號的雙重任務；有的將物的焦點集中於特殊的歷史情境，譬如西方文藝復興時期的弗羅倫斯，其複雜新生的社會狀況與新的消費模式產生關聯，此關聯實爲過渡到現代世界的初始消費習性；有的則著重探討消費者和消費對象物之間，並非穩定不變的關係，他們在廣大的互動模式中具有遷移的力量。[38]

以上各種多彩多姿的觀點，共通性乃將「物」這個物質文化的角色，視作社會改變的利器與徵兆。Craig Clunas 站在這些學者觀點的基礎上，由物的文獻、鑑賞文學、物的思惟、物的語彙等角

---

[38] Craig Clunas 曾爲英國大不列顛博物館研究員，著有 "*Superfluous Things: Material Culture and Social Status in Early Modern China*"（同註[3]），該書共有六章，第一章是關於物的文獻，探討明末以來的鑑賞文學；第二章是關於物的思惟，討論鑑賞文學中的相關課題；第三章是有關物的語言，探究鑑賞文學中的語彙；第四章是過去之物，考察明代物質文化中「古風」的作用；第五章是流通之物，討論明代將豪華奢侈品挪作日用品的現象；第六章是關於物的焦慮，著眼於現代中國的消費現象與消費階級。Clunas 該書目前尚無中文譯著，筆者承蒙國立故宮博物院副院長、臺大藝術史研究所石守謙教授的指引並慷慨借閱，得以有幸參酌 Clunas 論著的寶貴觀點，謹此致謝。

度，探討種種明末清初的賞鑑背後的文化現象。其次針對豪華奢侈品挪作日用品的古董流通、物質文化中標舉「古風」的作法、以及由現代中國的消費現象與消費階級物中，思考「物」爲現代化社會中的人們所帶來的追求、焦慮與不安。Clunas 該書將現代中國文化的觀察聚焦於「物」，給予筆者極爲新穎的啓發。

㈡ 物與世俗生活之樂

中國歷史上，沒有一個時期像明末如此重視「物」，觀物、用物、論物到不厭精細的地步。㊴在觀念上，明人不認爲宋人視爲過眼雲煙的身外物在身外，反而還與生命的尊養有著密切的關係，他們認眞地審視個人在俗世中的生命，乃至於行住坐臥的細節，以日常用物環綴俗世生命，構築一個以養護與裝飾爲核心思惟之龐大的美學生活體系，這個以「物」環就而成的生活美學體系，筆者在前文叢輯雜品類書的書籍探討中，已有清楚的脈絡展現。㊵

宋代以來，雖然在儒學新變的觀念引導下，開始留意與觀照外在的物象，但是文人仍普遍繼承莊子「不滯於物」的精神，強調身

㊴ 晚明文人關心宇宙紛然的物類，表現出幾個明顯的特質：一、細究物名，二、瞭解物性，三、辨明物用，四、遊觀萬物，五、珍重萬物，詳參毛文芳撰〈晚明文人纖細感知的名物世界〉，《大陸雜誌》第 95 卷第 2 期，1997 年，頁 1-8。

㊵ 例如高濂的《遵生八牋》一書，既詳細載錄了晚明日常生活用物的品類，由書名，亦可充分明瞭該書所具有對生命尊養的義涵。詳參毛文芳著〈養護與裝飾——晚明文人對俗世生命的美感經營〉，《漢學研究》第 15 卷第 2 期，1997 年 12 月，頁 109-143。

外之物終究爲過眼雲煙，只要「以物爲寄」而已。[41]由於人口穩定成長，而科舉官額未增，明代文人對於仕進有艱難的處境，轉而尋求清心樂志的閒適生活，成爲仕途失意文人普遍的共識，甚而成爲人生的價值性追求。明末文人與宋代文人有著極大的不同，宋人重視文化生命，而明人關注俗世生命。

明末焦竑一段話說得頗有層次：

> 世之所謂樂者可知矣。蘭膏明燭，二八遞代徘徊於觴俎之間，窮日夜而不能自休，叫梟盱盧，挪手交臂，離合於一枰之上，擲百萬而不滿其一睨，此世俗之所共愉快也。有鑒古玩物者，過而笑之曰，此何其垢且濁也，則以法書圖畫之爲清，彈琴奕棋之爲適矣。而又有笑其側者，彼且與名勝相招遊，與山水爲游衍，故有丹青浩然，刻劃賈島，若將求爲師資而不能，而登高丘，汎長川，不可驟得，至託爲臥遊以賞之。噫！此亦達矣，而知道者，猶然非之，何也？[42]

焦竑提出由淺至深的樂的層次：焚燭把臂喧囂熱鬧的夜宴，是歡快之樂；鑑古玩物、觀書畫弄琴奕，是閒適之樂；汎遊名勝山川以至臥遊賞者，是達者之樂。三種樂的層次深淺，是由物的性質來決定

---

[41] 北宋文人特別強調個體心靈的自由逍遙無拘，相對而言，便要打破以物爲役，滯於外物的觀念，最高境界爲以天合天。詳參毛文芳撰《董其昌逸品觀念之研究》（淡江中文碩論，1993 年）

[42] 參見焦竑著《焦氏澹園集》（臺北：偉文圖書公司，1977 年）卷 18〈李如野先生壽序〉。

的。歡快之樂，發自蘭膏、明燭、美人、觴俎等物質，以及伴隨而來飲酒、獵艷與聚賭的暢愉。古董書畫琴奕等物，能引人進入懷古的幽情而得閒適家居之樂，故較歡快之樂層次爲高；更放達者，則勿需困在齋室，守在固定無變化的古物之旁，其放情於神靈變化萬千的丘川之間，如畫家詩人般，神與山水爲遊。

焦竑簡單地勾勒了世俗生活的內容，世俗之樂，來自於閒適賞鑑的生活。明末文人特別注重俗世日常生活中，美感細膩的經營，喜好足以喚引美感欣趣的各種事物，用以裝點悠閒無擾的起居生活，或遊山玩水、尋花品泉、採石試茗；或焚香對月、洗硯弄墨、鼓琴蓄鶴；或摩挲古玩、擺設書齋、佈置園林；無論是書畫鼎彝、山水茆亭、美人的情態、偏至的人格，均被明末文人納入美感品鑑的物類範疇中，以成就其閒賞審美的生活。

㈢ 美物的佔有

如此大費周章地撰寫並出版與世俗生活有關的指導書籍，從另一個角度而言，亦代表著當代人們有著強烈的世俗慾望。要儘情享受世間生活，對於美物的佔有心態，勢不可免，珍寶、古董、宅室、莊園、美女……等美物，發展出世俗社會追求財富、歡樂、享受、情慾的人間至樂。標榜酒茗林壑與遊戲收藏的長物、表徵個人財富的園林、收藏女子魅影的寫眞、代表情色文化的青樓，這些世俗社會中的美物（按後二項與性別有關，將於下文探討），皆與人們的世俗慾望，關係密切。

1.長物

明末生活美賞的文獻，涉及古董書畫的鑑賞、齋室的佈置、瓶花的設計、園林的築造、山水的遊歷、飲食的講求、美女人物的品評……等各項，還有更具體審美生活的細節，服飾如冠服、配飾、妝綴；飲食如品茶、品酒、飲饌；建築如園林、宅室、書齋；移行如舟（水行）、輿（山行）、履舄；娛樂文化如山水遊賞、棋弈、音樂、圃藝、藝文、情色……等。當時流行的書籍文本，透過這些物的細節，組構了明末清初人們世俗生活的全貌。㊸

文震亨的《長物志》，適足提供「長物」思考一個絕佳的例子。該書以室廬、花木、水石、禽魚、書畫、器具、衣飾、舟車、蔬果、香茗……等生活物系列，鋪展出一個符號體系，以建築體式、庭園造景、山水遊動等不同的單元，擺設出模範的生活架構。「長物」的論述，經過起源的懷慕、文化時間的標幟、「古物現在」的異質文化風格、熱情與裝飾、以及文學的詩意修辭，為長物創造氣氛，雖以「古雅」作為終極價值，事實上是以文化威權的語言策略，締造新的世俗流行文化。

物既是符號元素，物的擺設，就是符號的排列。物如何陳列在生活裡？涉及到擺置與設計的課題，「擺設學」是透過知識與設計，試圖建構物的秩序以創造生活景觀的新興學問，其中物的文化

㊸ 明末清初世俗生活的面貌，在文獻中大量被記載，學者針對當時文藝鑑賞、遊藝活動、園藝畜養、茶酒飲饌、情色文化等，有相當豐富的研究成果可資參看。例如吳智和編《明代文人集團的飲茶生活》（臺北：中國飲食文化圖書館，1989 年）、吳智和撰〈明人茶書飲茶生活文化〉（《國立編譯館館刊》第 25 卷第 1 期，1996 年 6 月），頁 161-186。鄭培凱著〈「金瓶梅詞話」與明人飲酒風尚〉（《中外文學》第 20 卷第 6 期，1983 年 11 月），頁 5-44。

意義賦予，格外重要。在私密生活空間中，許多物的擺設，值得細加探討，例如堂屋外庭園的遊廊、院落、山齋、門窗、圍牆以及動植物配置，室內傢俱陳設，如廳堂的茶几、坐椅、劃分廳堂空間的主次，另如床、榻、桌、几、凳、櫥櫃、博古架等，其材質、式樣、風格、擺置均左右著空間的環境情調。住宅空間的陳設物，尚有燈、燭、粧鏡、魚缸、籠鳥、鼎爐、琴劍、古玩、字畫、文房四寶，對於生活物項及其文化象徵意涵，不妨以擺設學的角度，創造一個重新詮釋的文化體系。

2.園林

除了物項瑣細的居家用物之外，廣義而言，園林與女子堪稱爲明末清初的新興美「物」，足與當時世俗化與重視私慾的時代特性相呼應。筆者將於下文專章討論女子，茲先論園林。

園林建築的美學意涵，由秦漢神仙思想導引下，直到唐代，均在營造一個理想的長生景象，太液池、蓬萊、方丈、瀛洲成爲遠離人世的仙域。魏晉崇尚自然田園及隱逸思想，園林創作的主流，豐富並改造了寓意仙居的山水。江南園林繼承宋代理學與禪宗思想，以詩畫提煉的自然爲底本，突出了隱逸的理想境界，草廬、茅房、竹籬、棚架澹泊自然的野趣，成爲宋明以後的園林藍圖。然而園林建築實爲社會發展中的一環，東晉陶淵明的田園隱居耕讀，到了唐代王維的輞川別墅，已有不同的意涵，宋代甚至發展出莊園經濟模式，[44]文人風雅含括財富炫示的意識型態，宋代已有端倪。園林除

---

[44] 日人加藤繁在《中國經濟史考證》（臺北：稻鄉出版社，1991 年），認爲宋代莊園已有佃農、長工賴此營生，對於宋代的莊園經濟有所探討。

了美學的觀照外，在社會經濟變遷的角度下，另有值得注意的現象。

再以表現園林的圖繪作爲觀察線索。園林圖繪自唐代盧鴻《草堂十志圖》以來，代表一種隱逸的理想居所，在畫面的呈現上，儘力呈現遠避塵世的樸拙自然。明末清初呈現園林的圖繪，雖極力依從這個隱逸傳統，卻在另一個層次上，以莊園財產的意涵呈現。清中葉以後，富貴享樂代替了澹泊湖山的追求，園林景象反映了提供園居生活享樂的建築比重大爲增加，而園林的結構基本因素——植物，已退居陪襯地位。這個現象，可由明末的園林圖繪中獲得先機。例如富商汪廷訥的《環翠堂園景圖》，是幅大型的私人園林圖，既在財產的角度上炫耀，也展示了窺視園林的典型，繪者將園內的佈置細節鋪陳在圖面上，彷彿爬上牆頭、或高空俯瞰，以窺視者的視角，描畫這座私家園林的隱蔽角落，提供常人無法企及的景觀。

明末清初的園林圖繪，彷若人造天堂，透過豎立的畫幅、放大的尺寸、自由組綴的冊頁型式與仿古意涵，究竟要訴說什麼？社會象徵又如何？這些更新畫幅的視覺內容與象徵意涵，值得進一步探討。園林圖繪的風格型式，受到社會因素如園主的身份、社會位階、繪畫動機而有所不同，內斂的文人園與外顯的富商園，有相異的呈現。將園林圖繪，寄與名人請求題記跋文，宋代以來相沿成習。這種風氣隱含許多意義，園林畫的起源可能與財產記錄，文化品味的宣揚有關，這種繪畫的題跋活動，是財產或品味的記錄，以及獲得社會聲譽的手段。園林繪畫企圖呈現園主理想的景觀，原本是要超越世俗的，然而無論其是否爲應酬、銷售或展示，卻透過虛構的方式，表達了世俗的追求願望。

二、「觀看」的面向

明末清初文化書寫的第一個面向，筆者已於上節透過「長物」與「園林」兩個例子，探討物課題的重要性。裝點生活閒適遊戲之長物，最可供觀看賞玩，園林的築造，無論是實景或圖繪，均以提供觀看爲主要訴求。明末清初書籍類型中大量的圖像，基本上就是透過視覺觀看的方式來傳輸訊息。「觀看」幾乎統攝性地籠罩整個明末清初的文化書寫。

㈠ 遊者閒觀

明末清初版畫與評點的盛行，創造了特有的觀看文化，這與明末大批閒遊觀賞的文人出現，有密切的關係。㊺閒遊者彷彿有自由行動的特權，儘情「觀看」四周景物，顯示市民社會的文學藝術充滿窺視的慾望。有時不必與觀看的對象對話，只需包裝長物：創造古雅的氣氛，注意園林：炫示或嚮慕莊園財富，凝視女性：體驗視線的色情與貪婪，描繪地圖：收藏名山大川的印象。這批閒遊者，彷彿有用不完的創意，挖空心思地以視覺來揀擇與佈置生活印象。這批閒遊者，是版畫閱讀的主要社群，吾人可由插圖本戲曲小說大

㊺ 由於人口長期穩定的成長，十六世紀的生員數量，已經由明初的六萬名，增加到卅餘萬名，明末更是高達五十餘萬名。在科舉名額無增的情形下，生員晉身爲貢生的競爭率由明初的 40:1，一下子激增到 300:1 或 400:1，百分之六十到七十的生員終其一生不可能更上一層樓，造成了大量文士賦閒在鄉的現象。參見同註㊱，林皎宏文，頁 40。

量出版的現象可以得知，他們同時也是文學讀本的評點主流，李贄、鍾惺等文人在評點意見上要求讀者以「心目」閱讀，亦證明了觀看的重要。閒遊者在圖繪與評點的世界裡，處於觀看的中心位置，卻又隱身世外，充滿熱情、四處探看。人們以視線構畫幻想，享受讚賞、擁有與想像的自由，貫串成一個涉及性別物化與商品化等饒有意義的觀看課題。

㈡ 觀看的位置

眼睛更能物化對象和控制物，它設定一種距離，較嗅、味、觸、聽覺更具優越地位。在沈默中四下觀看，在再現的影像清單裡，眼睛究竟得到什麼樣的社會訊息？明末清初的圖像資料，諸如古物、園林、才女畫像、名姬圖，可以說是再現的影像清單，社會因素在形塑的視覺經驗中，扮演具影響力的角色。研究者在方法上，不僅關心影像再現，更應涉及孕育再現形式的社會。研究者必需自覺再現形式本身的相對位置，意即重新體驗或創造這個觀看的位置。以圖繪為例，每個形象都體現一種觀看的形式，研究者應試圖揣摩與接近畫家作畫之際的觀看意識。

圖像設計者如何揀擇與佈置這些圖像？他為何要如此佈置？他要給觀眾什麼？他如何導引觀眾的視線？無論是還原或創造觀看位置，吾人必需邁進視覺藝術的討論範疇，掌握視覺景觀背後隱藏特有的「觀看方式」，此為影像分析最具關鍵之處。追索這個觀看方式，解讀畫面的處理模式，時時通過圖像的表層，穿入圖像設計者的理念意識之中，探索文化觀、社會性與審美眼光，如何轉化為圖像思惟。透過影像的閱讀與分析，使視覺語言成為一種重要的論述模式。文化思惟透過圖繪或文字的表述，指陳著眞實／象徵世界的營構。

㈢ 小結

文震亨的《長物志》，無論是從負面排除閨閣、酒肆、賈肆、藥肆等不合文士的居家氣氛，或是以「如畫」或「古式」等氣氛，創造出「古物現在」的異質文化風格，物的「擺設」，涉及了觀看。園林締造遊觀的世界，而園林圖繪公開展覽的圖面設計、風雅的人工造景、奇石盆景等景觀擺設，創構可供炫示的華麗版圖，亦有賴觀看。寫眞畫像中的才女，或青樓仙家迷陣中的歌妓，無一不在男性的凝視下，衍生性別的意涵。明末清初書籍類型中的圖像大量出版，提供眾多的視覺材料，使得觀看成爲統攝明末清初文化的一個重要管道。

擺置長物、注意園林、凝視女性，透過視覺傳達的媒介管道，反而顯露了人們觀看私密領域的興趣，資本主義社會中的觀看，隱含了窺視的意義，欲探索明末清初的私密領域，「觀看」無疑爲一個重要的面向。在觀看文化中，性別的課題尤爲不容忽視的一個重要環節。

肆、貫串文化書寫的「性別」面向

一、學界現況

男女兩性因文化養成的不同，造成思惟視野上的差距，逐漸形成性別議題，女性主義正是這個議題下最重要的思考進路。性別之間的關係，可視爲權力表達的主要領域或方法，應當考量性別差異的認知結構。女性主義在西方的發展，啓發了文學批評家重新思考文學中婦女與性別的問題。歐美地區女性主義文學批評經歷幾個階段：從喚醒女性意識開始，到對男性文學正典扭曲女性形象的批判，轉而以婦女作品爲重心的研究方向，進至以女性觀點重寫文學史，或甚至以性別的觀點對整個時代加以詮釋。而法國女性主義文學批評更結合其他文學理論，重新詮釋婦女、文學現象、文化、社會階級、種族等一連串相關的問題。[46]

女性主義在西方的發展，啓發了文學批評家重新思考文學中婦女與性別的問題。歐美漢學界受二十年來這股女性主義文學批評風起雲湧的影響，逐漸關注古典文學中的女性，尤其是明清時期，近十餘年來更蔚爲風潮。[47]相較於女性主義起源歐美地區以攻訐、擊

---

[46] 詳參胡曉貞〈最近西方漢學界婦女文學史研究之評介〉，刊於《近代中國婦女史研究》第 2 期，1994 年。

[47] 由美國召開的幾場國際學術研討會，諸如「中國女性藝術家」（1988）、「明清詩詞與女性文化」（1990）、「賦予中國性別：婦女、文化、國家」（1991）、「明清婦女與文學」（1993）……等，可見一斑。詳參同註[46]，胡曉貞文。

倒「父權」顛覆研究張力而言，漢學界的中國女性主義研究，則多以重新思考婦女與文化現象的角度入手，學者們致力於挖掘湮沒已久的材料，或予傳統材料全新解析，進而修正、補充或改寫我們對當時文化情境的了解。採取由歷史、宗教、藝術等跨領域的視野，重新審視明清時期中國婦女與文化現象、歷史情境間關係的工作，可謂當前古典文學研究者在婦女問題上最爲著力之處。

明清時期的文學研究，已開啓了女性主義的視窗，處於中國前現代化時期的明末清初，在性別課題中，有許多値得注意的文化現象，等待探索。

二、女性書籍

除了逐漸受到重視的女性詩文集，爲女性自身的書寫外，叢輯、雜品、類書與圖像等明末清初流行的書籍類型中，被書寫的女性，始終是一個重要的出版主題。涉及身體、性情、容色與姿態等女性身姿、或是以行住坐臥日常用物構成女性生活，均在上述書籍類型中，提供了有利的線索。明人黃一正編有《事物紺珠》卷十「姿容部」，有婦人專部，[48]清人王初桐的《奩史》爲女物專書，將女性一生所面臨的各種生活事物一一加以搜錄，包含生活層面食

---

[48] 關於女性類書，宋元間，仍以女教婦順爲範圍，如：《新編婚禮備用月老新書》（南宋末刊本）、《新婦譜》（宋陸圻撰），二書均詳論新婦承順之道，嫁女之時以授之。元代的《女教書》，亦不脫此範圍。由類書的收書原則中，可考察中國歷史中女性意識的變遷。參見劉詠聰著《德・才・色・權》（臺北：麥田出版，1998 年）第九章、〈《奩史》初探——兼論類書中女性史料之輯錄〉，頁 365-397。

衣住行娛樂遭逢以及內在神思等。[49]

明末清初文人特別喜愛談論女性的典故，尤重女子之才華與命運、或用物與身姿，爲歷來所少見，當時整理了許多被後世文人譏爲無聊遊戲之作的筆記雜俎，[50]如陳元龍《妒律》，醜詆家婦，對於悍婦、悲女的形象記載很多。程羽文《鴛鴦牒》從才的角度出發，爲古代才女申冤，以才子重新配對。黎美周《花底拾遺》、張潮《補花底拾遺》，將花與美人視爲休戚相關之事，一句拈一事，寫與花／女人相關的故實。《閒情十二憮》「憮佐侍」以宜稱的觀念選陪侍之婢。鄒樞著《十美詞紀》紀錄十位與作者或熟識或悉聞的女性簡傳，並各爲填詞。衛泳《悅容編》自許爲「閨中清玩之祕書」，將與女子相關之事物一一細說，葺居、緣飾、選侍、雅供、

---

[49] 王初桐爲清代乾嘉人，原來凌義渠作只兩卷，王廣爲一百卷。《奩史》的架構：共三十六門，其中包含了女子所在的各種人際關係網絡（夫婦、婚姻、統系、眷屬、妾婢、娼妓、姓名）；女子的身體與情性（肢體、容貌、性情）；空間（宮室）；工作（蠶織、針線、井臼、誕育）；女子的才華（文墨、幹略、技藝、音樂、事爲、術業）；女子的用物（衣裳、冠帶、襪履、釵釧、梳粧、器用、綺羅、珠寶）；娛樂信仰（蘭麝、花木、禽蟲、仙佛）。

[50] 《四庫全書總目》對晚明文人編撰如遊戲的風氣，頗爲不然，經常給予負面批評，用語如「掉弄筆墨之習」〈陳禹謨·說儲提要〉、「掉弄聰明」（〈張氏藏書提要〉）、「強作雅態」（〈高濂·遵生八牋提要〉）、「拾人餘慧」（〈樂純·雪菴清史提要〉）等，不勝枚舉。王重民對《嫖賭機關》的提要云：「此明人惡習，尤爲習小說家言者所資以逞露材華之一道也。」參見氏著《中國善本書提要》（上海：上海古籍出版社，1986年），頁 352。

博古、尋眞、及時、晤對等篇，大多是關於女子用物與身體。[51]徐震《美人譜》條列品賞古來名妓、婢妾、美人遺跡、以及女子之容、韻、技、事、居、候、飾、助、饌等十個項目。《長物志》的居家擺設，亦論及女性閨閣與脂粉的展列。

專詠婦女粧飾者的叢書，經常上溯唐宋，收入《釵小志》、《髻鬟品》、《妝臺記》等書，《釵小志》收錄歷代以來與女性相關的事蹟名物，《妝臺記》專寫女子梳妝理眉扮飾之事，《髻鬟品》則專記髻鬟髮型。[52]明人徐士俊《十眉謠》，以詠物體寫出十種眉式與髻式，葉紹袁家族夫妻女三人所作「擬艷體連珠」詩，分別詠髮、眉、目、唇、手、腰、足、身共十首，其妻沈宜修云：「劉孝綽有艷體連珠，季女瓊章倣之作以呈予，予爲喜甚亦一拈管，然女實有仙才，予拙不及也。」自己亦作髮、眉、目、唇、手、腰、足共七首詩。後來，葉紹袁亦附作三首。[53]清初李漁《閒情偶寄》〈聲容篇〉，有選姿（肌膚、眉眼、手足、態度）、修容（盥櫛、薰陶、點染）、治服（首飾、衣衫、鞋襪）、習技（文藝、絲竹、歌

---

[51] 衛泳《悅容編》包括隨緣、葺居、緣飾、選侍、雅供、博古、尋眞、及時、晤對、鍾情、借資、招隱、達觀等。《悅容編》收入清・蟲天子輯《香艷叢書》（臺北：文史哲出版社・古亭書屋印行，民 62 年初版）第一冊，頁 35-40。

[52] 以上三書收入同註[51]，《香艷叢書》第二冊，頁 625-650。

[53] 沈宜修、葉瓊章、葉紹袁夫妻女三人的艷體連珠，詳參沈宜修著《鸝吹》「擬連珠」條，收入《午夢堂全集》（北京：中華書局，1998 年）上冊，頁 190-194。

舞）等章，亦專論女性的用物與身姿。[54]

明末清初以女性爲描寫對象林林總總的文本，作者清一色爲男性。女性的用物、身體與品賞的內容，多爲片段、瑣碎、神祕與異質氣氛的書寫，其中意識、動機與出版訴求等問題，莫不引發一連串值得深究的性別思考。尤其對女性身體的描述，逐次細項地勾出頸、眼、皮膚、嘴、髮、手……等部位，彷如畫像一般，將被視爲財產的女子，仔細端詳。女性的身體從來就是被展示、觀看、探討與被理論化的對象。可以被視爲一個藝術品，同時也可以被看成是可以勾起性慾的物品，可以是一個被窺視或發洩性慾的對象，亦可以通過藝術形式，將純粹自然變形（轉換）爲純粹的文化。[55]

---

[54] 以上大部份的書籍，清代以前者，均收入明末首見的品妓叢書《品花箋》中，關於《品花箋》叢書，詳參本書第四篇〈青樓：遊戲、品鑑、權力論述〉。清末《香艷叢書》，同註[51]，更大量收錄了女性範疇的書籍。

[55] 身體論述爲學界探討性別文化的一項重要課題，有的極前衛地探討身體銘文的現象，如依麗莎白·格羅茲著、陳幼石譯，〈銘文和肉體示意圖——呈示法和人的肉身〉，《女性人》第 2 期，1989 年 7 月，頁 65-82。有的則用以探索宗教的意涵，如陳美華撰〈衣著、身體與性別——從佛教經典談起〉，《世界宗教：傳統與現代性》學術研討會論文，嘉義：南華大學，2001 年 4 月 13、14 日。對於圖繪傳統中女性身體的描繪意識與變遷，有王雅各撰，〈身體：女性主義視覺藝術再現化的矛盾〉，《婦女與兩性學刊》第九期，1998 年 4 月，頁 1-53。至於專著如 Griselda Pollock 著、陳香君譯，《視線與差異——陰柔氣質、女性主義與藝術歷史》（臺北：遠流出版社，2000 年），以及《女性主義與藝術歷史》全二冊（臺北：遠流出版社，1998 年）等書，則因爲討論女性的再現，而或多或少觸及到了女性身體的問題，皆值得參考。中國文學傳統中對女性身體的注意，多集中在六朝宮體詩的探討上，晚近由於西方理論的啓示與小說研究的興盛，學者亦注意到明清以後艷情小說中的女性身體。

三、女性圖像

明末清初的女子可以透過旅行、閱讀、寫作與交遊，拓展狹隘的生活空間，然而女性題山水畫詩總是以神遊自我設限，與男人親臨山水的吟詠形成明顯的對照，女性仍舊身在一個封閉、內向的處境中。這種現象在繪畫、版畫中，更是明顯，女性的社會地位與女性圖像再現的模式有所關連。

John Berger《*Way of Seeing*》，認爲「觀看」是性別研究中相當不可忽視的領域，任何女性影像，總有個「男性在看」的假設。他以電影爲例，在傳統的觀看過程中，觀看者、鏡頭、男演員的觀看、女演員的被觀看，設立了一個序列性的心理機制，使得女演員意識到男性在觀看，因而促成肉眼與鏡頭形成一個詮釋圈，把尋常的觀看，轉化爲具有情慾和性意味的凝視。[56] John Berger 的觀點，對明末清初處於男性觀看視野下的女性圖像，深具啓發。

(一) 女性肖像：寂靜的景觀

女子在社會規範下，是不被允許公開暴露的，故雖置身於封鎖區圍的空間再現中，獨對男性觀者的視線開放。男性畫家經常透過立軸與放大尺寸的冊頁，使女性細節毫無遮掩的迫近眼前。這種視線預設的圖繪，將觀者置於臨近與壓縮感之前景，似乎在邀約觀者

---

[56] 筆者近年進行一系列晚明「觀看文化」的研究，實際上得自約翰柏格影像分析的影響與啓發甚大，影像的傳輸與接受，是一連串社會意識與差異心理交相作用的結果。請詳參約翰・柏格著，陳志梧譯：《看的方法——繪畫與社會關係七講》（臺北：明文書局，1991 年）。

去欣賞女子奇景。畫中主角（女子）迫在眼前，觀者有與之對話親近的機會，而畫像卻採取側面角度，完全被觀者所凝視。畫中女子似乎不知道自己正提供了愉悅的景象，因專注於作某一件事而轉頭避開，畫家使主角人物自我知覺的匱乏，是項精心巧妙的設計，這種視線干擾的邏輯，便於觀者更肆無忌憚地享受單向的景觀。(57)

將女性迫在眼前、對男性觀者視線開放的再現形式中，女性肖像畫特別值得注意。女子出現在畫框裡，其外觀：穿著、裝束、配戴（如頭挽高髻爲成年已婚、長髮披垂則是純潔少女）就是一種被允許的公開儀式，女子被畫出來、裝框、懸在廳堂裡，則代表一種符號（婚姻、尊貴、體面的儀式），成爲被裝飾過、理想化、別具意義的標本。端莊地將眼光轉離，靜靜地凝視某方，下垂或迴避的眼神代表女性莊重、貞節與服從，有教養地不與男人有目光上的交流，女人的眼睛與臉轉移開正面而偏離到一定角度。女性裝束、畫像並沒有太多個人特質，沒有個性亦無熱情的角度，以此表現高尚的貞節。畫像中的女性，被框設在一個簡單密封的空間裡，屬於美德的範疇，沒有自己。

正如詩歌中對女性身體的描述一樣，屬於男性財產的女子，在肖像畫中，彷彿解剖般地被端詳，呈現細緻、高雅、柔順的典型。分佈在髮、眉、眼、頸、嘴、手、姿勢、服飾……等細節部位，由

(57) 女子的側面完全被觀者所凝視，是裝飾性的呈現。「眼神」（the eye）與「凝視」（the gaze）則屬於精神分析與電影理論域的理論。本段文字，詳參派翠西亞·賽門著〈框裡的女人：文藝復興人像畫的凝視、眼神與側面像〉，收入謝鴻均等譯《女性主義與藝術歷史》（一）（臺北：遠流出版社，1998年），頁77-120。

手臂、頸項、背脊的造形結構，以及華麗端整的裝束，擬設一個被置入肖像框架裡的女子，看起來像一幅寂靜的景觀，永遠被框在一個理想化的狀態裡，作爲令人難以忘懷的裝飾品，以及永恒的女性典範。理想的女性畫像，非現實的映象，提供男性旁觀、擁有，是男性創製的理想人物。在畫中，女性爲弱勢形象，與男性觀者、畫家筆觸、收藏家鑑賞的戳章形成對比。[58]

(二) 展示的意圖

明末清初文學虛構的女性，如崔鶯鶯、杜麗娘，經常以寂靜的景觀——肖像畫呈現，在市民社會中，進行一種「文化展示」。[59]女性畫像是以「欣賞」與「凝視」的特性被強化裝飾，畫中女子，視覺上比實質更爲艷麗。女性被男性凝視，畫像中迴避的眼神、被端詳的臉部與身姿、高雅柔順的氣質，這些「凝視」的細節，在畫框中成爲具有論述功能的視覺語言，凝視隱喻世俗男性的窺看，將女子們暴露在眾目視線與慾望想像之中。有框架的女性臉容與身體，被賦予了文化的隱喻與價值，不論在高等藝術或大眾文化內，女性極容易被視爲一個可供窺視的對象。[60]

---

[58] 關於女性肖像呈現寂靜的景觀，筆者乃得自同註[57]，〈框裡的女人〉、以及瑪麗・葛拉德〈女性畫像，女性本質〉二文的啓發。葛文亦收入同註[57]，謝譯一書，頁 121-174。

[59] 關於女性畫像視覺上的文化展示（display culture）意圖，參見同註[57]，頁 82。

[60] 在高等藝術形式中，框架是很重要的，展現的女性身體是一般藝術重要與價值的隱喻，它代表了將自然的基本物質提昇，並轉化到精神文化層次。因此對女性身體的特殊定義，還設定了觀看和被觀看的一些特殊規範。如

除了文化隱喻的展示外，這些包裝明艷的美麗影像，臉部、身體皆如靜物般被客觀描畫，裝束、珠寶與高貴的舉止，有如一種經濟符號，作爲男性炫耀的財產。不僅園林可作爲財富炫耀的象徵，在私人莊園領地上，安置華服麗妝的女性，意謂著另一種世俗的炫示與佔有。裝飾淑麗的女子，在圖繪中成爲一種擺置的美物，與園中其他整麗物件的陳設互相映照，隱涵著財產擁有的炫示意義。圖繪中的女子，被擺設在向庭園開放的閨房裡、或園林中、或呈現情慾的男女共處領域，如宅院、陽臺、花園、臥室……等，均呼應了「窺」視的慾望。

㈢ 小結

文學藝術充滿窺視的慾望，明末清初的圖像材料中，女性是一種重要的擺置。圖繪或版畫中的女子，或是現身於幽閉的閨房內室，或現身於花園空間裡，但戶外的場景卻營造出室內親密感，成爲一個獨處封閉四面圍封的隱密場所，這是性別差異下對女性生活空間的預設。女子出現的典型花園空間裡，雖非室內，但戶外的場景卻營造出室內親密感，成爲一個獨處封閉四面圍封的場所，這便是陰柔氣質符碼預設下，對女性的社會性「禁閉」。女性在空間上囿於家庭的幽閉內室，非但身心成爲父權體制中他者、邊緣、從屬的具體表徵。尋常生活、閨閣瑣事均意味著層層疊疊的內在空間。

果只是猥褻的身體，沒有被圍堵或無疆界，它將挑起或移動觀者的慾望，而非藝術帶來的平靜完整，故女性身體的再現，爲西方審美歷史一個核心的論述場域。請參看同註55，王雅各文，頁4。

陰柔氣質被塑形在觀看的政治裡。女性肖像畫，一方面使女性彷彿成爲有框架的鏡子，映照出男性的權力。(61)而人像畫的出現，同時又是現代化社會與個人意識與獨立自主的時代先聲，(62)代表女性個性化進展的肖像畫，使得女性肖像在性別課題中，呈現複雜的意涵。

三、性別的空間：陰柔氣質

既述及女性畫像，續論女性空間形式的相關思考。西方繪畫裡一個有趣的觀察，同樣以劇院中的女子爲對象，男女兩性畫家的描繪表現極爲迥異，女畫家透過僵硬坐姿與動作，表達女性暴露在公共空間裡的不安，而男性畫家在同樣主題下，則造就一張美麗的景觀，以滿足預設爲男性的觀者。(63)這意謂著性別對於女性空間的預設是不同的。女性空間清單如餐廳、客廳、臥室、高樓陽臺、宅院陽臺、私人庭園……皆爲私領域的家庭空間；而於公領域從事的開車、遊船、公園散步、到劇院看戲等美好景致與休閒活動，則容許成群女性出現。至於街頭巷尾、流行娛樂場、商業、業餘交易處等公領域的空間，則不對女性開放。

---

(61) 15 世紀側面像是用作擺飾的，年輕美麗女子爲男主人所擁有。裝飾新娘爲 15 世紀經濟展示的一種手段(87)、女性可作爲男性炫耀的財產(90)。詳參同註(58)，二文，頁 87、90、125。

(62) 文藝復興是產生現代化與個人獨立自主的時代，個人意識的高漲時代，代表個性化的進程。詳參同註(57)，派翠西亞一文，頁 79。

(63) 這個有趣的比較，詳參 Griselda Pollock〈現代性與陰柔氣質的空間〉，收入氏著、香君譯《視線與差異——陰柔氣質、女性主義與藝術歷史》（臺北：遠流出版社，2000 年），頁 112-120。

訴諸意識型態而虛構的自然秩序：高階是男人，低階是女人（包含幼童、僕人）。由此而來的公私領域，公意謂著政治、生產勞動、政府、公共世界，此爲男人私囊物，私意謂著家庭、妻子、孩子、僕人的世界。一般而言，私領域的空間，是男女共享的版圖，但呈現面向則不同，男人可以公私領域之間自由行動，或受到贊助所繪的頌讚場合，或表揚私領域的空間，如園宅、屋室等，女人卻認爲應該獨自置於家內空間裡，並出自於一種明確掌握日常事務和儀式的知識。因性別造成的氣氛差異，男人以其優越的男性權力，將女性的空間氛圍定義爲陰柔氣質。女人只要不在公共場所暴露自己，緊守在陰柔的氛圍裡，就能遠離危險。公私分野在眾多層面上運作，作爲一張意識型態隱喻地圖，在神祕疆界裡，造就了陽剛與陰柔的詞彙意義，女性在空間文化的建構中，與陰柔氣質緊緊相扣。[64]

由西方的性別意識反觀明末清初中國的現象，饒有興味。《長物志》對於女性用物，以空間意涵的貶義語彙「閨閣」來評價，深具性別的預設在內。而清初黃周星的《將就園記》，更是一個典型的對照例子。黃周星在現實生活中，並未大興土木建造園林，然而費時四年的紙上造園計劃，「將園」疏曠、風流且有富貴象；「就園」幽密、古穆而意態高閒，然而推究更深層的意涵，該園彷彿是黃氏一個完整慾望花園。陽剛的「就園」，既代表儒家積極的求仕

---

[64] 將男女的不同特性，聯繫爲文學藝術表現成就的不對等評價，是極受女性主義者質疑的一種文化建構模式，Griselda Pollock 專著《視線與差異——陰柔氣質、女性主義與藝術歷史》（同註[63]）一書，有極精湛的論述，敬請參閱。

企圖，同時亦包含了心理撫慰式的道隱寄託，而陰柔的「將園」，佈滿女性神祕影像，則更是男性另一個不可言喻的情色嚮往世界。他的「將就園」，以文字更徹底地展露並拼貼了世俗的慾望。

性別空間不只呈現在虛構的繪畫或想像中，青樓更是性別課題中，特別值得關注的女性空間。青樓是中國文化的後花園，爲招攬文士或豪富消費，故當時名妓莫不競相致力於青樓空間生活情境的經營，佈置成爲一座避世雅致或書香門第的園林，以締造富貴雅士私密宅第的氣氛。[65]

四、物化與品藻

(一) 物化

性別中的觀看課題，隱含著女性在視覺中有被物化的傾向。畫家設計的視覺漫遊行程中，女人的服飾、眼眉、身體等細節，以相當不同於男人、彷若靜物的模式來處置，女子現身爲可被觀賞的一種物體。女子在文學藝術中，經常被物化，宮體詩的傳統，深具感官之美，以詩人對女性的情慾幻想，代替女性私心告白的情愛渴求。描畫女性的仕女畫傳統，無論是搗練、嬉遊、出行等多樣化的活動，仕女或是與山水作相互襯托，或是以群體姿態出現，與樂府詩或宮體詩的描繪內容接近。

---

[65] 明末馬湘蘭、李十娘等歌妓，將青樓佈置成一座避世雅致的園林，彷如書香門第。詳參王鴻泰撰〈青樓：中國文化的後花園〉，《當代》第 137 期（復刊第 19 期）（1999 年 1 月 1 日出刊）頁 20-21。16-29。

唐宋題畫詩人對畫中女子投入的，是一種概括的、類化的帶著疏離感的心懷，如待物一般，保持距離，詩人不關心對象物的感覺，而重視自己的視覺愉悅，只是觀看，沒有交流，沒有互動，沒有艷遇，女子純為客體物。[66]明末清初的女性書籍，亦有物化女子的傾向，女子不僅是整個細膩區別品類之物體系架構下的參與者，同時亦是一個重要的審美對象。歷來沒有一個時代，像明末清初這麼鄭重其事地將女子視為一種觀看對象，仔細地觀察與品賞女子，進而廣泛地發展女性化的趣味，女性一逕地處在男性視野中。[67]

㈡ 品藻

明中葉以後，文人狎遊頻繁，出現了品藻歌妓的「花榜」如《江花品藻》、《燕都妓品》等書。花榜模仿科舉，作者多為仕途科考不遂的禮教叛徒，既是對自己不平的一種轉移與發洩，亦是對社會現實的諷刺。花榜顯然是帶有偏見的戲弄與歧視，這與箝制、

[66] 北宋文人對畫中歷史名女人的情感非常節制，多為歷史感懷、借古喻今的題詩內容，有史書作為參考座標和價值判準，所以流露的情感，總是典故背後的歷史意義，客觀普遍而思辨性的情感。沒有名字的人，只有籠統的頭部描寫、年齡裝扮、喜怒哀樂七情六慾都不見，所以是安全的。唐代韓偓的詩，活色生香，而蘇軾〈麗人行〉的想像則極為節制。詳參衣若芬撰〈北宋題仕女畫詩析論〉一文，收入中研院中國文哲所籌備處編：《傳承與創新——中研院文哲所十周年紀念論文集》，臺北：南港，1999 年 12 月。

[67] 清末如《香蓮十八》等品賞纏足之類的書，更將女子貶為消遣品，近於戀物癖的書寫偏執。參見李渝撰〈中國傳統繪畫中的女性形像〉，《雄獅》月刊，第 85 期，頁 16。

規範女性的女論語、女四書等教條一樣，均充滿值得探索的性別意涵。

解讀「花榜」著作，不只是紙面分析而已，亦得還原實際的活動情境。在飲宴的場合中，一群男性席上喝酒，有歌妓作陪、即席作詩、排出榜次，宴席外，歌妓得文人品鑑塡詞而使身價提高。選美的場域中，男性評價女性、菁英文人評價卑賤歌妓，均涉及權力的關係。品妓書與女性圖像的前提相同，是將女子變成客體，變成可控制、佔有、觀看的對象。

五、女性主體與自覺

㈠ 青樓歌妓的人格化取得

政治性遷移如從夫或從父宦遊，使閨閣女子的生活空間增大。[68]閨秀經常在詩社酬和詩作，女性的文學空間多在同性與家族裡展現。[69]青樓妓院的固定空間，擺脫了萍水相逢的性質，為男女交往

---

[68] 徐媛從夫范允臨、李因嫁葛徵奇爲妾、黃媛介、王端淑流離失所，僑居西湖，售書畫筆札維生。均在某種程度上，拓展了女性的活動空間。詳參高彥頤撰〈「空間」與「家」——論明末清初婦女的生活空間〉，《近代中國婦女史研究》第三期，1995 年。

[69] 關於閨秀女性彼此間的交往，《尺牘新語》中紀錄了許多寶貴的足跡。詳參魏愛蓮（Ellen Widmer）：〈十七世紀中國才女的書信世界〉，《中外文學》，22 卷 6 期《女性主義重閱古典文學專輯》，1993 年。此外，如《尺牘新語》編者汪琪之伯父，定期於杭州船上舉行才子才女的詩集酒會，閨秀名媛亦有可能與從良的歌妓有相遇結識的機會。參見郭秀容撰〈晚明女性繪畫研究〉（臺灣師範大學美術研究所碩論，1995 年），頁 42-43。

追逐愛情所設計的場域，有時滋長了眞正的愛情。在這樣的關係中，有靈性的名妓得到鍾愛，亦有調情的講求，患得患失的戀情，亦加深了對女子情感意志的細節注意，這些都某種程度地反映了女性人格化的取得，亦助長了女性意識的抬頭。(70)

另一方面，女性人格化的取得，使得名妓由商品到成爲參與文人活動的要角，誕生新的社會人格，名妓經常成爲流行時尚的創造者，名妓的產生建立在「文人文化」的基礎上，背後有城市社交活動與商業機制作用的結果，創造了一種紅粉知己難覓的文化想像。明末時期的文人居處，經常有藝妓造訪，如文震亨之宅，柳如是經常造訪，(71)余懷爲顧眉解頌，錢謙益爲董小宛脫樂籍，促其與冒襄的婚事，柳如是還常代謙益造訪賓客。故藝妓在異性的文人間拓展文藝天地，藝妓與文人之間的關係極密切，能得到平等對待，且甚至常得文人奧援。(72)文人文化重新建構了妓女的人格，提供一個價值階梯，得以在社會場域中，追求社會身分與社會價值。

除了《列女傳》很早以來的女教系統之外，對於女性文化的重視，可謂由晚明的青樓開始。晚明時期，女性的德與才似乎分屬於閨秀與名妓，閨秀不敢標榜文才，而歌妓從良，亦努力追尋德範，二者經常產生認同上的矛盾，到清中葉以後，德與才始合一成爲大

---

(70) 方以智《品藻花案》、以及《青樓韻語》、《青樓規範》等書，皆論及調情之法。青樓歌妓女性人格化的取得，詳參同註(65)，王鴻泰文。

(71) 詳見孫康宜撰、李奭學譯《陳子龍柳如是詩詞情緣》（西安：陝西師範大學出版社，1998 年），頁 72。

(72) 詳參同註(69)，郭秀容文，頁 42。

家閨秀的立身標竿。[73]

㈡ 女性自我意識的成長

明末清初的版畫文獻，蘊藏了足供圖文比對的豐富材料。同時並列詩情／畫意的《詩餘畫譜》、《北宮詞紀》、《樂府先春》等書，將女性所在的詞曲意境轉塑爲繪畫空間。表現女性才情的《吳騷合編》、《青樓韻語》、《女才子集》，則是用女性的文本描繪女性，其中暗含男性畫家必需先自擬爲陰性，再以女性立場描繪等複雜的問題。仕女畫傳統中，唐代張萱、周昉等畫家，多描繪群體姿態出現的女性，明末清初以後，女子單獨個像逐漸受重視。以清初顧太清爲例，在詩詞作品中，就有爲數不少的題小照、題寫眞的作品，顯示爲女性寫照畫像的風氣很盛行。此外，晚明出版了以漢劉向《列女傳》爲底本的系列書籍，如茅坤補《古今列女傳評林》（萬曆富春堂刻本）、呂坤輯《閨範》（萬曆泊如齋刻本）等，皆爲圖文對照刊刻精美的女性傳記。向來史傳傳統重視女性生命中的母性與道德層面，忽略其他部分，而晚明以來一再刊刻圖文對照版的女性史傳，不見得再是同一個貞烈節孝的標準，隱含了其他的生命情調在內，這與塑造女性的新形象極有關係。

至於文學的部份，雖宮體詩、題畫詩、品美書、品妓書，女性被物化的線索清晰可辨，但同時，對於女性才華的重視，亦盛況空

---

[73] 關於明清女子才德之辯，詳參孫康宜撰、李奭學譯〈明清詩媛與女子才德觀〉，《中外文學》，21 卷 11 期，1993 年。以及同註[48]，劉詠聰著《德·才·色·權》一書。

前。當時名媛詩詞選集大量湧現，女子詩集的刊印受到讀者大眾的喜愛。[74]明末湯顯祖，成功創造了一個不同於以往被動無聲的女子角色——杜麗娘，她躍出傳統閨塾，執起丹青畫筆爲自己寫眞，湯顯祖認同了女性可以透過誠意與才華向世界宣示與證明自我存在。《牡丹亭》的女性閱讀活動中，亦呈現了女性意識的積極介入。凡此種種，皆預示了後來明清文學才女透過寫作與繪畫自我呈現的訊息，這種逐漸浮現出來的女性主體，亟待探索。

儘管處在男性的凝視眼光下，女性則擺脫過去的沈寂，開始用文字與圖像向世界展出身姿、發出聲音，顯現女性主體浮現的新貌。在文學中，她們透過閱讀、寫信與旅遊，拓展生活領域；在版畫中，閨門敞開的她們，邀請觀眾走入她以物構築的生活天地；在寫眞小照中，正面凝視的她們，向觀眾展列她的價值世界。她們紛紛出現了文人化的傾向，表達了生活藝術化的期望，以及對世俗傳統的超越企圖。或是閨秀女子重視才德兼備，或是青樓名妓力求在藝術趣味的修養上顯示人格魅力，二者都表現著當世女性在文化和人格上追求全面發展的熱情。

明末清初的女性意識是個複雜的課題，前所未有大量湧現之文本與圖繪中的女性畫像，突顯了本課題的重要性。

---

[74] 關於女性詩文選集的刊印風潮，詳參孫康宜撰、馬耀民譯〈明清女詩人選集及其採輯策略〉，《中外文學》，23卷2期，1994年。

伍、交織含涉的論題

筆者前文，試圖爲拙著區劃論述的範圍與框架。首先由世變的斷代特性、世俗化的社會傾向、公共與私密的對話，作爲「明末清初」的時代理解。其次，探討當代中，最重要的溝通媒介——書籍。在資本化的社會中，書籍已成爲販賣知識的商品。此外，分別針對叢輯、日用類書、雜品、圖像等四種流行的書籍類型，以及出版商的文化性格，與書籍的邊緣性，討論當時特殊的現象。接著，筆者提出了明末清初文化書寫的兩重面向：「物」與「觀看」。在「物」的面向部份，先由英國學者 Craig Clunas 的論著，揭開明末清初物的意義，其次討論物與世俗生活之樂的關係，以及長物、園林爲代表的美物佔有心理。在「觀看」的面向部份，探討當時文人閒遊玩賞、無所不觀的喜好，並說明創造觀看位置的方法意涵。最後，則專節探討貫串明末清初文化書寫的「性別」面向，此爲當今學界研究的現況反映，筆者從女性書籍的紛雜內容、女性畫像的展示意圖、性別空間中的陰柔氣質、物化與品藻女性，以及青樓歌妓的人格化取得、與女性自我意識的成長，討論女性主體與自覺。

拙著取徑於當今富啓發性的文學理論，包含後現代資本社會，諸如物體系的架構詮釋、性別隱含的權力意識，以及圖像資料指涉的觀看意蘊，衡諸明末清初，確有許多暗合之處。拙著在文獻取材的部份，捨棄宏偉之大敘述不論，偏向採取爲人忽視的邊緣文本，如小品雜俎、青樓文獻、女性札記等，希望藉著邊緣書寫的拆解，進一步掌握明末清初特異的文化現象。

特別值得一提的，明末清初小說戲曲大量出版，以及進步的刊刻技術，累積了豐富的視覺文獻，爲中國的圖像文化揭開序幕。拙著採用了許多版畫與畫蹟，作爲文化「觀看」的輔助材料，諸如古董、園林圖繪、女性畫像、品妓圖等，因爲有視覺材料的輔助，對當時的文化現象，便能有更精細的詮說。筆者特別搜集、閱讀、比對、解析圖像視覺的材料，將視覺語言作爲重要論述，在圖像與文字互相滲透與詮釋的研究進路上，確實花了很大心力。

拙著由明清小品斷片的型式取得靈感，以四種名物：長物、園林、寫眞、青樓，作爲各篇的標題，各自代表「明末清初」不同角度的論題。園林、寫眞、青樓，豈非長「物」的大匯集？古式如畫的物、美侖美奐的園林與圖繪，莫不盛裝著邀請世人的眼睛前來「觀看」。寫眞、青樓中的女子歌妓，被描寫、被「觀看」，被品藻、被「物」化，莫不涉及「性別」意識。長物、園林，被男性文人以具有「性別」意圖地釐析出閨閣陰柔氣質……。無論是長物、園林，或寫眞，青樓，在市民經濟社會的前提下，既是個人私密的領域，卻同時又要公開與炫耀。筆者讓這些面向彼此交織，互相含涉，據以建立明末清初文化複雜多樣的探索基礎與層次。筆者運用了圖像與文字的比對、現實與幻境的呼應、歷史與傳統的重整、社會與性別意識的衝突與建構……等，環繞成物、性別與觀看的研究範疇，期能爲「明末清初」的文化書寫，探索出一個靈活詮釋的新路向。

II 長物：物體系與物的神話

壹、緒論

一、「長物」：晚明新興的物觀

《長物志》是晚明文震亨一部有名的著作，❶書名用了一個晉朝的典故：「長物」，這個典故來自於《世說新語》一對有趣的對話：

> 王恭從會稽還，王大看之，見其坐六尺簟，因語恭：卿東來，故應有此物，可以一領及我。恭無言，大去後，即舉所坐者送之。既無餘席，便坐薦上。後大聞之，甚驚，曰：吾本謂卿多，故求耳。對曰：丈人不悉恭，恭作人無長物。
>
> （劉義慶《世說新語》〈德行第一〉）

---

* 本篇篇名「神話」與「物體系」兩個詞彙，分別參引自法國學者羅蘭巴特與尚布希亞二家物品語意學的理論而來，意圖顯示筆者對《長物志》一書詮釋分析所採用的理論進路。

❶ 文震亨《長物志》，著錄收書於《四庫全書》子部雜家類雜品之屬項下。《百部叢書集成》（嚴一萍選輯，臺北：藝文印書館，本叢書各集出版年次不一）之 31『硯雲甲乙編』（民 55 年影印）第二函亦收入，另亦收入《美術叢書》(臺北：藝文印書館，1975 年 11 月初版)三集第九輯（總第 15 冊），頁 115-268。近有陳植校注、楊超伯校訂之《長物志校注》（南京：江蘇科學技術出版社，1984 年），爲此書作了詳細校注。筆者幸承陳萬益教授好意借得此書，本論文得力於此版本甚多，在此特向陳教授致謝。

關於這段雅事，《晉書・王恭傳》中有如下相關的記載：

> 忱訪之，見恭所坐六尺簟，因求之，恭輒以送……忱聞而大驚，恭曰：我平生無長物。
>
> 王恭，清操，美姿儀，被鶴氅裘，涉雪而行，孟昶窺見之，嘆曰：此眞神仙中人也。

《世說新語》對這位被鶴氅裘、涉雪而行的神仙人物王恭，是以「平生無長物」的人生觀來塑造，顯然六尺簟對於隨坐薦上、不執著世事世物的王恭來說，是多餘無用的「長物」。王恭的典故意涵包含兩個層面：第一、物的功能認知，第二、神仙風姿的點醒。具實用功能，就是「用物」，否則就是多餘的「長物」，王恭因爲不執著六尺簟的實用功能，因此不被物所拘縛，而被塑造成神仙風度，「長物」與文化氣氛的關係，形成彼此交涉的論辯焦點。

「長物」是應當隨時被忽略、被遺忘、被解消之多餘無用的存在，擁有「不役於物」的曠達態度，始具有人文氣息，這是中國文人結合言意之辯，逐漸形成的物我觀傳統。千餘年後，晚明的文震亨在特殊的時代氛圍下，企圖扭轉這個典故的傳統意涵，文震亨援引王恭的典故，鄭重其事地爲其著作命名爲《長物志》，四庫提要云：「其曰長物，蓋取世說中王恭語。所論皆閒適游戲之事，纖悉畢具」，❷與王恭不同的是，文震亨不但注意這些「長物」，還愼

---

❷ 參見《欽定四庫全書總目》（收入《景印文淵閣四庫全書》，臺北：臺灣商務印書館，1985 年）卷 123，子部雜家類七〈長物志提要〉。

重地將閒適遊戲等多餘無用之物，一一作誌品評書寫，《長物志》一書展示了奇特的寫作姿態。

將身外無餘之物，愼重地作誌品評的觀念，的確更新了長久以來「不役於物」的論述傳統，文震亨的好友沈春澤更清晰地表達了「長物」與「閒事」的關聯：

> 夫標榜林壑，品題酒茗，收藏位置，圖史杯鐺之屬，於世爲閒事，於身爲長物。而品人者於此觀韻焉、才與情焉，何也？挹古今清華美妙之氣於耳目之前，供我呼吸；羅天地瑣雜碎細之物於几席之上，聽我指揮；挾日用寒不可衣、饑不可食之器，尊踰拱璧、享輕千金以寄我慷慨不平。非有眞韻眞才與情以勝之，其調弗同也。（〈長物志序〉）

沈春澤認爲具古典意蘊的優雅生活如：山水遊歷、品酒品茗、家居佈置與古董收藏等，在世人來看是「閒事」，對身心而言是「長物」，然而這具備遊戲性質的「閒事」與「長物」，卻是品人之才、情、韻的憑介。文、沈二人提出的「長物」、「閒事」觀念，透露了晚明時期的新興物觀。

二、物的體系

《長物志》並不依循中國歷史上搜怪獵奇的博物傳統，是將物置於日用生活的範疇裡，包含室廬、花木、水石、禽魚、書畫、几榻、器具、衣飾、舟車、蔬果、香茗等十一種架構日用生活中的物類元件。該書是生活用物的總覽，環繞著日用生活而展開，由最基本對物的認識、到應用、製作與評價，幾乎涵蓋了物各個層面的知識，爲讀者提供經營生活的指引。文震亨的「長物」有指涉功能，是生活體系排列組合中的符號元素，透過功能意義（本質、客觀本義，技術層次）與引伸意義（延伸義、文化層次）二者，以及十一個日常生活單元的書寫序列，鋪展了一個符號形式的物體系。❸

《長物志》的物究竟如何標誌符號意義的系統？試擬表如下：❹

❸ 法國學者布希亞爲「物」的思想家，其《物體系》一書，探討物在現代生活中的符號學意義，布希亞將物區分爲功能性系統（或客觀論述）、非功能性系統（或主觀論述），物品及消費的社會等面向。功能性系統如居家用物如何擺設的問題，非功能性系統則是對古物其邊緣性的細密探討，物品及消費的社會則是意識形態體系的探討，由此理論建構出物的體系。本論文即參酌布希亞的理論觀點，試圖爲消費社會下的產物——《長物志》，其物類書寫及文化意涵，提出一個符號學的解讀方式。敬請詳參尚·布希亞著、林志明譯《物體系》，臺北：時報文化，1997 年。

❹ 《長物志》卷八「笠」條：「笠，細藤者佳，方廣二尺四寸，以皂絹綴檐，山行以避風日，又有葉笠、羽笠」；卷六「床」條：「……近有以柏木琢細如竹者，甚精，宜閨閣及小齋中」；卷六「佛櫥佛桌」條：「用朱黑漆，須極華整，而無脂粉氣。」筆者參照羅蘭巴特舉「白色電話」的兩組座標意涵爲例，闡述物的語意學層次，以《長物志》中「竹笠」、「柏木細琢的床」、「朱黑漆的佛櫥佛桌」等三物排比對照，製成簡表如附。「白色電話」的分析，參同註❸，後附林志明〈譯後記：一個閱讀〉一文，頁 229。

「長物」 物（符號）的三階次意義		笠 （卷 8）	柏木細琢 的床 （卷 6）	朱黑漆的 佛櫥佛桌 （卷 6）
功能意義：本質、客觀本義，技術層次		避風日	眠憩	供佛
引伸意義： 延伸義、文化層次	分類的座標＝氣氛狀態 （社會所賦的分級類別）	簡樸	陰柔	華麗莊嚴
	象徵的座標＝優劣評價 （物的隱喻深度）	隱士	閨閣	廟堂

《長物志》中的竹笠可避風日、柏木琢細的床可以眠憩、朱黑漆的佛櫥佛桌用以供佛，這些物具有第一層之功能意義，同時亦包含了第二層的文化引伸：既代表社會分級與氣氛狀態的分類座標：簡樸（農家）、陰柔（女性）、莊嚴（宗教）；亦涵括了物隱喻的象徵座標：竹笠象徵隱士、琢細柏木的材質隱喻閨閣、朱黑漆佛桌象徵莊嚴的廟堂氣息，以及由隱喻象徵之意，伴隨而來的優劣評價。物除了在第一階次材質、形製與使用的功能論述之外，不論是第二階次的分類（氣氛）座標、或是第三階次的象徵（評價）座標，皆已暗喻著被編碼的文化意義。《長物志》對「物」的書寫，恰有如上三條論述主軸交替輪換：第一、功能論述：如形制、佈置、擺設等作爲生活元件的功能討論；第二、氣氛論述：對於古物、收藏等文化意義的探究；第三、評價論述：爲物在排列等次、評比模式中尋找定位。在每一個物的單元項下，經過三層次組成的物體系，透過符號之助，創造了一個被重新創造，且不斷滲進文化因素的理想生活型範，物由生活體系邁進了文化體系。

三、物的神話

㈠ 功能論述的提出與弱化

文震亨探討物的功能與技術，以材質、樣式、顏色、時間與場合等實用功能要件，透過擺設與佈置的理念說明，提供理想的生活型範。《長物志》佈列各項室內元件，擺設出一個個具有特殊功能的居室單元，包括了建築體式的堂、臥室、浴室、山齋、茶寮、琴室等；而由屋室延伸出去的室外空間，亦有典型的庭園元件如花木、水石、亭閣等佈設方案，再加上山行水流的遊動生活設計，莫不由功能考慮出發，以閱玩清賞作爲附加價值。以符號學的立場而言，由居室內至庭園外、由靜定的空間到遊動的世界，這些生活單元中的物類元件，井然有秩地組成了生活體系。❺然而如何將物之元件，依程式定位在生活架構中？必需由氣氛與評價的文化論述來決定，在這個狀況下，功能論述呈現了弱化的現象，色彩、材質、體積、樣式、空間擺設等功能因素，在「古意」、「雅緻」的氣氛評價之下，必需賦予新意。

---

❺ 筆者曾由物的材質、樣式、色彩、時間與場合等幾個角度、探討《長物志》的功能性論述，並試圖將物與物的關係，鈎連出《長物志》的生活佈置與擺設。關於《長物志》的功能與擺設種種論述，涉及龐雜，本文限於篇幅，無法一併處理，筆者已另文寫成〈風雅生活的指南：文震亨《長物志》探論〉（投稿審查中），敬請參閱。

㈡ 一則物的神話

羅蘭巴特將生活表象上所見紛繁物類的敘述，視爲現代「神話」。「神話」言在此而意在彼，是經過層層神祕面紗美化包裹的書寫方式，有潛在的、引伸的意涵等待詮析，「神話」就是以符號體系的組構文本，發揮迷魅群眾的強大力量。羅蘭巴特、布希亞等學者，以神話學與符號學的立場，揭開物作爲符號書寫於表層思想的神祕面紗，藉此探討文化社會裡複雜多樣的深層意識型態。筆者本文深受啓發，即嘗試以二家的理論觀點，對《長物志》作深入詮釋：❻以物體系作爲論述的架構，探察《長物志》符號語意系統建構出來的種種意涵，並以羅蘭巴特的神話概念，解析潛藏在《長物志》深層的意識型態。

筆者以爲，欲瞭解晚明乃至現代社會中流行文化的形成與魅力，物體系不失爲一個好的考察策略，而《長物志》一書，由書名預設的物觀，到各個物類細項的討論，均表現了嶄新的書寫姿態，足以作爲晚明物體系研究的最佳典例。四庫館臣在評述晚明文人的著作時，經常以「掉弄筆墨」、「強作雅態」等語彙來嘲諷，隱含了對遊戲書寫的貶抑，❼遊戲書寫，亦如「神話」一樣蒙上有待揭

---

❻ 布希亞《物體系》一書沿用前輩學者羅蘭巴特的神話學觀念而來，或者說是巴特「物品語意學」研究的補全，巴特甚至是布希亞的「模範」（參同註❸，頁 234，註 34 條）。除《物體系》外，請詳參羅蘭巴特著、許薔薔、許綺玲譯《神話學》（臺北：桂冠圖書公司，1997 年），以及羅蘭巴特著、敖軍譯《流行體系》（臺北：桂冠圖書公司，1998 年）二書。

❼ 檢視《四庫全書總目》，館臣視晚明文人著作如寫作的遊戲，大抵懷有負面的評價，這些評價多爲對其著作態度、體例或內容的指責。例如：「其

開的神祕面紗。《長物志》充滿文化熱情的論述，充斥了什麼意識型態？反映了晚明文人如何的解悟方式？如何締造了流行書寫？《長物志》集合「長物」，組構成一個理想的生活體系，如何呈現在氣氛論述與評價論述上？超實用性的邊緣論述，如何削弱實用功能價值，展現古典詩意與文化氣氛？《長物志》迷戀「古物」，走進起源崇拜與追躡歷史的神話邏輯裡，神話包裝的遠距古雅情趣，正是晚明文人創造大眾流行文化的基調。《長物志》的書寫，不僅與布希亞的物體系理論相契合，其氣氛論述與評價論述的豐富意涵，更使該書宛如一則亟待解析的神話。

貳、物的氣氛論述

《長物志》的物成了生活體系中的符號，這些符號的意指具有濃厚的文化性，該書具有文化意指的氣氛論述，以下筆者將以物的詩意修辭與超越邊緣性的古物收藏兩個角度，探討《長物志》居家

劄記皆偶拈一二古事，綴以論說，不出明人掉弄筆墨之習」（〈陳禹謨·說儲提要〉）、「山人墨客莫盛於明之末年，刺取清言以誇高致，亦一時風尚如是也」（〈增定玉壺冰提要〉）、「明之末年，國政壞，而士風亦壞，掉弄聰明，決裂防檢，遂至於如此，屠隆、陳繼儒諸人，不得不任其咎也」（〈張氏藏書（按張應文撰）提要〉、「書中所載專以供閒適消遣之用，標目編類亦多涉纖仄，不出明季小品積習，遂為陳繼儒、李漁等濫觴……亦時有可採，以視勦襲清言，強作雅態者，固較勝焉」（〈高濂·遵生八牋提要〉）、「大抵明季山人潦倒恣肆之言，拾屠隆、陳繼儒之餘慧，自以雅人深致者也。」（〈樂純·雪菴清史提要〉）。

用物的氣氛論述，藉以尋繹物作爲符號意指的文化意涵。

一、物的詩意修辭

試看以下兩則不同的文字：

◊ 更須密室，不爲風寒所侵。（卷一「浴室」條）

◊ 取頑石具苔斑者嵌之，方有巖阿之致。（卷一「階」條）

第一條論浴室，說到冬日必需遮密始能避免風寒侵入，隱蔽遮風是浴室的功能性意指。次條談到砌階選擇的石材，必需取有苔斑攀緣者，始能造成自然野逸之趣，人們步階上下出入，彷彿走進一個隱幽氣氛的境地中，這是「階」的非實用功能，也是具文化意涵的氣氛論述。文震亨的氣氛論述，是以詩學（意）修辭——隱喻、象徵或摹寫等一連串的意象手法來進行，以營造文化意涵，物在實際生活中被體驗，進而被文學心理所描繪，透過一系列的修辭用語，使長久消逝的傳統，以符號的身分，在物的體系中隱約呈現。本節對於《長物志》具文化意涵的氣氛論述，將由「如畫」、「典故」、「詩境」等幾個面向來探討。

㈠ 如畫

◊ 語鳥拂閣以低飛，游魚排荇而徑度，幽人會心，輒令竟日忘倦……故必疏其雅潔，可供清玩者數種，令童子愛養餌飼，得其性情，庶几馴鳥雀、狎鳧魚，亦山林之經濟也。

（卷四〈禽魚篇〉敘）

◇弄花一歲，看花十日。故幃箔映蔽，鈴索護持，非徒富貴容也。……至於藝蘭栽菊，古各有方，時取以課園丁，考職事，亦幽人之務也。（卷二〈花木篇〉敘）

禽魚與花木是家居生活中，文人藉以暫避世俗名利、展現山林學問、佈置高雅生活的物類。二者皆能點綴宅庭之景，提供閱賞觀玩的功能。對於禽魚，文人可由聲音、顏色、飲啄、態度中，玩賞其生動情態；或由巢居、穴處、眠沙、泳浦、戲廣、浮深、穿屋、賀廈、知歲、司晨、啼春、噪晚等不同生態中，細數禽魚的品類。在《長物志》中，物的氣氛論述經常表現在「如畫」的簡易修辭中。如何擺設或製造物，才是理想的氣氛？就將畫面的意態融入，將畫意貫穿，使物具備詩情畫意，爲物的詩畫意境催生。「弄花一歲，看花十日」，《長物志》中對於花木的栽植，眼光獨具，與富豪人家誇逞名花品種不同（非徒富貴容），文震亨以爲，必要時應以簾幕遮掩（幃箔映蔽），或以索串鈴謹防鳥害（鈴索護持），均護花惜花的作法。

文震亨有一套獨特的花木佈設觀念：

若庭除檻畔，必以虬枝古幹、異種奇名、枝葉扶疏、位置疏密，或水邊石際、橫偃斜披；或一望成林、或孤枝獨秀，草花不可繁雜，隨處植之，取其四時不斷，皆入圖畫。（卷一〈花木篇〉敘）

「皆入圖畫」爲本條文字的結語，整個庭園的花木栽植，環繞著入畫的原則而展開。在庭除、水邊、石際栽植花木，品種稀罕或造形奇特者，可以使庭園氣氛脫俗，異種奇名之木，以梧桐爲例：

> 青桐有佳蔭，株綠如翠玉，宜種廣庭中，當日令人浣拭，且取枝梗如畫者，如若直上而旁無他枝，如拳如蓋及生棉者，皆所不取。（卷二「梧桐」條）

開首二句，儼然就是詩句的修辭，梧桐在中國文化中，爲佳祥潔淨之樹，這樣的佳樹適宜種在廣庭中，令僮僕日常浣拭，而能種在廣庭中，樹形枝梗必需有所講究，「如畫」再度出現，哪位畫家會畫出一筆直通向上無枝無葉、或矯枉過正畫出拳形蓋形的樹蔭？畫家如何畫出一棵梧桐？園藝家就如何結出梧桐之形。

再回到上一條文字中，枝葉樹幹的造形的確相當重要，要選取或結形成虯梗老幹、枝葉扶疏者，而出枝長葉宜疏密相間，樹木的姿態，或是孤枝獨秀、或是橫偃斜披、或是遠望成林，再以隨處點綴栽植的四時草花作爲搭襯。這樣的花園佈設，其實是以繪畫作爲藍圖，彷彿庭園是一個巨型的紙幅，園藝家如同畫家以畫筆營構畫面、點染樹形，逐步架設起一座庭園。除了花木如畫外，還可放大到庭園其他元件的構築上，如水閣即是：「最廣處可置水閣，必如圖畫中者佳」（卷二「廣池」條）。

大型的庭園如此，小型的盆栽莫不如此：

> 盆玩時尚以列几案間者爲第一，列庭榭中者次之，余持論則

反是。最古者以天目松爲第一，高不過二尺，短不過尺許，其本如臂，其針若簇，結爲馬遠之欹斜詰曲、郭熙之露頂張拳、劉松年之偃亞層疊、盛子昭之拖拽軒翥等狀。栽以佳器，槎牙可觀。（卷二「盆玩」條）

庭樹中的盆景〔圖 1〕，如何結形始爲理想樣式？一如栽植梧桐「枝梗如畫」般，文震亨更具體點名了宋元兩代畫家：馬遠、郭熙、劉松年、盛子昭，援引他們所創作之山水畫風中幾款典型的松樹畫法，作爲天目松結形的依據〔圖 2-1～2-4〕。值得注意的是，無論庭園或盆栽，原是移植自然的人工造景，應該愈少鑿痕愈好，但文震亨的「如畫」觀，第一步將擬仿自然的庭園與盆栽推向人文圖繪的領域，而「古」的要求，則更進一步將盆玩的氣氛推向文化情境中。

圖 1　「盆中景」《圖繪宗彝》萬曆武林夷白堂刊本

圖 2　盆景如畫的依據

圖 2-1 馬遠〈梅石溪鳧圖〉（局部）
文震亨曰：「馬遠之欹斜詰曲」

圖 2-2 郭熙〈早春圖〉（局部）
文震亨曰：「郭熙之露頂張拳」

圖 2-3 劉松年〈四景山水圖〉（局部）
文震亨曰：「劉松年之偃亞層疊」

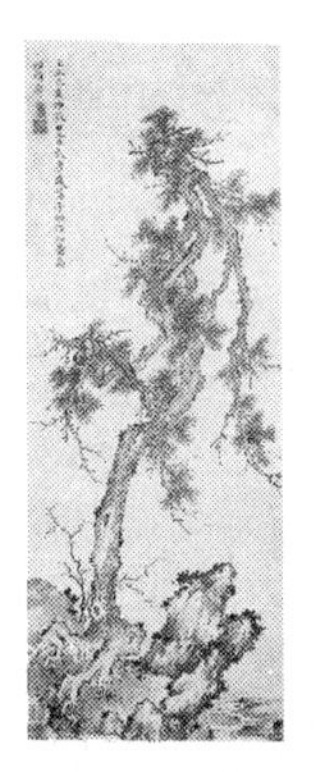

圖 2-4 盛子昭〈松石圖〉
文震亨曰：「盛子昭之拖拽軒翥」

「如畫」有時亦是物品樣式的要求，例如欄杆樣式，絕不宜雕成鳥獸俗形，至於朱飾柿頂、中截爲綠飾的荷葉寶瓶，適用於莊嚴的廳堂；卍字形則太閨閣氣，若要有古雅的氣氛，取繪畫中可用之形象，雕繪製成（卷一「欄杆」條）。欄杆的「如畫」，是要用繪畫的形象雕飾，而有燈屏的燈樣，則在屏中穿製花鳥，燈光映照時，花鳥之影投射在燈屏上，影跡如畫（卷七「燈」條）。至於黑白紋路的大理石，更像山水煙雲〔圖 3〕，若能天然而成米芾父子的墨戲雲山，更爲難得珍品（卷三「大理石」條）。這三種居家用物與擺設：或是欄杆的雕飾、燈屏的影像、供石的紋路等，同樣地要「如畫」，要文人在自己的文化視野中，找尋理想的範式，營造物的氣氛。

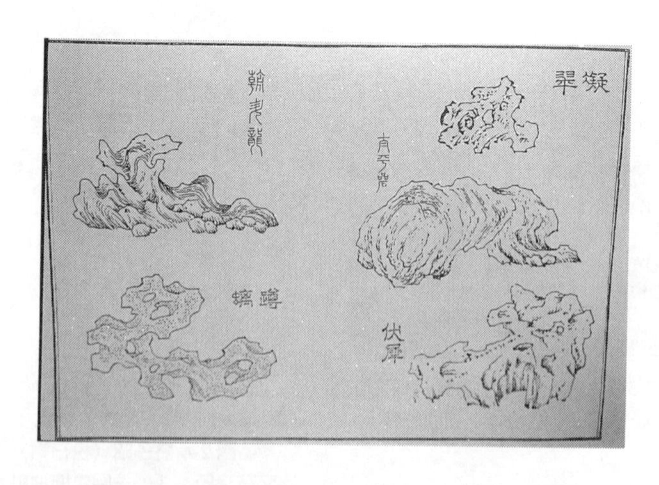

圖 3　奇石：「凝翠」《素園石譜》萬曆 41 年刊本

居家用物與擺設的理想範式是山水畫，這與文震亨在繪畫題裁中獨尊山水的評價互相呼應。❽文震亨認爲理想的山水畫境應清閑幽曠，細部觀看，屋廬、橋彴、石、水、山、泉、雲煙、野徑、松、竹等物象的佈置與描繪，乃至山腳如何入水，水源脈絡如何分曉（卷五「論畫」條），彷彿是把這些物象還原到具體的生活世界中，擺出一個最理想的姿勢，成爲永恒可供臥遊的美景，山水畫所以可居可遊，因爲這是理想生活的典型與嚮往。

山水畫的畫面營構與物象描繪，與庭園的佈設可說如出一轍，庭園中一樣安置了屋廬、橋彴、石、水、山、泉、階徑、花木松竹等山林物象，這些繁複的生活元件，組織在生活園林中，正要：「安設得所，方如圖畫」，這是〈位置篇〉中的關鍵話語，文震亨曰：

> 位置之法，繁簡不同，寒暑各異。高堂廣榭，曲房奧室，各有所宜。即如圖書鼎彝之屬，亦須安設得所，方如圖畫。雲林清閟，高梧古石中，僅一几一榻，令人想見其風致，眞令神骨俱冷。（卷十〈位置篇〉敘）

---

❽ 《長物志》卷五〈書畫〉篇「論畫」條曰：「山水第一。山水林泉，清閑幽曠，屋廬深邃，橋彴往來，石老而潤，水淡而明，山勢崔嵬，泉流灑落，雲煙出沒，野徑迂迴，松偃龍蛇，竹藏風雨，山腳入水澄清，水源來歷分曉」。在山水、竹、樹、蘭、石、人物、鳥獸、樓殿、屋木等題裁中，以山水畫的評價最優。

生活單元中之元件種類繁多，因應不同時節、不同功能而來的各類屋室（高堂廣榭，曲房奧室）與物之陳列（圖書鼎彝之屬），文震亨於此再度提出經營居家、佈置環境的總則：「如畫」。齋室要怎麼如畫？「如畫」包含兩種可能，一種是以作畫的手法來佈置生活，以畫面物象之繁簡、疏密、虛實……等經營手法，佈設一個具體的生活空間。另一種充滿文化意涵的指陳是畫蹟的圖式印象，以眼見畫蹟中對理想士人居住空間的描繪，作爲居處生活的理想範式。以元代文人畫家倪瓚特殊的畫風圖式爲例，齋閣一几一榻所透露的神骨俱冷，對應著倪瓚的畫風——一河兩岸、齋空清冷、杳無人煙、水景空闊〔圖 4〕——畫面空間懸宕的氣氛而來。❾「如畫」的價值修辭適將居室擺設的論述，帶離實用

圖 4　倪瓚〈容膝齋圖〉
文震亨曰：「真令神骨俱冷」

❾ 中國畫史稱元代文人畫家倪瓚的畫風圖式爲「一河兩岸」，可證諸如「六君子圖」、「漁莊秋霽圖」等畫蹟。該畫蹟請參《中國美術全集》「繪畫編 5——元代繪畫」（臺北：錦繡出版社，1989 年）。

功能，移向氣氛的表述。

㈡ 典故

運用典故是中國詩文中的常事，詩歌篇幅短小，既要以典故來精練詩意，也要以典故來喚醒歷史意識與文化情感。《長物志》物類論述中，濃郁的文化詩意氣氛，也與運用典故有關。以卷二〈花木篇〉爲例，如何讓這些花木在居家陳設中，跨越植物的藩籬，進入文化氣氛的層次？如「棣棠」條：

> 紫荊枝幹枯索，花如綴珥，形色香韻，無一可者，特以京兆一事，爲世所述，以比嘉木。余謂不如多種棣棠，猶得風人之旨。

由花的生態上看，屬於豆科的紫荊，花色紅紫，枝幹枯皺，又有閨閣女子綴珥的花形，故不合文人之審美品味。棣棠黃花，色彩上不帶脂粉氣，是可以入詩的題材，常得詩人之諷詠。因此，無論是由生態上之形、色、香、韻，或是由入詩與否來比較，紫荊均不如棣棠。但是紫荊因漢代京兆田眞兄弟的事典：有感於堂前一株紫荊樹榮枯之啓示，和睦而不分家財，❿紫荊之所以被文震亨提出與棣棠

---

❿ 《續齊諧記》載：「京兆田眞兄弟三人，共議分財，生貲皆平均，惟堂前一株紫荊樹，共議欲破三片，明日就截之，其樹即枯死，狀如火然，眞往見之大驚，謂諸弟曰，樹本同株，聞將分斫，所以憔悴，是人不如木也。因悲不自勝，不復解樹。樹應聲榮茂，兄弟相感，合財寶，遂爲孝門。眞仕至大中大夫。」因此，後世以美兄弟不分家財者，則用紫荊花的典故。

並列，是因爲這個至今還被傳述的文化來源。

花木典故大半用的是事典，如松樹植於土岡上，待松綠成蔭時，龍鱗生出濤聲的壯觀景象，⓫讓人聯想到秦始皇封松爲五大夫，以及唐代袁仁敬刺史植松西湖的舊事。⓬由於典故的運用，使植松者想像未來賞松人在茂密松蔭下，聆賞具有文化氣氛的松濤聲。

> 桃爲仙木，能制百鬼，種之成林，如入武陵桃源，亦自有致，第非盆盎及庭除物。桃性早實，十年輒枯，故稱短命花。碧桃、人面桃差之，較凡桃美，池邊宜多植。（「桃」條）

後半段敘述桃樹的生態與栽植地點，文中一開始用了兩項桃的典故，一是把桃樹置於精怪傳統中，視爲一種制百鬼的仙木，⓭另外

⓫ 卷二〈花木篇〉「松」條：「山松宜植土岡之上，龍鱗既成，濤水相應，何減五株九里哉？」

⓬ 《史記·秦本紀》曰：「秦始皇上泰山，風雨暴至，休於樹下，後封其樹爲五大夫。」《漢官儀注》曰：「謂爲松樹，後世遂稱松爲五大夫」。另外，《西湖志》載：「唐刺史袁仁敬守杭，植松以建靈、竺，左右各三行，蒼翠夾道」，後稱其地爲九里松。此二條轉引自《長物志校注》（南京：江蘇科學技術出版社，1984 年），頁 65，注釋五、六兩條。

⓭ 《太平御覽》引《典述》曰：「桃者五木之精也，故厭伏邪氣者也。桃之精，生在鬼門，制百鬼，故作桃人梗，著以厭邪，此仙木也。」《種樹書》曰：「桃者五行之精，制百鬼，謂之仙木。」轉引自同註⓬，頁 48，注釋第二條。

又將桃樹置於文學傳統中，讓桃樹成林，如入武陵桃源。與上述「水仙」條的論述結構相同，一段是典故、另一段是植物學的陳述，二者是並列的敘述結構，互爲補充。

人們該知道水仙如何？除了冬月間栽植，適合几案盆盎的擺設之外，還應知曉水仙的雅名來自於河伯服食的故事。桃樹除了生命短暫，宜種池邊之外，亦得明白桃木能制百鬼的精怪傳說，以及陶淵明創造的文學桃花源。這是文震亨在書寫物類時的自我要求，也是《長物志》對讀者的要求：栽植花木除了明瞭花木的植物特性之外，還必需知道花木的古典故事，因爲《長物志》不是老農老圃之書，而是文人雅士之書。那麼，水仙花、桃花不僅是植物的水仙花、桃花，更是文化歷史的水仙花、桃花了。這都是氣氛論述的特性所致。

文震亨在物的書寫中，有時插入一些古詩句、故實等典故，⓮往往創造一種時間感，與篇中的其他單位相對照，於是整段文意，包含了一個由論述對象爲起點，沿著時間軌跡回溯的聯想軸線。作者運用典故中的語彙、母題與情節，引起讀者聯想，在這個狀況之下，紫荊花、松樹、水仙花、桃樹，皆是一種永恒的象徵，具有時間內向投射的特性，使遙遠的秦、漢、唐、宋等過去的時代，顯現在論述現場，典故包含的過去，成爲一種內外感通的心境世界，事物間的祕響旁通營造了審美品味，典故的論述是詩意的，由相互回

⓮ 文震亨甚至直用典故，例如卷一〈室廬篇〉的「琴室」，其實是很早的傳統，據《南史・徐湛之傳》曰：「湛之更起『風亭』『月觀』『吹臺』『琴室』，果竹繁茂，花葯成行，招集文士，盡遊玩之樂」。欲在居室系列中，築設琴室，大致是回溯東晉以來的這個文人傳統。

應的事物浮現出一個個聯想場景，這個爲求整體協調而將物轉化爲符碼元素的過程，便是文震亨進行氣氛論述的基本原則。

有時用的是詩典，如「烏臼」條：

> 烏臼秋晚，葉紅可愛，較楓樹更耐久，茂林中有一株兩株，不減石徑寒山也。

以唐代杜牧著名的〈山行〉詩作爲興發詩意氣氛的憑藉，⑮庭園高處的茂林中，點綴一兩株烏臼樹，晚秋可愛的紅葉，順著寒山石徑斜步向上，可造成遠距離坐愛楓林的景觀欣賞。寫物用典故，另一種表現是擬譬，〈花木篇〉中，用了許多文化擬譬，「玉簪」的花名是漢武帝李夫人的典故。⑯「牡丹芍藥」條，是以人間王侯貴族階第關係的比喻開啓其文：「牡丹稱花王，芍藥稱花相，俱花中貴裔」，說明花中最爲名貴的兩個品種。又以楊貴妃醉酒的姿態擬譬山茶與海棠，山茶「有一種名醉楊妃，開向雪中，更自可愛」、海棠中有一種花梗長而下垂的品種——「垂絲嬌媚，眞如妃子醉態」，均以貴妃醉酒時，那嬌柔斜倚的情態比喻花姿。

不同的女子情態可作爲品花的媒介，桃如「麗姝」、李如「女道士」：

---

⑮ 唐代杜牧〈山行〉詩：「遠上寒山石徑斜，白雲深處有人家，停車坐愛楓林晚，霜葉紅於二月花。」

⑯ 「玉簪」條曰：「潔白如玉，有微香，秋花中亦不惡。但宜牆邊連種一帶，花時一望成雪。」《群芳譜》記載：「漢武帝寵李夫人，取玉簪搔頭，後宮人皆效之，玉簪花之名取此。」

> 桃花如麗姝，歌舞場中，定不可少；李如女道士，宜置煙霞泉石間，但不必多耳。（「李」條）

這條文字最爲奇特，要說明花木的栽植，卻以女子作譬喻，全無生態的敘述。桃花在歌舞場地中，既是植物，又同時是麗姝，李花在煙霞泉石間，既是植物，又同時是女道士，又因爲桃與李二者對照，當我們想到麗姝時，會同時有高雅清新的女道士來襯托；而注意煙霞間的女道士時，又同時回頭觀照絃歌地的豔麗倩女。花與女子的意象，彼此錯位，相互穿插重疊，爲讀者帶來豐富的想像空間。如「李」條運用文學典故，濃縮所論對象，使得敘述文字顯得清雅簡淨。

又如「荔枝」條曰：

> 雖非吳地所種，然果中名裔，人所共愛。紅塵一騎，不可謂非解事人。彼中有蜜漬者，色亦白第殼已殷，所謂紅繻白玉膚，亦在流想間而已。龍眼稱荔枝奴，香味不及，種類頗少，價乃更貴。（卷十一「荔枝」條）

本條如果僅由植物生態的立場敘述「荔枝」，「荔枝」就不那麼「可口」了，因爲楊貴妃曾經嗜食，後人創造了無數的典故詩文，增益荔枝口味的流傳與想像，⓱荔枝的可口成爲唐代歷史的可口，

⓱ 《唐書·后妃傳》曰：「貴妃楊氏，嗜荔枝，必欲生致之，乃騎傳送，走數千里，味未變，已至京師。」杜牧〈華清宮〉詩：「長安回望繡成堆，

味覺轉化爲文化想像，荔枝於是成爲文化水果。

「芋」亦然：

> 古人以蹲鴟起家，又云園收芋、栗未全貧，則禦窮一策，芋爲稱首。所謂煨得芋頭熟，天子不如我，且以爲南面王樂，其言誠過。然寒夜擁罏，此實眞味。別名土芝，信不虛也。（卷十一「芋」條）

芋頭是穀類作物，煨熟的口味極佳。文中用了三個典故，首先引《史記·貨殖傳》中，卓氏教民植芋（按蹲鴟是芋頭外形的比喻）生產經濟作物，因而富擬人君的故事。其次分引二詩，前引詩說明芋與栗一樣，如杜甫在山家可以抵禦饑窮。⑱後引一詩讚賞芋頭的口味，可以比擬南面爲王之樂。⑲食芋可以有這麼多典故可說、可讀、可想，芋之口味滲入歷史記憶，成爲道地的文化穀物。

山頂千門次第開。一騎紅塵妃子笑，無人知是荔枝來。」蘇東坡〈四月十一日初食荔枝〉詩：「海山仙人絳羅襦，紅紗丹中白玉膚」轉引自同註⑫，頁 374，注釋二、四條。

⑱ 「園收芋栗未全貧」未明出處。《長物志》「栗」條：「杜甫寓蜀，採栗自給，山家禦窮，莫此爲愈」，乃用杜甫典故。《杜工部集·乾元中寓居同谷縣，作歌七首》曰：「歲拾橡栗隨狙公」。九家注：「按新史言甫居同谷，拾橡自給，兒女有餓俘者」，乃指杜甫寓蜀時，曾以橡栗充饑。參引同註⑫，頁 377，注釋二條。

⑲ 林洪《山家清供》卷上「土芝丹」條曰：「詩云：深夜一爐火，渾家團圞。煨得芋頭熟，天子不如我。」《山家清供》收入《百部藝文叢書》（嚴一萍選輯，臺北：藝文印書館，本叢書各集出版年次不一）之 13《夷門廣牘》。

卷十一〈蔬果篇〉敘曰：「田文坐客，上客食肉，中客食魚，下客食菜，此便開千古勢利之祖。」文震亨抨擊戰國孟嘗君用菜肴分辨賓客階第的作法，貴肉賤菜是極庸俗勢利之事。又說：「古人蘋蘩可薦，蔬筍可羞，顧山肴野蔬，須多預蓄，以供長日清談、閒宵小飲。」以蘋蘩薦於鬼神，蔬筍可爲珍饈，古人明瞭山中野菜之好，雅人不妨多預備，以待賓友造訪閒飲。「茄子」條引用南朝事，吳興太守蔡撙，在其山齋前種白莧、紫茄，作爲平日膳食，[20]以教導的口吻說：「五馬貴人猶能如此，吾輩安可無此一種味也」，典故在此已躍爲教示法則，傳輸一種富貴者茹蔬食淡的新飲饌觀。

卷八〈衣飾篇〉論及穿衣戴飾應效法東晉風流，而有「王謝之風」；泛舟乘車，可以有「武陵（按陶淵明的桃花源）、蜀道（按李白的蜀道難）之想」；毛筆毀敗則瘞埋之，因古人對文房器物的敬重：「敗筆成塚」……等，衣飾、舟車、毛筆原都是居常日用平凡無奇之物，一旦加上了典故，不但爲物增加了歷史厚度，更爲家常生活，注入濃濃的文化氣氛，古人在典故中復活，未嘗死去，現在的我與歷史的古人，彷彿手牽著手，串聯一起於歷史文化中流連。

㈢ 詩境

筆者上文反覆申說，《長物志》中物的書寫，有弱化功能論述的傾向，氣氛論述或是將物帶入圖繪情境中，或以典故喚醒沈睡的

---

[20] 《南史·蔡撙傳》：「撙爲吳興太守，不飲郡井，齋前自種白莧、紫茄，以爲常餌」。

文化意識，有時更以詩意的敘述手法，營造出詩境的想像空間。《長物志》的寫作體例，每卷開首必有一篇敘言，總言該項物類的品賞原則，這些敘言，大致將物置於一種擬想的詩境空間裡，彷彿宣示了詩意生活的取向：

◊居山水間者爲上，村居次之，郊居又次之。……要須門庭雅潔、室廬清靚，亭臺具曠士之懷、齋閣有幽人之致。……令居之者忘老、寓之者忘歸、遊之者忘倦。（卷一〈室廬篇〉敘）

◊（舟）要使軒窗闌檻，儼若精舍，室陳厦饗，靡不咸宜。用之祖遠餞近，以暢離情，用之登山臨水，以宣幽思，用之訪雪戴月，以寫高韻。或芳辰綴賞、或靜女采蓮、或子夜清聲、或中流歌舞，皆人生適意之一端也。（卷九〈舟車篇〉敘）

在佈置與擺設上多加用心，如此室廬，方能使人適意留連；如此泛舟旅行，亦足以啓發詩人興味，提供隨處詩意的生活。

室廬、花木、水石、禽魚、書畫、几榻、器具、衣飾、舟車、蔬果、香茗等，文震亨對各種物類細節的揣摩、擬想與設計，已跨越甚至遠離實用家計的生活，整部《長物志》的物類系列，透過氣氛論述，營造詩境的想像空間，企圖展示文化詩意的生活。以卷四〈禽魚篇〉中的禽鳥論述爲例，鶴可以擺置在「空林別墅，白石青松」的山隱生活中；紅而帶黃的朱魚，「可點綴陂池」，至於喜水的「鸂鶒」：

> 宜於廣池巨浸，十數爲群，翠毛朱喙，燦然水中。他如烏喙白鴨，亦可蓄一二，以代鵝群，曲欄垂柳之下，游泳可玩。（卷四「鸂鶒」條）

魚鳥有的紅而帶黃，有的翠毛朱喙，或存在於空林別墅、白石青松、或陂池、曲欄、垂柳，這些魚類鳥類，透過詩意敘述輕靈地擺設於生活中。又如「小船」條曰：

> 長丈餘，闊三尺許，置於池塘中，或時鼓枻中流，或時繫于柳蔭曲岸，執竿把釣，弄月吟風。以藍布作一長幔，兩邊走簷前以二竹爲柱，後縛尾釘兩圈處，一童子刺之。（卷九「小船」條）

文震亨前文解釋尺寸，後文說明船上的結構與佈置，中段夾入四個短句，提出小船或泛或泊的地點，以及舟子船中之事，這四個詩樣的句子，解除了小船交通的實用功能，無論是熱鬧地鼓枻中流、或靜謐地繫于柳蔭曲岸，或是執竿把釣、弄月吟風，這都是詩歌摹寫情景的手法，將「小船」的閱讀帶入詩境中。

詩境的營造，當然與運用詩化的修辭句法有關。雅克愼認爲詩句的結構特性，是把對等原理從選擇軸（聯想軸）投射到組合軸上去，亦即將隱喻、對等的關係，由相似原則的詞彙選擇，貫徹表現到鄰近原則的句法組合上。[21]前文所引的許多例子中：語鳥拂閣以

---

[21] 雅克愼著名的〈語言學與詩學〉一文，可作爲其語言學角度的結語。他說語言有六大功能：指涉、抒情、詩、感染、線路、後設語等，其中詩功能

低飛、游魚排荇而徑度，芳辰綴賞、靜女采蓮、子夜清聲、中流歌舞、空林別墅、白石青松，曲欄垂柳、柳蔭曲岸……等句，對情景事物的摹寫，皆將詞彙豐富的選擇關係，表現在整齊並列的句子中。再看「觀魚」條：

> 宜早起，日未出時，不論陂池、盆盎，魚皆蕩漾於清泉碧沼之間。又宜涼天夜月、倒影插波，時時驚鱗潑刺，耳目爲醒。至如微風披拂，琮琮成韻；雨後新漲，縠紋皺綠，皆觀魚之佳境也。（卷四「觀魚」條）

觀魚的方法，包括時間、天氣、水紋、聲音與姿態，涼天夜月可看倒影插波，聽驚鱗潑刺的聲音；微風成韻，雨後波紋，觀其蕩漾泉沼的姿態……，「觀魚」條中「涼天夜月、倒影插波」、「微風披

占據最高層且爲最具優勢地位的話語。這種語言模式，涵蓋了其他表義系統或記號系統，實可謂爲符號學模式。詩歌語言的結構特性，把對等原理從選擇軸（聯想軸）投射到組合軸上去，亦即將隱喻、並列的關係，由相似性原則的詞彙選擇，貫徹表現到鄰近性原則的句法組合上，以唐詩句「浮雲遊子意，落日故人情」爲例，浮雲／遊子、落日／故人、浮雲／故人、遊子／故人四種或相似或相異的隱喻關係，由選擇軸（聯想軸），投射到爲句法結構鄰近並列的組合軸關係上。其關係如下：

[浮雲如遊子＝隱喻關係，詞彙選擇→浮雲遊子意　進而並列成爲一個句子。] 又如「雲想衣裳花想容」亦然，雲、衣裳、花、容，由詞彙選擇的關係投射到句法組合上，所以成爲詩句。關於雅克慎的符號學理論，參見古添洪著《記號詩學》（臺北：東大圖書公司，1984 年）第四章「雅克慎的記號詩學」，頁 79-113。另亦參見雅克慎〈隱喻和換喻的兩極〉，收入伍蠡甫、胡經之編《西方文藝理論名著選編》（北京：北京大學出版社，1996 年）（下卷），頁 430-436。

拂，琮琮成韻；雨後新漲，縠紋皺綠」，皆爲詞彙結構的並列關係，尤其後句中，「微風」/「雨後」、「披拂」/「新漲」、「（琮琮）成韻」/「（縠紋）皺綠」，是將詞彙的選擇關係投射到並列的句法上，這兩個對等句，將聽覺聲音（成韻）對照視覺圖像（綠紋），更強化了描摹景物的功能。《長物志》用詩化的句子，爲魚創造詩的意境，邀請人們在詩境中觀魚。

〈香茗篇〉的敘言，亦可作爲印證：

> 香茗之用，其利最溥。物外高隱，坐語道德，可以清心悅神。初陽薄暝，興味蕭騷，可以暢懷舒嘯。晴窗搨帖，揮麈閑吟，篝燈夜讀，可以遠辟睡魔。青衣紅袖，密語私談，可以助情熱意。坐雨閉窗，飯餘散步，可以遣寂除煩。醉筵醒客，夜語蓬窗，長嘯空樓，冰弦戛指，可以佐歡解渴。（卷十二〈香茗篇〉敘）

文中運用了豐富的詞彙對等關係，以排比對偶的駢句，列舉香、茗的用途。香是點燃的煙氣，茗爲煮沸的飲料，二者爲不同物類，而本文中每個俳句竟可二者通用，說明了文字敘述導向與實用性無關。香茗幾乎無時無地不可利用，充滿各式詩境想像的書寫，大範圍地覆蓋了晨昏、煩憂、開心、助情、談玄……等生活狀態。

卷三〈水石篇〉敘曰：「石令人古，水令人遠」，是著眼於石、水的詩畫意境而言，園林中水石當然重要，無論是安插、配景、造景等部分，水石佈置要令人如入深岩絕壑中。石令人產生古韻，水令人產生幽遠感，是因爲與石、水相聯接的，有一個龐大的詩歌意象系統。而四季之水，則有天人觀：「夏月暴雨不宜，或因風雷蛟龍所致，最足傷人。雪爲五穀之精，取以煎茶，最爲幽況。」（「天泉」條）夏月暴雨是風雷蛟龍的傑作，冬雪能製造五穀精華，對於夏冬雨水的認識，既從味覺上，更是文化想像上的描述。詩境空間與文化想像，締造了日用物類的認知厚度。

二、超越邊緣性的古物收藏

《長物志》對生活物類的氣氛論述，不僅如上文所述充滿詩意而已，更有強烈的慕古情懷，尤其是對古代用物與樣式的收藏與嚮往。

㈠ 起源的懷慕

> 古有樗蒲錦、樓閣錦、紫駝花錦、鸞鵲錦、朱雀錦、鳳凰錦、走龍錦、翻鴻錦，皆御府中物；有海馬錦、龜紋錦、粟地綾、皮球綾，皆宣和綾；及宋繡花鳥、山水，爲裝池卷首，最古。（卷五「褾錦」條）

中國織錦的歷史很早，戰國時期已頗發達，漢代的織錦還是由絲路傳往中亞的珍貴外交贈禮。後代發展起來的褾畫技術，以采絲織錦，作爲畫幅襯邊，可選用的織錦樣式繁多，文震亨開了一系列清單，由古代帝王府庫御藏的錦樣，到宋代宣和時期流行的織錦，皆爲褾錦的最佳選擇，至於宋代的花鳥或山水繡畫，可作爲裝池卷首，最有古意。〔圖 5-1～5-2〕

圖 5-1 北宋「緙絲紫鸞鵲譜」　　圖 5-2 宋「緙絲仙山樓閣冊」

文震亨曰：「宋繡花鳥、山水，為裝池卷首，最古」

> 水注之古銅玉者俱有辟邪、蟾蜍、天雞、天鹿、半身鸕鶿杓、鏒金雁壺諸式滴子，一合者爲佳；有銅鑄眠牛，以牧童騎牛作注管者，最俗。大抵鑄爲人形，即非雅器。（卷七「水注」條）

滴水入硯的「水注」，一串雕成瑞鳥祥獸形制的古代銅玉清單，將人形排除在外……文震亨所開出一系列錦樣、或銅玉水注清單，均為大自然中祥瑞、或美麗姿形的動植物圖紋，歷經漢、晉、唐、宋以迄晚明，已經在人們的歷史記憶中形成一種凝定的「古」的印象，動植物圖紋已不完全代表動植物自身而已，更銘刻了王室品味與歲月陳跡。

> 漫天帳，夏月坐臥其中，置几榻櫥架等物，雖適意，亦不古。（卷八「帳」條）

「帳」條的文字敘述層次有二，首先說明夏月裡佈設一個有几榻櫥架的漫天帳，可以適意地坐臥其中，這符合舒適的功能，繼而「雖適意，亦不古」為轉折的語氣，將漫天帳的評價降了一級。「古」在此代表一種價值判斷，與「典故」的運用相同，是對美好事物起源的迷戀。橫亙於功能與氣氛之間的論述，包含古物與古式兩重意義。

古物因為稀罕得之不易而珍貴，而慕古還有一種變通的辦法，便是仿造古式，「古式」之物雖為今物，仍可在生活中喚起古意：例如古式書桌的制作最為具體，桌面應近於闊大的正方形，四周鑲邊半寸，足細而稍矮，若桌面四隅收圓角的長條形制，為新近的式樣，非古式（卷六「書桌」條）。「臺几」亦相同，狹小三角的新式樣，絕對不及舊式（卷六「臺几」條）。另外，可依古人青綠銅荷的金蓮花檠之式，制為書燈。㉒其餘像「錫制書燈」、「梳具」中的

㉒ 卷七「書燈」條：「有青綠銅荷一片檠，架花于上，古人取金蓮之意，今用以為燈，最雅。……錫者取舊制古樸矮小者為佳。」

各項整髮用具，文震亨皆以「古式」作爲選用的最高標準（卷七「梳具」條）。

在文震亨心中，「古式」既是某種式樣的起源，「古」亦代表理想生活的模型，其中隱含了「愈古愈好」的價值判斷。將古人的文房用物，置於現在的几案；或將古人飯桌、衣櫥的樣式，複製成現在的飯桌、衣櫥，試圖以使用習性、擺設方式、傢俱與人之間的關係……等意義層次組成的象徵體系，重現過去的現場。物品的臨在感，像標籤標幟著一項儀式，也標幟著一整套環境，個人經由這些物類的中介，與理想的生活模型緊密地聯繫在一起。

如上所例，無論是歷時的古物或今時的仿古物，都在《長物志》中享有尊貴的榮寵。有時文震亨極細節地描繪古物的形制，但更多時候，簡化地使用「古」的語彙，已將古風固化爲一種價值認定的標準。在眞實生活中，古風的物品，爲何有這種文化吸收現象？堅韌頑強的心理動機究竟出自何處？越古，就越接近未曾變造的自然，也就愈接近神聖與原始。「愈古愈好」的心理意識，似乎在逼近事物的起源，在懷慕起源的過程中，追尋原初創造的痕跡。古物已不再是單純的一件物品而已，而成爲一個記號，文明人沿此軌跡去找尋自己文化系統裡時空邊緣的記號，將其作爲一種終極性的完美存有，以略掉中間的方式去連結最古／現今兩段時間，這是古物的神話學邏輯。㉓

㉓ 布希亞對於古物神話學的邏輯探討，詳參同註❸，頁 81-93。

㈡ 文化時間的標幟

在日常生活中，引進古物，實際上要面臨一個問題：古物脫離了自己的時空，來到現在，它還派得上用場嗎？《長物志》的古物論述裡，這個問題如影隨形的出現，〈服飾篇〉說到頂戴的頭巾，自古即有，但製法繁複，且不利於攜帶，所以說：「幅巾最古，然不便於用。」（卷八「巾」條）過去桌案上使用的文房用具，如筆格、筆床、筆屏數款，因現今審美觀念的變遷，已失去原先實用的功能：

◊筆格雖爲古制，然既用研山，如靈璧、英石，峰巒起伏，不露斧鑿者爲之，此式可廢。（「筆格」條）

◊筆床之制，世不多見……然形如一架，最不美觀，即舊式，可廢也。（「筆床」條）

◊筆屏，鑲以插筆，亦不雅觀……置几案間，亦爲可厭，竟廢此式可也。（「筆屏」條）

奇石研山取代了舊式筆格作爲筆架的功能，至於筆床與筆屏，則是因爲造形外觀不夠雅緻，因而轉變了使用的觀念，而遭廢式的命運。古式可廢，而脫離了實用脈絡的古物，確實成爲獨立的存在，即使失去了實用功能，如筆格、筆床、筆屏等古物，最終仍基於歷史情愫的呼喚，而保住了後人心中的永恒地位——雖不宜日用，仍可「藏以供玩」。

又如「茶盞」：

> 白定等窯，藏爲玩器，不宜日用。蓋點茶須熁盞令熱，則茶面聚乳，舊窯器熁熱則易損，不可不知。（卷十二「茶壺茶盞」）

茶盞的功能在裝盛茶湯，且必需能在熱水熁燙後，發揮久熱難冷，保持茶味的效果，因此日日好用的茶盞，必需料精質厚而細密，方使難冷，且可試茶色。㉔宋代政和、宣和年間，定州窯燒製的白釉茶盞，因歷時已久，若以熱水暖燙，容易裂損，所以不宜日用，但其釉色形制具有歷史感，可收藏以供玩賞之用。

「三代、秦、漢鼎彝……皆以備賞鑑，非日用所宜」（卷七「香爐」條）。不宜日用、藏以供玩、以備賞鑑的古物，確是不少〔圖 6-1～6-2〕，白定茶盞脫離實用的行伍，轉入清玩之列，是由於材質的考慮；刀筆，則因爲書籍出版技術的演變，而躍身成爲不再能利用的古董：

> 有古刀筆，青綠裹身，上尖下圓，長僅尺許，古人殺青爲書，故用此物，今僅可供玩，非利用也。（卷七「裁刀」條）

㉔ 《茶錄》曰：「其杯微厚，熁之，久熱難冷，最爲要用。」又文震亨卷十二「茶壺茶盞」條亦曰：「有尖足茶盞，料精式雅，質厚難冷，潔白如玉，可試茶色，盞中第一。」

圖 6-1 商父乙鼎　　　　圖 6-2 周鳧尊

圖 6　文震亨曰：「三代、秦、漢鼎彝，皆以備賞鑑，非日用所宜」
《泊如齋重修宣和博古圖錄》萬曆泊如齋版本

刀筆原來在殺青作簡爲書的古代時空中，具有實用功能，書籍出版自從以紙張取代了竹簡之後，「殺青」成爲歷史名詞，而刀筆也僅存爲「青綠裹身，上尖下圓，長尺許」的玩賞標幟。

> 錢之爲式甚多，詳具《錢譜》。有金嵌青綠刀錢，可爲籤，如《博古圖》等書成大套者用之。鵝眼貨布，可掛杖頭。（卷七「錢」條）

錢作爲交易的貨幣，是最實用之物，但是改朝換代，前朝錢幣不再適用於後朝，錢遂搖身一變而爲古董，這些不具實用價值的古錢編輯《錢譜》，反映了邊緣物的觀念。古錢可以用作題籤、可以挂在杖頭，就是不再能作爲交易買賣的貨幣。〔圖 7〕

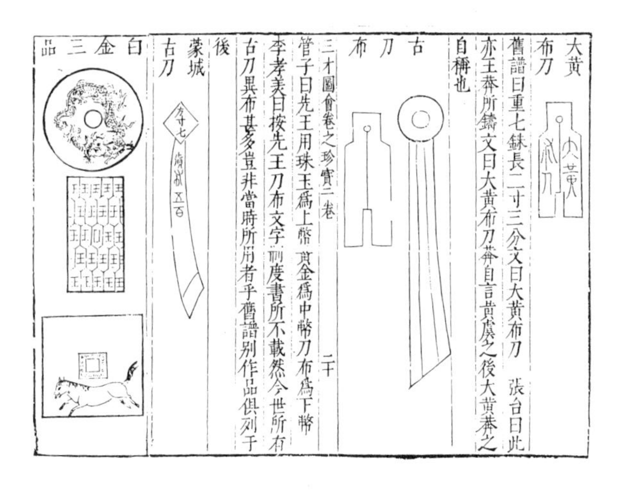
大黃布刀
舊譜曰重七銖長二寸三分文曰大黃布刀　張台曰此亦王莽所鑄文曰大黃布刀莽自言黃虞之後大黃莽之自稱也
古刀布
三才圖會卷之珍寶二卷　二十
管子曰先王用珠玉爲上幣黃金爲中幣刀布爲下幣
李孝美曰按先王刀布文字前史書所不載然今世所有古刀與布甚多豈非當時所用者乎舊譜別作品俱列于後
蒙城古刀
白金三品

圖 7　古錢貨布——可作題籤、可挂杖頭，卻不再作為買賣的貨幣
文震亨曰：「錢之為式甚多，詳具《錢譜》」

◊有古銅駝燈、羊燈、龜燈、諸葛燈，俱可供玩，而不適用。（卷七「書燈」條）

◊得小匾葫蘆……以水磨其中，布擦其外，光彩瑩潔，水濕不變，塵污不染，用以懸挂杖頭，及樹根禪椅之上，俱可。（「瓢」條）

◊取深山巨竹根，車旋爲缽，上刻銘字或梵書，或五岳圖，

填以石青，光潔可愛。（「缽」條）

古銅駝燈、羊燈、龜燈、諸葛軍幕燈，這些舊時「書燈」，今已不堪書室使用，但以其「古代樣式」的價值而被保存於生活空間中。光彩瑩潔的葫蘆瓢，懸在杖頭或掛在禪椅之上，不必再用來舀水。「缽」上銘字或書寫梵書或作五岳圖，再填以石青顏料，缽成為光潔可愛的工藝品，不再只是食具。

古物的價值來自於象徵，《長物志》為日常生活融入古典意境，古物論述顯示了文震亨利用生活物類，作為出入古今、轉換目前生活情境的策略。「大理石」鑲屏最古（卷三「大理石」條）；鏡子若有秦代時期黑漆古銅、質樸不縟、具有圖形的古鏡最佳（卷七「鏡」條）。入土已久略呈鏽綠的銅質「花瓶」，漾著古色（卷七「花瓶」條）。蓄藏青綠的古銅劍，懷想劍客風華（卷七「劍」條）；古銅秦漢編鐘或靈璧石磬，擊出清遠聲韻（卷七「鐘磬」條）；「古琴」雖然褪盡漆色，而古舊的琴身仍泛著歷史的曖光（卷七「琴」條）。經久的「古帖」墨跡，具有歷史陳年的馨香（卷五「古今帖辨」條）。這些古物透過文震亨的大力宣說，成了眾人集體的追求。

鑲嵌大理石的屏風、照顏的古鏡、用以插花的花瓶、蓄以愛玩的古劍、擊以清耳的鐘磬、息心靜慮的古琴、懸掛的古帖……。古物的蠱惑力，不在其多彩多姿，而在其古老形式和製作方式，影射了一個先前的世界，筆格、刀筆、白定茶盞、鼎彝、古錢、書燈、缽、瓢等古物，雖不再具有原先的實用性，卻能指涉一個遙遠的過去：或是三代、秦漢、晉唐、宋元……，然而古物喚取的，卻不是眞正的時間，而是一種文化時間。古物的戀慕心理中，文化時間呈現兩個相反的運動方向：一是由現在推向過去，個人藉由古物追溯原始與起源；另一則是從過去來到現在，舊時古物因而融入現時的文化體系中。㉕在古物神話的邏輯裡，古物是文化時間的記號與標幟，這些古物遠離了實用性，變成文化時間裡一個個可供把玩與裝飾的明顯標幟。由實用中心的角度而言，古物由日常生活的行伍，推向清玩之列，實際上是被邊緣化了，古董因其無用而成爲邊緣物，卻又因不斷地被強調與被論述，而超越了自己的邊緣性質，具有強大的文化時間效應。

㈢「古物現在」的異質文化風格

◊又有犀牛、天祿、龜、龍、天馬口啣小盂者，皆古人注油點燈，非水滴也。（卷七「水注」條）

◊書燈，有古銅駝燈、羊燈、龜燈、諸葛燈，俱可供玩，而不適用。（卷七「書燈」條）

文震亨列舉今人用作水滴的幾款樣式，古人當時用來注油點燈；而書燈的數款古老樣式，今已不適用，供玩而已。這兩條文字，同樣反映的是適用與否的問題。既成了古物，則意謂著此物已脫離原先的時空背景，「古物現在」遂成爲一項文化命題。不適用之物，有

㉕ 關於古物在心理所造成的兩個時間運動，參見同註❸，頁 85，注釋第 5 條。

兩個命運：或是在原先的使用脈絡中遭廢棄，或是擺脫原來的使用脈絡，創造新生命。而古物因特有的身份意涵，具備了選擇後者的文化機制，古物脫離原先的使用脈絡，創造新生命。有的如本文上節所討論的各種擺設元件：鐘、磬、鏡、劍……等，提供清玩雅賞的「無用之用」；有的則轉變用途，爲今人再利用。以蠟斗爲例：

> 古人以蠟代糊，故緘封必用蠟斗熨之。今雖不用蠟，亦可收以充玩，大者亦可作水杓。（卷七「蠟斗」條）

蠟斗成爲古物，脫離原先代糊緘封的使用脈絡，現在有兩種處置——或是提供雅賞的無用之用：「收以充玩」；或是轉變原始用途，重新被利用：「作水杓」。

《長物志》中古物今用的例子頗多：

> ◊古銅者有：古鎏金小洗、有青綠小盂、有小釜、小卮、小匜，此數物原非筆洗，今用作洗最佳。（卷七「筆洗」條）
> ◊玉者有圓口甕，腹大僅如拳，古人不知何用？今以盛水，最佳。古銅者有小尊罍小甑之屬，俱可用。（卷七「水中丞」條）
> ◊銅器可插花者，曰尊、曰罍、曰瓢、曰壺，隨花大小用之。（卷七「花瓶」條）

青綠古銅器中，如盛水的盂、量測的釜、盛酒的卮、注酒的匜，原先並非筆洗，今挪作筆洗之用最好；而盛酒的古銅尊罍、或烹煮的瓦甑、或不明用途的圓口小古玉甕，亦可用爲今人的水丞；同樣地，盛酒的尊罍、或舀水的瓢、或注水酒的壺，均可依花束之大小作爲花插。在這些例子中，古物隨著時代變遷，轉移了用途，青銅時代的各類容器、酒器、量器、瓦器等，現今都離開了祭祀桌、廚房，登上文人書齋堂室的桌几，提供文人日用。

再看幾個例子：

◊有古銅缸，大可容二石，青綠四裹，古人不知何用，當是穴中注油點燈之物，今取以蓄魚，最古。（卷四「水缸」條）

◊琴臺以河南鄭州所造古郭公磚，上有方勝及象眼花者，以作琴臺，取其中空發響，然此實宜置盆景及古石；當更置一小几，長過琴一尺，高二尺八寸，闊容三琴者，爲雅。（卷七「琴臺」條）

文震亨二文以水缸與琴臺爲例，討論用途轉換的問題。古代穴中注油點燈的大型銅缸，今已不作此用，可置於庭園中，注水養藻以蓄魚，最有古意。漢代河南郭公所造空心磚，古人因其中空便於發響而作爲琴架，文震亨以製作尺寸合用而更加輕便的小几來取代，原先飾有方勝與象眼花紋的郭公磚琴架，挪作盆景與古石的基座。

古物是永恒的時間象徵，具有時間的內向投射，㉖它們被收藏、被珍視，因爲文化時間被接收在一件件親切的日用傢俱中。功能是基於適用與否而轉變，古物因時移事變，不適今用，實屬必

㉖ 古物時間內向投射的思想意義，詳參同註❸，頁 23，注釋第 6 條。

然，然而不適用的物，因爲有「古」的戳記而擺脫了被廢棄的命運，「古」的印記成爲物品的身份認證與保障。過去的物，大致脫離原先的使用脈絡：祭祀（鼎彝）、烹煮（瓦甑）、盛酒（卮匜尊罍）、容水（瓢壺）……，置於「現在」的居室中，或古鏡、鐘磬、古帖、琴劍、瓷瓶……等，作爲提供雅賞的清玩，這些物的原始功能已被解放，重新賦予新生命，佈設在文房几案成爲筆洗、水丞或花插，注油的銅缸可爲魚缸，蠟斗作爲水杓……。戳上「古」記之物，在現今生活空間中，找到了重新誕生的契機。商周鼎彝、秦漢古鏡、鐘磬、晉唐古帖、琴劍、宋元瓷瓶……，各自呼應不同的歷史時間，但是它們在文震亨構擬的理想書齋與生活居室中，可以同被陳設。

物成爲古董後，擁有了新生命，在日用生活中，古物成爲居家擺設而相互連結，將異質的遙遠過去（商周、秦漢、晉唐、宋元）同時顯現在詩意的論述現場，物與事相互呼應地浮現一個個聯想場景，使物具有臨在感，異時代古物之間彼此祕響旁通，儘管鼎、彝、尊、罍、鏡、瓶、鐘、磬、劍、琴、畫……來自於不同的時代，《長物志》「古物現在」的生活空間，成爲一個強有力之心理投射的場域，㉗回應一個泛古典的詩情畫意，爲物營造獨特的氛圍，使一群貫時之物變爲共時之物，在錯落與並置的時代意識中，組構而

㉗ 布希亞認爲，過去的傢俱，脫離其使用脈絡，置於「現代」居室中，那麼這些物的功能全被解放，重新置於一開放、自由，但結構遭到破壞的現代空間中，譬如過去的飯廳是封閉的結構，有完整的心理空間，現在的飯廳改變了，成爲開放、自由，割成碎片的功能空間。涉及到傢俱擺設的社會學，詳參同註❸，頁 15-26。

成異質的文化風格。晚明發達的古物市場，代表著這種文化風格的渴望與呼籲，過去的時代透過古物的魅力，進入消費的流通管道，整個古代，甚至因此成爲形式上的消費目錄，構成了流行文化裡一個超卓的領域。

㈣ 熱情與裝飾

所有的物品可以有兩種功能：或爲人們所實用、或爲人們所擁有。上文討論了許多具有迷人色彩的古董，皆「不宜日用」了，但在現今的生活中，無論是可供雅賞或改變用途，「古物」皆以其特有的文化風姿，進入「現在」的生活中，搖身一變成爲熱情與裝飾的對象。日常生活中的物品，由原始功能中抽離出來，的確可成爲一項熱情的對象，經常比其他熱情更強，物品於實用範圍外，在特定時刻裡別有意義，和主體深深連繫，這些以審美主體爲意義核心之古物，甚至就是由實用功能中抽離出來的激情財產。

◊ 琴爲古樂，雖不能操，亦須懸壁一床，以古琴……爲貴。（卷七「琴」條）

◊ 古人用以清談，今若對客揮麈，便見之欲嘔矣。然齋中懸掛壁上，以備一種。（卷七「麈」條）

書齋掛一床琴、一柄麈，不爲奏樂、不爲清談，而是備一樣裝飾，如同前文所述，「古錢」不作交易貨幣，而用爲書籤或掛在杖頭，作爲點染文化氣氛的裝飾物。我們回憶前文所論，《長物志》擺設古物的齋室，成爲一個強有力的心理投射場域，這樣一個投射場域的文化心理能量，來自於一系列的擺設清單：鏡、麈、鐘、磬、琴、劍、書、畫……等。鏡不為照顏，麈不為清談，劍不為擊刺，鐘、磬、琴已非純然樂器……。這些古物都和書畫一般，列在擺設清單之中，有文化心理的投射，成為居家熱情與裝飾的對象。

卷三「鑿井」條曰：「需適時以清泉一杯奠之，亦自有致」，很明白地說了如此作法非關信仰，而是將泛神論的宗教色彩，裝綴為生活裡的一項興致。禪椅如何？「以天臺藤為之，或得古樹根如虯龍詰曲臃腫，槎牙四出，可挂瓢、笠及數珠、瓶、缽等器」（卷六「禪椅」條）。瓢、笠、數珠、缽等物亦然，原是僧人生活日用之物，在文震亨禪椅材質與造形的敘述文字中，僧人與宗教均退位，瓢、笠、數珠、缽，掛在虯龍詰曲的禪椅上，裝飾成一個禪意的空間。

宗教之物，亦納入了生活裝飾清玩的行列，㉘念珠、經匣莫不如此：

> ◊以金剛子（按即菩提子）小而花細者為貴，宋做玉降魔杵、玉五供奉（按即塗香、供花、燒香、飯食、燈明）為記總，他如人頂、龍充、珠玉、瑪瑙、琥珀、金珀、水晶、珊瑚、車璖者，俱俗；沈香，伽南香者則可；尤忌杭州小菩提子，及灌香于內者。（卷七「數珠」條）

㉘ 卷十二〈香茗篇〉「沈香」條曰：「曾見世廟（明世宗）有水磨雕刻龍鳳者，大二寸許，蓋醮壇中物，此僅可供玩。」道教醮壇的用物，亦可作為平日清玩的對象，失去了宗教的嚴肅意味。

◊常見番僧佩經，或皮袋，或漆匣，大方三寸，厚寸許，匣外兩旁有耳系繩，佩服中有經文，更有貝葉金書，彩畫、天魔變相，精巧細密，斷非中華所及，此皆方物，可貯佛室，與數珠同攜。（卷七「番經」條）

數珠、經書原是出家僧人念佛修行的方物，文震亨在卷七〈器具篇〉中，列此二條，雖然「可貯佛室」，但是特別講究念珠的材質、經匣的佩物，這卻與宗教輕忽物質的精神相違背，可說是反宗教或無宗教的。事實上，作者建議經匣貯於佛室，與數珠同攜，乃視其爲擺設物而已，成爲與宗教氣氛有關，而與宗教修行無關的玩賞之物。宗教氣氛來自於僧人離塵脫俗的清高象徵。經匣、數珠等宗教方物在《長物志》中，與古物同質化，不爲禪修，不爲宗教，亦成爲裝飾賞玩的對象。

擺置經匣、數珠的佛室設計，亦被裝飾化了：

佛室內供烏絲藏佛一尊，以金鋈甚厚，慈容端整，妙相具足者爲上。或宋元脫紗大士像俱可，用古漆佛櫥；若香像唐像及三尊並列，接引諸天等像，號曰一堂，并朱紅小木等櫥，皆僧寮所供，非居士所宜也。案頭以舊磁淨瓶獻花，淨碗酌水，石鼎爇印香，夜燃石燈，其鐘、磬、幡、幢、几、榻之類，次第鋪設，俱戒纖巧。鐘、磬尤不可并列。用古倭經廂，以盛梵典，庭中列施食臺一，幡竿一，下用古石蓮座石幢一，幢下植雜草花數種，石須古制，不則亦以水蝕之。（卷十「佛室」條）

佛堂有五尺高的基座，逐級而上，前有小門，左右兩側有圓形無扉的耳門，入軒門後，通過三個楹柱，供佛於古漆佛櫥內。供奉的佛像，或是西藏泥塑鑠金㉙的佛像，或是宋元不披紗的觀音菩薩像均可，前者來自佛國，後者爲古董，都有文化象徵的意義。佛櫥前的桌案上：舊磁淨瓶供花、淨碗酌水、石鼎焚著印紋之香，夜裡燃石燈，鐘、磬分開擺列。另置經箱一座，置放佛經與數珠。佛堂內再設一小室，內置几榻，可供臥談。佛堂外有小庭，庭中可設宗教象徵之物，如一座施食臺、一柱懸帛的幡竿、有蓮座的石幢等，石的材質有穿蝕痕跡始具古意，並雜植草花若干，其中以薝蔔（按俗名梔子花）最宜。至於佛櫥佛桌的形制，以朱黑漆始顯得華整，可用內府雕花者，或古漆斷紋者，或日本制者，均有古雅的氣息。㉚

對於佛室的設計，文震亨強調擺設空間的動線，以及擺設物的樣式、材質、相對位置、宗教意涵，並將這些設計，導向樸拙、自然、古意、雅致的氣氛，這種氣氛事實上已超出宗教的範圍，與其說是佛堂，不如說是佛教的展覽室，將佛教的氣氛透過物類的陳設，展現在讀者眼前。佛堂在《長物志》所宣說的生活空間裡，也是一種裝飾性的呈現。

整個說來，《長物志》中對古物乃至宗教方物的展列，皆意味著「收藏」這種激情的遊戲，具備點染氣氛的裝飾功能。收藏物忠

㉙ 《博物要覽》曰：「鎏金，以金鑠爲泥，數四塗抹，火炙成赤，所費不貲，豈民間所能彷彿？」

㉚ 關於佛室的築設擺置，請參見卷一〈室廬篇〉「佛堂」條、卷十〈位置篇〉「佛室」條、卷六〈几榻篇〉「佛櫥佛桌」條，以及卷七〈器具篇〉「番經」、「數珠」共五條。

實反映的，是人對自己理想生活與形象的投射，迷戀與收藏古物，反映了一種特殊的心理，人被他所珍愛與擁有的物品環繞，與在人際關係中不一樣，文房器用、鐘鼎文物乃至所有的古物收藏，皆可以爲人的心理能量所投注，在收藏遊戲中，被整理、分類和配置。如果將《長物志》視爲文震亨的一種行銷廣告的文本——傾銷高雅的隱逸文化，那麼，其行銷策略，便是以裝飾化的物類來呼喚消費，將古代的風雅氣氛，以物移注於當代，並附載著士大夫的價值認同，這些標幟著商周、秦漢、晉唐、宋元的紀念性傢俱、古器或方物，及其佈置於生活空間的方式，形成裝飾與熱情的呼聲，映照著古物猶在的氣氛與風雅。

參、物的評價論述

一、「古」、「雅」爲終極價值

誠如上節所述，《長物志》的氣氛論述，以「詩意」與「慕古」兩大關鍵點染文化氣氛，宋代以來，「古」尤其是個牽涉極大的文化課題，成爲新興的評價語彙。[31]文震亨的論述涉及評價時，「古」與「雅」的義涵經常並立相生，或是「古」、或是「雅」、

[31] 宋元賞鑑之著作，經常以古作爲評價書畫優劣的語彙，如宋趙希鵠《洞天清祿集》、米芾〈畫史〉、〈書史〉、鄧椿《畫繼》、元夏文彥《圖繪寶鑑》等，均然。

或是「古雅」，「古」、「雅」二者若爲同義詞，則材料、樣式、價格等功能論述的條件因素，會與氣氛論述結合而指稱物的終極價值。在特種文化禁忌下，「古」、「雅」卻呈現歧義的現象，值得注意。以下筆者將由材料與樣式、價格的問題、評價的依準與內涵三個層面，探討古雅如何建構爲終極價值。

㈠ 材料與樣式

《長物志》不免基於使用功能的考慮來討論物的材料與樣式，然而在論述過程中，功能因素總要隱退，由氣氛論述來主導物的評價，通常以簡化的語彙：「古」、「雅」作爲最終評價，例如：

> ◊ 門環得古青綠蝴蝶獸面或天雞饕餮之屬釘於上爲佳，不則用紫銅或精鐵如舊式鑄成亦可，黃白銅俱不可用也。（卷一「門」條）
>
> ◊ 羽扇最古，然得古團扇雕漆柄爲之乃佳，他如竹篾紙糊、竹根紫檀柄者，俱俗。（卷七「扇扇墜」條）

門環要以青銅、紫銅或精鐵，還是黃白銅？扇子要以羽製、雕漆，還是竹、紙、檀木？是蝴蝶獸面或天雞饕餮的門環？是竹篾紙糊的扇面、竹根或紫檀的扇柄？文中的評價方式很簡單，材料與樣式的抉擇，是古物、古式者爲佳，否則就俗不可用。又如窗簾不可用絳色素紗、或梅花簟（卷一「窗」條）；古琴的琴徽以蚌珠、琴軫用犀角或象牙，軫上不可用紅綠流蘇（卷七「琴」條）。紗、蚌珠、犀角、象牙等材料，以及與絳色、梅花樣、紅綠流蘇等搭配起來的樣式，產生了雅俗的判別，由此可知，「古」「雅」同時包含了對材料與樣式的評價，除了與時代的古與否有絕對關係之外，還包含材料與樣式的視覺美觀。

物的材料樣式清單可以古雅來排定次序。屏風自古即有，屏風以石材最勝，依序爲大理石、祁陽石、花欒石，若能直接鑲用古石最好，否則亦要依古式打造，至於古人未用的紙糊或木造屏風，均不理想。文人桌案上常用的紙鎮，材料依次爲玉、青綠銅、鎏金銅、宣銅等，搭配以古人常用的祥瑞動物樣式，則爲雅器。㉜雅的理由何來？銅的大量使用始於周朝，玉器更早，兩種材質呼喚一個悠遠禮治的時代，各類祥瑞動物樣式，爲禮治的時代意蘊增添上古濃厚的神話氣氛。㉝原來，「雅」是來自於「古」，瑪瑙、水晶、官、哥、定窯，皆爲近世出現的材質，因爲不古，所以不雅。

實際上，材料本身應沒有雅俗之分，譬如「方桌」以舊漆者最佳，但「書桌」若用漆者就俗；以太湖石疊砌成「階」爲雅，但以

㉜ 卷六〈几榻篇〉「屏」條曰：「屏風之制最古，以大理石鑲下座精細者爲貴，次則祁陽石，又次則花欒石，不得舊者，亦須倣舊式爲之。若紙糊及圍屏、木屏俱不入品。」又卷七〈器具篇〉「鎮紙」條曰：「玉者有古玉兔、玉牛、玉馬、玉鹿、玉羊、玉蟾蜍、蹲虎、辟邪、子母螭式最古雅。銅者有青綠蝦蟆、蹲虎、蹲螭、眠犬；鎏金辟邪、臥馬、龜龍亦可用。其瑪瑙、水晶、官、哥、定窯，俱非雅器。宣銅馬、牛、貓、犬、狻猊之屬，亦有絕佳者。」

㉝ 同樣評論者又如卷七〈器具篇〉「筆洗」條曰：「玉者有缽盂洗、長方洗、玉環洗，古銅者有古鎏金小洗、有青綠小盂、有小釜、小卮、小匜，此數物原非筆洗，今用作洗最佳。」亦以玉、銅作爲筆洗的古雅材質，均在以物喚醒悠遠的時代。

太湖石砌「橋」則俗。[34]漆、太湖石就材料本身而言，是中立的，漆或不漆？用或不用太湖石？顯然與樣式有關，《長物志》關於物類的評價，經常是在樣式上判辨雅俗。雅有時是典型化的審美類型：

> 冬月……製大眼風窗，眼竟尺許，中以線經其上，庶紙不爲風雪所破，其制亦雅，然僅可用之小齋丈室。（卷一「窗」條）

大眼的冬季窗戶，以細緻的紙糊線經，以增加受風的強度，這種雅窗適於小齋丈室中，如以雄渾與秀美兩種審美類型來分辨，「雅」代表了秀美的類型。[35]「俗」常意指物的審美品味呈現，有以下幾種缺陷：

1.繁雜與工巧

以栽植爲例，秋色花艷麗多彩，「儘可植廣庭」，如果在小坪數的齋室窗邊，「便覺蕪雜」（卷二「秋色」條）。或是桃柳紅綠相間、山茶紅白爛然、池畔桃杏間種、或是池中荷葉滿池，不見水色，[36]皆暴露了同樣的繁雜窘況。品茗賞味亦有雅俗的問題：

---

[34] 卷六〈几榻篇〉「方桌」條曰：「舊漆者最佳」，「書桌」條曰：「用漆者尤俗」。卷一〈室廬篇〉「橋」條曰：「以太湖石爲之亦俗」，「階」條曰：「旁砌以太湖石，疊成者曰澀浪，其制更奇」。

[35] 例如對於魚的審美，卷四「魚尾」條曰：「魚身必洪纖合度，骨肉停勻，花色鮮明方入格。」亦指明秀美玲瓏的是雅魚。

[36] 分別參見卷二〈花木篇〉「桃」、「山茶」二條，以及卷三〈水石篇〉「廣池」條。

果亦僅可用榛、松、新筍、雞豆（按芡實米）、蓮實，不奪香味者，他如柑、橙、茉莉、木樨（按桂花）之類，斷不可用。（卷十二「茶壺茶盞」條）

茗爲主角，榛松筍豆之類，爲淡味的植物乾果，作爲品茗的配角茶點爲宜，如果是甜馨的柑橙，或具濃郁香氣的茉莉桂花，品茗時，會喧賓奪主，這是講究品茗精純無雜味者的禁忌。精純自然是好的，靈璧石：或如峰巒峭拔、曲折屼嵂、森聳崚嶒的山形（卷三「品石」條）；或有禽魚、鳥獸、人物、方勝、回紋物的紋路（同上「土瑪瑙」條），這些自然成形的雅物，爲神奇天工，可遇而不可求。

但是對於人工奇巧之物的批評呢？

◊ 近做周身連蓋滾螭白玉印池，雖工致絕倫，然不入品。（卷七「印章」條）

◊ 有倭人鏒金雙桃銀葉爲紐，雖極工致，亦非雅物。（卷七「壓尺」條）

◊ 至於雕刻果核，雖極人工之巧，終是惡道。（卷七「總論」條）

無論是印章、壓尺或果雕品，只要是工致絕倫者，就遠離「雅道」，遭致「惡道」的批評，文震亨反對人工奇巧之物：石硯，以天然成形者爲貴，如果人工雕鏤成各種星宿祥獸圖案，甚至打造七星眼洞、或嵌銅玉其中，都是以人工損天工的作法（卷七「研」條）。而書畫自宋代米芾高標「平淡天眞」以來，被視爲「天才」的傑作，爲自然偶成。若「一作牛鬼蛇神，不可詰識」（卷五「書畫價」條），像鬼畫符、藝術字等以技巧取勝譁眾取寵之作，皆不可接受。

2.圖案與定式的格套

儘管「古式」是《長物志》的評價極則，然而有一種弄巧成拙的「古典」，值得辨明。在齋室屋廬傢俱的築設中，並非一味地仿古就是好的，例如：「古人最重題壁，今即使顧陸點染、鍾王濡筆，俱不如素壁為佳」（卷一「海論」條）。古人題壁原是風流雅事，但是如果在自家屋廬壁垣上題繪書畫，就是鸚鵡學舌、裝模作樣，仿古的結果反而弄巧成拙。基於板滯的理由，文震亨對物的外沿形狀反對六角、八角、菱角等式，香爐亦忌圈環，以及成對擺設。㊲至於歷來已久的格套圖案，更要儘量避免：亭忌用葫廬頂、忌以茆草作蓋、堂室忌為卍窗、窗格忌用菱花象眼、矮牆忌作金錢梅花式、木欄不可雕鳥獸形、湘竹堂簾忌有花如繡補、忌有字如壽山福海之類；㊳床以卍字回文為俗式、研用葫蘆樣亦俗、瓢不可用長腰鷺鷥曲項式；花瓶若用青花茄袋、葫蘆細口匾肚瘦足藥罈，均不入清供，鵝頸式的壁瓶尤不可用；若將自然屈曲的天臺藤杖，塑成龍頭式，斷不可用。㊴

㊲ 卷一〈室廬篇〉論到，「樓閣」忌六角。「窗」不要菱花、象眼等形狀，窗格數目不要六個。卷七〈器具篇〉「鏡」如果「菱角、八角，有柄方鏡，俗不可用」。「筆筒」「忌八稜花式」；卷三〈水石篇〉的「小池」忌方圓八角諸式。卷十〈位置篇〉「置罏」條說到香爐忌有環與成對。

㊳ 以上詳參卷一〈室廬篇〉「海論」、「欄杆」、「窗」等條。

㊴ 以上詳參卷七〈器具篇〉「瓢」、「花瓶」、「杖」、卷六〈几榻篇〉「床」等條。

葫蘆樣、金錢梅花、卍字回文、繡花堂簾、福壽字樣、菱花角式、鵝頸曲項、細口茄袋匾肚瘦足、龍頭式……等一切圖樣，即使源出古制，卻因爲人們大量地套用成式，被文震亨摒爲流俗之列。眞正的古典，要以稀罕爲貴，必需不淪爲格套，且要具備難以複製的特性。

(二) 關於價格的問題

古物在過去可能是日用經常平凡之物，但是成爲古董後，則以稀爲「貴」，不僅是文化氣氛使然，也是商業意識作用的結果。在物的評價排名清單中，成爲絕響的古董經常列於首位，《長物志》中一再對古物作種種優位之申述，這與當時古董交易市場的活絡現象，互爲表裡，古雅成爲商業市場下的購買標的。古物固然豪華奢侈，但確是人們生活經營中的一大要角，以書畫價爲例：

> 書價以正書爲標準，如右軍草書一百字乃敵一行行書，三行行書敵一行正書。至於樂毅黃庭、畫贊、告誓，但得成篇，不可計以字數。畫價亦然，山水、竹石、古名賢像可當正書；人物花鳥小者可當行書；人物大者及神圖佛像、宮室樓閣、走獸蟲魚，可當草書。若夫臺閣標功臣之烈、宮殿彰貞節之名，妙將入神，靈則通聖，開廚或失，挂壁欲飛，但涉奇書異名，即爲無價國寶。（卷五「書畫價」條）

此條是依價格來評定書畫。書法方面，楷書勝於行書，再勝於草書，名蹟則以篇計價。繪畫方面，山水竹石聖賢像最貴，其次人物花鳥小品，再次爲神佛、宮閣、魚獸等題材。價格的高低呈現在書畫體裁的優劣抉擇上，自然也反映了書法體式與繪畫題材受到喜好的程度。神靈通聖的奇書異畫，則居於最高價位，可視爲國寶留傳。

由於對古物的競相購求，作僞贗品成爲市場機轉下的另一股風氣，書畫作僞最爲流行：或由落墨設彩、或由煙薰成色、或由古絹裂口的紋痕……等，來判定書畫眞僞，由於作僞之風盛行，古物鑑識遂成爲一門新興的學問。㊵作僞古物，當然是基於市場的需求，以大理石爲例，塡藥染色成形的仿大理石，可賣得高價，但眞僞立辨，㊶市場中贗品多了，無形中，更抬高了獨一無二眞品的價位，贗品反而助長了古物追創高價之風。除古董外，餘如宮庭內府所制具貴族氣息的用物、不世出的名匠傑作、異國貢品等，亦都名列評價優越的物品之林。㊷就現實的層面而言，重視古物就是給予昂貴

㊵ 《長物志》卷五〈書畫篇〉，有幾則探討書畫作僞的問題。「論書」條曰：「古人用墨，無論燥潤肥瘦俱透入紙素，後人僞作，墨浮而易辨。」、「論畫」條曰：「雖有名款，定是俗筆爲後人塡寫，至於臨摹贗手，落墨設色，自然不古，不難辨也。」、「絹素」條曰：「古畫絹色墨氣自有一種古香可愛，惟佛像有香煙熏黑，多是上下二色，僞作者其色黃而不精采，古絹自然破者，必有鯽魚口，須連三四絲，僞作則直裂。」晚明雜品書中，有一大部分涉及古董鑑識的論述，不僅《長物志》而已，其餘如高濂《遵生八牋》之〈燕閒清賞牋〉、張應文《清祕藏》等，均包含了相關的論述。

㊶ 卷三「大理石」條曰：「古人以鑲屏風，近始作几榻，終爲非古。近京口一種，與大理相似，但花色不清，石藥塡之爲山雲泉石，亦可得高價。然眞僞亦易辨，眞者更以舊爲貴。」

㊷ 卷六〈几榻篇〉「床」條曰：「以宋元斷紋小漆床爲第一，次則內府所製

的價格，珍奇之物因稀罕不易購得所以價高，也因此蒙上高雅尊「貴」的色彩。㊸天然成形具斑然紋路的土瑪瑙（卷三〈水石篇〉），或是翠白如雪近乎通體透明的藍魚（卷四〈禽魚篇〉），是兩種稀罕的自然物類，也成爲商業市場上的寵兒，價位均不低。

有時商業市場上的高價，並不一定完全對應得出「物以稀爲貴」的原則，如玫瑰：

> 芬氳不絕，然實非幽人所宜佩。嫩條叢刺，不甚雅觀，花色亦微俗，宜充食品，不宜簪帶。吳中有以畝計者，花時獲利甚夥。（卷二「玫瑰」條）

文震亨給予玫瑰的負面評價是：香氣太濃郁、枝梗造形不雅觀、花色太俗艷、可作食物、不宜簪帶，這些特點均不符合幽人的品味。末二句說道，吳地一帶花農大面積栽植，於花時獲利甚多，還透露了一個重要訊息：誰喜愛玫瑰？誰購買玫瑰？誰能使花農獲利甚夥？不符合幽人品味者，卻符合另一類人的品味，這類人就是俗人。俗人喜愛香郁、艷色、柔枝、可作爲花簪、並且食用觀賞兩宜的玫瑰。

價格有時似乎可作爲物品優劣的評判指標，有時卻不盡然。商業價値高的物品，顯然有兩個極端，不是極雅就是極俗，稀罕珍奇

獨眠床，又次則小木出高手匠作者」，評價名單依次爲宋元古董、內府製品、高手匠作等，另「佛櫥佛桌」條曰：「有內府雕花者，有古漆斷紋者、有日本製者，俱自然古雅。」亦給日本製品很高的評價。

㊸ 《長物志》並未集中探討日常用物的價格，惟在行文中，偶一提及。

絕響者成爲極雅，大眾流行追求者成爲極俗，雅俗分別指向幽人與俗眾兩端，這也是《長物志》評價論述中極有趣的一個現象。

㈢ 評價的依準與內涵

筆者以下將分析《長物志》的評價依準與內涵，首先是古雅與自然本色的關係，其次是流俗典型的充斥，最後探討導致「古」「雅」分離的文化禁忌。

1.「古雅」與自然本色

建築居室的總論中有一段話值得注意：

> 總之隨方制象，各有所宜，寧古無時，寧樸無巧，寧儉無俗。至于蕭疏雅潔，又本性生，非強作解事者所得輕議矣。（卷一「海論」條）

〈室廬篇〉包括廳堂、山齋、佛堂、琴室、樓閣、茶寮、浴室等各種屋室，以及建築單元中的門、窗、欄杆、照壁、街徑庭除等，這些生活元件的製作原則：要古意不要時尚，要樸拙不要工巧，要儉淨不要華奢，這些原則包含在材料與樣式的考量中。「研匣」宜用紫黑二色漆，如果用外顯亮麗的雕紅或彩漆，在視覺印象中，違反了儉樸原則，就俗不可耐（卷七「研」條）。置放整髮的梳具箱：「以瘿木爲之，……其纏絲、竹絲、螺鈿、雕漆、紫檀等，俱不可用」（卷七「梳具」條）。梳具用天然瘿木最適當，其他像紅白相間的瑪瑙（按纏絲），色澤繁麗，而竹絲、螺鈿、雕漆等材料，均需經過繁複的人工，這些皆不符合儉樸原則。

古、樸、儉等原則總綰於「蕭疏雅潔」的涵義中，成爲居家器物設置的首要憑準。文震亨還進一步將這種評價依準牽連到「天生」，實際上，古雅的品味乃文化修習所得，作者視古雅的品味爲一種秉賦，更將文士之雅與庶眾之俗一線劃開，這是文震亨分判雅俗的寫作策略。雖然將古雅的品味說成天生秉賦，這是文震亨避俗的言外之意，對物來說，卻也用了同樣的評價標準—天然、自然。物在材質與樣式上愈接近天然，在起源義上是「古」，在審美義上是「雅」。未經採鑿，苔蘚叢生的堯峰石，保持石頭的原始樣態，所以得到古樸可愛的評價，因爲自然成形，所以沒有人工雕造的玲瓏，不玲瓏卻正是其可貴之處。永石具有天然成形的山水日月人物紋路，也是未經採鑿前的模樣，如果以刀在石面上刮成凹凸可驗的圖紋，即使玲瓏也必減損其自然的評價。[44]

> 得古樹根如虯龍詰曲臃腫槎牙四出，可掛瓢笠及數珠瓶缽等器，更須瑩滑如玉，不露斧斤者爲佳。近見以五色芝粘其上者，頗爲添足。（卷六「禪椅」條）

禪椅直接截取古樹根，選擇造形如虯龍詰曲槎牙四出可掛物，且質地瑩滑如玉不露斧斤者，這符合了〈花木篇〉中對植物的評價：「根若龍蛇，不露束縛鋸截痕者俱高品」。但是完全截取樹根，不

---

[44] 卷三〈水石篇〉「堯峰石」條曰：「近時始出，苔蘚叢生，古樸可愛。以未經采鑿，山中甚多，但不玲瓏耳。然正以不玲瓏，故佳」。另「永石」條曰：「石不堅，色好者有山水日月人物之象，紫花者稍勝，然多是刀刮成，非自然者，以手摸之，凹凸者可驗。」

必斧斤鋸截而能合用者，畢竟少數，要如何順著樹根的自然形式而斧截成龍蛇樣式，還需要適當地掩藏人工，稱爲「不露斧痕」，愈接近自然者則爲「古」、「雅」。若是在樹根上粘合五色靈芝，顯然暴露人工，矯飾作態、欲雅反俗。

◊（琴軫）犀角、象牙者雅。以蚌珠爲徽，不貴金玉。弦用白色柘絲，古人雖有朱弦清越等語，不如素質有天然之妙。……軫上不可用紅綠流蘇。（卷七「琴」）

◊（絨）出陝西甘肅，紅者色如珊瑚，然非幽齋所宜，本色者最雅。（卷八「絨」條）

用犀角、象牙如玉的材質作爲古琴的琴軫，不必染成朱色，而以白色柘絲作爲琴絃，這都是對於「天然素質」的迷戀，天然素質的另一用語爲「本色」，未經雕造的石紋、虯龍成形的樹根、白色柘絲的琴絃、原色未染的絨單……皆爲「本色」，本色排斥繁雜，追求儉樸，就是古拙，這些都是古、雅在評價上的具體內涵。

2.**流俗典型的充斥**

在評價論述中，與古雅對立的語彙是俗制，指當代流行的時樣與款式，舉例如下：

◊忌用花缸、牛腿諸俗制。（卷二「蘭」條）

◊中透一竅，內藏刀錐之屬者，尤爲俗制。（卷七「壓尺」條）

◊更有紫檀爲邊，以錫爲池，水晶爲面者，于臺中置水蓄魚藻，實俗制也。（卷七「琴臺」條）

◊用犀象角玉……雕如舊式，不可用紫檀、花梨、法藍（按即珐瑯）諸俗制。（卷五「標軸」條）

這四條文字皆不約而同地指出「俗制」：種植蘭花的盆盎，用宜興所產之花缸，或口大底部略尖的牛腿缸式，這是俗制；中透孔竅，藏刀錐的壓尺，也是俗制；以紫檀、錫、水晶建造的蓄魚藻池作爲琴臺，還是俗制。「標軸」條說道，舊式的書畫標軸是用犀象角玉等材料雕成，若用紫檀花梨或珐瑯等材質，就是俗制，「俗制」究竟爲何？舊式與俗制是對立的，舊式即古式，而俗制就是今式。[45]

俗制爲世俗慣用的形制，反映了當時俗眾的品味，就樣式而言是時樣，就流行而言是時尚：「文具雖時尚，然出古名匠手，亦有絕佳者」（卷七「文具」條）。「文具」爲當時流行的日用品，原來應被摒棄，若是有古名匠手雕作，就可脫去流行帶來的俗味，一個「雖」字轉折了文句的義涵。「俗尚」的評價關係到文震亨的抉擇：

◊狹長混角諸俗式，俱不可用，漆者尤俗。（卷六「書桌」條）

◊其提梁（按有兩耳作橫把）、臥瓜、雙桃、扇面、八綾細花、夾錫茶替、青花白地諸俗式者，俱不可用。（卷十二「茶壺茶盞」條）

---

[45] 卷八〈衣飾篇〉「被」條曰：「古人用蘆花被，今卻無此制。」古今對照，可用來解釋古式與俗制。

書桌、茶具、佛像的造形樣式，因爲是俗制、新款，爲當時所普遍流行，文人雅士不可選用。由文震亨指出「俗制」的語意脈絡來看，「俗」不僅代表了與「古」對照的時間意義，俗不可用，也代表了與「雅」對照的評價意義：

◇舊漆者最佳，須取極方大古樸，列坐可十數人者，以供展玩書畫。若近制八仙等式，僅可供宴集，非雅器也。（卷八「方桌」條）

◇有雞骨片、胡桃塊二種，然亦俗尚，非雅物也。（卷三「昆山石」條）

◇得文木如豆瓣楠之類爲之，華而復雅，否則竟用素染，或金漆亦可。……有以夾紗窗或細格代之者，俱稱俗品。（卷一「照壁」條）

「方桌」條中，看到明顯的古今對立意識，古樸而雅，近制非雅，非雅即俗。兩款崑山石爲俗尚，非雅物，照壁以華麗文木製造者雅品，以夾紗細格製成者爲俗品，均進一步地將俗與雅對立起來。

《長物志》的評價論述中，崇慕古雅的策略，是將流行俗尚毫不留情地暴露出來：

◇宋元古畫，斷無此式，蓋今時俗制，而人絕好之。齋中懸挂，俗氣逼人眉睫，即果眞跡，亦當減價。（卷五「單條」條）

◇所藏必有晉唐宋元名跡，乃稱博古。若徒取近代紙墨，較

量眞僞，心無眞賞，以耳爲目，手執卷軸，口論貴賤，眞惡道也。（卷五〈書畫篇〉敘）

書畫的「單條」，爲明代創新的畫幅樣式，「今時俗制，人絕好之」，說明流行時尚對大眾的魅力。但是文震亨卻反其道而行，認爲生活空間中置放流行時物，將帶來難以忍受的「俗氣」，即使是名家手筆，也因爲時樣俗款而減損價値。書畫的鑑賞，最怕盲目附和流俗，自米芾譏評「好事家」以來，書畫的鑑賞家如何才具眞賞眼光，一直是理論家探討的課題，書畫「貴古賤今」的原則，使得近代紙墨的較量成爲無謂的惡道。文震亨藉由古式的標舉與對照，使雅俗的品味自動劃開，靠向兩端，讀者從中取得去俗就雅的訊息。

反俗似乎是流行款式與樣制的反對，實則是對於今時、世俗、流行時尚意識的強烈抵禦，進一步而言，反俗更暗藏了一種別開眾我的意識型態：一方是大眾／俗尙／低品味，一方是小眾／雅尙／高品味，透過排斥的論述模式，將自己與大眾時尙別成二徑，獨享稀罕高雅的慕古氣氛。

3.「古」「雅」分離的文化禁忌

上文透過材料、樣式的討論，一再申說「古」與「雅」密不可分的義涵。然而在某些情形下，「古」、「雅」卻在評價意識中，呈現分離的狀態，例如：

◇凳亦用狹邊鑲者爲雅，以川柏爲心，以烏木鑲之，最古。（卷六「凳」條）

◊又有鼓樣，中有孔插筆及墨，雖舊物，亦不雅觀。（卷七「筆筒」條）

這兩條文字仍牽涉到樣式的問題，凳用狹邊鑲者爲雅，以川柏爲心烏木鑲者爲古老樣式，該文將凳的古式與雅式分開評論。次條中，鼓樣筆筒有筆墨的插孔，這是古物之式，但不雅觀。「古」在《長物志》氣氛與評價論述中，一直是優位首則，但是在凳與筆筒的討論中，古老樣式明顯失去了審美品味的依憑，就是不雅，「古」與「雅」於是不再同義。

在更特定的評價論述中，「古」甚至成爲一種不可日用的禁忌：

◊所見有三代玉方池，內外土鏽血侵，不知何用？今以爲印池，甚古，然不宜日用，僅可備文具一種。（卷七「印章」條）

◊有舊窯枕，長二尺五寸，闊六寸者可用。長一尺者謂之尸枕，乃古墓中物，不可用也。（卷七「枕」條）

受土氣鏽蝕、血氣浸淫，土鏽血侵乃地下殉物的特質，玉方池、一尺窯質的尸枕，雖然是出土的「古」物，但卻陪伴亡者歷經幽黯無數的地下歲月，是具有死亡意象的古物，成爲日常生活中的禁忌，當然不宜出現在日用摩挲物的行列中。「如石楠、冬青、杉、柏，皆邱隴間物，非園林所尚也」（卷二「槐榆」條）。將石楠、冬青、杉柏等樹栽植在園林中，將使園林與邱隴墓地不分，對於嚮往田園隱逸的文人來說，邱隴墓地的植物亦是園林的禁忌。

殉物、邱隴皆代表死亡意象，成爲日用生活的禁忌，即使是稀見的古物，或古代樣式，亦因此必需與雅保持距離：

> 石欄最古，第近于琳宮，梵宇，及人家冢墓。傍池或可用，然不如用石蓮柱二，木欄爲雅。（卷一「欄杆」條）

「石欄最古」原來應是終極評價的論述語彙，而下接「第」字使語意有所轉折，因爲近于琳宮、梵宇、人家冢墓，使得「古」的優質評價轉而減分，石蓮柱或木欄雖不古，但雅，在此，使「古」與「雅」二者呈現分離的因素，乃是日常用物審美品味中的文化禁忌。另外，「雅」定義著理想的日常生活用物，所以不屬於俗世日用的宗教方物，便不可列入，[46]雅物若要佈設起一個清幽閒適的居家環境，必需遠離環境錯置的可能因素，包括出世離塵的廟宇道場，或是死者棲止的邱隴冢墓。在日用生活文化中，這些都是不受歡迎的禁忌場域，在氣氛與評價的論述中，成爲等待去除的負數。

二、兩重意識型態的論述面向

前文筆者仔細探討了《長物志》的評價論述，在以「古」、「雅」作爲終極價值的論述規模中，仍牽涉到材料、樣式、圖案格套、價格、流行俗尚、以及文化禁忌等不同層面的問題，使得

---

[46] 方外之物不可作爲生活日用，例如卷八〈衣飾篇〉「笠」條曰：「有葉笠、羽笠，此皆方物，非可常用。」

「古」、「雅」的語彙義涵顯得複雜而糾葛，這些複雜義涵的背後暗藏有值得關注的意識型態，透過一套特殊的論述策略來推展，這套論述策略顯現了兩重面向：其一是強調差異與對照的對立意識，其二是以負面論述迂迴定義雅士的生活型範。筆者以下將探討這種意識型態的論述策略。

(一) 強調差異與對照的對立意識

文震亨的評價論述，有時呈現差異排序的敘述筆調，例如：

> 得文木如豆瓣楠之類爲之，華而復雅。否則竟用素染或金漆亦可。青紫及灑金描畫俱所最忌。亦不可用六。堂中可用一帶，齋中則止中楹用之。有以夾紗窗或細格代之者，俱稱俗品。（卷一「照壁」條）

談論「照壁」涉及了材料、製法、漆飾、場所等許多條件，其敘述程式可簡化爲：「用……爲之，雅。否則用……亦可。……最忌。不可用……，……爲俗品」。在整個敘述程式裡，可排列出由「最好－其次－不好的－不可用的－最忌的」等五個差異項目，而敘述的兩端爲「華而復雅」、「俗品」，雅俗的品味正在五個差異項中遊走。

在評價論述中，差異排比的層次較複雜，但口吻是溫和的，而品級差異的極致，就是收向兩端。作爲文化品味的仲裁者，文震亨的評價論述，經常由兩項極端的提出與反對，引導讀者進入一個更爲絕對的生活品味探索中。例如以下三篇敘文：

◊舟之習於水也，大舸連軸，巨檻接艫，既非素士所能辦；蜻蜓蚱蜢，不堪起居。要使軒窗闌檻，儼若精舍，室陳厦饗，靡不咸宜。（卷九〈舟車篇〉敘）

◊衣冠製度，必與時宜。吾儕既不能披鶉帶索，又不當綴玉垂珠，要須夏葛冬裘，被服嫻雅。居城市有儒者之風，入山林有隱逸之象。（卷八〈衣飾篇〉敘）

◊吾曹談藝討桂，既不能餌菊朮、啖花草；及層酒累肉，以供口食，眞可謂穢我素業。古人蘋繁可薦，蔬筍可羞，顧山肴野蔬，須多預蓄，以供長日清談，閒宵小飲。（卷十一〈蔬果篇〉敘）

〈舟車篇〉敘一開頭就往兩個極端開始反駁，素雅之士，既無財力造作巨艦，而蜻蜓蚱蜢舟亦只宜於詩詞吟詠中，兩個極端爲巨型船艦與小型獨木舟。如何才能在財力足以負荷、又非空談的狀況下，實現舟遊的理想生活呢？不妨將舟舫佈置擺設成一座水上精舍。〈衣飾篇〉敘開首亦提出不合文士的兩個極端：或是如貧道披羽帶索、或是如重臣貴冑綴玉垂珠。無論居城市或入山林，不同的穿戴時節與場合，均需符合文士的身分。另外，〈蔬果篇〉敘言同樣亦是由反論兩端開始：大啖酒肉會污穢素口，餌菊啖草則不切實際。蘋繁、蔬筍、山肴、野蔬，平日可多加儲備，用素淡的食材經營日談夜飲的山隱生活。

如上所引「既非……不堪」、「既不能……又不當」、「既不能……眞可謂穢我」，《長物志》的評價論述，經常顯現如此權威仲裁的評議色彩，兩個極端的列舉，透露了評價論述是經由差異與對照的模式展開，將差異的二者，置於對照的兩端：

> ◊古人制器尚用，不惜所費，故制作極備，非若後人苟且，上至鍾鼎刀劍盤匜之屬，下至隃糜側理，皆以精良爲樂，匪徒銘金石尚款識而已。今人見聞不廣，又習見時世所尚，遂至雅俗莫辨，更有專事絢麗，目不識古，軒窗几案，毫無韻事，而侈言陳設，未之敢輕許也。（卷七〈器具篇〉敘）
>
> ◊古人製几榻，雖長短廣狹不齊，置之齋室，必古雅可愛。又坐臥依憑，無不便適。燕衎之暇，以之展經史、閱書畫、陳鼎彝、羅肴核、施枕簟，何施不可？今人製作徒取雕繪文飾，以悅俗眼，而古制蕩然，令人概嘆實深。（卷六〈几榻篇〉敘）

第一條文字廣泛評論器物，古人制器，講究精良有韻致；今人制器，苟且又重視浮面絢麗，形成古雅今俗的落差。次條討論几榻，古代几榻，有審美（古雅可愛）、實用（坐臥依憑便適）、擺設（展經史、閱書畫、陳鼎彝、羅肴核、施枕簟）等層面的優點，今式几榻，揚棄實用與擺設的功能，只努力於造形外觀上雕飾，在遠離古制的情況下，成爲媚俗的產物。

卷五〈書畫篇〉中，雅俗的對立，文震亨有更多的語彙提出。其中將歷代書畫名蹟，依「古今優劣」的法則加以評述。收藏名家畫作時，不可太雜，以免淪爲賈肆。至於御府書畫，則談論眞僞相雜的現象。此外，對於董太史使用砑光白綾，「未免有進賢氣」，這牽涉到自然與矯飾的問題，董其昌所使用的砑光白綾紙，太光滑而潔白，墨蹟將無法透出自然樸拙的色澤，以致得到矯飾太過的評價。47至於繪畫風格的問題，文震亨一仍傳統，針對明代的書畫，提出士夫與院氣的評比，將代表畫院風格的鄭顚仙、張復陽、鍾欽禮、蔣三松諸人，視爲與文人畫不足相並的邪學（卷五「名家」條）。

卷五〈書畫篇〉將古（雅）／今（俗）列在具有正負意義的對照意識型態，在這種論述模式下，文震亨運用了更多的對立概念來強化：雅俗、古今、優劣、姸蚩、眞僞、純雜、多寡、拙精、自然與矯飾、士夫與院氣。這些文字，具有共同的論述邏輯，顯示了一個差異／對照的標準模式，其中指向了古／今、雅／俗、正／負的對舉基型，這個基型是古今、雅俗、正負互爲因果的邏輯，可說統攝了《長物志》整部書的評價書寫。

文震亨大費周章地創造了一種由古今意識出發，形成對照與差異的評價論述，就只是要教導大眾，古代器物一定比當代器物優異？要當代工匠放棄研製切實合用的器物，一味仿古？事實不然。文震亨一再進行古今對照，仔細尋思，實在是有「盲點」的。對晚明人來說，元代的燕几是古，但在元人的眼中，燕几卻是時樣；對元人來說，宋代的屛榻是古，而在宋人眼中，屛榻才正是剛流行的款式呢！明人眼中的「古」，在宋元當時，卻是「今」，文震亨的「貴古賤今」48，不但不能放之四海皆準，甚至成爲理論的盲點，

---

47 詳參卷五〈書畫篇〉「古今優劣」、「名家」、「御府書畫」、「絹素」等條。

48 文震亨的「以古賤今」幾乎是通則，但亦有例外，例如評價書畫，在卷五〈書畫篇〉「古今優劣」條中，論及書學的時代愈古愈好。畫佛道人物仕

這個盲點卻正說明了文震亨的書寫意圖與策略，也激化爲一種對抗流俗的意識型態。文震亨所「賤」的「今」，並非一切的「當代」，而是特定的「晚明」，晚明有經濟發達後的商業社會，亦有新興的古董交易市場，文震亨以權威口吻大力對抗的，正是晚明因應而生作僞、譁眾、媚俗……等流行暢銷物充斥的市場，「古」物經過流傳，畢竟成爲少數，恰可作爲與「今」物的大量製造作對比，大量製造反映了迎合俗眾的流行規律，古物因而成爲可與今物對照的一個鮮明參數。古物因爲隔了時空距離，具有特殊的歷史文化光輝，「古」被簡化淨化爲一種價值，成爲稀罕難得的珍貴象徵，亦是文震亨評價論述中最有力的權威憑藉。

㈡ 以負面論述迂迴定義雅士的生活型範

> 嘗見人家園林中，必以竹爲屏，牽五色薔薇於上，架木爲軒，名木香棚，花時雜坐其下，此何異酒肆中？然二種非屏架不堪植，或移著閨閣，供仕女采掇，差可。（卷二「薔薇木香」條）

文震亨在討論庭園花木栽植時，對五色薔薇的評價是負面的，搭竹爲屏，架木爲軒，曳引薔薇攀爬其上，作成木香棚，花時一片

女牛馬，是近不如古；而山水林石花竹禽魚，則古不及近。對於近身當代，則不敢輕議。這裡涉及到書畫理論史中品賞鑑識等複雜的問題，必需另文處理。

燦爛的景象，文震亨認爲這就像個賓客雜沓的酒肆場所，毫無雅致可言。至於薔薇柔弱攀附屏架與艷色香氛的植物生態，不如移植於閨閣中，供仕女採掇爲宜。在這條文字中，文震亨舉出了兩種生活典型：「酒肆」、「閨閣」，前者呈現的是雜沓的生意場所，後者則是女性的生活空間，二者均與文人雅士的生活型態有很大的歧異，文震亨不由正面提示雅士的庭園栽植該如何，而由負面的角度來評論。定義的法則有兩種類型，或是由「是什麼」的正面提舉直接指稱，或是由「不是什麼」的負面排除以迂迴指稱。在強調差異與對照的評價型態中，《長物志》經常使用後者的論述模式，由負面的排除法，迂迴定義文人雅士的生活型範。筆者以下分由幾個層面來探討。

1.閨閣與脂粉

〈花木篇〉中評論紫荊花「形、色、香、韻，無一可者」（「棣棠」條）。《長物志》講究庭園佈設的植物，要在外形、顏色、氣味、整體韻致幾方面，考慮與文士品味的貼合性，薔薇花宜於閨閣、不適宜雅士齋室的理由，是因爲薔薇柔弱攀附與艷色香氛的植物生態，接近女性陰柔的氣質，玫瑰亦然，「以結爲香囊，芬氳不絕」且「花色微俗」，幽人不宜簪帶；臨池飄逸的西湖柳，亦屬陰柔之美，其「柔條拂水，弄綠搓黃」的擬人特性，彷彿女子點繪胭脂，所以文震亨說「涉脂粉氣」。[49]薔薇、玫瑰與西湖柳，在文震亨特殊的解釋脈絡下，都成了女性植物。

不僅花木如此，禽鳥亦然。文士對於平淡天眞的嚮往，反映了

---

[49] 參見卷二〈花木篇〉「玫瑰」、「柳」二條。

禽鳥棲息空間的選擇：「余謂有禽癖者，當覓茂林高樹，聽其自然，弄聲尤覺可愛。」然而對於馴養餵飼的禽類，就有所保留了：

> 飼養馴熟，綿蠻軟語，百種雜出，俱極可聽，然亦非幽齋所宜。或於曲廊之下，雕籠畫檻，點綴景色則可。……更有小鳥名黃頭，好鬥形既不雅，尤屬無謂。（卷四「百舌畫眉鴝鵒」條）

種類繁多的馴禽，雖然可發出動聽的綿蠻軟語，卻不適於置於雅士的幽齋，最多只能養在雕籠畫檻中，作爲迴廊步道的一個景致。經過飼養的禽鳥，失去了自然天性，而黃頭小鳥的好鬥習性，更與優雅的文士氣味扞挌不合，文震亨生活美學中的禽鳥品味，是由其生態與習性來決定。禽鳥的品味一如柳與薔薇，亦有性別的差異：

> 鸚鵡能言，然需教以小詩及韻語，不可令鬧井市鄙俚之談，聒然盈耳。銅架食缸俱須精巧，然此鳥及錦雞、孔雀、倒掛、吐綬諸種，皆斷爲閨閣中物，非幽人所需也。（卷四「鸚鵡」條）

鸚鵡與百舌、畫眉一樣，都是人類的馴禽，希望牠成爲貼心可愛的寵物，就教給牠特定的小詩或韻語，若市井鄙俗的語彙教導，就會馴成一隻聒噪的俗鳥。儘管可以主人的語言品味馴服鸚鵡成爲一隻雅鳥，但是能說人言的禽類，已經脫離茂林高樹，喪失山林野性，只適合在仕女閨閣中，以精巧的銅架與食缸來飼養。〔圖8〕其他

圖 8　「調鸚鵡」《燕閑四適》明刊本
文震亨曰：「鸚鵡能言，斷為閨閣中物」

像錦雞、孔雀、倒掛、吐綬等鳥類，也像鸚鵡一樣，皆爲與雅士自然品味不合的閨閣鳥。

不僅寵物而已，對於日常生活中傢俱、用品、器物等的評價依歸，亦同樣有著性別的區判：

◊ 近有以柏木琢細如竹者，甚精，宜閨閣及小齋中。（卷六「床」條）

◊絨單出陝西、甘肅，紅者色如珊瑚，然非幽齋所宜，本色者最雅，冬月可以代席。狐腋、貂褥不易得，此亦可當溫柔鄉矣。（卷八「絨單」條）

◊冬月……紙帳與綢絹等帳俱俗，錦帳、帛帳俱閨閣中物。（卷八「帳」條）

◊卍字者，宜閨閣中，不甚古雅。（卷一「欄杆」條）

◊用朱黑漆，須極華整而無脂粉氣。（卷六「佛櫥佛桌」條）

◊舊者有李文甫所制，中雕花鳥、竹石，略以古簡爲貴；若太涉脂粉或雕鏤故事人物，便稱俗品，亦不必置懷袖間。（卷七「香筒」條）

◊大如錢者，妙甚。香肆所制小者，及印各色花巧者，皆可用，然非幽齋所宜，宜以置閨閣。（卷十二「黃黑香餅」條）

絨褥、床、帳等眠榻用物的品味，本來就容易依使用對象（仕女／雅士）與場合（溫柔鄉／幽齋）的不同而區隔開來。被褥飾帳的質料用狐腋、貂褥、錦、帛，顏色偏紅、傢俱的花樣款制小巧如柏木琢細的設計，居室中欄杆、佛櫥、香筒、香餅等物，雕繪成卍字形或印上花樣、漆上彩繪，呈現的是閨閣脂粉的審美氣息。

由以上所引述的幾則文字而言，包含了植物栽種、禽鳥馴飼、床褥佈置、傢俱與用品的雕繪制作等層面，《長物志》探討雅士的生活空間，並不採取正面的定義方式，企圖展示一個另類反面的生活樣態，欲讀者在認同作者的排除法中，自行區劃雅士生活空間的輪廓。這樣的反面指稱，迂迴地佈設出一個異樣的美學生活類型：仕女閨閣，這種隱含性別歧視的負面論述，呼應著幽齋／閨閣的對照架構。

2.酒肆、賈肆、藥肆、屠沽市販之氣

《長物志》的評價論述中，雅的對照端點是俗，金銀材質常是俗氣的主要指標：譬如街徑「寧必金錢作埒？」、屋內照壁「青紫及灑金描畫，俱所最忌」、香盒「尤忌描金、書金字」，香爐中的隔火片「金銀不可用」、茗匙茗筯「忌用金銀」、茶壺「金銀俱不入品」、花瓶「貴銅瓦，賤金銀」、古琴的琴徽「不貴金玉」……等。金、銀爲有價貨幣的材料，用在商業買賣的交易行爲中，器具用物如果以金銀作爲裝飾材質，會讓使用者沾染拜金的市膾氣，降低身份的高雅指數。因此，與交易售利有關的事物，也都染上俗的氣息：

> 蘿蔔……蕪菁……烏、白二菘、蓴、芹、薇、蕨之屬，皆當命園丁多種，以供伊蒲，第不可以此市利，爲賣菜傭耳。（卷十一「蘿蔔蕪菁」條）

山齋野蔬的栽植，種類可以多樣，舉凡蘿蔔、蕪菁、白菜、葵菜、水芹、蕨菜，不妨令園丁多種，可供茹素伊蒲（按指佛徒），或賓主長日清談、閒宵小飲。但是野蔬一旦成爲市利之具，那麼多款栽植美意的山居隱士，就會淪爲賣菜傭了。

販售圖利的行爲，或是金銀貨幣本身，都指向俗氣，而進行交易的各種商業場所，更成了距離文雅清高最遠的世俗生活類型，《長物志》的評價論述中，提供交易的公共空間，經常被視爲負面列舉的例子。五色薔薇所搭建的木香棚，花時雜坐其間，如在「酒

肆」，而瓶供合插的折枝花，只可一兩種，過多亦如酒肆。[50]「酒肆」是一個杯觥交錯、賓客喧鬧的公共空間，與提供隱密的私人空間完全不同，居家生活一旦成爲雜沓的公共場所，就不宜於個人閒適居處。

> 石子五色，或大如拳，或小如豆，中有禽魚、鳥獸、人物、方勝、回紋之形，置青綠小盆或宣窯白盆內，斑然可玩，其價甚貴，亦不易得。然齋中不可多置，近見人家環列數盆，竟如賈肆。（卷三「土瑪瑙」條）

在這條文字中，作者一一介紹土瑪瑙的顏色、形狀、自然紋路、窯盆擺置、高價等，儘管土瑪瑙如此可愛珍奇貴重，但居家收藏絕對不可多，如果擺設太多，就像販賣奇石的賈肆了。居家生活的經營，不只講究物類本身的美感氣氛而已，如何佈置？如何擺設？都直接表現出居家主人的審美品味，擺置一盆奇石是雅齋，擺置五盆奇石就成了賈肆。同樣地，蘭花盆栽的擺置，「每處僅可栽一盆，多則類虎邱花市」（卷二「蘭」條）。物之品類繁多雜陳是賈肆市場的特性：

> 蓄聚既多，妍蚩混雜，甲乙次第，毫不可訛。若眞贋并陳，新舊錯出，如入賈胡肆中，有何趣味？（卷五〈書畫篇〉敘）

---

[50] 卷十〈位置篇〉「置瓶」條曰：「花宜瘦巧，不宜繁雜，若插一枝，須擇枝柯奇古，二枝須高下合插，亦止可一、二種，過多便如酒肆。」

書畫的收藏，應該以上品眞蹟精審爲首要，如果收藏只爲貪多，卻妍蚩混雜、眞贋并陳、新舊錯出，居家就成了繁雜陳列的古董販賣店，反使古董收藏的雅意消失殆盡。文震亨對於酒肆、賈肆的排斥與抗拒，亦表現在物品的形制氣氛上：

◊酒鎗皿合，皆須古雅精潔，不可毫涉市販屠沽氣。（卷十一〈蔬果篇〉敘）

◊竹櫥及小木直楞，一則市肆中物，一則藥室中物，俱不可用。（卷六「櫥」條）

山居生活裡，溫酒的酒鐺、納食的皿盒，在物的功能上，只是飲食的容器而已，但是在講究品味的生活裡，飲食酒肴之時，古雅精潔的器皿，必需考慮物的容納功能之外，增添文化氣氛，從反面來說，酒鐺食皿的選用或形制，更要遠避酒肆肉販所用的屠酤器式。同樣地，如藏書櫥、古玩櫥、經櫥等居家櫥具款式，在材料與制作上，必需極力與市肆或藥室等商賈生意場中的櫥式，區隔開來。

3.其他不合文士氣息者

除了代表陰柔女性的閨閣、以及代表交易售利的商肆兩種生活典型之外，《長物志》的負面論述中，作贋、不自然、人爲、工巧、矯飾、繁複等制作觀念，均與雅士氣質乖違而成爲負面評價，肉食者鄙[51]、好鬥習性[52]、俗子傖父[53]……，《長物志》帶著文化

---

[51] 卷十一〈蔬果篇〉「瓠」條曰：「瓠類不一，詩人所取抱甕之餘，采之烹之，亦山家一種佳味，第不可與肉食者道耳。」

威權的口吻道出這些評價語彙。在器物的形制上，《長物志》具有人文主義色彩：「今肩輿，古之巾車，古用牛馬，今用人車，實非雅士所宜。」（卷九「巾車」條）強調文化氣氛的結果，在雅士的生活美學中，不止人力車是雅士所不宜乘坐之車，即連文房用具，「大抵鑄爲人形，即非雅器」。[54]

其他還有若干與雅士氣質不合的觀點值得探討，例如酸氣：

◊篾絲者雖極精工華絢，終爲酸氣。（卷七「燈」條）

◊牡丹稱花王，芍藥稱花相，俱花中貴裔。栽植賞玩，不可毫涉酸氣。（卷二「牡丹芍藥」條）

像牡丹、芍藥等名貴的花種，若要栽植，必需以最妥適的方法來照料：以文石爲護欄，依品級高低，差參排次，花季時設宴雅賞，以

---

[52] 卷四〈禽魚篇〉「百舌鸜鵒鵁鶄」條曰：「更有小鳥名黃頭，好鬥，形既不雅，尤屬無謂。」

[53] 卷五〈書畫篇〉敘曰：「書畫在宇宙，歲月既久，名人藝士，不能復生，可不珍祕寶愛？一入俗子之手，動見勞辱，卷舒失所，操揉燥裂，眞書畫之厄也。」又「賞鑑」條曰：「古畫紙絹皆脆，舒卷不得法，最易損壞，尤不可近風日，燈下不可看畫，恐落煤燼及爲燭淚所污，飯後醉餘欲觀卷軸，需以淨水滌手，展玩之際，不可以指甲剔損，諸如此類，不可枚舉。然必欲事事勿犯，又恐強作清態，惟遇眞能賞鑑及閱古甚富者，方可與談，若對傖父輩，惟有珍祕不出耳。」文震亨對於粗手粗腳、不能寶愛書畫，只強作清態的人稱爲「俗子」、「傖父」。

[54] 卷七〈器具篇〉「水注」條曰：「有銅鑄眠牛，以牧童騎牛作注管者，最俗。大抵鑄爲人形，即非雅器。」

木爲架，搭綠色油幕蔽日光於上，夜則懸燈照護……。[55]名貴的花種，照顧本就不易，需要相當的財力，如果勉強應付，在照護失當的狀況下，會流露出書生窮酸之窘態，反而弄巧成拙。另外，在用具的制作上，譬如以竹劈絲細磨製成的燈樣，雖然手工精細美觀，但竹藝品在民間廉價普遍，不如古董之稀罕珍貴，擺置在講究古意的齋室中，實在難脫酸腐之氣。

又如佛室的佈置：

> 佛室内供烏絲藏佛一尊，以金鋈甚厚，慈容端整，妙相具足者爲上。或宋元脫紗大士像俱可，用古漆佛櫥；若香像唐像及三尊並列，接引諸天等像，號曰一堂，并朱紅小木等櫥，皆僧寮所供，非居士所宜也。（卷十「佛室」條）

古漆佛櫥中，供奉一尊寶相莊嚴鑠金的密藏佛，或是宋元流傳的觀音大士像，桌案有古磁淨瓶獻花、淨碗酌水、石鼎燃香……等，這樣清簡的佛室，是文人雅士爲日常清修禪靜的生活而設。若是置一座朱紅漆木佛櫥，其中釋迦、文殊、普賢三尊，與接引佛、天界諸神、金剛力士等眾像並列一起，就成了宗教意味濃厚的僧寮廟宇，不宜於文雅居士的日常生活。

---

[55] 參見卷二〈花木篇〉「牡丹芍藥」條。

三、以文化威權的語言策略締造新的流行文化

(一) 物作爲生活體系的符號

> 忌用承塵，俗所稱天花板是也；此僅可用之廨宇中。……室忌五柱、忌有兩廂、前后堂相承，忌工字體，亦以近官廨也。……臨水亭榭，可用藍絹爲幔，以蔽日色；紫絹爲帳，以蔽風雪，外此俱不可用。尤不可用布，以類酒松及市葯設帳也。小室忌中隔，若有北窗者，則分爲二室，忌紙糊，忌作雪洞，此與混堂無異，俗子絕好之，俱不可解。……忌有卷棚，此官府設以聽兩造者，于人家不知何用？（卷一「海論」條）

在這則總論室廬的文字中，提出了官廳（廨宇）、酒舫、市葯、浴室（混堂）等不同功能的空間設計，其中以物作爲標誌符號。承塵（即天花板）、前後堂的工字體相承標誌著官廳、臨水亭榭的布絹標誌著酒舫或葯室、紙糊雪洞標誌著浴室、卷棚標誌著衙署……。雅士的生活空間不是官廳、不是衙署、不是浴室、不是酒舫、不是葯店、不是閨閣……，這種「定義」方式，不提出「是什麼」，而展示「不是什麼」給讀者，讀者雖然由側面知曉雅士別有生活天地外，也同時明白了商業空間、官府空間、女性空間……等世俗社會多樣化的生活類型。

各行各業因爲營生手法的不同，而有各種生活類型，這些生活

類型皆由物及其氛圍所擺列展開。物是個符碼，標誌著各類生活，豔色香氛的薔薇、或搓黃弄綠的西湖柳是「閨閣」的符號；各類奇石、盆栽、書畫雜列並陳是「賈肆」的符號；金裝銀飾是「豪宅」的符號；雜花合插的瓶供是「酒肆」的符號；竹橱是「市肆」的符號；小木直楞是「藥鋪」的符號；釋迦三尊並列是「僧僚」的符號、篾絲是酸腐「寒舍」的符號、承塵是「官廨」的符號、紙糊雪洞是「混堂」的符號、卷棚是「衙署」的符號……。文震亨花了許多筆墨討論什麼不是雅士的生活典型，以物作爲符碼，解讀不同的生活類型，這些環繞著俗的生活類型：閨閣、酒肆、賈肆、屠沽、市販、藥室、官廳、衙署……等，皆被文震亨以負面貶抑的口吻所論述。

㈡ 負面展列的閱讀樂趣

◊用山東繭最耐久，其落花流水、紫、白等錦，皆以美觀不甚雅，以眞紫花布爲大被，嚴寒用之。有畫百蝶于上，稱爲蝶夢者，亦俗。古人用蘆花爲被，今卻無此製。（卷八「被」條）

◊寧必飾以珠玉、錯以金貝、被以繢罽、藉以簟茀、縷以鈎膺、文以輪轅、約以鞗革、和以鳴鸞，乃稱周行魯道哉？（卷九〈舟車篇〉敘文）

第一條文字，文震亨討論被的質料與花樣，說道落花流水、紫、白等錦，雖美但不雅，紫花大被是嚴寒冬天所用，至於蝶夢被是俗款，蘆花被爲古製，今已棄用。在這條文字中，只有山東繭最耐久是較正面的功能評論，其餘全爲負面論述。第二條文字更有趣，以八個駢句列舉馬車的裝綴，裝綴配件有珠玉、金貝、彩繪毛毯、細緻的竹帷、樊纓、皮革、輪轅、車鈴……等物，文震亨用一連串麗藻修辭，講述一個被否定的事物：雕繢裝飾華美的馬車。

雖然上兩則文字均在指稱負面的審美類型，卻代表著世俗流行的時尚，站在文化保存的立場，古雅／俗尚二者在《長物志》中，得到了鮮明的對照。對一個讀者來說，落花流水紫白錦、蝶夢被、蘆花被、雕繢華麗的富貴馬車，在文震亨筆下，一一現身，時樣俗款在負面展列中，被保留了下來，可作文化對照，亦提供讀者閱讀的樂趣。

㈢ 文化威權的口吻

若與當代文人屠隆所撰同類型的書《考槃餘事》比較，文震亨的論述模式顯得更爲簡省，文化情境的描繪經常只是點到爲止：

> ◊得古銅漢鐘聲清遠者，佐以石磬，懸之齋堂。所謂數聲鐘磬是非外，一個閒人天地間是也。
>
> ◊有舊玉者，股三寸、長尺餘，古之編磬也。有古靈璧石，色黑性堅者妙，懸之齋中，客有談及人間事，擊之以代清耳。
>
> （以上《考槃餘事》卷四「鐘」、「磬」二條）
>
> ◊鐘磬不可對設，得古銅秦、漢鎛鐘、編鐘，及古靈璧石磬聲清遠者，懸之齋室，擊以清耳。磬有舊玉者，股三寸，長尺餘，僅可供玩。（卷七「鐘磬」條）

《長物志》的「鐘磬」條文字，顯然脫胎於《考槃餘事》分列於「鐘」「磬」兩條的內容而來，[56]但文震亨作了一番改造，首先是將屠隆的「鐘」「磬」合爲一條，字數減少，保留的部分，包括：古董款式（古銅漢編鐘、古靈璧石磬）、音質特性（清遠）、擺設位置（懸之齋室）、尺寸（股三寸、長尺餘）、功能（擊以清耳）等，《長物志》刪去了屠文「數聲鐘磬是非外，一個閒人天地間是也」，以及「客有談及人間事」兩項文化情境，在文末增加一句「（磬）僅可供玩」的評論。《長物志》雖然許多內容取材自屠隆，相較而言，行文更簡易，略去許多文化描述，而採用評論式的判斷語彙：

◊（木槿）花中最賤。（卷二「木槿」條）

◊ 叢桂開時，眞稱香窟……不得顏以天香、小山等語，更勿以他樹雜之。樹下地平如掌，潔不容唾。（卷二「桂」條）

◊ 吳中菊盛時，好事家必取數百本，五色相間，高下次列，以供賞玩，此以誇富貴客則可。（卷二「菊」條）

◊ 其種易生，花葉俱無可觀。更有以五色種子同納竹，筒花開五，色以爲奇，甚無謂。花紅，能染指甲，然亦非美人所宜。（卷二「鳳仙」條）

翻開〈花木篇〉，對於各種花木的評價：「最賤」、「不得」、

---

[56] 《長物志》脫胎於《考槃餘事》的內容，請詳參拙作《晚明閒賞美學》（臺北：臺灣學生書局，2000 年 4 月），頁 437-444，附錄四〈文震亨《長物志》引據屠隆《考槃餘事》及他書對照考異表〉。

「勿」、「不容」、「好事家」、「無可觀」、「甚無謂」……等，排斥俗事俗語、扭轉世見，文震亨以威權的口吻，發出園藝文化的仲裁聲音。

《長物志》喜用評斷式的語彙：「用……佳」、「用……不涉俗」、「不可」、「忌」、「最可厭」、「廢之可也」，以文人優位的立場，列舉負面類型：闤闠、酒肆、賈肆、藥室、屠沽、肉食者、俗子傖父……，與之劃清界線，以「古」作為文化優越的依憑，對抗時尚，摒棄世俗。作為大畫家文徵明之族裔，並擁有文氏一脈文官的出身背景，[57]在明代即將亡國的氛圍裡，文震亨彷彿自許為文化的領導者與守護者，這可由《長物志》充滿權威指示性的口吻中，得到印證。對生活的經營佈置、物類材料樣式的選擇、對士庶品味的分辨，《長物志》以權威口吻強調差異與對照、以及各種負面生活的列舉，自我扮演了一個高姿態的文化品味仲裁角色。

---

[57] 文震亨，字啓美，生於萬曆乙酉（1585 年），明史未載，明顧苓曾為作〈武英殿中書舍人致仕文公行狀〉，較詳細地記錄生平背景，大意如下：文震亨為文徵明曾孫，翰墨風流，係出名門，因闈試不利，即棄科舉，清言作達，選聲伎，調絲竹，日遊佳山水間。身長玉立，所至必窗明几淨，掃地焚香，居「香草垞」，水木清華，房櫳窈窕，曾于西郊構碧浪園，南都置水嬉堂，皆位置清潔，人在畫圖。致仕歸，于東郊水邊林下，經營竹籬茅舍。後因清人入關，辟地陽澄湖濱，嘔血數日，卒於南明福王弘光元年（1645 年），對於其死因，或曰憂憤發病死，或曰絕粒死，於清乾隆 41 年追諡「節愍」。關於文震亨的傳記資料，詳參同註[12]，附錄一〈文震亨生平事跡有關資料〉。

㈣ 締造士人的流行文化

《長物志》的評價策略，突出了以物作爲生活符碼的企圖，透過多方負面的評價指稱，豐富地呈現了俗世生活中，與高雅文士同時並列的他種生活類型，雖然不由正面取向以定義文人雅士的生活典型，但對他種生活類型特質的排除陳述模式，已逐次區圍出一個文士生活的明顯輪廓。

然而這確是一種充滿意識型態的評價論述，暴露了《長物志》物體系的盲點，這不是普遍的物體系，而是有所區隔的物體系，因爲將閨閣、賈肆、屠沽氣別開，以物界定男性體系（將女性排除在外）、以物界定文人體系（將商賈排除在外）、以物界定雅體系（將屠沽排除在外）。閨閣（女性）、賈肆（商業）、屠沽（俗眾）……這些世俗多樣的生活層面，其實是堅強的存在勢力，經濟發達的社會裡，代表女性、商賈、屠沽等不同層面的生活品味，必然主導了許多日常用物的制作，文震亨大張旗鼓的反制，是否顯示了文震亨所見之雅俗、男女、士庶界線的逐漸泯除？同時是否也顯示了文震亨心中文人品味未能獨標一格的焦慮感呢？

正因爲文人的生活品味無法獨標一格，欲以古雅文化的氣氛論述作爲主導品味，就必需創造新的流行，以對抗世俗時尚的流行。前文所引〈室廬篇〉「海論」條的文字：「忌……不如……不可……俱不可用……此當付之一擊……不知何用？」用一連串「忌」「不可」的否定語彙論述，這是文人的霸權口吻。《長物志》究竟是寫給誰看？文震亨對《長物志》的讀者定位何在？卷二〈花木篇〉「菊」條說種菊有六要二防，「園丁所宜知，非吾輩事也」，作爲讀者的吾輩是誰？顯然不是園丁，不是技術工匠，他的讀者，可能是文人價值觀的認同者、或是等待啓示者，讀者經過一連串的密碼解讀後，充滿否定的威權口吻，卻展示了無比的閱讀樂趣，《長物志》端莊高雅的論述隱含著遊戲性，一種故作姿態的廣告口吻，企圖向他的讀者宣示最新的流行訊息，這個流行訊息是要以文化典雅的復古模式，擊碎俗不可耐的大眾品味。對抗流俗時尚的文震亨，其實正在締造另一種流行文化。

肆、結論：創建物的流行神話

一、長物／非長物：長物成爲非長物

《長物志》以三個層次對物進行論述：物／功能說明、物／文化意涵，物／評價語彙，如此書寫，代表了晚明時期對物類前所未有的關心：對物之價值的重視、尤其是在商業社會中流通價值的評估、以及對物在日常生活中角色的辨說，都充分指稱一個迴異於傳統的新興社會。另外，將物客體化的論述，隱含了一個相對於物的主體世界（物／我、客體／主體），這個主體世界被物的體系所建構、被物的氛圍所包覆，主體（我）可以觀察、擺列、佈設、主掌、控制客體（物），這是一個以特殊物觀所組成的世界。若以傳統物的實用性角度而言，「長物」是多餘的物，並沒有自主性，應被劃在傳統用物體系中心之外，被用物體系所區劃、界定、排除，是設定實用框架之外的邊緣性存在。舉例來說，當「電燈」（用物體系之一物）發明了之後，油燈便成爲「長物」（沒有實用性），相對而言，用物體系是個被框架起來的結構，必需透過邊緣性的存在來彼此確認（用電的「燈」／不用電的「燈」）。實際上，這個結構卻是不穩定的，框架並沒有一定確切的範圍，反倒是框架以外的長物群，所指向的是一個永遠運轉不停、且具有可逆性、某種程度上可以立即反轉的結構（油燈雖然不再用來照明，但卻成爲書房中的懷古擺設），作爲「長物」的角色會反轉，回頭來挑戰框架的界域。（燈僅可以能否照明來界定用途嗎？）

在《長物志》一書中，的確顯現了這個極有意味的現象。《長物志》在《四庫全書》中歸隸「雜品」，可納入百科全書式的類書範疇裡，而由書名可知，文震亨的撰寫對象卻是非關生計的零餘雜項之物——「長物」，是邊緣性的書寫。有趣的是，文震亨及友人沈春澤，諄諄提倡「長物」與「閒事」，文震亨透過書寫不斷回返熟悉的文化典故，將零餘、瑣碎、邊緣屬性的對象，納入論述中，其實已鬆動了原先預設之有用的、整體的、中心的結構，並進而將這些「長物」組構成一個理想的生活體系。這些超實用性的、瑣碎零餘的、典故情境的邊緣論述，削弱了、甚至顛覆了屬於體系效力的實用價值，卻在展現古典詩意、烘染文化氣氛上，創造了一個超實用體系的、新的價值中心。

本文由符號學的角度出發，探察《長物志》一書中生活物體系，整個符號語意系統建構的物體系，在氣氛論述與評價論述的表現上，不但顛覆了舊有的實用功能體系，且乘著流行文化之便，創造新的書寫中心。晚明的「長物」，既具有框架以外的邊緣屬性，又同時具有顛覆的反轉意圖，「長物」終於成為「非長物」。[58]

二、古物／包裝：古物的神話包裝

屠隆的《考槃餘事》與文震亨的《長物志》是晚明兩部重要的雜品書，二者關係密切。[59]若將二者的書寫作比較，屠書更多文化情境的描繪，而文書除了各篇總敘文化情境外，在各條的物敘述時，將文化情境簡化濃縮為評價語彙：「古」、「雅」。《長物志》的古雅書寫，不斷懷想古物、聯接詩意情境、烘染文化氣氛，充滿對古典的崇慕心理。對於典故的忻慕，與崇拜古物的心理是一樣的，是人們為了轉換生活環境的一種神話手法。典故與古物是邊緣性的存在，具有歷史性的氣氛價值。古物是文化時間的標記，指涉著過去的時代，存在於舊有的時間脈絡裡，不再出現實用狀況，純粹是在起源迷思（某物是最古老的）與歷史價值（某物千古流芳）的神話邏輯裡，成為一個記號的存在。[60]

在晚明眞實生活中，具有古風的歷史典故或物品，緊緊繫住人們堅韌頑強的心理動機，有強大的文化吸收現象，使文明人回頭找尋自己文化系統裡時空邊緣的記號。從現在潛入過去，或由過去返回現在，在過去與現在二者的游移擺盪中：一方面影射一個遠距離的先前世界，一個具有隔離現世的古老情境與形式；可是另一方面

---

[58] 關於《長物志》的顛覆性，詳參尚・布希亞著、洪凌譯《擬仿物與擬像》（臺北：時報文化出版，1998年）「餘留物」一章，頁271-281。

[59] 《考槃餘事》與《長物志》二書的比較關係，請詳參同註[56]。

[60] 關於古物的神話觀，請詳參同註[3]，《物體系》「邊緣物——古物」一節，頁81-94。

又極力地將美好的過去展示在論述現場、在讀者眼前，創造一個近身可親的古典生活舞臺。

《長物志》透過文化氣氛的論述，臆想遙遠的古典文化情境，創造了復古的新型範，這些脫離了舊有實用體系的古物，實際上是披著神話的外衣，為現實生活作裝飾與設計。古物由於神話的裝綴，散發著無比神秘的蠱惑與魅力。文震亨與高濂、屠隆、陳繼儒等文人，共同創造了神話包裝起來的流行文化。[61]

三、反流行／流行：以反流行締造新流行

> 魚類，初尚純白，繼尚金盔、金鞍、錦被，及印頭紅、裹頭紅、連腮紅、首尾紅、鶴頂紅，繼又尚墨眼、雪眼、硃眼、紫眼、瑪瑙眼、琥珀眼、金管、銀管，時尚極以為貴。又有堆金砌玉、落花流水、蓮臺八瓣、隔斷紅塵、玉帶圍、梅花片、波浪紋、七星紋種種變態，難以盡述。（卷四「魚類」條）

時尚對於魚的身體、頭部花紋、眼睛色澤、尾部形式等喜好會變遷，流行文化的特性之一，就是比較差異，如裙子短一分就時髦，車子多一道弧線就高貴……，這正是流行的規律。文震亨對物

[61] 高濂的《遵生八牋》、屠隆的《考槃餘事》、陳繼儒的《巖棲幽事》、《妮古錄》之流的雜品書，與《長物志》相類似，均以物的書寫建構文化神話，共同締造流行文化。

的功能、技術、樣式、氣氛、評價等內容的提出，是流行書寫吸引消費者的內在規則，他確實瞭解流行規律的締造模式，說穿了就是一種行銷術，《長物志》擅於掌握流行規律，其強調差異與對照、正負對舉、甚至突顯負面評論，目的在建構流行訊息，進而建構流行神話。

卷七〈器具篇〉中，文震亨提出「筆格」、「筆床」、「筆屏」三式，結論是「廢之可也」，如此負面敘述的否定評論，是文化優位的立場，以權威語調表明：我是小眾菁英的領導者，教導大眾何謂雅的品味，文化霸權隱含在話語底層；另一方面卻又像是廣告口吻，如禪椅：「以天臺藤爲之，或得古樹根如虯龍詰曲臃腫，槎牙四出，可挂瓢笠及數珠瓶缽等器」（卷六「禪椅」條），但是這款裝飾擺設禪椅：「吳江竹椅、專諸禪椅諸俗式，斷不可用」（卷七「椅」條），這不是一種要噱頭的遊戲語調嗎？提供讀者閱讀的樂趣。

四庫館臣對晚明文人的批評：「矯言雅尚，反增俗態」，[62]或許在某種程度上，正深刻地洞穿流行文化的規律。他們將物由邊緣納入中心，進行文化編碼，在符號體系中，創造了解消俗世生活的型範。文獻中雖然用了很多典故來渲染高雅的氣氛，但文學矯飾的筆調，充滿了商業社會下的享樂文化氣息。把歷史情境帶入符號體系，以詩意包裝爲可資販賣的出版品，將烘托古典氣氛的高雅文化，當作商品販賣的行銷典型，種種被神話所包裝的遠距古雅情

[62] 詳參同註[2]，〈長物志提要〉。

趣，正是明末文人創造大眾流行文化的基調。[63]

文震亨不斷以提倡古意來反制時尚，以別雅俗來抵抗流俗，顯然流行文化，必然擁有巨大的威力。由物的氣氛論述、評價論述中，文震亨反俗尙、反時樣、反充斥的流俗典型，反的就是當時強大的流行時尙，文震亨以締造另一種更新穎的流行，對巨大的流行威力進行反制，反流行的結果，竟是締造新的流行。當新創的風格流行了之後，後來的流行終將成爲被對抗、被揚棄的對象，如此循環輪迴，這就是流行文化的眞相。

四、虛擬／眞實：虛擬變成眞實

流行文化所推銷的眞理，是虛擬成眞。例如百貨公司陳列歐式傢俱，只是製造流行的手法而已，但是當所有家庭都將傢俱擺設成歐風陳列樣式時，虛擬將成爲新的現實。古代的「如畫」觀亦然，眞實的風景不見，只看到畫圖，那麼虛擬的畫就成爲新的現實。《長物志》書中，室廬、花木、水石、禽魚、書畫、几榻、器具、衣飾、舟車、蔬果、香茗等生活物類的功能與氣氛論述，鄭重其事地呈現了理想的居家佈置，那些擺設論述，欲變虛擬爲新的現實。《長物志》一方面強調親歷其境的臨場感，一方面又要後退一個距離，以觀看歷史、體驗詩意的角度，蒐尋古董樣式，進行創造性的文化虛擬，這些以符號建構起來的生活體系，企圖將虛擬的文化想像透過不斷宣說的方式，建立新的流行事實。

---

[63] 關於流行文化的神話意識，請詳參同註[6]，羅蘭巴特《神話學》一書，其中有極精采的剖析。

如同汽車、服飾是自我投射一樣，[64]人在日常生活中，非實用功能性的物品如花瓶、香爐、茗甌、盆栽，依照其文化徵兆作用，產生對自我形象的主觀論述，向他人傳遞自我形象，他人透過物來觀想我這個人，因爲人在物的身上投射了自己的形象。《長物志》正如此透過不斷論述，傳遞文化優位的評價訊息，由古董收藏擺設、到虛擬成眞、到自我身分的建立，宛如進行一場權力的戲劇，締造士人的流行文化。

文震亨的《長物志》、計成的《園冶》、李漁的《閒情偶記》一樣，都是居室生活的設計寶典。[65]而文震亨津津樂道「長物」，其目的何在？「長物」、「閒事」與當時文人的處境極爲相同，在「長物」與「閒事」之間，其實是有一種「閒人」居中鼓吹、宣說價值。文震亨闈試不利，即棄科舉，縱情於水邊林下，成了不折不扣、退居邊緣的「閒人」。「長物」是一種特異的價值觀，顯露奇特的矛盾心理，生活用物是日常中最稀鬆平常、無所不在的普遍存有，然而卻又被要求、塑造成與眾不同的邊緣姿態。晚明時期，人口成長快速，讀書士人亦隨而激增，而科舉名額並未增加，使得讀書士人賦閒在野成爲普遍的境遇，仕與隱之間，已不如過去是個人心志趣向的表白，而是一種無奈的處境與抉擇。[66]因此，長物的邊

---

[64] 羅蘭巴特曾爲文〈汽車，自我的投射〉，此觀念亦被布希亞多次引用，參見同註[4]，林志明文，頁231。

[65] 晚明計成《園冶》爲園林築造的美學文獻，清初李漁的《閒情偶寄》爲生活經營的雜品著作，二書皆顯示了作者對於居室生活的設計長才，敬請參閱。

[66] 由於人口長期穩定的成長，明初爲數僅三到六萬名的生員，到了十六世紀

緣性，以及背後的矛盾心理，實隱含了晚明文人自身處境的一個面向。

在晚明特殊的時空下，文震亨爲何要將閨閣、賈肆、酒肆、藥室、屠酤等排除在其建構的物體系之外？他的性別異見與階級歧視，是否意味著當時正是一個雅俗、性別、士庶等各種界線泯除的商業社會？一夕致富的俗庶，可能正以錢財大力影響著文化品味的走向，文震亨，身爲一名書香世家的族裔文人，正在這個商業社會機制下，觀察文化的變貌，心中不免充滿著焦慮感，以及護衛文人品味（傳統價值）的使命感。一位長物知識型態的士大夫與殉國的士大夫，怎麼合理的串連在一起？撰寫一部遊戲閒書《長物志》的文震亨，最終竟以朱明王朝殉國者的悲劇命運收場，這兩種身分、兩件史實並列，在晚明特殊時空與文人自身處境下，也許并不特別突兀。[67]文震亨一方面深陷於其所相信的文化之中；另一方面是以

已經增加到卅餘萬名，明末更是高達五十餘萬名，在科舉名額無大增加，僧多粥少的情形下，生員晉身爲貢生的競爭率從明初的 40:1，一下子激增到 300:1 或 400:1，鄉試的競爭率也從 59:1 增加到 300:1，百分之六十到七十的生員終其一生不可能更上一層樓，造成了大量文士賦閒在鄉的現象。參見林皎宏撰〈晚明徽州商人文化活動——以徽商族裔潘之恒爲中心〉（《九州學刊》6 卷 3 期，1994 年，頁 35-60）頁 40。而晚明文人特別強調慕隱與求閒，表面上看來似乎與過去的隱逸傳統並無二致，但士人的出路比以往更爲窄仄，使得慕隱與求閒透露了現實處境的一面。關於晚明文人慕隱與求閒的現象與意識探討，詳參同註[56]，《晚明閒賞美學》〈閒賞——晚明美學之風格意涵析論〉一文，頁 29-64。

[67] 與文震亨相似命運的人，尚有祁彪佳，祁氏曾經建造一座寓山園，爲當時有名的園林，所費不貲，然而祁氏亦與文震亨一樣，最終爲大明殉國。那麼這樣一座文人品味的宅院，是否意味著在明朝走入夕陽、文化衰頹、國

自我調侃、反諷的態度，將物世界看成虛構，如同清言小品經常流露出由色悟空的省察，《長物志》亦反映出晚明文人特有的解悟方式，由「長物」到「非長物」，由歷史古物到神話包裝，由反制流行到締造流行，由虛擬到眞實……《長物志》或可視爲文震亨對明末時代解悟的一份見證文獻！

勢即將覆亡時，文人爲保衛傳統文化，所尋求的一座避風港？文震亨以文人強勢的口吻撰寫物的評價論述，而祁彪佳則選擇了實際將文人品味實踐在園林建築中。

III 園林：圖繪、文本、慾望空間

壹、緒論篇：明末清初的園林課題

一、城市與園林：江南園林的興起

《洛陽名園記》序文，闡明天下治亂，候於洛陽，洛陽盛衰，候於園囿，古來為兵家必爭之地，有事先受兵耳。❶園林對於城市有若即若離的依存關係，園林的營設，目的在脫離城塵另築天地，而園林的經濟後盾，卻經常要在城市中取得。明末《園冶》〈相地〉篇雖言「市井不可園」，但仍特別提出了「城市地」，築園不妨選擇近城之市郊所在，以作為城市小隱之地，市郊築園造景，在竹木間，遙見城牆，挖成曲折的池沼，横接城內長橋，離城不遠，既享有生活上的便利，亦能不為市喧所擾。故計成曰：「市隱猶勝巢居，能為鬧處尋幽，胡舍近方圖遠，得閒即詣，隨興攜遊。」❷園林在與城市的辯證關係中，成為官商寄身託隱的一種權變居處。由歷史的發展來看，燕京、會稽等古城裡的園林，原來是環繞著城市的周邊來分布，❸提供人們在城市山林中，「遊者忘其城市」

---

❶ 見張琰〈洛陽名園記〉序，李格非著《洛陽名園記》，參見陶宗儀編《說郛》卷 26，收入《筆記小說大觀》（臺北：新興書局，1989 年 1 月）第二十五編第一冊，頁 459。

❷ 參見計成著、陳植注釋《園冶》（臺北：明文書局，1993 年）卷一，『相地』「二 城市地」，頁 53。

❸ 關於城市的意識、觀念與書寫，表現在明末若干筆記文獻中，如《帝京景

❹，或「去城市而入山林，以探其勝」❺的便利。

以核心都城而言，北宋洛陽、汴京的繁華，往南宋蘇、杭轉移，文化中心隨著政治中心的南移，源於南宋政局之故，亦形成了中國社經文化史上舉足輕重的江南時期。江南水利發達，商業發展快速，成爲國家的財稅重心，易生豪富，江南商人的興起與平民科考打開仕進之門的現象互爲表裡。由南宋到明末，商人的影響力，逐漸地鬆弛了過去嚴密的四民階級，上下貫連，使文化形成垂直的交流，這是中國文化世俗發展的重要線索。

在這樣的社經基礎下，園林的築造乃以中級官吏的風雅文人與商人爲主幹，元代的倪雲林清祕閣、顧阿瑛玉山佳處、合溪別業、曹知白泖濱二園、明代的熙園、濯錦園、佘峯別業、橫雲山莊、陳所蘊日涉園等，皆爲江南名園。蘇州拙政園、留園等園，規模較小，淡雅樸素，園外觀多藏而不露，爲精緻靈秀的隱居之所。上海豫園，是座城市山林，杭州的郭莊，爲立基於江湖村莊的湖畔莊

物略》，依城的方位內外爲敘述體例：分城北內外、城東內外、城南內外、西城內、西城外、西山、畿輔名跡等篇。同樣地，祁彪佳《越州園亭記》亦以會稽城爲核心，分城內、城東、西、南、北等方位的區分，一一紀錄名園。而沈德符的《萬曆野獲編》〔畿輔〕「京師園亭」條，分城內、城外敘述探討，沈德符還說城內園的缺點是俗，由制作可知其堂宇迫仄無幽致。城外則美園甚多。城內、城外的分別，皆代表了城市觀念的興起，且已有市郊的觀念。以上三書，分別參見以下註❽、註㊻、註❾等條。

❹ 見祁彪佳撰《越州園亭記》，收入《祁彪佳集》，關於《祁彪佳集》相關資料，詳見以下同註㉘，卷八，「躍雷館」條，頁 188。

❺ 見清·龔煒撰《巢林筆談》（北京：中華書局，1997 年，收入『清代史料筆記叢刊』）卷一，「東園」條，頁 11。

園。無錫的寄暢園，則爲山麓別墅。揚州因多有鹽商出入，商人喜愛炫耀財富的本性流露不已，清初富商紛紛競邀南巡的康熙、乾隆，故揚州園林有「一路樓臺直到山」的盛況。這些遍及蘇、松、徽北、江西、浙江等處的園林，遂成爲仕商的交往場所。江南是中國後期文化的大熔爐，匯爲獨特、大眾化、世俗化的文化，不僅思想上儒道佛融一，而貴族／平民、雅／俗、鄉俗／高貴、理想／現實、宗教／迷信等界線模糊游移，江南園林正是這個複雜文化現象的映射。❻

二、園林與物

張岱讚賞西湖報恩塔爲：「中國之大古董，永樂之大窯器」❼，在明末文人的眼裡，古董窯器是可玩賞的歷史美物，張岱一句話以古董窯器爲譬，便將人間建築納入美賞物的行列中。《帝京景物略》紀錄英國公園時，對於宅園內石、柯、榆、竹、花畦……等陳設，如數家珍，作者劉侗說「物之盛者，屢移人情」，園林在人

---

❻ 依園林的審美特性而論，明代南中人家好爲園林，小築雅淡的規模，清代初期以後復次發展起來的北方園林，如北京頤和園、承德避暑山莊等，則顯得龐大、嚴實、封閉、色濃，是氣勢宏偉、豪華富麗之皇家宮苑的代表。若以時代區隔，明代傾向自然質樸，而清代則偏向富麗華贍。關於江南園林的審美特性，關於園林美學，學界已累積相當豐實的成果，本文不擬贅述。關於明末清初江南園林的盛況，詳參漢寶德著《物象與心境——中國的園林》（臺北：幼獅文化事業公司，1996 年），〈中國園林的江南時代〉一節，頁 82-88。

❼ 參見張岱撰，《陶庵夢憶》（上海：上海遠東出版社，1996 年，收入『宋明清小品文集輯注』），卷一，「報恩塔」條，頁 11。

們的心中，確爲一牽動人情的美物。英國公園原爲張輔封號，子孫襲爵，傳至明末六世孫維賢，園中小亭旁有二石，爲上刻年月日、下刻元璽之內府國鎭，這座朝廷封賜之園，是功勳酬贈之物。❽《帝京景物略》所記多爲北京城郊功勳襲封之園，這些皇戚得賜的豪宅家園，廣數百畝，穿池疊山，動輒花費鉅萬的園林，誠如沈德符對京師園亭的考察：「都下園亭相望，然多出戚畹、勳臣以及中貴，大抵氣象軒豁」。❾不僅京城豪貴家苑囿甚夥，富估豪民，亦將園宅築列在京城郊坰林曲，其築園規模的盛況，可作太平盛世的點綴，爲京師繁華與豪侈的見證。江南富紳自築的規模與京師豪貴或有不同，然而亦不乏園林與財勢之間的密切關連。例如于園在瓜州步五里鋪，爲富人于五所之園，其中費四五萬錢的螺石與假山蔚爲奇觀，平日非顯者刺不得其門入。對于五所而言，于園可作爲私人財產的象徵。❿

《明詩紀事》張怡論及金陵當時的世家宅院：

> 太平時，六部曹郎於公署外，各搆一園，皆在長安門東一帶，廣狹或殊，咸極精麗……其他如中常侍之外宅、僧舍之

---

❽ 參見劉侗、于奕正合撰，《帝京景物略》（上海：上海遠東出版社，1996，收入『宋明清小品文集輯注』），卷一「英國公園」條，頁 82。

❾ 參見沈德符撰，《萬曆野獲編》（北京：中華書局，1997 年，收入『元明史料筆記叢刊』）中冊，卷 24，〔畿輔〕「京師園亭」條，頁 609-610。

❿ 參見同註❼，《陶庵夢憶》卷五，「于園」條，頁 139。

別圃，諸縉紳之會館，非園而園，多可遊者。⓫

豪園的擁有者多爲官吏、或富有鄉紳。「韓園」條記錄：「韓公由徐氏東園購之，洵異物也，此園後歸黃岡石公象雲」。韓園「洵異物也」，意指莊園爲不動產，可以像經濟商品一樣轉賣，張怡記錄了金陵園宅作爲財產轉移的現象，餘如「海石園」曾經易主、「栝園」、「倪園」亦數度易主、「雲乳山房」遷徙數度……等。這些園宅大抵皆張怡住過、遊過、或族人曾經擁有之園，既爲遊賞之物，亦可爲交易之物。⓬

明末清初的園林，可以如古董器物般被賞鑑珍愛，亦可作爲賜封、酬贈、或交易之物。

三、園林意涵的變遷

由園林的建築意涵而言，秦漢神仙思想的導引，直到唐代，莫不刻意營造理想的長生景象，太液池、蓬萊、方丈、瀛洲皆爲遠離人世的仙域。魏晉崇尚自然田園及隱逸思想，園林建築的主流，豐富並改造了寓意仙居的山水。宋代理學禪宗思想的自然觀基礎，江南園林承此傳統，以詩畫提煉的自然爲底本，突出了隱逸的理想境界，草廬、茅房、竹籬、棚架澹泊自然的野趣，成爲宋明以後的園林藍圖。

⓫ 參見陳田輯撰《明詩紀事》（上海：上海古籍出版社，1993 年）第六冊，辛籤卷 26，張怡〈金陵諸園詩並序〉，頁 3397。

⓬ 參見同註⓫，「韓園」（頁 3398）、「海石園」（頁 3399）、「栝園」（頁 3398）、「倪園」（3400）、「雲乳山房」（頁 3399）等條。

北宋以降，園林成爲文人官員退隱之所，不僅滿足文官基本生活之需求，更成爲文人雅集與題詠的對象。明末清初的江南園林，除了繼承隱逸自適的理想之外，更貼近生活的休閒性質。無論是朝貴休沐的豪華別墅，或是士子雅集的幽雅小築，都在屋宅的生活空間築設中，衍生出休閒意義，明代後期人們迷戀園林的築造，可爲明證。⓭事實上，名園之勝得依賴文人，明末胡恒說了一段話：

> 司馬遷尋禹穴，無遊記，但名山未改，何待文？若無亭臺橋榭，與時廢興，易代而後，能使其遺蹤逸跡，猶想見於空翠溼紅間，必託慧業文人之筆。⓮

慧業文人之筆，的確創造了名園。金陵的「韓園」疊石爲山，宋諸公對其題跋甚多。「齊宗侯園」，樓閣宏敞，花竹蕭疏，經常雅集「銜杯拈韻，嘯傲其中」。「裴園」生活，乃「閒居之樂事，文人之佳話也」。⓯會稽的「螮園」，王季重於居第之前，樓顏曰：「讀書佳山水」，董玄宰亦曾爲其作歌。北京的「惠安伯園」，由於袁宏道的題詠，存留了一代遊園、賞花、題詩、贈文、雅集等文

⓭ 詳參王鴻泰撰〈美感空間的經營——明、清間的城市園林與文人文化〉，收入《東亞近代思想與社會——李永熾教授六秩華誕祝壽論文集》（臺北：月旦出版社，1999 年），頁 127-186。

⓮ 參見同註❹，卷八，《越州園亭記》，胡恒序，頁 171-172。

⓯ 參見同註⓫，「韓園」、「齊宗侯園」、「裴園」等條，頁 3398。

會遺跡。⓰主人將園林視為美物而集合諸題詠，亦衍生了私有財產佔有與炫耀的心理。

回顧園林發展的歷史，吾人從中發現了一個由游獵園、到帝王園、到文人園、到財產園的簡單線絡，這個發展使得中國園林在明末清初時期，不僅止於文官退隱休憩的場所而已，還陸續加入了世俗化、財產化、休閒性、華麗景觀的提供等多重意識，題詠與雅會，財產與佔有，均使得園林閒度的生活空間，並非古蹟遊勝而已，更是個廳堂外、圍牆內、外人止步、個人隱匿的私密世界，園林的私密空間成為一項新興的課題。

四、公共空間與私密空間

明末清初的研究者，一向關心資本主義所造成的文化衝擊，社會變遷更新著社會組織的物質形式，生產快速、經濟發達、資訊傳播造就了市民社會，並導出一個迴異於以往的時代風貌。城市文明中市民空間的構築，成為一項值得關注的焦點，戲劇的演出、邸報的資訊傳輸，形成了公眾論壇；⓱古董由私人收藏之家走出，躍入了交易市場。權力的邏輯在流動的空間中運作，特殊利益在不同的形式中被取得。新興的市民社會形成了公共空間，這是明清特殊思

⓰ 分別參看同註❹，《越州園亭記》「蜨園」條，頁 186。另參同註❽，《帝京景物略》卷五，「惠安伯園」條，頁 292。

⓱ 明末戲劇的演出，有時成為一種批評時事的輿論與傳播，達到的政治效應，令人稱奇。這的確是一傳具有強大媒介力量的市民公共空間。詳參巫仁恕撰〈明末的戲劇與城民變〉，《九州學刊》第六卷第三期，1994 年，頁 77-94。

想下的重要社會指標。⓲

相對於公共空間，必然隱含著私密空間的存在。公共空間，誠然是晚明以來新興市民社會的文化指標，值得注意的是，公共空間並不特別反映在文學或圖繪的書寫上，反倒是公共空間的另一端：私密空間，蓬勃呈現在明末清初的休閒文化中。以崇禎本《金瓶梅》為例，二百幅插圖中，雖少部份描繪如街市、商店、酒樓、茶館等公共空間，更大部份呈現了如閨房、花園、男女等私密空間與情節。考察明代住宅發展史，學者注意到明初到明末家居空間的構設，有一道由儉僕往實用、廣敞、連甍別院的拓展線索，屋宅由食宿蔽護的日用空間，朝向非日常之用的休閒功能發展。⓳

公／私空間的相對性，引發連串相關的思惟：世俗／隱逸、日用／非日用、實用／裝飾、男／女、庶眾／菁英、食宿／休閒、開放／私密、中國／異域……等，這些多元相對的「空間」意涵，涉及了雅俗、性別、生活功能、地域等對立差異的文化建構。⓴事實

⓲ 歷史研究者王鴻泰近來關注明清時期城市文明下公共空間的課題，已發表若干相關論著。其《流動與互動——由明清間城市生活的特性探測公眾場域的開展》（臺大歷史研究所博士論文，1998 年），為明清公共空間之優秀論著，對筆者甚具啓發，值得學界注意。

⓳ 關於明代住宅功能的演變線索，詳參同註⓭，王鴻泰文。

⓴ 市集與寺刹，指陳世俗／隱逸的兩端空間。花市與花園，指陳日用／非日用或實用／裝飾的兩端空間。衙廳與閨房，指陳男／女的兩端空間。茶樓與雅集，指陳庶眾／菁英的兩端空間。旅店與園林，指陳食宿／休閒的兩端空間。邸報與尺牘，指陳開放／私密兩端的言說空間……等。清初張潮編《虞初新志》所附插圖有許多外國的描繪，羅馬、埃及……等。「異域」的概念投射出異國空間，在大量傳入的地圖、舶來品乃至各類外國資

上，研究者無法以二元畫分的方式探討文化的面貌，明末清初商業發達與都市興起造就的市民社會裡，出現了大批中產階級，使得文化生態有所變異，文人處境不同於已往，以山人類型的文人爲例，他們既具有知識份子的傳統，也同時不排斥富商的贊助，遊走於仕商之間，過去一向居於前瞻與主流角色的文人，以菁英的姿態經營上層小眾文化，如今卻面對這些已然開放的庶民空間，是保持距離地批判？抑或在某種程度上融入大眾，藉以雅化俗庸？以園林爲例，當吾人注意到城市與園林間的辯證關係時，似乎城市的公共性與園林的私密性，雖相互對立卻彼此依存。園主人過去因爲退休、避居與僻隱的習慣，有所更改，可選擇不再隔離俗眾的築園模式來對外開放，邀請俗眾到訪。雅（士）與俗（眾）兩個階層的品味，勢必彼此影響與滲透，「流行文化」的建構模式，有助於吾人理解一個複雜多元的時代現象。㉑

訊的接觸前提下，明末已具有異國視野的空間構畫。諸如此類對立差異的空間意識，皆爲文化建構的產物，屬於空間認知的重要環節，值得注意。

㉑ 筆者曾參酌羅蘭巴特《流行體系》、《神話學》與布希亞《物體系》等書的觀點，以「流行文化」中的神話書寫角度，重新詮釋晚明文震亨《長物志》一書。其中部分論述，可以參看。此爲筆者所執行之國科會專題計畫（成果報告之計畫編號爲 NSC89-2411-H-194-037，執行期限：88 年 8 月 1 日至 89 年 7 月 31 日），敬請參酌。

五、觀看

從思想史的角度而言，晚明擺脫了宋元以來理性管理情慾的想法，發展出重視個人私慾的觀念，明末的思想界瀰漫了濃厚的個人主義，㉒在造成市民階級的世俗社會裡，鼓舞著人們私慾自由、財產佔有、窺探隱私。榮名、勝景、莊園、華宅、女子、歡情等美事美物，應當儘情佔有，融合著財富、歡快與情慾的人間享樂，不妨努力追求，這些均爲思想觀念上疏導慾望的結果。資本社會中的種種慾望呈現：財富、宅園、美色、歡情，使擁有者炫耀，使企羨者嚮往，皆影響了人們的觀看視野。「私」的觀念，既表現了財產的佔有，也引發了隱密窺探的興趣，吾人可由插圖本戲曲小說大量出版的現象可以得知。

窺視來自於觀看途徑的便利，印刷圖像的盛行，是晚明以後極重要的文化現象之一。無論是戲曲小說插圖、或如《雜字大全》般

㉒ 晚明思想史上由重視性靈、疏導私慾、以致於個人主義的盛行，較諸以往的時代爲更甚，學者的討論，，大致以李贄以及其所圈圍出來的時代思潮，作爲考察焦點，進窺此期的思想特性。許多學者均有對李贄龐雜思想的研究，例如容肇祖撰《李卓吾評傳》（臺北：商務印書館，1973 年）、《明代思想史》（上海：上海書店，1990 年），嵇文甫撰《左派王學》（上海：上海書店，1990 年）、《晚明思想史論》（北京：東方出版社，1996 年）。另林其賢撰《李卓吾事蹟繫年》（臺北：文津出版社，1988 年）等專著，以及收在各期刊論著中的論文，不一而足。其中周質平有一篇〈從異端到英雄——論晚近的李贄研究〉對李贄的研究狀況，作了一個綜論，值得參考。該文收入氏著《公安派的文學批評及其發展——兼論袁宏道的生平及其風格》（臺北：商務印書館，1986 年）「附錄一」，頁 183-191。

的圖解字典、各種圖譜、旅遊地圖、乃至於《奚囊便覽》之類的日用類書、甚至古文評點的著作，幾乎沒有不放入插圖的。㉓例如《金瓶梅詞話》，不僅在章節安排上，明白置入窺視意涵的回目，大部份描繪私密空間中的男女情慾，亦呈現窺視的圖繪細節〔圖1〕，此與當時的世情小說發達有關，展現大眾對私密生活細節的

圖 1　[明]《金瓶梅詞話》插圖崇禎刊本

㉓　關於明末清初各類出版品的插圖，五花八門，應有盡有。可參見周心慧編，《新編中國版畫史圖錄》全十一冊（北京：學苑出版社，2000年）。明末清初的版畫，數量最多，集中在第四至第九冊。

興趣。[24]版畫圖像以具體的視覺傳達，助長了異於傳統之觀看文化的流行，畫蹟與流行版畫的內容，反映了市民社會的生活百態，大量視覺傳達的媒介管道，顯露了人們窺探隱私的興趣。當時大批閒觀遊賞的文人，[25]儘情觀覽四周景物，他們是鼓勵版畫閱讀的主要社群，也是鼓勵文學讀本的評點主流，閒遊者在評點的世界裡，處於一個有利的觀看位置。[26]

---

[24] 「世情」主要指與民眾有密切關係的日常生活，即凌濛初所說的「耳目之內，日用起居」，也是李漁所說的「家常日用之事」，晚明通俗作家能將一件極平常瑣屑的事，寫得極細緻、極曲折，又寄寓著喻世之旨。參見夏咸淳：《晚明士風與文學》（北京：中國社會科學出版社，1994 年），頁 287。萬曆丁巳本《金瓶梅詞話》創寫了許多世情窺探情節的回目，如第七回「燒夫靈和尚聽淫聲」、第十三回「李瓶兒隔牆密約，迎春女窺隙偷光」、第二十三回「玉簫覷風賽月房，金蓮竊聽藏春塢」、第八十二回「潘金蓮月下偷期」……等，都明白置入世情隱私的窺探情節。筆者所參據《金瓶梅詞話》，爲坊間翻印，未註明出版資料，唯據凡例稱，該本爲故宮博物院所珍藏，由魏子雲教授作導讀與註釋，中間並加入崇禎本插圖二百幅。

[25] 人口繼續穩定成長，明初爲數僅三到六萬名的生員，到了明代中葉，已增加到卅餘萬名，明末更是高達五十餘萬名。在科舉名額沒有增加，而僧多粥少的情形下，生員晉身爲貢生的競爭率從明初的 40:1，一下子激增到 300:1 或 400:1，鄉試的競爭率也從 59:1 增加到 300:1，百分之 60 到 70 的生員，終其一生不可能更上一層樓，造成了大量文士賦閒在野的現象。參見林皎宏撰〈晚明徽州商人文化活動——以徽商族裔潘之恒爲中心〉，《九州學刊》6 卷 3 期，1994 年，頁 35-60。

[26] 小說評點突出讀者的意念，亦間接證明了讀者眼睛的重要，如鍾惺在《詩歸》的評點中，強調讀者「心眼」的重要性，例如他說：「夫以予一人心目，而前後已不可強同矣。後之視今，猶今之視前，何不能新之有？」、「見古人詩久傳者，反若今人新作詩；見己所評古人語，如看他人語。倉

六、本文的論題與論述次第

思想史公／私觀念的興起、仕商階層界線游移後的價值品味變異、版畫圖像盛行帶來的大眾觀看、性別差異下文化建構的思考……等相關課題，爲市民社會的空間呈現，建立複雜多樣的探索層次與基礎。由建築美學的角度研究園林，學界早已累積相當豐實的成果，不容贅述。然而明末清初爲數不少的園林畫蹟、版畫的空間呈現及其視覺象徵意涵，則鮮爲學者關注。筆者本文將以視覺意涵與影像解析的角度，將園林視爲一種世俗慾望，置於空間的公私辯證性上加以探究，以圖繪與文本交相互詮的進路，一窺明末清初的文化現象。

筆者在正文的首章，以祁彪佳的「寓山」作爲一個典例，由動線導覽的書寫特性、文化境域的拼貼分析、小眾團體的知交場域、開放與流通的傳播等角度，開啓整個明末清初園林論題的序幕。其次專章探討當時園林書寫的特質，包括訪遊實錄性、以及圖景導覽性兩種敘述模式，園林書寫的作者，在文本中創造了觀看的位置。其次由畫史的角度，專章探討園林繪本的空間意涵，包括了幾個要點：充分表達林下風致的變調隱逸、細節紛披的休閒場景、展示炫耀的立軸以及靈活組合的冊頁等畫幅型式、汲取典故的仿古空間等，傳達遊憩、裝飾與炫耀的園林圖繪意涵。其次，筆者提出兩個

卒中，古今人我心目中爲之一易，而茫無所止。」、「有所躍然於心目」……等，均強調讀者要用心眼。參見鍾惺、譚元春選評《詩歸》，收入《四庫全書存目叢書》（臺南：莊嚴文化事業公司，1997）「集部·總集類」第338冊。

明末清初的官商園林，與前章的文人園林「寓山」作對照。明末沽名釣譽、介於官商身分之間的汪廷訥，斥資興建的「環翠堂園」，是個在世俗中慕道求仙的理想國，〈環翠堂園景圖〉更突顯人工造景與景觀擺設的風雅，展現了汪氏華麗的世俗版圖。

至於清初富商喬逸齋的「東園」，筆者轉向兩篇有趣的應酬之作：〈東園記〉，以探究富商建造園林的炫耀心理。筆者亦在袁江應邀而繪的〈東園勝概圖〉圖面訊息中，進窺官商園林如何包裝世俗的慾望。明末清初無止盡慾望追求的園林，究竟爲文人帶來如何的反省與啓示？末章，筆者特別提出黃周星的一部《將就園記》進行仔細討論。黃周星透過書寫，把「將就園」構設爲一個包含陽剛與陰柔雙重慾望之集成，同時復以遊戲幻境的方式隨即拆解之。筆者本章將以遊戲與幻滅的角度，試探明末清初文人如何爲園林的思考進行解構。華貴的園林不僅框起了私密空間的界域，遊戲性地構築可供臥遊的紙上園林，雖成全了人們心中的理想幻影，卻也同時升起財力之匱、毀壞之憂、慾望之逐的惶恐，這些矛盾，結合城市興起的繁華、與末世亡國的衰滅，成爲明末清初文人一個普遍共同的焦慮。

貳、一個典例：祁彪佳的《寓山注》

祁彪佳生於萬曆三十年（1602），二十一歲中進士，曾任福建興化府理刑、朝廷御史、蘇松諸府巡按等職。因對權臣周延儒不徇情，爲周啣恨，以致遭降俸處分。三十四歲以侍養爲名，致仕在家九年，後又應召赴京。派赴南方典試，在危難中重新撫按江南。一年後（1645），卸職家居，時清兵陷南京、執福王，彪佳尚未及應召督撫蘇松，清兵已進迫杭州，許多仕紳紛紛渡江作二臣，彪佳寫成絕命書，最後投池自盡，以死報國。時爲弘光元年乙酉（1645），享年四十四歲。㉗

祁彪佳爲著名的藏書家祁承㸁之子，祁氏的澹生堂藏書與當時鈕氏的世學樓、范氏的天一閣齊名。彪佳自幼生長於藏書之家，爲飽學多聞之士，與二兄麟佳、駿佳、從兄豸佳，皆爲戲曲作家，豸佳還能演戲、書畫、音樂，多才多藝。彪佳的《遠山堂明曲品、劇品》，是戲曲批評的重要文獻。夫人商景蘭，著有《錦囊集》，子、女、媳多人皆能詩，有部份遺稿留存。祁氏本人以及家族，皆擁有高度的文化修養。㉘

㉗ 祁彪佳的生平，詳參《明史》本傳，以及曹師淑娟撰〈祁彪佳與寓山——一個主體性空間的建構〉，發表於「空間、地域與文化——中國文學與文化書寫」國際學術研討會，中研院中國文哲研究所主辦，2000 年 11 月。該文對祁氏生平有細密的詮釋。

㉘ 祁彪佳的著作，有《宜焚全稿》、《祁忠敏公揭帖》、《督撫疏稿》、《忠敏公安撫江南疏抄》、《祁忠敏公日記》、《遠山堂劇品》、《遠山堂曲品》、《遠山堂詩集》、《撫吳尺牘》、《按吳尺牘》、《都門入里尺牘》、《里中入都尺牘》、《林居尺牘》、《遠山堂尺牘》、《莆陽稟牘》……等。這些文稿總集，藏於北京圖書館，匯爲《祁彪佳文稿》（北京：書目文獻出版社，1991 年影印出版。）全爲手稿形式，部份內容，曾另行刻印出版。道光年間，杜煦、杜春生兄弟編輯《祁彪佳集》，內容包含了奏疏、序、引、記、稟、判語、行略、塔銘、祭文等應用性文字，以及救荒雜議、寓山注、越中園亭記、詩詞等作品，後附夫人、子、女、媳等家族作品。吳傑爲作序文曰：「使後之學者，讀奏議而想其忠謇，讀

明末的變亂時局，造成祁氏生命的沈鬱與短暫，祁彪佳曾經建築一座個人的園林——寓山，作爲文化生命與心靈的歸依之處，寓山雖已杳去，卻留下了一份重要的紀錄——《寓山注》，㉙該書是融合文本與圖本的園林書寫。崇禎八年（1635）乙亥年，祁氏三十四歲侍養乞歸，之後開始建造寓園，㉚工程持續了十年之久。《寓山注》是彪佳對寓山四十餘處園景的細部描繪，卷首冠有一張陳國光所繪的「寓山圖」，此外還包括了爲寓山作記、作解、作述、作

制義而挹其經腴，讀救荒、施藥及與邵縣守令議賑、弭盜諸書而知公之留心於時務，讀寓山志及越中園亭記，而知公之適意於林泉。讀詩、詞、尺牘而知公之逸致，讀錦囊集而知公倡隨之雅，讀紫芝軒逸稿及未焚集而知公家學之富、遺澤之長。」參見《祁彪佳集》（北京：中華書局，1960年2刷），頁1。

㉙ 《寓山注》崇禎間刊本，卷頁冠有「寓山圖」、祁彪佳自序。正文處，乃作者爲寓山拈出四十九處景點的描述。每一則文後，接續友輩的題詠篇什。整部《寓山注》友輩的題詠篇什與圈劃評點文字，遠超過作者正文，成爲一個以「寓山」爲對象的大型集體讀本。極爲特殊。依照體例，末則「八求樓」後，不應沒有題詠，而崇禎刊本僅到此而止，後頁概已脱佚。這個崇禎刊本，共二卷二冊，收藏於國家圖書館善本書室，012408 號，列爲「史部·地理類·專志之屬」。《寓山注》另亦收入道光年間杜氏兄弟編成的《祁彪佳集》（同註㉘），卷七，頁 150-170。此本僅保留祁氏自序、與四十九則景點描繪的正文，既無圖、亦完全沒有題詠與評點。

㉚ 祁彪佳自云：「予家旁小山，若有夙緣者，其名曰寓。」（〈寓山注自序〉）「寓山」顯然爲祁氏家旁一座小山，開壑築園於此，故逕以山名爲園名，並撰成《寓山注》一書。另陳國光爲祁彪佳繪成「寓山圖」，圖中於園門處標上「寓園」字樣，將祁氏營築，以宅園觀之，故名之爲「寓園」，祁彪佳於《祁敏公日記》中，經常稱山、密園等名稱，均同指其私人園林，故本論文或稱「寓山」、或稱「寓園」，皆爲同指。

涉、作贊、作銘者百餘人的遊歷紀錄。㉛是一部以祁彪佳爲核心，閱讀「寓山」園景的總集。

筆者本文視《寓山注》爲一個園林觀看的典例，以下展開探討。

一、寓園的建造㉜

祁彪佳寫於三十六歲（崇禎十年，1637）的自序一文，㉝詳細交待了建造寓園的經過。

㉛ 張岱〈跋寓山注二則〉其一曰：「寓山作記、作解、作述、作涉、作贊、作銘者多矣，然皆人而不我，客而不主，出而不入，予而不受，忙而不閑。」收入張岱著、夏咸淳校點《張岱詩文集》（上海：上海古籍出版社，1991 年）之《瑯嬛文集》，卷五，頁 305-306。

㉜ 曹師淑娟對明末祁彪佳建造「寓山」，提出了詳密創意的詮釋觀點：祁氏主體意志與空間結合，曹師說：「彪佳依寓園以水環山的地理，拈出寓山藏高於卑、取遠若近的特質，隱約呼應自己引疾歸隱，藏身於寓的意向，主體意志與空間相結合。」詳參氏著〈祁彪佳與寓山——一個主體性空間的建構〉，同註㉗。筆者本節以下文字，凡環繞著「寓山」與祁氏生平相關的日記文獻，多得力於該文的指引與啓發，特此向曹教授致謝。

㉝ 《祁忠敏公日記》每年有一小集，如丁丑年爲《山居拙錄》、戊寅年爲《自鑒錄》、己卯年爲《棄錄》等。據《山居拙錄》（丁丑）五月二十一日載：「微雨至寓山，午間歸作園記序，記及遠閣而記成，頗覺有酣適處。」，同註㉘，文稿，頁 1087。此年爲崇禎十年丁丑。本節以下內容，皆以該序文爲討論核心，該文參見同註㉘，《祁彪佳集》，卷七，《寓山注》首，頁 150-151。

㈠ 夙緣與癡癖

首先說明過往的一段夙緣，寓山早在二十年前彪佳幼時，已經兩位族兄開闢，後二兄一棄去學佛，一另搆柯園，遂委置於叢篁灌莽中。二十年後，彪佳引疾南歸，偶一過之，因緣未滅，如今應驗，這正是「寓山」取名之由。一開始原來只是隨興起建而已，後則逐步擴充，這種執著闢建的心理狀態如下：

> 卜築之初，僅欲三五楹而止，客有指點之者，某可亭，某可榭，予聽之漠然，以爲意不及此。及於徘徊數四，不覺向客之言，耿耿胸次，某亭、某榭，果有不可無者。前役未罷，輒於胸懷所及，不覺領異拔新，迫之而出。每至路窮徑險，則極慮窮思，形諸夢寐，便有別闢之境地，若爲天開，以故興愈鼓，趣亦愈濃。朝而出，暮而歸，偶有家冗，皆於燭下了之。枕上望晨光乍吐，即呼奚奴駕舟，三里之遙，恨不促之於跬步。祈寒盛暑，體粟汗浹，不以爲苦。雖遇大風雨，舟未嘗一日不出。摸索床頭金盡，略有懊喪意，及於抵山盤旋，則構石庀材，猶怪其少。以故兩年以來，橐中如洗。予亦病而愈，愈而復病。此開園之癡癖也。

在時間上朝出晚歸，在體力上體粟汗浹、病愈愈病，更在錢財上床頭金盡、橐中如洗，祁彪佳熱切高昂地自陳自己的開園癡癖。

㈡ 興建工期

在闢建之初，相地是基本工作。寓園的地理位置，由呼奴駕舟可知，需越過水域始能到達。而園的盡頭有三面山，水石各佔一半，園周有平田十餘畝，建築室廬與花木栽植亦各佔一半。在這樣的基地上，祁彪佳的營建藍圖如下：

> 爲堂者二，爲亭者三，爲廊者四，爲臺與閣者二，爲堤者三，其他軒與齋類，而幽敞各極其致，居與菴類，而紆廣不一，其形室與山房類，而高下分標其勝，與夫爲橋、爲榭、爲徑、爲峯，參差點綴，委折波瀾，大抵虛者實之，實者虛之，聚者散之，散者聚之，險者夷之，夷者險之。如良醫之治病，攻補互投，如良將之治兵，奇正並用。如名手作畫，不使一筆不靈，如名流作文，不使一語不韻。

寓園的建築類型繁多，有堂、亭、廊、臺、閣、軒、齋、居、菴、橋、榭、徑、峯……等，以虛實聚散夷險的變化原則，參差點綴於寓園山水之間。

至於建築工事的過程，據序文所載，約可分爲三期：

第一期爲三十四歲（乙亥，1635）仲冬至次年（丙子，1636），除了規劃藍圖、相地闢基外，逐次建造了寓山草堂、志歸齋、靜者軒、友石榭、遠閣、爛柯山房等，「自此則山之頂趾鏤刻殆遍」，此期大致是以寓園山石區的居室建築爲主。第二期爲三十五歲（丙子，1636 丙子）末至次年（丁丑，1637）春，疏鑿寓山徑道爲主，「曲池穿牖，飛沼拂几，綠映朱欄，丹流翠壑」，園林美勝已呼之欲出。第三期則於三十六歲該年（丁丑，1637）春夏之交，開闢了豐莊與豳圃兩座農圃。到此祁彪佳已費約五百餘日，將近兩年的時間了。「至於園以外山川之麗，古稱萬壑千巖，園以內花木之繁，不止七松五柳，四時之景，都堪泛月迎風，三徑之中，自可呼雲醉雪，此在韻人縱目，雲客宅心，予亦不暇縷述之矣。」闢建至此，寓園早已脫離「叢篁灌莽」的階段，可以與園外景致相互呼應。

序文寫成是第三期工程完竣以後，近兩年的工程確立了寓山園林的主要規模，「若八求樓、溪山草閣、抱甕小憩，則以其暇偶一爲之，不可以時日計。」後來仍有部份工程持續興建，如崇禎十年（丁丑，1637）十一月四日定溪山草閣之址、十二月三十日草閣峻工、㉞八求樓的建設在兩年後的崇禎十二年（己卯，1639）㉟……等，這些園林設計，藍圖是逐次形成的，工程爲期很長，直到生命結束。但在崇禎十年，彪佳三十六歲（丁丑，1637）夏日祁氏的腹稿裡，它們已隱然佈列於寓山的空間中。㊱

二、寓園的藍圖：「寓山圖」

就在寓園規模大體抵定，祁彪佳邀請好友陳國光繪製「寓山圖」。㊲陳國光字長耀，爲祁氏好友，日記中長耀在寓園的出現，

㉞ 據《山居拙錄》（丁丑）十一月初四日載：「午後至寓山，定草閣之址」，同註㉘，文稿，頁 1103，又十二月三十日載：「至寓山，草閣竣工，令奴子掃徑以待遊客。」，頁 1108。

㉟ 據《棄錄》（己卯）三月十九日載：「估八求樓木工之數」，同註㉘，文稿，頁 1151。

㊱ 本節內容關於八求樓、溪山草閣、讀書處、瓶隱等景點的營建時間，均由曹師論文的指點而核得祁氏原文。詳參同註㉗，曹文，頁 10。

㊲ 陳長耀應係祁氏的好友，日記中長耀在寓園中出現的次數頻繁，不僅於崇禎戊寅年正月至三月間，作客於寓山中完成了該畫。即使畫完成刊刻後，

自戊寅年正月十五日後開始頻繁。《自鑒錄》（戊寅年）正月十五日載：「歸寓，陳長耀、蔣安然來，同之抵家。」正月十六日載：「陳長耀至寓山畫圖，蔣安然爲之指畫」、十七日載：「至山，長耀仍作圖。」㊳正月二十五日載：「作禮致陳長耀。」二月十四日載：「蔣安然入城，陳長耀作畫，予督役掃除曠亭。」三月初一日載：「以新茶飯于迴龍菴，午後即歸，歸見劂剞氏刻寓山圖竣。」㊴陳長耀受邀前來住在山中，正月十六日開始畫寓山，至少到二月十四日尚未完成。到了三月初一日，圖已刻罄，顯然圖是在二月下旬完成。「寓山圖」跋尾題曰：「崇禎戊寅春日寫并跋于密園之鋻舟」，署名「長耀山樵陳國光」，這是序文完成的次年，崇禎十一年（戊寅，1938），祁氏希望將自己的寓園以具體圖繪方式保存起來。

陳國光的「寓山圖」〔圖2〕，是以版畫冊頁的形式收在《寓山注》扉頁。在水域、堤岸、土坡、牆籬的區圍空間裡，將寓園四十餘處景點一一繪出並標寫名稱，以俯瞰的角度取景，將園中各建築景點的造形，以及彼此的相關位置，清晰地標繪出來。事實上，「寓山圖」的說明性質遠大過繪畫表現，不僅沒有任何的點景人物，除了堤邊的柳樹、太古亭旁的松樹、筠巢的竹叢等幾棵說明性

於同年四月間，亦多次出現在祁彪佳寓園活動的日記中，有時與祁氏共飲，有時則相商築園的細節。甚至七年後的夏初，長耀曾還受邀來到寓園，商談密園的建材之事。詳參《乙酉日曆》四月二十七日條，同註㉘，文稿，頁1435。

㊳ 以上三條均參見《自鑒錄》，同註㉘，文稿，頁1111。

㊴ 以上三條分別參見《自鑒錄》，同註㉘，文稿，頁1112、1114、1116。

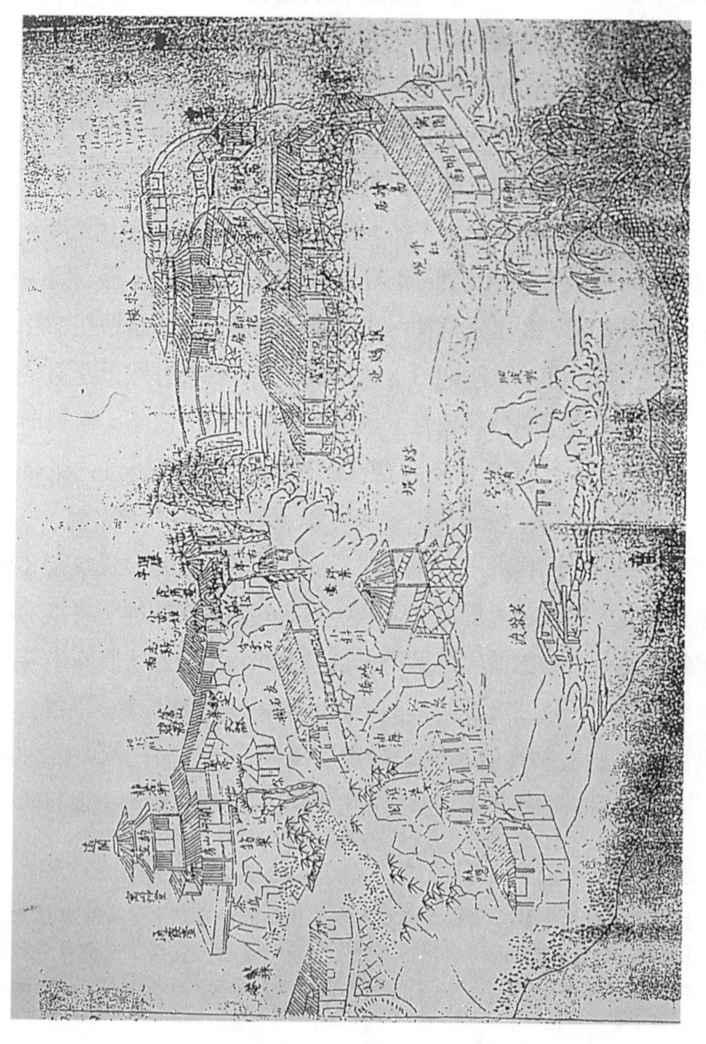

圖2 [明]陳國光「寓山圖」《寓山注》崇禎刊本

的植物外，圖中並未有太多點景的配置。陳長耀並未企圖表現寓園秀麗的風光，圖面特別強調營造的建物佈置，在簡單而明晰的勾勒中，呈現一個私家園林的佈局與規模。「寓山圖」與其說是寓園風光，不如說是寓園的導覽更爲恰當。

日記《自鑒錄》（戊寅）正月十六日載：「稍霽午後雨，陳長耀至寓山畫圖，蔣安然爲之指畫，予以意中所欲構之景，如迴波嶼、妙賞亭、海翁梁、試鶯館、八求樓，令長耀補之圖中。」㊵圖繪的內容，顯然不只是呈現已興建完畢的亭榭樓閣而已，那些還未成形的構想，如迴波嶼、妙賞亭、海翁梁、試鶯館、八求樓……等，也要一併畫出。「寓山圖」畫成之後，陳國光不僅以友人的身分經常造訪，如《自鑒錄》（戊寅）四月初五：「攜陳長耀去飲」、初六日載：「同陳長耀歸」，造訪甚至是有任務的，如初九日：「與陳長耀槼迴波嶼。」㊶甚至七年後，《乙酉日曆》四月二十七日：「稍霽，邀陳長耀至內宅，會計密園脩理之帳。」㊷長耀在寓園的建造過程中，實際參與了庭園造景設計的工作。

對照〈寓山注自序〉與「寓山圖」來看，部份景點有所出入，文曰：「爲堂者二」，圖中卻繪出了寓山草堂、四負堂、遠山堂（按在八求樓後方）等三堂。文曰：「爲亭者三」，圖本中有：太古亭、妙賞亭、笛亭、選勝亭等四座。文曰：「爲臺者二」，圖本中卻有通霞臺、浮景臺、孤峯玉女臺等三座。這些出入，正好說明了

㊵ 參見《自鑒錄》，同註㉘，文稿，頁1111。

㊶ 參見《自鑒錄》，同註㉘，文稿，頁1119。

㊷ 參見《乙酉日曆》，同註㉘，文稿，頁1435。

「寓山圖」要呈現的，不只是該階段完成的寓園而已，而是一個未來更完整的理想圖景。[43]

即使在圖成之後，寓園的興建仍在推進。此後數年，「寓山圖」所繪、《寓山注》文本所載四十九景，諸多移建、改建工程持續進行，各年日記中俱見載存。迄弘光元年（1645，乙酉）四月，距離彪佳乙亥乞歸闢建寓園之初，已經十年，仍有讀書處及瓶隱的施工：《乙酉日曆》四月初六：「會計讀書處及瓶隱工料，薄暮與諸友小酌於瓶隱，予以喉痛不能飲」、四月二十六日：「設香案祈晴，連日爲泥水會計，至是而讀書處及瓶隱之工始竟」。[44]祁彪佳乙亥乞歸時，曾追溯二十年前已有的寓園宿緣，而十年後弘光元年閏六月，彪佳自沈於水前，還落成了讀書處與瓶隱。寓山園林的因緣，可謂貫串祁氏短暫的一生，寓園的營建更與其生命相終始。[45]

「寓山圖」看成是寫實的寓園也對，說它是寓園的藍圖也對，一大半是實建，也有一小半是虛設。整個寓園的理想圖景在彪佳的心裡，雖實際的寓園尚未興建完畢，而「寓山圖」何嘗不是彪佳內

[43] 由於工程尚未完成，不僅圖本與文本會有構想上的差距，而《寓山注》文本亦與實際景致有所出入。例如「咸暢閣」就是一個被遺漏的景點，該閣出現在《乙酉日曆》四月二十七日：「與長耀至寓山掃除咸暢閣」，同註[28]，文稿，頁 1435。又二十八日：「少頃內子攜女媳至，居於咸暢閣及八求樓」，頁 1436。

[44] 以上二條，參見《乙酉日曆》，同註[28]，文稿，頁 1433、1435。

[45] 祁彪佳的日記，記到沈水前二日。《乙酉日曆》閏六月初四日條末有注曰：「先祖忠敏公所記止于是日，初六日五□殉節。」而不到兩個月前，甫落成了讀書處及瓶隱兩個景點，寓園眞可謂與祁氏的生命相終始。詳參同註[28]，文稿，頁 1447。

心營設的理想投影呢？「寓山圖」的繪成，展示並預覽了祁氏漫漫十年的寓園擘建規模。

三、臥遊導覽寓園

《山居拙錄》閏四月二十五日載：

> 齋同孫開素至四負堂爲予寫照，後則閱譚子詩。午後邀越卓九、周又新，乃即同趙可孫……（等人）小酌。時風雨驟至，共快觀于遠閣前，是所未有也。天氣溽暑已幾旬日，雨後稍有涼意，秉燭聯句，爲遠閣聽雨作，乃別。[46]

一群文友來訪，寫照、閱詩、小酌、觀雨、秉燭、聽雨、吟詩等，在祁彪佳的日記中，寓園充滿了個人自營世界裡優游自在的況味。又如二月二十七日：「坐紫芝軒，閱周海門先生語錄，閒步觀桃李諸花，正如茂叔取言與自己生意一般。午後，至山已洎暮矣，亦閱楞嚴經數篇。」又如同年三月十四日載：「至（寓）山讀書，得徐勿齋相問……感相念之深，入晚月色皎然，人在琉璃國中。」[47]由日記中，可知親戚文友的到訪、坐談、論書、偕遊、吟誦等活動，隨著園景的開闢，而更形熱絡。

上文已針對寓園的構想、興建工程與藍圖的描繪，作了簡單的介紹。《寓山注》中各景點的文字敘述細緻如導覽，而「寓山圖」

---

[46] 參見《山居拙錄》，同註[28]，文稿，頁 1085。

[47] 此二條分別參自《山居拙錄》，同註[28]，文稿，頁 1076、1078。

亦如一幅導遊的地圖。筆者以下即以《寓山注》的讀者與「寓山圖」的觀者雙重身分，圖文對照，進行一場寓園的遊歷。

㈠ 寓園總覽

總覽「寓山圖」〔圖2〕（頁170），眞如祁彪佳所謂園中「水石半之」。㊽右側（寓園前景）爲水池景觀區、左側（寓園後景）爲山石建築區。由水路進來，入寓園大門前，有一道彷彿列屛縱橫南北的曲繞堤岸，堤上桃柳間植，北堤接豐莊，南堤達豳圃，柳堤與兩個稼圃區域正好將寓園區圍起來。進入寓園的前景是水池區，水景「荇藻交橫，竟川含綠，濤雲聳忽，煙雨霏微，撥棹臨流」（「柳陌」條），再深入後景的山石區，山石崚嶒如「巨靈手擘……，其他虎而踞、獅而蹲……石如駿馬馳坂……上又一石，如半月欲墮不墮」（「冷雲石」條）。寓園是典型人工築建的私家園林，園內景致：「率以亭臺勝，獨野趣尙少」（「梅坡」條），整體景觀的呈現符合了彪佳自述：「大抵虛者實之，實者虛之，聚者散之，散者聚之，險者夷之，夷者險之。」（序）有虛（水景）、有實（山石、建築）、有靜（山、亭閣）、有動（水、植物）、又有聚散、夷險、疏密……等多變的佈設原則。

㊽ 參見同註㉘，《祁彪佳集》，卷七，《寓山注》「自序」。以下寓園導覽出於《寓山注》的引文，筆者僅以夾註方式標明，不再另註，以免蕪雜。

㈡ 寓園的景象導引

若由園林景象單元的角度來觀看，造園家在創造園林景象時有兩個基本面：第一爲景象要素（物質基礎）：包括自然的地表形勢、動、植物，以及人工的建築物與建築處理如堂、榭、亭、軒、樓、閣。這些自然或人工的單元，簡單而言，是造園材料。第二爲景象導引：是遊園活動的媒介和組織者，如甬道、庭院、場地、盤道、踏跺洞隧、峽谷、橋樑、遊廊……等，透過導引，將景象要素組織成饒有興味、具備遊覽價值的藝術空間。因此，景象導引具有剪輯景面的作用。簡言之，這是造園手法。造園家透過造園材料（景象要素——物）與造園手法（景象導引——佈設），以二次方景面的剪輯編排，安排三次方的景象空間，類似電影蒙太奇，將動觀與靜觀序列的景面斷片，連續組合於視覺印象中。㊾

《寓山注》的作者祁彪佳、「寓山圖」的繪者陳國光，分別透過文字與圖畫，對寓園進行導覽，亦掌握與運用了這兩個基本面，重現或貼近類似造園家設計遊園景觀的概念，園林書寫的讀者或圖繪的觀者，亦可循著相同程式，進入景象導引的線性遊歷，與作者、畫者的園林觀覽經驗相互對話。筆者以下將一方面展閱「寓山圖」，一方面對照《寓山注》的文字，把握祁彪佳與陳國光二人景象要素與景象導引的線索，分由幾個剪輯的景面，試作寓園的導

㊾ 關於江南園林的造園技術與美學，出身建築師的楊鴻勛教授，在其所著《江南園林論》（上海：上海人民出版社，1996 年）書中的討論詳備深入，值得參考。景象要素與景象導引兩個造園基本面，詳參楊書第三章〈園林創作論〉「論景象構成」一節，頁 23-256。

遊。

1.**入園西行**（以下說明，敬請參照頁 170，〔圖 2〕）

遊人必需「泛舟及園」，由寓園大門入園。

首先進入「讀易居」，居臨曲沼之東偏，日可玩水石含漱之狀，夜可賞匝岸燃燈、倒影相媚之景，亦可眺遠峯，望「小斜川」。出「讀易居」，循「水明廊」而西行往觀「讓鷗池」諸景。或逕由水明廊登岸入池泛舟。「水明廊」外一片青林掩映，步至曲沼澄泓處，則主與客似從琉璃國來，鬚眉若浣，衣袖皆溼。廊盡抵「呼虹幌」。「呼虹幌」是絕佳的觀景點，每至菡萏乍吐，望「踏香堤」，輒見堤如長虹吸海，帶萬縷赤霞，與波明滅。由「呼虹幌」步至「踏香堤」，可盡望堤兩側「讓鷗池」之水景。「踏香堤」最有陰柔氣質的享受：夾道新槐，負日俯仰，春來士女聯袂踏歌，屐痕輕印青苔，香汗微醺花氣。堤盡可登「浮影臺」，蓋在水中央也。每至金蟾蹙浪，丹嶂迴清，此臺乍無乍有，上下於煙波雪浪之間。「孤影若浮」誠爲寫照矣。登上「浮影臺」，巨石面立，有長虬橫偃波上，是爲「聽止橋」。㊿

2.**走訪溪岸**

泛棹由「讓鷗池」之西偏入山，崩巒捍石，望之恒有落勢，及水邊則稍稍逶迤，闢一小徑，修竹踞之，在半崖半水間，築一「溪山草閣」，俯閣則澄潭在目，似宋元一幅溪山高隱圖。草閣之北，

㊿ 本段內容，分別詳參同註㉘，《祁彪佳集》，卷七，《寓山注》「讀易居」、「小斜川」、「水明廊」、「讓鷗池」、「呼虹幌」、「踏香堤」、「浮影臺」、「聽止橋」等條。

得一石室「袖海」，可供數十人坐臥頃，寒雪沁肌，可避六月溽暑。取蘇長公所謂「袖中攜歸」，仍「自瑯琊海上來」，爲波濤洗蝕之意。草閣再往深密之處，築一臥室曰「瓶隱」，方廣僅丈，圓肩高其脊上，儼然瓶矣。自草閣到達瓶隱，有曲廊俯檻臨流，石畔篔簹寒玉。循廊及半，向東有小徑，見「孤峯玉女臺」，遠達「迴波嶼」。一渡口，可供泛舟登岸，紅英浮漾，綠水斜通，冷香數朵，想像秋江寂寞時，故以「芙蓉」字吾渡。

「迴波嶼」可由「踏香堤」南望遠觀，在煙波深處，有蜃結焉。宛如「海上三神山，乃爲魚龍移至此耶？」此嶼應係太湖石疊成之水中嶼，亂磊堆疊，有驚駭雄強怒鬥咬嚙之勢，「莖漸孤細，如菊託」，「腹罅拆水穿入，其下石踞之若浮焉」，「謝康樂孤嶼媚中川，便是此中粉本矣。」迴波嶼爲大型景觀，令觀者作海上神山想，高峯處可觀而不可攀矣。迴波嶼上有「妙賞亭」一座，正是「置嶼於池」、「置亭於嶼」，大觀小景浮於池上，彷如大海一漚。[51]

3.步入山石世界

登上「聽止橋」，則即將進入寓園猿猱相引的山石世界。此橋乃穴石之腹爲之，暑月泊舟其下，颯然涼生，令人膚栗。此橋亦素湍迴合之所，景象奇特。穴石橋畔，水流湍急所成，有兩處水景，頗有韻致。一爲「沁月泉」，可於此嘗松風之韻。另一爲「小斜

---

[51] 本段內容，分別詳參同註[28]，《祁彪佳集》，卷七，《寓山注》「讓鷗池」、「溪山草閣」、「袖海」、「瓶隱」、「孤峰玉女臺」、「迴波嶼」、「芙蓉渡」、「妙賞亭」等條。

川」，川上種老梅，素女淡妝，臨波自照。由「讀易居」相望，不止聽隔壁落釵聲矣，又是一個陰柔氣質景觀的營造。當初若不以步行「踏香堤」登石峯，亦可泛舟池中，由「小斜川」登岸，別徑攀達「太古亭」。

由「筠巢」循小徑登上「友石榭」，步入園中的山石群。「友石榭」爲巖阿升降最適宜觀景之處。榭中箕踞相對者，爲「冷雲石」，該石一片如駿馬馳，上又一石如半月欲墮不墮，可呼爲小友。寓園之奇石勝景不少，「浮影臺」右巨靈手擘者三，其他如虎而踞、獅而蹲者，不可屈指。循「松徑」西折可達「虎角菴」，石色至此益深古，叩之鏗然作碎玉聲，以此結構一菴，以禪意題名。菴再往西，有「小巒雉」，擬一方丈小山，「志歸齋」由此而上。「志歸齋」北有「鐵芝峯」，此處爲寓山之顛，頂上有一石如芝狀，故名之，上可坐數十人，登峯眺覽，雲氣霞光，如生足底。峯旁有一石隆起如覆盂可蓄水，取蘇長公之句題名爲「天瓢」。

山石群中點綴了自然成形的植物景觀，如「聽止橋」曲磴由石隙中出，數折則登篁竹叢聚之「筠巢」；而由「友石榭」到「選勝亭」必經的「松徑」，亦矯矯虬枝，儼然成列、「選勝亭」下有「櫻桃林」，織竹爲垣，蔓以薔薇數種，籬外多植櫻桃繁英……等。

寓園群山奇石，自「小巒雉」以上，數步一委折，曲榭飛臺，纓巒帶阜，縹緲若閬風之顛。寓園群峯北外環有一曲廊曰「酣漱廊」，循「酣漱廊」可下達「笛亭」。繞廊盡收仄嶂雲崩、奇峯霞舉之勢。這帶山石勝景中的迴廊，恰與寓園入口讓鷗池畔，水景殊勝的「水明郎」、及環北「海翁梁」到「歸雲寄」的一帶曲廊，構成寓園重要的景象導引路徑。

寓山極高於鐵芝峯，與峯相拱揖者，築一「寓山草堂」，其中鬆几竹榻、茶竈酒槍，可供對客清談。草堂相連一「靜者軒」，東戶以達酣漱廊，下階以迄「繫珠菴」。高地有一「約室」，以密以澹，可抱膝自娛，登室橫目所見，爲流爲峙。自「約室」拾級而下，有一「爛柯山房」，三楹仍坐樹杪，可讀書其中，倦即倚檻四望，有極佳視野，客室，數里外輒見之。寓山之右爲柯山，絕壁竦立，勢若霞褰，秀出層巖，一小亭「通霞臺」翩然峙之，越中勝景，盡以供此臺之眺聽。寓山群峯間，「遠閣」踞於園之上，可以盡眺越中諸山水，宜雪、宜月、宜雨，銀海瀾迴，玉峯高並，澄暉弄景，濯魄冰壺、微雨欲來、山色空濛，皆此閣之勝概。至「遠閣」而江山風物，始備大觀。[52]

4.入園北轉

假設不循水明廊，而選擇北向到達建築居室一帶，則另有一番景況。這帶居室，均築設於池水上，可謂水景之大觀。入園門北經「海翁梁」（由讓鷗池架梁而廊），循廊道直達「四負堂」，或廊道轉北經「歸雲寄」以登「八求樓」。「歸雲寄」爲廊樓，上下皆可通遊屧，對面松風滿壑，如臥驚濤亂瀑中。「海翁梁」環向北面，

---

[52] 本段內容，分別詳參同註[28]，《祁彪佳集》，卷七，《寓山注》「聽止橋」、「沁月泉」、「小斜川」、「讀易居」、「太古亭」、「踦巢」、「友石榭」、「冷雲石」、「浮影臺」、「虎角菴」、「小巒雉」、「志歸齋」、「鐵芝峯」、「天瓢」、「選勝亭」、「松徑」、「櫻桃林」、「酣漱廊」、「笛亭」、「寓山草堂」、「靜者軒」、「繫珠菴」、「約室」、「爛柯山房」、「通霞臺」、「遠閣」等條。

可達軒然池上的書房「試鶯館」。「四負堂」臨流翼峙，與「八求樓」之間，池水北匯於此，清波迂折成方塘半畝，有一可倚欄靜觀之「即花舍」，附於堂側。「八求樓」後方，「遠山堂」橫於園之北緣，曠覽渺渺數山。寓園以讓鷗池爲核心，環池築設各個景點。由景象導引的立場而言，寓園池北的建築設計，由迂迴的廊道作貫串，誠如祁氏自謂，就像傳說中季女手中的「宛轉環」一樣。[53]

5.循行園之東隅與南緣

祁氏自言築農莊的理由：「莊與園，似麗之而非也。既園矣，何以莊爲？予築之爲治生處也。」（「豐莊」條），祁氏因農圃之興而築豐莊與豳圃，以供採桑、採蘩以行女紅，棲耕作者，養雞牧豕，學稼學圃。兒子讀書於此，兼欲令其知農家苦。一方面以農桑治生，一方面可營作田歌，一方面可行家教。豳圃供種瓜果杏栗菜蔬紅薯等作物，足果百人腹，亦可效淵明歡然酌春酒，摘我園中蔬，有烹葵剝棗之風。（「豳圃」條）

豐莊與豳圃，位在寓園的東隅與南緣，與園景保持適當的距離，卻不隔開，使得寓園稍具人間煙火。折渡小橋以至豐莊，綠疇在望，嗚吠之聲，達於四野。又在豳圃中蓋一茅屋「抱甕小憩」，以督憩莊奴灌溉，頗收郵家況味。又在沙浦旁斜坡上種西溪古梅百許，成一「梅坡」，爲亭臺稍勝之寓園，點綴一些野趣。[54]

---

[53] 本段內容，分別詳參同註[28]，《祁彪佳集》，卷七，《寓山注》「海翁梁」、「試鶯館」、「四負堂」、「歸雲寄」、「八求樓」、「即花舍」、「遠山堂」、「宛轉環」等條。

[54] 本段內容，分別詳參同註[28]，《祁彪佳集》，卷七，《寓山注》「豳圃」、「豐莊」、「抱甕小憩」、「梅坡」等條。

三、拼貼的寓園：寓園景致的文化境域分析

以上，筆者以一位讀者與觀者的角度，合參《寓山注》與「寓山圖」，結合文字與圖像，透過視覺的模擬，完成了一次寓園的遊歷。如前所述，景象要素透過導引，具有剪輯景面的作用，這是造園家最具挑戰之處，一座園林，是否殊勝，亦在景面的剪輯。筆者在細部解讀與遊觀寓園的過程中，發現祁氏的理想私密空間，由景象導引剪輯出：「入園西行」、「入園北轉」、「走訪溪岸」、「步入山石世界」、「循行園之東隅與南緣」等數個景面，適將寓園作了景致的區段，這些景致區段可進一步以中國長久累積的文化境域模式來分析。

在探討空間圖像時，風水景觀學者俞孔堅嘗試以文學繪畫傳統積累的文化境域模式來分析，這些模式簡介如下：

第一、仙域模式：包含神話傳說的三種類型。「崑崙」型爲高峻險絕的隔離空間、「蓬萊」型爲海中孤島的隔離空間、「壺天」型（按即葫蘆型）具有突出四壁回合的圍護與屏蔽特徵，加上一個小得不能再小的豁口，即洞天。這三種由神話傳說而來的型式，表現在圖繪中，經常爲仙境的描繪。

第二、桃源模式：此爲文學典故的形塑，爲山間盆地景觀模式，走廊＋豁口＋盆地＝世外桃源。歷來各種桃花源、桃谿漁隱圖等類型的圖繪均屬之。

第三、丘壑內營模式：此爲山水畫論與畫蹟所建立的典式，營造一個可居可遊的山水天地。包括北方的荊關（荊浩、關仝）山水與南方的董巨（董源、巨然）山水兩種典式。南北藝術典型在視野表現

上有不同圖式，但丘壑內營的本質一脈相承。[55]宋明的園林營造多屬此類。

祁彪佳寓園的幾個景致區段，筆者試以文化境域的方式加以辨析。

環池南北一帶居室，均築設於讓鷗池上，可備水景之大觀。祁氏自言寓園池北迂迴廊道貫串的設計，像季女手中的「宛轉環」，彷彿不在人間（「宛轉環」條）。而環池南面，「迴波嶼」取形於海上神山，大觀的石嶼與小景的妙賞亭浮於池上，彷如大海一漚。由於池水阻隔外緣，這些營築恰如仙域模式中的海上蓬萊孤島。[56]環池南沿深密的單一景點「瓶隱」，則是仙域模式中葫蘆「洞天」的運用。

透過水路登舟入園的型式，符合豁口引入世外桃源的想像。環池南沿雖並非山間盆地型式，但水邊透迤，有「溪山草閣」在半崖半水間，可俯觀澄潭，有「芙蓉渡」可供泛舟登岸，紅英浮漾，綠水斜通的景象，儼然一幅溪山高隱圖，此營築方式可謂部份脫胎自桃谿漁隱的模式。而桃源內部自給自足的村落，則在寓園園堤兩端的「豐莊」與「豳圃」中呈現。

---

[55] 以文化境域模式分析園林圖繪，筆者乃得自俞孔堅教授風水論著的啓示。請詳參氏著《理想景觀探源——風水的文化意義》（北京：商務印書館，1998年）。

[56] 張岱的砎園，也是一個以水爲主的園林，園極華縟，這個以水爲主的園林地理景觀，被張氏族人讚曰：「竟是蓬萊閬苑」。可作爲《寓山圖》環北池面的輔證。顯然池水在園林中的建築意涵，有仙域幻景的設計理念在內。詳參同註[7]，《陶庵夢憶》，卷一，頁21，「砎園」條。

園西由「篘巢」循徑登「友石榭」，步入寓園的山石世界，有冷雲石、虎角菴、小巒雉、鐵芝峯等大小奇峯與飛瀑，造成奇險的景致，而各種齋、榭、亭、閣、堂、室、房、菴等建築繁聚，築設穿插在曲徑迴繞的巖阿升降之間。這是可居可遊的邱壑內營模式。

仙域模式是人煙罕至的遙遠寄託，陶花源典型是安寧平靜理想社會的舞臺，荊關董巨丘壑內營的典式，是藝術家擺脫社會，於自然山水中的居遊抉擇。在園林景觀的圖像上，三種文化境域各自代表了不同的觀看心理，或以青綠山水、大片水域所營造的仙鄉，或是陶淵明式自樂自足的人間烏托邦，或藉著一個豁口走廊入出塵世的丘壑天地。圖示像密碼，亟待解開。寓園各個區段的景觀圖式，經過解碼後，將三種文化境域模式雜揉，既有入園豁口通入世外的桃源想像，尙有環池南北蓬萊孤島的仙鄉營造，亦有環池南沿溪岸設計的漁隱世界，以及園堤兩端農圃自己自足，彷若人間的烏托邦，寓園高地藉著橋梁作爲走廊，進入一個丘壑自營的居遊天地。

具有豐富文化素養的祁彪佳，在乙亥乞歸脫離政治生涯後，以二十年宿緣、十年工事興建，貫穿一生的時光，逐次締造寓園，在傳統各種文化境域中汲取養分，設計與建造成一個既有水影縹渺之海上仙境、又能在丘壑居遊中曠覽遠眺、還能漁隱閒適、自給自足的烏托邦。這三類文化境域的模式，背後各有源遠流長的發展脈絡與象徵意涵，祁彪佳巧妙地將景觀設計概念傾向有所差距的三種文化境域，在寓園中揉合創造，透過圍護、隔離、界線、走廊等區圍，拼貼成一座隱逸封蔽的私密世界，這個異質的古典美學之集大成，才是祁彪佳心中眞正力求的藍圖！

四、隱密與公開

(一) 知交的場域：小眾團體

作爲寓園圖像紀錄者的陳國光，一方面將眞實建造的園景一一存錄，使「寓山圖」彷如一份旅遊導覽；另一方面亦勾繪了尚未興建，還在祁彪佳構想層次的園景，使得「寓山圖」亦具有濃厚的藍稿意味。這份融合了眞實與理想的「寓山圖」，不僅是描繪主人心中理想家園的文化圖景而已，還與《寓山注》的文本密切參閱，以此呼應晚明流行的臥遊風氣，提供觀者／讀者紙上遊覽的經驗。誠如陳國光「寓山圖」的跋文云：

> 先生寓山志成，播之海內，凡屬展覽，靡不神往。如聽漁郎口中述語，恨不身際其間，然而丘壑臺榭，映帶紆迴，各有條理，詩有未盡。余負不敏，敢點染名山？然或同志阻于問津者，閱此，而復讀諸題詠，其與先生均有此樂也已。[57]

《寓山注》的文本，以文字細說了寓園的風景，而「寓山圖」的繪製，則以圖像強化了寓園空間的佈置，二者雖媒介不同，均在提供未能親臨寓園者，以閱讀文本或觀覽圖本的方式，進行寓園的臥遊。

對祁彪佳來說，這座寓園因於二十年前的宿緣而起造，又是個

[57] 陳國光〈寓山圖〉後跋語，收於同註[29]，崇禎刊本《寓山注》，卷首。

人退隱乞歸後，以文化境域安頓生命的集大成圖景，在在充滿強烈的主體性，好友張岱認爲彪佳寫作《寓山注》的態度是：

> 主人作注，不事鋪張，不事彫繪，意隨景到，筆借目傳，如數家物，如寫家書，如般般詔語家之兒女僮婢。閒中花鳥，意外煙雲，眞有一種人不及知、而己獨知之之妙。[58]

彷彿寓山就是彪佳自己俗世生命中的心靈知己。《寓山注》諸景內容，並非成於一時，是以段落的方式，在生活閒暇中，陸續完成，以《山居拙錄》一年的日記爲例，閏四月二十七日載：「與鄭九華至山，作寓園小記一二段」、五月十四日載：「暇則作園記四五段」，同月十七日載：「草寓園記數段」、同月十八日：「暇草園記數段」。[59]《寓山注》原是祁彪佳隨興的私密紀錄，後來透過轉相傳閱，聯繫起二百餘位文友成爲一個小眾團體：「寓山作記、作解、作述、作涉、作贊、作銘者多矣。然皆人而不我、客而不主、出而不入、予而不受、忙而不閒。」[60]寓山訪客不乏祁彪佳主動邀請、熱切期盼的知友，他們前來參與寓園的擘劃與闢建、審視寓山周繞的美景、體認園主熱切的生命訊息……他們一再造訪的履跡，成爲彪佳日記中不厭其煩記存的材料，這些交流與相契，展現在大量詩文的題詠唱和、題和之後的輾轉參閱、以及陸續編成與流通

---

[58] 同註[31]，張岱〈跋寓山注二則〉之一。

[59] 以上四條，依次參見《山居拙錄》，同註[28]，文稿，頁 1085、1086、1087、1087 等。

[60] 同註[31]，張岱〈跋寓山注二則〉其一。

中。雖然寓園的知友佳賓，在題詠唱和的寫作態度上，不如園主本身如此投入，但實景的寓園／文本的寓園／圖本的寓園，的確融匯成心靈流通湧動的知交場域。二百餘位文友透過文字，以寓山連繫成一個小眾團體。《寓山注》：彪佳以文為寓山作「注」，詮釋著寓山的體性，眾文友以詩作「注」，詮釋著彪佳的寓山詮釋系統，而寓山也以自身反饋詮釋著這個小眾團體。[61]

㈡ 開放與流通：寓園的世俗化傾向

在現實生活裡，私人園林的隱蔽性可以達致，如《乙酉日曆》四月二十八日載：

> 少頃內子攜女媳至，居於咸暢閣及八求樓，徐伯調攜二兒居于靜者軒一帶，祝季遠亦自城中攜室家來，居園之西隅。薄暮，祝季遠舉五簋之酌于溪山草閣。[62]

這條日記紀錄了祁彪佳，以及訪友徐伯調、祝季遠共三家各自攜家帶眷的家族性聚會，展現了寓園私家交誼的隱密特性。原來存在祁彪佳心靈中的那座寓園，汲取豐厚的文化素養，拼貼而成個人私密隱蔽的理想圖景。寓園與外界的交通倚賴水路，園林境域的築造，符合傳聞中的桃源想像。傳統對於桃花源循徑難覓、遂無問津的塑

---

[61] 本節關於寓山成為主體空間投射的敘述觀點，得自曹師論文的啓發。詳參同註[27]，曹文，頁 12-16。

[62] 參見同註[28]，文稿，頁 1436。

造，逐漸轉爲一個抽象虛幻而且封閉隱蔽的空間。然而祁彪佳的寓園，卻紮紮眞實地佇立於山川一隅，想像的夢土飄浮在紹興城外的水域山石間。隨著闢建的時程，這個隱密的世界，逐漸在開放。寓園的建造過程，幾乎就是一個私密空間無可避免而逐漸公開化的過程。

畢竟整飾的宅園，並沒有銅牆鐵壁的蔽護，公開展覽，變成無可抵擋的趨勢。例如《山居拙錄》五月十五日載：「老母至寓山。予先至，掃逕以待。遊人竟日，士女駢聯，喧聲如市，亦園亭未有之盛也。」[63]又如《自鑒錄》正月十三日的日記曰：

> 與董天孫、蔣安然偕兒輩至寓山，遊人雜沓，幾無容足處。從六竹菴登舟看西澤社眾迎神，散去，山中遊人更盛，予輩於讀易居縱觀之，值道瞻侄與趙應侯來，留之小酌。及晚，予與二友蕩舟聽止橋下。歸同趙應侯小酌。[64]

文中包含幾種不同形態的遊人：董、蔣摯友及其兒輩，是主人邀約偕遊的親友。道瞻侄與趙應侯，是家人邀約遊園而巧遇者，至於雜沓遊人，則是不請自來的不速之客。彪佳自築園之初，即常偕同家人朋友至寓山，隨著園景逐漸完工，朋友來遊的頻率愈增，有的是彪佳主動邀約，或登門造訪，有的不告而遊，偶然相值於山園。這些存載於日記的訪客，使得寓園的私密性被打破，成爲一個被迫公

---

[63] 同註[28]，文稿，頁1072。

[64] 同註[28]，文稿，頁1111。

開的空間。

原始桃源的封閉虛構性早已不存，祁氏以越中新興的園林風氣爲背景，建構人間可達的世外桃源。寓山是封閉不成的，對遊客來說，往訪之路暢通無阻；對讀者來說，翻開紙本，麗景現前；對觀者來說，展閱圖本，已在遊園。「寓園」的半開放性，以及《寓山注》文本與圖本的出版流通，使得祁彪佳的私密世界，如何也抵擋不住在明末成爲一個受歡迎的公共空間。

五、結語

明末祁彪佳的《寓山注》，同時具備文本與圖本雙重資料，有助於重建明末園林的觀看，並映射出豐富的時代文化意涵。首先是文本與圖本二者，對於景觀導覽的書寫與圖繪特性，其次在圖像觀看上，「寓山圖」顯示一座文人園林，以拼貼古典美學的成份，構築一個隱逸封閉的私密世界。這個私密世界由於友輩的訪遊與品題，聯繫成一個小眾團體的知交場域，而遊人的侵入、文本／圖本的出版流通傳播，使得寓園這座文人園林，不得不邁出官商園林的世俗腳步。尤其私密世界與公共空間二者的矛盾，以及隨之而來的解構思考，皆是明末清初甚具意義的園林課題。從上述各個角度看來，《寓山注》確實是一個極有討論價值的典例，筆者以下將以《寓山注》呈現出來的種種面向爲基礎，一一展開相關的討論。

參、實錄與導覽：園林文本的書寫意涵

一、訪遊實錄的特性

明代中葉以後，旅遊風氣開始興盛，追憶遊蹤的書寫亦大量出現，有略記勝景的雜文，亦有精細描寫的旅遊紀錄，有舟遊閒居的筆記，亦有刻畫名蹟的圖繪……，[65]這股旅遊寫作的風氣，同樣吹拂到園林的書寫。祁彪佳的《寓山注》，對於四十餘處景點詳細導覽的敘述，表現了明末清初園林書寫的一項特性。

(一) 祁彪佳《越中園亭記》

園林文本的書寫類型，與作者遊園的動機有關。他們有純粹的賞景遊客、也有考古史家、或是品鑑專家……不一而足。園林的紀錄者，究竟存在著那些心態？除了《寓山注》外，祁彪佳另著有《越中園亭記》，以越中的園林名蹟作爲主題書寫，值得注意。胡恒序文曰：

> 能使其遺蹤逸跡，猶想見於空翠濕紅間，必託於慧業若康樂、子厚者以傳。子厚惜未入越，僻在荒服，所記小邱小澗，以寄其牢騷而已。康樂名能遊覽，然棲尋多在永嘉，乃

[65] 關於晚明旅遊書寫的舉例說明，詳參毛文芳著〈閱讀與夢憶——晚明旅遊小品試論〉，《中正大學中文學術年刊》第三期，2000年九月，頁1-5。

> 近有一雁宕而不克舉，於佳山尚盡冥搜，何況園林？今幼文祁先生以慧業文人，生長山陰道上，筆墨所及，皆觴詠所到……目若周玩、情若給賞……。[66]

祁彪佳身為會稽人，能對當地園亭周玩遍覽、全面搜羅，胡恒給予祁氏超乎謝康樂與柳子厚的高度評價。本書共有六部，第一部為考古，其餘五部依城內、城南、城東、城西、城北的空間鋪排編撰。第一部以園林景點為條目，每條下錄考古文字，由先秦兩漢以迄宋元的越國史料如史書、傳聞、筆記，以及文人雅士的題詠中，重建越中名園的歷史，所論者皆名蹟，多數涉有歷史變遷、越地故實、改建、雜事等考證文字。

在考古卷中的園亭，不乏著名文人行跡之處，羲之的「蘭亭」自不必說，他如「柯亭」為蔡邕所曾歇宿、「張徵居隱君」為張志和隱居之茆屋、「東武亭」元稹曾有題詩、「書巢」為陸放翁讀書處、「沈氏園」放翁曾於此賦釵頭鳳、「陽明洞」為文成講學處……等。這些名蹟，至祁氏時，有的毀壞、頹圮，有的成寺，有的變作酒肆……私人園林成為供人憑弔的公共勝蹟者多矣。過去私人名園的公共化，難免令文人有失落的感傷，因此，考古的動力更強。祁彪佳的名園考古，有著對歷史起源的迷戀，旨在找出史蹟源頭，與歷史長河連線，亦使自己費心經營的寓園，得以在厚實的歷史中挺立起來。

---

[66] 《越中園亭記》收入《祁彪佳集》，同註[28]，卷八，頁 171-219。胡恒序參見該書頁 171-172。

《越中園亭記》其他五部，全為作者親臨訪遊的見聞紀錄。相較於零星依稀的追憶筆記，祁彪佳這部有計劃、有次第的園林書寫，不僅充滿了考古的企圖，也繼承了《洛陽名園記》以降書寫地理空間的文化傳統。

㈡ 劉侗、于奕正《帝京景物略》

崇禎年間完成的《帝京景物略》，兩位作者為劉侗、于奕正，有鑑於明代三百年來，帝京位居中原重要形勢之地，欲為這人文薈粹之都城，留下重要見證，雖「燕難為書，不可無書也」。[67]該書是有計劃的搜錄編寫，並且條理井然，編排方式依城北內外、城東內外、城南內外、西城內、西城外、西山上、西山下、畿輔名跡等八個重點方位，次第展開，而且搜羅詳盡，寫作態度嚴謹：

> 今帝京名篇，而所記山水、園林、剎宇也……編中如大學之典則、首善書院之講學、三忠祠之運漕……用志欣慨，蓋不盡不詳焉……。成斯編也良苦。景一未詳，裹糧宿舂，事一未詳，發篋細括，語一未詳，逢襟捉問，字一未詳，動色執爭，歷春徂冬，銖銖裲裲而帙成。[68]

---

[67] 《帝京景物略》為劉侗、于奕正二人合著，合著的方式，據劉侗序云：「奕正職搜討，侗職摛辭」，另有劉的友人周子損協助撰述。本書有方逢年（劉侗師）序與劉侗自序（崇禎八年），另有于奕正略例。「燕難為書，不可無書也。」出於方逢年序。二序及略例，詳參同註[8]，《帝京景物略》，頁 1-8。

[68] 參見同註[8]，《帝京景物略》，于奕正「略例」，頁 5-7。

于奕正道出了斯編的寫作過程。由於是地毯式地搜羅，因此在體例撰述上，取其儘量完備，例如園林寺院，有的名稱著而駢列以地，有的名稱隱則特標著之，有的昔著今廢，猶爲指稱焉。于奕正自述：

> 我朝兩京峙建，方初方盛，猗歟勝矣。帝京編成，適與劉子薄游白下，朝游夕述，不揆固陋，將續著《南京景物略》，已屬草矣，博物吾友，尚其助予。69

這種有計劃近乎國家地理檔案的書寫方式，是既爲復社成員、又是國家文官的主要執筆人劉侗，70於明亡之前，一件洞燭先機的歷史任務。

《帝京景物略》近似地理檔案的空間書寫，是明末清初閒遊小品之外的另類型式。強調親歷訪遊的實錄，也展示了園林文本的另一書寫特色。71不僅有劉、尤二人彷如國家首都地理檔案編寫的

---

69 據于奕正稱搜集來的資料：「編所得詩，五千有奇，本集十有七，碑刻十有一，傳抄十有五，祕笥十有二」，文中相關引文，皆出於于奕正述〈略例〉，同註68。

70 詳參《帝京景物略》，同註8，「附錄一 劉侗生平資料」，頁 500-501。

71 這種書寫模式，直到清代中葉而不輟，如《武林第宅考》，爲道光年間柯汝霖著，前有光緒平湖縣志列傳引柯氏傳。柯汝霖字嚴臣，道光時舉人，曾任錢塘教諭。柯氏將武林名園者，依吳梁陳唐宋元明國朝等時代排序，其中包括各類型的宅園與不同階級身份的園主，編排體例彷如《越中園亭記》。各條大字爲武林著名宅第，小字爲注，僅簡略載錄地理方位，以及

《帝京景物略》，也有祁彪佳以自家爲中心，古往今來考古整理的《越中園亭記》。即使一些零碎的筆記札錄，亦不乏眞實感的強調，如沈德符在《萬曆野獲編》「京師園亭」條，自謂京師一帶，豪貴家苑囿甚夥，而富估豪民，將宅園列在郊垧林曲者，尙待親訪續遊。(72)《明詩紀事》「金陵諸園詩並序」中，所論各園，皆作者張怡住過、遊過，或族人曾經擁有過，適逢國亡，因此充滿人事滄桑之憾，以園（物）的遷流，作爲幻滅的見證。(73)同樣的《巢林筆談》「北園」一條，將此園產權的數度遷徙：由曾經皇帝駐蹕、淪爲商業化觀光勝地、被拆賣而頹圮毀壞、甚至成爲枯骨的葬所，濃厚的歷史見證況味，流露文中。(74)張岱《陶庵夢憶》「不系園」條，作者紀錄了亡國前夕的甲戌年，自己與友人一同到不系園狂放尋歡作樂的一次經驗，卻也是大難臨頭前的驚鴻一瞥。(75)明末清初的文人，彷彿藉著園林書寫作爲歷史見證的場景。(76)

所引各類筆記札志詩文集中的文獻，亦間有按語。書中以歷史系列展示，亦注意到了女性的宅院。清代中葉文人因襲明末以來的習性，在書寫中展現了考古癖與園宅癖。《武林第宅考》，收入《叢書集成續編》第九十一冊（臺北：新文豐出版公司，不注出版年），據《武林掌故》叢書影印，頁 103-111。柯汝霖除了本書外，另有姐妹作《吳興第宅考》。

(72) 參見同註❾。

(73) 參見同註⓫。

(74) 參見同註❺，《巢林筆談》卷四，「北園」條，頁 91。

(75) 參見同註❼，《陶庵夢憶》卷四，「不系園」條，頁 105。

(76) 這種懺悔追憶性質的書寫，要到清代前期，始開始逐漸淡化。以清代李斗的《揚州畫舫錄》爲例，阮元序文認爲，此書不同於以往，「或有以楊衒之、孟元老之書擬之者，元謂楊孟追述往事，此錄則目睹昇平也」。此書乃以史家與小說家相通的筆法，紀錄昇平，已脫離明末清初夢憶懺悔的書明末清初的園林文本，大抵具有小品風雅、審美評價、考古分類、歷史見證等書寫特質，因時代氣氛導致的懺悔追憶特性，以及考古癖帶來親訪與精細遊蹤的實錄，使讀者如夢如幻地跟著文字導覽於歷史名園中。

二、圖景再現的導覽敘述

㈠ 勾描遊覽動線

明末清初園林文本的一項書寫特性，是臥遊式的實錄，以遊園動線、景觀導覽爲寫作軸線，在文字進行中，彷如圖景一般地進行遊跡的追蹤，爲讀者帶來豐富的空間想像。除了作爲位置方所的地理性質介紹之外，細心的作者，經常會以文字再現遊園的經驗，提供讀者紙上臥遊的機會，這種導覽式的遊園文字，在當時文人的遊園著作中，極爲盛行，《帝京景物略》「宜園」條曰：

> 冉駙馬宜園，在石大人胡同，其堂三楹，階墀朗朗，老樹森立，堂后有臺，而堂與樹，交蔽其望，臺前有池，仰泉于樹杪堂溜也。……客來，高會張樂，竟日卜夜去。視右一扉而扃，或啓焉，則垣故故復，徑故故迂回。入垣一方，假山一座滿之，如器承餐，如巾紗中所影頂髻。山前一石，數百萬

寫筆調。另外，李斗的書籍體例上，仿《水經注》以水爲線索的寫作手法，並列舉此書之前，揚州史書、稗史、圖志的相關著作已甚夥。阮元序、李斗自序，分別詳參清·李斗《揚州畫舫錄》（北京：中華書局，1997年，收入『清代史料筆記叢刊』），頁6、頁10。

碎石結成也。[77]

作者劉侗以筆帶著讀者遊觀宜園。有三楹廳堂，堂前階墀旁有老樹森立，順著導覽文字，走向堂後宅園，池畔臺榭花木佈落，隱然有一泉溜注池。開一扇門順著迂迴小徑走去，牆垣內一座假山矗立，山前另有一碎石結成的奇石景觀。這座北京石大人胡同的古老宜園，大門內正廳後，山池花木臺榭奇石的宅園，作者以簡筆勾勒出宜園的輪廓。

相較於北方質直的宅園描述，南方園林奇勝，文人就更容易發揮。張岱《陶庵夢憶》「于園」條：

前堂石坡高二丈，上植果子松數棵，緣坡植牡丹、芍藥，人不得上，以實奇。後廳臨大池，池中奇峰絕壑，陡上陡下，人走池底，仰視蓮花，反在天上，以空奇。臥房檻外一壑，旋下如螺螄纏，以幽陰深邃奇。再後一水閣，長如艇子，跨小河，四圍灌木蒙叢，禽鳥啾唧，如深山茂林，坐其中頹然碧窈。瓜州諸園亭，俱以假山顯……，至于園可無憾矣。[78]

張岱對于園的介紹，集中在假山邱壑的描述。堂前有遍植松樹、牡丹、芍藥的巨型石坡，造成使人不得上攀的奇險感。後廳臨一大池，蓮池中造有奇峯絕壑，池面的倒映使遊者彷如走在天上。池畔

---

[77] 參見同註[8]，《帝京景物略》卷二，「宜園」條，頁 101。

[78] 參見同註[7]，《陶庵夢憶》卷五，「于園」條，頁 139。

臥房欄檻外，又有一幽深的螺螄石壑，舟艇式的水閣，跨在水流之上，灌木周圍，禽鳥啾鳴，彷如深山茂林。整個于園，四處大小殊異的山峯堆疊景致，佈列成一個邱壑內營的居遊天地。

「砎園」則是水景佈置的例子，張岱描述如下：

> 砎園，水盤據之，而得水之用，又安頓之若無水者。壽花堂，界以堤、以小眉山、以天問臺、以竹徑，則曲而長，則水之；內宅，隔以霞爽軒、以酣漱、以長廊、以小曲橋、以東籬，則深而邃，則水之；臨池，截以鱸香亭、梅花禪，則靜而遠，則水之；緣城，護以貞六居、以無漏庵、以菜園，以鄰居小户，則閟而安，則水之用盡，而水之意色指歸乎龐公池之水。……人稱砎園能用水而卒得水力焉。大父在日，園極華縟。有二老盤旋其中，一老曰：竟是蓬萊閬苑了也。[79]

砎園是張岱描述祖父時代遺留下來的祖產，築於龍山旁水流盤據之地，巧妙地導引隱伏的水流，雖掩而不藏。入園，首見壽花堂，以堤界圍成，疊小眉山，設天問臺，竹徑迂曲綿長後，水流出現。園落內，入霞爽軒、步至酣漱閣、穿行長廊，度小曲橋，達東籬，深邃處，又見水流。臨龐公池上有鱸香亭，轉入梅花禪室，在靜遠之處，又遇水流。園之邊緣沿著城之牆圍，築一貞六居，與習靜之無漏庵，開地闢菜園，鄰居小戶，此乃水流盡頭，掩蔽幽深安祕之處。張岱以壽花堂、內宅、臨池、緣城四個方向，描述水中築設起

---

[79] 參見同註[7]，《陶庵夢憶》卷一，「砎園」條，頁 21。

來的砎園。[80]這種因順水流地形而闢築的水景園，與前一則山石見勝、邱壑內營的于園，景象殊異，是屬於蓬萊仙域的孤島模式。[81]

北方亦有一座以河道疏浚闢築而成的水園，不似江南水園的詩情畫意，呈現的是北方漁市城村景致：

> 三里河之故道……李公疏之，入其園，園遂以水勝。以舟游，周廊過亭，村暖隍修，巨浸而孤浮。入門而堂，其東梅花亭，非梅之以嶺以林而中亭也，砌亭朵朵，其爲瓣五，曰梅也。鏤爲門爲窗，繪爲壁、甃爲地，范爲器具，皆形以梅。亭三重，曰梅之重瓣也……亭四望，其影入于北渠，渠一目皆水也，亭如鷗、臺如鳧、樓如船，橋如魚龍。歷二水關，長廊數百間，鼓枻而入，東指雙楊而趨詣，飯店也，西望偃如者，酒肆也，鼓而又西，典鋪、餅炸鋪也。園也，漁市城村致矣。園今土木未竟爾。計必繞亭遍梅，廊遍桃、柳、荷蕖、芙蓉，夕又遍燈，步者、泛者，其聲影差差相涉

---

[80] 祁彪佳《越中園亭記》之二「砎園」條曰：「張肅之先生晚年築室於龍山之旁，而園其左，有罏香亭臨王公池上。憑窗眺望，收拾龍山之勝殆盡。壽花堂、霞爽軒、酣漱閣，皆在水石縈迴、花木映帶處。」參見同註[66]，《越中園亭記》，頁 183。祁氏的文字較爲簡略，而張岱描寫自己祖父晚年的園亭，則充滿細遊的筆致。

[81] 本文關於邱壑內營、蓬萊仙域等文化境域的分析，詳參筆者上文「一個典例：祁彪佳的《寓山注》」『第三節、拼貼的寓園：寓園景致的文化境域分析』。

也。計必聽遊人……醉臥汀渚，日暮未歸焉。[82]

神宗封生母慈聖皇太后之父李偉爲武清侯，其曾孫國瑞崇禎中襲封，李公海淀已有李皇親園，此園爲新園。沿河道的水流脈絡，低窪易有停潦，李公疏浚而成，遂以水勝。李皇親園的範圍很廣，不僅有堂、亭、臺、樓、橋等建築，順著河道經過兩水關，長廊數百間，鼓枻進入，則夾岸有飯店、酒肆、典鋪、餅鋪等生意場所排開，遊園至此，盡有漁市城村之致。「今土木未竟爾，計必……」云云，由於是新園，當時土木尚未完成，作者甚至推測繼續營建的規模。

㈡ 標明景點的寫作程式

明末清初的園林書寫，雖詳略不一，筆致風格有別，然關於動線的描述，幾乎無一例外，劉侗、于奕正合著的《帝京景物略》、祁彪佳的《越中園亭記》、清初張岱的《陶庵夢憶》等，文人均有豐富的個人旅遊紀錄，在導覽的寫作程式下，依照個人的遊園經驗，再現私密記憶中的園林空間。祁彪佳《越中園亭記》，除了第一卷「考古」外，以下依會稽城與四個方位，依序排列。第二卷「城內」、「城內未遊園」、第三卷「城南」、「城南未遊園」、第四卷「城東」、第五卷「城西」、第六卷「城北」、「城北未遊園」等，皆作者所親自遊歷，每部後附「未遊園」，僅列名稱，或加註備忘。

---

[82] 參見同註[8]，《帝京景物略》，卷三，「李皇親新園」條，頁 165。

筆法如同首卷的「考古」，作者全面考察會稽當時依舊存在的園亭，由於內含親遊的經驗，故除了考古筆調外，也包括了審美意識在內的園景描繪。祁彪佳一個景點一個景點的記，既是田野調查，更是紙上導覽。以文字作景點的陳述，有導引視線之功，如「淇園」條：

> 從戒珠寺東徑入蕺山之脊，有堂三楹，曲廊出其後，貫以小軒，其南高閣三層，北望海，東南望諸山，盡有其勝。閣下有奇石，小池遶之。一泓清淺，爲園之最幽處，向爲呂太學美箭所搆，近已屬大司馬峩雲王公矣。[83]

祁彪佳擅長速寫，不及一百字之中，將淇園的位置諸景，用動線貫合起來：從 [1] 東徑入 [2]，有 [3]，[4] 出其後，貫以 [5]，其南 [6]，北望 [7]，東南望 [8]。[6] 下有 [9]，[10] 遶之，[11] 爲園之最幽處。十一個□，代表寺、山、堂、廊、軒、閣、石、池等十一個景致，透過相互關係與方位的提示，作者以文字成功地導引讀者快速遊園。「大觀園」條根本就是遊園簡說，其動線程式爲：「在□從□自□可達□」。[84]景點展示在遊歷的動線中，文字的陳述具有導引視線之功，旅遊蹤跡的追尋，幻現爲一幅具象的導覽圖。

---

[83] 參見同註[66]，《越中園亭記》，頁 183。

[84] 參見同註[66]，《越中園亭記》，頁 181。

三、結語：創造文本中的觀看位置

園林作者，在私密的遊園經驗中，體會造園的手法，透過文字捕捉圖繪般的空間想像，重現園林景觀的設計概念。而園林遊記的讀者，亦可循著相同程式，透過景象導引的線性遊歷，貼近作者觀覽園林的經驗。明末清初的園林文本，似乎特別注意觀看位置的創造，追索遊園經驗背後所隱藏的視覺景觀，作者不僅以自己的眼睛重新遊園，亦帶領讀者以隱藏的眼睛去體驗作者的遊蹤。文本裡的眼睛，在沈默中四下觀看並再現影像清單，無論是創造或還原觀看位置，作者與讀者皆已進入視覺模擬的範疇，文本書寫模擬了圖像再現，提供讀者臥遊的經驗。

因此，實錄臥遊式的書寫，彷如圖景的導覽敘述，以遊園動線、景觀導覽爲寫作軸線，更勝於眞實的遊園，可以將文化理想轉化成意識中的圖像呈現，指陳或象徵理想世界的營構，這就是祁彪佳《寓山注》的寫作意圖。誠如清人袁枚爲《揚州畫舫錄》作序所言：「臥而觀之，閒居展卷，勝于騎鶴來遊」，[85]臥遊，的確是明末清初園林文本擬像創意的讀者反應。

---

[85] 引自袁枚〈揚州畫舫錄序〉，參見同註[76]，《揚州畫舫錄》，頁9。

肆、遊憩、裝飾與炫耀：園林繪本的圖像意涵

如筆者前文所述，明末清初的園林文本，具有導覽擬像的空間想像，隱含了觀看的位置，而園林圖本，更直接在畫面呈現中，預設了觀看的視角。陳國光的「寓山圖」以繪刻的形式，收在《寓山注》的扉頁，利用俯瞰角度將寓園四十餘處景點一一標繪出來，簡單勾描出一個私家園林的佈局與規模，就是一幅提供對寓山遊目騁懷的導覽圖。園林圖繪不僅在畫面物象的描繪中，有觀看的意涵，透過景面的空間佈置，更有深入的文化意義值得探析。依據祁彪佳《寓山注》的自述，並對照「寓山圖」的景面剪輯，筆者曾於前文根據三種境域模式，爲寓園作了文化意涵的分析。圖繪有時可視爲理想的象徵與寄託，有時不免反映時代人們的想法。筆者以下，將以畫史的角度，探討明末清初園林繪本的圖像意涵。

一、林下風致：變調的隱逸

明初謝縉〈潭北草堂圖軸〉〔圖3〕，山巒層疊中，大樹遮蔽了一幢四圍的草堂，屋頂以簡樸茅草覆蓋，若隱若現，有林幽隱逸之趣。草堂圖繪可追溯到唐代盧鴻的〈草堂十志圖〉，該圖爲作者自我寫照。盧鴻是一位高潔隱士，唐玄宗爲表徵盧之高逸，特賜隱居服與草堂一所。「古者爲堂，自半已前，虛之爲堂，半已後，實

圖 3　[明]謝縉〈潭北草堂圖軸〉(局部)

之爲室。堂者，當也，謂當正向陽之屋」[86]。堂的原意是居中向陽之屋，取其堂堂高顯開敞之意。「堂」堂高顯之意，加上代表隱逸的「草」，在空間的象徵意義上，草堂當然與茅廬不同。「草堂」圖上的題文曰：

> 草堂者，蓋因自然之溪阜，當墉洫資人力之締構，後加茅茨，將以避燥溼，成棟之用，昭簡易叶乾坤之德道，可容膝休閒，谷神同道，此其所貴也。及靡者居之，則妄爲剪飾，失天理矣。[87]

---

[86] 參見明王圻、王思義編集，《三才圖會》（上海：上海古籍出版社，1993年）中冊，「宮室」一卷，「堂」條釋義，頁 990。

[87] 本文爲盧鴻〈草堂十志圖〉「草堂」幅側的題文。參見《園林名畫特展圖錄》（臺北：國立故宮博物院，1987年），頁 50。

雖然是順因自然地勢而築，「草堂」仍需費資費力以締構，加覆茅茨亦非吝財，而是避燥溼，再將草堂聯繫天地乾坤之理，成爲人間高貴的建築型態。若奢靡者妄加剪飾，則失去眞義。唐代文士築草堂，頗爲流行，杜甫、白居易等文人皆有草堂。而盧鴻的「草堂」雖不華貴，卻是皇帝所賜，既是隱逸處士理想高潔的私密住所，同時又是尊寵的象徵，在時興「終南捷徑」的唐代時空中，盧鴻「草堂」的意涵眞耐人尋味。

由畫幅的呈現來看，〈草堂十志圖〉「草堂」幅〔圖4〕，主人翁採取端坐草堂的姿勢，正面迎接觀者視線，雖近景有樹叢水石將草堂與觀者的距離隔開，但草堂本身卻巧妙地安置在樹叢預留的空白中，透過視線的交流，畫中主角與畫外讀者毫無障蔽地對望，彷彿是對草堂的公開展示與盛情邀請。其餘整飾精美的園林畫面，亦與遁身莽野的隱士印象有所扞挌，這或許能爲「草堂」的意涵進

圖4　[唐]盧鴻〈草堂十志圖〉——「草堂」幅

一解。〈草堂十志圖〉是園林繪本中一個重要的意義源頭，不僅是構圖型式而已，整個隱逸空間的呈現，亦使得後來的園林圖繪，始終不易表達眞實隔離的隱居樣態。

回到謝縉的〈潭北草堂圖〉〔圖 3〕，在縱 108.2 公分、橫 50.1 公分的巨幅畫面上，這幢簡樸茅頂的草堂，在預留的樹叢空隙間隱而欲現，草堂裡安排了主、客、僮僕三人，而草堂外，正有一名訪客策杖過橋來訪。以繪事貢南京的謝縉，由僑寓的吳中遠歸故里，畫了這幅畫，並題詩曰：「舊業成都百里橋，百花潭北草堂遙。門無縣吏催租稅，座有鄰翁慰寂寥。……酷憐杜甫成詩史，翻笑揚雄作解嘲」。謝縉心中似乎對於歸隱頗有不甘，潭北草堂與眞正的隱蔽居所之間，仍有一段距離。[88]杜瓊〈友松圖卷〉，松下築有茅屋與瓦舍，外有圍籬，左爲園林，小石桌上置有盆景。人物包括了屋中對談、園中賞景坐談等幾組活動，這是悠游閒適的林下風致。園林圖繪，在明代中期之後，逐漸盛行，重視文人風雅的江南吳派畫家，流傳了許多值得注意的畫蹟。杜瓊的學生沈周繪有〈盆菊幽賞圖〉卷，右半幅爲園林賞菊的焦點景致，園中有雜樹亭子，亭中三文友飲酒賞花，亭外十數盆菊栽陳列，左半幅則橫展自然之景作爲襯托。[89]清初四王之一的王翬，繪有〈一梧軒圖〉〔圖 5〕，精潔草屋中，一高士席地憑軒、焚香抱琴，門前一棵梧桐聳

---

[88] 謝縉僑寓吳中而遠歸故里，乃筆者由〈潭北草堂圖軸〉的題詩解讀而來，該首題畫詩，詳參《中國繪畫史圖錄》（上海：上海人民美術出版社，1997 年）下冊，頁 482。

[89] 杜瓊〈友松圖卷〉、沈周〈盆菊幽賞圖〉，請分別參閱同註[88]，《中國繪畫史圖錄》，頁 483、頁 494。

圖5　[清]王翬〈一梧軒圖〉(局部)

峙，花竹掩映，白鶴閒步，湖石臨水，畫家以半空俯瞰取角，使草屋內外的陳設一覽無遺，展現清雅怡人的幽居意境。

明清草堂圖繪接續盧鴻的傳統，削弱了隱蔽隔絕的意義，可謂隱逸的變調，呈現出更閒適悠遊的林下風致。

二、細節紛披的休閒場景

草堂為變調的隱逸，草堂圖繪要在遠離塵囂的自然中，呈現閒遊的林下風致。明代至清初的園林圖繪，皆在擴充這個畫面的意涵。文徵明〈影翠軒圖〉軸，人物與幽齋的自我寫照成份濃厚，視點迫在眼前，使得人物活動清晰可辨。文徵明的園林畫風，在陸師道〈臨文徵明吉祥庵圖〉軸中，明晰展現，文士與高僧在特意高敞的山齋中對談，茶寮中小僮在烹茶，構築一個園景生活的斷片。[90]近距離呈現生活斷片的構圖，可溯源自南宋一角構圖。

南宋半邊一角構圖的風格，[91]多以扇面或冊頁的畫幅型式呈現園林圖繪。如描繪夜景廊廡、庭園花間燃燭的〈秉燭夜遊〉扇面〔圖 6〕，創造了單一景致的小品圖繪，便於呈現園林碎景單元的趣味。或如朱光普〈柳風水榭〉扇面〔圖 7〕，僅特寫水榭垂柳迎

圖 6　[宋]馬麟〈秉燭夜遊〉扇面

---

[90] 〈影翠軒圖〉軸、〈臨文徵明吉祥庵圖〉軸，請分別參閱同註[87]，頁 18、25 與參考圖版頁 58、60。

[91] 宋朝南渡後，由高堂大軸的畫風，轉變爲半邊一角的小景構圖，畫家馬遠與夏圭，爲當時畫院中之名手，二人的畫風習於在畫幅中留下極大比例的空白，以營造江南水煙浩渺的景致，後世稱之爲「馬一角」、「夏半邊」，以此代表南宋時期的特殊畫風。

圖7　[宋]朱光普〈柳風水榭〉扇面

風、荷塘花盛的小景致。或如〈柳塘釣隱〉冊，水堂無人，塘岸舟中懸著酒葫蘆，細筆點寫塘面上的鳧、鷺、鵲鳥，畫者將漁隱生活置入園林一隅。或如〈松蔭庭院〉扇頁，畫房屋露脊，以鳥瞰手法，俯窺院景。92以上幾個南宋冊頁小品，以微型畫幅縮小園林景觀的視野，採取特寫鏡頭近景描繪，更容易將園主的休閒生活與空間，透過微型畫幅，傳遞給觀眾。

南宋微幅邊角的構圖法，使畫家可採取近距離視點，將畫面景象呈現在觀者眼前，有利於建立園林一隅的生活場景，明代畫家運用了這種構圖法，卻將冊頁的尺寸放大，使生活場景的細節更爲逼現。如仇英〈林亭佳趣〉軸，仿文徵明風格之作，園景逼眞，齋室中書卷、床榻、瓶花、齋外石案上盆景的陳設，均描繪寫實，彷彿再現一個眞實的生活影像。仇英另一幅〈園居圖〉卷〔圖8〕，爲吳人王獻臣「拙政園」所繪，透過軒齋、屏風、茶具、几案的擺

92　南宋〈柳塘釣隱〉、〈松蔭庭院〉二畫，請分別參閱同註87，頁 13、17 與參考圖版頁 57。

圖 8 [明]仇英〈園居圖〉(局部)

置，重建王宅寫實的休閒園居空間。沈周、文徵明等畫家，隨採園林一隅入畫，具體描繪園景生活的片斷，仇英的〈園林清課〉，更著力於將生活清事的紛披細節，呈現在優雅整麗的園林空間中。〈園林清課〉軸，界畫工謹，重視細節的描繪，有鳥瞰空間擺置的線索與完整的取景，順著每個角落所擺設人物的彼此串連，一個庭園的生活空間，眞實具體的展開。[93]

三、園林繪本的畫幅型式

㈠ 展示與炫耀的立軸

明代園林圖繪對清雅休閒生活的細節描繪，與畫幅型式有密切的關係。圖繪的觀看，首先接觸到的是畫幅型式，六朝興起的畫幅

[93] 仇英〈林亭佳趣〉、〈園林清課〉二軸，請分別參閱同註[87]，頁 19、22 與參考圖版頁 58、59。

橫卷型式，由書籍簡冊韋編的型式演變而來，主導中國畫壇很長一段時間，唐宋時期，無論題裁，畫幅多以橫卷爲主，直到明代中期以後，立軸取代橫卷成爲主要的畫幅形式。[94]卷、軸各自代表不同的觀看模式，橫卷並不在同一時間展開，立軸則可以全幅懸掛欣賞，此二者提供不同的景觀。由卷到軸，不僅代表了畫幅物質型式的改變，亦代表著觀看模式與需求的丕變。

這種差異出現在同一個主題上，更有意思。如五代顧閎中〈韓熙載夜宴圖〉原爲手卷形式〔圖 9-1〕，明代唐寅更新構圖加以重繪，將原畫的橫卷改爲立軸，又將故事舞臺由屋室移向庭園，更突出女性人物，唐寅在畫面經營上作了大幅度的視覺轉換〔圖 9-2〕。

圖 9-1 [五代]顧閎中〈韓熙載夜宴圖〉卷（局部）

[94] 檢閱《中國美術全集》『繪畫編』（臺北：錦繡出版社，1989 年）、《故宮書畫圖錄》（臺北：國立故宮博物院，1989 年）、《中國繪畫史圖錄》（同註[88]）等搜羅眾多名畫的畫冊集，筆者發現早期繪畫以橫卷爲主，明代中期以後，立軸畫幅的數量，在比例上，大幅增加。雖然卷、軸畫幅屬於物質型式，但透過不同畫幅所呈現的物象佈置，將帶來相異的觀看意涵。

圖 9-2 [明]唐寅〈韓熙載夜宴圖〉軸（局部）

北宋年間一次著名的聚會——「西園雅集」，王詵於自家庭園邀聚了包括蘇軾、黃庭堅、李公麟、米芾、秦觀、晁無咎、張耒等十六位名人，雅士高僧，盛會一時。諸人於西園雅集的實況，由大畫家李公麟繪〈西園雅集圖〉卷〔圖 10-1〕爲誌，米芾亦撰寫了一篇〈西園雅集圖記〉。後來南宋馬遠、元代趙孟頫、明中期唐寅各繪有〈西園雅集圖〉，皆循李公麟的手卷型式。到了明仇英、尤求的〈西園雅集圖〉〔圖 10-2〕，則改以立軸重繪，將原來透過展卷橫列的宋代雅集盛會實況，呈現在縱長畫面的懸軸中。

尤求立軸表現文會雅集的作法，其實宋代已有淵源。宋徽宗〈文會圖〉軸，描繪文士雅會於皇家花園，園池岸邊，竹樹掩映、欄杆區繞中，一群文士圍坐飲樂於大案四周，案上瓶花、酒餚、果品琳瑯鋪排，前景小桌上，侍者忙著款宴菜餚的準備，樹下二人立

圖 10-1 [宋]李公麟〈西園雅集圖〉卷(局部)

談，大案後方石桌上，一把閒琴橫置。(95)〈文會圖〉的視點仍遠，（傳）宋徽宗另有〈畫唐十八學士圖〉卷〔圖 11〕，則採近景構圖，觀者視點前移了許多。唐太宗起文學館，所收聘的賢才，包括杜如晦、房玄齡等十八人，並爲學士，當時曾命閻立本圖像。此圖

---

(95) 宋徽宗〈文會圖〉，請參閱同註(87)，頁 8、參考圖版頁 53。而上文仇英的《西園雅集》軸，參見同註(94)，《故宮書畫圖錄》（七），頁 279。

圖 10-2 [明]尤求〈西園雅集〉軸

爲宋人仿作。園中挺立的松樹、盛開的芍藥、與盆景、孔雀、奇石、以及精緻的桌凳、樹池等擺設，勾描出一個華美的園林空間。在這個園林樹石一隅，多位文士或端坐閒倚、或撫鬚而立，旁有僕役侍侯，人物表情逼眞，畫面用色鮮麗。畫家爲赫赫著名的唐代文士寫眞，置於精緻富麗的庭園中。

手卷必需展卷欣賞，立軸便於懸掛欣賞，後者更利於向大眾展示。尤求畫西園雅集，放棄原來手卷的形式，將橫卷畫的底本，轉化成〈文會圖〉的立軸畫幅，以直軸截斷橫卷綿延的視覺景觀，爲讀者提供了不同的觀看模式。而〈十八學士圖〉近距離逼眞的高雅活動，以園林作爲文會雅集的襯景，畫家藉此傳達文化炫示的目的。

明代中期以後的園林圖繪，在觀看方式上，不僅止於更新橫卷的視覺景觀而已，如前文所述，即使是選擇南宋邊角的構圖法，明代園林一隅的生活場景呈現，亦在尺度

圖 11 [宋]宋徽宗〈畫唐十八學士圖〉卷(局部)

放大的畫幅上，有迥異的表現。獅子林乃蘇州城東北隅元僧維則道場，僧喜收集奇石，以狀若狻猊的獅子峰聞名。同樣繪獅子林，元末明初徐賁的〈獅子林圖〉，爲近距離小景冊頁，共有十二段，每頁尺寸爲 22.5×27.1 公分。明代杜瓊的〈師林圖〉，跋謂「擬徐賁獅林十二段作小幀」，將原圖十二段冊頁綜合起來爲一小軸，尺寸爲 88.8×27.9 公分。杜瓊將掌中欣賞的冊頁，以縱向放大 4 倍的立軸尺寸，展現園林景象，提供讀者迥異的視覺景觀。[96]

[96] 徐賁、杜瓊二人的〈獅林圖〉，分別參閱同註[87]，頁 41、42。

㈡ 靈活組合的冊頁

除了立軸之外，明代園林圖繪尚採取冊頁組圖的型式，取代連綿手卷，成爲新的園林空間型式。冊頁組圖的園林畫幅，利於繁多景致的標示與靈活組合。

組圖的概念，唐代已有。盧鴻的〈草堂十志圖〉爲圖文對照，十志詩標記著十個圖景，十個獨立畫頁連綴而成一幅長卷結構，爲早期園林的圖繪型式。與盧鴻〈草堂十志圖〉相似，北宋郭忠恕〈臨王維輞川圖〉，採取以文字標明園林景觀的圖繪模式，將輞川別莊一帶的二十餘處景點，以俯瞰方式，透過手卷橫列展開，景點的文字標示有：輞口莊、文杏館、斤舺嶺、木蘭柴、茱萸沜、鹿柴、南坨、臨湖亭、欒家瀨……等，觀者隨著觀畫時間的流逝，疊合空間經歷，呈現輞川山坳的風景印象。郭忠恕摹本中，輞川一帶的二十幾處景致，不再如草堂圖一樣，獨立在隔離的畫幅中，而是以山石、水流或雲腳別開，展現一個更合理連續的空間。風雅的別墅成爲炫示的圖景，似乎在輞川圖中已見端倪。[97]

標明景點型式的宋代園林圖繪，以李公麟〈山莊圖〉最具代表性，李公麟買山築龍眠山莊，以長卷橫幅墨畫自己的園林，圖中標出小景名稱如瓔珞巖、棲雲室、祕全菴、泠泠谷、觀音巖、垂雲沜、寶華巖……等，圖文導覽的型態，沿承著〈輞川圖〉而來。二者相較，〈輞川圖〉爲半空遠距的全景俯瞰，李公麟的視點下降且拉近，而且空間景物的構畫，更爲寫實，蘇軾謂「見山中草木，不

---

[97] 請參閱同註[87]，參考圖版頁 38-39。

問而知其名」，彷彿這些景物就擺列眼前。宋人〈畫司馬光獨樂園圖〉，重現一個失意文人的閒居場域。北宋神宗初年，司馬光與王安石不合，賦閒洛陽興築此園，作詩文以記懷。圖繪園中七景：讀書堂、澆花亭、弄水軒、種竹齋、見山臺、釣魚菴、採藥圃，均與古代道隱典故有關。此畫杳無人煙，靜態地呈現一個隱逸美好的園林景致。[98]

對於旅遊導覽的興趣，唐宋兩代標明園林景點的構圖方式，爲明人所沿承。明代中後期的園林圖繪，除了立軸之外，亦大量以冊頁組圖的方式繪就。畫家以組合更爲自由的冊頁型式，裁開了唐宋襲用的手卷連續畫幅。沈周〈東庄圖冊〉，爲友人吳寬家東庄景色而畫，24 頁的組圖，在小幅中表現寫意之林趣。[99]沈士充〈郊園十二景〉，共有晴綺樓、涼心堂、就花亭、雪齋等十二個片段景點的描寫，連環圖式地將「郊園」的美景串連起來。[100]冊頁的好處在於不必受制於手卷固定邏輯的景物排列，可以跨越四季、並列晝夜、不分晴雨地呈現圖像，觀者能自由地駐足任一個景點片段，細細玩賞，隨時可停，亦隨時可接續下去，這更符合人們隨興漫行的遊園經驗。孫克弘〈銷夏清課圖〉亦爲十二幅冊頁的組圖，則集中描繪夏日清課休閒的十二生活樣態片段，如「燈一龕」頁題句曰：「小齋幽寂，夜雨篝燈，坐對終夕，爲戴髮僧」，細膩地玩賞夏日夜雨

---

[98] 李公麟〈山莊圖〉，參閱同註[87]，頁 9 以及參考圖版頁 54-55。宋人〈畫司馬光獨樂園圖〉，參見同註頁 14、並參考圖版頁 56-57。司馬光「獨樂園」七景，參見同註[1]，《洛陽名園記》「獨樂園」條，頁 461。

[99] 沈周〈東庄圖〉，參見同註[88]，頁 491。

[100] 沈士充〈郊園十二景〉，參見同註[87]，頁 26-27，參考圖版頁 61-62。

幽齋中的燈景。吳彬〈歲華紀麗〉將一年中的風俗民情，依照月令，以十二個圖繪空間保存起來，頗具紀實風采，讀者皆可自行組合喜愛的觀看程式。[101]

園林組圖冊頁的型式與版畫相類似。印刷圖像的盛行，是明末清初重要的文化現象之一，無論是戲曲小說插圖、圖解字典、各種圖譜、旅遊地圖、乃至於各種日用類書、甚至古文評點的著作，幾乎沒有不放入插圖的。戲曲小說等世情文學，[102]尤其展現了大眾對私密生活的興趣，畫家投其所好地描繪私密生活，呈現窺視下的圖繪細節。版畫與園林圖繪中的組圖冊頁型式相類，是觀者可自行翻閱與組合的近距離細部景觀。版畫圖像以具體的視覺傳達，影響觀看與繪畫的模式，助長了明末清初圖像文化的流行。

四、典故的仿古空間

園林圖繪經常在題裁、筆墨、用色上，運用典故，呈現仿古空間。北宋宗室趙伯駒繪〈阿閣圖〉軸，採取半空遠距全景式的眺望與俯瞰，以工謹的界畫筆致，畫出樓臺殿閣中的貴族活動，遠方雪山重重，有雙鳳飛舞。趙伯駒以仿古的青綠顏料，營造一個想像中

---

[101] 孫克弘〈銷夏清課圖〉、吳彬〈歲華紀麗〉二圖，分別參見同註[87]，頁29、30，以及參考圖版頁63。

[102] 「世情」主要指與民眾有密切關係的日常生活，即凌濛初所說的「耳目之內，日用起居」，也是李漁所說的「家常日用之事」，晚明通俗作家能將一件極平常瑣屑的事，寫得極細致，極曲折，又寄寓著喻世之旨。參見夏咸淳：《晚明士風與文學》（北京：中國社會科學出版社，1994 年），頁287。

的樓閣仙境。(103)南宋馬麟依李白〈春夜宴桃李園序〉中的名句，應侍而畫出〈秉燭夜遊〉扇面〔圖6〕，將文學想像落實於夜間園遊的主題勾勒之中。

明人對於典故的運用，更注意與生活細節的聯結，例如明人畫〈梅妻鶴子〉冊〔圖12〕，取宋代林逋的典故而來，齋中文士案上有書卷，望向窗外的鶴鳥、遠處有僮僕走過，動態靜態相互呼應，華美麗景實不類隱逸空間。孔貞一〈桐蔭書蕉〉扇，畫東坡與朝雲的故事，生活情趣在蕉樹、桐蔭下呈現。曹羲〈蘭亭修禊〉卷，則在連綿的手卷中，將蘭亭文士曲水流觴的情景，拉近到觀眾眼前。

圖 12 [明]〈梅妻鶴子圖〉(局部)

---

(103) 趙伯駒的〈阿閣圖〉，參見同註(87)，頁32，以及參考圖版頁55。

蕭雲從〈澤陂〉冊，仿馬和之螞蝗描，文徵明〈獨樂園圖〉以王蒙筆法，表現司馬光的園居世界。[104]蘭亭修禊、梅妻鶴子等文學典故，或是宋人「西園雅集」、司馬光「獨樂園」，經常是明清畫家仿古的對象。仿唐風格的青綠山水，如符碼一樣，營造一個不在現世、金碧輝煌而夢幻的神仙世界。仿古只是一個理念，而園林圖式卻重新再製，例如隱逸靜謐的林和靖園居，在晚明的〈梅妻鶴子圖〉中，不再強調隱密，卻締造一個色彩雅麗的閒適空間，畫家藉典故表現自己世俗生活中的理想圖景。

五、新興的圖像觀看方式

園林代表美好生活品味的追求，不僅高雅的文士集會，會選擇在精麗整飾的園林，〈秉燭夜遊〉圖，還將文學想像植入現世夜間庭園的花叢燃燭中，以貼近詩人李白對人生苦短轉出的曠達。〈阿閣圖〉以人間園林的規模，幻現一個神仙樂境。唐宋文人在正式宅第之外，另築別莊，園林象徵了隱逸生活的追求，盧鴻的草堂、王維的輞川、李公麟的龍眠山莊、司馬光的獨樂園，莫不如此。南宋詩情畫意的小品園景單元，將休閒的生活意涵，表達在隱逸的微幅空間中。無論是文士雅集、文學想像、夢中仙境或林下草堂，皆出於避離塵俗的隱逸嚮往，追求獨享的私密性。但是從另一方面而言，園林繪畫無論是標明景點、或文會雅集等全景式的刻畫、或詩

---

[104] 孔貞一〈桐蔭書蕉〉、曹義〈蘭亭修禊〉、蕭雲從〈澤陂〉三圖，分別參見同註[87]，頁 32、31、35，以及參考圖版頁 64。文徵明〈獨樂園圖〉，參見同註頁 44-45。

情畫意的小景，皆俯瞰或平視，以對觀眾視線開放的角度來構圖，畫面細節紛呈，畫家彷彿公開邀請觀眾入畫。這樣的公開性，與園林圖繪象徵隱逸的私密性，雙重並列，頗值玩味。

宋代的園林圖繪，呈現的是寧靜隱密的氣氛，而明代園林圖繪中的細節紛披，著重描畫休閒生活的景致，主人作爲近距離幽齋中的主角，視點更近，人物活動更清晰，以立軸截取生活片段。明代中後期畫家的園林圖繪，不因襲唐宋畫家遠距離全景俯瞰、橫列式、或紀錄性的構圖，而尋求自己獨特的風格，不僅將連綿的手卷畫，改爲可以懸掛、提供眾人欣賞的立軸，冊頁組圖更是南宋詩情畫意小品單元的發揮。無論是大幅立軸、或是冊頁組圖，均提供近距離生活景觀的細節，既與當時的閒賞美學互有關連，[105]也與這個時代興起的圖像文化與觀看方式，相互印證。

伍、兩座官商園林

一、前言：園林的類型

祁彪佳《越中園亭記》曾爲會稽一帶作過園宅調查，據所載園林的種類不一，或爲府署內的書院、或由別墅改作府署、或官吏所

[105] 對於明代中後期審美鑑賞的興起與相關探討，請詳參毛文芳撰《晚明閒賞美學》（臺北：臺灣學生書局，2000年）。

建、或韻人所居、或廟宇之地、或文人士夫之園宅……。[106]若據柯汝霖《武林第宅考》一書，將武林一地曾擁有過第宅者，按吳梁陳唐宋南宋元明國朝等時代排序下來，這些曾經具備不動產擁有者的人，身份更是林林總總，包括了公子、大夫、僕射、官吏、詩人、封王、名人、僧人、隱士、孝子、蓮池大師、進士、女子、壽婦等。[107]儘管園宅有官署、廟地、家居等不同用途，園主人更有不同行業、不同階級、不同性別、不同品味的差別，然作爲不動產的園宅，在資本社會的網絡中，有時成爲一種可以流通的貨物。

明代都城北京一帶園亭建築繁多，如沈德符所言：「都下園亭相望，然多出戚畹、勳臣以及中貴，大抵氣象軒豁」，這些勳戚貴臣的園亭，由於地理形勢之故，築園規模「與江南不類，園景廊廟多而山林少」。[108]京城園亭依山傍林的自然野趣少，人工築造多，

---

[106] 以祁彪佳《越中園亭記》（同註[66]）第二卷爲例，府署內的書院，見「大觀堂」（頁 181），別駕改作府署，見「梓蔭軒」條（頁 181）。官吏所建，見「越望亭」（頁 182）。廟宇之地，見「淇園」條（頁 183）、「東武山房」條（頁 186）、「樛木園」條（頁 187）。文人士夫構之，見「筠芝亭」條（頁 183）、「砎園」（頁 183）、「蒼露谷」（頁 183）等條，讀書處，如「萬玉山房」條（頁 184）、「曲池」條（頁 184）。改建者如「曲池」條、「千峰閣」條（頁 185）。韻人所居者，如「快園」條（頁 185）。

[107] 名人如劉松年、米友仁、楊萬里、王世貞等，女子如楚妃、宋太后、皇后、公立、詩婦如朱淑貞、李適安等，清光緒年間柯汝霖著有《武林第宅考》，此書編排，大字爲宅第，小字爲註解，引各類筆記札志詩文集中的文獻注之，亦有作者按語。參見同註[71]。

[108] 參見同註[9]，《萬曆野獲編》，頁 609。

氣象軒豁，耗費自然亦大，不是尋常士大夫可以企及。[109]都城園亭修建之豪侈，可作爲京師繁華的點綴與太平盛世的見證。又據《明詩紀事》「金陵諸園詩并序」曰：「太平時，六部曹郎於公署外，各搆一園，皆在長安門東一帶，廣狹或殊，咸極精麗」，南方政治中心金陵的豪宅大園，爲中央高級官吏所搆，與北京城的狀況，亦不相遠。[110]金陵一帶，不僅有官吏所搆麗園而已，還有中級官吏之外宅、僧舍之別圃，諸縉紳之會館，多可遊者。兩京多有御賜之豪宅家園，與仕紳富商自築的狀況或有不同，[111]然而這些動輒耗費數萬的建築經略，直接證明了園林在資本社會中，所代表的財富意義。

祁彪佳觀察越州的樛木園，說道：「屬相國呂南衢園，壽寧堂之後有曬書臺、煙鬟閣，規制宏敞，絕無園亭逶折之致。」[112]相國的樛木園，是規制宏敞的大型宅院，無小品園亭逶折之致，顯示大型宅院與小品園亭在建築條件與審美品味上的差別。李漁甚至對富豪宅園炫耀財富的作法，多所批評。[113]不同的園林，在規模上或有

---

[109] 沈德符謂「戚畹李武清新構亭館，大數百畝，穿池疊山，所費已鉅萬，尚屬經始耳。」同註[9]，頁 610。而《帝京景物略》（詳參同註[8]），所記尤多勳戚貴臣之宅園，莫不顯露出大財豪侈的規模。

[110] 張怡《明詩紀事》「金陵諸園詩并序」，均金陵世家宅院的紀錄。詳參同註[11]。

[111] 「李皇親新園」爲明神宗封賜生母慈皇太后之父李偉武清侯之園，其曾孫國瑞於崇禎中襲封，武清侯於海淀另有「皇親園」，故此地名爲新園。賜園，與自築必然不同。詳參《帝京景物略》，同註[8]，頁 165、166。

[112] 參見同註[66]，《越中園亭記》，頁 187。

[113] 李漁頗注意富豪與貧困的對照，譬如他說：豪宅畫棟雕樑雖可娛睛，卻不

敞窄、奢儉、繁簡等經濟條件上的差別，有時這些差別，卻是園主的審美品味所致。

筆者於前文曾以祁彪佳的寓園爲例，考索文人園林的種種課題，亦探究明末清初園林繪本的相關意涵，如隱逸變調的林下風致、細節紛披的休閒場景、立軸或冊頁組圖的更新畫幅、仿古空間的營造等角度，探討當時發展出來的新興觀看方式，其中隱含了遊憩、裝飾與炫耀的圖繪意涵。本文將在這些論述基礎上，提出兩座官商園林：明末汪氏的環翠堂園、清初喬氏的東園，以相印證，另一方面則與祁彪佳的文人園林作對照，以文本與繪本資料互詮的方式，探析官商園林的構築意涵。

二、明末汪廷訥的環翠堂與坐隱園

㈠ 認識沽名釣譽的汪廷訥[114]

汪廷訥，字昌朝、無如，號坐隱、无无居士、全一眞人、清痴叟，爲安徽休寧人，是明代戲曲作家，卻不太爲人們注意，不但自

娛雨，表面上好像很務實，背地裡，確是斥責那些豪奢宅第的荒謬。鋪磚，有錢可使磨光，儉者自甘於糙；又藏污納垢的收貯法，儉者以箱籠，富者專用套間等，詳參氏著《閒情偶寄》（臺北：長安出版社，1992年）卷八『居室部』〈房舍第一〉「出簷深淺」、「甃地」、「藏垢納污」等條，頁170-175。

[114] 本段論文對汪廷訥生平種種事蹟的勾稽與詮釋，相關傳記資料咸出於徐朔方著，《晚明曲家年譜》（杭州：浙江古籍出版社，1993），第三卷，《汪廷訥行實系年附陳所聞事實》，頁505-545。

己著書，也自營出版業，書坊名「環翠堂」，刻有多種書籍，[115]爲晚明曲家中的怪誕人物。生於穆宗隆慶三年（1569），享年約六十餘歲。自幼出繼給同宗無後的富商爲養子。萬曆十八年（1590）約二十二歲左右，以一首曲子，得到曲學先輩陳所聞的讚賞，此後與陳所聞時相往來，亦因而進入南京的文人圈子。大約二十九歲，往南京秋試不利。次年，萬曆二十六年，繼父病逝，遂秉家政，成爲巨大資產的繼承人。同年以南京國子監生員的資格，入貲捐官鹽課提舉司，當上副提舉，爲鹽運使的職務，[116]從七品，品級雖低，富商由此成爲朝廷命官，身份大爲提高。出外是官員，在家則以「坐隱」爲號。

自二十二歲，一首曲子受到曲學前輩的稱讚後，汪廷訥便開始包裝自己，抬高身價，以躋身南京名流。二十九歲適逢秋試那年，南京國子監祭酒馮夢禎爲他取字「昌朝」，南京禮部侍郎楊起元授他一個高雅的別號爲「无无居士」，這兩位宗師的賜字題號，彷彿像印記般，汪氏從此出入南京諸公之門。秋試不利，接著於三十歲

---

[115] 汪廷訥以著書、刻書自娛。博學能文，耽情詩賦，兼愛填詞，著有《環翠堂集》、《華袞集》、《人鏡陽秋》等書，又作傳奇十餘種，總名題《環翠堂樂府》，另雜劇六種，大抵皆有插圖。其中多數附有插圖，這些木刻插圖多爲當時名家所繪。汪廷訥所刻多種版畫圖籍極爲珍貴，他不惜工本請名家爲其著作繪圖、鏤版，其插圖本使金陵版畫的風格由粗放潑辣逐步轉變爲工巧細緻。關於汪廷訥的出版成就，詳參周蕪撰，《徽派版畫史論集》（合肥：安徽人民出版社，1983 年），〈四 明代兩位出版家——汪廷訥和胡正言〉，頁 16-17。

[116] 汪氏任鹺政鹽官，當時員額不止一人，無需久拘官守，故時時往來蕪湖、休寧間，參見同註[114]，頁 516。

那年，捐資買官，更是他躋身上流社會的一條捷徑。

汪廷訥通曉文人抬轎的重要性，在上流社會中，若沒有眞才實學，另一條路，就是灑金如土。汪氏經常呈送重禮以攀附南京的名流，請求他們爲自己寫作傳記及題詩，入手之後，再依自己意思加以潤色，譬如顧起元爲其寫傳記，收入不同版本，以弄虛作假，藉名流墨寶以提高身價，甚至不惜僞造未能求到的名人題詞、或倡酬詩文用以欺世盜名，例如湯顯祖、郭子章等人文字僞託的痕跡明顯，朱彝尊《靜志居詩話》卷 18 云：「汪廷訥『與湯義仍、王伯穀諸人游，興酣聯句』云云，皆爲所欺也」。[117]

根據環翠堂刊刻其本人撰述如《坐隱先生集》、《環翠堂華衮集》等文獻內容，似乎當時北南兩京的內閣大臣、尚書、侍郎、督撫以及翰林學士如張位、朱賡、于愼行、朱之蕃、耿定力、起元、楊起元、馮夢禎、焦竑等，名流如李贄、湯顯祖、張鳳翼、屠隆、袁黃、曹學佺等，都與他有往來，或至少有題詩贈言，然而其家鄉《休寧縣志》卻只有不滿一行字的傳記，自我評價之高和縣志對他

---

[117] 在湯集中沒有一字提及汪廷訥，而署名湯的〈坐隱乩筆記〉，則稱汪爲先生，或徑稱先生而不加名號，湯替自己老師羅汝芳等人寫字，態度都沒這麼恭謹，而獨對後生小子如此尊敬，讓人難以置信。萬曆三十六年，《坐隱詞餘》載湯若士爲其賦〈千秋歲引〉，顯係僞托。《坐隱先生集》卷首署名湯顯祖〈坐隱乩筆記〉云云，亦爲僞冒。另郭子章《坐隱先生訂譜全集》序：「晤詢故好，亟稱于汪使君，昌朝操行極，高著作甚富，且構有環翠園……」，末署「萬曆戊申仲春之吉，賜進士出身，資政大夫，巡撫貴州兼督湖北川東提督軍妫右都御史兼兵部右侍郎青螺郭子章拜撰」，此序文亦在時間上有錯誤，恐又係僞冒。詳參同註[114]，頁 507-508、頁 531-532、頁 542。

的不重視形成強烈的反差。[118]

㈡「環翠堂園」的建造

1.建築規模

大致瞭解了汪廷訥這個人的生命情態，那麼他大肆興築私家園林一事，也就不顯得突兀。自三十歲，繼父病逝，成爲巨大資產的繼承人之後，汪氏不僅捐貲買官，亦開始酬送重禮以沽得名聲，更在二年後，開始興建環翠堂園費時七年的浩大工程。萬曆二十八年（1600），汪氏三十二歲，在家鄉休寧縣東北郊松夢山下，離城十餘里之處，大興土木，建築宅園自此年開始，復於次年開挖昌公湖，以自己的字爲湖名。費時至少七年，景點佈置約有一百多處。

「環翠堂園」包含了一座華麗的主廳曰「環翠堂」，以及廣闊綿延的園林曰「坐隱園」，汪氏有時稱此園曰「坐隱園」，有時則逕以「環翠堂園」合稱之。園的規模顯然是逐步擴充的，依據陳所聞萬曆三十二年所作北中呂〈粉蝶兒·題贈新安汪高士昌朝環翠堂三教圖景〉套曲所載，興建四年後的環翠堂園，已有五十餘處景點，該套曲以園中五十餘處景點之名嵌入曲文中，[119]此爲闢園三年

---

[118] 詳參同註[114]，頁 505。

[119] 陳所聞這個大型套曲何時寫成，並不確定，然此曲收入陳編《北宮詞紀》卷四，該書編成於萬曆三十二年，故〈粉蝶兒〉套曲，最晚的寫成時間於此年，距離環翠堂園初建，已經四年。曲文中，一一嵌入園中各個景點的名稱，如「轉危橋羽化翩躚」，嵌羽化橋，「庵開半偈，龕名全一」，嵌半偈庵、全一龕，「朗悟玄機，只落得紫竹成林」，嵌朗悟臺、紫竹林，「昌湖似蓬萊弱水」，嵌昌湖……等。參見同註[114]，頁 522-524。

後的規模，是一套全面題詠的韻文，這些景點爲何？該套曲有眉批云：

> 新安汪昌朝，辟園靜修，中有環翠堂、白雲扉、嘉樹庭、五老峯、鶴巢、松院、蘭臺、羽化橋、憑夢閣、沖天泉、蘭亭遺勝、洗心池、萬花叢、長林、石几、觀空洞、棋盤石、眺瞻臺、解嘲亭、憑閦軒、菊徑、祕閣、空花巷、懸榻齋、東壁、洗硯坡、嚶鳴館、曲霞藏、無如書舍、半偈庵、全一龕、青蓮窟、玄津橋、朗悟臺、紫竹林、百鶴樓、天花壇、達生臺、昌公湖、隱鱗潭、萬錦堤、六橋、浮家一葉、湖心亭、滄州趣、面壁岩、釣鰲臺、砥柱、鴻寶關、茶丘藥圃、玄庄、雲區烟道、无无居、仁壽山、笑塵岩、天放亭。[120]

洋洋灑灑共五十六處，由此可見環翠堂人力築設之工。約三年後，直到萬曆三十五年六月，顧起元爲汪廷訥作〈坐隱園百一十二詠〉，所詠之景點已多達百一十二處，距離開園之初，已經七年，整個環翠堂園景已經完竣。[121]

---

[120] 本段眉批，引自同註[114]，頁 524。

[121] 按陳所聞《北宮詞紀》爲萬曆三十二年成書推測，北中呂套曲〈粉蝶兒·題贈新安汪高士昌、朝環翠堂三教圖景〉，以五十六處景點之名嵌入曲文中，當時的規模已不小。直到萬曆三十五年朱之蕃應邀爲汪作〈題坐隱園景詩〉一百十首，六月，顧起元作〈坐隱園百一十二詠〉，則所詠之景點已達一十二處。詳參同註[114]，頁 527-528。

2.於世俗中慕道求仙的理想國

如此大肆興建的環翠堂園，由五十六個景點的名稱設計看來，園主似有三教合一的思想傾向。汪廷訥雖非正統科考出身的文人士夫，然與南京一帶的名流相從，亦不免沾染了當時流行的風氣。[122]陳所聞中呂〈駐馬聽・題新安汪无如環翠園〉眉批云：「昌朝開園松夢山下，究心三教之學，著述頗富。」[123]這座園宅，由園主設計爲思想烘培的溫床。環翠堂園中有儒家意味的蘭臺、蘭亭遺勝、滄州趣、仁壽山等景點；也有佛教色彩濃的半偈庵、紫竹林、無如書舍、洗心池、觀空洞、面壁岩等景點；百鶴樓、全一龕則是道教建築。雖友人謂其「究心三教之學」，從汪廷訥爲自己取的字號：無如、坐隱先生、无无居士、全一眞人等，顯然汪氏求仙證道的興致更爲濃厚，時人對汪廷訥的觀察，其實也接近於仙道追求的傾向。例如顧起元所作的〈坐隱先生傳〉，由汪氏創作《長生記》傳奇的內容思想中，描繪汪氏的求道心境：

> 《長生記》所由作，事尤奇絕，先生既精心行道，園內辟淨居，日皈依三大聖人，已葺百鶴樓，特肖呂純陽仙人像以

---

[122] 汪廷訥以書及《坐隱先生全集》，乞梅鼎祚一言。萬曆三十六年梅鼎祚曾爲汪作〈書坐隱先生傳後〉曰：「傳言先生嘗從祝（世祿）李（登）講性命之學，從篸峰（按即了悟禪師）受記禪別。又從呂祖賚全之號于蕊珠之寤言，是三大聖人之教旨，先生皆游衍其端，調劑其用，以環應于無方，即坐隱直寄焉爾……」，梅鼎祚很明顯地指出了汪氏的思想傾向。參見同註[114]，頁 539。

[123] 參見同註[114]，頁 524-525。

> 奉，乙巳春，晨起拜參竟，假寐瓊蕊房，夢與呂祖證大道良久，授號全一眞人，又許降生佳兒，明年果舉一丈夫子。蓋先生根器非凡，得與呂祖神交，仙之求人甚于人求仙。其徵應乃爾。記成，命伶人搬演，至夢梁夢覺，而司書家僮旁觀解悟，謝主人翁去，祝髮爲僧。感化捷若影響。[124]

在這段傳記中，雖言皈依三聖，但整個筆調，卻環繞在道教的氛圍中，汪廷訥求道之切，不僅辟居園內，還特別供奉了道教教主呂純陽之像以供觀想，甚至有夢境徵驗之事。此外，透過《長生記》的搬演，還造成了教化俗眾的影響。董其昌所作的汪氏傳記中，對於其友仙證道的歷程，亦多所著墨：

> 仙客姓汪，諱廷訥，字昌朝，新安海陽人，厥號無如、坐隱先生、无无居士、全一眞人，咸諸高賢景慕而稱謂之也。……一日航次高蓋山，忽雲外畸人窺其宿根高潔，有功成名退之勇，倏來指導，仙客即豁爾頓悟，易號先生。翩翩于天函之洞，友仙證道。[125]

汪廷訥的友仙求道，表現著濃厚嚮往仙界的世俗思惟。

這種世俗思惟，尚可用徵兆瑞應的奇譚來強化，李之皞〈坐隱

---

[124] 本段文字，轉引自同註[114]，頁 525。

[125] 參見《曲海總目提要》卷十〈天函記〉，摘錄董其昌所作汪廷訥傳記。轉引自同註[114]，頁 544。

園落成碑〉云：

> 謀欲首事土木，卜庚子歲，而已亥（按萬曆 27 年）仲冬淫雨不休……開歲孟春十有三，日卜築之期也，雨忽止，漸有光霽，至望日，日午舉棟，賀客雲集，乃麗日當空……移時事竣，復大雨經旬。

李之皡興致勃勃地紀錄卜築之日的天氣變化，暗示著開闢坐隱園的祥瑞吉兆。開園的第五年，汪廷訥三十七歲，徽州有位時年九十六歲的神奇老人李赤肚，作了一篇〈坐隱園四奇紀事〉，[126]紀錄了開園的四件奇事：其一、萬曆二十八年初建環翠堂之日，久雨忽晴。其二，次年開鑿昌湖，得蘇軾書〈醉翁亭記〉石刻碑，將以入藏而石壞。其三、萬曆三十二年，群鶴飛舞湖干，有方士來游，瀕行謂曰：願寫呂眞人像供奉。其四、萬曆三十三年春，李赤肚再謁居士，觴于瓊蕊房，終日相與趺坐。以上幾件與開園相關如有神力的奇事流傳，更加強了汪廷訥慕道求仙的世俗色彩。

㈢《環翠堂園景圖》

1.基本資料

李赤肚爲汪撰寫的瑞應故事，強調了坐隱園神祕又世俗的色彩。這座私人宅園，主人還用圖繪的方式，細節紛披地紀錄保存。

---

[126] 前文李之皡〈坐隱園落成碑〉，轉引自同註[114]，頁 517。本文李赤肚〈坐隱園四奇紀事〉，參閱同書，頁 519。

經汪廷訥指示，園成後請名畫家錢貢繪製、資深刻匠黃應組雕版爲《環翠堂園景圖》，[127]由汪氏的環翠堂書坊刊行。首有篆文「環翠堂園景圖」大字樣，題爲「上元李登爲昌朝汪大夫書」，下「黃應祖鐫」〔圖13-1〕。此本爲手卷，描繪汪氏私人環翠堂莊園的景色。圖版框高24公分，長約1486公分，是極爲罕見的綿延長構。

圖 13-1 [明]錢貢繪、黃應組刻《環翠堂園景圖》「首頁」

2.**公開展覽的圖面設計**

圖面由「白岳」山水開始，描繪座落於「坐隱園」中的所有莊園景致，畫家也將環翠園所依傍的松夢山、黃山、湖心亭等附近地景繪出，這種取角，將該園的地理位置，有氣勢地襯托出來。各個景致皆標上名稱，符合明末以來園林繪本標示圖景的導覽風格。園中景物細節清晰，採近距離描繪，建築物宏偉壯觀、疊石林木精整華麗，人工造景更勝於野致。由於繪者是以半空俯瞰的視角取景，

---

[127] 《環翠堂園景圖》繪圖者錢貢，字禹方，號滄洲，吳縣人，善山水，構圖適宜，兼善人物，間仿文徵明、唐寅二家，卻能亂眞。另刻匠黃應組，仰川人，生於嘉靖四十二年，歿年不詳，刻有多種書籍插圖，爲歙西虬村黃氏名手之一。參見同註[115]，《徽派版畫論文集》，頁 17。

觀者的眼睛可以越過圍牆，橫跨院落，伸入屋室，眺覽園景〔圖 13-2〕。這種提供臥遊、召喚觀者視線的構圖，幾乎毫無遮掩地將園內一切擺設，有意地公開展示。顧起元在〈坐隱先生傳〉中所說：「嘗謝絕朋儕，偃息山廬，一意修古，二三質友外，罕得窺其面目，因復名齋曰懸榻，以見志焉。」[128]顧對汪氏一意求隱的態度，顯然是觀察失誤的。環翠園俯瞰構圖的展示，與汪廷訥「二三質友外，罕得窺其面目」的求隱作法，顯然相互矛盾。

圖 13-2 「蘭亭遺勝」院落

汪在萬曆二十六年捐貲買官，並以「坐隱」爲號。這種兩面性很有意思，出外是官吏，在家則坐隱；一面是公領域的仕途，一面是私領域的居所，汪廷訥企圖在公私兩面得志。

「坐隱」源出《莊子・齊物論》的典故：

> 南郭子綦隱机而坐，仰天而噓，荅焉似喪其耦。顏成子游立侍乎前，曰：「何居乎？形固可使如槁木，而固可使如死灰

---

[128] 參見同註[114]，頁 518。

乎？今之隱机者，非昔之隱机者也。[129]

莊子所塑造的隱者南郭子綦，憑几而坐，凝神遐想，妙悟自然，離形去智，身心俱遣，以達致心齋坐忘的境界，這是隱者追求的終極境界。由於綦與棊通，《世說新語》以後，「坐隱」被挪爲下圍棋的代稱。萬曆三十七年（約四十一歲），汪廷訥刊行《坐隱先生訂譜全集》，爲其編訂的圍棋譜。汪氏所號「坐隱」，顯然並非南郭子綦精神上的隱机而坐，而是焦竑〈坐隱先生譜集敘〉所言：「顧不名仕而名隱，不隱于他而隱于弈也」。[130]雖然頭戴儒巾、身披道袍、著雲舄、執鳩杖，在插圖中，汪廷訥被描繪成陶淵明形象的翻版〔圖 14〕，擅

圖 14 汪廷訥造像
《坐隱先生精訂捷徑棋譜》

---

[129] 「南郭子綦」條疏文曰：「子綦憑几坐忘，凝神遐想，仰天而歎，妙悟自然，離形去智，荅焉墜體，身心俱遣，物我兼忘，故若喪其匹耦也。」原文與疏文，詳參清·郭慶藩輯《莊子集釋》（臺北：漢京文化事業公司，1983 年）卷一下〈齊物論〉篇，頁 43。

[130] 《坐隱先生訂譜全集》爲汪氏編訂的圍棋譜。焦竑序參見同註[114]，頁 541。

長棋奕、編訂棋譜，似乎不要在絕離塵世之處坐隱，而要在更高妙的棋奕境界中爭勝。那麼，環翠園雖名爲「坐隱園」，卻並非眞正的隱士之所，反而要公諸於眾，企圖在塵世名聲的競求中，拔得頭籌。

3.風雅的人工造景

《環翠堂圖景》中，點綴著諸如大門佇立、寮室煮茶、廊廡走過等各種人物動作，宣示這是汪家日常家居的生活。如「眺蟾臺」上兩位文士結伴仰眺、「觀空洞」中一文士靜立觀想、石徑道上走來一位手拈折枝的文士、「蘭亭遺勝」院落中，一群文士曲水流觴。另有羽化橋、無如書舍……等景點，這些都是汪氏營造文士風雅休閒的活動場景。〔圖 13-3〕園中人物比例有大小變化，暗示觀者俯瞰的視點，隨著漫漫長卷遠近游移。無論是僕役的家居日常、文士的風雅休閒或隱道的瀟灑漫步，這些人物仍只是點景配置的角

圖 13-3 文士風雅休閒的活動場景

色而已，整幅圖的主體呈現仍在人工精麗的園景擺設。也有故作儒家風雅的院落如「蘭亭遺勝」〔圖 13-2〕，以一個四面牆圍的獨立空間，根據東晉王羲之蘭亭雅集的典故，在院落一側，設計一個擺置蘭盆的石臺，題字爲「蘭臺」，庭院正中央置一方桌，桌上刻出水流型式的曲繞凹槽，桌邊近十位文士就著曲繞凹槽，流觴笑談作樂。東晉的蘭亭集會，場景原在會稽佳山佳水中，自有一座蘭花叢間的小亭，而流觴的曲水則是自然地形中的河流。汪廷訥異想天開地將會稽山水場景，搬到人力築設的環翠堂院落中，以一個小型空間與人工造景，表達這位富商貼近風雅的積極手法。

4.**景觀擺設**

空間的擺設與觀看中，物是重要的符號元素，再現的環翠堂園圖景中，有許多具有象徵意義的物，值得進一步注意，其中奇石、大型盆景與圍牆的呈現，特別突出。

⑴奇石

甫入園門，一座巨型奇石迎面矗立。「觀空洞」前平臺，亦有大小兩座奇石，其中較大者傍栽竹叢，較小者以護欄圍起〔圖 13-4-1〕，餘處可隨見各種造景奇石。這些由深山沙土中，掘回高逾數尺之

圖 13-4-1 奇石

山石，使其苔蘚叢生、栽菖蒲、或植竹篁，順其峰巒峭拔之勢疊成假山，造成天然起伏凹凸之勢。而水石（太湖石）皺、漏、透、瘦的特質，彷彿奇崛的山峰，均能造成園林假山秀麗空靈的氣韻。從自然掘回的奇石，大者在園林中疊成山峰；次者，嵌作几榻屏風或栽菖蒲供作大型盆景；小者可置於盆中，充作案頭山水。奇石，成爲園林重要的擺設元件之一。

⑵盆景

「無如書舍」前的院落中，有一系列造型不一、樹種不同的盆景，整齊佈列，使得「坐隱園」成爲盆景的天地〔圖 13-4-2〕。在各種居室的擺設佈置中，蒐羅品類紛繁的花木盆玩，或是擺列園區庭樹，或是結形置於几案間，是貫串居室與庭園的重要元件。如袁中郎所云，盆玩瓶花的設計，乃是對無緣遊山玩水，或是無力與造園林者的一種心理補償。[131]盆景的理念與園林相仿，可視爲造園藝術的分支，盆景就是「微型園林」。明代繼承盆栽傳統，成爲流行時

圖 13-4-2 盆景

[131] 詳參袁宏道著《瓶史》〈自序〉，收入《美術叢書》（臺北：藝文印書館，1975 年 11 月初版）初集第六輯（總第 3 冊），頁 205-206。

尙。與文學上「小品」的風潮一樣，盆栽就是小品的自然。屠隆《考槃餘事》〈盆玩箋〉，不僅由立意、選材、加工、布局、用盆、點石、配架等角度，細載盆栽技術；還要求藝匠以馬遠、劉松年等畫家樹石筆法爲盆栽造形，更要觀者以觀畫經驗來臥遊盆景空間。[132]「盆玩」無論取徑於繪畫或自然，與奇石一樣，甚至成爲富貴酬贈的重要象徵〔圖15〕。在生活空間的擺設意義上，代表了接近、模仿、截取、佔有、佈置自然的一連串心理過程。[133]

⑶牆圍

《環翠堂圖景》畫幅上下緣綿延橫亙曲折不斷的粉壁圍牆，堅固嚴密地將環翠堂園匡圍在汪廷訥自己的私密天地裡，而堂圍粉牆與堂內曲折橫亙的編籬花屏，則將園內不同院落的景觀，作多層次的空間區隔，有的閨秀院落以竹叢遮掩成隱密空間。在擺設方面，有的院落陳設名貴奇石，或者擺列大型盆景，皆象徵園主豐厚的財

---

[132] 參見屠隆《考槃餘事》卷三〈盆玩箋〉「盆花」條。《考槃餘事》收入《百部叢書集成》（嚴一萍選輯，臺北：藝文印書館，本叢書各集出版年次不一）據『龍威祕書』影印。關於盆景的造形原理與圖例，詳參本書第一篇〈長物：物體系與物的神話〉「如畫」一段，以及相關附圖。

[133] 文震亨曰：「居山水間爲上，村居次之，郊居又次之。吾儕縱不能栖巖止谷，追綺園之蹤，而混跡廛市，要須門庭雅潔，室廬清靚」，參見氏著《長物志》卷一〈室廬〉敘。文震亨的生活佈置，處處顯露了接近自然、模仿自然或截取自然的精神。以階砌爲例，「取頑石具苔斑者嵌之，方有巖阿之制」（同上，卷一「階」條），是要以人爲的方式去除人爲，達成自然天成的效果。《長物志》收入《美術叢書》，同註[131]，三集第九輯（總第15冊），頁115-268。

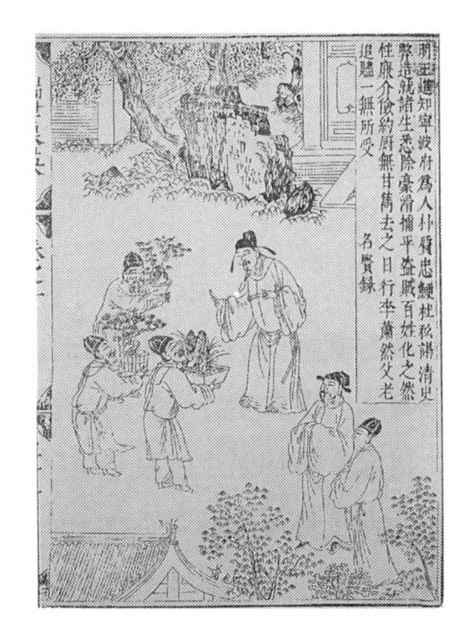

圖 15　《瑞世良英》崇禎刊本畫面中呈現王進以手拒絕父老呈獻盆玩：「王進…性廉介儉約…去之日，行李蕭然，父老追諡，一無所受。」

力，而這些名貴的擺設，收貯在圍籬花屏區隔的不同院落中，代表了園主人改造與私藏自然的世俗慾望。

㈣ 結語

一個秋試沒有中式的國子監生員，捐貲而做上七品官，又憑著靈活的交際手腕，得以置身在士大夫之間，興築坐隱園，將住地改為高士里，加上名公大人為他改字取號，成功地由富商轉化為名士。他皈依道家，慕理求隱，本該要看輕塵俗、淡泊名利。而汪廷訥一方面在思想上、行動上友仙慕道、另一方面卻不停息世俗各種聲名的追求，皈依道家，只不過為他打開另一條進取的門路。環翠堂這座私人園林，是汪氏烘焙仙道思想的溫床，也是汪氏塵世的私密空間，然而作為仙鄉追求世俗思惟的汪氏，整個環翠堂圖景，顯示為華麗富庶的世俗版圖，仙鄉或許就在「坐隱園」中吧！

汪廷訥買官求名、酬禮求文、建園刻書、甚至習道求仙，皆難脫其富商出身的世俗思惟。淡泊名利與沽名釣譽這相互矛盾與悖離的兩端，卻在汪廷訥身上同時表現出來，環翠堂園的修築與刻繪出版，更讓吾人留下了如此對比清晰的印象。

三、清初喬逸齋的「東園」

㈠ 一個揚州的富商園林

前文筆者以徽州從商轉仕的汪廷訥私家園林爲例，經由汪氏生平、交遊、私人華麗莊園的興建、炫耀圖本《環翠堂圖景》的分析等角度，仔細討論了官商園林的世俗化特質。清初揚州城東甪里村之「東園」，與汪氏「環翠堂園」性質類似，爲喬氏逸齋所有，而喬氏未仕，「東園」較「環翠堂園」爲更典型的富商園林。

揚州物產富饒、位於南北交通要衝、四方仕宦多僑寓於此，商業繁盛、財富累積迅速，帶來了蓬勃的築園風氣，故王士禎說：「往往相與鑿陂池，築臺榭，以爲游觀宴會之所。明月瓊簫，竹西歌吹，蓋自昔而然矣。」[134]袁枚也切身地觀察了清初以來的揚州發展：「本朝運際中天，萬象隆富，而揚州一郡，又爲風尙華離之所。雖誃臺丙舍，皆作十洲雲麓觀，由來久矣。」尤其清高宗皇帝多次南巡駐蹕，「士日以文，民日以富」，[135]揚州的發展更爲蓬

---

[134] 王士禎〈東園記〉曰：「廣陵古所稱佳麗地也。自隋唐以來，代推雄鎭。物產之饒。甲江南而旁及於荊豫諸上游。居斯土者，大都安樂無事，不艱於生。又其地爲南北要衝，四方仕宦多僑寓於是。往往相與鑿陂池，築臺榭，以爲游觀宴會之所。明月瓊簫，竹西歌吹，蓋自昔而然矣。」轉引自郭俊綸編著，《清代園林圖錄》（上海：上海人民美術出版社，1997年），頁123-124。

[135] 袁枚〈揚州畫舫錄序〉曰：「記四十年前，余遊平山，從天寧門外，拕舟而行，長河如繩，闊不過二丈許，旁少亭臺，不過匽潴細流，草樹卉歙而

勃，幾乎成為江南首富之區。在種種地理、經濟、政治等條件的配合下，揚州得天獨厚，這正是喬氏從商與建築東園的重要氛圍。

喬氏東園，約築成於康熙四十七年（1708），[136]園成後，喬逸齋開始覓求名匠繪圖與名士題記。首先是袁江的〈東園勝概圖〉，該圖長 370.8 公分，高 59.8 公分，絹本設色，左端題有「東園勝概，邗上袁江臨其大略，歲在庚寅暢月」[137]，「庚寅暢月」為康熙四十九年（1710）十一月。這幅長卷畫，袁江應該花了一段不短的時間來完成。另外，喬氏曾委請殷彥來、姜參鎭二人，分別向當時文壇盟主王士禎、以及名流宋犖求賜題記，與喬氏家族有唱和之誼的曹寅撰有東園題詠，友人張雲章亦有遊記寫出。張雲章〈揚州東園記〉寫成於康熙五十年（1711）十一月（按據文末題年所云），張文中亦提及「（喬君）求文於新城王先生」、「通政之題其勝處」，顯示王士禎、曹寅的題、詠均早於張文。宋犖的〈東園記〉提到「嘉定張漢瞻文以記之　、「今阮亭已歸道山」（按王卒於康熙五十年），表示宋文晚於張文，且寫於王士禎逝世，宋犖則於康熙五十

已。自辛未歲（按乾隆十六年）天子南巡，官吏因商民子來之意，賦工屬役，增榮飾觀，奓而張之。水則洋洋然回淵九折矣。山則峨峨然隥約橫斜矣。樹則焚槎發等、桃梅鋪紛矣。苑落則鱗羅布列，閛然陰閉而霅然陽開矣。猗歟休哉！其壯觀異彩，顧、陸所不能畫，班、揚所不能賦也。」詳參同註[76]，《揚州畫舫錄》，頁 9。

[136] 〈揚州東園記〉文末題年為「康熙五十年十一月」，文中「今年甫至揚而東園之名已籍籍人口，問之，則喬君逸齋之所作，三年於茲矣。」筆者據此推測東園應築成於康熙四十七年。張雲章〈揚州東園記〉，詳參同註[134]，《清代園林圖錄》，頁 122-123。

[137] 關於該圖的引首資料，參見同註[134]，郭書頁 118。

一年（1712）卒。再者，由於王、宋二人並未親遊，喬氏是以繪圖郵示，故圖必先於王、宋二人的題記。

試將以上各類訊息綜合推測。康熙四十七年，「東園」築成後，喬逸齋分別向各界名流索畫求賜題詠，二年後，康熙四十九年仲冬，袁江〈東園勝概圖〉繪成。接著王士禎約於康熙五十年上旬寫成〈東園記〉，曹寅的〈寄題東園八首〉亦約完成於這段時間。接著，該年仲冬，張雲章的〈東園記〉出爐，當年王士禎辭世。約於次年，康熙五十一年，宋犖過世前，〈東園記〉完成。喬氏雖一生未仕，卻能透過各種管道為個人的東園，索得圖繪與題詠，尤其當時極有名望的王士禎與宋犖二人，皆於髦耋高齡辭世之前不久，各自寫下了〈東園記〉，更突顯兩篇題記的珍貴與難得，反映了當時富商藉著園林與名流交往，以提高身價的現象。由於喬氏生平傳記資料不詳，筆者所能掌握的東園文史資料亦有限，本文以下僅以幾篇「東園」題記、以及袁江的〈東園勝概圖〉，試圖為喬氏東園作一勾勒，進行清初富商園林的探討。[138]

㈡ 親訪實遊的〈揚州東園記〉[139]

張雲章字漢瞻，江蘇嘉定人，順治五年生，雍正四年卒（1648－1726），與喬君有舊好，故為此園作〈揚州東園記〉，題年為康

---

[138] 本文以下所進行探討的東園題記，包括張雲章〈揚州東園記〉、王士禎的〈東園記〉、宋犖〈東園記〉等三篇。另亦將詳析袁江的〈東園勝概圖〉，均參閱同註[134]，《清代園林圖錄》，頁 118-125。

[139] 本節張雲章〈揚州東園記〉，詳見同註[134]。

熙五十年十一月。這篇題記是這樣寫的：

> 余往時客儀眞，儀眞者古之眞州也。至則急求所謂東園者，由宋迄今七百餘年矣。嘗口詠心維於歐陽子之文，則所謂拂雲之亭、澄虛之閣、清讌之堂，彷彿如見其處焉。既而得其遺址，往往於荒烟蔓草田落之間，低迴留之弗忍去，土人見之輒怪而笑之。甚矣名勝之跡，文字之美之溺人也。

張雲章以親訪洛陽東園的一次回憶爲開場白，沈浸在歐陽修吟詠東園的文字中，張雲章感歎歷史古蹟透過文字令人耽美其中，雖文字之園，永不頹圮，可讓後世作永恒的紙上臥遊，但眞正置身且目睹名園化作荒烟蔓草的現場，仍不免慨歎惋惜。因此，喬氏修築的東園，分外讓人期待：

> 今年甫至揚而東園之名已籍籍人口，問之，則喬君逸齋之所作，三年於茲矣。君兄弟與予有舊好，聞其至，心甚喜……已潔尊俎而待之。其地去城以六里名村，蓋已遠囂塵而就閒曠矣。……大抵此園之景，雖出於喬君之智所設施，寔天作而地成，以遺之者多也。遊者隨其所至，皆有所得。……計園之勝，非獨城北諸家所不能媲美，即當日眞州之東園，未必能盡遊觀之適如此也。……余深嘉喬君之能脫遺軒冕而弗居，當四方之衝，舟車之繁會，獨超然埃壒而爲此。

張雲章來訪時，築成三年的東園名聲已沸。東園爲一座落於城外的郊野園林，由於與喬君兄弟之舊誼，張雲章以朋友的身份往赴拜訪，東園傍臨繁華熱鬧之揚州城，於城郊築設一個脫遺軒冕、超然埃壒的靜密處所。

> 問園之列屋高下幾何？則虛室之明，溫室之奧，朝夕室之左右俱宜，不可以悉誌。其佳處輒有會心，則孰爲之名，通政曹公，時方爲鹺使於此，遊而樂焉，一一而命之也。……余既不能爲歐陽子之文，安能使後之想慕乎斯園者，如想慕乎眞州然。……且求文於新城王先生，先生今之有歐陽子之望者也，而繼之者又文章巨公，如通政之題其勝處，而各系以詩……。

由文字看來，喬君並非仕宦顯達之人，張雲章似乎很認同喬君將此園推介出去的手法，誠如張文的開場白所述，洛陽東園藉歐陽修之文而永不頹圮，那麼這座揚州東園要永恒存留，便要藉由名家的題記了，當時擔任通政的鹽官曹寅，以及文壇主盟王士禎都曾爲文題贈。

張雲章以喬氏友人的身份訪遊，爲了將東園的勝概公諸大眾，故在遊園文字敘述中，掌握導覽的書寫特性。張雲章在東園題記中，對喬氏之園的動線描述如下：

> 堂曰其椐……堂之前數十武，因高爲丘者二，上有百年大木……堂後修竹千竿，綠淨如洗。由堂繞廊而西，有樓曰几山，登其上者……若在几案，可俯而憑也。樓之前有軒臨於

陂池曰心聽……由軒西北出，經樓下，折而西，則葺茅為宇……闌檻其四旁……，顏曰西池吟社……又西則曰分喜亭，築臺以為基，亭翼然出……亭之南為高丘者又二，取徑上下，達於西墅，推窗而望，則平疇一目千頃。由西墅而東，重岡逶迤……有修廊架險，亘乎沼沚之中，則曰鶴厂……又東出，則啓其門……循山徑數百步，屢折而南，入於漁庵，前臨滄波，可容數十艇，折而東北，則園之跨梁而入者在焉。

文中其椐堂、几山樓、心聽軒、西池吟社、分喜亭、西墅、鶴厂、漁庵等八個景點，是鹽運通政曹寅所命名。張雲章將這幾處景點，安置在一條導引方向、指點觀覽的繞園路徑中，模擬一個實景遊歷的路線。這段文字的描寫，在景象要素（造園材料，指各個景點）與景象導引（造園手法，指各個導引路徑與佈設）兩個線索上，符合了明末清初園林書寫的導覽特性。

㈢ 應酬的兩篇題記

求文、求詩、求題，是塑造名園的必要條件。曹寅親遊東園，並曾逐一為東園八景題詩，因為嚮往並愛慕東園，在揚州西南郊白沙地方，築有漁灣名園，亦位於長江支流河網地帶。曹之舅兄李煦，亦築南城李園，皆與東園佈局類似，為郊野園林，惟規模較喬氏東園為小。曹寅仿東園自造漁灣名園、與喬氏子國彥有唱和之誼，其《楝亭詩鈔》有〈和喬俊三東村書屋詩〉、〈東園偶題〉、

〈飲東園候主人不至〉等詩篇，[140]是故遊東園，並為八景題詩，應係出於與喬氏之間友好的情誼。然而筆者以下所要討論王士禎與宋犖二人題記，則完全是託友求賜的應酬產物。

1.王士禎〈東園記〉[141]

王士禎字阮亭，為順治間進士，崇禎七年生，康熙五十年卒（1634－1711）。「東園」於康熙四十七年築成、且〈東園圖〉繪成後這篇〈東園記〉是這樣開始的：

> 余順治中，佐揚州，每於讞決之暇，呼朋攜酒，往來於平山、紅橋間，燕遊之盛，迄今人爭道之。昨歲兒汸從淮南歸，為言綠楊城郭，依稀如舊，余溯洄久之，猶若前遊在我心目中也。

王士禎自述昔時官暇喜與朋伴燕遊，以及兒輩由淮南歸鄉勾起揚州的憶遊。以下則進入此文的寫作動機：

> 門人殷彥來書來，為其友喬君逸齋徵余文紀其東園之勝，且繪圖郵示，披卷諦視，不自覺其意移焉。夫廣陵本無所謂巖壑幽邃、江河浩渺之觀，亦不過蜀岡一環、邗溝一曲耳。然而富家巨室，亭館鱗次，金碧相望，儻更得一山水絕勝處，

[140] 曹寅有〈寄題東園八首〉，因愛慕東園，曾仿東園自築一園名漁灣，其舅兄李煦亦仿而佈局一小園，另曹氏與喬氏家族唱和之誼，皆請一併詳參同註[134]，頁 125-126。

[141] 王士禎〈東園記〉，參見同註[134]。

則人將爭據之矣。

王士禎對喬逸齋素昧平生，亦未嘗遊揚州之東園，喬氏於是透過王的門人殷彥來轉達求賜東園遊記的文稿，並以圖卷郵遞，讓未曾遊園的王士禎能對東園有概略的瞭解，以便撰寫題記。本段後半則說明揚州地勢平坦，頂多蜀岡一環或邗溝一曲而已，並無巖壑幽邃與江河浩渺之觀，揚州富家巨室甚多，大率爲「亭館鱗次，金碧相望」的華麗建築，因此若欲營造山水紀勝的景觀，必需憑藉雄厚財力，輔以人工之巧，以縮千里於尺幅的方式，疊造、拼貼、裁剪。

王文續曰：

> 喬君斯園，獨遠城市，林木森蔚，清流環繞，因高爲山，因下成池，隔江諸峯，聳峙几席，珍禽奇卉，充殖其中，抑何其審處精詳而位置合宜也。余足跡未經，不能曲寫其狀，姑就圖中所覩，已不啻置身辟疆、金谷間矣。

在喬氏索賜題記的過程裡，「圖」遂成爲重要的觀看依據。王士禎對喬君東園的紀勝，完全是憑著圖卷臥遊的印象、想像其概。郵遞呈示的圖卷，雖無法確認爲袁江的圖本，然由王文看來，即使另有他圖，也與〈東園勝概圖〉不遠，皆忠實地將東園遠離城市、清流環繞、遠景諸峯的郊野園林特色，勾勒出來，亦描繪了園內高疊成山、低凹成池與名貴的擺設。[142]袁江〈東園勝概圖〉的繪成，必定

[142] 關於袁江〈東園勝概圖〉的分析與討論，詳參筆者下節之文。

也具有郵示徵文的傳播功能。

王士禎此篇園記的最末，不免應酬一番：

> 喬君孝友謹厚，篤於故舊，其行誼有過人者。余深憾道里遼遠，且迫於耋年，無由與之把臂，至其風雅好事，則固於圖中窺見一斑矣。……五十年前舊使君，白頭無恙，猶能捉筆記斯圖之勝，亦不可謂非今之幸也已。

完全未遊，憑圖而題的王士禎對素昧平生的喬氏，仍要禮貌性地稱美虛應一番。當時王年事已高（按約七十五歲左右），文名播海內，深諳富家造園，向名士求賜題文以抬高身價的道理，這篇文字對喬氏以及東園，均有重要的意義，王氏在此文寫成不久後即辭世。

2.宋犖〈東園記〉[143]

宋犖字牧仲，號西陂，歷任江蘇巡撫，吏部尚書等職，與王士禎同時。崇禎六年生，康熙五十一年卒。宋犖撰述〈東園記〉的狀況與王士禎出於同一模式。文章一開始先將自己置於徵文的行列：

> 廣陵喬君逸齋構園於城東之角甲村曰東園，銀臺曹公爲賦東園八詠，嘉定張漢瞻（按張雲章）文以記之，而我友王尚書阮亭復爲之記。

東園題文有曹寅八詠在前，張漢章接續，而王士禎、以及作者自己

[143] 宋犖〈東園記〉，參見同註[134]，頁124-125。

後來亦加入陣容。

> 參鎮姜君圖以示余，援阮亭爲請。余觀園中陂池臺榭之美，禽魚樹石之奇，已具於詩與記。

此段交待作者爲文的動機，與王士禎如出一轍。由宋犖熟識的姜參鎮以東園圖呈示，並請援王士禎爲例，向作者索文。曹詠、張文與王文，宋犖必然經目，故宋犖對於東園圖景的描繪，僅有兩句話：「陂池臺榭之美，禽魚樹石之奇」，既園景之勝已具載於題詩與園記中，宋犖不擬效顰。此文別有蹊徑：

> 而阮亭則憶昔時宦遊之地，深羨夫東園之晚出而最勝，且以白頭撰述，引爲身世之幸，一唱三嘆，若有餘慕焉。阮亭一代宗匠，其言足以取重於世，茲園之傳可知也。余老矣，安能泚筆以從阮亭後？顧阮亭嘗爲揚州李官，而余之撫吳也，亦屢蒞其地，宦轍所經殆與阮亭後先共之。阮亭去揚四十餘載，而余納節亦經一紀，所謂東園者，皆想像其處而不能以詳矣。阮亭當日釋褐佐群，才高意遠，聽斷之暇，與逸民遺老徜徉城郭之外，東園惜未及早與之際。若余往來行部，多值儉歲，徵發賑匱，鞅掌不遑，東園即早成，亦將無由而至焉。是余與阮亭所歷之時不同，而東園之遊覽，則均憾其所遇之慳也。

對於從未親臨東園的宋犖來說，本文並未從俗地在景點遊勝上打繞，整篇〈東園記〉的主軸，鎖定在宋犖對王士禎的推崇，以及二人與揚州東園的因緣。首先談到王士禎文的餘味，肯定王士禎〈東園記〉將使喬氏的私人園林永垂不朽：「阮亭一代宗匠，其言足以取重於世，茲園之傳可知也」。再次肯定名人書寫私園的流傳意義。王士禎離開揚州已四十餘年，作者自己不在揚州超過十二年（按文中一「紀」為十二年），宋犖誠實地道出僅憑想像是很難詳述東園之勝的。

當然，要一位十二年、甚至四十年未再造訪揚州的人，來寫一篇座落於此地的園記，的確是勉強之事，喬逸齋徵文的目的，並非名流如數家珍地紀錄東園的實況，這個任務交給圖繪者已足夠，喬逸齋看上的，是王士禎與宋犖頂上的光環。[144]二人與「東園」扯得上一點關係，是出於宦遊，喜愛遊歷的王士禎任職揚州時，喬氏東園尚未建好。而宋犖任巡撫往來揚州，亦多忙於賑匱，即使建好，亦不可能作暇時遊。這是二人與東園緣慳的理由。

宋犖很有意思的寫道，因為與東園的緣慳，卻造成了後來寫東園的因緣，來日未必無緣：

> 今阮亭已歸道山，余里居篤老，西陂魚麥，久不作三吳之夢。因披圖伸紙，恍見淮南風物，老人胸中興復不淺。昔湛

---

[144] 王士禎為文壇泰斗，雖講究詩的神韻，卻一生應酬序跋無數，標榜聲譽，宋犖亦為當時名流，皆將應酬文字視為個人事業的經營。清初的文學批評，瀰漫著重視名望的社交氣氛，是高度講究文學聲譽的時代。詳參楊玉成撰〈小眾讀者：康熙時期的文學傳播與文學批評〉，刊登於《中國文哲研究集刊》第19期，正付梓中。

甘泉年九十尚爲南岳之遊，余異日或發興雲山，道經於此，喬君其於漁菴鶴厂間，預除一席之地，俾老人策杖逍遙，登覽其勝，而暮靄朝烟，尚能爲君一賦也。

作此文時，王已歸山，宋亦養老於里，手邊的這幅東園圖，供作想像的遊歷，因淮南風物而勾起年輕時的旅遊之興，那麼就與生命預約一個策杖東園的機會吧！最後文章又回到東園的主題上來，要題寫東園，仍待一次眞正的策杖與登覽。可惜，宋犖卻於此文寫成不久後，與世長辭，將永遠與東園緣慳矣。

㈣ 袁江的〈東園勝概圖〉[145]

〈東園勝概圖〉〔圖 16-1〕，乃袁江爲喬氏東園所繪。李斗《揚州畫舫錄》對袁江記載如下：「袁江，字文濤，江都人，善山水樓閣。初學仇十洲，中年得無名氏臨古人畫，遂大進。」[146]約生於康熙十年左右的袁江，繪成〈東園勝概圖〉時（按康熙四十九年），已邁入畫有進境的中年了。袁江學仇英山水樓閣工謹的畫

---

[145] 袁江〈東園勝概圖〉原跡現藏上海博物館，畫幅爲 370.8cm×59.8cm，絹本設色，左端題有「東園勝概，邗上袁江臨其大略，歲在庚寅暢月」，引首有東園圖三字，方輔書。筆者所參閱之圖本，爲郭俊綸先生舊日於上海博物館親自以墨線臨摹全卷的完整摹本，全圖縮小刊印，收入同註[134]，頁 117-118 之夾頁中。袁江，康熙十年左右生，並無官職，應係以畫爲業者。〈東園勝概圖〉作於「庚寅暢月」，即康熙四十九年。詳參郭書，頁 118。

[146] 參見同註[76]，李斗《揚州畫舫錄》卷二「草河錄」下，頁 41。

風，有助於其經常受邀到富商名園，根據實景繪圖。[147]他曾一度受作客揚州的山西鹽商邀請，從其姪兒到山西去作畫，所繪多爲北方風物。此外，袁江亦繪有江南園林，除了〈東園勝概圖〉之外，〈瞻園圖〉係根據南京秦澗泉於武定橋東所築瞻園的實景而繪。[148]東園在揚州，瞻園在南京。

---

[147] 袁江曾畫〈梁園飛雪圖〉，是以江淹〈梁王兔園賦〉的文本爲依據，該畫並非實景，而是透過想像繪製而成。然而袁江的畫風，以實景圖繪爲主，來自於界畫的傳統。界畫在隋唐時已成熟，敦煌莫高窟有現存描繪佛教樓閣的木構建築形象，宋畫如〈黃鶴樓〉、〈滕王閣〉，則紀錄了無存的唐宋樓閣建築構式，張擇端〈清明上河圖〉、〈金明池圖〉，保留汴京城樓、梁式虹橋與宮苑建築風貌。明漆工出身的畫家仇英，繼承此傳統，正是袁江的師承。界畫原是作爲底稿，建築藍本，清初避暑山莊、圓明園，亦由宮廷畫匠繪成圖本，畫匠以之授徒。袁江中年所的無名氏臨古人畫，大概就是這些工匠畫師的粉本。袁江畫園林，是界畫的傳統，等於再製園林的建築藍本。關於界畫與建築藍本之間的關係，詳參同註[134]，郭書，頁120-121。

[148] 明初徐達中山王府西偏小園，清高宗南巡時曾駐蹕於此，始名瞻園，並倣其製於京師長春園內，即如園也。袁江在康熙間繪瞻園圖，遠在高宗南巡前數十年，高宗南巡時，袁江年已登髦耋，且〈瞻園圖〉園基東西橫長，而大功坊瞻園園基南北縱深，故該圖應非南京大功坊之瞻園。據郭俊綸指出，「瞻園」確在南京，袁江所繪者應係清初秦澗泉在武定橋東所築瞻園，早圮，袁江此圖，當即其遺影。〈瞻園圖〉有二本，一藏於天津市文化局文物處。一本已流出域外，其中一本係眞蹟，另一則是摹本。待辨。關於該圖的考證，詳參同註[134]，郭書，頁122。

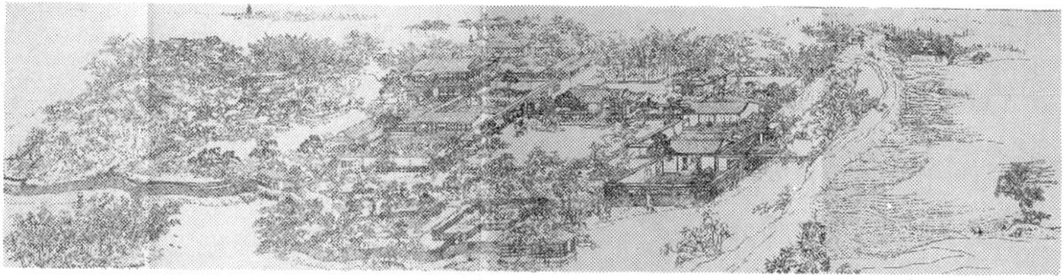

圖 16-1 [清]袁江〈東園勝概圖〉(局部) 郭俊綸摹本

王士禎、宋犖二人的〈東園記〉，應該係以袁江的圖本爲依據而寫成。與王、宋二人憑著想像臥遊東園不一樣，袁江的〈東園勝概圖〉，企圖重現一個眞實的遊園紀錄，與許多明末江南畫家園林圖繪的寫意風格不太相同。此圖界畫清晰，建築物樑柱比例適當，樹石形態若眞。江南私家園林，由南宋發展以來，據文獻記載數量甚夥，計成《園冶》曾爲園林地作分類，園地基址有選在山林、城市、村莊、郊野、傍宅、江湖等。(149)〈東園勝概圖〉所畫園外平疇，河港交叉，遠山一帶丘陵如黛，保留了河岸郊野園林的勝概。

本圖以手卷方式呈現一個橫長的郊野園林景觀，全園東南臨河，園北栽竹成林防風。整個園區在園外嵐光、塔影、田疇平曠與稀疏農家的對照下，以及環水與防風林的區圍中，形成一個獨立的園林空間。

整個園宅爲自然式山水園，無中心軸線，園東由平橋入口後，進入一帶地基平坦的建築區，幾乎佔去 1/2 的面積。此區建築物有正屋、書齋、水軒、閣樓、三個敞廳等，以及由粉牆、花牆、迴廊

(149) 參見同註❷，計成《園冶》卷一「相地」篇。頁 49-62。

圖 16-2 書齋與院落

引導區隔而成大小不一的院落。書齋前院植玉蘭海棠，象徵玉堂富貴，後有紫藤木架以擋夏日，亦設石欄、桌凳，雙鶴棲息其間〔圖 16-2〕。東園院落大致由奇石、珍木、名卉佈置而成，有的由翠竹蒼梧交蔭而成，有的則栽竹成林，有的虬枝古幹疏密得宜。這些庭院小品，夾置於建築群中，以紅梅、梧桐、芭蕉、桂花、臘梅與山石所組成，還有冰裂石紋、鵝子石、寬狹相間磚坪等齊整的鋪地，或以黃石疊成花壇，以植牡丹，來展現居處的精緻〔圖 16-3〕。

建築群的南面，陂陀起伏，湖石點綴其間，叢植花樹，路徑曲繞，彷彿眞山之麓。迤南沿河岸，編竹爲籬，架木爲棚，藤蘿蔓衍，果木繁茂，直達水榭。這一帶鄉景風光，恰與北面的建築群，形成整飾與疏野的對照。

圖 16-3 精緻的居處

建築群在袁江界

畫精準比例的描繪下，呈現玲瓏精麗的樣式，與明末計成《園冶》一書中有關裝折、欄杆、漏牆的圖式相彷彿，顯然沿承自明式園宅的傳統〔圖 16-4〕。西端臨池的水軒，為眺望西部山景的觀景點，遊人可由此步小徑西行，經曲廊進入園西的山池區，沿堤西行，盡賞另一番園林景致。

圖 16-4 正廳的裝折、欄杆、漏牆

東園園西浚池池造山，池中植蓮，池介於建築與山巖之間，東西相望，可看到對岸景物與池中倒影（詳參〔圖 16-1〕）。本區最特出之處在於山石的處理，池畔曲岸，佈石作磯狀，小徑曲橋後疊石成峽谷，匯流雨水下瀉，儼若瀑布。山盡處或作巖壁，或作懸崖，根據石塊紋理，棋置其間。園西繞麓桃花成林，夾岸植柳，柳蔭深處，有茅亭踞山坳，茅亭右側為主峯所在，曲徑盤旋而上叢植桂樹，峯上建長亭，為全園之制高點，憑眺全園景物。其中尚有供人吟詠的西池吟社、有可供眺望的分喜亭、以及遠陲的西墅等，亦為傳統邱壑自營的境域設計。這種結合石質原理的疊山佈置若眞，創造的是自然式巖石園。

這正是王士禎點出的問題：「廣陵本無所謂巖壑幽邃、江河浩渺之觀，亦不過蜀岡一環、邗溝一曲耳……儻更得一山水絕勝處，則人將爭據之矣。」有限的園林，如何創造出無限山水？園林仿造山水而來，必然要有水石景致，修竹、老木、怪藤、醜樹等元件，透過設計、佈置與安插的工夫，創造出蒼崖奔泉、深岩絕壑、千尋萬里的山水景致。石材在全園中，爲重要的佈置要素，園東的建築區，名貴的玲瓏湖石，僅在院落中配置一、二，而廳堂前花叢樹蔭點綴一般湖石，與花木組成樹石小品。而黃石堆疊的花臺，植牡丹，彷彿山麓一角。西部山池區的池岸凹凸、巖壁懸崖狀皆亦由石面古拙有層次的黃石堆疊，以成自然巖石園。至於鋪地的石子應用，以雪石點綴冰紋或鵝子石地坪間，配合四時花木，當光影作用時，無異是在粉牆背景上，投射出一幅幅秀麗的花卉圖了。[150]

㈤〈東園勝概圖〉的圖面訊息

由於喬逸齋傳記資料不詳，筆者無法由喬氏生平事蹟中，詳細勾勒「東園」興建的過程。由索求文壇名流題記、邀請畫家以精謹界畫繪圖、園中大量的土木建築配置等事實看來，富商喬氏既附庸風雅，亦誇顯華麗。筆者以下將尋求〈東園勝概圖〉的圖面訊息，透過與祁彪佳文人園林的〈寓山圖〉相互對照，詮釋富商園林的意

---

[150] 以上說明，乃筆者配合〈東園勝概圖〉郭俊綸摹本，以及郭文圖說，匯整而成。此圖爲園林史、繪畫史之研究參考，史家稱袁江界畫冠絕清代，絕非過譽。詳參同註[134]，頁 119-122。

涵。[151]

若由文化境域的分析模式來看〈東園勝概圖〉，東園四圍有河港與天然屏障，頗符合海中孤島「蓬萊」仙域型的隔離空間，尤其入園最大塊面的建築區，彷若蓬萊仙島裡富麗精整的樓閣。園西的山石區，由黃石疊造的險峻形勢，符合北方荊關山水的型態，塑造了可居可遊的邱壑空間。在文化境域的拼貼上，喬氏東園與祁彪佳寓園相同，皆爲苦心詣旨營設而成的理想園林，繼承晚明以來的築園傳統。

袁江受雇於喬氏，陳國光則爲祁彪佳的朋友，清初的〈東園圖〉是一幅獨立的長卷畫，與晚明附刻於《寓山注》的「寓山圖」，無論就創作動機、畫面精粗、畫家與園主的關係皆不一樣。「東園」是清初太平盛世的產物，「寓園」爲主人沈水亡身之處，背後瀰漫了不一樣的時代氣氛。這兩幅園林圖繪：袁江的〈東園勝概圖〉與陳國光的「寓山圖」，畫面呈現了不同的意涵。

寓園似乎代表了晚明園林的理想模式，「寓山圖」與文本《寓山注》一樣，並未對精麗的建築工事多所著墨，反而對於屋宅的象徵意味更有興趣，要在現世中經營離塵的幽隱生活。文人祁彪佳在明末乞歸造園，築造一個象徵意味濃厚的寓園，進入寓園大門，便走進了一個人工刻意、費時經營的私密空間，是遠離塵世的隱所與

---

[151] 若將園林簡單區隔爲文人與官商，那麼文人園林，要在自然中尋找生命理想的象徵，或透過詩畫，再造一個人爲的自然。而官商園林，失掉了對自然景物的觀照精神，對園的觀念世俗化，充其量只是通俗的文學夢境而已。關於文人園林與官商園林的比較，詳參同註[6]。

仙鄉。而在園區邊緣造農圃以營生，並訓誡子孫讀書不忘莊稼，又代表了祁氏不離現世的一面。這種現世與理想的隔膜，源於晚明動盪不安的政治、以及知識份子敏銳的時代感。「寓園」的興建、《寓山注》的書寫、「寓山圖」的刻畫，皆在小眾文人間流通著共同的象徵語彙。此外，「寓山圖」雖簡略，其實已達到以圖示意的目的，除了為交待整個園區範圍所作圍籬、土坡、水流的簡單勾勒之外，園外的景物幾乎全不描繪，使得觀眾透過臥遊「寓山圖」的經驗，隱遯於祁彪佳僻靜的私密空間裡，邱壑自營與仙鄉自足。

〈東園勝概圖〉不僅忠實呈現喬氏園林規模而已，由界畫的精準比例，在紙幅上精細描繪建築物、珍木名卉、石材鋪地與疊造，還原一個富家斥資興建的華園。三面河港與防風竹林區圍而成的東園，以天然屏障形成內外界線，界域內是一座獨立完整的郊野大莊園。再以景觀的對照而言，「東園」在平疇曠野的農家漁厂中龐然矗立，顯得精麗繁縟而突出，袁江透過設色界畫的寫實繪筆，再現了一個清初財勢炫燿的商賈園林。不必強調建築景物的象徵意涵，整個遊園路線清晰可循，花木配置、建築比例、院落安排、動線遊徑、池、林、山石、亭閣……在在為富有的郊野湖莊，塑成一個隱蔽隔離的私密空間。奇妙的是，這種圖面上的隱蔽性卻是假的，畫家透過高視點俯瞰的構圖，已將整個園景公開展列，每一個景點皆邀請觀者佇足玩味。東園圖的佈置，小如花卉棚架湖石凳桌，大如廳堂書齋樓閣山池，敞廳正中設天然几，前置方凳……等，這些景象要素無論是栽植、建材等景觀的築造，或是牆垣、欄杆、廊徑、橋樑、門洞、甬道、院落等景象導引，為觀者形成了視覺動線，〈東園勝概圖〉的繪製，為這座郊野園林，作了極細的導覽。

「寓山圖」的繪者陳國光，不僅以祁氏文友的立場寫下「寓山圖」跋，陳氏亦實際參與寓園的建造。此畫並非園景的實錄，而是個簡略的計畫稿與藍圖，傳達了文人間的默契，預設的讀者是文人小眾團體。而袁江乃工匠畫家，應喬氏之聘而畫，東園爲富商的莊園，是不動產的財富象徵，東園之繪必然有炫示誇耀的企圖。品題園林可增加主人聲譽，王士禎、宋犖二人未遊園而可題記，圖繪則能讓眞實的園林空間，傳播得更爲廣遠。如何在紀實的基礎上，達成園主風雅與炫耀的目的？〈東園勝概圖〉的畫家袁江似乎已圓滿地完成任務。

四、餘論：世俗慾望與華麗版圖

由盧鴻的草堂到王維的輞川，文士的山水居處已發展出迴異於過去的意義。王維的輞川，是文人嚮往的園居，唐代文士多有別業，唐宋之問有藍田別墅，白居易有匡廬的草堂，宰相李德裕有平泉莊……等，這些佔地廣闊的別莊，與東晉陶淵明耕讀結廬的居處意義，顯然不同。文士的別業爲經濟財力的指標，王維於自然景中略施人工，相地、建臺閣、亭橋、放鶴、飼鹿，締造園林別墅風趣，風雅的別墅成爲炫示的圖景，似乎在唐代已有端倪。然而唐代名士的作風，到了宋代略有轉變，司馬光築於洛陽的獨樂園，蘇州范成大的石湖別墅，朱長文的樂圃等，乃官員退隱居養、遊息、起止之所。宋代文人的園林，減弱了華麗別墅的炫示意義，而塑造爲可居可遊、可養可息的起止之地，內向隱斂成爲後來文人築園的美學。

輞川別墅俯瞰全景的圖繪形式，卻成爲後來官商園林倣效的模型……官商附庸風雅的生命型態，由汪廷訥與喬逸齋二人的行徑即可知曉，他們與文人內省退斂的生命型態大不相同。

環翠堂的興建，本身就是一個世俗慾望，不僅不如顧起元所說「二三質友外，罕得窺其面目」，園落成後，更有許多名流接受盛情邀約，爲「環翠堂園」題記。汪氏二十二歲就已結識的陳所聞，幾乎像個見證人般地紀錄著整個闢園的過程。[152]其餘題園之名流眾多，例如任兵部職方主事的袁黃，爲作〈坐隱先生環翠堂記〉、朱之蕃爲〈題坐隱園景詩〉一百十首，爲其作傳的顧起元，亦爲汪廷訥題〈坐隱園百一十二詠〉。顧與汪可能有私誼，曾小住坐隱園，故於小序云：「六月六日坐雨杏村書屋中，偶拈韻次焉。一日有半，盡和之。復益懸珠泉、印書局二題」。至於尚未造訪的朱之蕃，因受邀委託而寫，其過程如下所述：

> 大夫汪君昌朝，寄所爲《坐隱園訂譜》及袁了凡公所爲記示余。見其生平大端，屬題其像。疾讀二刻，恍如臥游名園中。因每題成一小詩，三日共得百一十章，錄呈博笑。萬曆丁未午月朔日，金陵友弟朱之蕃書于左居中。

---

[152] 曲學大家陳所聞，幾乎見證了每個建築的過程，紀錄在其套曲的創作中，例如萬曆二十八年，汪氏開園之初，爲作南呂〈梁州賀新郎·汪去泰開園范夢山下題贈〉、次年開鑿昌湖，又爲題贈作套曲〈梁州賀新郎·題贈新安无无居士昌公湖，湖在松夢山下，以昌朝得名〉、其後又有中呂〈駐馬聽·題新安汪无如環翠園〉、以及萬曆三十二年北中呂套曲〈粉蝶兒·題贈新安汪高士昌朝環翠堂三教圖景〉，題詠五十六景……等。以上分別參見同註[114]，頁 517、519、524、522。

朱之蕃尚未造訪坐隱園，汪廷訥爲求賜題園詩，乃以郵遞方式，寄出了《坐隱園訂譜》與袁黃（了凡）的〈坐隱先生環翠堂記〉，以供參考，朱之蕃以臥游的方式，想像坐隱園之勝景，完成了百十首詩。[153]

汪廷訥自己曾說：「華袞揄揚，徒暴吾短，文將焉用？」[154]似乎並不喜歡贊頌，而由邀約題記的事實看來，卻偏偏相反，這些並不熟稔的邀約，這些應酬褒揚式的題記，其至由許多商業廣告式的傳記和贊頌編印而成的《環翠堂華袞集》，與汪廷訥一生注重聲名、躋身名流的行徑如出一轍，這樣的人生情態，與「眞隱」尚隔一段很遠的距離。

汪氏與喬氏二人私家園林的築成，不僅邀約名流遊園與題記，亦將個人的私密空間採取俯瞰角度以圖繪呈現，更透過版畫的複製特性或郵遞的傳輸網絡，成爲公開觀賞的圖本。園林與圖繪二者，都成爲汪廷訥與喬逸齋炫示個人聲譽與財富的最佳媒介，其中充滿了濃厚的世俗思惟，圖繪彷彿是他們華麗富貴的世俗版圖。

園林圖繪自唐代盧鴻《草堂十志圖》以來，代表一種隱逸的理想居所，在畫面儘力呈現遠避塵世的樸拙自然，而明末清初呈現園林的圖繪，雖極力依從這個隱逸傳統，卻在另一個層次上，以莊園財產的意涵呈現。清中葉以後，富貴享樂代替了澹泊湖山的追求，園林景象反映了提供園居生活享樂的建築比重大爲增加，而園林的

---

[153] 袁黃〈坐隱先生環翠堂記〉、朱之蕃〈題坐隱園景詩〉一百十首、顧起元題〈坐隱園百一十二詠〉，分別參見同註[114]，頁 520、527、528。

[154] 汪廷訥對其好友張維新所言，轉引自同註[114]，頁 509。

結構基本因素——植物，已退居陪襯地位。這個現象，可由明末清初的園林意涵中獲得先機。汪氏的《環翠堂園景圖》、喬氏的〈東園勝概圖〉，圖解大型的私人園林，在富商財產的角度上炫耀，宛如建立人間華麗的版圖，同時也展示了窺視園林的典型，園內的佈置細節，由空間的展示逆推，繪者彷彿是爬上牆頭、或以高空俯瞰的角度，描畫私家園林的隱蔽角落，提供常人由大門走入所無法企及的景觀，滿足人們的窺視慾。

梅妻鶴子、蘭亭曲觴、宋人的西園雅集、司馬光的獨樂園，或是蓬萊仙島、荊關山水、桃花源等文化境域，注入仿古因素的園林繪本，使「古典」成為文化消費的對象。如同古董一樣，明末清初的人們，隨身攜帶著世俗的慾望交易「古典」。「古典」成為商品後，也破壞了「古典」的魅力，環翠堂中的「蘭亭遺勝」堪作典型。園林小中見大，將自然剪裁回家，人文建造的園林背後，其實還隱含了對大自然的一種佔有：在視覺與觀念上將自然佔為己有。市民階級興起，使園林成為私有財產擴充的一種手法，這是園林建造極為世俗化的一面。築設園林，是世俗財產的佔有，透過圖繪，更是擁有財產的一種表徵，園林中修整齊麗的盆景、華美的宴桌、貴重的古玩……等，皆成為象徵財富的符號，園林圖繪透過符號之助，組成世俗慾望的景觀。一個提供休養生息的私人隱逸場域，原應是隔離世俗的美感世界，卻在隱逸的表象下，包裝了世俗的慾望，汪喬二氏的私園，透過〈環翠堂園景圖〉、〈東園勝概圖〉的圖繪景觀，再現了這個複雜的意涵。

陸、幻滅與遊戲：明末清初園林的解構

一、幻滅與滄桑

築有私家園林的祁彪佳，自剖開闢寓園：「惟予所恣取，顧獨予家旁小山。若有夙緣者，其名曰寓。」（〈寓山注自序〉）因緣聚合所以築園，取名爲「寓」，帶有寓託、借寓之意。象徵此園的永久性是不可期待的，這與祁彪佳對園林的看法，相當符合，正如他對「讀易居」的詮釋一樣：

> 予雖家世受易，不能解易理，然於盈虛消息之道，則若有微窺者。自有天地，便有茲山，今日以前，原是培塿寸土，安能保今日以後，列閣層軒，長峙乎巖壑哉？成毀之數，天地不免……獨不思金谷、華林，都安在耶？主人於是微有窺焉者。[155]

只要看歷史金谷、華林等名園的消失，對於盈虛消長、成住壞空的道理，便可明白。然而，彪佳即使明白這些道理，築園的行動卻未嘗停歇：「不聽良友規勸，卜築不已；心性浮動，難以收縛；埋首

[155] 參見同註[28]，《祁彪佳集》，卷七，《寓山注》「讀易居」條，頁152。

工事，耗費精神；料理瑣雜，陷溺嗜欲。」[156]祁彪佳回顧乙亥乞歸以來，對大部份時間心力投注於土木之事上，有深深的懺悔之意。一個建造享樂園林的祁彪佳、與亡國沈水殉國的祁彪佳，一個大興土木的祁彪佳、與一個時時反省懺悔的祁彪佳，這樣的矛盾形象，卻在彪佳生命中的最後十年疊合纏繞。

山川人物，皆屬幻景，山川不改，人生卻忽忽一世而已。人們對於滄海桑田，特別有感受，而眞正善變的，卻經常是人事。有亡國之痛的士夫，不免有祁彪佳的心境，張岱便是。如祁彪佳的宿緣，張岱夢有宿因，竟以夢境爲藍圖，建造自己的琅嬛福地。[157]然而張岱也質疑人們應如何對待山水園林？「但恨名利之心未淨，未免唐突山靈，至今猶有愧色」，[158]造園者究竟應該拋離名利心，將自己閒置於山林間？或是將山林搬回到世俗場域中，佔爲己有？一旦視爲名利的追求，則幻滅感如影隨形。張岱曾紀錄明亡前一年（按甲戌年），自己攜一戲子，與一群畫家、女伶、文人好友，同到「不系園」尋歡作樂的一次經驗。正如夜幕來臨前的最後一抹夕陽，大難臨頭前夕，「不系園」見證了文人狂放風流的紀錄。[159]這樣的懺悔筆調，貫穿了張岱的夢憶與夢尋。（按張著《陶庵夢憶》與

---

[156] 參見《自鑒錄》「小引」，同註[28]，文稿，頁 1109。

[157] 張岱依夢境彷彿爲之，其中陳設佈置頗有導覽的寫法，爲張岱私密空間之展現，是隱逸自適的理想縮影。參見同註[7]，《陶庵夢憶》，卷 8，「琅嬛福地」條，頁 235。

[158] 參見張岱著《西湖夢尋》（臺北：漢京文化事業，1984 年），卷 2「岣嶁山房」條，頁 29。

[159] 參見同註[7]，《陶庵夢憶》卷 4，「不系園」條，頁 105。

《西湖夢尋》）張怡記錄金陵世家宅院的變化：

> 太平時，六部曹郎於公署外，各搆一園……廣狹或殊，咸極精麗……其他如中常侍之外宅、僧舍之別圃，諸縉紳之會館，非園而園，多可遊者……鞠爲茂草。在西南者……後與滄海俱變。[160]

「鞠爲茂草」、「與滄海俱變」，明末清初文人對園林的思惟，經常帶著這樣的滄桑感。

二、達官貴人「心不在焉」

《江邨草堂紀》爲清初高士奇作。高士奇年未五十，以養母請告南歸里門，作別墅於平湖，雜蒔花竹，名曰「江邨草堂」。前有張潮一篇題辭，張潮對於達官貴人與園林的關係有所發論曰：

> 世之達官貴人，未嘗不欲置園圃以自娛樂，而林泉之趣，卒不勝夫爵位之榮。逮致政歸田已苦于日之不足，即或闢園京邸，而王事靡盬，夙夜在公，亦安能優游嘯詠，偃仰于臺榭間乎？

張潮一針見血地道出，明末清初士大夫山林／廟堂的心理情結。一般來說，達官貴人築園圃僅爲官暇之娛，因爲林泉的樂趣遠比不上

---

[160] 參見同註[11]。

爵位的榮顯，卸職歸田有日用不足之苦，而在京邸築園，卻有時間不足之苦。無論如何，達官貴人無論在朝在野，都不能眞正的優游享受園林臺榭之樂。張潮繼續說：

> 今高先生以盛壯之年，耽泉石之樂，又且形之詠歌，一唱三歎，苟掩其姓字而讀之，恐未必即以爲出于達官貴人之所著也。……昔柳柳州作郭橐駝傳于種樹之中，即可悟爲治之理，今先生之位置亭臺、平章竹樹，俾一草一木咸欣欣以向榮，而禽魚之屬，亦莫不自適其性，不知者以山林之經濟，卜廊廟之謀猷。[161]

高士奇盛壯之年本應置身樞軸，卻養母歸田，心境該如何排遣？張潮勸勉士奇不應「戀巖壑而遠簪纓」，應效法郭橐駝種樹，藉築園悟治國之理，「以山林之經濟，卜廊廟之謀猷」。張潮此說，強將園林視爲治國的憑藉，張潮之心眞正不在山林！

李漁《閒情偶寄》則時時批評富貴人家的園林。「堂高數仞，榱題數尺，壯則壯矣，然宜于夏而不宜于冬。登貴人之堂，令人不寒而慄，勢使之然。」他認爲富貴宅園是用來威赫人的，不見得適合居住。李漁處處使人明白，造園護園要費大錢，故通侯貴戚競相擲錢無數，做效他人之園林亭榭，「立戶開窗，安廊置閣，皆倣名

---

[161] 高士奇著有《江邨草堂紀》，收入同註[71]，《叢書集成續編》第九十一冊，據《昭代叢書》影印，頁 93-102。文中二段文字乃張岱爲高書所撰〈江邨草堂紀題辭〉，參頁 93。

園」，失去自設藍圖、自作主宰的自信，故處之自卑。李漁對當時富商追求名園，不惜費錢損己的作法，嗤之以鼻。因此提出一套自出手眼的辦法，因地制宜，置造園亭，要不拘成見，一榱一桷，經地入室，皆出自裁，以饒別致。[162]

三、後設之園

不論是富商趕時髦、追流行的築園，或是達官貴人的心不在焉，皆逃脫不了世俗名利的羈絆。再深層的反省，更有時代鉅變與人事滄桑的幻滅感，使得明末清初的園林思惟，充滿辯證的意味。於是一些後設觀念的園林文本，紛紛出籠。[163]

造園需費相當的資本，園林築設的背後有世俗佔有的慾望與野心，對於這個世俗慾望，明末清初某些文人，頗能看穿虛幻的本質，不陷溺在嗜慾中。前文所述祁彪佳的「寓園」即是，其他如鄭元勳築在「柳影、水影、山影」間的「影園」，諧謔地暗示該園收納的並非真實的風景，只是自然的影跡而已。康范生的「偶園」，以「偶然而園之」來表明自己不強求築園的超脫意志。戴名世的「意園」，並不築設在水邊林下，人間根本無此園，意之而已。劉

---

[162] 參見同註[113]，李漁《閒情偶寄》，頁 165-192。

[163] 南宋林洪《山家清事》「種梅養鶴圖記」條，記錄了一幅理想的山人圖景。這是一個園林、屋舍、學舍的建築規圖，林洪津津有味地描述規畫佈置，這座住宅其實還停留在想像階段而已。林洪的文章，頗有後設園林的意味，但是與明末清初的文人很不一樣的是，這座想像的園林，是在等待大方的贊助者提供「買山資」，林洪虛擬了一個吸引贊助者的藍圖。《山家清事》「種梅養鶴圖記」條，收入同註[1]，《說郛》卷二十二，頁 412-413。

士龍以「烏有園」、吳石林以「無是園」來否定永恒的園林神話：園始終「無是」，園終將化爲「烏有」。劉士龍、吳石林二人，洞穿「有→無」「興→衰」「存→亡」的變滅過程，較鄭、康、戴等人更清晰地傳遞了幻滅的體悟。直接就紙上、意下、影裡、夢中造園，這些帶有嘲諷、無奈、反省或諧謔的園，本身就是後設性的，突顯了明末清初文人園林思惟中，由繁華到頹圮的虛幻特質。[164]

四、一個園林的遊戲：黃周星的「將就園」[165]

明末清初的文人，一方面極執著俗世生命的養護與裝飾，[166]另一方面卻時時警示自己人生如夢的幻滅感，這樣特殊的處世態度，也表達在帶有戲謔意味的園林書寫上。筆者下文，將以清初黃周星一部《將就園記》爲例子，探討園林書寫的遊戲性。

《將就園記》前後各有張潮所撰〈小引〉與〈跋〉，正文處共有三個部份，首爲作者對「將就園」四段長文的介紹。其次爲〈將

---

[164] 關於鄭元勳的「影園」、康范生的「偶園」、戴名世的「意園」、劉士龍的「烏有園」、吳石林的「無是園」……等後設園林的原文、出處與詳細討論，請參閱毛文芳撰〈閱讀與夢憶——晚明旅遊小品試論〉，「七 結論：後設之遊」，刊登於《中正大學中文學術年刊》第三期，2000 年 9 月，頁 37-44。

[165] 清·黃周星撰《將就園記》，收入同註[71]，《叢書集成續編》第九十一冊，據《昭代叢書》影印，頁 81-90，筆者以下均環繞本書而展開討論。

[166] 關於晚明文人對俗世生命細節的養護與裝飾，請詳參拙著〈養護與裝飾——晚明文人對俗世生命的美感經營〉一文，《漢學研究》第 15 卷第 2 期，1997 年 12 月，頁 109-143。

園十勝〉，其次爲〈就園十勝〉，各針對兩園的十處景點作導覽，並附有題詩。末附一篇作者自撰的〈仙乩紀略〉。這是一部饒富趣味的小書，筆者將以此書作爲本篇論文的結尾討論。

㈠ 導覽將就園

1.總覽

正文的四個段落，爲作者黃周星對將就兩園的導覽書寫。第一段的描述由遠至近、由大至小、如長鏡頭逐漸聚焦，總述茲山之界限、茲山之風土、兩園之所在、以及將就園之大概。周遭崇山峻嶺，匼匝環抱中，有左右兩座千仞山，左曰將山，右曰就山，將山還高過就山三分之一。整個地形呈現內平而外峭，隔絕塵世，無徑可通，獨就山之腰西南隙有一穴僅可容身，穴自上而下蜿蜒登降，瞑行數百步，乃達洞口，口外有澗，可通人間。山中寬平衍沃，廣袤百里，田疇村落、壇剎浮圖，凡宇宙間百物之產、百工之業，無一不備，居人淳樸親遜，略無囂詐，髫耆男女，歡然如一，蓋累世不知有鬥辨爭奪之事。山中爲美好富庶、和諧純樸的人間樂土，由於外通的谿口有飛瀑直下如懸簾遮幕，故終古無問津者，分明就是桃源境域的翻版。

園址就在溪流環繞之平野，與岡嶺湖陂林藪參錯起伏中。園分東西二區，近將山者曰「將園」，近就山者爲「就園」，合爲「將就園」。兩園外有溪流環之，中有一溪南北逶迤流亙爲界，溪上築將就橋，橋上建亭，兩園各有水陸二門，啓門度將就橋，而可往來二園。

第一段爲總述概略，以遠距離高空鳥瞰的筆致，描繪山、徑、洞口、澗水、山之界限、田疇廣袤、山之風土、地理形勢，園之所在位置、兩園之接屬……等大致形概，結合了桃源與仙鄉兩種文化境域模式。[167]

2.將園導覽

其次以導覽筆調，次第陳述將園中之種種景致。園中所見無非水。由入門開始環遊該園，以徑、橋、堤、廊、道等景象導引通覽各景點：竹徑、亭、橋、羅浮嶺、石磴、越鬱堂、至樂湖、醉虹堤、飲練橋、枕秋亭、呑夢樓、忘天樓、蜺高臺、水檻、迴廊……等。

其中有至樂湖，以長堤界爲東西，東湖中凸起爲龜島，上有一點亭，西湖中央有魚形橫洲，上構樓船曰蠡盤，楯外垂簾箔。湖中芰荷魚鳥自然繁育。

羅浮嶺之南有書齋二，左曰日就齋，右曰月將齋，爲子弟講讀之區，亦有藏書閣。其餘如釀酒廚、蒔藥欄、種蔬圃、植果林、畜魚沼、馴禽苑、任牧場等攸關生計事之各種築設，無一不備，分佈園之四隅。

至樂湖北岸，因山而築兩座呑夢樓與忘天樓，凡賓客往來遊讌，一園之內舫屐皆可經行，唯此二樓爲美人所居，賓客不得至。樓閣上接霄漢，樓後遍植名花異卉，是爲百花村。兩樓中各命一美人領之，童婢各四，以供香茗汲釣之役。羅浮嶺北有花神祠，閣主祠百花之神，以歷代才子美人配享。西湖中央的樓船蠡盤，美人賓

---

[167] 參見同註[165]，《將就園記》「一」，頁 81-82。

客可更迭御之，若休夏納涼，則美人之燕寢之時爲多。[168]

3.就園導覽

就園之山多于水，植物亦以松柏梧竹爲多，入門之後，則步入石徑升降、岡嶺複疊、峭壁屹屹的景觀世界。循著石級、溪橋、峰谷等景象導引，遊園者經過了萬松谷、步至華胥堂。此堂爲讌集之所，堂前有大池，池畔亦類將園，雜植名卉梧竹。堂北皆山也，深澗大小九曲，每曲折幽勝處，共建六亭、四館。至山勢將盡處，則突起而爲兩峯，高各千尋，東曰就日峯、西曰雲將峯，兩峯相去數丈，下臨絕壑幾千仞也。就日峯上有東祠閣，主祠義勇關夫子，而以歷代節義諸公，命高僧主其事。雲將峯上有西祠閣，主祠純陽呂祖，以歷代高士逸民配享，命羽客主其事，歲時各以酒脯致祭。

兩峯的自然景觀特殊，雲將峯側有古藤，兩幹橫亙空中，與就日峯相接，大如殿柱，之中設橫木庋之，傍値欄楯，作天生橋樑。西峯之顚有平臺曰挾仙臺，上植「揮手謝時人」五字碑，東峯之腰有洞，洞左右有丹室數楹，因巖作屋，蒼翠陰森，人跡罕至，有「洞雲深鎖碧窗寒」七字榜。峯北直下有一桃花潭，潭畔有寬平容千人之石坡，坡側有釣臺、石橋橫枕絕壑，可達西峯。兩峯之間上有藤橋、下有石橋，殆有霄壤之隔。

岡嶺之隙有桂林、榕林、楓林、臼林，與萬松谷相望。叢林中有蘭若、精廬以供羽衲遊憩。西峯有湯池，因置浴室，以便祓濯，傍有燠館，隆冬如春，蓋湯池所蒸煦也。至於藥欄、蔬圃生計之

[168] 參見同註[165]，《將就園記》「二」，頁82-83。

屬，亦與將園彷彿。[169]

㈡ 園林慾望之集大成

爲了深入瞭解黃周星的園林遊戲，筆者以上不厭其煩地爲「將就園」詳作導覽。仔細研析黃周星的精描文字，作者不僅在將、就二園的景觀設計中，作了審美品味的區隔，這些企圖宏整的美學品味主張，亦隱含了園林慾望的集成。

1.陰柔的將園

將園呑夢、忘天二樓，如岳陽之瞰洞庭，黃周星引述昔人所云：「仙人好樓居，今則美人居之，仙之與美一耶二耶？」無怪乎爲此二樓題詩曰：「俯呑雲夢仰忘天，也住名姝也住仙，姑射云無脂粉氣，笑他金屋俗嬋娟。」將美人與仙女聯結，營造女性空間。

樓後的百花村，名花異卉，萬紫千紅，四時不絕，爲美人遊賞之所。至於羅浮嶺遍植梅花，題詩曰：「紅滿層崖綠滿溪，美人高士到還迷，六宮粉黛多如許，羞殺孤山處士妻」，[170]作者引用林和靖梅妻鶴子之典，視梅花爲高士相配之妻，於是羅浮嶺亦十足成爲陰柔空間。羅浮嶺北的花神祠閣，在百花村之東南，閣中置木主以奉祀百花之神，兩傍配以歷代之才子美人，如司馬長卿配卓文君，每當歲時及花朝誕辰，命美人設果醴致祭，或歌新詩以侑之，這是花神／美人的歲時儀典。醉虹堤在至樂湖中，而橋適當堤之半，橋上爲亭，坐亭中四顧湖光，眞身在水晶壺玻璃國也，沿堤兩畔桃柳

---

[169] 參見同註[165]，《將就園記》「三」，頁 83-84。

[170] 本段相關題詩，詳見同註[165]，「將園十勝」，頁 85-87。

芙蓉相間，而垂楊柔軟，絲絲拂波，綠烟如織等景致，換位爲女性的神祕形象，一望令人銷魂。湖東的一點亭與湖西的蠡盤，二區乃賓客美人皆可遊，若碧筒銷暑的活動，則專爲才子美人讌集所設。登樓倚檻，晶簾四垂，解衣盤礴，縱橫枕藉，醉鄉也、睡鄉也、溫柔鄉也，庶幾兼三者而有之。

以上幾處景點，特別置入女性陰柔的氣質，築設上的特色，如飛簷傑閣、上接霄漢的兩座山樓，爲閨秀女子的住處；水域隔離湖央的樓船，則爲艷情侍奉之所；至於羅浮嶺北的花神祠，則是進行神女儀典的祠閣。這些遍植名花異卉、供香茗汲釣之役、以及佳人遙臆、神女幻想的空間，充滿了女性陰柔的氣質，適與將園以水景搭配梅竹名卉的柔媚風格，相互契合。

2.陽剛的就園

就園的風格，迥然不同。例如萬松谷中巨松林立，昔人有五大夫、七處士之喻，數十株切切交峙，如冠劍大臣，庭立而議。又華胥堂，取意軒皇夢遊華胥典故，二十八年而天下大治。就日峯上的東祠閣中，主祠義勇關夫子，以歷代節義諸公如張飛、文天祥之屬配享，命高僧主其事。雲將峯上西祠閣中，主祠純陽呂祖，以歷代高士逸民如張子房、陶淵明、李青蓮之屬配享，命羽客主其事。歲時各以酒脯致祭。而自然生成的藤橋，不特資羽衲津梁，且關、呂二帝師亦得不時往還，眞「人天樂事，無過于此」。

在就園二祠中的主祀，一爲儒家勇將關雲長，代表儒家節義志士的精神。另一主祀爲道教先祖呂純陽，代表道家高士逸民的隱逸精神，正好是中國男性文人兩種顯隱的理想人物類型，作爲立身處世的標竿。餘如挾仙臺，在高寒孤潔之地、月曉風清之下，彷彿神仙與緱山笙鶴相過，兩丹室則池氣蒸煦、隆冬如春的設計，爲修眞習靜之宇，又強調了修心調氣養身的長生觀。

就園中萬松谷、華胥堂、東西祠閣、藤橋、兩丹室的建築，與松柏梧竹、陡峯叢林、古藤纏生、岡嶺複疊、峭壁屹屹、深澗曲折、絕壑千仞的自然世界，彼此呼應。這種山景的險峻風格，與學仙、煉丹或幽古的自然景觀，與將園的陰柔氣質相較而言，就園處處顯示陽剛氣質。

3.**園林慾望之集大成：二園景致相互補充**

黃周星說兩園之中止有一垣、一溪之隔，有橋可以貫通。在景觀的透視上，是互相補充的。

將園多水，但自羅浮嶺至兩樓露臺無非山也。就園多山，而溪流自南入者匯爲華胥堂之池，池水北流爲十八曲之澗，澗盡乃匯爲桃花潭，復北流出溪，則無非水也。由氣候而言，二園春秋皆宜，但將園更宜夏，然有梅數畝，兩樓面南暄燠可臨湖看雪，亦未嘗不宜冬。而就園更宜冬，但其巖壑幽深、竹樹森鬱能使六月無暑，亦未嘗不宜夏。從這些景致的補充來看，作者顯然對二園的設計是異中有同，卻各有特色。整體而言，將園疏曠、風流且有富貴象；就園幽密、古穆而意態高閒。

黃周星擅長爲二園營造特殊對比的景觀，例如屬於水景疏曠的將園，卻在其東面安插一座將山，其上珠泉百道，四時飛瀑，景象險仄。而屬於山景幽密的就園，則在其西面安置一座就山，又在其下點綴平疇萬頃，終古斜陽。

不僅將、就二園本身，就各自在景致的美感上，尋求互補，而將、就二園彼此，也創造互相補充的對照景觀，使得將、就二園雖分而實合，組成爲一個類型完整的理想園林。若二園互爲視點對望，這種風格的差異，更爲明顯。登上將園之樓臺，西望就園之兩峯，矗霄不異雲中雙闕，一望松柏鬱蔥，宛如五陵佳氣，象徵充沛的陽剛活力。相對的，若攀登就園之峯，東望將園之崇臺傑閣，宛如蜚廉桂觀，遙睇湖光，又讓人產生迥異的觀想，彷彿展現一個仙域隔絕的方丈瀛洲，充滿陰柔氣質。

黃周星費時四年的紙上造園計劃，並未在眞實生活中，大興土木加以實現。以審美風格而言，將園疏曠、風流且有富貴象；就園幽密、古穆而意態高閒，這種刻意的品味區隔，卻意態明顯地爲黃氏拼湊了一個極爲完整的慾望版圖。陽剛的就園，既代表儒家積極的求仕企圖，同時又包含了心理撫慰式的道隱寄託，陰柔的將園，佈滿女性神祕影像，則是男性另一個不可道破的情色嚮往世界。汪氏的環翠園、喬氏的東園，大張旗鼓地將世俗慾望實現在土木興建中，文人黃周星深諳各種建築型式必有侷限，他的「將就園」，以文字更徹底地窮盡與拼湊世俗的慾望。

五、以遊戲拆解將就園

㈠ 幻境與遊戲

黃周星巧妙地以既合又分的兩座園，區隔水景與山景，各自營造陰柔與陽剛兩種屬性迥異的園林風格，再將二園分而實合，以互相補充，彼此以視覺涵容的方式，將二園組合起來，創造包羅宏富，景觀全備的園林慾望大成。宏觀上，黃周星既透過外通豁口與飛瀑懸簾，設計成桃源境域，並融合「崑崙」、「壺天」高峻險絕、隔離屏蔽的特質，設計成仙域模式。

這個代表清初文人園林夢想的集大成，充分表現在鄭重其事與宏大企圖的書寫上。將就園究竟何在？「九烟曰：吾園無定所，惟擇四天下山水最佳勝之處爲之，所謂最佳勝之處者，亦在世間，亦在世外，亦非世間，亦非世外。」⑰黃九烟把自己的將就園，營造了充滿脫離現世的神話色彩，進一步被友人張潮的序文，以及作者自附〈仙乩紀事〉給拆穿。〈仙乩紀略〉一文是這樣開始的：

> 昔文衡山待詔于所作法書幀首，輒用停雲館印，或問公停雲館安在？衡山笑曰：吾館即在法帖上耳。劉南坦司空欲搆一樓未就，倩衡山作神樓圖，楊升菴太史因爲作神樓曲，後人多倣此作園曰志、曰思、曰夢、曰想、曰意先、曰如是，大抵皆空中樓閣、畫裡溪山也。余之將就兩園，經始于庚戌之冬，落成于甲寅之春（按前後四年），然亦不過墨莊幻景，聊以自娛耳。⑰

停雲館「即在法帖上」，是明代中葉蘇州畫家文徵明的有趣語鋒，黃周星以此作爲引子，說明自己追摹古人以圖紙創造「空中樓閣」、「畫裡溪山」的履跡，亦彷彿前人之意先園、如是園。花了四年費心構想的將就園，不過是聊以自娛的墨莊幻景。然而黃周星

---

[171] 參見同註[165]，《將就園記》「一」，頁 81。

[172] 本文以下以〈仙乩紀略〉爲討論中心，參見同註[165]，《將就園記》附錄，頁 88-90。

並不如鄭元勳、康范生、戴名世、劉士龍、吳石林輩，於紙上建園之後，立即自我拆解，黃周星在這個墨莊幻景之後，還有更遊戲性的一面，進入幻中之幻：

> 于仲冬甲子日，偶過友人岸舫壇中，觀苕溪陸子芳辰運乩祈仙，至夜分，乩忽大書云，今日奉文昌帝法旨而來，聞本壇護法報至崑崙云，黃子有將就園，甚為可愛，故桂宮傳命，欲索原本，細覽批閱，以作不朽之奇觀。擇名山高阜最佳處，建其兩園，以待諸仙往玩……。期黃子可以為兩園主人矣。……然則是區區之將就園，從此可名為崑崙園，亦可名為天上園矣。

黃周星假擬仙乩奉文昌帝之旨，欲將人間紙上園林的藍圖，搬至仙界建造，以居諸仙。周星不勝駭異後，繼續紀錄如何透過仙乩，與天上諸神商量構園，以及題榜作聯云云，明明全為幻中奇想，卻正經八百地說「事屬創聞，不敢掩遏，謹據實紀載。」

張潮的序文亦隨之起舞與共鳴：

> 九烟黃先生著將就園記，初亦第遊戲筆墨耳，非眞有所謂園也。乃文昌聞而樂之，遂命所屬如其記而搆之崑崙之巔，文章遇合之奇，誠莫有過于此者矣。[173]

張潮亦興致勃勃地參與了這個遊戲，並給予評論：

---

[173] 本段與下段文字，均參見張潮書前「小引」，同註[165]，頁 81。

> 夫天下之樂，以仙人爲第一，茍不得其行樂之所，徒乘雲而往，御風而歸，亦甚無謂，今忽有此一園，吾知蓬萊方丈中，有望衡而對宇者，必且相與往還，樂數晨夕……或吹簫對奕、或長嘯聯吟。園主人方且應接不暇，在群仙則甚樂。

黃周星的紙上園林，要築設在幻境中，供仙遊作樂之所。

〈仙乩紀事〉的內容，強化將就園不屬人間的幻境特質。原來整座將就園所顯現的全備景觀：亦山亦水、亦儒亦道、亦陽亦陰、亦剛亦柔等異質風格的互補，幾乎已臻完美理想。張潮隨即以一句「第遊戲筆墨耳」，黃周星亦不避諱自述「墨莊幻景」、「此一小小遊戲文字耳」，更使得此園的虛構性，在宏偉藍圖的架設、與文人舞文弄墨的戲筆之間擺盪。黃周星這部園林神話的書寫，彷彿是爲了提供自己與讀者拆穿文字遊戲的樂趣。

㈡ 拆解將就園

其實「將就園」的名稱，已隱含了自我解構的意味：

> 將者言意之所至，若將有之也；就者言隨遇而安，可就則就也。故將山高就山卑，正如俗諺所云：將高就低之義。且將園之中其二齋曰日就、月將，就園之中，其兩峯曰就日、雲將，將就之中，又有將就焉。則主人之寓意可知矣。[174]

---

[174] 關於將、就二字的名義討論，詳參同註[165]，《將就園記》「四」，頁 84-85。

將將、就就，像極了繞口令，黃周星在此耍弄文字的把戲：先拆解將、就二字，找出引伸義，再玩九龍套：將就之中，又有將就焉。「將就」這個詞彙，經常意味著無奈、勉強、妥協，作者將這個通俗詞彙的意義，織入虛構的園林中，寓意何在？作者自言：

> 苟窮極兩園之勝，雖什伯不爲多，而主人自以德涼福薄，惟恐太奢侈，以犯造物之忌……，非敢言園也，亦云將就而已。

園林耗費本就奢侈，尋常人家，那能勝任？而園中賓客往來應酬的用度，更是經常性開支，誠如張潮言：

> 世人以口腹爲累，故于賓客過從，不無酒食之供。若夫神仙者流，餐雲霞而吸沆瀣，倉卒主人，固亦何難優爲之乎？[175]

如果招待神仙，餐雲霞、吸沆瀣，用度就節省得多，這是就財力而言造園的困難勉強。就空間而言，廣闊無邊、森羅萬象的將就園，究竟要有多大的幅員，才可以廣納宇宙間所有的至善美景？空間的追求永無止盡。還有一個更根本的原因，是有形園之無法永恒，張潮的跋，總算言簡意賅地拆開了將就園神話的祕密：

> 九烟先生以將就園記示余。將就云者，蓋自謙其草率苟簡云耳。余笑謂之曰：公此園殊不將就。及覽乩仙事，乃知不惟

---

[175] 參見同註[173]，張潮「小引」。

> 不將就而已，且大費彼蒼物料，公其謂之何？夫世人之園，經營慘澹，乃未久而即廢為邱墟，孰若先生此園，竟與天地相終始乎？[176]

無論多麼精緻華美的園林，都敵不過時間的考驗，經久便為邱墟，正如劉士龍「烏有園」的創設原理一樣：

> 烏有，則一無所有矣。非有而如烏有焉者，何也？……吾嘗觀於古今之際，而明乎有無之數矣。金谷繁華，平泉佳麗，以及洛陽諸名園，皆勝甲一時，迄於今，求頹垣斷瓦之彷彿而不可得，歸於烏有矣。所據以傳者，紙上園耳。即令余有園如彼，千百世而後，亦歸於烏有矣。夫滄桑變遷，則有終歸無；而文字以久其傳，則無可為有，何必紙上者非吾園也。[177]

山水園林，因為書寫的文字魔力，得以見證與永存，[178]倒是真正存在過的名園，一磚一瓦、片牆橫椽，反而經不起歲月的淘洗，滄桑變遷後，即由廢墟化為烏有。

---

[176] 參見同註[165]，《將就園記》，張潮「跋」，頁 90。

[177] 參劉士龍〈烏有園記〉，收入朱劍心《晚明小品選注》（臺北：商務印書館，1991 年），頁 185-189。

[178] 鍾惺〈蜀中名勝記序〉一文云：「一切高深可為山水，而山水反不能自為勝；一切山水可以高深，而山水反不能自為名。山水者有待而名勝者也，曰事，曰詩，曰文，之三者，山水之眼也。」選錄於《明清閑情小品》（上海：東方出版中心，1997 年），第二冊，頁 120-121。

經過以上種種分析，再次探步將就園的文字世界，那些美侖美奐的園林景致，將在讀者心中，化爲紛紛碎片。

六、結語

明末清初的人們，不僅是園林的遊客而已，有的搖身一變成爲園林的主人。多的是皇家御賜的勳戚貴族名園，江南一帶，也時興像汪廷訥、喬逸齋這類仕紳富商大興土木、沽名釣譽的環翠堂園、東園。明末清初的私人莊園，動輒成爲提高身份、公開炫耀的物質媒介。東晉陶淵明結廬在人境、唐代劉禹錫陋室之居，住所困蹇，文人反而能夠安身立命。陶淵明的〈移居詩〉、劉禹錫的〈陋室銘〉均表達了隨遇而安的心境、茅屋簡陋，可安身立命，愈執著者愈無定所。早期的文人深刻體會莊園、別墅、華廈，反而是困頓身心之所。祁彪佳在築寓園之始，以乎也已洞悉了自己這種矛盾的心理過程：

> 已復自念。予之所以切於求歸者，夫豈眞能超然自得、可以芥視軒冕乎？不過以烏鳥之私，欲修庭闈菽水之懽。而且於定省之暇，尋山問水、酬觴賦詩，一洗年來塵況耳。就此鬧熱場中，欲尋清涼境界。是則厭動喜靜之常，不可與洒脫無累者同日而語。乃初猶謂與世之營名逐利者，或稍異其趣也。……及讀王文成語……以是知雖非營於名、逐於利，而求閒求靜，總爲嗜慾所牽，其營營逐逐一也。又況名利之根，隱隱盤踞，竊恐有觸而發，更無物以相勝之，則亦畢其生於汨沒而已，可不悲乎！予之所以爲快者，正予之所以爲

愧者也。[179]

能刻自反省的文人祁彪佳，仍不免陷溺于嗜欲中，何況是富有的官吏與富商？可見得當時築園引爲誇耀的風氣之盛。築園並非小事，大興土木以致擲工、損時、費財、耗神，無一不是苦差事，築園誠然可以完成人間理想，然而在極力建造豪園的同時，汲汲營求的心，與世俗富貴名利的追逐有何不同？築園彷彿可以遠離紅塵，另闢一個隱逸的世界。然而卯盡全力整飾、求名人題記、尋刻工圖繪，以炫耀財富、營求富貴、競相媲美、流傳後世，又再次落入世俗煩惱的窠臼中，豈是眞隱？何能解脫？

文人祁彪佳既時時懺悔，卻不忘苦心經營寓園，這個矛盾心結，也映照出當代大部份文人的反省心聲。康范生、戴名世、劉士龍、吳石林等輩，表達了嚴肅虛幻的說項，黃周星則以理想拼貼的園林，極力誇侈其園，擴大這種矛盾。愈是如此，最終拆解，則更具力道。城市興起的繁華、與末世亡國的衰滅，何嘗沒有衝擊園林的觀看角度？華貴的園林，框起了私密空間的界域，但是文人們親眼目睹名園荒蕪、勝蹟頹圮，有什麼是能夠永恒存留的呢？遊戲書寫，構築了一個個可供臥遊的紙上園林，的確成全了人們心中的理想幻影與嚮往，然而財力之匱、毀壞之憂、慾望之逐，卻也同時洩露了當代文人面對幻影破滅的共同焦慮。

---

[179] 祁彪佳《歸南快錄》「序」，乙亥除夕所作。參見同註[28]，文稿，頁1012。

IV 寫真：女性魅影與自我再現

壹、緒論

一、人物畫沈寂後復興

中國繪畫史上的仕女畫傳統由來已久，東晉顧愷之的兩幅仕女畫：〈列女仁智圖〉、〈女史箴圖〉，皆以文爲本的圖說手卷，美麗女子並非主要的描繪對象，而是呈現女性楷模、或表達委婉勸誡，兩幅圖爲女性人物畫傳統中的早期典型。而同樣以文爲本的〈洛神賦圖〉，以想像繪就一個文學才子曹子建筆下的水神。唐代張萱、周昉等畫家的仕女畫，如〈搗練圖〉、〈虢國夫人出遊圖〉、〈簪花仕女圖〉，喜描繪宮廷貴族女性搗練、嬉遊、出行等多樣化的活動，多以群體姿態出現，女子的美姿美顏呼應了南朝宮體詩的描繪內容。❶

以畫史的立場而言，女性畫像爲人物畫的一支。人物畫是中國畫史久遠的傳統，更早於山水花鳥等畫科，誠如郭若虛所言：「若論佛道人物，士女牛馬，則近不及古；若論山水林石，花竹禽魚，

---

❶ 南朝宮體詩，是中國男性文人對女子身體、用物等細節感到興趣的早期文學型式，與早期仕女畫對女性身姿容顏的仔細描繪，相當接近。關於宮體詩的探討，詳參林文月撰〈南朝宮體詩研究〉，收入《澄輝集》（臺北：洪範書局，1983 年），頁 139-221。另參張淑香撰〈三面夏娃——漢魏六朝詩中女性美的塑像〉，收入氏著《抒情傳統的省思與探索》（臺北：大安出版社，1992 年），頁 127-162。

則古不及近。」❷當中國畫聖顧愷之已經在爲洛神勾勒「緊密連綿、循環超忽」如春蠶吐絲的講究線描時，❸山水還只在「水不容泛、人大於山」的稚拙階段。但受到理學與文人畫思想的影響，宋代以後，中國畫史產生了視野上的改變，人物畫開始沈寂，而將主流讓位給山水畫科。長久的寫實人物畫傳統，被強調寫意的文人畫擠壓到民間，成爲職業畫系統中的一環。余紹宋的一段話，正道出其中關鍵：

> 陶宏景曾作《圖像集要》，見於南史本傳。傳唐時有《采畫錄》一書，見於鄭漁仲通志藝文略，今並不傳，其後著論及之者極鮮。……畫法之興，本起於寫貌人物，後人徒以俗工傳眞，遂使此法爲士夫所不屑道，深可慨也。❹

在一大段人物畫沈寂的漫長時代裡，晚明開始重拾人物畫的遺緒，以久遠的古畫爲依據，創作史無前例的嶄新意象。❺尤其寫照肖像

❷ 參見郭若虛撰《圖畫見聞誌》卷一「論古今優劣」條。收入《畫史叢書》（臺北：文史哲出版社，1983 年）第一冊，頁 160。

❸ 顧愷之的人物線描，畫論家唐代張彥遠謂其「緊密連綿、循環超忽」（《歷代名畫記》），而元代湯垕謂其「如春蠶吐絲」（《古今畫鑑》）。

❹ 詳參余紹宋《書畫書錄解題》（臺北：臺灣中華書局，1980 年 11 月二版）（上）卷二，元王繹「寫像祕訣并采繪錄」提要，頁 31。

❺ 參見高居翰著《氣勢撼人——十七世紀中國繪畫中的自然與風格》（臺北：石頭出版社，1994 年），第四章〈陳洪綬：人像寫照與其他〉，頁 148。關於明清肖像畫，亦請參見楊新等人合著《中國繪畫三千年》（臺北：聯經出版社，1999 年），聶崇正撰「清代」部。

是晚明人士、贊助人、觀眾所極感興趣的主題。

人物畫的傳統表現，總是通過人物動態描寫和環境佈設的渲染，刻畫與烘托人物性格。以明末曾鯨的肖像畫爲例，曾鯨爲大畫家王時敏所繪的男性肖像畫〔圖1〕，畫中男子與讀者正面眼神交會，身體爲袍子所包覆，加強面部的神情刻畫，善於捕捉人物的姿態語言，以及空間佈白的巧妙處理，將紀念性轉爲觀賞性，傳統肖像畫被推向一個新的水平。清初肖像畫，除了表現人物身體相貌外，還注重人物的衣飾，以及被畫人的處境描繪，以此烘托人物的身分、意趣和愛好，這些都成爲肖像畫的重要組成部分，許多文人在被畫時，喜歡裝扮成農夫、漁翁形象，並非平日的裝扮，藉以表達一種嚮往與志趣。❻對於特定人物的描繪（有時包括畫家自己），畫中人的生活型態、言行動作，

圖1　曾鯨〈王時敏小像〉

❻　參見同註❺，楊書，頁271。

皆成爲一種象徵，與贊助人、畫家以及觀眾的喜好與處境相呼應。❼爲后妃、皇帝繪製肖像的筆描，有時甚至成爲國勢盛衰的反映。❽

清畫論家范璣認爲人物畫家應有紮實的技法，對於元代倪瓚雖畫空山無人、蕭疏荒寒的山水景象，但仍能爲顧阿瑛寫照，而明代大家及文門諸子，亦在山水人物兩方，猶多擅場。但山水、人物確然是兩種畫科，「專家既分，趨向亦異」，以致於山水家畫人物，鮮能合度，而人物家畫山水亦多窘態。❾關於寫眞畫法，早期附在各畫論之中，不曾專論。元代以後，始有專著出現，明末清初以後逐漸多了起來。❿肖像畫的流行，之所以能打破沈寂，將隱伏的職業傳統重新活絡起來，這與明清傳神寫照的理論建立，有很大關係，以下筆者試圖鉤稽肖像畫的理論核心。

二、傳神理論

雖然米芾曾曰：「老子乃作端正塑像，戴翠色蓮花冠，手持碧

---

❼ 在明末人物畫類型中，僅保留少數過去流行的主題而已，新時代的肖像畫充滿象徵性，少現實即景之樂，亦少舊文學、舊歷史的題材。參見同註❺，高書，頁 189。

❽ 例如明末熹宗的肖像，就遠不如明初太祖、成祖來得有血肉，顯示肖像畫的筆描具有象徵意涵。參李國安撰〈明末肖像畫製作的兩個社會性特徵〉，《藝術學》第六期，民國 80 年 9 月，頁 119-143。

❾ 參見清范璣〈過雲廬畫論〉，收入俞劍華編著《中國畫論類編》（上）（臺北：華正書局，1984 年），頁 542。

❿ 元代開始便有王繹〈寫像祕訣并采繪錄〉（參同註❹），明代周履靖亦有《天形道貌》一書論畫人物，清蔣驥《傳神祕要》更有許多技術性討論，是一位經驗老道的人物寫照畫家。另外，沈宗騫《芥舟學畫編》，亦對於傳神之祕，盡發無遺。參見同註❾，第四編「人物」所收書。

玉如意。此蓋唐爲之祖，故不敢畫其眞容」，❿唐人視老子爲其始祖，宛如帝王，對極崇敬的對象，不敢直畫面容，如同不敢直呼其名一樣。儘管如此，形貌逼肖仍爲肖像畫最具考驗之處。⓬肖像畫是人物畫中特別強調近身取景的一種畫法，其中一個很大的難題，就是形貌的處理，最早肖像專論《寫像祕訣》云：

> 先蘭臺庭尉，次鼻準，鼻準既成，以之爲主。……次人中，次口，次眼堂，次眼，次眉，次額，次頰，次髮際，次耳，次髮，次頭，次打圈，打圈者面部也。必宜如此，一一對去，庶幾無纖毫遺失。⓭

肖像畫理論有很大部份在探討臉部形貌的描繪，對於臉部輪廓與五官的勾畫與配置，必需一一對照像主，「無纖毫遺失」。以此而論，寫照應有很大程度是建立在對面寫生的基礎上，譬如蔣驥《傳神祕要》云：

> 傳神最大者，令彼隔几而坐，可遠三四尺許，若小照可遠五

---

❿ 參見米芾《畫史》「蔡駰子駿家」條。參見《景印文淵閣四庫全書》（臺北：商務印書館，1985 年）第 813 冊〔子部·藝術類·書畫之屬〕，頁 813-7。

⓬ 清范璣：「畫人物，仍以逼肖爲極則，雖筆有脫化，究爭得失於微茫，更難甚其他」，參見同註❾。

⓭ 《寫像祕訣》爲元王繹所撰，王繹本人即能寫眞，曾將寫眞的祕訣與采繪法，傳授給陶宗儀，幸賴《輟耕錄》而保留下來。本文參引自同註❾，頁 485-489。

> 六尺許，愈小愈宜遠，畫部位或可近，畫眼珠必宜遠。凡人相對而坐，近一二尺，則相視不用目力，無有則無神，能遠至丈許，或至數丈，人愈遠相視愈有力，有力則有神……。⓮

這段描述，似乎還原了一個寫生的場景，有畫家、被畫者、以及中間距離的斟酌。但是肖像畫要「逼肖」，要「寫眞」，「眞」者爲何？要「肖」者何？「肖」與「眞」究竟意指什麼？仍有很大的解釋彈性，有趣的是，肖像畫論在講究形貌逼肖的同時，卻又經常要降低這個原則，清沈宗騫曰：

> 畫法門類至多，而傳神寫照由來最古……。不曰形，曰貌，而曰神者，以天下之人形同者有之，貌類者有之，至於神則有不能相同者矣。作者若但求之形似，則方圓肥瘦，即數十人之中，且有相似者矣，烏得謂之傳神？今有一人焉，前肥而後瘦，前白而後蒼，前無鬚髭而後多髯，乍見之或不能相識，即而視之，必恍然曰，此即某某也。蓋形雖變而神不變也。故形或小失，猶之可也，若神有少乖，則竟非其人矣。⓯

沈宗騫說明了肖像畫另名「傳神」而不曰傳形、傳貌的理由，僅憑方圓肥瘦的形貌，無法分辨某人，而人隨著年歲增長，形貌會變，

⓮ 參見蔣驥《傳神祕要》，收入《美術叢書》（臺北：藝文印書館，1975年11月初版）第九冊，頁31。

⓯ 參沈宗騫《芥舟學畫編》「傳神總論」，參同註❾，頁512-513。

惟神不變。以「傳神」作爲肖像畫的核心，宋代東坡的看法如下：

> 傳神與相一道，欲得其人之天，當於眾中陰察之。今乃使人具衣冠坐，注視一物，彼斂容自持，豈復見其天乎？……道子畫人物，如以燈取影，逆來順往，旁見側出，游刃有餘，運斤成風。⓰

東坡「以燈取影」譬喻肖像畫家應著重像主的活力，而非一個斂容自持、呆滯不動的靜物。宋陳造進一步補充：

> 使人偉衣冠，肅瞻眂，巍坐屏息，仰而視，俯而起草，毫髮不差，若鏡中寫影，未必不木偶也。著眼於顛沛造次、應對進退、顰頞適悅、舒急倨敬之頃，熟想而默識，一得佳思，亟運筆墨，兔起鶻落，則氣王而神完矣。……張橫浦則曰：「孔門弟子能奇怪，畫出當年活聖人」。所以詠子溫而厲、威而不猛、恭而安也。⓱

陳造一樣反對偉衣肅瞻的木偶取像法，畫家要將像主置於其個人「顛沛造次、應對進退、顰頞適悅、舒急倨敬」的種種遭逢裡，寫其神韻，以孔子爲例，若能傳達出其「溫而厲、威而不猛、恭而安」的神韻，就宛如以畫筆使孔子復活一般，這個過程必需「熟想

⓰ 參蘇軾〈傳神記〉，同註❾，頁 454。

⓱ 參見陳造〈江湖長翁集論寫神〉，同註❾，頁 471。

默識」的工夫。東坡、陳造的傳神觀，爲後世的肖像畫奠下理論基礎。元代王繹、清代蔣驥、沈宗騫等人的肖像畫論均不出其右：

◇彼方叫嘯談語之間，本眞性情發見，我則靜而求之……近代俗工，膠柱鼓瑟，不知變通之道，必欲其正襟危坐，如泥塑人，方乃傳寫……。⓲

◇畫者須於未畫部位之先，即留意其人，行止坐臥，歌詠談笑，見其天眞發現，神情外露，此處細察，然後落筆，自有生趣。⓳

◇凡人有意欲畫照，其神已拘泥。我須當未畫之時，從旁窺探其意思，彼以無意露之，我以有意窺之。意思得即記在心上。……若令人端坐後欲求其神，已是畫工俗筆。⓴

◇天下之人無一定之神情，若令人正襟危坐，刻意摹擬，或竟日不成，或屢易不就，不但作者神消氣沮，坐者亦鮮不情怠意闌，非板滯即堆垛。㉑

王、蔣、沈等人，繼續就「熟想默識」的觀念，進一步發揮，畫家需對無意之動態人物，於靜中細察，蔣「意思得即記在心上」、沈的「活法」，將傳神理論帶離了對面寫生的模式，甚而，將正襟危坐、刻意摹擬的對面寫生，視爲畫工俗筆。寫眞傳神，就是要捕捉

⓲ 參見王繹《寫像祕訣》，同註⓭。

⓳ 參見同註⓮，「傳神以遠取神法」，頁31。

⓴ 參見同註⓮，「點睛取神法」，頁32。

㉑ 參見《芥舟學畫編》「活法」，同註⓯，頁528。

神韻，這是肖像畫家的最高理想。肖像畫在明清以後發展出來的傳神觀，如此便與宋代以來的文人寫意傳統連繫了起來。

三、女性畫像的思考

(一) 鶯鶯遺像

明末清初的畫論家，探討肖像畫，既要求形貌的逼肖，卻又經常要顚覆這個準則，往傳遞神韻的抽象性上講究，畫家在對面寫生與依憑想像的創作表現上，有了很大的彈性空間。明代後期人物畫盛行，男人酬庸工匠爲自己寫照，是個普遍的現象，「寫眞」既是商業化的產物，也同時表示了重視個人的傾向。男人藉著寫眞來誇炫自我或呈現自己，那麼女子的寫眞呢？

宋代以來即流行爲皇帝后妃立像的傳統，宋仁宗、神宗二后，均有南薰殿舊藏的造像，採取與宋太祖趙匡胤相同的側像取角，端整靜止的坐姿，忠實紀錄了皇后母儀天下的形像。㉒元世祖忽必烈的皇后造像，與宋后畫像相較，轉向正面，更明晰地傳達了端嚴威儀的訴求。㉓明代的半身后妃〔圖 2〕、或貴族女子的全身端坐肖像〔圖 3〕，採取了正面中央對稱性構圖，主角直視觀者，塑造一個

㉒ 對於歷代皇帝肖像畫威儀描繪的探源、以及以明太祖畫像爲個案的討論，可參見潛齋撰：〈明太祖畫像考〉，《故宮季刊》卷 7 第 3 期，1973 年春，頁 61-75。另宋太祖、以及仁宗、神宗兩代皇后的肖像，請詳見沈從文編著、王矜增訂《中國古代服飾研究》（臺北：臺灣商務印書館，1993 年臺灣版），頁 378、380、381 等三幅畫像。

㉓ 元世祖皇后肖像，參見同註㉒，沈書，頁 436。

展現端儀與耀示財富的典型。崇偉或華貴的女性造像，由展現端儀的側像，轉向凝望觀者的正面性對稱構圖，畫像展示的，不是個血肉之軀，而是一個經過細心刻繪的美麗圖案。

圖 2　明代半身后妃肖像畫

圖 3　明代貴族女子全身端坐肖像畫

皇后、貴婦的女子寫眞，畢竟要束之高閣。一般充滿生命活力的女子，究竟如何被描繪呢？萬曆三十八年（1610）武林起鳳館刊《王李合評北西廂記》，卷首冠〈鶯鶯遺像〉〔圖 4〕，這是一幅典麗裝扮的女子半身造像，雖也是近距離的肖像畫，但構圖理念與貴婦造像顯然不同，右手支頤，左手合抱右肘，臉部側傾，視線迴避觀者，以此身姿打破對稱性構圖，鶯鶯擺出的並非后妃母儀的型

圖 4　「鶯鶯遺像」
《王李合評北西廂記》萬曆武林起鳳館刊本

範，而是含蓄的女性美姿，以近距離角度處理一個文學中虛構女人的「遺像」。[24]

走過女性長期遭受封閉的漫長時代之後，儘管女子近身的寫照像，在晚明流行了起來，以〈鶯鶯遺像〉爲例，鶯鶯原是《西廂記》虛構的女子，卻假戲眞作地爲其「寫眞」、造「遺像」，究竟畫的是誰？是眞實的寫生人物，或是某種想像化的類型人物？如果寫眞的最終目的在於呈現自我、留傳後世，那麼文學虛構的女子寫眞亦如此嗎？誰來畫像？要呈現什麼、留傳什麼？達成的手法是否更爲迂迴？其中牽涉了許多有意義的課題，值得深究。

---

[24] 武林起鳳館刊《王李合評北西廂記》爲元王德信撰、關漢卿續、明李贄王世貞評、汪耕畫、黃一楷、黃一彬刻。另存誠堂刊刻《魏仲雪先生批點西廂記》，亦冠有〈鶯鶯遺照〉，此畫與武林起鳳館刊本相近，後者應係母本。

㈡ 女性畫像的層次釐辨

女性畫像牽涉的問題其實並不單純，不僅是誰畫的？要畫誰？畫像內容傳遞了什麼訊息？需費心尋思。以描寫類型而言，有仕女畫㉕、肖像畫㉖、百媚圖㉗、春宮畫㉘等，被描畫的女子有的是歷史著名的女人（包括才女、閨秀、歌妓）、有的則爲普遍的美女典型；以作畫動機而言，春宮畫滿足窺視狂、百媚圖在區判歌妓美色

㉕ 仕女畫然顯然是中國女性畫像的大宗，可上溯至有畫蹟傳世的魏晉六朝直到現今，歷史悠長，名家無數。單國強認爲中國仕女畫，可分爲外在美、內在美、理想化、類型化與觀賞性等多種性質，是中國繪畫中重要的一個畫科。參見單國強撰〈古代仕女畫概論〉一文，收入《中國歷代仕女畫集》（天津：天津人民美術出版社，1998 年），頁 1-11。重要畫蹟，亦請參見該畫集，以及《仕女畫之美》（臺北：國立故宮博物院，1998 年）。

㉖ 肖像畫指以描寫女性臉容、逼肖眞人爲主的畫像，廣義而言，亦屬仕女畫的範圍，明末版畫中許多插畫，甚喜以肖像的方式表現。

㉗ 百媚圖，指的是品藻歌妓、等第排榜的女子畫像，如宛瑜子輯《吳姬百媚圖》、明葉某撰，馮夢龍評《金陵百媚圖》，爲明末清初著名的品妓圖集。詳細圖例，參見周蕪、周路、周亮編《日本藏中國古版畫珍品》（南京：江蘇美術出版社，1999 年）。頁 626-639。筆者另有撰文討論百媚圖的相關問題，詳參本書卷 V，〈青樓：遊戲、品鑑、權力論述〉。

㉘ 沈德符《敝帚齋餘談》中有一條專言「春畫」，收入清·蟲天子輯《香艷叢書》（臺北：文史哲出版社·古亭書屋印行，民 62 年初版）第二冊，頁 572-573。春宮畫、祕戲圖，明末、晚清特多，〈王蜀宮妓圖〉（故宮博物院藏）與春宮畫接近，托唐寅之名畫四個美人。〈仕女圖卷〉（日本大阪）分春夏秋冬，有裸體遮掩之筆法，參見同註❺，楊新撰「明代」部，頁 249。祕戲圖有兩種類型，一爲只呈現身體，有紗羅遮掩，較爲文雅；另一種比較粗俗、暴露。

的等第、仕女畫存留美女的身影、肖像畫爲特定的像主作形象紀錄；以圖像觀看而言，仕女畫呈現女性的姿儀態貌、肖像畫訴諸眞人的比對想像、春宮畫與百媚圖則不同程度地展露了女性身體與情色主題。品美圖或春宮畫，滿足窺視的社會大眾，涉及了商業化課題，而塑造眾多美女典型的仕女畫，則是文人文化運作下的產物。㉙

如上所述，爲女性畫像作分類確實複雜與困難，其中牽涉了才、情、色等不同的欲望層次。然而無論是作畫動機、圖像呈現、社會接受等層面，女性畫像無一不以符合男性的觀看視線爲共同目的，要爲女性畫像作嚴格定義或類型區分，並不容易，研究者僅能以論題來區劃研究範圍，並據以鎖定探討的線索。

㈢ 創作目的與畫面景觀的衝突

清初肖像畫家沈宗騫說「傳神寫照由來最古，蓋以能傳古聖先賢之神垂諸後世也」，㉚《宣和畫譜》亦云：「畫道釋像與夫儒冠之風儀，使人瞻之仰之，其有造形而悟者，豈曰小補之哉？」㉛爲

㉙ 如明，佚名繪〈千秋絕艷圖〉，共有 57 段（60 人），專繪歷史上名女人，有虛有實，包括了公主（西成公主、樂昌公主）、寵妃（飛燕、梅妃、貴妃）、才女（班昭、李清照、謝道韞、卓文君、娟娟等）、情女（孫蕙蘭、蘇若蘭）、名妓（薛濤、蘇小小）、名女人（二喬、王昭君、西施）、文學典故女人（鶯鶯、綠珠、羅敷）……等，幾乎可謂爲一部女性圖史，充分展現了文人的品味。參見同註㉕，《中國歷代仕女畫集》，頁 52-90。

㉚ 參見同註⑮。

㉛ 參見《宣和畫譜》卷 1「道釋敘論」。同註❷，頁 375。

了符合意在勸戒、垂教後世、風儀瞻仰的繪畫目的，早期人物畫多爲聖賢道釋名流畫像，仕女畫則以顧愷之〈列女仁智圖〉、〈女史箴圖〉爲代表。以肖像畫的理論衡諸仕女畫，宋代郭若虛有所評論：

> 歷觀古名士，畫金童玉女及神僊星官，中有婦人形相者，貌雖端嚴，神必清古，自有威重儼然之色，使人見則肅恭有歸仰之心。今之畫者，但貴其姱麗之容，是取悅於眾目，不達畫之理趣也。㉜

郭若虛以古今兩種典型來區判婦女形相的描畫，一種是威重儼然、見而興起肅恭歸仰之心者，符合垂教後世的目的；另一種則描繪姱麗之容，以取悅觀眾爲目的。郭若虛貴古賤今，顯然是因不滿於近代周昉、張萱、周文矩等仕女畫家代表的風格而發論。郭若虛的意見代表了宋代男性對女性容貌、性感興趣呈現在視覺上的不安與壓抑，而高舉古代垂範後世的人物畫標準。

這個觀念在元代湯垕的《古今畫鑑》中，依然如此：「李後主命周文矩顧宏仲圖韓熙載夜宴圖……，雖非文房清玩，亦可爲淫樂之戒耳」。㉝觀眾究竟在〈韓熙載夜宴圖〉中看到了什麼？是歡樂豪華的細節場面，還是淫樂縱欲的勸戒意涵？女子的歌舞表演，爲

㉜ 參見《圖畫見聞誌》卷一「論婦人形相」條。同註❷，頁157。

㉝ 湯垕《古今畫鑑》，收入《美術叢書》，同註⓮，第11冊，後輯，「李後主」條，頁23。

夜宴歡樂氣氛的高潮所在，畫面各個段落呈現的視覺景觀，由彈琵琶、鼓吹、舞蹈、執扇、步行、簇擁、坐於榻上的秀麗女子，穿插爲華美熱鬧的宴樂場面等〔圖5〕。整幅畫可說完全讀不出任何戒惕的訊息與意涵，湯垕若非由圖的本事中先行瞭解這幅畫的創作意圖，純就畫面景觀的閱讀，是無法解釋「淫樂之戒」的理由。

圖5　[五代]顧閎中〈韓熙載夜宴圖〉卷(局部)

湯垕的觀察甚具啓發性，事實上，湯垕的讀畫方式，暴露了一個問題：創作目的與畫面景觀之間的裂縫，假設一位畫家在畫面上描畫了一位非凡美女，但他的心中卻是要告訴觀眾：「美貌不足憑恃」，創作意圖與畫面之間的誤差與裂縫，畫家如何彌補？畫面景觀不僅與創作目的有時產生裂縫，甚至與圖像所根據的文本亦產生隔閡，這在《牡丹亭》插畫中，有精彩的演出。觀者如何解讀？將爲讀畫活動帶來了相當的歧異，以及等待解釋的文化意涵。

㈣ 才女寫眞的論題意義

中國古典文學中的女性研究，由早期對宮體詩、著名女詩家與傳奇小說的女性人物研究，近來轉以西方女性主義的觀點，重新審視湮埋已久的明清婦女文學世界。過去的圖繪傳統中，女子單獨個像或寫眞角度的呈現是罕見的，明末清初以女子爲主角的戲曲增多，插圖版畫中，亦逐漸開闢一塊女子寫眞畫像的園地，有時就冠於讀本的卷首，落落大方地，便與讀者大眾見面。這些男造女子畫像涉及了「女性再現」的課題。畫才女更要訴諸抽象的文學想像，明末清初的女性，在知性與感性上充滿活力，尤其「才女」更被描繪爲文人鍾情珍賞的對象。中國的才女系統，由六朝的蘇若蘭、宋代的李清照，一路奠基，以才爲主的才女系統，到了明代《牡丹亭》的杜麗娘，而有複雜的形象轉折。湯顯祖所創造的杜麗娘，不同於以往被動無聲的女子角色，她躍出傳統閨塾，執起丹青畫筆爲自己寫眞，湯顯祖認同了女性可以透過誠意與才華向世界宣示與證明自我存在。這點女性意識的浮現，預示了後來明清文學才女透過寫作與繪畫自我呈現的訊息。

在女子畫像流行的時代中，杜麗娘實爲女性投射的焦點，當代有小青、小鸞等薄命紅顏，向後推至午夢堂、三婦、林黛玉、顧太清等才女，是一個強有力的影響線索，文學閨秀成爲清代以後女性畫像的主流，相當程度地開啓了清代以後的女性視野。歷來對於《牡丹亭》的論評已如汗牛充棟，筆者本文試圖別開傳統的途徑，由一個小細節「寫眞」作爲論述核心，以窺探明末清初性別文化的課題。本文亦不擬全面探討仕女畫蹟，以免蕪雜，將鎖定由文人文化中滋長出來的才女畫像，尤以杜麗娘的形象再現爲重心，環繞「寫眞」、輔以相關的女性畫像，以及旁及的課題，展開本文的探討。

貳、女性畫像的歷程

一、唐：悲憐命運

唐代以前的仕女畫，筆者已於緒論開頭論及，東晉顧愷之的〈列女仁智圖〉、〈女史箴圖〉，表達女性楷模與委婉勸誡的教化目的，〈洛神賦圖〉則以豐富的想像力，繪成一個文學才子筆下的水神。至於唐代張萱、周昉的〈搗練圖〉、〈虢國夫人出遊圖〉、〈簪花仕女圖〉，描繪宮廷貴族女性搗練、嬉遊、出行等多樣化的活動，呈現的是群體的姿態。唐畫〈宮中圖〉卷，有一位男性畫工正在爲宮女「寫眞」，[34]紀錄了爲特定女子寫眞的實況，這是宮廷中常態性的活動。男性畫工爲宮中嬪妃畫像，以供皇帝選御，早在漢代已有，昭君出塞的悲劇，正是畫工在寫眞畫像上動了手腳的結果。[35]

---

[34] 周文矩摹唐人〈宮中圖〉卷，首段便是一位男性畫工，正在爲一位頭載重樓花冠的宮女畫寫眞。參見《中國美術全集》（臺北：錦繡出版社，1989年）繪畫編2「隋唐五代繪畫」，頁122。

[35] 關於昭君故事，據載：「元帝後宮既多，不得常見，乃使畫工圖形，按圖召幸之。皆賂畫工，多者十萬，少者亦不減五萬。獨王嬙不肯，遂不得

除了爲嬪妃宮娥以外的女子寫眞之外，據文獻記載，女性自畫寫眞的時代並不晚，這類畫像的創作意圖尤富傳奇色彩。晚唐女畫家薛媛曾自畫寫眞，《全唐詩》中收其〈寫眞寄夫〉詩：

> 欲下丹青筆，先拈寶鏡寒。已經顏索寞，漸覺鬢凋殘。淚眼描將易，愁腸寫出難。恐君渾忘卻，時展畫圖看。

詩的內容欲挽回另結新歡的夫婿，在該詩前的小序，載錄了這件事的緣由：

> 南楚材旅游陳，受穎牧之眷，欲以女妻之，楚材許諾。因託言有訪道行，不復返舊。薛媛善畫，妙屬文，微知其意，對鏡圖形，爲詩寄之。楚材大慚，遂歸偕老。里人爲語稱之。里人語云：當時婦棄夫，今日夫棄婦，若不逞丹青，空房應

見。後匈奴入朝，求美人爲閼氏，于是上按圖以昭君行。及去召見，貌爲後宮第一，善應對，舉止閑雅，帝悔之而名籍已定，帝重失信于外國，故不復更人，乃窮竟其事，畫工毛延壽等皆棄市。」這段紀錄，出於《西京雜記》，《樂府解題》因之。然昭君事，亦有他種説法，《野客叢書》對此有所論辯。詳參胡鳳丹《青冢志》卷二「紀實」。收入清·蟲天子輯《香艷叢書》（同註㉘）第九冊，頁 5080-5081。另關於昭君形象的變化，可參看張高評撰〈王昭君形象之流變與唐宋詩之異同——北宋詩之傳承與開拓〉，該文爲「世變與創化——漢唐、唐宋轉換期之文藝現象」研討會會議論文，臺北：中央研究院中國哲所主辦，2000 年），頁 487-526。又可參看魏光霞撰〈試觀男性文化典律下昭君形象的扭曲〉，《國文天地》第 10 卷第 1 期，1994 年 6 月，頁 14-26。

獨守。[36]

善畫的薛媛，成功地對鏡描繪圖形，以自畫像挽回夫婿的心。

另一位女性崔徽的結局則是悲劇，張君房《麗情集》中記載：

> 唐裴敬中爲察官，奉使蒲中，與崔徽相從。敬中回，徽以不得從爲恨，久之成疾，自寫其眞以寄裴曰：「崔徽一旦不如卷中人矣」。[37]

曾慥所記的崔徽故事，較爲詳盡：

> 蒲女崔徽，同郡裴敬中爲梁使蒲，一見爲動，相從累月，敬中言還，徽不得去，怨抑不能自支。後數月，敬中密友知退至蒲，有丘夏善寫人形，知退爲徽致意於夏，果得絕筆，徽捧書謂知退曰：「爲妾謝敬中，崔徽一旦不及卷中人，徽且爲郎死矣。」明日發狂，自是稱疾，不復見客而卒。[38]

---

[36] 參見《全唐詩》（北京：中華書局，1985 年）第 23 冊，卷 799，頁 8991。

[37] 〔宋〕張君房：《麗情集》〈卷中人〉，收入《筆記小說大觀》（臺北：新興書局，1974 年）第五編第 3 冊，頁 1646。

[38] 參見〔宋〕曾慥編《類說》卷 29《麗情集·崔徽》，收入《文淵閣四庫全書》（臺北：臺灣商務印書館，1983 年景印）873 冊，總頁 488 上。曾慥的敘述，概係根據〔唐〕元稹〈崔徽歌〉的文字而來。元稹〈崔徽歌〉曰：「崔徽，河中府娼也。裴敬中以興元使蒲洲，與徽相從累月，敬中便

這兩則故事的畫像作者稍有出入，前則爲崔徽自寫其眞，後則爲託人寫形，但是崔徽以自我畫像作爲愛情的告白與控訴的故事主軸未變。唐代詩人李涉有〈寄荊娘寫眞〉：

> 願分精魄定形影，永似銀壺挂金井。召得丹青絕世工，寫眞與身眞相同。……畫圖封裹寄箱篋，洞房豔豔生光輝。良人翻作東飛翼，卻遣江頭問消息。……恨無羽翼飛，使我徒怨滄波長。開篋取畫圖，寄我形景與客將……。[39]

李涉揣摩荊娘在空閨獨守的清寂中，執筆描丹青，封裹寄給遠去他方的良人，寫眞可作爲眞人的替身，希望不要或忘。

以上三則唐代女性畫像的文獻，不約而同地，皆充滿著情愛失落的焦慮，女性將自己的命運、才華、或創作力，寄託在一幅丹青虛構的畫像上，甚至以之取代肉身的自己。以一幅自我畫像挽回即將逝去的情愛，有再現自己的圖繪動機，亦有女子以容貌爲主的文化預設，畫像猶在、而人已衰逝的感歎，則證明繪畫比眞實女人更加永恒，女性畫像使得繪畫與眞實之間的界限模糊了起來。

二、宋：求寫照、觀名妓、塑才女

宋代《宣和畫譜》載：

還。崔以不得從爲恨，因而成疾。有丘夏善寫人形，徽托寫眞寄敬中曰：『崔徽一旦不及畫中人，且爲郎死。』發狂卒。」參見《元稹集》（臺北：漢京文化事業公司，1983年）〈外集〉卷7，頁696。

[39] 參見《全唐詩》，同註[36]，第14冊，卷477，頁5424-5425。

婦人童氏，江南人也。莫詳其世系。所學出王齊翰，畫工道釋人物。童以婦人而能丹青，故當時縉紳家婦女往往求寫照焉。有文士題童氏畫詩曰：林下材華雖可尚，筆端人物更清妍；如何不出深閨裡，能以丹青寫外邊？㊵

這段文字記錄了童氏爲早期的女性寫眞畫家，亦說明當時仕女競求寫照的風氣。此外，文中題詩涉及性別空間，「如何不出深閨裡，能以丹青寫外邊？」透露了當時婦女很難涉足外面的公共空間。

宋代開始出現名妓的畫像，洪邁《容齋詩話》載：「莫愁者，郢州石城人。今郢有莫愁村，畫工傳其貌，好事者多寫寄四遠。」㊶另外，陶宗儀《輟耕錄》亦云：

蘇小小，見諸古今吟詠者多矣，而世又圖寫以玩之，一何動人也如此哉？……余嘗記〈虞美人〉長短句云：「槐陰別院宜清晝，入坐春風秀。美人圖子阿誰留，都是宣和名筆內家收。　鶯鶯燕燕分飛後，粉淡梨花瘦。只除蘇小不風流，斜插一枝萱草鳳釵頭。」亦蘊藉可喜，乃元遺山先生所作也。㊷

莫愁與蘇小小皆爲錢塘歷史名妓，爲名妓畫像以追憶一代風流，而

㊵ 參見《宣和畫譜》卷6，「女仙圖一」條，同註㉛，頁441。

㊶ 參見《容齋詩話》卷 3，收入吳文治主編《宋詩話全編》（南京：江蘇古籍出版社，1998年），冊6，5620。

㊷ 參見《輟耕錄》，宋入施蟄存、陳如江輯錄《宋元詞話》（上海：上海書店出版社，1999年），頁746。

「好事者多寫寄四遠」、「世圖寫以玩之」，似乎可以滿足世俗的窺視慾。明初吳偉擅繪歌妓，曾爲當時名妓武陵春繪製一幅畫像：〈武陵春圖〉，畫家將名妓的身姿，置於書卷桌案佈設的文房中，全畫瀰漫著文化氣息。吳偉另繪有〈歌舞圖軸〉，名妓畫像在下段，上段約一半的畫幅，題滿當時文士對畫中名妓主角的詩文。另一幅〈鐵笛圖卷〉，在一位文士座前，畫了兩位明艷的歌妓，陪侍一旁。㊸爲歷史名妓畫像的風氣，顯然歷久不衰，今有道光年間爲六朝名妓莫愁、光緒年間爲唐妓薛濤製箋圖的石刻畫像流傳，可供參考。㊹

宋代除了上述女畫家寫眞、名妓寫眞之外，還有才女李清照的畫像。據況周頤《蕙風詞話》曰：

> 易安居士三十一歲小像立軸，藏諸城某氏。諸城，古東武，明城鄉里也。余與半塘各得模本。易安幽蘭一枝（半塘所藏，改畫菊花），右方政和甲午，德父題辭（「清麗其詞，端莊其品。歸去來兮，眞堪偕隱」）。左方吳寬、李澄中各題七絕一首，按沈匏廬先生濤《瑟榭叢談》「長白普次雲太守俊，出所藏元人畫李易安小照索題，余爲賦二絕句」云云，未知即此本

㊸ 吳偉〈武陵春圖〉、〈鐵笛圖卷〉，詳參《中國繪畫史圖錄》（上海：上海人民美術出版社，1997 年）下冊，頁 536、534。〈歌舞圖軸〉參見同註㉞，《中國美術全集》，繪畫編 6「明畫上」，附圖 121。

㊹ 二圖參見同註㉞，《中國美術全集》繪畫編 19，「石刻線畫」冊，圖 118、127。

否？（易安別有荼蘼春去小影。）㊺

李清照三十一歲的人物立像寫眞〔圖 6-1〕，雖然況周頤未針對畫像人物本身多作描述，但由李清照手執幽蘭（或拈菊），一方題畫像贊辭，另一方題七絕等文學性的設計中可以得知，這是文學才女的形象塑造。清崔鏏繪有〈李清照像〉軸〔圖6-2〕，亦爲男士文人眼中的才女形塑。閨房空間並未完全封閉，右側有一個迴廊可通向外界。物的描繪部分，減去所有的妝奩，只呈現桌案上的文房用物。清照身著樸素的服飾，身姿端莊內斂，沒有多餘的妖嬈姿態。在女性寫眞的傳統中，迥異於薛媛、崔徽自憐性的寫眞、亦非充滿情色窺探的名妓寫眞，李清照的畫像，代表的是文學才女優雅的塑形。㊻

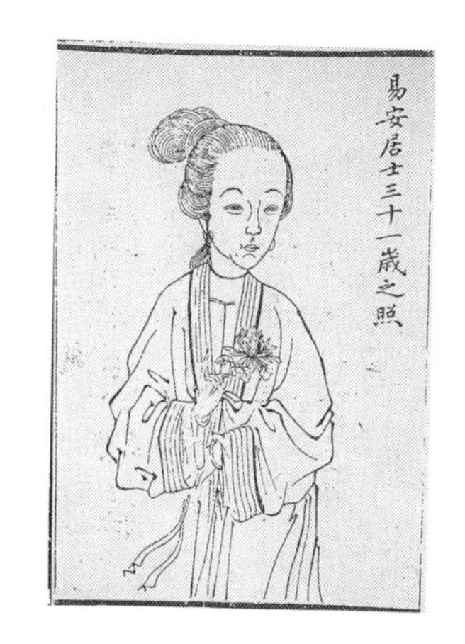

圖 6-1　「易安居士三十一歲之照」《漱玉詞》卷首冠圖

㊺ 參唐珪章編《詞話叢編》（北京：中華書局，1986 年），第 5 冊，卷 4，頁 4498。

㊻ 王鵬運《四印齋所刻詞》（上海：上海古籍出版社，1989 年）收《漱玉詞》，卷首有李清照小像，正是手拈折枝菊花。另種造形爲手持幽蘭一株者，亦經常可見，如沈立冬、葛汝桐主編《歷代婦女詩詞鑑賞辭典》（北京：中國婦女出版社，1992 年）卷首冠圖。

三、明：傳神與抒情

圖 6-2 [清]崔鏏〈李清照像〉軸

上述唐宋時期的女性寫眞，多具載於文獻中，明代以前除了作爲母儀天下的后妃肖像外，女子個像畫蹟流傳不多。明代中期以後，女性畫像的表現有所轉變，逐漸興起以女性單獨個像的描繪，隨著戲曲小說的刊刻流行，當時的版畫插圖亦有類似的圖繪營構，女子單獨個像——「寫眞」、「小照」，躍爲圖繪的主要對象，女子不再只是眾多織布、搗練、嬉遊群中的一部分，而是單獨一人的展演：執筆握管倚坐石上、或於書案前讀書觀畫、或填詞作詩、或靜思佇立，皆以女子寫眞小照的主題來表現。

由理論上而言，女性人物畫並未脫離肖像畫的傳統，以傳神爲第一要務，徐㶿曰：

> 畫人物難，美人爲尤難，綺羅珠翠，寫入丹青俗，故鮮有此技名其家者。仇實父箜篌美人，淡妝濃抹，無纖毫脂粉氣。㊼

㊼ 參徐㶿《紅雨樓題跋》，轉引自同註❾，頁 492。

仇英的箜篌美人，雖淡妝濃抹，爲何卻無一點脂粉氣？顯然畫美女，並非爲一板滯泥人添上綺羅珠翠即可，筆者已於前文討論過，肖像畫要超越「形貌」，以「傳神」爲最高理想，「傳神」的原則同樣亦適用於女子寫眞。《宣和畫譜》曰：

> 至於論美女，則蛾眉皓齒如東鄰之女；瓌姿艷逸如洛浦之神；至有善爲妖態，作愁眉、啼粧、墮馬髻、折腰步、齲齒笑者，皆是形容見於議論之際而然也。㊽

「形容見於議論之際」，不禁讓我們回想起宋代陳造所言：「著眼於顚沛造次、應對進退、顰頞適悅、舒急倨敬之頃，熟想而默識」，以寫人物神韻，仕女畫家一樣要在女子的言行動態中，觀察與捕捉女性神韻。元代湯垕亦云：

> 仕女之工，在於得其閨閣之態。唐周昉、張萱，五代杜霄、周文矩，下及蘇漢臣輩，皆得其妙。不在施朱傅粉、鏤金佩玉，以飾爲工。余嘗見宮女圖，文矩筆也，置玉笛於腰帶中，目觀指爪，情意凝佇，知其有所思也。㊾

湯垕與明徐𤊹同樣認爲，仕女的美感，絕對不在朱粉羅翠佩飾之美，閨閣神韻的表現，在於「有所思」的情意凝佇。這個意見，乃

㊽ 參見《宣和畫譜》卷五，「人物敘論」。同註㉛，頁 425。

㊾ 湯垕《古今畫鑑》「仕女之工」條。同註㉝，頁 25。

將郭若虛「威重儼然之色，使人見則肅恭有歸仰心」的垂教觀念加以扭轉，而朝向抒情女子的形象表現。

四、小結

由歷代女性畫像變遷的軌跡來看，由規箴教化、到群體展演、到文學想像、到女子個人寫眞，仕女畫早期負載的教化目的，逐漸轉向女性美感的呈現；而畫家的表現重點，也由群體移向個人、畫家視角與女子的距離逐漸拉近、目光焦點逐漸集中，使女子彷彿就迫在眼前。爲女子寫眞的新風氣，爲整個明末清初文化中的一個環節，單獨女像繪製所顯示出的繪畫觀念，必需置入人物畫寫眞傳統中去觀察，始能對其意涵確實把握，而女子寫眞背後的社會意識，尤其是性別認知更饒有深意，值得進一步探索。

參、杜麗娘的塑形、寫眞與再現

一、《牡丹亭》風潮

晚明湯顯祖膾炙人口的戲劇《牡丹亭》，在當代造成「文人學士案頭無不置一冊」[50]的風潮，歷久不衰。沈際飛的〈牡丹亭題詞〉，對於此劇各個角色的典型、影響後世深遠之廣大讀者群的音

---

[50] 參見林以寧〈還魂記題序〉，收入毛效同編《湯顯祖研究資料匯編》（上海：上海古籍出版社，1986年）下冊，頁889。

聲笑貌、劇中令人疑、信、生、死如環解錐畫的關鍵課題、以及該劇以虛構性詮釋人生眞諦等各方面，都作了簡要的勾勒：

> 數百載以下筆墨，摹數百載以上之人之事，不必有；而有則必然之景之情而能令信疑，疑信，生死，死生，環解錐畫。後數百載而下，猶恍惚而有所謂懷女、思士、陳人、迂叟，從楮間眉眼生動，此非臨川不擅也。臨川作牡丹亭詞，非詞也，畫也；不丹青，而丹青不能繪也；非畫也，眞也；不啼笑而啼笑，即有聲也。……柳生騃絕，杜女妖絕，杜翁方絕，陳老迂絕，甄母愁絕，春香韻絕，石姑之妥，老駝之勸，小癩之密，牝賊之機，非臨川飛神吹氣爲之，而其人遁矣。[51]

由文學批評的資料來看，《牡丹亭》造成的迴響，大致有幾方面：就戲曲型式而言，大部份的讀者，均對華麗的戲文、婉轉的曲調與生動的賓白，給予高度評價。也有些內行的創作者或批評家，則對湯氏劇作中因聲調、音韻不協律度而導致唱腔拗折的問題，進行質疑與論辯。[52]至於針對戲曲內涵的討論，則顯得豐富多樣，討論的核心，可由湯顯祖爲自己劇作的開宗明義篇中揭示出來：

---

[51] 沈際飛〈牡丹亭題詞〉，收入徐朔方箋校《湯顯祖全集》（北京：北京古籍出版社，1999 年）第四冊，附錄，頁 2569。

[52] 參鄭元勳〈花筵賺序評語〉，同註[50]，頁 861。

> 天下女子有情，寧有如杜麗娘者乎！夢其人即病，病即彌連，至手畫形容，傳於世而後死。死三年矣，復能溟莫中求得其所夢者而生。如麗娘者，乃可謂之有情人耳。情不知所起，一往而深。生者可以死，死可以生。生而不可與死，死而不可復生者，皆非情之至也。夢中之情，何必非眞？天下豈少夢中之人耶！必因薦枕而成親，待掛冠而爲密者，皆形骸之論也。[53]

湯顯祖《牡丹亭》最精彩的情節，莫不環繞在杜麗娘形象的塑造上：有情、夢病、寫眞、傳世、殞命、復活。其中帶給讀者最大的震撼，是杜麗娘至情感夢與生死交纏的課題。湯顯祖設計了一個前提：薦枕相親的形骸之論，未必是至愛，而「夢中之情，何必非眞？」於是至情者不僅可以感夢，還可以「還魂」來推闡情感的極致：感天動地，穿越生死。讀者幾乎不約而同地將感性沈醉在橫跨生死的淒美愛情中，將理性焦點一致地置於主情的觀念中。陳繼儒曰：

> 以花間、蘭畹之餘彩，創爲牡丹亭，則翻空轉換極矣。……張新建相國嘗語湯臨川云：「以君之辯才，握麈而登皋比，何渠出濂、洛、關、閩下？而逗漏於碧簫紅牙隊間，將

---

[53] 參見《牡丹亭》「作者題詞」。筆者本章內容所參引的《牡丹亭》曲文，係根據湯顯祖原著、徐朔方、楊笑梅校注《牡丹亭》（臺北：里仁書局，1995 年）。

> 無爲青青子衿所笑！」臨川曰：「……師講性，某講情。」張公無以應。……夢覺索夢，夢不可得，則至人與愚人同矣；情覺索情，情不可得，則太上與吾輩同矣。化夢還覺，化情歸性，雖善談名理者，其孰能與於斯？[54]

王思任亦曰：

> 而其立言神指，邯鄲，仙也；南柯，佛也；紫釵，俠也；牡丹亭，情也。若士以爲情不可以論理，死不足以盡情，百千情事，一死而止，則情莫有深於阿麗者矣。況其感應相與，得易之咸，從一而終，得易之恒，則不第情之深，而又爲情之至正者。[55]

對於情旨的探討，是《牡丹亭》閱讀的主流。陳繼儒與王思任二人，均將杜麗娘的深情，提高到人性高貴與至正的評價之上。主情說恰是晚明思想界的一大課題，適可與李贄、馮夢龍等文人作家所贊揚的自然性情合而觀之。[56]美麗的愛情產生於「驚夢」中，又

---

[54] 參見陳繼儒〈批點牡丹亭題詞〉，收入徐朔方箋校《湯顯祖全集》，同註[51]，頁 2573-2574。

[55] 參見王思任〈批點玉茗堂牡丹亭敘〉，同註[51]，頁 2572-2573。

[56] 李贄提倡導任性靈自由，以及絕假純眞的〈童心說〉，在當時引起很大的迴響。馮夢龍亦以情的觀點，編輯了一系列感人的短篇小說集。其〈古今譚概·佻達部第十一〉「湯義仍講學」條云：「張洪陽相公見玉茗堂四記，謂湯義仍曰：君有如此妙才，何不講學？湯曰：此正吾講學。公所講是性，吾所講是情。」引自同註[51]，頁 2595。

因染上了「魂遊」、「幽媾」、「詗藥」、「回生」等冥界的神祕色彩，更加強了夢幻的深度，有的讀者深陷在以幻爲眞的虛擬夢境中，還原一個杜麗娘的梳裝臺，或是建造一個石道姑的梅花觀。[57]有的讀者要以本事推溯的方式，由湯顯祖的生命歷程中，找尋杜柳故事的眞相，於是而有杜麗娘爲曇陽子之比附，湯氏以此譏恨王荊石的說法。[58]當然在一面倒向情觀的閱讀主流中，亦有道貌岸然的訓誨，如史震林曰：「才子製淫書，傳後世，熾情欲，壞風化。」[59]史氏在一片讚揚聲中，鼓動一點道德的波瀾。

二、以幻爲眞的女子傳奇

《牡丹亭》這部戲劇之所以造成那麼大的迴響，與成功地塑造了杜麗娘的角色，有很大的關係，[60]特別是麗娘對於傳統女性叛逆

---

[57] 清涼道人曰：「清若士此曲，率皆海市蜃樓，憑空架造，讀其卷首自序，已明言其故矣。然余昔游嶺表，道出南安，聞府署中杜麗娘之梳裝臺猶在焉，見府署後石道姑之梅花觀尚存焉。又若實有其事者。……則竟以幻爲眞矣。」參見《聽雨軒筆記》卷二。同註[50]，頁 940-941。另倪鴻《桐蔭清話》對尋墳之事，有所辯駁。同參頁 949-950。

[58] 關於曇陽子的問題，參同註[50]，頁 865、889、908、937、942、954 等，後世讀者各有不同的討論。另沈德符對曇陽子的傳說，亦有詳細的辯說。參見氏著《萬曆野獲編》（北京：中華書局，1997 年）中冊，卷 23，〈婦女〉「假曇陽」條，頁 593-594。

[59] 史震林曰：「才子罪業勝於佞臣。佞臣誤國害民，數十年耳，才子製淫書，傳後世，熾情欲，壞風化，不可勝記。」參見《西青散記》卷二，轉引自同註[50]，頁 912。

[60] 杜麗娘的故事，前有所本，原來「還魂」的觀念相當粗糙，女性形象亦無叛逆性，湯顯祖則予以重新塑造，寫成一個可歌可泣、高潮迭起、膾炙人

與勇敢的性格描繪，尤讓讀者印象深刻。

《牡丹亭》「訓女」、「延師」二齣，[61]觸及了女教的層面。閨塾師陳最良在請示杜寶該如何教讀麗娘時，杜寶針對女教說了以下內容：

> 男、女《四書》，他都成誦了，則看些經旨罷。《易經》以道陰陽，義理深奧；《書》以道政事，與婦女沒相干；《春秋》、《禮記》，又是孤經，則《詩經》開首便是后妃之德，四箇字兒順口，且是學生家傳……。其餘書史儘有，則可惜他是箇女兒。（「延師」，頁22）

女子教育的目的在賢淑不求聞達，因此學習範圍狹隘得多，五經書史中，義理深奧的、道政事的，均不必過目，只挑揀后妃之德者即可。南安太守杜寶對於掌上千金的教育理念，是爲了大家閨秀的婚姻匹配：「古今賢淑，多曉詩書。他日嫁一書生，不枉了談吐相稱」（「訓女」，頁9），與男子科考及第光耀門楣的教育目的迥異。

因此官家小姐的閨中生活，除了「剛打的鞦韆畫圖，閒榻著鴛鴦繡譜」（「訓女」〔前腔〕，頁 11，下同）等繪畫刺繡等藝事之外，雖無法「念遍孔子詩書」，也要在「玉鏡臺前插架書」，「略識周

口的名劇。關於麗娘故事的源流考察，請參見鄭培凱著《湯顯祖與晚明文化》（臺北：允晨出版社，1995 年）第三章〈《牡丹亭》的故事來源與文字因襲〉，頁 185-204。

[61] 筆者本文以下所參引的《牡丹亭》相關曲文，根據同註[53]，徐朔方、楊笑梅校注本，直接夾註齣名及頁次，不再另註。

公禮數」，不枉費千金小姐只做紡磚女紅而已，何妨作箇謝道蘊、班昭之流的才女校書。

陳最良在面對麗娘這位閨秀女學生之初，一口氣便將《詩經》閨門內有許多風雅一齊擺開：

> 有指證，姜嫄產哇；不嫉妒，后妃賢達。更有那詠雞鳴，傷燕羽，泣江皋，思漢廣，洗淨鉛華，有風有化，宜室宜家。（「閨塾」〔掉角兒〕，頁35）

爲了養成后妃之德而讀書，距離二八佳人的生命經驗是太遙遠了，對杜麗娘來說，關關雎鳩首章的「窈窕淑女，君子好逑」，怎麼轉折也聯繫不上后妃之德，卻無端引出了困悶春情：「爲詩章，講動情腸」（「肅苑」〔前腔〕，頁 54），把麗娘與雎鳩相比：「關了的雎鳩，尙然有洲渚之興，何以人而不如鳥乎？書要埋頭，那景致則抬頭望」。「閨塾」、「肅苑」二齣，湯顯祖讓俏皮的春香，插科打諢地將板正的賢淑教育，與花明柳綠的大花園，作了明顯的對比。是要遵從塾師所勸勉，學習古人囊螢、趁月、懸樑、刺骨的讀書？還是作個老夫人口中的乖巧女孩：「不宜豔妝戲遊空冷無人之處」（「慈戒」，頁 68）、「只合香閨坐，拈花翦朵」（同上，頁 69），平日鍼指刺繡，觀玩書史，舒展情懷？或是隨春香遊玩於「亭臺六七座，鞦韆一兩架。遶得流觴曲水，面著太湖石。名花異草，委實美麗」（「閨塾」，頁 37）的大花園？杜麗娘心底天眞爛漫的叛逆任性，都教丫環春香給逗引了出來，終於：「不攻書，花園去」（同上，頁 36），在姹紫嫣紅的庭園裡感春、情傷、驚夢、尋夢。

湯顯祖設計的故事情節裡，杜麗娘熱烈地勇於追求所愛，展現在遊園春夢中、在魂魄狀態的幽媾中，春夢中的麗娘與冥界魂魄的麗娘，皆主動地尋得了柳夢梅，自媒自婚的主動精神，卻僅能在非現實中表現而已。遊春夢醒後，仍要在慈戒的氣氛中，遮掩傷春心事。幽媾的歡愛，一旦還魂回生後，亦得回到禮教上來，等待父母之命，媒妁之言。麗娘一句「鬼可虛情，人須實禮」（「婚走」，頁235），將女性的內在追求與外在束縛間的糾葛與衝擊，透過死／生、夢（魂）境／實境、理想／現實、禮教／情性的對比，突顯出來。

《牡丹亭》自「驚夢」到「冥誓」的前半部，杜麗娘充分展現了主動追求愛情與婚配的自主精神；而「回生」後的部份，禮教與人間機巧的情節安排，相對弱化了杜麗娘的戲份，在某種程度下，現實中的麗娘，彷彿呈現著被禮教馴服的寂靜。湯顯祖以如此的情節安排平衡世情，然而從讀者反應來看，眞正能產生恒久的閱讀感染力者，仍是《牡丹亭》前半部，這可由後世許多以幻為眞的讀者癡心中，得到訊息。

三、文本中的麗娘寫眞

> 天下女子有情，寧有如杜麗娘者乎！夢其人即病，病即彌連，至手畫形容，傳於世而後死。死三年矣，復能溟莫中求得其所夢者而生。如麗娘者，乃可謂之有情人耳。[62]

---

[62] 《牡丹亭》〈作者題詞〉，參見同註[53]。

湯顯祖的題詞，一開始就將揭示了杜麗娘的有情，因爲有情，而導致感夢、寫眞、傳世、殞命、復活等紅塵人生的奇蹟。因此，《牡丹亭》的戲文中，最具關鍵性的情節出現在「寫眞」一齣，並由此延伸出整個還魂的奇蹟故事。

在「閨塾」齣中，閨塾師遣春香拿來筆墨紙硯，要教麗娘模字，春香誤拿了畫眉的螺子黛（墨）、畫眉細筆（筆）、薛濤箋（紙）、滴滿淚眼的鴛鴦硯（硯）。暗示了女子的要務：以脂粉眉黛作爲書寫工具，在自己的臉龐上對鏡「寫容」。杜麗娘不僅寫容而已，還將自己的容貌書寫在紙幅上，爲自己「寫眞」。杜麗娘似乎接續了薛媛、崔徽的傳統，以「寫眞」表達對於愛情與婚姻的追求，然而杜麗娘卻不如薛、崔二人有特定的「寫眞」觀眾：或是情人、或是夫婿，那麼她的寫眞動機爲何？

梳雲髻，整花鈿，不意妝臺菱花鏡，卻「偷人半面，迤逗的彩雲偏」（「驚夢」，頁 59），鏡子偷偷地照見了她，害得她羞答答地把髮捲也弄歪。杜麗娘在粧鏡中照見了一個含情脈脈的自己，一股浮動的春情，竟將映照的菱花鏡擬人化，與鏡默默相對，卻反被鏡子（男性的替代目光）凝視得羞赧慌亂地偏斜了捲髮。麗娘在鏡中似乎被動地照映出一個深情款款的自己，一場春夢驚醒，又尋夢落空後，杜麗娘卻要進一步地主動紀錄自己，存留人間。湯顯祖在《牡丹亭》中，塑造了杜麗娘這個具有顛覆意義的絕佳女性形象，脫逸了上流出身的傳統閨塾規範，走出繡房空間，發現並創造了自己生命的春天。在「寫眞」戲文中，杜麗娘照見往日豔冶輕盈、如今消瘦憔悴的鏡中人，對「紅顏易老」有所體悟，因有容顏存留的焦慮，故要「寫眞」：「若不趁此時自行描畫，流在人間，一旦無常，誰知西蜀杜麗娘有如此之美貌乎！」（「寫眞」，頁 85-86）湯顯祖設計了整個作畫過程：齊備丹青絹幅、攬鏡顧影、自畫寫眞，由頰、唇、髮絲、雲鬟、秋波、眉山、似愁笑靨、風立細腰、手撚青梅……各個身體細部的觀察，而描繪鏡中自我影像，進而勾畫襯景：香閨庭院、太湖山石、垂楊芭蕉。[63]並題吟其上曰：「近覩分明似儼然，遠觀自在若飛仙。他年得傍蟾宮客，不在梅邊在柳邊。」（同上，頁 87）

丹青畫畢，向行家裱去，「要練花綃簾兒瑩、邊闌小」，「日炙風吹懸襯的好，怕好物不堅牢」，「香閨賞玩無人到，這形模則合挂巫山廟」，「精神出現留與後人標」。眞實的肉身會毀壞與流逝，而畫中人則可永恒存留，麗娘明白寫眞並非自己獨創，前有薛媛、崔徽：「也有古今美女，早嫁了丈夫相愛，替他描模畫樣；也有美人自家寫照，寄與情人」（以上皆見「寫眞」，頁 87-88）。薛、崔以自寫眞代表愛情與婚姻的追求與失落，亦是命運悲憐的象徵，並由此附載了創作的驅動力。[64]麗娘的自寫眞，卻沒有特定的觀覽對象，不在取悅某個特定的夫君或情人，她由內心呼喚要愼重地描畫、精裱、不在閨房而在公處懸掛，透過寫眞，麗娘在某種程度

---

[63] 「寫眞」齣自我描畫的文字有以下數處：「取素絹、丹青，看我描畫」，「輕綃，把鏡兒擘掠，筆花尖淡掃輕描。影兒呵，和你細評度，你腮斗兒恁喜謔，則待注櫻桃，染柳條，渲雲鬟煙靄飄蕭，眉梢青未了，箇中人全在秋波妙，可可的淡春山鈿翠小。」「撚青梅閒厮調，倚湖山夢曉，對垂楊風裊。忒苗條，斜添他幾葉翠芭蕉。」參見同註[53]，頁 86-87。

[64] 關於唐宋時期女性寫眞畫的緣由探討，詳參衣若芬撰〈北宋題仕女畫詩析論〉28-32，收入中研院中國文哲所籌備處編：《傳承與創新——中研院文哲所十周年紀念論文集》，臺北：南港，1999 年 12 月。

上，脫離了對男性的依附，企圖將一位深閨千金的自我影像展示與公開，在女性意識上，具有很大的突破。

四、版畫中的杜麗娘再現

㈠ 麗娘寫眞

《牡丹亭》文本仔細地處理了麗娘「寫眞」的情節因緣，由對閨塾師的不馴，到遊園春情浮動而驚夢，到尋夢不成而情傷，到照鏡發現香消玉損，終致描畫自己，自我呈現與流傳人間。透過文本一連串抒情細節的安排，將執著眞情的杜麗娘角色性格，鮮明地表露了出來。然而受限於空間藝術的表現特性，圖本儘管由文本出發而安排了「寫眞」的場面，卻不易將麗娘情傷的內心微曲表現出來。

附有插圖的《牡丹亭》在晚明爲暢銷的出版品，萬曆年間黃德新、黃德修、黃一楷、黃一鳳、黃端甫、黃翔甫等合刻《牡丹亭還魂記》武林刊本，有一幅描繪仔細的「寫眞」〔圖 7〕，該圖春香在案旁陪侍，桌案後側閨床帳縵懸

圖 7 「寫真」
《牡丹亭還魂記》萬曆武林刊本

起，繩結流蘇垂飾，床上被衾尚未整理，門外梅石松枝環成戶外景致，桌案上佈有香爐、筆插、硯臺、顏料碟皿、直立粧鏡，以及一卷展開的紙幅，麗娘立在一個與庭院相通、敞開門牖的閨房開放空間中，動作停佇在對鏡拈筆、微微欠身的姿勢上。杜麗娘既全身在畫中，亦半身影現在鏡中，又以人像的未完形現於紙幅中，繪者以「畫中畫」的方式，巧妙地再現湯顯祖所構想的杜麗娘「寫眞」場面。

這幅「寫眞」圖符合晚明版畫的幾重特性：取徑於小說的敘事性、重視人物情節與物象場面、表現戲曲舞臺的效果、提供讀者觀看的開放空間等，(65)文本的抒情意味已被圖本的敘事性所沖淡，畫面呈現了男性畫家透過觀看設計的表現企圖。

㈡ 麗娘再現

晚明版畫的世界，是充滿男性視線權力的場域。男性作家透過文本材料，塑造理想中的佳人形象，《牡丹亭》杜麗娘再現的場面中，男性的觀看，無所不在。以下探討幾幅《牡丹亭》中的版畫。

天啓年間汪文佐、劉升伯刻、吳興閔氏刊朱墨套印《牡丹亭》，一幅插圖題「沒揣菱花偷人半面」句〔圖 8〕，這是「驚夢」齣的句子，畫中女子以透過雙手藏袖合握於胸前、倚肘案上、對著粧臺鏡面……等姿勢，傳達了文本中的轉折意涵：杜麗娘遊園

(65) 關於晚明版畫圖像營構的特性，詳參毛文芳撰〈於俗世中雅賞——晚明《唐詩畫譜》圖像營構之審美品味〉一文，收入《第一屆雅俗文學與雅正文學全國學術研討會論文集》（臺中：中興大學中國文學系，2001年），頁 315-364。

圖 8　「驚夢」齣「沒揣菱花偷人半面」句
《牡丹亭》天啓吳興閔氏朱墨套印刊本

圖 9　題句「樓上花枝照獨眠」

前，於閨房理粧，不僅在鏡中看到了自己「沈魚落雁、羞花閉月」之貌，彷彿也看穿了自己（一位少女）的春情羞澀，當鏡反而不敢直視的心緒。版畫雖將女子對鏡的場面，安置在偌大樹蔭的遮掩裡，但洞開的每扇窗扉，仍邀請觀眾根據文本觀看一位懷春少女的情致。另幅題句「樓上花枝照獨眠」〔圖9〕，畫中樓閣四扇全開的推窗，恰好將枕臥獨眠的麗娘睡姿，一覽無遺地呈現出來，顯然，睡中人並不知道自己臥眠於香閨中的私密影像，如此窗戶洞開地展覽在觀眾面前，這是版畫家有意的設計。

另一幅題句「添眉翠，搖佩珠，繡屏中生成士女圖」〔圖10〕，「延師」齣的戲文中，描述院子裡傳來敲雲板的聲音，正要請小姐出來拜師，此時，旦引貼出場，唱了「添眉翠，搖佩珠，繡屏中生成士女圖」（「延師」，頁 21），麗娘春香將前趨見師。畫中

圖 10　題句「添眉翠，搖佩珠，繡屏中生成士女圖」

丫鬟捧著菱鏡，小姐對鏡，執著眉筆，正欲添眉翠，小姐身後，另一丫鬟捧物立著，正欲補粧的場面。畫家並未把「延師」曲文中代表禮教的陳最良、杜寶等先生畫入，直營造了一個華麗的舞臺，三位女子站立的位置在右半幅，一個開放的階臺上，左幅有一道曲折的雕欄，前景一塊巨型湖石，牡丹花傍著盛開，四周松、桃、柳樹枝葉繁茂，營造了燦爛繽紛的春天景致，女子當鏡畫粧，以錦繡般的春園作爲背景，成爲仕女畫的構圖典型。

另一幅爲麗娘、春香、陳最良三人同在的畫幅〔圖11〕，麗娘在閨中慵懶倚坐桌旁，閨房門向觀眾開放，春香立在門外階下，正回身面對畫幅左側的閨塾師，閨塾師拱手站立的腳步前，有一塊橫跨溝渠的小石版，麗娘所在的右上邊空間，佔了極大的篇幅，正是教她感春情傷的春天，以及閨房纖細富麗的景致（代表主動自由而充滿活力的）。跨過了溝渠，很巧妙地將先生侷限在畫幅的左下角（代表受禮教約束），春香所站立的，正是一個中介的位置。此幅表達了「閨塾」齣中，陳最良與兩位懷春少女雞同鴨講的一段情節。更多的插畫，塑造了執水袖的杜麗娘，或傾身步至梅樹下，

圖 11　麗娘、春香、陳最良三人
《牡丹亭》朱氏玉海堂刊本

或抬眼望向長空，以諸種哀怨的身姿，呼應曲文的內容。

清康熙年間夢園刊刻《吳吳山三婦合評牡丹亭還魂記》，有幾幅畫像值得注意。在「寫眞」幅〔圖12〕中，畫家採取高視點的俯瞰角度，使閨房裡外的空間相通，門外近處一角的欄杆、湖石桃花、遠處窗外的梅幹、以及一方屋簷，勾勒出一個內縮的閨房環境。閨中大比例的床榻帳縵與高几瓶花，將麗娘寫眞的情節畫面擠壓至一個狹仄的範圍內，這樣的畫面處理，使文本中哀怨情傷的氣氛，被周遭充滿的陳設物沖淡許多。身著清裝的杜麗娘坐在桌後，右手握筆，左手執著鏡紐臨照，鏡背向著觀眾，以致無法顯現鏡中影像，案上紙幅呈現甫畫就的半身畫像，春香在旁伺候。

圖12　「寫真」
《吳吳山三婦合評牡丹亭還魂記》
清康熙夢園刊本

圖13　「玩真」
《吳吳山三婦合評牡丹亭還魂記》
清康熙夢園刊本

「尋夢」幅〔圖14〕，杜麗娘穿起清人服飾，姿態幽雅地拂袖步至柳、梅樹下，抬眼望向樹梢。右側角亭外，湖石旁散株桃花盛開，此爲感春遊園的景致。將該齣詩句：「春三月紅綻雨肥天，葉兒青……再得到羅浮邊」「這梅樹依依可人，我杜麗娘若死後得於此，幸矣」（「尋夢」，頁 74），表達在抒情畫面中。「幽媾」幅〔圖15〕，畫家畫出執手摟肩、兩情相悅的景致，床上輕柔的梅花帳已垂落，只隱約露出一小塊床榻，有意造成引人遐思的空間。

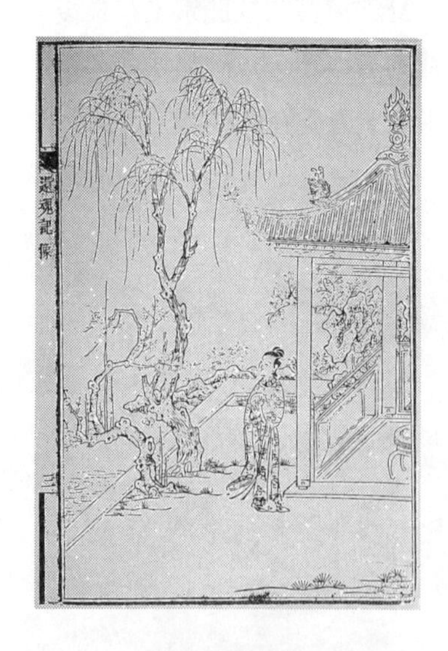

圖 14 「尋夢」
《吳吳山三婦合評牡丹亭還魂記》
清康熙夢園刊本

圖 15 「幽媾」
《吳吳山三婦合評牡丹亭還魂記》
清康熙夢園刊本

約翰柏格（John Berger）認爲每一個形象都體現一種看的方法，畫家在無數可能的視界中選擇一景，將其怎麼想、怎麼看的方式重構於畫幅的塗繪中。女人被以不同於男人的方式描寫，理想的觀賞者永遠被假設爲男人，女人的形象是爲了符合男人的標準而設計。[66]麗娘形象出現在畫框中時，人們觀看麗娘，是觀看男性畫家所塑造之當鏡理粧、慵懶倚坐、遊園傷春、自我寫眞的麗娘，顯然必需受一系列被教導關於藝術的假設所影響，如：羞澀、柔弱、幽靜、膩情、美麗……等品味，塑造成一個纖弱美麗而多情的理想女性，這正是男性畫家透過視覺設計的產物。

肆、女性魅影：畫中人與鶯鶯遺照

一、鏡像：照鏡的主題

在圖寫眞容之前，女性其實更早在鏡子中照見了自己的影像、意識到自己。檢視古今中外的女性閨房，除了提供眠憩用的床帳之外，還有什麼物品是必備的？顯然粧奩與鏡臺的陳設與男性臥房大不相同，粧奩與鏡臺爲女性獨擁的用物，目的是「女爲悅己者容」。自六朝宮體詩開始，女子攬鏡照顏，或以鏡自喻，一直是閨房描繪的一大主題。女子在閨房中執起鏡柄端詳鏡影，究竟在鏡面裡看到了誰？是照見自己可憐可憫的形象？[67]抑或照見了被取悅者

---

[66] 詳參約翰·柏格著，陳志梧譯：《看的方法——繪畫與社會關係七講》，（臺北：明文書局，1991年）頁4、頁58。

[67] 參見美國學者安妮·比勒爾著、王憶節譯〈塵封的鏡子：六朝愛情詩中的宮廷女性群像〉，《古典文學知識》1992年1期。頁116-123。

的男性權力？(68)如何觀看？看到了什麼？通常反映了照鏡人的心思，女子照鏡，自己既是觀看者，亦同時是被觀看者。她是看到意識中的自己？或是看到了別人眼中的自己？

相較於照鏡文學傳統的豐富意涵，圖繪中的照鏡主題，幾乎均爲男性觀點下的產物。東晉《女史箴》有一段正背鏡像表現法的構圖，畫中呈現的是女子背面，而鏡中映照出攬鏡女子的正面容顏，這樣一背一正的二重影像，組合了一個完整立體的女子形貌。畫中透過女子的「觀看盈餘」，訴說他者（畫者／觀者）的觀點。（傳）宋王詵畫〈繡櫳曉鏡〉冊〔圖16〕，突出照鏡主題，可謂是上述構圖的翻版。屏榻錯落的空間擺置，宮妝仕女對鏡婷立，另兩名侍婢捧奩步至。畫家塑造一個正待理容的景觀，「鏡中影」投射出看不見的觀看盈餘，畫

圖 16 （傳）宋王詵畫〈繡櫳曉鏡〉冊

(68) 參見鄭毓瑜著〈由話語建構權論宮體詩的寫作意圖與社會成因〉，收入洪淑苓、梅家玲等合著《古典文學與性別研究》（臺北：里仁出版社，1997年），頁 167-194。

中、鏡中二重影像組合一個理想的女子形象。此外，透過畫面題詩所出現「慵」、「風韻豐容」、「鏡奩」、「寂寂閒庭花影重」等語彙，在封閉而纖麗的庭園空間裡，營造懶粧閒寂的女性氛圍，畫家巧妙地創造鏡中女子的影像趣味。

萬曆年間靜常齋刊本《出像校正元板月露音》，有一幅女子理粧的插圖〔圖 17〕，題詩爲「遠山微畫翠猶顰，睡容無力羅裙褪」，畫庭園一隅，依傍欄杆屏風的桌案旁，一丫鬟站立雙手捧圓鏡，女子坐對圓鏡理粧。由題詩內容可知，這位閨女是在懶畫蛾眉，彷彿在鏡中看到了一個閨怨蹙眉的女子愁容。照鏡理粧成爲構畫女性的特有主題，女人攬鏡雖照自己，但卻爲男人而理粧，在鏡中映照的是男人期待的容顏，事實上，女人攬鏡照見的是男性期待眼光下的形象。晚明大量的

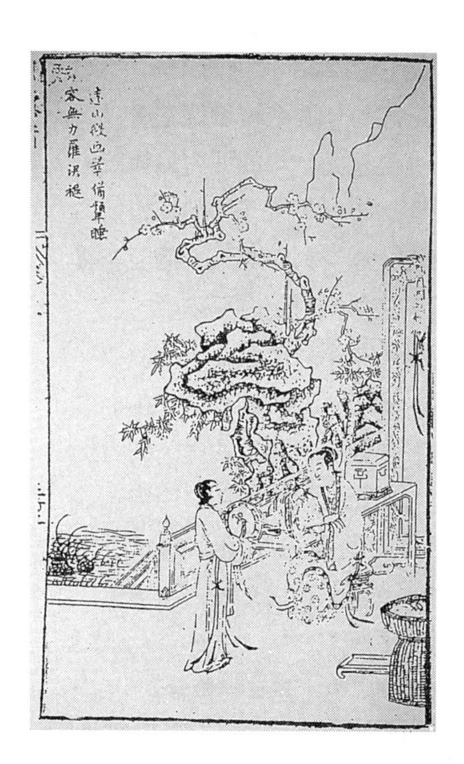

圖 17　題句「遠山微畫翠猶顰，睡容無力羅裙褪」
萬曆靜常齋刊本《出像校正元板月露音》

版畫營構，大致符合這樣的預設。明末烏程閔氏刊朱墨套印本《琵琶記》中有一幅照鏡版畫，女子於閨房中，對鏡整理秀髮，遮去了閨中桌上的陳設，女子現出一個空間遮蔽卻向讀者開放的身姿，繪者以私密的角度呈現女性閨中對鏡梳妝之事，「窺視」成為繪者提供給讀者的圖像設計。

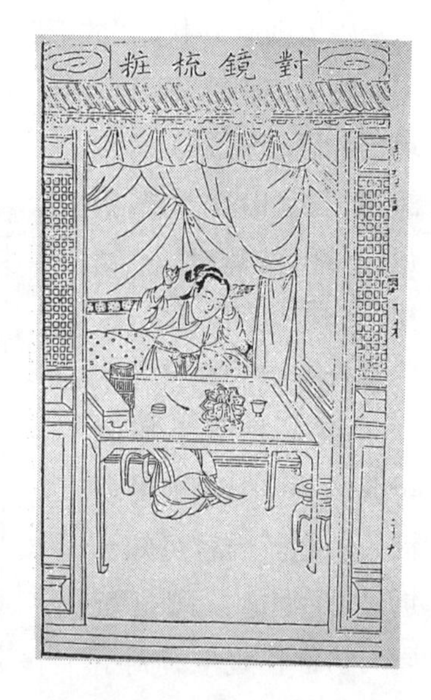

圖 18 「對鏡梳妝」
萬曆金陵世德堂唐晟刊本《琵琶記》

萬曆年間金陵世德堂唐晟刊本《琵琶記》中的「對鏡梳妝」〔圖 18〕，一女子坐於床帳前的桌後，傾身對著桌上一個菱花寶鏡，高舉兩肘，左手扶鬢、右手插簪，桌上散置奩盒、胭脂與髮簪，顯示出愉快理粧的女子形象。這幅版畫有趣的是，門簷正上方高懸「對鏡梳妝」四字，而閨房的門限巧妙地形成一個畫框，這個戲牌（提供給看戲者）、這個畫框（提供給看畫者），均隱含了「觀看」的意義。《西廂記》崇禎刊本中，也有一幕鶯鶯對鏡理粧的插圖〔圖19〕，鶯鶯在閨房中面對觀眾側身理粧，窗前案上，置放鏡臺、胭脂、奩盒、鳳釵等物，閨房向外的圓洞窗，與窗外庭園交錯的竹叢枝葉，圈圍成一個奇特的畫框，鶯鶯理粧彷彿一幅嵌在畫框中的仕女畫。

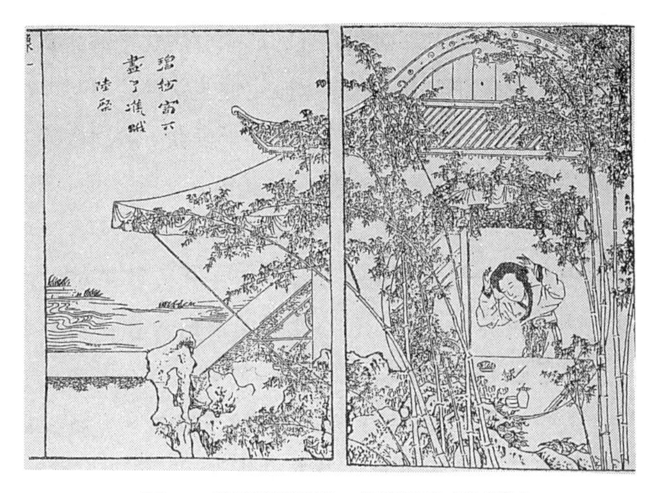

圖 19　鶯鶯對鏡理粧　《西廂記》崇禎刊本

杜麗娘的寫眞則結合多重影像，一是眞人，二是鏡像，三是畫中人。無論是眞實世界中的肉身、或是畫框中的深閨照鏡，或是鏡框中的梳粧理容，女子一直就是男性視線框域中的凝視對象。

二、畫像成眞的圖像魅力

相傳《牡丹亭》源於《法苑珠林》、《列異傳》中故事，以主角幽媾還魂爲情節梗概。[69]筆者以爲，《牡丹亭》除了中國還魂故事的傳統外，還要加上「畫中人」的來源。還魂的故事系統，因至誠喚名而回魂，是形象再現的崇慕，以幻爲眞涉及了後設與擬像的

[69] 青木正兒於《中國近世戲曲史》中引述三個還魂典故，證明《牡丹亭》有三個源頭，鄭培凱對此頗有辯說。詳參同註[60]，頁 188。

思考。在畫中人的傳統中，女性的魅影形象似與女子薄命有關，魅影若有似無，代表女性的流動性與不確定性，女性的自我，彷彿成爲鬼魂的自我。無怪乎六朝民歌莫愁歌與子夜歌，多爲鬼哭。唐傳奇中有一則神祕的「畫中人」故事：

> 唐進士趙顏於畫工處得一軟障，圖一婦人甚麗。顏謂畫工曰：「世無其人也。如何令生，某願納爲妻」。畫工曰：「余神畫也。此亦有名，曰眞眞。呼其名百日，晝夜不歇，即必應之。應，則以百家綵灰酒灌之，必活。」顏如其言。遂呼之百日，晝夜不止。乃應曰「諾」。急以百家綵灰酒灌，遂活，下步言笑，飲食如常。曰：「謝君召妾，妾願事箕帚。」終歲，生一兒。兒年兩歲，友人曰：「此妖也，必與君爲患。余有神劍可斬之。」其夕，乃遺顏劍。劍纔及顏室，眞眞乃泣曰：「妾南岳地仙也。無何爲人畫妾之形，君又呼妾名。既不奪君願，君今疑妾，妾不可住。」言訖，攜其子，卻上軟障。嘔出先所飲百家綵灰酒。睹其障，唯添一孩子，皆是畫焉。[70]

此故事由男子觀看女性畫像開始，趙顏因爲觀看圖中的麗婦，而有「畫像成眞」的願望過程，其中灌綵灰酒與至誠呼喚，是畫中人復

---

[70] 參見宋李昉編《太平廣記》（上海：上海古籍出版社，1995 年，影印《四庫全書》本），卷 286「畫工」條，引聞奇錄，頁 1045-151 至 152。

活的關鍵，而疑心則使畫中人再度回到畫中。[71]

男性的觀看，是女性畫像的原動力，前文述及薛媛、崔徽的寫真，不就是爲了博得夫婿與情人的一眼觀看嗎？杜麗娘的「寫眞」劇情，亦接續了薛、崔二人的心緒，而自言自語地說了：「也有古今美女，早嫁了丈夫相愛，替他描模畫樣；也有美人自家寫照，寄與情人」（「寫眞」，頁 87），《牡丹亭》中的「寫眞」確是要提供一個男性觀看的視域，而「玩眞」，則源於唐代趙顏畫中人的傳奇故事，具有圖像成眞的神祕魅力。柳夢梅觀玩畫像，成爲《牡丹亭》中一段饒富意義的情節。

書生柳夢梅在生命奇特的境遇裡，養病投宿於梅花觀，偶然間，拾得太湖石底藏著的紫檀匣，以安奉觀音大士喜相之念攜回梅花觀（「拾畫」，頁 170-171）。在晴和的日子裡，展卷瞻禮。如何的觀音像？湘裙下不但沒有蓮花座，卻是一對閨中小腳，不是觀音了。是嫦娥？而人影外沒半朵祥雲托著，樹皴不像桂叢花瑣，也不是嫦娥了。再進一步玩味，丹青嬌娥與筆豪生光，難模的天然意態，畫工怎能到此？必是美人自手描繪。讀題詩吧！才知道是人間女子，柳夢梅端詳細看畫中人的容姿：細眉翠拖，眉鎖春心，眼中橫波來回，朱唇淡抹未開，手撚青梅，綺羅散，春蕉動。透過柳夢梅的眼光，畫中人如幻似眞地被想成了才女：畫似崔徽、詩如蘇蕙、行書逼眞衛夫人，就將寫眞畫早晚玩之、拜之、叫之、贊之。

---

[71] 畫中人到了清代，有些變調，蒲松齡《聊齋誌異》中「畫皮」的故事，令人毛骨竦然，高辛勇曾針對此故事，作解構性閱讀，自有遊戲性在文本中出沒。參見氏著《修辭學與文學閱讀》（北京：北大出版社，1997 年）〈修辭與解構閱讀〉，頁 25-29。

柳夢梅整個觀畫賞玩寫眞的過程，一如人魂相遇，充滿綺情（以上「玩眞」，頁 176-178）。(72)

萬曆四十五年刊〈牡丹亭還魂記〉「玩眞」插圖〔圖 20〕，以俯瞰角度創造一個室內空間，觀眾的視線由前景的屋頂，經由院落穿入敞開的門戶，展示「看畫」的情節。男子一手執著畫軸的軸心，微微欠身以另一隻手指向畫心，彷彿正在對圖畫中的半身女子品頭論足。這幅版畫，直接描繪出男子對待女性畫像的主題：既在觀看，也在品論。

圖 20 「玩真」
《牡丹亭還魂記》萬曆 45 年刊本

(72) 「畫中人」確是一個重要的主題，《牡丹亭》後，有許多改編、續編本，其中《畫中人》即是。吳梅〈畫中人跋〉云：「此記以唐小說眞眞爲藍本。今俗劇《斗牛宮》即從此演出。蓋因范文若《夢花酣》一記事實欠妥，別撰此本，意欲與臨川《還魂》爭勝……。是即臨川生而可死，死而可生之謂也。惟細繹詞意，有不僅摹效臨川者。「圖嬌」、「畫玩」、「呼畫」諸折，固是若士化身，可以無論。」詳參同註(50)，頁 977-978。又以女子畫像與情愛彼此的纏繞爲焦點，探討「畫中人」故事系列，詳參張靜二〈「畫中人」故事系列中的「畫」與「情」——從美人畫說起〉，收入華瑋、王瑷玲主編《明清戲曲國際研討會論文集》（全二）冊（臺北：中研院中國文哲研究所籌備處，1998 年），下冊，頁 485-512。

三婦合評夢園刊本的「玩眞」插圖〔圖 13〕(請回參頁 323)，維持這個刊本的品味，注重四周環境的刻畫，欄杆外有湖石、桃花、與竹叢，欄杆內，柳夢梅設桌觀畫題詩，後有畫屏，畫屏遮掩了後方的一棟建築物。小比例的「玩眞」畫面，與「寫眞」相仿，畫工意欲傳達一種美化的生活景觀。值得注意的是，此圖刊在第五葉，正好與對頁的「寫眞」〔圖 12〕呈現對稱相反的方向。

由桌子的傾斜走向、男子面向右方、屛風欄杆區圍的空間亦向右方敞開……等物象設計，知道本葉爲右向構圖。這正好與對頁「寫眞」的左向構圖（按由桌子的傾斜走向、女子面向左方、閨房亦向左方敞開……等），互爲對稱。

此外，兩幅畫中男女主角的動作設計，亦相互呼應。「寫眞」圖中，女子正對鏡執筆，點染條桌上已呈現自己半身影像的紙幅。在第五葉的「玩眞」中，原先女子畫像的紙幅，加上了天頭裱錦、杵與帶，表示畫已裱好，男子在條桌上展開畫軸，支左肘，右手執筆品賞女子畫像，彷彿正要題詩其上。畫家將男／女不同的性別角色，安排在右向／左向相似對稱空間構圖中，表現文本中的連續情節（寫眞→玩眞）。「女性畫像」的主題：女子圖寫自我畫像、男子觀玩女子畫像，以同與異的視覺對照效果，突顯出性別差異帶來的觀看意涵。[73]

---

[73] 明清之際阮大鋮撰《燕子箋》，寫霍都梁與華行雲相戀，誤取少女酈飛雲畫像，以此愛上酈。陸武清所繪〈酈飛雲像〉，亦爲「倒 S 形」，盛裝女子，雙手合抱，一手執卷，一手執筆，爲男子對女性美麗與文才的理想投射，優雅的姿勢與輕盈材質的飄揚裙帶有關，霍先看畫而愛上本人。女子畫像在文學作品中成爲傳情的媒介，呼應了男子觀看的預設。

三、鶯鶯遺照：男性的觀看視野

無論是鏡像的觀想、或畫像成眞，皆爲圖像帶來了魔力，眞正迷人者，似乎不是眞實的肉身，而是若有似無、捉摸不定的虛構影像。《西廂記》中的崔鶯鶯，本來就是文學的虛構，而爲鶯鶯寫「遺像」，更是幻中之幻，是男性心目中理想化的女性魅影。版畫中的鶯鶯遺像，多以肖像畫的方式呈現，而版畫作者，將觀者預設爲男性，突出了「觀看」女性的意義，筆者下文將以《西廂記》的鶯鶯像爲中心，嘗試爲這些現象進行考察。

㈠ 女性肖像畫的側面性

萬曆三十八年武林起鳳館刊《王李合評北西廂記》「鶯鶯遺照」（回參〔圖4〕，頁293），畫中人爲半身像，女像整體看來顯得豐腴，臉爲七分右側像，結鬟整麗，左耳戴璫，瓜子臉框上，細眉細眼小口，右手支頷，滑落袖口的手腕掛有環釧，左手垂袖輕扶右肘，素袍外的錦繡罩衫與腰間佩飾，呈現富麗的造形，雖有輕微的動態，仍表現著含蓄的閨秀典型。畫幅右上角以小篆題「鶯鶯遺照」，左下角有「汪耕于田父倣唐六如之作」。

另一幅鶯鶯像〔圖21〕，左側題「宋畫院待詔陳居中摹」，右小篆題「崔孃遺照」，爲萬曆四十一年香雪居刊本中的插圖，錢穀繪，汝氏文淑摹，黃應光刻。與前幅相比，體態較瘦，衣飾華麗的部份減少，素面衣袍僅領口與袖緣有花紋，動態亦減弱，兩手垂握於腰下，僅髻上鳳釵有旒蘇輕搖。在同樣的七分側面姿態中，呈現出靜謐的閨秀典型。

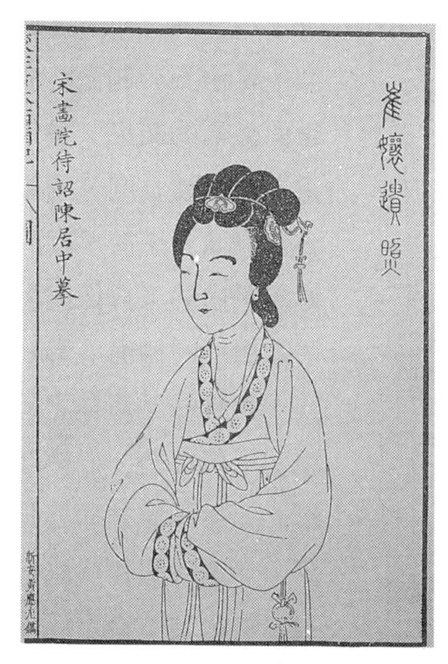

圖21 「崔孃遺照」
《西廂記》萬曆香雪居刊本

以上兩幅像雖爲不同畫家所繪，均畫出側面半身。傳統人像的側面比例，有九八七……到一分的分別〔圖22〕，晚明周履靖《天形道貌》一書中，認爲神佛用正面十分像，乃取其端嚴之意，正面代表的是威儀。[74]「鶯鶯像」不但放棄了明代后妃、貴婦肖像的端儀傳統，亦不符合明朝晚年男子正面肖像畫的流行風潮。晚明男子肖像的正面性有幾點値得注意的社會特性，包括代表了標榜自我的思想活動、畫中人企圖與畫外世界形成互動的開放意識、觀畫人與畫中人視線相接所產生的視覺轉化……等，正面成爲一種強化的視覺聯想，以達成規鑑性的道德聯想，使人起而效尤等，[75]這些社會特性在女性肖像畫中，均付之闕如。

---

[74] 周履靖《天形道貌》對於寫眞畫中，各個臉部器官如目、鼻、口、耳、鬚、髯、手等的形繪美感標準，有細說，請參見同註❾，頁496。

[75] 關於晚明男子正面肖像畫的探討，請詳參同註❽，李國安文。

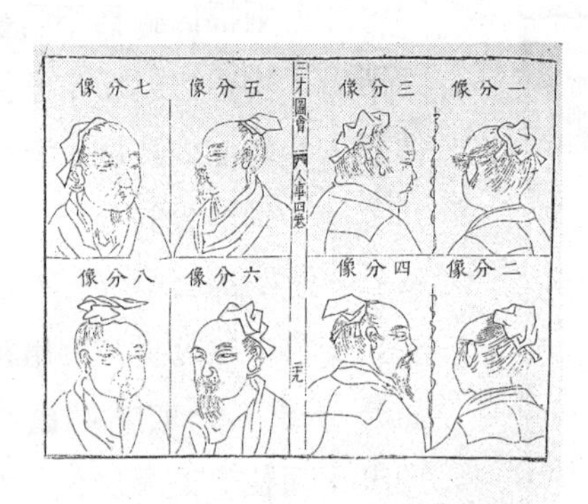

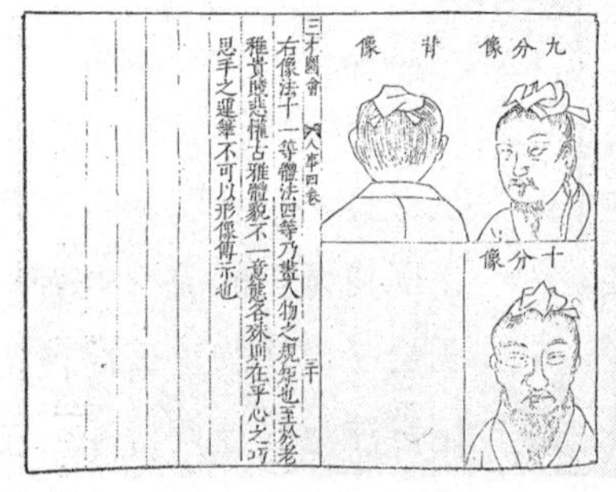

圖 22　人像畫的側面比例

六、七分的側面像，是由五分側像略向正面微偏的結果。楚帛畫〈龍鳳仕女圖〉的五分正側像，屬於早期的傳統，由於五分像與影子輪廓般的側面剪影有關，如蘇軾〈傳神記〉說明了傳神乃「以燈取影」。為了要兼顧五分側像半邊輪廓起伏線條的優勢，又不滿足於半邊臉部的勾劃，於是三、四、六、七等角度就出來了。無論如何，臉部不取正面的主要理由，在於處理視線。周履靖說：畫山水人物，若溷然用正像，則刻板近俗，故宋以後，人物畫家幾乎都避免人物眼睛與觀眾直接接觸，如馬麟的〈靜聽松風圖〉，刻意描畫松下士人的眼睛瞥向觀者以外的方向。幾幅鶯鶯像的半身七分側像，將畫中人的視線轉向畫外，由於避開了與觀眾對看的視線交流，觀者可以毫無顧忌地觀看。女性側像以及眼神的方向，提供了一個完全被凝視的景觀。[76]

㈡ 裝框的視覺景觀

起鳳館刊本《西廂記》中鶯鶯支頷扶肘的身姿，是畫家企圖表現神情的一種手法。蔣驥《傳神祕要》曰：「神在兩目，情在笑容。」[77]說明了肖像畫家必需在臉部五官刻繪人物整體的神情。[78]時代稍晚的陳洪綬，所畫的兩張「鶯鶯像」，在神情的描繪上，別具企圖。其一爲明崇禎年間山陰延閣李正謨刊本〔圖 23〕，臉部七分微側，頭部略向下壓，傾斜約 30 度，頷部與臉框的線條，勾勒出一位豐腴的女子，臉向右而身向左，以相反的方向呈現出一個回首的姿

圖 23 「鶯鶯像」
《西廂記》明崇禎年間山陰延閣李正謨刊本

[76] 「眼神」（the eye）與「凝視」（the gaze）屬精神分析與電影理論領域的理論。詳參《女性主義與藝術歷史》（臺北：遠流出版社，1998 年）第一冊，〈框裡的女人——文藝復興與人像畫的凝視、眼神與側面像〉，頁 77-120。

[77] 參見蔣驥《傳神祕要》「神情」條，同註[14]，頁 35。

[78] 沈宗騫《芥舟學畫編》討論取神的方法：「觀人之神，如飛鳥之過目，其去愈速，其神愈全，瞥見之時乃全而眞，作者能以數筆勾出，脫手而神活現」，顯示人物畫捕足神情的重要性。參見同註[15]，頁 513。

態，左手輕舉於胸前，以纖指捏弄衣帶，右手垂放暗示著反握團扇。透過這樣身姿的設計，畫家表現出一個有意展現動態、活潑俏皮的女子。

版刻肖像畫不如繪畫，可以細細勾劃人物的眼睛，背景完全空曠留白，卻以人物臉部角度、視線方向、衣著裝束、身體姿勢、輪廓線描作爲表達人物情態的構圖元素。對照於李正謨刊本的畫像，另一幅陳洪綬所繪、項南洲刻，崇禎十二年《張深之先生正北西廂記祕本》刊本「鶯鶯像」〔圖24〕，要表現的則是靜態的女子。左上方有「雙文小像」的篆字題文，冠於卷首。這與萬曆年間的起鳳館本或香雪居本相同，依然是半身像，頭七分側面，插有寶釵的斜髻將頭部傾斜約 30 度的視覺印象延展，鳳眼低眉垂視。右手藏於袖中，平舉迴靠胸前，左手纖指執物，腕間有環，輕舉略高於右手，身上的繡帶披帛由削肩後環垂於兩臂間。畫家採取斜側的頭部取角、低眉垂視的眼神、雙手含於胸前、沒有任何揚起的衣帶將身形緊縮於軀體……等人物姿形，與李正謨本的動態女子很不相同，營造出一位含蓄羞靜的瘦削女子。

圖 24 「雙文小像」
《張深之先生正北西廂記祕本》
明崇禎刊本

清丁皋《寫眞祕訣》提到「衣冠補景」的人物表現法，指的是以衣飾襯景，還有人物的姿勢與面向角度的表現法，稱爲「旁背俯仰」。(79)鶯鶯裝束的華麗、傾斜的頭部、緊斂的身形，被框設在一個簡單密封的空間裡，使她看起來宛如一幅寂靜的景觀，靜態的展示與被觀看。她端莊地將眼光轉離，靜靜地定於一點，下垂或迴避的眼神、緊束內斂的身形代表女性莊重、高雅與服從，鎖定在男性的凝視範圍之內，被當成是女性典範。左上角題字、右下角戳印，使紀錄性的肖像成爲藝術處理後的裝飾品，鶯鶯被陳洪綬永遠框在一個理想化的狀態裡。

陳洪綬西廂記「窺簡」一幅，鶯鶯立在大型畫屏前，捧著信簡垂視，整個姿形就是「雙文小像」的延續，靜態的姿形，與畫屏後春香的動態恰成對比。版畫界競邀的陳洪綬爲晚明變形主義風格之著名人物畫家，(80)「雙文小像」、「窺簡」均接近於畫史上的陳洪綬風格，將鶯鶯主觀表現成理想中的仕女。鶯鶯與嬌紅是同一種造形理念的產物，崇禎年間所刊孟稱舜撰《新鐫節義鴛鴦冢嬌紅

---

(79) 參見清丁皋《寫眞祕訣》，引自同註❾，「衣冠補景」篇，頁 563、「旁背俯仰」篇，頁 558。

(80) 明末陳洪綬被稱爲變形主義畫家，人物造形之姿態、手勢雖承襲自傳統的優雅形式，表現出對過去的依戀，卻經過誇大、戲劇化的穿透圖畫本身所營造的表面效果，隱含嘲諷或某種意圖。詳參同註❺，頁 183。另可參看《晚明變形主義畫家作品展》（臺北：國立故宮博物院，1980 年）所附〈明末畫家變形觀念之興起〉一文。陳洪綬高古駭俗的造型能力，塑造出誇張變形的嶄新面貌，亦將仕女畫帶入主觀表現的領域，如畫蹟《縹香》乃妾胡淨鬘，其造型卻是作者的遺貌取神，戛戛獨造，衣紋屈曲縈迴，女子雙肩瘦削，身形過度狹長。詳參同註㉕，《仕女畫之美》，圖版 24。

記》，亦陳洪綬評繪。寫申生與嬌娘的愛情悲劇，嬌娘因父另聘，憂卒，申生痛念亦死。嬌紅的造形，是典型的陳洪綬風格，傾斜的頭部、垂肩垂手垂扇、因行進產生的裙襬拖曳，恰好組成一個「倒 S 形」姿勢。閨秀衣著端正華麗，髮簪突出流線型，身形瘦長。女像的姿態非常含蓄，垂目低眉，透過步搖、腰飾、衣袖、裙襬等物的搖動，暗示輕移的步履，以欲行又止的含蓄輕移動感，突破女子立姿帶來的肢體停滯感〔圖25〕。《西廂記》中的鶯鶯、《嬌紅記》中的嬌紅、《燕子箋》中的酈飛雲、或畫蹟中的「縹香」，陳洪綬皆巧妙地以弧形身姿（「倒 S 形」）表現女子含藏的活力。

圖 25　嬌紅像
《新鐫節義鴛鴦冢嬌紅記》崇禎刊本

明佚名繪〈千秋絕艷圖〉，[81]是個六公尺長的手卷，畫面分作五十七段，共描繪了 60 多位歷史上的名女人，除少數文學虛構者外，大部份爲眞實存活過的人物，包括了公主（西成公主、樂昌公主）、寵妃（飛燕、梅妃、貴妃）、才女（班昭、李清照、謝道韞、卓文

[81] 本圖的説明，詳參同註[29]。

君、娟娟等）、情女（孫蕙蘭、蘇若蘭）、名妓（薛濤、蘇小小）、名女人（二喬、王昭君、西施）、文學典故（羅敷、綠珠、崔鶯鶯）……等，將歷代著名女子的形象，圖繪珍藏，可謂爲一部完備的女性圖史。充分表現著男性眼裡女性高貴完美的理想典型，爲女性的絕妙才艷作史珍藏保存。

有趣的是，六十多位佳麗的臉孔幾乎完全雷同，畫者將如何在漫漫長卷中，向觀眾清楚交待每位畫中佳麗的獨特性呢？圖像設計者，不僅在每段圖面上，題上與畫中主角相關事蹟的題詩可作對照，此外，還透過人物的動作、表徵物、裝扮、服飾等意象系統，傳輸特定人物形象的訊息。於是觀者雖然無法像認人一樣，由圖繪臉容「認出」某位佳麗，但是經由題詩的內容，以及意象系統的暗示，觀者仍可由個人的文化素養中，喚醒眞實歷史中的王昭君、薛濤、梅妃、或文學杜撰中的綠珠、崔鶯鶯等著名女子的記憶。

從畫幅形式上來看，〈千秋絕艷圖〉與清初流行的仕女冊頁〈月曼清游圖冊〉不太一樣，是兩種女性畫像的畫幅類型。[82]約 30 公分高的〈千秋絕艷圖〉，長卷畫幅，宜於咫尺展卷賞玩，而仕女冊頁的畫幅稍高，〈月曼清游圖冊〉高約 40 公分，以冊頁型式裝禎以供翻閱，這些冊頁有時可以相連重製，作爲案上裝飾的屛風陳列，提供男性不一樣的觀看經驗。[83]

---

[82] 本圖參見同註[25]，《中國歷代仕女畫集》，頁 109-120。

[83] 宋代〈女孝經圖卷〉雖也是圖文對照的手卷，然而畫家顯然不在展示畫中的女性群像，而在垂示女教，與〈千秋絕艷圖〉的作畫理念完全迥異。畫蹟參見同註[25]，《中國歷代仕女畫集》，頁 26-28。

明代刊本《唐貴妃楊太眞全史》〈梅妃麗容〉插圖〔圖26〕，梅妃雖在情場失意，但其嫻靜高雅的形象，卻留存後世讀者心中。插圖中的梅妃，頭戴鳳釵、身著錦緣雅服、手拈梅枝、低眉垂目、柔弱靜思的形象，楚楚可憐。畫家在梅妃美麗的姿容外圍，加上梅花折枝圖樣的飾框，更增加畫像華麗的裝飾效果。無論是咫尺玩賞的手卷、案上陳列的屏風、或是可供翻閱的冊頁，

圖26 「梅妃麗容」
明刊本《唐貴妃楊太真全史》

女性畫像總被男性以有形的畫框、或無形的圖像佈置圈圍起來，彷彿是一種裱褙與裝禎，將眞實的女子由現實生活中隔離出來，框裱成可供永恒傳閱的優美景觀。

㈢ 男性權力的映照

大量女性圖像的作者，不可諱言地均爲男性，明末男性對女性畫像的繪製興趣，似乎遠超過之前任何一個時代。一系列不同畫家對鶯鶯像的描繪，透過「衣冠補景」、「旁背俯仰」等手法，將「作愁眉啼狀，墮馬髻，折腰步，齲齒笑者，皆是形容見於議論之際而然也」（前引《宣和畫譜》言）、「目觀指爪，情意凝佇，知其

有所思也」（前引湯垕《古今畫鑑》言）等傳統仕女畫的審美造形，挪以表現近距離的女性肖像。

在傳統的觀看過程中，觀看者、男性的觀看、女性的被觀看，設立了一個序列性的下意識心理機制，使得觀看成了性別研究中相當不可忽視的領域，總有個「男性在看」的假設、「女性意識到男性在看」所促發之透過肉眼和鏡頭形成一個詮釋圈，將女性客體化，把尋常的觀看轉化爲具有情慾和性意味的凝視。[84]性別爲權力表達的主要領域或方法，女性畫像提供我們研究性別關係在視覺結構中的意涵。女性肖像畢竟不如男性肖像，帶有公眾所賦予的聲譽與功勳般的個人主義色彩，被裝飾化了的「鶯鶯遺照」、「雙文小像」、「梅妃麗容」，提供給觀者「欣賞」、「凝視」的機會。閨秀在社會規範下，是不被允許公開暴露的，現實社會從不認同女子的公開（如窗邊、門外）與奢侈裝束，女性肖像卻違反這個原則，裝束配戴地出現在畫框裡，彷彿是一種被允許公開的儀式。女性一直是男性所凝視的對象，暴露在公共場所即是「被凝視」，凝視代表世俗與男性的隱喻，她們暴露在眾目視線之下，也被框設在禮節展示與「形象佈置」的尺度裡。仕女如靜物般被裝飾、理想化、別具

---

[84] John Berger《*Way of Seeing*》等人的視覺研究指出，在傳統的觀看過程中，觀看者、鏡頭、男演員的觀看、女演員的被觀看，設立了一個序列性的下意識心理機制，使得觀看成了性別研究中相當不可忽視的領域，總有個「男性在看」的假設、女演員意識到男性在觀看促發的透過肉眼和鏡頭形成一個詮釋圈，男性觀者也牽涉到兩個並行機制：對男演員自戀式的認同和對女演員的客體化，把尋常的觀看轉化爲具有情慾和性意味的凝視。詳參約翰·柏格著，陳志梧譯：《看的方法——繪畫與社會關係七講》，同註[66]。

意義地畫出來，經過裝框，高懸在廳堂裡或呈現在出版品上。這些男性視角下的女性畫像，彷彿是一個個被觀看的符號，代表高貴、優雅、情意凝佇的文學女子典型。這些畫像亦如框架裡的鏡子，映照出男性的權力，在視覺上提供一個「女為悅己容」的範例。

此外，「鶯鶯遺像」四個題字，亦為畫像帶來迥異的觀點。框出近身、被端詳的臉、要女子近距離呈現，卻又迴避視線，不再只是唐宋宮女的美感景觀呈現而已，因為眼神、身姿造成的「有所思」，與觀者彷彿產生隱微的情感交流，表達一個可親近而多情的形象。陳洪綬以後，女子造像逐漸瘦削的身形，與文本緊密結合，營造了楚楚可憐女子「紅顏薄命」的類型化形象。[85]理想的女性畫像，非現實的映象，「鶯鶯遺像」，介於寫照人物／傳統人物、個別人物／類型化人物、眞實人物／理想型人物之間的角色互換，使得畫像衍生出許多曖昧感。歷史上並無鶯鶯此人，鶯鶯的小像、遺照、遺像卻虛構了一種眞實，企圖保存一種實際上並不存在的形象，逝去的、歷史的、或並不存在的女性魅影，如在目前，以視覺表現不朽的紀念性，在文化中「凝視」，傳達「文化展示」的魅力。[86]

---

[85] 清鄭績將古代典故中的人物，依類型與風格的方式，定其畫品。「論肖品」曰：「凡寫故實，須細思其人其事，始末如何，如身入其境，目擊耳聞一般，繪出古人平素性情品質也……太白風流，陶潛傲骨清風……樂天……縱練成鐵鑄之筆力，描出生活之神情……」。參見鄭績著《夢幻居畫學簡明》，參引自同註[9]，頁 570。

[86] 關於女性畫像視覺的文化展示（display culture）觀點，參見同註[76]，頁 82。

伍、杜麗娘的女性閱讀

一、《牡丹亭》的閨閣解人

晚明以後流行的文學評點，成了讀者個人私密性的對談，不同的讀者面對同一個閱讀文本，彷彿處在一個追憶共同往事的紀念空間。《牡丹亭》的讀者群極爲廣大，其中尤以女性讀者最受重視，女性意見的傳遞，在《牡丹亭》的閱讀裡，成爲獨特的聲音，跨越時代地彼此連繫，將癡心讀者，串聯成一條女性情愛昇華與救贖的鏈條。筆者下文，將考察《牡丹亭》杜麗娘的女性閱讀，尤其是杜麗娘的「寫眞」對明末清初女性的啓發與影響。

在《牡丹亭》保守的讀者意見中，有對女主角杜麗娘不懷好意的男性激烈反應，例如認爲她是「懷春蕩婦之行檢」[87]，或認爲湯

---

[87] 趙惠甫《能靜居筆記》曰：「友人好西廂者，爭以爲牡丹亭勝西廂，是眞不讀書人語，是眞不解世情人語。夫情生文，文生情，情不至則文不成，其爲文雖絕麗之作，而其言無所附麗，譬如摶沙作飯，無有是處。雙文之於張生，其始相愛悅而已，中則患難之交，終則有性命之感，然後踰禮越義，以有斯文。其情淳摯深厚，至不可解，淪肌浹髓，耐人曲折尋味，故夫雙文之於張生，不得已也，發於情之至者也；情至而不得遂，將有死生之憂，人實生我，而我乃死之，死之仍不獲於義也，於是有行權之道焉；君子之所寬也。若牡丹亭則何爲哉！陡然一夢，而即情移意奪，隨之以死，是則懷春蕩婦之行檢，安有清淨閨閣如是者？其情易感，則亦易消，入之不深，則去之亦速，拈題結意，先已淺薄，如此雖使徐、庾操筆，豈能作一好語？今見其豔詞麗句，而以爲彼勝於此，是尚未知人情，安足以言讀書？」參見同註[50]，頁 948-949。

顯祖塑造杜麗娘是「憑空結撰，誣衊閨閫」(88)。更甚者如史震林所引述好友鳳歧之言曰：

> 才子罪業勝於佞臣。佞臣誤國害民，數十年耳；才子製淫書，傳後世，熾情欲，壞風化，不可勝計。近有二女，並坐讀還魂記，俱得疾死。一少婦看演雜劇，不覺泣下。此皆緣情生感，緣感成癡，人非木石皆有情，慧心紅粉，繡口青衫，以正言相勸，尚或不能自持，況導以淫詞，有不魂消心死者哉？(89)

史震林是由女性的讀者表現來譏刺《牡丹亭》爲淫書。然而《牡丹亭》的主情觀，確是讀者反應中最動人的一個面向，讀者莫不對杜麗娘這位千古的奇情女子，深銘綺艷的印象。若以性別的角度來區辨，《牡丹亭》「搜抉靈根，掀翻情窟」(90)的主題，的確觸動了許多女性讀者的心弦，使得閨中女子「鏡奩之側，必安書簏」(91)，

---

(88) 顧公燮《消夏閒記摘抄》卷下曰：「其所作還魂記傳奇，憑空結撰，誣衊閨閫……與唐元微之所著會眞記、元王實甫演爲西廂曲本，俱稱塡詞絕唱。但口孽深重，罪干陰譴。昔有人遊冥府，見阿鼻獄中拘繫二人甚苦楚，問爲誰，鬼卒曰：此即陽世所作還魂記、西廂記者，永不超生也。宜哉！」參見同註(50)，頁 936。

(89) 參見史震林《西青散記》卷 2，同註(50)，頁 912。

(90) 參見吳梅〈還魂記跋〉，同註(50)，頁 973-975。

(91) 吳人舒鳧〈還魂記序〉曰：「談氏女則，雅耽文墨，鏡奩之側，必安書簏」，收入《吳吳山三婦合評牡丹亭還魂記》卷首。筆者所參據者，爲同治九年庚午重刊本，清芬閣藏板，現藏於上海圖書館。

《牡丹亭》還是女子的文化教本，衛泳曰：

> 女人識字，便有一種儒風。故閱書畫，是閨中學識……如宮閨傳、列女傳、諸家外傳、西廂、玉茗堂還魂、二夢、雕蟲館彈詞六種，以備談述歌詠。間有不能識字，暇中輒爲陳說，共話古今奇勝，紅粉自有知音。[92]

《牡丹亭》成爲教育女子、粧點女子、培育女子儒風的一種方法，閨中學識的取得，與男子有明顯不同，而備談述歌詠，是爲了能稱得紅粉知音，這仍是男性觀點下的產物。

確實有許多女子，執起筆來，直就《牡丹亭》文本傾訴心事，清初顧姒曾有一跋曰：

> 《牡丹亭》一書，經諸家改竄以就聲律，遂致元文剝落，一不幸也；又經陋人批點，全失作者情致，二不幸也。百餘年來，誦此書者如俞娘、小青，閨閣中多有解人，又有賦害殺婁東俞二娘者，惜其評論，皆不傳于世。[93]

楊復吉亦認爲這些閨閣解人就是湯顯祖《牡丹亭》的知音：

---

[92] 參見衛泳著《悅容編》〈博古篇〉，收入《筆記小說大觀》第五輯第五冊，頁 2775。

[93] 參見顧姒〈還魂記跋〉，同註[91]，書尾。

> 臨川牡丹亭數得閨閣知音，同時內江女子因慕才而至沈淵。茲吳吳山三婦復先後爲之評點校刊，豈第玉簫象管出佳人口已哉！近見吾某氏閨秀又有手評本，玉綴珠編不一而足。身後佳話洵堪驕視千古矣。[94]

引文中，我們看到已經公開出版的吳山三婦、閨秀的評點，楊復吉譽爲「玉簫象管、玉綴珠編」。早在湯顯祖《牡丹亭》寫成的時代裡，女性讀者就已經有強烈激切的閱讀反應：

> 內江有一女子，自矜才色，不輕許人，讀湯若士牡丹亭而悅之，徑造西湖訪焉。願奉箕帚。湯以年老辭，姬不信，訂期，一日，湯湖上宴客，往觀之，則皤然一翁，傴僂扶杖而已。姬歎曰：吾生平慕一才子，將託終身，今老醜若此，此固命也。遂投水而死。[95]

另有一揚州癡女子金鳳鈿「願爲才子婦」：

> 相傳揚州有女史金鳳鈿，父母皆故，弟年尚幼，家素業鹺，遺貲甚厚。鳳鈿幼慧，喜翰墨，尤愛詞曲。時牡丹亭書方出，因讀而成癖，至於日夕把卷，吟玩不輟。時女未字人，乃謂知心婢曰：湯若士多情如許，必是天下奇才，惜不知里

---

[94] 參見楊復吉〈三婦評牡丹亭雜記跋〉，同註[50]，頁 937。

[95] 參見尤侗撰《艮齋雜說》卷五，同註[50]，頁 881-882。

> 居年貌，爾爲我物色之，我將留此身以待也。婢果託人探得耗，知若士年未壯，已有室；時正待試京師，名藉藉傳人口。即以復鳳鈿，鳳鈿嘿然久之，作書寄燕都達意，有願爲才子婦之句。……（函）半年始達。時若士已捷南宮，感女意，星夜來廣陵，則鳳鈿死已一月矣。臨死，遺命於婢曰：湯相公非長貧賤者，今科貴後，倘見我書，必來相訪，惟我命薄，不得一見才人，雖死目難瞑。我死，須以牡丹亭曲殉，無違我志也。言畢遂逝。若士感其知己，出己資力任葬事，廬墓月餘始返。[96]

內江女子因慕才求爲湯才子婦，卻因理想破滅，終至沈淵；金鳳鈿因等待落空而殞命，二人爲了與才子匹配，卻反成薄命形象，這樣的讀者反應，充滿了性別意涵，是男性讀者永遠無法貼近的經驗領域。

《西廂記》與《牡丹亭》同爲晚明戲曲讀者的兩大最愛，在廣大的讀者群中，《牡丹亭》的女性讀者性格耀眼且音量強大，女性讀者的突出，與杜麗娘角色的女性意識有密切的關係，這個意識又附載於杜麗娘的女性形象塑造中。筆者前文已就「寫眞」的角度，試圖爲戲文中虛擬的杜麗娘如何處理自己的畫像，作過深入討論。文本中麗娘自我寫眞時，幽幽慨嘆：「也有古今美女，早嫁了丈夫相愛，替她描模畫樣；也有美人自家寫照，寄與情人。似我杜麗娘寄誰呵！」寫眞，既包含了傳統女子爲男人而畫的動機，但因爲麗

[96] 參見光緒鄒弢《三借廬筆談》，同註[50]，頁955-956。

娘沒有一個確定的對象，又隱約地出現了爲自己描畫流在人間的自我意識，表達了女性的自覺。

二、麗娘如鏡：女性自我影像的投射

對所有的女性讀者來說，杜麗娘如同一面鏡子，映現了女子的自我影像與自我觀照，在若干程度上，與文學中的杜麗娘對話，即是對自己的內在世界發聲。以下，筆者將由女性讀者如何接收麗娘的畫像、如何移植「寫眞」的經驗、對讀者訴說什麼……等「寫眞」所涉自我意識與形象映現的過程，進行解析。

㈠ 俞娘：杜麗娘的宿命

張大復曾紀錄湯顯祖當代的一位女性讀者俞娘的事跡：

> 俞娘，麗人也……幼婉慧。……當俞娘之在床褥也，好觀文史。父憐而授之，且讀且疏，多父所未解。一日，授還魂記，凝睇良久，情色黯然，曰：「書以達意，古來作者多不盡意而止。如生不可死，死不可生。皆非情之至。斯眞達意之作矣。」飽研丹砂，密圈旁注，往往自寫所見，出人意表。如感夢一齣云：「吾每喜睡，睡必有夢；夢則耳目未經涉，皆能及之。杜女故先我著鞭耶？」如斯俊語，絡繹連篇。顧視其手蹟，遒媚可喜，當家人也。某嘗受冊其母，請祕爲草堂珍玩。母不許……急急令倩錄一副本而去。……吾家所錄副本，將上湯先生……不果上。……世間好物不堅

牢，彩雲易散琉璃脆……。[97]

張大復所紀錄的俞娘，如此纖弱易感於麗娘之情，她以女性讀者敏銳的體驗，與文本中的杜麗娘對話，這些俊語對話，成爲張大復眼中遒媚可喜的稀罕手蹟。同爲女性的李淑，所發出的歎惋如下：

> 俞娘之注牡丹亭也，當時多知之者，其本竟湮沒不傳。夫自有臨川此記，閨人評跋，不知凡幾，大都如風花波月，飄泊無存。[98]

張大復用「彩雲」、「琉璃」的擬譬，既對俞娘的手蹟、也對俞娘的命運、乃至對女性薄命的惋惜。同爲女性的李淑，對於俞娘以及其他閨閣讀者的評跋，在「風花波月，飄泊無存」的用語上，更突顯出女性特有的氛圍，以及紅顏感傷的氣息。朱彝尊言：「當日婁江女子俞二孃酷嗜其詞，斷腸而死」，[99]強調《牡丹亭》女性讀者反應的特殊性，具有強烈的自我投射，杜麗娘似乎就是每位女性讀者的宿命，而女性讀者則彷彿皆成了麗娘的現身：

> 湯義仍有〈哭婁江女子詩序〉，略曰：婁江女子俞二娘，年十七，未適人，酷嗜牡丹亭傳奇，批註其側，幽思苦韻，有

---

[97] 參見張大復《梅花草堂筆談》，同註[50]，頁849-850。

[98] 參見李淑〈還魂記跋〉，同註[91]，書尾。李淑於跋語處，自署玉山小姑。

[99] 參見朱彝尊《靜志居詩話》卷15「湯顯祖」條，參同註[51]，頁2606。

痛於本詞者，憤婉而終。……王宇泰亦曰：乃至俞家女子好之至死，情之於人甚哉？詩曰：畫燭搖金閣，眞珠泣繡窗，如何傷此曲，偏只在婁江！臨川四夢，首推還魂，俞氏女豈阿麗現身耶！[100]

㈡ 小青：杜麗娘的悲影

女性讀者俞娘，在自己身上看見了杜麗娘的投影，情傷而死。另有一位小青，更富傳奇色彩。支如增作〈小青傳〉：

自杜麗娘死，天下有情種子絕矣。以吾所聞小青，殆麗娘後一人也。小青讀《牡丹亭》詞，嘆曰：「人間亦有癡於我，豈獨傷心是小青」，悲夫，眞情種也。爰作〈小青傳〉。[101]

小青將麗娘視爲千古知己，同是天涯癡情人，以性格與命運，將文學虛構的女主角與眞實世界的自我，牽連在一起了。小青命運多舛，嫁人作妾，其婦奇妒，小青曲意下之，終不悅，抑鬱以終。小青能書法，賦小詞，畫佳山水，並有一癡態，好與影語，斜陽花際，煙空水清，輒臨池自照，對影絮絮如問答。小青淒婉的命運中，幸得一同性知音某夫人，給予友誼上的溫暖與支持，臨終前，

---

[100] 參見宋長白《柳亭詩話》，同註[50]，頁 907-908。

[101] 本段引文，以及其下對小青生命過程的詮釋，皆參引自明末支如增撰〈小青傳〉，收入《媚幽閣文娛》，轉引自同註[50]，頁 868-872。

甚至貽絕命遺書給夫人。《小青傳》大致環繞著與該夫人的魚雁往返鋪就而成，那封自歎「鳥死鳴哀」的絕命遺書佔了相當大的篇幅，將小青哀怨的形象，表露無遺。

才思纖敏的小青，誠爲傳統典型的「薄命紅顏」，所託非人，又婚姻生活遭大婦所橫阻，成了生命飄泊的浮萍，閨友某夫人曾爲其閑儀多才、風流綽約卻遭不協婚配抱屈，暗示可爲她另覓歸宿，而小青卻以一個幼年的夢境表達自己的認命：「妾幼夢手折一花，隨風片片著水，命止此矣！」

儘管如此，《牡丹亭》確是小青寄託身世、與命運對話的依憑，小青的女性自覺意識表達在寫眞上，可謂受到杜麗娘精神的啓喚，以丹青描畫流在人間，幾乎是杜麗娘的悲影。小青在臨終前，覓良畫師前來爲其寫照，這段記錄極有意思：

> 疾益甚，水粒俱絕，日飲粒汁少許。然明妝冶服，擁襆欹坐，雖數暈絕，終不蓬垢偃臥也。忽一日語老嫗曰：「……覓一良畫師來。」師至：命寫照。寫畢，攬鏡熟視，曰：「得吾形矣，未得吾神也。姑置之。」師易一圖進。姬曰：「神是矣，丰采未流動也。昔杜麗娘自圖小像，恐爲雨爲雲飛去，丰采流動耳。」乃命師且坐，自與老嫗扇茶鐺，或檢圖書，或整衣褶，或代調丹碧諸色，縱其想會。久之，命寫圖。圖成，極妖纖之致。笑曰：「可矣。」取供榻前，爇茗香，設梨汁奠之曰：「小青小青，此中豈有汝緣分耶！」撫几而泣，淚雨潸潸下，一慟而絕，年纔十八耳。……哀哉！人美於玉，命薄於雲，瓊蕊優曇，人間一現，欲求如杜麗娘

牡丹亭畔重生，安可得哉！

命運任由他人決定，而在人間留下什麼影像？小青卻有十足的主控權，既不要形體軀殼的描畫，還要有隨時能爲雲雨飛去的流動丰采，遺留一個活潑眞實存在過的女子身影。畫成之後，雖無柳生能來玩眞，小青對自己寫眞畫的觀看，以祭奠方式來進行，對畫中人妖纖美好卻無緣長留人間的遺恨，轉移爲玉腕珠顏、行就塵土的身世悲憐。[102]

小青的纖細多情、透過寫照傳達出來的自我意識，均使小青故事儼然爲杜麗娘的翻版：

> 小青詩云：「冷雨悽風不可聽，挑燈閒看牡丹亭。世人亦有癡于我，豈獨傷心是小青！」《療妒羹》就此詩意演成題曲一齣，包括還魂大旨，處處替寫小青心事確是小青題《牡丹亭》，不是吳江俞二姑題牡丹亭也。[103]

---

[102] 小青究竟有無其人，尚無定論，或以爲是作者支如增（號小白）所自寓，小青之名，不過見諸尺牘而已，爲文人僞託。但文學作品所呈現出來的小青事，卻有不少，除了支如增的〈小青傳〉外，尚有陳翼飛、無名氏的《小青傳》（小說）、徐翽（士俊）的《小青孃情死春波影》、胡士奇的《小青傳》、來鎔（集之）的《挑燈閒看牡丹亭》（雜劇）、吳炳的《療妒羹》（傳奇）等。即使世上無小青其人，但其事隨著各種文學作品的流傳，也必然深入了女性讀者的閱讀心理，因此，以女性的角度來解釋《小青傳》，仍有其效力。關於小青的相關資料，詳參同註[50]，頁 868、871、884 等頁。

[103] 參見楊恩壽《詞餘叢話》卷 2，同註[50]，頁 951-952。

清朝乾嘉年間的女詞人熊璉有〈蝶戀花·題挑燈閒看牡丹亭圖〉詞：

> 門掩黃昏深院宇，窗裡孤燈，窗外芭蕉雨。萬種低徊無可語，蟲聲四壁諒如許。
>
> 怪底臨川遺恨譜，死死生生，看到傷心處，薄命情癡同是苦，古來多少聰明誤。
>
> 一幅秋光愁萬頃，妙手空空，畫出當時景。獨坐攤書清夜永，淚珠低落雲鬟冷。
>
> 紙上芳魂憐玉茗，疑幻疑眞，夢裡淒涼境。是否亭亭譃欲醒？夕陽曾見桃華影。[104]

透過圖繪的細讀，熊璉亦成爲《牡丹亭》讀者小青故事的讀者。「挑燈閒看牡丹亭」是小青的詩句，這幅畫再現了挑燈夜讀《牡丹亭》的小青影像。熊璉在小青故事的記憶與畫像的細讀中，注入了小青命運的悲涼成份。這幅畫也象徵了所有以麗娘爲鏡的女性影像，熊璉在這幅詩意圖中，似乎看到了一個永恒的女性悲劇。

相較之下，男性畫家對於小青的認識，顯然減弱了許多悲劇性色彩。徐震《女才子集》爲清代傳奇文專集，順治刊本中有插圖，卷首冠有幾幅女子繡像，每幅繡像後有題句，「小青像」〔圖27〕爲其中之一。畫面中，小青倚坐於芭蕉樹下、水岸旁石塊上，身著輕軟飾邊的衣裙，斜髻鈿飾華美，低首若有所思，而纖纖右手扶

---

[104] 這首詞，引自熊璉《澹僊詞抄》，參見同註[50]，頁939。

圖 27 〈小青像〉

面，左手垂放以致肩帶滑落而無心顧及，畫家以服飾、動作、身形與佈景，將小青塑造爲柔弱堪憐的形象。有時，女性畫像的臉部角度向上傾斜，作看月、望遠、觀景狀。畫中小青的頭部往下斜傾約 30 度，沒有特定目標，卻有著專注靜止的低眉眼神，顯得屈從委順、惹人愛憐。這種避開與觀者視線接觸的取角與造形，足供男子肆無忌憚的觀看，這是清初男性對小青形象的塑造。男性畫家與女性讀者，對於女子小青的接受，相當迥異。

㈢ 葉小鸞：杜麗娘隔世再現

多才多藝的少女葉小鸞，在看了《牡丹亭》所附杜麗娘像後，題了愁緒滿紙的幾首詩，如下：

> 花落花開怨去年，幽情一點逗嬌煙，雲鬟綰作傷春樣，愁黛應憐玉鏡前。
>
> 若使能回紙上春，何辭終日喚眞眞。眞眞有意何人省，畢竟來時花鳥嗔。

> 凌波不動怯春寒，覷久還如佩欲珊，只恐飛歸廣寒去，卻愁不得細相看。[105]

小鸞觀看麗娘畫像而寫下的這些題畫詩，將文本的理解注入到圖像解讀上，第一首詩中，把女子綰成的雲鬢說是「傷春」樣，而對著玉鏡梳粧的身影，以「愁黛」借代爲蹙眉人。第二首用趙顏的典故，將作爲觀眾的自己，假擬爲男性，以眞誠的呼喚使畫像成眞。小鸞之父葉紹袁在第三首詩的批語中，視爲小鸞自我形象的投射：

> 坊刻《西廂》、《牡丹亭》二本，前有鶯鶯、杜麗娘像，此前後六絕俱題本上者。「只恐飛歸廣寒去，卻愁不得細相看。」何嘗題畫，自寫眞耳，一慟欲絕！湯義仍云：「理之所必無，安知非情之所必有？」稗官家載再生事，固不乏也，忽忽癡想，尚有還魂之事否乎？[106]

葉小鸞十七歲而夭，命運正如杜麗娘，她的題畫詩與父親批語引用

---

[105] 葉小鸞〈又題美人遺照〉、〈又繼前韻〉共六首，另如：「繡帶飄風裊暮寒，鎖春羅袖意闌珊，似憐並蒂花枝好，纖手輕拈仔細看」。「微點秋波溜淺春，粉香憔悴近天眞，玉容最是難摸處，似喜還愁卻是嗔」等。據其父所批，乃小鸞觀看《西廂》、《牡丹亭》女性畫像的題詩，由於詩題上並未明示區別，筆者由詩中的內容判斷，如「傷春」、「喚眞眞」等二首，以及葉父批語所示，正文中所選的三首，殆係麗娘像的題詩無疑。葉小鸞這六首詩，收入其作《返生香》中，《返生香》收入《午夢堂全集》（北京：中華書局，1998 年）上冊，頁 316-317。

[106] 此乃〈又題美人遺照〉其父葉紹袁批語。參見同註[105]。

湯顯祖，顯然都不是偶然的。《西廂記》、《牡丹亭》爲晚明廣受大眾喜愛的兩部戲曲作品，二者皆因爲有動人的愛情與美麗的女主角，吸引著大批的女性讀者。在插畫盛行的年代，以文字所塑造的多情女子，被畫家刻工以圖繪方式具體地呈現在讀者眼前，文本的細緻書寫與圖像的虛擬描繪，召喚並衝擊著敏感女性讀者的心靈，她們在接受畫像的同時，很難不將自我形象投射在內，葉紹袁既憐惜多才早逝的女兒，亦深刻明瞭麗娘畫像對小鸞的召喚，當他閱讀著愛女題麗娘畫像詩時，很自然地將麗娘與小鸞雙重影像，交疊在自己的視域中。

據袁枚《隨園詩話》記載：

> 甬東顧鑑沙，讀書伴梅草堂，夢一嚴裝女子來見，曰：「妾月府侍書女，與生有緣。今奉敕賫書南海，生當偕行。」顧驚醒，不解所謂。後作官廣東，于市上買得葉小鸞小照，宛如夢中人，爲畫〈横影圖〉索題。[107]

這位文士顧鑑沙的境遇，不也像是重演著柳夢梅「拾畫」、「玩眞」的《牡丹亭》情節嗎？先有一嚴裝女子入夢，繼而在他日偶逢的寫眞畫像上巧遇夢中人，因而將如夢的情節繪成了〈横影圖〉。葉小鸞小照是在什麼情況下被繪出？是自寫眞或他人寫眞，均已不

[107] 參見袁枚《隨園詩話》，收入《袁枚全集》（上海：江蘇古籍出版社，1997年）第3冊，卷6，頁177。

詳，[108]但是袁枚的紀錄模式，使這個故事的發生軌跡與《牡丹亭》如出一轍，而葉小鸞彷彿就是隔世的杜麗娘。由此可知，女性畫像不僅對女性產生了自我認同，甚至已對文化的塑造產生了影響力。

㈣ 錢宜：與杜麗娘夢遇

前文論及袁枚隨園詩話的一段紀事，彷如《牡丹亭》的縮影。而清康熙錢塘吳舒鳧刊行了一部《牡丹亭》評點，這部評點著作更是奇特，是他前後三任妻子陳同（未嫁而卒）、談則（過門早逝）、錢宜（第三任妻子）的評點合輯，這部書的形成過程極富戲劇性，吳人在〈還魂記序〉中，爲其成書始末作了詳細的交待，儼然是另一則傳奇。[109]這部書的形成更彷彿是牡丹亭的翻版，陳同「感於夢寐，凡三夕，得倡和詩十八篇，人作〈靈妃賦〉，頗泄其事」，陳同的纖才多情，未嫁而卒，酷似杜麗娘，吳人則顯然是癡情男子柳夢梅的化身，談則繼續陳同未竟的情緣嫁入吳家，但過門早逝仍是情愛之不能圓滿，繼而，復由錢宜續接談則的前緣。由於錢宜有感於前二位姐妹的文字，「願賣金釧爲鍥板資」，方使這部評點得以

---

[108] 今傳有〈疏香閣主遺像〉，及眉子硯葉小鸞題詞。詳參王稼冬撰〈葉小鸞眉子硯流傳小考〉，《朵雲》，1990年第1期。

[109] 《吳吳山三婦合評牡丹亭還魂記》的確是一部甚特殊的創造性評點，爲一個家族中一夫三妻的評點合輯，三妻的身世遭遇，本身宛如一則傳奇般，令人不可思議。評本請參同註[91]。關於三婦評點的精彩剖析，可參看楊玉成撰〈小眾讀者：康熙時期的文學傳播與文學批評〉（刊登於《中國文哲研究集刊》第19期（付梓中）。另亦可參華瑋撰〈性別與戲曲批評——試論明清婦女之劇評特色〉，《中國文哲研究集刊》第9期，1996年9月，頁193-232。

刊刻流傳。與錢宜為同里女弟的顧姒曾有一跋曰：

> 今得吳氏三夫人合評，使書中文情畢出，無纖毫遺憾；引而伸之，轉在行墨之外，豈非是書之大幸耶？設或陳夫人評本殘缺，無談夫人續之；續矣，而祕之篋笥，無錢夫人參評，又廢手飾以梓行之，則世之人能誦而不能解，雖再閱百餘年，此書猶在塵霧中也。[110]

吳人與三婦對《牡丹亭》的評點，就像是「還魂記」情節的複製，顧姒認為三婦生死相繼完成評點，也像某種靈魂接力，驗證了湯顯祖「生者可以死，死者可以生」的說法。

錢宜與丈夫吳人「同夢」一事，更是神奇：

> 甲戌冬暮，刻《牡丹亭還魂記》成……元夜月上，置淨几于庭，裝褫一冊，供之上方，設杜小姐位，折紅梅一枝貯膽瓶中，然燈、陳酒果為奠。夫子听然笑曰：無乃大癡！觀若士自題，則麗娘其假託之名也，且無其人，奚以奠為？……夜分就寢，未幾，夫子聞予嘆息聲。披衣起，肘予曰：醒，醒，適夢與爾同至一園，彷彿如所謂紅梅觀者。亭前牡丹盛開，五色間錯，無非異種。俄而一美人從亭後出，艷色眩人，花光盡為之奪，意中私揣，是得非杜麗娘乎？汝叩其名氏居處，皆不應，迴身摘青梅一丸撚之。爾又問，若果杜麗

---

[110] 參見顧姒〈還魂記跋〉，同註[93]。

娘乎？亦不應，銜笑而已。須臾大風起，吹牡丹花滿空飛攪，餘無所見。汝浩歎而已，予遂驚寤所述夢，蓋與予夢同，因共詑爲奇異。……夫子曰：與汝同夢，是非無因。麗娘故見此貌，得無欲流傳人世邪？汝從李小姑學尤求白描法，盍想像圖之？……夫子乃強促握管寫成。并次記中韻繫以詩。(111)

吳舒鳧與妻子共床同夢眞是一則奇譚，吳還要求錢宜將相同夢境中的杜麗娘，以白描繪像下來。錢宜果依丈夫之意，以白描手法畫了「麗娘小照」，據錢宜表妯娌馮嫻爲此畫像作跋曰：

嘗見其藏有韓冬郎偶見圖四幅，不設丹青，而自然逸麗，比世所傳宋畫院陳居中摹崔麗人圖，殆于過之。惜其不署姓名，或云是吳中尤求所臨。今觀錢夫人爲杜麗娘寫照，其姿神得之夢遇，而側身斂態，運筆同居中法，手搓梅子，則取之偶見圖第一幅也。(112)

錢宜的〈麗娘小照〉，筆者無由得見，而馮嫻跋文中，提到了陳居中所摹崔麗人之圖，指的是《西廂記》中的崔鶯鶯畫像，萬曆坊間《西廂記》香雪居刊本，有一幅「崔孃遺照」，（回參〔圖21〕，頁335）題款便是「宋畫院待詔陳居中摹」，這幅畫像隨著《西廂記》的刊刻，成爲當時流行可見的女性畫像，錢宜所見當係

(111) 錢宜識〈還魂記紀事〉，參見同註(91)，書末附錄。
(112) 參見馮嫻〈麗娘小照〉跋，同註(50)，頁904。

此幅。錢宜以側身斂態的肖像畫方式，繪出夢中的麗娘，並題詩其上：「蹔遇天姿豈偶然，濡毫摹寫當留仙。從今解識春風面，腸斷羅浮曉夢邊。」錢宜究竟是畫誰呢？畫面上的杜麗娘又是誰呢？一句「蹔遇天姿豈偶然」似乎讓錢宜感受到一種夢喻的氣氛！畫像的本質，就是流傳人世。「麗娘故見此貌，得無欲流傳人世邪？」在某種程度上，錢宜及其命運中所附存之陳同、談則的身影，皆爲杜麗娘化身的一部份，錢宜爲夢中的麗娘繪像，一筆一畫地勾描出一位想像中麗人的側身斂態，有沒有自我形象投注其中？有沒有自我寫眞的成份？顧姒直陳了這個疑惑：「今觀刻成，而麗娘見形于夢，我故疑是作者化身矣」。吳人與錢宜夫婦二人，彷彿重演了《牡丹亭》的「寫眞」情節，錢宜透過同夢的紀事、〈麗娘小照〉，以及「願賣金釧爲鍥板資」來刊刻三婦的聲音……，正是在「流傳人世」的企圖中，展現了自我意識。

吳梅說：

> 臨川此劇，大得閨闥賞音。小青「冷雨幽窗」一詩，最傳人口，至播諸聲歌，賡續此劇（吳石渠《療妒羹》）。而婁江俞氏，酷嗜此詞，斷腸而死。藏園復作曲傳之（蔣士銓《臨川夢》），媲美杜女。他如杭州女子之溺死（見西堂《艮齋雜說》）、伶人商小玲之歌死（見焦里堂《劇說》），此皆口孽流傳，足爲盛名之累。獨吳山三婦合評此詞，名教無傷，風雅斯在；抉發蘊奧，指點禪理，更非尋常文人所能辨矣。[113]

[113] 吳梅〈還魂記跋〉，參見同註[50]，頁 973-975。

自我意識強烈的女性讀者，前仆後繼地接續著閱讀評點，的確將《牡丹亭》徹底地女性化了，⑭這些女性讀者：投水的內江女子、等待落空的金鳳鈿的事蹟、或俞娘、小青或吳人三婦，她們的意見、她們的經歷，幾乎成爲《牡丹亭》的翻版與續編，儘管眞假難辨，卻證實了一點：女性正在參與晚明以來的一項文化虛構，那就是浪漫情愛的文化想像。事實上，這些女性讀者的魅力不在評語本身，而是她們以眞實人生重演著虛構的戲劇，藉此建構了一個跨越生死之女性讀者的想像社群。⑮女性的見解、女子的故事，以及創造這些見解與故事的氛圍，亦都成爲《牡丹亭》延伸閱讀的一部份。

---

⑭ 三婦合評本在女性讀者的心中，地位是很高的，李淑就對該本的評語禪意、以及女性傳奇色彩，甚爲推崇：「今三嫂之合評獨流布不朽，斯殆有幸有不幸耶？然……所舉二娘俊語，以視三嫂評註，不翅瞠乎？則不存又何非幸耶？合評中詮疏文義、解脫名理，足使幽客啓疑，枯禪生悟，恨古人不及見之，洵古人之不幸耳。錢嫂夢睹麗娘，紀事寫像詠詩，又增一則公案。」，參同註(98)，李淑〈還魂記跋〉。又如程瓊的評本：「自批一本，出文長、季重、眉公知解之外，題曰：《繡牡丹》。雨冷香溫，爛然成帙，毫分五色，肌擘理分。大概悉依原本，將〈驚夢〉折『蟾宮折桂，崔徽期約』等俗字刪去六十餘字，然後言：『杜麗之人，形至壞（左玉部）秀，心至纏綿，眼至高遠，智至強明，志至堅定。』」見《《西青散記》轉華夫人程瓊（字飛仙）所作批語，參同註㊿，頁 913-914。程瓊透過字句的增刪，更徹底地將《牡丹亭》女性化。

⑮ 楊玉成將《三婦合評牡丹亭》一夫三妻的評點，詮釋爲人生如戲、戲如人生，以及靈魂接力、彷如《牡丹亭》的重演與翻版等，認爲環繞著《牡丹亭》，已形成一個女性戲曲的批評傳統，由《三婦合評牡丹亭》出發之女性讀者的閱讀探討，請參見同註(109)，筆者本段文字之部份觀點與引述該文。

陸、結論

在過去的圖繪歷史中，女子單獨個像以寫眞角度來呈現是罕見的，明末清初以女子爲主角的戲曲增多，插圖版畫中，亦逐漸開闢了女子寫眞畫像的園地，男造女像涉及了「女性再現」的課題。歷來對於《牡丹亭》的論評已累積宏富，筆者本文由一個「寫眞」細節，進窺明末清初性別文化的課題，獲致的結論如下。

一、男性的觀點與凝視

在中國文學史上，自詩經、樂府、宮體詩到詩詞，女性一直是被歌詠的對象，在宮體詩傳統下的女性形象，始終是男性觀點下的產物。筆者本文首先由女性畫像的歷程中，掌握了明末清初作爲女性畫像突顯性別差異的關鍵期。在這個文化史的變遷中，湯顯祖《牡丹亭》的出現，極有意義。杜麗娘角色一出，成爲明清女子忻慕效尤的典型。湯顯祖讓有感於「紅顏易老」的杜麗娘藉著「寫眞」留住韶年，這個女性形象的塑造在明末清初的文學史上，饒有深意，身爲男性的湯顯祖似乎認同了女性可以透過誠意與才華，向世界宣示並證明自我存在。[116]男性如何回應這股女性意識的潮流：

---

[116] 杜麗娘的角色確是由湯顯祖所塑造，小青傳亦有文人比附的傳說。此中涉及了男女雙聲話語、雌雄同體、代言、男子作閨音等文學書寫的問題。由社會文化的角度來看，作者實際性別並不重要，混合的、沒有界限的角色，即代表當時存在的現象，男性作家所表達的，很有可能就是被壓抑或尚未發出的女性聲音。

> 玉茗以爲才貌絕世之夫，應配才貌絕世之婦……必如杜氏，持之以志，召之以夢，懷之以死，覓之以魂，庶兩美其必合矣。春卿一生，最有造化，以貌則有水鏡之麗娘，以才又有碧眼之苗老，人所得一已足者，彼顧雙擅焉……[117]

明末清初的男性繪刻家，紛紛依此標準，重新打造一個彷若魅影的理想佳人形象：才貌雙全卻纖瘦憂鬱、多情細膩卻紅顏薄命。「遺像」代表了以畫筆留住短暫華麗生命的企圖，以及對命運脆薄易碎發出的遺憾。刻成版畫，流通出版，將這個虛構卻成爲文化事實的形象，用一個畫框圈圍起來，教觀眾的眼睛無止盡的凝視。

二、女性的陰柔氣質與自我意識

「寫眞」涉及自我認同、身分認同，吾人可由女性自傳、自畫像中得到訊息。《牡丹亭》的「寫眞」戲文中，涉及了一個有趣的問題：自我意識。湯顯祖創造了一個不同於以往被動無聲的女子角色——杜麗娘，由照鏡、寫眞的心理狀態，投射了一位女性的自我覺知。照鏡：在鏡中看到自己、一個纖細敏感多情的自己、一個遊園後，感於似水年華青春的自己。寫眞：以畫筆向世界證明自己、表現自己、躍出傳統閨塾，執起丹青畫筆爲自己留影。湯顯祖認同了女性自我存在的價値，這是女性意識積極的一面。

《牡丹亭》這部劇作，使明末以來的女性踴躍發言，顯示杜麗

---

[117] 參見《西青散記》卷 4，轉華夫人程瓊（字飛仙）對《牡丹亭》的意見陳述。同註[50]，頁 913-915。

娘的形象對女性的召喚力與形塑力，女性一方面同杜麗娘之情，哀憐自己，自我寫眞描畫，在寫眞小照中，近距離凝視鏡中的自己，繼而流傳人間，並向觀眾展列她的價值世界，這些都代表了女性自我意識的覺醒。過去女性的詩文與容貌同屬私領域，不能公開，甚至詩文寫出後要焚燬，到了明清時期，女人似乎顚覆了傳統的封閉性，以容貌與才華，在當代公開與流傳後世，並結成女性社群，彼此緊密聯繫。女性擺脫過去的沈寂，開始用文字與圖像向世界展出身姿、發出聲音，顯現女性主體浮現的新貌。在文學中，她們透過閱讀、寫信與旅遊，拓展生活領域；在版畫中，閨門敞開的她們，邀請觀眾走入她以物構築的生活天地；當世女性在文化和人格上追求全面發展的熱情，也可以走進歷史、留傳青史。這點女性意識的浮現，預示著後來明清文學才女如葉小鸞、柳如是、黃媛介輩「自我呈現」的訊息。

相對於男性而言，女性卻依然是脆弱、纖細、單薄與感傷的。在鏡中、畫像中，女子們仍感於青春消失，體會到脆弱、感傷、依附男人而活的女性命運。她們由脆弱的命運中，體認到女性自我的邊緣性。中國文人的心理意識中，早有這種傾向，在樂府詩中，詩人一方面有感於生命的美好與對自我的肯定，另一面卻體會到時間快速飛逝，有限性的迫近，或者是懷才不遇之士的感傷。明末清初的女性，在自我價值浮現的同時，也與中國感傷文學的傳統接軌，薄命紅顏、薄命才女的形象，大爲流行。[118]杜麗娘在《牡丹亭》前

---

[118] 其實女性的感傷，一直是詩歌傳統的一部份，但過去多爲男性假擬成陰性聲音而發出，明末以來的女性著作，大量被刊刻，女性可以爲自己發聲，

半段戲文中，被湯顯祖塑造成脆弱、纖細而感傷的薄命紅顏典型，女性讀者如俞娘、小青、金鳳鈿、葉小鸞、吳人三婦，乃至於《紅樓夢》的林黛玉等，皆屬此種類型，彷彿創造了才女的神話。

才女邊緣性格的自我認定，帶來了飄零、不固定、多元的特性，相對於男人中心穩固的本質而言，構成特殊的陰柔氣質。公開流傳／謙抑感傷的兩面性，使得明末清初的女性一方面有強烈的傳世欲望，另一方面卻又謙卑脆弱易逝，流傳千古是永恒，也同時可能瞬即消逝與虛幻（名經常在身後、死後留名）。女性的自我意識，突出了複雜的意涵。傅柯認爲，「我」是近代的發明，是「沙灘上的臉龐」，(119)明末正符合這個現象，既是個強調個體的時代，同時亦是時間感極敏銳、幻滅感最強烈的時代，當時部份文人已同時注意到浪漫的與感傷的兩面性，女性在感傷傳統中雖顯得略爲消極，但同時在飄動不居的特質中，也開啓了多元發展的可能性。

其意義自是不同。近來許多學者，注意到明清才女的課題研究，參見康正果著〈重新認識明清才女〉有該研究視野的揭示。康文收入《中外文學》第 258 期，「女性主義重閱古典文學」專輯，附錄，頁 121-131。至於女性感傷文學，可參看喬以鋼〈中國古代婦女文學的感傷傳統〉，《文學遺產》（北京：中國社科院文學研究所）1994 年 4 期，頁 16-23

(119) 傅柯曾說：「人類是在破碎語言的間隙中，合成自己的形象。……人類只是近期的發明，而且也許是一個接近尾聲的發明，……我們的確可以打賭，人類的形象終將被抹除，就像是海邊沙灘上所畫的一張面孔一樣。」傅柯以「沙灘上的臉龐」詮釋近代社會中「我」的意識，適與明末清初人們的自我意識接近，一方面強調個人主義，另一方面卻是幻滅。自我是被建構出來的，處於一種不穩定的狀態。詳參 Michel Foucault（傅柯）：*The Order of Things : an Archaeoiogy of the Human Sciences* (tran. Alan Sheridan. New York:Tantheon, 1970.) p.386。

三、虛構的眞實

討論至此，不妨回憶本文緒論所述湯垕一個有趣的觀察：「李後主韓熙載夜宴圖，雖非文房清玩，亦可爲淫樂之戒耳。」當畫家在畫面上描繪了一位絕世美女，而他心中卻是要告訴觀眾：「美貌不足憑恃」，那麼創作目的與畫面景觀之間的誤差與裂縫，讀者將何所適從？畫面景觀不僅與創作目的有時會產生裂縫、與圖像的文本亦可能產生隔閡、性別的差異更會帶來詮釋上的距離，這在《牡丹亭》的插畫與閱讀中，筆者作了許多有趣的對照。

湯顯祖創造杜麗娘，杜麗娘畫自己，版畫家繪刻杜麗娘，女性讀者閱讀杜麗娘，杜麗娘是誰？有沒有一個永恒定相的杜麗娘？她是男性理想價值下的女性呈現？還是女性自我形象的投射？杜麗娘的再現，蘊含了豐富的性別意涵。男性版畫家爲三婦評本所繪的圖像，那些充滿男性預期心理的美麗畫面，再對照小青、俞娘、小鸞那滿紙愁淚的女性角度，男女兩性對於杜麗娘的解讀，的確有很大的差異。女性總有個自我投射在其中，而男性則以隔離的觀照，或直接作一位旁觀者，去注視這位理想中的執著女子。

無論是男造畫像，或是女性閱讀，對於麗娘的「寫眞」，他們皆不約而同地認眞關注著《牡丹亭》揭櫫的虛構文學世界：「生者可以死，死者可以生」，圖像／文本皆成爲虛構的眞實，幽冥／夢境皆如眞實世界一般地被關注與描繪，虛構的世界可以成眞。在藝術的世界中，「虛構」是重要的媒介，具有相當的影響性，虛構的鶯鶯，歷代畫家竟然可以認眞地爲其繪製遺照，文學、藝術的價值即在於此。女性讀者將《牡丹亭》的虛構故事，於眞實的生命中締造意義，建構爲一種纖細易感的文化，才女夭折、紅顏薄命遂成爲一種值得推崇歎惋的典型。藝術的虛構如此創造了新的眞實—締建文化價值，進而影響性別認同。

杜麗娘、崔鶯鶯、以及許多女性畫像，是以肖像畫的矩度來描繪，其中涉及眞實與虛構、觀看與想像、男性與女性、他者與自我等彼此交融的許多層面。男性以心目中的觀看理想來塑造文學虛構的女人，女性則經常是將自己的命運影像投注其中。明末清初，正是一個現代化與個人獨立自主的時代的來臨：自我意識的高漲、個性化的進展、性別之間的對話……，女性畫像的流行，絕不會是一個孤立的現象。

四、女性畫像的餘論[120]

清代乾隆以後，女性畫像的記載，已經很普遍，如《再生緣》彈詞中，自畫像已成爲關注的焦點。女性自畫像的主題源自湯顯祖《牡丹亭》的「寫眞」一齣，相較之下《再生緣》又有不同。杜麗娘爲傷春而死，留下寫眞，充滿浪漫的想像；孟麗君卻膽敢反抗皇帝賜婚，從事與男性競爭的現實行動：赴考。更特殊的是，寫眞繪畫的過程幾經波折，屢次失敗，作者彷彿有意塑造一幕幕自我認同挫敗的場景，以不斷回應確認「我是誰？」的內在呼聲，女性的自我認同竟是如此艱難！前此懊惱畫像不如眞實，現在則疑心畫像比

---

[120] 關於女性畫像在清初以後的發展，雖非本文的論述重心，然又有脈絡相承的關係，應略爲探討，故以顧太清爲焦點，衍爲餘論。特別感謝暨南國際大學中文系楊玉成教授百忙中提供相關資料與觀點，爲拙文增光，謹此致謝。

眞實更鮮妍，似乎女主角必須依靠畫像才能確定自己。[121]而這種確定又總是難以確定，有待他人的眼光。隱藏在這些畫像背後的，是女性自我的不確定性。從《牡丹亭》到《再生緣》，「寫眞」成爲一個不斷鋪敘擴展的主題，其場景則顯示女性自我認同不斷的試圖確認。

今傳清代中葉顧太清（1799－1877）有〈西林太清夫人聽雪小照〉畫像一幀，顧太清有〈金縷曲·自題聽雪小照〉一闋詞云：

> 兀對殘燈讀。聽窗前、瀟瀟一片，寒聲敲竹。坐到夜深風更緊，壁暗燈花如菽。覺翠袖，衣單生粟。自起鉤簾看夜色，壓梅梢萬點臨流玉。飛雪急，鳴高屋。
>
> 亂雲黯黯迷空谷。擁蒼茫、冰花冷蕊，不分林麓。多少詩情頻在耳，花氣薰人芬馥。特寫入、生綃橫幅。豈爲平生偏愛雪，爲人間留取眞眉目。欄干曲，立幽獨。[122]

這首詞和「聽雪小照」的畫面〔圖28〕完全符合。房內書桌上擺著書（兀對殘燈讀），顧太清站在窗前（聽窗前），獨自一人手倚欄干（欄干曲，立幽獨），她身前有寒竹數叢（寒聲敲竹），右後方有一盞

---

[121] 文本請參閱《再生緣》。關於孟麗君的女性意識探討，請詳參胡曉眞〈女作家與傳世欲望——清代女性彈詞小說中的自傳性問題〉，收入《語文、情性、義理——中國文學的多層面探討國際學術會議論文集》（臺北：臺灣大學中國文學系，1996年4月），頁399-435。

[122] 參引自顧太清《東海漁歌》，卷3。收入顧太清、奕繪著《顧太清奕繪詩詞合集》（上海：上海古籍出版社，1998），頁229。

圖 28 「西林太清夫人聽雪小照」

油燈（壁暗燈花如菽），庭院有古梅一株（壓梅梢萬點臨流玉），所有畫面出現的景物也都在詞句中出現。由詞題「金縷曲・自題聽雪小照」看來，顧太清應該是依據這張自己的畫像來塡寫這闋詞的。清代「塡詞圖」非常盛行，概係此一風氣下的產物。整首詞充滿詩情畫意，是典型才女閨閣畫像的實例。「豈爲平生偏愛雪，爲人間留取眞眉目」，由這兩句看來，這張畫可能是特意請人寫眞，傳達著一種流傳後世的企圖。事實上，顧太清曾託許雲林向汪允莊夫人索求「聽雪小照」題詩，允莊效花蕊宮詞體爲八絕句以報之，[123]這個現象顯示，女性畫像已成爲宣揚聲譽、聯絡情誼的媒介，突破了女性「拋頭露面」的禁忌。

---

[123] 顧太清《天游閣詩集》卷 5，「錢塘陳叟字雲伯者……遂用其韻以記其事」（按詩題有 124 字，略之）詩後鈍宧評語。參見同註[122]，頁 116，。

顧太清是奕繪側室，夫妻二人曾請黃雲谷道士為他們寫真，夫妻二人除自題畫像外也相互題跋，奕繪留下〈小梅花·自題黃雲谷為寫黃冠小照〉、〈江城子·題黃雲谷道士畫太清道裝像〉二詞，顧太清則留下〈題黃雲谷道士畫夫子黃冠小照〉、〈自題道裝像〉二詩，比較夫妻二人的題詩，男女相互觀看的眼光並不相同。奕繪題詞〈江城子·題黃雲谷道士畫太清道裝像〉曰：

> 全眞裝束古衣冠，結雙鬟，金耳環。耐可凌虛，歸去洞中天。游遍洞天三十六，九萬里，閬風寒。　榮華兒女眼前歡，暫相寬，無百年。不及芒鞋，踏破萬山巔。野鶴閒雲無掛礙，生與死，不相干。[124]

奕繪看著妻子的道服裝扮，進入道家憑虛御風的逍遙意境，並提出了道家式的人生寬慰。面對同樣的一張畫像，顧太清的〈自題道裝像〉，與丈夫旁觀的眼光迥異，其曰：

> 雙峰丫髻道家裝，迴首雲山去路長。莫道神仙顏可駐，麻姑兩鬢已成霜。
>
> 吾不知其果是誰？天風吹動鬢邊絲。人間未了殘棋局，且住人間看奕棋。[125]

---

[124] 該詞引自奕繪《明善堂文集》之《南谷樵唱》卷1，同註[122]，頁659。

[125] 該詞引自顧太清《天游閣詩集》卷1，同註[122]，頁42-43。

在太清自我的凝視中，不僅有著生命時間流逝的感懷（麻姑兩鬢已成霜），而且面對換上道裝的畫中人時，顯得自我疏離，「吾不知其果是誰？」引發的是一種自我生命的省思與感懷。

總之，嘉慶年間的肖像畫，不論男女都已非常發達，甚至作爲平日的紀念，夫妻之間亦相互題詠，顧太清只是一個典型的例子而已。當時女性畫像發達的現象，還可從顧太清所撰寫的題畫詩、題畫詞中顯現。題畫詩較少，如〈題李太夫人小照〉等，更多的是題畫詞，這與依圖塡詞的流行風尙有關，茲列舉一小部份清單如后。〈乳燕飛·題曇影夢痕圖〉題下注：「孫靜蘭，許雲姜之甥女也，十二歲歿於外家。外祖母許太夫人爲作是圖，題詠盈卷，遂次許淡如韻二闋。」[126]這是爲一位早夭少女畫像的題詞。〈琵琶仙·題琵琶妓陳三寶小像〉，題的是歌妓的畫像。在眾多題畫詞中，畫像的內容有些微不同，如〈伊州三臺·題雲林扇頭彈琴仕女〉、〈探春慢·題顧螺峰女史韶畫尋梅仕女，用張炎韻〉、〈凌波曲·孫嫫如女士囑題吹笛仕女團扇〉、〈南鄉子·雲林囑題薰籠美人圖〉、〈㜲人嬌·題扇頭簪花美人〉、〈庭院深深·杏莊婿屬題絡緯美人團扇〉、〈早春怨·題蔡清華夫人桐陰仕女圖〉……等，題詞內容中，紛呈著彈琴、尋梅、吹笛、簪花、絡緯、執薰籠、桐蔭下等典型情境美人描繪，乃源於仕女畫的傳統。而〈醉翁操·題雲林湖月沁琴圖小照〉、〈看花回·題湘佩妹梅林覓句小照〉、〈桃園憶故

---

[126] 該詩引自顧太清《東海漁歌》卷 1，同註[122]，頁 192。「曇影夢痕圖」以及「姚珊珊小像」二圖，均有眾多題跋。如〈重題曇影夢痕圖〉（頁 52），〈金縷曲·姚珊珊小像〉（頁 197）。

人·題紉蘭妹蘭風展卷小照〉……等，特別以「小照」稱呼者，均爲與作者熟識、有特定對象的女子肖像畫。

還有一類牽涉到女性社交者，如〈瑣窗寒·題冬閨刺繡圖〉、〈題店壁冬閨刺繡圖〉二詩，似乎同題一畫，句云：「誰家姊妹深閨裡，一瓣猩紅刺繡鞋」，[127]表現了女性間的情誼。〈賀新涼·康介眉夫人囑題榕陰消夏圖〉，句云：「寄都門，女伴題詩滿」，[128]顯示女性畫像結合女性題詩，主動寄贈，相互題跋，成爲女性群體連繫的一種方式。另外如〈鵲橋仙·雲林囑題閨七夕聯吟圖〉，句云：「閨中女伴，天邊佳會，多事紛紛祈禱」，[129]這是女性詩會圖的題詞。〈惜黃花·題張孟緹夫人澹菊軒詩舍圖〉，爲女性友人邀訪詩舍集會後，對建築圖繪的題詞。〈多麗·題翁秀君女史群芳再會圖〉，亦是一個女性詩詞集會圖的題詞。

筆者透過顧太清詩詞集中的題畫文字，管窺當時女性畫像繪製與題詠的現象，這些題畫詩詞大多與閨秀有關，充滿詩情畫意的氣質，而女性畫像增多，以及相互的贈答與題詠，均見證了日漸發展的女性聯繫。

---

[127] 本詩出於顧太清《天游閣詩集》卷5，同註[122]，頁135。
[128] 本詩出於顧太清《東海漁歌》卷2，同註[122]，頁216。
[129] 本詩出於顧太清《東海漁歌》卷3，同註[122]，頁228。

V 青樓：遊戲、品鑑、權力論述

壹、緒論

明末吳郡趙文卿撰《青樓唾珠》，是一部以簡單條目賞鑑歌妓的目錄小冊，共分事、遇、候、境、飾、劫等六項，每項下有若干名物，如「事」項有：佞佛、繡、齋、翻經、小立、攜手、踟躕、夢魂……等；「遇」項有：索才人新詞、修眉史疏樂譜、夙緣得意郎、名家品藻……等；「境」項有十里朱樓、曲房、虛廊、水邊林下……等；「飾」項有紅拂、洞簫、撥琵琶、白團扇……等。❶這些經過分類的零詞斷片，彷彿將歌妓相關的各項名物，裝綴爲極有韻致的語珠，「青樓」是一種蘊藉的手法，亦是文化的包裝，爲赤裸裸的情慾覆上迷人的煙霧。花裀上人〈青樓韻語題詞〉曰：

> 天下事，未有不以韻勝，足供吾黨品題者。青樓世所謂韻地也，青樓中人，世所謂韻人也，雖然韻乎哉？彼其人云何而居青樓，恐非爲憐才計也。……曰韻曰語以蘊藉韻，道破則不韻……以我之不韻破彼之不韻，彼種種不韻瞭然我胸次，

---

* 本篇論文以明末《品花箋》與清初《板橋雜記》爲文獻討論的主軸，爲免引文出處註釋的蕪雜，造成行文與閱讀的不便，故凡遇此二書之引文，皆採用夾註方式呈現，特將此體例的變通說明於此。並請詳參註⓮、註⓰、註⓱三條。

❶ 《青樓唾珠》收入明末清苕逸史《品花箋》第二部「名妓藻飾」中。《品花箋》的相關資訊，詳見下文，以及同註⓮。

而我得藉是以游戲其間，稱快無礙。❷

雖然歌妓有無可奈何之身世與命運，明末張夢徵《青樓韻語》以青樓爲韻地、以歌妓爲韻人、以刊刻歌妓詩作爲韻事，這些都是文人不道破的蘊藉手法。元代黃雪簑著有《青樓集》，以歌妓爲經，編織起作者半生青樓、如夢生涯的紀錄。「青樓」美夢幻化了文人黃雪簑的生命，在中國文化史上，「青樓」不僅是情色理想的符碼與中國文化的後花園而已，❸其中更涉及文人風月品鑑與權力場域等複雜意涵，本文將試圖探析。

一、明末清初的聲色書寫

唐宋時期，關於歌妓的紀錄並非沒有，但多爲雜抄型式，例如宋張君房的《麗情集》，收錄十二條筆記，以文士與歌妓的情愛爲

---

❷ 引自花裀上人〈青樓韻語題詞〉，參見明張徵君匯選、朱元亮輯注《青樓韻語》，收入《中國古代版畫叢刊二編》（上海：上海古籍出版社，1994年）第四輯。頁 21-22。《青樓韻語》由俚俗之《嫖經》爲綱，由朱元亮分條加以品題、注釋，其後附以張所選之歷代妓女詩詞曲作品，共一百八十位妓女的詩詞曲共五百餘首，視爲歷代青樓女子的作品選集。其中每卷內附插圖三幅，根據該卷某詩本事或意境所繪，共十二幅，合頁連式，爲黃端甫、黃一彬、黃桂芳等徽派名手所刻，爲徽派畫風。

❸ 黃雪簑的《青樓集》，收入同註⓮，《品花箋》『名姬品第』，另亦收入清・蟲天子輯《香艷叢書》（臺北：文史哲出版社・古亭書屋印行，民62年初版）第三冊，頁 1317-1339。學者王鴻泰撰有〈青樓：中國文化的後花園〉一文，針對妓院空間如何經營生活情境、追逐愛情與妓女人格化等角度，探討明清以後青樓的文化現象。王文刊於《當代》第 137 期（復刊第 19 期）（1999 年 1 月 1 日出刊）頁 16-29。

記載主軸，故曰：「麗情」。這些紀錄多已成爲後世讀者熟稔的典故，如「卷中人」記裴敬中與崔徽的情事、「寄淚」記灼灼以軟紅絹聚紅淚以寄裴質、「燕子樓集」爲盼盼寫詩表達對張建的思念……等，❹《荻樓雜抄》，作者闕名，亦如上書，作者整理收錄昔時妓事典故。❺至於唐段安節的《琵琶錄》，作者專力寫琵琶之制度、音律、曲調等，亦旁及琵琶相關之歌妓、烏孫公主等故實。❻

顯然過去的歌妓書寫，多附載於雜抄型式的筆記中，惟青樓歌妓的專門敘述，唐代有兩部書傳世，一爲崔令欽撰《教坊記》，崔書針對當時東西京（長安、洛陽）二都各有左、右兩教坊，紀錄其教坊規模與培訓歌妓等種種內容，具實存錄了唐代國家級的教坊制度。相較於《教坊記》實錄社會制度的寫法，以歌妓人物傳記爲寫作核心的孫棨《北里志》，冶艷色彩則濃厚得多。❼序言曰：「諸妓多能談吐，頗有知書言話者，自公卿以降，皆以表德呼之」，爲

---

❹ 〔宋〕張君房《麗情集》，收入同註❸，《香艷叢書》第三冊，頁 1341-1344。

❺ 《荻樓雜抄》，收入同註❸，《香艷叢書》第三冊，頁 1345-1346。

❻ 〔唐〕段安節《琵琶錄》，收入同註❸，《香艷叢書》第三冊，頁 1347-1350。

❼ 《教坊記》的篇幅較短，記東西京左右教坊之座落、諸妓如何選入、開元年間事蹟、坊中諸妓的友誼關係……等，並錄了一系列唱曲清單。本書收入同註❸，《香艷叢書》第三冊，頁 1305-1315。至於《北里志》一書，首「泛論三曲中事」條，交待平康里入北門東回三曲，爲諸妓所聚居處，以及相關規模，自第三條「楚兒」以下，大致以歌妓的傳記爲主。本書亦收入同上書，頁 1281-1303。又《品花箋》『名姬品第』亦收有二書。筆者本文所參用者爲《香艷叢書》本。

其「分別品流、衡尺人物」，❽已涉及諸姬的品藻。

對於青樓歌妓的評價，在飲宴狎遊或是文人交誼的場合中，聊作談資應係普遍的現象，但是將諸妓依照某個特定等第排出序列的「花榜」，明代中葉以後，開始盛行起來：

> 嘉靖間，海宇清謐，金陵最稱饒富，而平康亦極盛。諸姬著名者，前則劉、董、羅、葛、段、趙；後則何、蔣、王、楊、馬、褚，青樓所稱十二釵也。❾

青樓十二釵，經過文人的鼓吹，成爲一種公開的榮譽榜。萬曆二十五年，冰華梅史、方德甫等人在北京開設花榜，以東院、西院、前門、本司、門外妓女四十名配葉以代觥籌，轟動一時，留下了文獻《燕都妓品》。❿崇禎年間，桐城孫武公也曾于南京大集諸姬于方氏僑居水閣，四方賢豪車騎盈閭巷，梨園子弟三班駢演於水閣外環，舟如堵牆，品藻花案，設立層臺以坐狀元，二十餘人中，列王微波爲第一，眞可謂盛況空前。⓫

花榜諸書中，寫金陵妓者有《秦淮士女表》、《曲中志》，寫

---

❽ 〈北里志序〉，同註❼，頁 1281。

❾ 參見《馮夢龍全集》第三十七冊（上海：上海古籍出版社）《情史》卷 7，『情痴類』「老妓」條，頁 513。

❿ 《燕都妓品》，收入〔明〕清茗逸史編《品花箋》，關於《燕都妓品》、《品花箋》，筆者將於後文詳述，請參註⓮。

⓫ 崇禎年間盛大的花榜實況，參見〔清〕余懷著《板橋雜記》中卷『麗品』〈珠市名妓附見〉「王月」條。《板橋雜記》的版本與相關資訊，詳參後文，以及註⓰、⓱。

燕都妓者有《燕都妓品》，寫西蜀妓者有《江花品藻》。誠如潘之恒〈燕都妓品序〉所言：

> 燕趙佳人，顏美如玉，蓋自古艷之。矧帝都建鼎於今爲盛，而南人風致又復襲染薰陶，其艷宜驚天下無疑。⓬

秦淮六朝以來形成的風月傳統，到了明末，青樓文化因爲政商活動的發達而異常興盛，隨著帝國中心的北移而盛於北都，亦隨文人的足跡流播至西蜀。南、北、西不同地域的品妓文化，呈現了近似的品藻架構，反映著當代的共同意識。

《四庫全書總目》對余懷《板橋雜記》的評論如下：

> 自明太祖設官伎於南京，遂爲冶遊之場，相沿謂之舊院。此外，又有珠市，亦名倡所居。明季士氣儇薄，以風流相尚，雖兵戈日警，而歌舞彌增。……然律以名教，則風雅之罪人矣。⓭

在明末兵戈亂世中歌舞風流，留下冶遊的紀錄，既斲傷風雅，實在也與名教之律背道而馳。明代中葉以迄清初，冶遊、花榜等風氣誠然是主流文化所攻訐的目標，如果能暫離名教的束縛，青樓書寫難

⓬ 〈燕都妓品序〉，參見同註❿。

⓭ 參見《四庫全書總目》〈板雜雜記提要〉，引自同下註⓱，《龍威祕書》本之書末所附。

道不能反映出社會現象與性別文化？其背後所投射出來的諸多複雜課題，確實饒有意味。以下筆者將以明末《品花箋》與清初《板橋雜記》兩部書爲主軸，展開探討。

二、明末清初兩部重要的青樓代表著作

(一) 清苕逸史的《品花箋》

過去的青樓書寫，零散紀錄在文人的筆札中，明末清苕逸史所編《品花箋》，係中國第一部以青樓爲核心的女性叢書，⑭在聲色文化蓬勃的晚明時代，此書出現，具有劃時代的意義。《品花箋》下設有四部，第一部『名姬品第』爲本輯核心，所收爲品妓專書，有《金陵麗人紀》、《秦淮士女表》、《曲中志》、《燕都妓品》、《江花品藻》、《北里志》、《教坊記》……等九部，均直接涉及青樓的品藻。其餘三部所收書，雖未必直接書寫青樓歌妓，但並列於叢輯中，仍具有補充的意義。

第二部『名姬藻飾』，收有十部歷代描寫女子的麗詩藻文，其中〈巫山神女夢〉、〈湘中怨詞〉二書紀錄了巫山神女、湘水之神

⑭ 明末清苕逸史編《品花箋》，所收書籍甚多，均篇幅短小，內容爲女子歌妓之事，爲一部小型叢書，由各種目錄著作看來，過去的時代中，尚未有以青樓爲主題的叢書編輯，本書應係中國第一部的青樓叢書。作者清苕逸史生平不詳。由於該書性質纖仄，未見有現代書坊刊印。筆者本論文所參閱者，爲明末飧秀閣刊本，43 卷八冊，收藏於國家圖書館善本書室，07731 號，列爲「子部・雜家類・雜纂之屬」。卷頁冠圖八幀，前附全書總目，僅有各書頁次，未標總頁碼。

或洛神的典故，爲青樓歌妓找尋文學傳統，神女創造象徵了男性的夢境。〈溫柔鄉〉、〈青樓唾珠〉二書爲晚明清言體的型式，皆寥寥數語，如同目錄，沒有內容，展示一個提供景致的框架而已。〈十索〉收六首民歌，以女子口吻傳達纖膩閨情，爲典型吳歌西曲的調情民歌。以上三書用簡鍊的辭藻、粉飾的意境，包裹玩賞女子的男性趣味。〈錦字書〉、〈妝樓記〉、〈侍兒小名錄〉、〈紙箋〉、〈蜀錦譜〉等書，縱然體例不一，皆輯錄女性身體、粧飾、名字、用品、軼事等典故名物，以譜錄的寫作風格，呈現歷史考掘的癖好。⓯

《品花箋》第三部『名花譜系』，包括《牡丹志》、《芍藥譜》、《海棠譜》、《梅譜》、《蘭譜》、《菊譜》、《花小名》、《花曆》……等十二部小書，其中幾乎無涉於青樓歌妓，所收全爲宋代以來與花事相關的各種花譜。

第四部『品花燕賞』收書十二部，包括了《羯鼓錄》、《吹笛記》、《絃子記》、《歌者記》、《琴箋》等，屬絃歌、鼓吹、彈琴的音樂事類。又有《觴政》、《茶疏》、《香箋》、《古奇器錄》、《畫舫記》、《錦帶書》、《明月篇》等書，指導飲酒、品茗、焚香、玩古、遊湖、賞音、看月等雅事。本部雖不直涉煙花，卻透過雅物與雅事的並陳，作爲『名花燕賞』的對象，隱含了青樓女子的文化養成教育，同時，藉著這些文雅事物的展列，將青樓活

⓯ 另外，如《釵小志》、《髻鬟品》、《妝臺記》等書，亦同此系列，皆爲女事女物的譜錄著作。三書收入同註❸，《香艷叢書》第二冊，頁 625-650。

動的社會場景具體地佈設起來。

《品花箋》以叢輯分類的方式，收入四種性質各異的書籍，代表了明末青樓書寫的多重面向，這些面向，由紙本還原到社會情境與實際生活中，背後有引人注目的各項課題等待探究。

㈡ 余懷的《板橋雜記》

余懷（1616－1696）是明末清初博覽群書的學者，著作等身：《板橋雜記》、《三吳游覽志》、《甲申集》、《五湖游稿》、《平原吟稿》、《楓江酒船詩》、《七歌》、《詠懷古跡》、《戊申看花詩》、《味外軒詩輯》、《玉琴齋詞》、《秋雪詞》、《東山談苑》、《四蓮華齋雜錄》、《余子說史》、《硯林》、《茶史補》、《王翠翹傳》、《婦人鞋襪考》、《宮閨小名後錄》、《寄暢園聞歌記》……等，以及許多散見的題詞、序跋、批語、尺牘、詩詞等。⑯這些作品由內容上看，除了詩詞文集之外，亦包含各種文史典故軼聞、文房器物茶硯的雜錄，還表現了對女性特別的興趣：女子傳記、婦人鞋襪、宮閨小名錄以及青樓記事。

余懷最著名的一部著作，爲《板橋雜記》，⑰繼明末清苕逸史

---

⑯ 余懷字澹心，一字無懷，號曼翁，一號廣霞，又號壺山外史、寒鐵道人，晚年自號鬘持老人，原籍福建莆田，長期寓居南京，爲當時名士，與張潮同時。生於明萬曆 44 年（西元 1616 年），卒於清康熙 35 年（西元 1696）年，享年 81 歲。詳細傳記生平，參見李金堂校注《板橋雜記（附外一種）》（上海：上海古籍出版社，2000 年）「前言」。《尺牘新語》中收有不少的余懷書信，可知其交遊往來的狀況。

⑰ 余懷《板橋雜記》，最早收入余懷友人張潮所編之《昭代叢書》中，爲康熙 36 年後的詒清堂刻本，此本成爲後世刊刻的一個重要底本。此外康熙

《品花箋》之後，接續了青樓的課題：

> 金陵爲帝王建都之地。公侯戚畹，甲第連雲；宗室王孫，翩翩裘馬。以及烏衣子弟，湖海賓游，靡不挾彈吹簫，經過趙、李。每開筵宴，則傳呼樂籍，羅綺芬芳。行酒糾觴，留髠送客，酒闌棋罷，墮珥遺簪，眞欲界之仙都，升平之樂國也。（上卷『雅游』小敘，頁7）⓲

在本段小敘中，將金陵城與歷史的聲色文化接軌，城中佈有公侯外戚的華宅、貴遊王孫的車馬、顯達子弟浪遊冶艷於酒色筵宴的行跡……，帝國歷代的昇平氣象，塗飾著金陵燦爛華麗的聲色光芒。

《板橋雜記》接續青樓的課題，與《品花箋》相同，皆以歌妓

44年，吳震方編《説鈴》亦收有《板橋雜記》，仍屬較早流行的本子，較昭代本流傳更廣，《香艷叢書》、《叢書集成初編》等書多收此本。此書從問世開始，便依這兩個系統流傳，文字大同小異。昭代本前有張潮的小引與跋，説鈴本則無張潮文而有尤侗序。但昭代本爲余懷生前親手謄錄交由張潮刊刻，錯誤較少，似更爲可靠。關於《板橋雜記》的板本流傳，詳參同註⓰，李金堂校注《板橋雜記（附外一種）》，頁11-12。本文所參據者主要係李金堂校注本，該書乃依昭代本爲底本，若涉及個別錯誤或被張潮刪除處，尚依説鈴本補正。筆者另亦參酌《香艷叢書》本（收入同註❸，第七冊），以及《龍威祕書》本，收入《百部叢書集成》（嚴一萍選輯，臺北：藝文印書館，本叢書各集出版年次不一），作爲輔助。

⓲ 由於本論文引用《板橋雜記》之處甚多，爲免蕪雜，每一則引文，皆以夾註方式，註明引文之卷次、條次與李金堂校注本頁次（依該注本之阿拉伯數字），不再另註。《板橋雜記》除上、中、下三卷外，並未細列條目名稱，筆者依各條段首句數字標擬爲條目名稱，以方便讀者核閱。

爲對象，二書有極相近的書寫意識。然而與《品花箋》的廣角不同，《板橋雜記》追述見聞，上卷爲雅遊，中卷爲麗品，下卷爲軼事，更費心地在細緻且見證性的歌妓傳記事蹟上著墨，這與余懷特殊的時代感應有關係。《四庫提要》謂其「文章悽縟，足以導欲增悲」，⑲《晚晴簃詩匯》稱其「哀感頑艷，秦淮花月爲之增色」。⑳清茗逸史的花榜，充滿戲謔調笑的色彩，側寫一代歌舞昇平；余懷則將秦淮歌女染上哀感頑艷的氣氛，二書異同互見，足可作爲明末清初青樓文化的重要典型。

三、仙家迷陣的架設

沿著南京十里秦淮河南岸，有長板橋（運河上長塘邊搭板成橋者），橋西由東花園西側延伸到武定橋邊，正是舊院座落之處。舊院是明初設立的官營妓院，與十六樓都是朱元璋繁榮京師的設施，正德南巡後，十六樓逐漸衰廢，獨舊院與貢院隔河相望的地理優勢而日趨繁榮。㉑余懷《板橋雜記》中不乏舊院繁華生活場景的架設，關於妓家平日的生活描述如下：

---

⑲ 參見同註⑬。

⑳ 《晚晴簃詩匯》卷 16，轉引自李金堂〈余懷與『板橋雜記』〉，《天津師大學報》，1998 年第 1 期。頁 75-79。

㉑ 關於明代樂妓制度的變遷，曹大章的〈秦淮士女表序〉有扼要的說明：「國初女伎尚列樂官，縉紳大夫不廢歌宴。革除以後，屏禁最嚴，當時胭脂粉黛翡翠鴛鴦，二十四樓分列秦淮之市，憾無有紀其勝者。其後遂毀，所存獨六院而已，所艷獨舊院而已。」《秦淮士女表》收入同註⑭，《品花箋》。

> 妓家分別門户，爭妍獻媚，鬥勝誇奇。凌晨則卯飲淫淫，蘭湯灩灩，衣香一園；停午乃蘭花茉莉，沈水甲煎，馨聞數里。入夜而擫笛搊箏，梨園搬演，聲徹九霄。（上卷「妓家分別門戶」條，頁8）

正午開始，便相繼傳出舊院妓家各種名貴香料的芳馨，歌妓們已紛紛粧扮停當，準備迎接客人，重頭戲一向在入夜後，有箏笛演奏與梨園搬演，舞臺上的唱角、陪侍的歌妓、邀宴的賓主等齊聚一堂，熱鬧非凡。戲場持續到深夜，凌晨將近，賓主挾妓飲酒，以及一場有香味的洗浴，催促入眠。至於梨園搬演的場景：「歌喉扇影，一座盡傾。主之者大增氣色，纏頭助采，遽加十倍」（上卷「教坊梨園」條，頁 11）。歌妓經過推獎再三而登場演劇，加上有纏頭贈物，更加熱絡了表演者的興致。

余懷有一段秦淮燈船景致的實況描繪：

> 秦淮燈船之盛，天下所無。兩岸河房，雕欄畫檻，綺窗絲障，十里珠簾。主稱既醉，客曰未晞。游楫往來，指目曰：某名姬在某河房，以得魁首者爲勝。薄暮須臾，燈船畢集。火龍蜿蜒，光耀天地。揚槌擊鼓，蹋頓波心。自聚寶門水關至通濟門水關，喧闐達旦。桃葉渡口，爭渡者喧聲不絕。……皆實錄也。嗟乎，可復見乎？（上卷「秦淮燈船」條，頁10）

南京河房，爲夾著秦淮河兩岸的精屋，延續十里，比比皆是的雕欄、畫檻、綺窗、絲障與珠簾，已是滿眼收不盡的綺麗色彩，漾映河中，河面上游楫往來，載著縱情的貴游人士，互相傳遞最新的青樓花榜訊息。薄暮時分，無數燈船湧集，宛如一尾蜿蜒火龍，照耀天地，波心燈船槌鼓助興，情緒幾近沸騰，將整個秦淮河岸裝飾得喧麗無比。余懷這場秦淮燈船的實錄，將舊院的華光麗彩作一最佳投影，眞是極樂至矣。

舊院青樓的空間如何佈置？「舊院人稱曲中，前門對武定橋，後門在鈔庫街。妓家鱗次，比屋而居。屋宇精潔，花木蕭疏，迥非塵境」（上卷「舊院人稱曲中」條，頁 8）。道出了舊院面對武定橋一帶，鱗次比屋的青樓景觀。這些聚集比鄰的妓家，由外觀上看來，都有一個花木蕭疏的花園，掩映中露出精潔的屋宇。說到青樓的花園，李湘眞的住處可作爲代表：

> 中構長軒，軒左種老梅一樹，花時香雪霏拂几榻；軒右種梧桐二株，巨竹十數竿。晨夕洗桐拭竹，翠色可餐。入其室者，疑非人境。（中卷「李十娘」條，頁23）

窗洞敞開的軒室一般築在扶疏的花木中，湘眞的住屋庭園中，便以一座長軒爲核心。軒裡置放簡單几榻，可供閑倚，軒左種一株老梅，花季時節，霏霏香雪拂入；軒右種兩株梧桐與十數竿巨竹，令婢僕晨夕洗拭，青翠潔淨，令人神怡。走過這樣的庭園，始踏入「帷帳尊彝，楚楚有致」的屋室。湘眞的庭園，雖不能與富家園林的規模比擬，㉒但卻是文人韻士品味的雅潔築設，不禁讓人想起文

㉒ 當然，若是豪門貴族所築設用以蓄妓的園林，則規模大不相同，例如：「中山公子徐青君……家貲鉅萬，性豪侈，自奉甚豐，廣蓄姬妾，造園大

震亨《長物志》中的園林敘述：

> 位置之法，繁簡不同，寒暑各異。高堂廣榭，曲房奧室，各有所宜。即如圖書鼎彝之屬，亦須安設得所，方如圖畫。雲林清閟，高梧古石中，僅一几一榻，令人想見其風致，眞令神骨俱冷。故韻士所居，入門便有一種高雅絕俗之趣。㉓

妓院總是被想像成與外界隔絕的情色天地，然而青樓的花園，置設雅潔，讓人神骨俱冷，不僅符合文人的審美品味而已，更要透過文人品味的洗禮，將精潔雅致的青樓花園，塑造成一個理想的人間仙境：「屋宇精潔，花木蕭疏，迥非塵境」（前文已引）、「入其室者，疑非人境」（前文已引）、「湘簾棐几，地無纖塵」（中卷「卞賽」條，頁 37）。脫去纖塵的曲房密室，不正是神女所居之洞府？

通過花徑曲繞的庭園，進入內室，紅粉氣息，撲面迎來：

> 到門則銅環半啓，珠箔低垂；升階則猧兒吠客，鸚哥喚茶；登堂則假母肅迎，分賓抗禮；進軒則丫鬟畢粧，捧艷而出；坐久則水陸備至，絲肉竞陳；定情則目眺心挑，綢繆宛轉。

功坊側，樹石亭臺，擬於平泉金谷。」參見《板橋雜記》下卷『軼事』「中山公子」條，李金堂校注本，同註⑯，頁 58。

㉓ 參見《長物志》，卷十二〈位置篇〉敘。該書收入《美術叢書》（臺北：藝文印書館，1975 年 11 月初版）三集第九輯（總第 15 冊），頁 115-268。

> 紈绔少年，繡腸才子，無不魂迷色陣，氣盡雌風矣。（上卷「舊院人稱曲中」條，頁8）

客人從附有銅環的門進入，拂過低垂的珠箔，踏上臺階，有寵物小狗輕吠與鸚鵡嚼舌。再往裡走入廳堂，假母以禮相迎佳賓。再延入內軒，即有整裝完畢、丫鬟侍候的歌妓出場。余懷以一枝禿筆，老馬識途般地帶著造訪者入門、升階、登堂、進軒，有秩序地勾畫出青樓的室內空間與佈置。青樓的造訪者，首先必需走過一段花徑曲繞的庭園，繼而入門、升階、登堂，直到進軒，才得以看見心慕的對象，這個路程即使不長，也夠曲折，整個空間似乎被刻意安排成一個迷宮。當然這個空間上的迷宮，再佈上水陸珍饈、絲竹歌聲、以及歌妓訓練有素的挑情眉目，成為聲色的迷陣，教紈绔少年，繡腸才子毫無招架之力，正是末句所謂：「魂迷色陣」。

余懷由到門、升階、登堂、進軒、坐久、定情等整齊的俳句，彷彿將青樓空間簡化成一個演算的程式，任何賓客的到來，皆可依循與套用這個程式，推演出自己的風月迷陣。

「長板橋在院牆外數十步，曠遠芊綿，水煙凝碧。回光、鷲峰兩寺夾之，中山東花園亙其前，秦淮朱雀桁繞其後。洵可娛目賞心，漱滌塵俗」（上卷「長板橋」條，頁9）。余懷再將長鏡頭一拉，舊院長板橋座落的地點，攝入一個周邊芊綿曠遠、水煙凝碧的遠景中。在如此娛目賞心、漱滌塵俗的美好景致裡：

> 每當夜涼人定，風清月朗，名士傾城，簪花約鬢，攜手閑行，憑欄徙倚。忽遇彼姝，笑言宴宴。此吹洞簫，彼度妙

曲，萬籟皆寂，遊魚出聽。洵太平盛事也。（同上）

整個遠景是秦淮河畔的江南風光，座落其中的舊院青樓，不僅爲了符合心理上與實際上的「曲徑通幽（神祕的住處）」、「尋幽探勝（美麗的佳人）」，而順著山光水色的形勢，築設爲一個個充滿詩情畫意、麗景殊異的仙家迷陣。更將庭園營造爲花前月下的場域，作爲發動男女情愫的設計，其中慾望的部分，隱而不見。以「情」爲導向的青樓，㉔與以「色」爲導向者的妓院，在設計上，明顯的不同。

青樓擺脫「色」而導向「情」的書寫模式，在圖繪的表現上，亦同樣蘊藉有致。如《品花箋》卷首所冠的幾幅插圖，將青樓刻繪爲整飾、華麗、幽勝、隔絕的樂境，以及筆墨書香的文化氣息，很難與妓院聯想在一起〔圖1〕、〔圖2〕。這樣詩情畫意、麗景殊異的仙家迷陣，在《青樓韻語》的插圖中，有更仔細具體的描繪。例如薛濤〈春望詩〉後二詩句云：「欲問相思處，花開花落時」〔圖3〕，插畫繪製者極力刻畫華麗的盆景、精巧雕飾的曲延欄杆、姿形妖嬈的桃樹、以及繽紛翻飛的落花，無限風光的景致，將青樓花園裝點得令觀者「魂迷色陣」。又如以歌妓趙觀〈喜友人至〉後二詩句「執手但言君去後，竹窗虛影爲誰清」入畫〔圖4〕，在相連合頁的畫幅中，男女主角執手所立的板橋，曲折向右側延伸，右幅

㉔ 王鴻泰認爲中國的青樓，經過了美化的手段，是文人追逐愛情之地，整個青樓空間乃以這個目標而經營，故以情爲導向的青樓與純以色慾爲導向的妓院，很不一樣。詳參同註❸，王鴻泰文。

圖 1　青樓圖之一：整飾、華麗、幽勝、隔絕的樂境
《品花箋》明末飧秀閣刊本

圖 2　青樓圖之二：筆墨書香的文化氣息
《品花箋》明末飧秀閣刊本

圖 3　題句：「欲問相思處，花開花落時」（薛濤〈春望詩〉）
《青樓韻語》卷四附圖

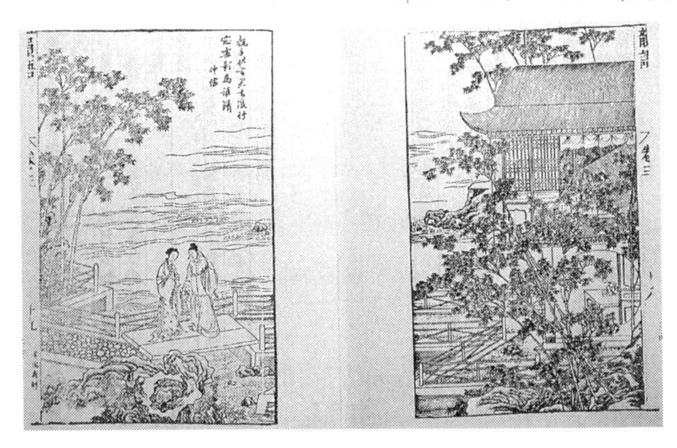

圖 4　題句：「執手但言君去後，竹窗虛影為誰清」（趙觀〈喜友人至〉）
《青樓韻語》卷三附圖

爲一座整麗的樓閣景觀，樓前有一圓窗洞開的小室，應係連外的過間，叢竹掩映中，隱約可見桌几上有瓶杯簡單擺設，穿過小室，甫能登樓，樓上簾幔低垂裡，一個不可看穿的隱祕香閨，引誘觀者興起「尋幽探勝」的慾望。

四、風月品鑑的場景

以上筆者透過《板橋雜記》內容的鉤連，以及圖繪的說明，將青樓舊院詩情畫意、仙家迷陣般的擺設，簡要地描廓出來。然而文人品鑑、歌妓在場的景況如何？明末太史楊愼收在《品花箋》中的《江花品藻》，有一首自題詩，可援作重建品鑑歌妓場面的例子：

散花樓上早梅芳，選妓徵歌出洞房，百指管弦齊和曲，十眉圖畫儼分行，可憐金谷繁華地，兼是蘭亭翰墨場，樂闋酒闌賓散後，歸途猶自有餘香。……蜀之江陽，邊隅重地，舟車雲集，商賈星繁，故狹邪之間，居多妖美，太史南征逆旅于茲，宴酣興劇，人塡一詞，以成煙花之月旦云。㉕（頁 9-10）㉖

作者以自敘口吻重現一個品妓的場面：首句點出了青樓早梅的環境，次句呈現了歌妓徵選魚貫出列的行進動態，第三句絃管樂音出現，第四句以圖畫形容眾美行伍，第五句以下速寫了飲宴歡娛、詩文書畫、行樂滿足的風月酒場。次段爲題詩後的按語，將宴酣興劇、月旦煙花的品妓現象，置於「舟車雲集，商賈星繁」的商業脈絡下，成爲商賈文人參與聲色文化活動的場景旁白。

前文已述，《品花箋》叢書收有四個部類：『名姬品第』、『名姬藻飾』、『名花譜系』、『品花燕賞』，以首部『名姬品第』爲核心，其餘三部各具補充功能。編者如何透過這個編輯架構，展開「品妓」的範疇？清苕逸史在叢輯之首自序云：

近代楊太史、曹學士、潘髯公皆人倫騷雅，風流主盟，左擁

㉕ 《江花品藻》爲西蜀楊愼所撰。引文前段爲楊愼於跋文中自題詩，末署嘉靖丙辰冬十二月十三日。……後所附爲題詩的按語，作者不明。

㉖ 本論文以下引用《品花箋》『名姬品第』部所收諸書之文甚多，諸書篇幅均甚短小，筆者所參據之明末飧秀閣刊本，僅列各書獨立頁次，並未標明總頁次。爲避免引文註釋的蕪雜，筆者將以夾註方式，註明引文之書名及頁次，不再另註。

如花之姝，右搖夢彩之筆，名花傾國，兩故相懽，夕秀朝華，一唯所品。以此詞爭拱璧字軼兼金，不使北里教坊獨傳佳話，遂將秦樓蜀館，並艷名都。且品姬而及藻飾，若謂情來魂夢，別後怨歌，不解此一木衷粉髑髏矣。品花而及燕賞，若謂非紫絲白鼻紘索鼎彝，一村鄙窮措大矣。于是既表逸事小名，復次琴樽懽具，點綴風光，益滋神韻。茲集也，雖才情之餘事，抑亦可備風雅之逸編云。（卷首〈品花箋引〉）

上引序文恰好貼切說明了《品花箋》的編輯架構。首部『名姬品第』爲楊、曹、潘等人的花榜佳話，對歌妓的鑑賞品評。次部『名姬藻飾』的收書呈現了「情來魂夢、別後怨歌」的情愛追逐，均以男性論述的角度爲主。三部『名花譜系』爲歌妓脫離庸俗的養成教育，牽涉了物的知識體系。末部『名姬燕賞』則透過雅物與雅事的列示，架設一個「點綴風光、益滋神韻」的社會活動場景。

吾人不妨再回到前述楊慎筆下品鑑歌妓的場景，其中涉及了男性的書寫、歌妓與花、發出樂音的管弦曲調、宴飲的茶酒……等諸多層面，依此架構出聲色文化。這樣一個以男性、女人與花、宴飲物類所圍繞出來的「品鑑」活動，藉著楊慎的一首自題詩，投射出整個聲色文化的氛圍，恰好與《品花箋》四個收書的面向，彼此呼應。

余懷曾爲明末花榜的社會現象，作了一次實錄：

己卯歲牛女渡河之夕，大集諸姬於方密之僑居水閣。四方賢豪，車騎盈閭巷。梨園子弟，三班駢演。閣外環列舟航如堵

> 墻。品藻花案，設立層臺，以坐狀元。二十餘人中，考微波第一，登臺奏樂，進金屈卮。南曲諸姬皆色沮，漸逸去。天明始罷酒。次日，各賦詩紀其事。（中卷〈珠市名姬附見〉「王月」條，頁 49-50。）

崇禎十二年，選美活動選於七夕夜，在文人方以智（字密之）寓居南京桃葉渡的水閣邊，盛大展開，諸姬群集，四方赴會之賢豪車騎盈巷，配合選美而造勢的梨園騈演，吸引無數觀眾，使得水閣一帶的舟航環列成堵。於是就在水閣上，設立層臺，爲二十多位歌妓，品評高下，其中王微波奪魁，奪魁者登臺亮相，並登上狀元寶座。這一段風流艷事，次日，便由參與花榜的文人各自賦詩紀其事。

五、本文的論題與論述次第

花榜活動的特質，是一群歌妓（女性）暴露在文人（男性）群眾面前，被品頭論足，顯示男性可任意以排行榜的方式決定女性的優劣高下。大型豪華的水閣宴會，背後更要有強大的財力支持，乃市民經濟的社會現象。崇禎十二年轟動的七夕夜選美活動，展現了商業操作手法下，女性被觀看、被評價、排等第的男性權力。

仙家迷陣的架設，實爲男性的計策，《品花箋》傾向將女性客體化、物化，「品妓」的涵蓋面很廣，叢書編輯的意旨，呈現了鑑賞品評、男性論述、知識體系、活動場景等面向，彼此交織與補充，貼近明代中葉以來，月旦煙花的聲色文化，筆者將據以還原一個風月品鑑背後的權力操作場域。

《品花箋》運用一套品鑑系統，由男性透過論述與書寫，建構青樓女子的世界，為晚明情色書寫的一則神話。余懷《板橋雜記》雖接軌於明末的聲色傳統而來，卻有屬於跨過明清之際文人特殊的時代感應。二書所圈圍出來的時代氣氛與反覆對話的論題相互交織，筆者將暫時拋開主流文化對青樓文獻的貶斥與敵意，試圖由文化書寫的角度，重新審視青樓在明末清初中的時代意義。論題的脈絡，逐次展開如下：首先由慾望世界與夢境魅影揭發男性的情色想像。其次以文人論述權力的角度，探討戲謔科考的品鑑模式、酒色文化的符碼、文人化的形塑與包裝等性別意涵下的多面呈現，再繼續探索歌妓物化為知識戲耍的對象，與涉及見證、遊蕩與塡補的歷史癖，最後將以感傷與焦慮的邊緣書寫，以及詭辯與疏離、懺悔與徹悟的解除策略為本文作結。

貳、男性的慾望世界

《品花箋》『名姬品第』諸書，以青樓女子為評價的對象，並不適用於后妃、閨閣等所有女性，在這樣一個獨對青樓女子封閉的競美場域，[27]男性的慾望無所不在，誠如曹大章所云：「欲界之仙都，而塵寰之樂境也」（《秦淮士女表》序，頁 3）。男性透過文字與圖繪的想像創造，進一步將品藻諸姬的細節伸向感官，由視覺擴大

---

[27] 對於品藻諸姬所採用的審美策略與語彙運用，並不適用於社會上所有的女性類型，諸如后妃、賢婦、節烈、才女等，因而筆者以為《品花箋》是獨對青樓女子封閉的競美場域。

至聽覺、嗅覺、觸覺，構築了慾望的世界。

一、男造的審美景觀

王稺登在《金陵麗人紀》中提出四項品妓準則：文靜、武動、丰度、才情，爲男造的女性景觀提出簡要綱領。描繪文狀元蘇五：喜穿縞素、恬靜、朱脣、薄膚，「亭亭獨立，寶月琉璃，不足爲其彷彿」（頁1），由面容、儀態、服飾、亭立來呈現靜態美感。對於武狀元王小奕的描繪：

> 慷慨……善擊刺徒暴以跟絓人無不仆者，嘗挾弓飛騎出入都市，人目爲小木蘭云。而翰墨多能，靡不精絕，殆留侯武侯流耶？（頁1）

將王小奕塑造爲女中豪傑，呈現動態陽剛的美感；㉘葛鳳竹矯矯若遊龍，翠羽明珠，儀容絕艷，色可照耀十乘，特別強調其綽約的風姿，故言其以丰度勝。

《金陵麗人紀》中以才情勝的羅桂林，善唱歌，鳥魚嗚聽，觸情則嗚咽淒然，滿座爲泣罷酒，作者特別推崇其有情致。潘之恒《曲中志》中對於羅桂林的描繪，亦不約而同地曰：「曼聲遶梁，酷有情致」（「羅桂林」條，頁2），另曰：「客與處，皆鍾情」

㉘ 《燕都妓品》「七名武狀元崔瓊」條曰：「子玉善騎射，能作琵琶馬上彈，自入金陵深處，閨閣中未試其技，及景純（按東院人歸景純）新得鳳臺園，喜曰：可爲我築金埒令足馬，吾將與子射雉其間，覩此亦稍露其概。」亦同樣推崇女性的陽剛美。（頁9）

（「董重樓」條，頁8），再形容姜賓竹：

> 眉嫵而意傳，目傳而心結，一見之爲多情……常對月歎曰：共此明月之下，同心異地不知幾何？人安得負此清光，忘情舊好。爲之隕涕。（「姜賓竹」條，頁4）

「才情」在本書中，成爲偏義副詞，強調「情」的重要性，在青樓文化中，「情」經常被論及，是繫引男女兩性的重要橋梁。㉙以王穉登的品藻爲例，無論是靜態、動態、丰姿的展現，或是與文士兩相鍾情，王穉登藉著四位歌妓，提出了男造的審美景觀與理想追求。

二、百媚圖

歌妓的畫像是最直接利於觀看的男造審美景觀。清初出版界，有一種百媚圖，匯集眾多名妓的畫像，給予科榜等第，供作品評玩賞。例如蘇州貯花齋刻印宛瑜子輯《吳姬圖像》，此本卷首冠圖十六頁，三十二單面圖，首有「丁巳夏日吳下宛瑜子戲題『百媚小引』」一篇，署乙卯年，約爲康熙十六年（公元 1677 年）前後刊行。書名以「秦樓女而取一顧百媚生之義」。三十二幅圖，每幅呈現一位吳中名妓的畫像，畫幅上方，標明該名歌妓的花榜排行、姓名以及畫面景象，如「狀元王嬌如凭欄圖」〔圖 5〕、「探花蔣雲襄夷球圖」〔圖 6〕、「榜眼馮偲偲彈棋圖」〔圖 7〕、「二名馮

㉙ 關於青樓重情的探討，詳參同註㉔，王鴻泰文。

凰英撫琴圖」、「會元馮天然披古圖」〔圖 8〕、「四名馮翩鴻春游圖」、「二甲四名白珮六走馬圖」、「三名張小翩醉春圖」……等。㉚在這些文字標示中，花榜排次乃戲仿科舉考試的榜次，由狀元、探花、榜眼、會元依序排列第級。每位名妓都以一個情境作爲畫像的襯景，除了夷球、走馬二圖，展現名妓活潑的動態景觀外，

圖 5 《吳姬圖像》之一
「狀元王嬌如凭欄圖」

圖 6 《吳姬圖像》之二
「探花蔣雲襄夷球圖」

㉚ 《吳姬圖像》現藏於日本蓬左文庫。不分卷，不著撰人（宛瑜子輯）。相關圖繪參見周蕪、周路、周亮編《日本藏中國古版畫珍品》（南京：江蘇美術出版社，1999 年），頁 626-633。

圖 7 《吳姬圖像》之三
「榜眼馮僊僊彈棋圖」

圖 8 《吳姬圖像》之四
「會元馮天然披古圖」

「凭欄」的嬌如，若有所思的倚身俯望檻外流水；「春遊」的翩鴻愉悅地立身於春郊中；「醉春」的小翩，扶醉攲坐倚臥於宅園湖石旁……等，爲女子靜態身姿的展現。「撫琴」的凰英、「彈棋」的僊僊，被安置在香爐、書卷、盆景等擺設，與屏風隔成的宅園空間中。馮天然手執書卷，賞覽石案上尊、爵、瓶、爐、書畫卷軸等琳琅滿目的古董珍奇，謂之「披古」，代表歌妓馮天然具有賞鑑古物的素養，這些撫琴、披古、寫蘭、彈棋等畫面情境，則將風姿綽約的吳姬置於文化氣氛的展示中。

男性心目中理想女性的圖繪塑造，除了《吳姬圖像》外，另有題明葉某撰，馮夢龍評《金陵百媚》，卷首冠圖十三，頁二十四單面圖。畫面上端以大字標明科舉榜次：會魁、探花、榜眼…等，其次則在右上或左上方，以小字題上名次（狀元、探花、榜眼除外）、姓字及圖景，如「（探花）楊昭字蠻卿灌蘭圖」〔圖9〕、「（榜眼）郝賽字蕊珠郊遊圖」、（以下會魁）「三名鄭妥字無美問花」、「六名林珠字無載玩梅圖」、「十一名陳娟字澹若撚花圖」、「十四名張桂字招隱鳴燕圖」……等，同樣地以多種女性服飾、姿態與舉止，具體呈現男性心中的理想景觀，與《吳姬圖像》是姐妹作。㉛為江南名姬畫像以科考榜次排序傳世，是明末清初文人們的雅好，為女性圖繪的服飾、裝扮、風姿、情態，以及種種文化氣氛的細節，皆符合男性文人的審美眼光。

圖9　《金陵百媚》
「（探花）楊昭字蠻卿灌蘭圖」

㉛ 《金陵百媚》圖框高 20.5 厘米，寬 13.5 厘米，共七卷，八冊，清康熙戊午十七年（1678 年）蘇州閶門錢益吾萃奇館梓。此本首有戊午年邗江為霖題序，序稱「葉某請梓」，末跋為龍子猶九書題，版口下刊「萃奇館藏板」。藏於日本公文書館，列為「子部，雜家瑣語類」書。參見同註㉚。

三、男性的夢境：神祕的魅影

百媚圖的畫中美人，畢竟不是歌妓的寫眞，而是男性塑造的青樓典型。青樓的審美典型，有時改裝成爲男性夢境中的神祕魅影，以滿足情色的想像。王穉登描寫榜首文狀元蘇五的出場：

> 爾滿座宴笑喧闐，蘇一至皆神沮氣奪，席間墜鈿遺果，咸鏗然作聲如鳴金玉，靜之至也。……屏氣移時，及蘇吐一詞，令人神怡氣盡，滿座熙春，近之如登雲，去之若隕壑，即洛水巫山，莫可得而尚矣。（《金陵麗人紀》，頁 1）

作者擅於營造蘇五公開出現的場景，首先以墜鈿遺果的鏗然之聲，暗喻蘇五身影乍至時滿室的屏息，然後滿座即將窒息的空氣，在蘇五徐緩吐出一詞後，令人得以神怡氣舒……一靜一動莫不緊緊扣引男性的視線與心弦，王穉登最後以洛水巫山來比擬蘇五。

潘之恒直接運用〈洛神賦〉與天女散花的場景，重塑張小娥舞蹈的排場：

> 善舞當夕徐徐其行，前雙鬟導以明角燈，二後侍婢以二扇障之，望之若洛川凌波，左明珠而右翠羽，……又如天女散花。張幼于曰：余猶習見徐驚鴻觀音舞、萬華兒善才舞。（《曲中志》「張小娥」條，頁 1-2）

左明珠而右翠羽的洛川凌波、或是天女散花等女神女仙場景，換喻爲青樓小娥的舞蹈場面。文人們不得不進一步合理化神女與歌妓之間的關係：「則有仙貌非凡，原居天上，俗緣未斷，暫謫人間」（《秦淮士女表》序，頁 3），「有黃冠者指之曰：此瑤臺侍香兒，前身隸仙品，今凡矣。」（《曲中志》「王少君」條，頁 7）。妓女原是神仙想像的原型，㉜既降謫來了凡緣，整座青樓果然就是「欲界之仙都，而塵寰之樂境也」（《秦淮士女表》序，頁3）。

巫山神女或洛水之神，皆具有可望而不可即、若即若離的神祕魅力，使楚王與思王產生愁悵的心緒。青樓歌妓不輕易示人，亦往往具有神祕性，而能與神女同質聯想：

> 上客得及門者，相矜詡自豪，或車馬塡咽不得度，游人望其塵，冉冉如金支翠蓋中人爾。（《曲中志》「王小奕」條，頁2）

王小奕將游人遠遠拋後，遠觀中的她，冉冉塵煙幻化出一位金支翠蓋的仙女。青樓女子的神祕，可滿足男性窺視的慾望：

> 不與俗人偶，獨居一室，貴遊慕之，即千金不肯破顏。……因穴壁窺玉香，方倚床佇立，若有所思，傾之命侍兒取琵琶作數曲，歌曰……（同上「楊玉香」條，頁1）

玉香獨居一室，千金不肯輕露笑顏的神祕感，激發男子穴壁偷窺的

㉜ 關於神女的原型，參見聞一多〈高唐神女傳說之分析〉，收入《聞一多全集》（武漢：湖北人民出版社，1993 年）第三冊。

慾望。對於王少君的描寫：「遂絕跡不出……詩韻琴聲，若滅若沒，彷彿于月魄雲影中，如見少君」（同上「王少君」條，頁 7）。身影褪去，惟留下如滅如沒的詩韻琴聲，伴隨著文化想像，歌妓對文人來說，已成為極具吸引力的女性魅影。

宋玉賦寫的「神女」，或曹子建的「洛神」，以及唐代之後的《遊仙窟》故事傳統，成功地創造神女爲青樓歌妓的代名詞。《品花箋》第二部『名姬藻飾』所收前二書〈巫山神女夢〉、〈湘中怨詞〉，廣錄巫山神女、湘水之神或洛神的典故，即企圖爲青樓歌妓的形象找尋文學傳統。神女論述，將女性地位抬高，予以偶像化、神聖化，說穿了仍是邊緣化、異化的策略，神女因而成爲遠離現世的超現實存在。在『名姬品第』諸書中，男性作者直接以文學典故中的仙女想像，換喻爲青樓歌妓的魅影觀看，將幻景逼現眼前，以神女論述實現男性的夢境。

四、男性的感官／女性的身體

唐韋莊纂《侍兒小名錄》，有一則筆記載錄漢武帝宮人麗娟：

> 玉膚柔軟，吹氣如蘭，身輕弱，不欲衣纓，拂之恐傷爲痕。……常致娟於琉璃帳，恐垢污體也。常以衣帶繫娟袂閉於重幕中，恐隨風起，以琥珀珮置衣中，不使人知。[33]

---

[33] 參見《侍兒小名錄》頁 2，「麗娟」條。收入同註[14]，《品花箋》『名姬藻飾』。

本條文字紀錄宮人麗娟身體輕弱，不勝衣纓之拂傷，特以琉璃帳保護，又避免隨時被風吹起的可能，需以衣帶繫袂於重幕、或置琥珀佩於衣中以增加重量。這是一則女性身體的神話，輕弱的麗娟，經過美化而被囚禁在男性建造的欲望世界中。

筆者前文由文字與圖繪，鳥瞰了符合男性理想塑造的青樓審美典型，並探索這種審美典型，如何改裝為男性夢境中的神祕魅影。以下將進一步探討女性身體更細緻的文字描述，以及深藏其中的男性慾望。

(一) 視線與觸覺

無論是《品花箋》或《板橋雜記》，青樓書寫處處佈滿男性的視線，歌妓的品藻，涉及容貌、肌膚、笑睇、眉瞳、髮、腰肢、弓足、舉止、姿態……等身體細節，顯示男性的視線對女子上下游移、內外揣度的身體觀看，無所不在。曹大章的《秦淮士女表》，描寫女子的眼眉衣粧：

> 橫拖秋水，卻厭金篦；淡掃春山，何需石黛？杏黃衫子，偏宜翡翠文裙；耳後珠璫，雅映眉間寶靨。（頁3）

金篦、石黛、杏黃衫子、翡翠文裙、珠璫……等，誠然是女子華美的飾物，作者卻要讀者卸下這些琳瑯服飾，直視女子服飾粧綴裹覆的眼（秋水）、眉（春山）、耳、靨與身體。文字書寫中，最能直接投射出男性慾望者，顯然為女性的身體，名姬品藻，最多此類描述。《秦淮士女表》大量運用駢儷辭藻，以視覺、嗅覺、觸覺交互貼近女性身體：楊柳腰肢、芙蓉脂肉、出水不濡、吹氣如蘭、濯肌似玉、口朱未傅、夜語聞香。

潘之恒《曲中志》更著力描繪女性的身體。例如「晳而上鬢，星眸善睞，美靨輔，齒如編貝」（「楊璆姬」條，頁 3），由膚色、眼眸、笑容到齒貝，來一個臉部的特寫，甚至特寫鏡頭再拉近，進窺皮膚的質地：「面淡白色，稍裡之微紺，又稍裡之隱隱似猩紅，漬出膚理外」（「齊瑞春」條，頁 4），白裡透紅的臉部肌膚即刻回映鏡頭（觀者）：「神彩晃煥，飛照一室」（同上條）。「服藕絲履，僅三寸」，鏡頭有時特寫至足部穿戴的弓鞋，質料與尺寸，「纖若鉤月」的形狀，「輕若凌波」地步移，男性慾望漸次升起，終於相繼撫觸捧爲「飲器，相傳爲鞋杯」（以上皆（「王賽玉」條，頁 3）。

女性的弓足，完全是男性情慾文化建構下的產物：

> 潔清自好，梳髮委地，雙趾如鉤。戊戌夏登吳門上方山，泠然御風以頫石湖，衣帶飄舉，幾欲仙去。惟雙鉤印苔蘚間，如落輕紅，有蕩颺之態，見者魂銷。（《曲中志》「陳閏兒」條，頁 7-8）

此條著力描述陳閏兒雙趾如鉤（弓足）步移所致的極輕體態。作者藉著夏日登山、泠然御風、衣帶飄舉、落紅蕩颺等語境，讓一個衣袂飄颻的仙女，呼之欲出，使「見者銷魂」。讀者在上文中，不妨順著文字的行進，閱讀男性觀點下，那壓抑不住、欲蓋彌彰的身體慾望。[34]

「修軀高髻，聲色具美」（《曲中志》「陳玉英」條，頁 5）、「肌豐而骨柔」（同前「王賽玉」條）、「髮膚手趾，無處不佳」（《燕都妓品》「二名會槐屈二」條，頁 7）……，女性身體書寫的背後隱藏著一個男子，正放縱著自己的眼睛、開放著自己的嗅覺、敏銳著自己的觸覺，在艷麗的女性身體上下游移。

《板橋雜記》中有「膚理玉色」（中卷「李香」條，頁 48），是男人用視覺與觸覺的經驗，來說明女子皮膚如玉的色澤與質感；同樣地，「頎而白如玉肪，人見之如立水晶屏也」（中卷「玉京」條，頁 38-39），玉京頎長的身材，配上潔白脂膩的肌膚，亭亭玉立像水晶屏一樣，特別強調視覺上的經驗。與「水晶屏」相對的是「肉屏風」：「體態豐華，趺不纖妍，人稱爲顧大腳，又謂之肉屏風。然其邁往不屑之韻，凌霄拔俗之姿，則非籬壁間物也」（中卷「顧喜」條，頁 44）。無論是玉色、玉肪、修長如玉的「水晶屏」，或是體態豐華的「肉屏風」，都是物的名詞，青樓女子在男性融合視覺與觸覺的身體敘述下，一一被物化，所以顧喜「非籬壁間物也」，而沙才「骨體皆媚，天生尤物也」（中卷「沙才」條，頁 41-42）。

年殊幼，初媾，人輪蹄造門者，日無慮十數，玉娟閉閨下幃，弗之見也。玄髮而明眸，瑜骨而雪膚。標格閒逸，如野

[34] 晚明品妓文獻的慾望書寫，大致仍呈現諸如此類的隱晦意識，而《嫖賭機關》一書的前半部爲『嫖論』，則解除禁忌，揭開面紗，故意暴露裸裎的身體慾望。詳參明末江湖散人輯《嫖賭機關》，德聚堂刊本，收藏於國家圖書館善本書室。

鶴之在汀渚也。（《曲中志》「王玉娟」條，頁4）

不僅物化而已，透過書寫，男性的慾望對象／女性身體，一一被支解成玄髮、明眸、瑜骨、雪膚等審美單位，既是視覺與觸覺的近身印象，又忽而進入詩歌的意象範疇中，跳脫出一隻遠棲汀渚的野鶴。這樣的描述，撩動並暴露了男人潛藏在文字底層蠢蠢欲動的慾望。

㈡ 香氛與嗅覺

萍鄉女史編撰一部《廣陵女士殿最》，亦是一部特殊的品妓書，編者於敘文中曰：

> 不佞家世黃國，旅寓白門，情耽雪月之場，意愜風騷之侶……駕稅廣陵，甫閱兩月，目成眾伎不下百人，爰量品而注出身之資，高卑斯在，兼采詩而綴題評之語，褒貶用章，是使女士者流，頗著殿最之等；譜名花而儷色，庶艷曲以成聲，嘔盡閒心，刊爲豪舉。㉟

整篇序文彌漫了風月休閒的色彩，編者自言本書爲稅駕廣陵兩月的收獲，亦是閱伎無數的戰利品，留下的文字紀錄，涉及人物月旦、采詩、與花譜的互相比附，由作者自稱「不佞」、「嘔盡閒心」的

㉟ 《廣陵女士殿最》一書，收入明・陶珽編，《續說郛》全三冊（臺北：新興書局，1964年），卷44，頁1954-1957。

用語上可以想見，本書所具有的邊緣與遊戲性質。「譜名花而儷色」正是本書的寫作方式：以花譜的方式暗指品妓。例如「異香牡丹」條曰：

> 花史云：牡丹爲王，今姚家黄爲王，魏家紫爲后，張敏叔十二客中稱爲賞客。殿最曰：國色天香，揉蕊塵而作粉，美肌膩體，剪霞艷以成粧，一捻嬌姿，百花魁首。㊱

每條文字下，作者綴合了兩種引述，一爲「花史云」，引述宋代牡丹花的譜錄文獻，一爲「殿最曰」，由前文「花史云」中的牡丹引述內容出發，呈現出游移於牡丹與女人之間，充滿視（國色、剪霞艷）、嗅（天香、揉蕊塵而作粉）、觸（美肌膩體）等感官的香艷文字。《廣陵女士殿最》最奇特的是，每則標題冠上不同香氛的花種作爲條目，如「異香牡丹」、「溫香芍藥」、「國香蘭」、「天香桂」、「冷香菊」……等，不僅標有女性聯想特質的花卉如牡丹、蘭、桂、菊，復以異香、溫香、國香、天香、冷香等不同品類的香氛指陳嗅覺，還在嗅覺上加入了更細膩的感官印象。

在兩段式引述的綴合敘述中，採用了花與女人的錯位論述，透過詠花以詠女人，由對花的嗅覺出發，進一步激發對女性近距離身體撫觸觀想的慾望。如「異香牡丹」條：「國色天香……美肌膩體」，「嘉香海棠」條：「……最愛朱脣，得酒綠深，紅艷偏傷，翠袖捲紗」，「南香含笑」條：「粲粲綴朱欄，似列石家之金谷，

㊱ 參見同註㉟，頁 1954。

垂垂墮紅雨，如啼漢女之粧」，「寒香水仙」條：「玉蕊冰肌，想凌波之素魄，黃冠翠袖，懷姑射之仙襟」……。整部書通篇完全沒有一位具體歌妓之名字、事跡，各品異香、溫香、國香、天香、暗香、冷香、韻香、妙香、雪香、細香、嘉香、清香、艷香、南香、奇香、寒香、素香……等以香味綴成的花譜，確實是將品妓之事隱藏在文字底層，全書只評花，序言所稱「譜名花而儷色」，根本暗示了整部書就是一個大比喻，以隱晦象徵的方式代替具體的品妓。雖然作者很巧妙地運用暗喻式的花譜寫作，展示一個不直接呈露女子的品藻書寫，然而透過花卉香氛形態的描述與聯想，帶出對於女性身體嗅覺與撫觸的想像，仍無法隱密地覆蓋住男性的慾望。[37]

---

[37] 中國文學傳統中對女性身體的注意，多集中在六朝宮體詩的探討上，晚近由於小說研究的興盛，學者亦注意到明清以後艷情小說中的女性身體，筆者以爲《品花箋》諸書，莫不充斥著男性對女性身體無法掩藏的慾望。身體論述確實爲西方學界探討性別文化中一項重要的課題，有的極前衛地探討身體銘文的現象，如依麗莎白．格羅茲著、陳紉石譯，〈銘文和肉體示意圖——呈示法和人的肉身〉，《女性人》第 2 期，1989 年 7 月，頁 65-82。有的則以之探索宗教的意涵，如陳美華撰〈衣著、身體與性別——從佛教經典談起〉，《世界宗教：傳統與現代性》學術研討會論文，嘉義：南華大學，2001 年 4 月 13、14 日。對於圖繪傳統中女性身體的描繪意識與變遷，有王雅各撰，〈身體：女性主義視覺藝術再現化的矛盾〉，《婦女與兩性學刊》第九期，1998 年 4 月，頁 1-53。至於專著如 Griselda Pollock 著、陳香君譯，《視線與差異——陰柔氣質、女性主義與藝術歷史》（臺北：遠流出版社，2000 年），以及《女性主義與藝術歷史》全二冊（臺北：遠流出版社，1998 年）等書，則因爲討論女性的再現，而或多或少觸及到了女性身體的問題，皆值得參考。

參、文人言說的權力場域

因爲「才子擁名姝」，《品花箋》的核心論題，便是男性觀點介入的青樓「品評」，是文人建立的一套品藻系統。清苕逸史透過幾部花榜專書的串聯，傳達與宣說著晚明冶艷的聲色文化。花榜諸書的作者，清一色爲男性文人，品鑑象徵一種言說的權力，男性的權力透過那些模式滲入到青樓品鑑的系統中？本文以下將展開論述。

一、戲謔的品鑑模式

(一) 科考的框架

前文筆者討論了《吳姬圖像》、《金陵百媚》等百媚圖，畫家對吳地、金陵名妓的花榜排次，採用的是科舉考試的框架。這種現象，在《品花箋》中，有更詳細的鋪陳，本文以下將探討諸家品妓的排榜意識。

《金陵麗人紀》，以蘇五桂亭爲文狀元，王一小奕爲武狀元。[38]《秦淮士女表》以蔣蘭玉爲女狀元。[39]《燕都妓品》文狀元爲郝筠，武狀元爲崔瓊，也有以京師王雪簫爲文狀元，崔子玉號武狀

---

[38] 參見《金陵麗人紀》序曰：「一時名姝才技絕倫者，不下十，餘曹咸推蘇五桂亭、王一小奕爲文武狀元云。」（頁1）

[39] 參見《秦淮士女表》〈士女品目〉「女狀元」條，頁4。

元。㊵諸書以科舉考試的狀元作爲花榜的頂級稱謂，將科考的遊戲規則移置於品妓的架構中，例如《秦淮士女表》、《蓮臺仙會品》二書所開列的士女品目爲：女學士、女太史、女狀元、女榜眼、女探花、女會元、女解元、女魁、儲材等條。㊶《燕都妓品》的體例敘言，更明白地表達了這個意圖，第一條「借用科名例」總說本書的排次系統。第二條「四元例」說明四種排序法的運用，首爲十字元包括狀元、榜眼、探花……等十一名；次爲萬字元包括會元、會魁、武狀元……等九名，再次爲百字元監生、秀才、童生、鄉舉……等九名，末爲文字元均爲館選等十一名等。仿照四級舉士的規模，階第由中央級降次爲地方鄉館。

㈡ 世說的月旦

除了借用文人科舉考試作爲品藻諸妓的排次系統，《世說新語》的月旦風尙，遂成爲實際批評時所援參的範式。青樓文化的源頭爲六朝秦淮金粉，故品妓便與紀錄六朝風流的《世說新語》作了很自然的歷史串聯。《燕都妓品》評榜首狀元郝筠、榜眼陳桂：

> （郝筠）世說王司州在謝公坐，詠：入不言兮出不辭，乘回

㊵ 《燕都妓品》卷末評曰；「或云梅史借名耳，浙名士沈郎所編，後官水部郎。又云京師王雪簫號文狀元，崔子玉號武狀元。」（頁 17）

㊶ 《蓮臺仙會品》與《秦淮士女表》撰者均爲曹大章，女子排序的次第完全相同，前書更簡化，係後者之梗概與變形。二書雖採同樣架構，略有不同處，前書在每位女傳後，接上花名，後者則接一段品藻文字。《蓮臺仙會品》，收於同註㉟，《續說郛》，頁 1952-1953。

> 風兮載雲旗。語人云，當爾時覺一坐無人。（頁3）
>
> （陳桂）世說荀中郎在京口登北固望海云：雖未睹三山，便自使人有凌雲意，若秦漢之君，必當褰裳濡足。（頁3）

作者各自引《世說新語》王司州、荀中郎的典故，來譬況郝筠艷驚人目的丰采，㊷以及陳桂貌瘦身長、眉目清揚的烈士風姿。㊸《秦淮士女表》序文曰：

> 情之所鍾，當在若輩，禮之所設，豈爲吾曹？千載風流，向傳江左，六朝佳麗，宛在秦淮。朱雀橋頭，南引狹邪之路；烏衣巷口，曲通游冶之場。挾彈飛鷹，籍籍繁華；公子鳴鞭，策騎紛紛。佻達兒郎，劍客藏名，託茲以礱俠骨，文人失職，借此以耗壯心。（頁2-3）

在品藻諸妓的書寫中，《世說新語》經常被取作效尤的典型，引文

㊷ 王司州的典故，出於《世說新語》（據余嘉錫撰《世說新語箋疏》，臺北：華正書局，1984 年）〈豪爽第十三〉第 12 條曰：「王司州在謝公坐，詠：入不言兮出不辭，乘回風兮載雲旗。語人云，當爾時覺一坐無人。」（頁 605）荀中郎的典故，出於《世說新語》〈言語第二〉第 74 條曰：「荀中郎在京口」條曰：「荀中郎在京口，登北固望海云：雖未睹三山，便自使人有凌雲意，若秦漢之君，必當褰裳濡足。」（頁 135）。

㊸ 《燕都妓品》「郝筠」條末方德甫云：「筠大有丰姿，艷驚人目，新都王伯約娶歸，沈郎云，奪我燕支山，使我婦女無顏色」。「陳桂」條末方德甫云：「桂貌瘦身長，眉目清揚，而面色稍黑，手爪自好，其擅一時名，當有逸情耳。余答云此生定有烈士風。」（頁 3）

首數句即以世說阮籍的典故，引出情禮之辯。[44]後復以一大段駢文追溯六朝金粉的繁麗景象，映照青樓光華，文末強調秦淮之所以令人流連忘返，乃因爲此地已成爲男性名流豪縱鍾情、藏名寄寓的溫柔鄉。

《世說新語》品鑑魏晉人物，發明了許多月旦的辭彙，成功地創造了人物風流的典型。《曲中志》論及：「容止婉麗、矩度幽閑、不同庸調、修眉俊目、秀外慧中，種種可意，自是旖旎騷人，棲遲羈客矣」（「陳瓊姬」條，頁 6）。這些品藻歌妓的語彙風格，明顯源自於《世說新語》。《秦淮士女表》編者曹大章不僅要仿照友人以《世說新語》的方式爲妓女作表撰述，更要援用魏晉的月旦風尚，依文士論妓定品的方式，「以情興爲上，才伎次之，丰姿爲下」（頁 2），復引袁彥伯所作〈名士傳〉的體例——以王何諸子爲正始名士，稽阮諸子爲竹林名士，裴樂王謝爲中朝名士——爲歌妓分品。《金陵妓品》的品藻框架，「一曰品，典則勝」（按以下錄九位歌妓名號）、「二曰韻，丰儀勝」（錄十人）、「三曰才，調度勝」（錄八人）、「四曰色，穎秀勝」（錄五人），[45]在品目的擬定與應用上，皆不脫出《世說新語》的語彙意涵範疇。

---

[44] 阮籍情禮言辭之辯，參見同註[42]，《世說新語》〈任誕第二十三〉第 7 條曰：「阮籍嫂嘗還家，籍見與別。或譏之，籍曰：禮豈爲我輩設也？」（頁 731）又第 8 條曰：「阮公鄰家婦有美色，當壚酤酒。阮與王安豐常從婦飲酒，阮醉，便眠其婦側。夫始殊疑之，伺察，終無他意。（劉孝標注：王隱《晉書》曰：「籍鄰家處子有才色，未嫁而卒。籍與無親，生不相識，往哭，盡哀而去。其達而無檢，皆此類也。」）（頁 731）。

[45] 參見潘之恒著《金陵妓品》，收入同註[35]，頁 1965-1966。

文人使用世說新語式的語彙意涵，不僅是美典的上溯而已，更要透過這些語彙符號，連接魏晉風流，而六朝秦淮金粉，喚醒了騷人、羈客所欲流連享有、具有文化想像的艷情。誠如《燕都妓品》體例第四則「世說例」所云：「詼詞嘉謔，乃酒佐之塵談，而品譽微譏，亦花神之信史」（頁2-3），文人仿《世說新語》的戲謔言談（詼詞嘉謔）與品藻褒貶（品譽微譏）來賞鑑諸妓，整個褒貶品鑑的模式，爲世說新語式的遊戲諧謔。

㈢ 筆墨調笑的遊戲

曾爲《金陵百媚》圖題識的江爲霖自述道：

> 南畿爲六朝都會，以其紛華靡麗勝也，其尤勝者桃葉渡頭、秦淮舊館是也。予茲歲鎩羽金陵，旅中甚寥寂，偶吳中友人過予處，見予鬱鬱，呵余曰：李生何自苦乃爾，豈素謂豪俠者，一至此耶？因偕予遊諸院，遍閱麗人。㊻

這是一段文人遊歷風月世界的自我告白，江爲霖的心路歷程在明末清初具有普遍性，追求仕途、有功於社會的嚴肅使命感，卻因失意流連青樓而磨耗，這種磨耗有時即轉成戲謔的人生態度。因此，品藻諸妓的著作，其實並不眞正反映出嚴謹愼重的選美活動，相反地，流露出的往往是文人筆墨調侃的習性。《燕都妓品》編者冰華梅史自序文中，便帶著遊戲性的書寫心態：

㊻ 本段文字轉引自同註❸，王鴻泰文，頁28。

前則釵行十二，乃郢上之春詞，已非實錄；後則宮名三六，雖南中之月旦，何取濫觴？是用效顰，以之佐噱。（頁1）

冰華梅史的《燕都妓品》，自己表明是襲用郢地十二金釵、南中三十六宮女等排次架構的靈感，自營新構，洋洋灑灑地列出了品妓的六條體例：「借用科名例」、「四元例」、「四殿例」、「詩評例」、「世說例」、「金谷例」等，視歌妓爲笑談之助。爲本書作跋的亙史，顯然感受到編者「是用效顰，以之佐噱」的遊戲心態，故亙史在跋語中曰：「其稱賞出意象之表，語多蒜酪，足解人頤矣。」（頁 17）如蒜酪的滋味解人頤，本書就是一場筆墨遊戲，是讓人開懷的玩笑文章。校閱者潘之恒曰：「以此帙比金陵《蓮臺仙會》而謔浪過之。作此品題，固不須莊語耳。」（頁1）潘之恒曾編輯一部《曲中志》，收入《品花箋》中，對於歌妓的品藻書寫，亦有自己的心得，他似乎看出了品妓作家們彼此在妖冶與謔浪的程度上競賽，在這樣的競賽中，自然「不需莊語」了。《燕都妓品》作者曰：「女容悅己，人貌榮名……浮名無異於戲場，吠聲聊因乎俗耳」（「借用科名例」，頁 2）。即明白地指出人生如戲、功名彷如戲場的豁達觀，因此品妓借用科舉名稱，更是遊戲一場。讀者不必當眞，聊備戲談可矣。

二、酒色文化的符碼

㈠「郝筠」與「雷逢兒」

不論是科考的排次系統、世說新語的月旦調式，諸妓品藻的模式，都起於文人諧謔式的娛興。楊慎《江花品藻》、冰華梅史《燕都妓品》的書寫，更將詼諧遊戲作了充分的發揮。說到酒色文化，《燕都妓品》甚爲奇特。《燕都妓品》的體例爲「借用科名例」、「四元例」、「四殿例」、「詩評例」、「世說例」、「金谷例」等六項，前三項爲科場的戲仿，「詩評例」爲摘句評，「世說例」爲世說典故的擬說，「金谷例」源於石崇金谷園，[47]特爲喝酒賞罰之規例。茲以「郝筠」爲例：

> 十字元一名狀元郝筠字林宗東院人。
>
> 韋應物詩：能使萬家春意閑。評云：不知秋思在誰家。世說：王司州在謝公坐詠：入不言兮出不辭，乘回風兮載雲旗。語人云：當爾時覺一坐無人。
>
> 執此坐美少年合席奉酒仍合席飲。
>
> 方德甫云：筠大有丰姿艷驚人目，新都王伯約娶歸沈郎云奪我燕支山，使失婦女無顏色。（頁3）

筆者上文依原典編排。首行爲歌妓標舉名次及其字號。次行以後，「詩評例」引韋應物的一句詩摘句批評「不知秋思在誰家」、「世說例」引王司州坐詠忘我的盛況，暗指郝筠的神采與魅力，二者皆可與末段「方德甫云」的評語互相牽合。這些行段的文字彼此似乎獨立，又頗有不甚緊密的關連，內容呈現了有趣的現象。其中運用

---

[47] 金谷爲河南洛陽地名，谷中有水，自新安、洛陽東南流經此谷，東南入于瀍河。晉豪族石崇建金谷園于此，肆行其人間享樂。

的詩詞或世說典故，均為斷片的語言型式，「摘句」脫離了原始脈絡，而引起更多聯想的可能，片言隻語、扼要精練地表達文雅風尚。惟獨中間突然插入一個與行文上下內容不相干的「金谷例」，作為喝酒的律令，「郝筠」應該就是一張酒牌，在文人宴飲的場合上，提供實際的用途。

以下再舉《江花品藻》一個完整的例子來說明：

> 第一名雷逢兒字驚鴻。
>
> 品云洛浦神仙　　　梅花
>
> 詞曰翩若驚鴻來洛浦，風流正遇陳王，凌波羅襪步生香，不言唯有笑，多媚總無粧。　回首高城人不見，一川煙樹微茫，最難言處最難忘，歸程須及早，一擲買春芳。
>
> 右調臨江仙　奉首席巨杯（頁1）

整部《江花品藻》的編排方式亦與《燕都妓品》頗為相似。楊愼品藻歌妓，每則有四個行段的文字排列，首行為歌妓雷逢兒的排次名號，次行給予洛神的意象語彙、下接相襯的花種「梅花」，第三行段為賦詩，上片根據洛神、下片根據梅花而來，第四行則為歌詞的曲調。末行突然冒出一句與前文內容完全無關的文字——喝酒律令，《江花品藻》如此整齊的文字體例與排列，每一個文字片段中包含了女人、典故傳說、花卉、詩詞、歌曲與酒，以歌妓為想像的起始憑藉，呈現飲酒樂賞的休閒文化。與《燕都妓品》作對照，上文應該也是「雷逢兒」酒牌的文字內容。

㈡ 飲宴娛興的酒籌

酒牌即酒籌，通稱葉子，始於明代萬曆末，即後世所稱葉子戲。清趙翼《陔餘叢考・葉子戲》曰：「紙牌之戲，唐已有之，今之以《水滸》人分配者，蓋沿其式而易其名耳。」葉子爲一種遊戲之具，即鬬紙牌之類，與賭錢罰酒有關的民間流行遊戲。明、清刊行多種，如無名氏製《元明戲曲葉子》、高陽酒徒茂先撰《酣酣齋酒牌》、陳洪綬繪《水滸葉子》、《博古葉子》二種、任熊繪《列仙酒牌》等。葉子的形制，除了標示用途的「錢數」（如幾貫錢）與「酒則」（如何飲）外，繪刻圖文，多耐人尋味，不僅使人賞畫，文亦精練有趣。例如《酣酣齋酒牌》「七十萬貫」〔圖10〕，圖幅左上角有文：「賀知章官祕書監，自號四明狂客。一見李白，即解金龜換酒回。結爲飲中八仙。杜詩云：騎馬似乘船者，蓋狀其醉態耳。架馬者飲。」圖畫一位僕役近扶的士人，騎在馬上，顛顛危危，頗有醉態。楊樹、土坡簡單勾勒一個戶外場景。《元明戲曲葉子》亦有「七十萬貫」〔圖11〕，以沈采《四節記》「步步嬌」、「來時路」二段曲文，寫於畫幅上

圖10 酒牌－「七十萬貫」
賀知章醉酒
高陽酒徒撰、黃應紳刻
《酣酣齋酒牌》

方，文末附「沈靜者飲」一句，圖面下方呈現一對女性主僕門裡門外的對話情節，以畫面呼應上方曲文。刻工流利，刀法純熟。陳洪綬《水滸葉子》以《水滸傳》四十位英雄好漢的人像爲描繪對象，「萬萬貫」〔圖 12〕畫宋江戴官帽、著錦袍、橫眉捋鬚的英武造像，右有「呼保義宋江」，左有「刀筆小吏爾乃好義」的字樣。陳洪綬《博古葉子》，繪古代人物四十八葉，人物一百四十餘，旁及樹木、几案、秦銅漢瓦之設，以及牛羊狗馬之類，展現博古之趣。「寶湯瓶」一幅〔圖13〕，畫中頭披儒巾的陶淵明，醉態朦朧，席地而坐，身側置一廣肚瓶甌，前有一把菊杖橫陳。畫框外右側有一行字「陶淵明其臥徐徐，其覾于于，瓶之罄矣，至樂盡目」，右側有「白衣爲送執者一盃」。[48]

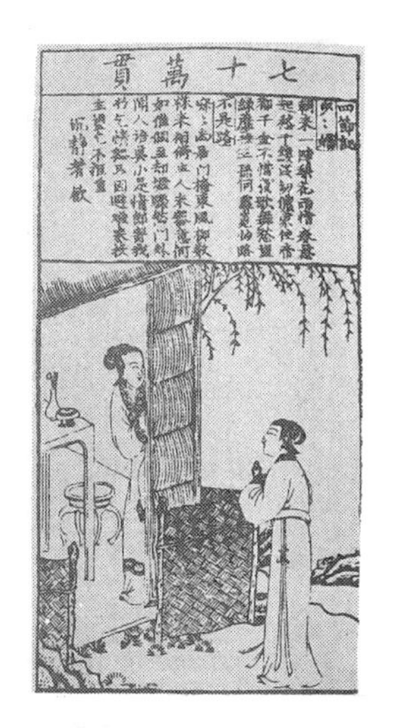

圖 11　酒牌－「七十萬貫」
沈采《四節記》「步步嬌」、
「來時路」曲文
萬曆末《元明戲曲葉子》

[48] 關於明末葉子形制、功用的探討，以及本文所附圖例，詳參《中國美術全集》（臺北：錦繡出版社，1989 年）『繪畫編 20 · 版畫』，圖版 64、65、66、190，及圖版解說。

圖 12 酒牌－「萬萬貫」
「呼保義宋江」
陳洪綬《水滸葉子》

圖 13 葉子－「寶湯瓶」
陶淵明
陳洪綬《博古葉子》

明末清初流行多種形制的葉子，反映了當時人們如何將文藝賞鑑貫串在博飲遊戲中。無論是賀知章、陶淵明、水滸英雄等歷史名流，還是感人的戲曲情節、博古的銅瓦几案之物，在製成規格形制相彷的葉子後，皆成爲遊戲系統中的圖文符號，供作娛樂之用。

㈢ 歌妓：物化的酒籌符號

歌妓則是酒牌圖文符號中，別具旖旎色彩的一種。曹大章與吳、高、梁等名士同遊秦淮，品藻諸姬的紀錄《蓮臺仙會品》，簡單扼要地陳述了這套圖文符號。首先是品目：

> 女學士王賽玉小字儒卿名玉兒行六　花當紫薇。
> 女太史楊璆姬，小字婆喜名新匀行一　當蓮花。
> 女狀元蔣蘭玉小字雙雙名淑芳行四　當杏花。
> ……

後附冰華主人定「蓮臺令規」曰：

> 遵舊錄用十四章，雕鏤人物、花卉，以媚觀者。著爲令從大會上方可行。必滿十四人（按共有十四條品目），乃如法，少一人則去一魁葉，其法特難於考試。

「蓮臺令規」清楚地交待了這套雕鏤有人物（歌妓）、花卉圖繪，以及標明科考品第字樣的葉子，並將之應用到博飲遊戲中。㊾

《江花品藻》潘之恒校曰：

> 余品蜀艷，首薛弘度事，文采風流，爲士女行中獨步。惜時無嗣響，故此卷亦閣未傳。……社友張康叔攜焦太史家所藏江花品藻一卷見示，蓋楊用修太史謫滇中，息跰錦江花酒，留連所乞題詠，而藉以佐觴政者。其詞之妙麗，久膾炙人口，而畫意古雅，非名手不能彷彿，因命幼兒弼時，如式梓行之。（頁1）

㊾　最後還有一份「品目花名」總表，以簡馭繁：「學士　紫薇花、太史　蓮花、狀元　杏花、榜眼　桃花、探花　西府海棠、會元　梅花、會魁　芍藥……」。詳參《蓮臺仙會品》，同註㊶，頁1952-1953。

楊慎謫居滇中時，於錦江青樓流戀時，留下許多艷麗詩文，並製成酒牌飲宴行酒時所用，酒牌內容包含了文人題詠的詞，以及名家出手的畫，畫含搭配品藻的花卉，以及所品歌妓的美人畫像。《燕都妓品》序言亦云：「萬曆丁酉庚子間，其妖冶已極，余自辛卯出都，未及寓目，後得梅史葉子，猶可想見其一二人」（頁1），序文作者言此書將妖冶歌妓圖為酒牌，雖未見其人，睹葉子，仍可想見其人。

顯然《蓮臺仙會品》、《燕都妓品》、《江花品藻》等書，都曾製成配套的葉子流傳，葉子上不僅有符號代碼指涉的科舉榜目、文化情境（如世說、詩評等），或簡單的花卉佈置，更有具體的歌妓畫像可供賞悅。冰華梅史「詩評例」曰：「古言其意，今得其符」（《燕都妓品》，頁2），古人的詩意，由今人來符驗，強調後世讀者的詮釋權與補充權。在各種體例交織互現的脈絡中，「郝筠」、「雷逢兒」、「王賽玉」，似乎都不再是一個主要的敘述對象，反而成了一個符號，一個文化的代碼（code），可代入唐代的韋應物詩中、代入世說新語的情境中、或轉換成紫薇花，指涉風流名士的詩畫情境。歌妓透過與科舉排榜的符號結合為宴飲的籌碼，在眾人手中眼下傳遞，戲仿科考掄元的流程，行酒作樂，進行小眾的酒色遊戲。

《燕都妓品》作者冰華梅史自行道出他的遊戲書寫緣由：

> 蓋取憐競態，旁觀無當局之迷，而分品計功，過目有持平之察。要以愛憎如山，已心作粘泥之絮；妍媸若照，情無繫鑑流之波。雖寵極有歇，祇應抱恨於紅顏。然何地不逢，焉用

致譏於糊眼？定茲條例，飭我觥籌。（頁1）

品藻「取憐競態，分品計功」應力求公正，既是品評，不免涉及妍媸愛憎寵恨，但客觀何其容易，因此不必過分計較，不用譏刺，沒有寄託，作者放棄了嚴肅的選美任務，將此套品妓架構，施之於喝酒傳杯的酒牌，作爲佐助清談酒娛的新興遊戲。

透過潘之恒、楊愼的文字，吾人可清晰地逆推一個充滿商業氣息的青樓場域：名士佳人、品艷題詠、藉以佐觴、文采風流、梓行傳佈……，歌妓成爲性別場域下、商業酬酢中物化的符號與籌碼。《燕都妓品》、《江花品藻》、《蓮臺仙會品》書寫歌妓的方式，與曹大章《秦淮士女表》、或潘之恒《曲中志》不同，後二者基於爲歌妓作傳的立場，而前三書根本就是設計一套以謔語取代莊語的酒牌，是一套冠上歌妓姓名，作爲飲酒遊戲籌碼的圖文系統。三書物化女性，以青樓歌妓作爲酒色遊戲與休閑文化中的代碼與符號，建構了社交應酬、詩評、世說典故、謔語、喝酒罰則、艷事、圖像等環繞著聲色課題的酒色休閑文化，花榜清單轉身成爲佐酒的遊戲系統。

三、文人文化的形塑與包裝

晚明《品花箋》諸書的共同調式，充分施展了文人酒色文化的戲謔工夫。清初《板橋雜記》從另一個方向上，細緻地將青樓女子加以包裝。

余每有同人詩文之會，必主其家。每客用一精婢侍硯席、磨

> 隃麋、蒸都梁、供茗果。暮則合樂酒宴，盡歡而散。（中卷「李十娘」條，頁 23）

青樓經常作爲文人雅聚之場所，在旁侍硯、磨墨、燃香的歌姬，融入了文人的環境，青樓乃因應貴遊文士而存在。如前所述，青樓建築，基本上是認同於文士雅潔的居家環境，更擴大來說，青樓歌妓的養成教育，亦脫離不了文人的文化。如董小宛，天姿巧慧，七、八歲時母即教以書翰，稍長，雖不閱讀文人正統的四書五經，但對於文人關心之生活品味書籍如針神、曲聖、食譜、茶經，莫不精曉。因慕吳門山水，亦合於文人隱逸趨向，徙居半塘，於河濱小築竹籬茅舍，時而歌詩或鼓琴。㊿

因爲職業生涯之需，歌妓要略具寫詩、作畫、鼓琴、唱歌等才能，在《板橋雜記》的記載中，許多歌妓的才華超過基本標準。例如顧媚既通文史，亦擅畫蘭，追步前代名妓馬守眞，住「有眉樓」，樓中的佈設如下：「綺窗繡簾，牙籤玉軸，堆列几案，瑤琴錦瑟，陳設左右。香煙繚繞，簷馬丁當。」（中卷「顧媚」條，頁 33-34）其中有綺麗的簾窗、彈奏音樂的琴瑟、繚繞的香煙、丁當清脆的簷鈴，更因爲有堆列几案的書畫卷軸，遂使得「有眉樓」充滿了文化吸引力，人遂以「迷樓」稱之。歸尚書龔芝麓後爲橫波夫人，

㊿ 吳梅村曾爲董小宛作宮尹十絕句，可傳其事，詳參《板橋雜記》中卷「董白」條（頁 34-35）。關於董小宛詩文書畫的才華與表現，其夫明末著名四公子之一冒襄（字辟疆）曾追憶小宛生平而寫下感人的《影梅庵憶語》，其中更多詳盡的紀錄。收入同註❸，《香艷叢書》第二冊，頁 585-614。

時以畫蘭贈友，爲龔尙書經營人際關係。[51]又如范珏：

> 廉靜，寡所嗜好。一切衣飾、歌管艷靡紛華之物，皆屛棄之。惟閫户焚香瀹茗，相對藥爐、經卷而已。性喜畫山水，摹倣史痴、顧寶幢，檐枒老樹、遠山絕澗，筆墨間有天然氣韻，婦人中范華原也。（中卷「范珏」條，頁39）

余懷幾乎是以違反歌妓華艷原則的隱士形象來塑造范珏，不只是屛棄艷靡、廉靜寡慾的性情而已，平日她焚香、瀹茗、對爐、讀經等閫戶深居簡出的方式，也脫離歌妓的生活經驗甚遠。再者，具隱逸好靜習性的范珏，善畫山水，她私心追摹的前輩山水畫家史忠、顧源，以及藉以比況的對象——山水畫家之祖范寬，皆爲男性，余懷也以男性評畫美感讚賞范珏具枯淡的畫風：「檐枒老樹、遠山絕澗」，以及天然氣韻的筆墨，這些都符合文人所建構出來的山水畫優位評價傳統。[52]在「范珏」條的文字敘述中，明艷動人的青樓女子，搖身一變而爲幅巾吮墨的隱逸文人。

不僅歌妓的養成教育認同於文人的文化，對於歌妓的品藻，亦取其爲評價標準，在傳記的描繪中，那些青樓女子果眞具有傲人的才華，與雅靜的隱逸氣質？不免讓人可疑，文字的撰述，總有理想

---

[51] 顧媚與馬湘蘭相比，皆善畫蘭，而姿容過之。斂時現老僧相，弔者車數百乘，備極哀榮，龔芝麓有《白門柳傳奇》行于世。參見《板橋雜記》中卷「顧媚」條，頁33-34。

[52] 另如王小大爲社交高手，余懷謂其「書畫與鄭超宗齊名」（中卷「王小大」條，頁46），也以與男性書畫家齊名爲榮。

性寄託在內，余懷爲這群掃眉才女包裝，藉著抬高歌妓歷史地位的同時，再次強化了文人文化之可貴。文人品藻歌妓上溯六朝、援引唐風、或摘句批評，旨將青樓文化提昇、美化與包裹爲上乘文化，層層面紗裹覆下的歌妓，都可能成爲絕代佳人。文人以文化包裝，爲青樓歌妓作精緻的裱褙。

《曲中志》中對於諸妓的評論，亦有文人化的傾向，如：「色藝絕群、性喜讀書」（「楊玉香」條，頁1）、「善屬詩」（「徐姬」條，頁1）、「雅好翰墨，又嘗游戲丹青，得九畹生態」（「楊璆姬」條，頁3）、「學字于周公瑕，學詩于佘宗漢，學琴于許太初，爭以文雅相尚」（「王少君」條，頁7）……等，讀書、屬詩、翰墨、學字、習琴……等，原爲文人的本領，在此亦成爲歌妓晉身的重要學養背景。歌妓文人化，甚至成爲士風的一環：

> 詩稱士女，女之有士行者，士行雖列清貴，而士風尤屬高華，以此求之平康，惟慧眼乃能識察，必其人尚儒素而具靈心。(53)

士行重清貴，士風屬高華，潘之恒要平康妓認同於清貴高華的士人文化，並以此爲標準來衡量：「儒素靈心」，歌妓如此向士人文化靠攏。然而在這樣的文化靠攏裡，仍脫去不了品妓調笑戲謔的本質：「周公瑕曰：翩字遒媚，世有衛夫人，吾將爲右軍泣矣」（《曲中志》「徐飛卿」條，頁6-7）。

---

(53) 參見〈金陵妓品序〉，同註㊺，頁1965。

四、文人的言說權力

前文論及青樓品鑑模式的戲謔性、歌妓於酒色文化中的符號化、以及文人化的形塑與包裝，均可視爲文人以言說進行的權力操弄。

歌妓與文士的密切關係，早在唐代孫棨的《北里志》，已見端倪。孫棨紀錄了唐代大中皇帝年間，平康里因科考拔士而興起狎妓冶遊的風氣，諸妓因爲與新科進士的宴席交往，帶來了異樣迷人的色彩，諸妓中多有能談吐、知書的文化水準，使得公卿以降者，紛紛爲其「分別品流、衡尺人物」。歌妓與文士的關係，帶來了美色與權力的雙重魅惑，爲後世的青樓書寫奠下基礎。

潘之恒《曲中志》前段收錄王穉登《金陵麗人紀》中的文武狀元及四君，而「王賽玉」條以下所選的歌妓排序，則與曹大章《秦淮士女表》完全相同，這群歌妓，當時活躍於舊院，確實受到不止一位文人名士的注意與品題。儘管如此，但文人的品藻卻是任意性的，同樣都是「趙連城」，曹大章與潘之恒各有不同品題，《秦淮士女表》品之曰：「車城垂良璧，飛舞羡纖腰」（頁5）；而《曲中志》品云：「談笑鴻儒，殆無虛座，……雖初見不甚驚炫，而情思沈鬱有雅尚。」（頁5）前者就身體姿形來著墨，後者則注意女子的情態意趣，二者之間並沒有關連，顯示文人品妓，出自高度的任意性。

由於審美品鑑的標準不易拿捏，品藻諸妓難免帶有主觀與任意性，在這個狀況之下，等第高低全憑文人。曹大章《蓮臺仙會品》一書的序文曰：

曹公家居多逸豫，恣情美艷。隆嘉間嘗結客秦淮，有蓮臺之會，同遊者毘陵吳伯、高玉峰、梁伯龍諸先輩，俱擅才調，品藻諸姬，一時之盛，嗣後絕響。詩云維士與女，伊其相謔，非惟佳人不再得，名士風流亦僅見之，蓋相際爲尤難耳。[54]

蓮臺仙會爲明中葉隆慶、嘉靖年間的盛事，當時有吳伯、高玉峰、梁伯龍等文人，「俱擅才調，品藻諸姬」，一群男性文人結客秦淮，一同相謔品藻諸妓。潘之恒《曲中志》曰：

一粲相迎，風韻可掬，又如珠泉笑波，令人絕倒。評者謂文玉臉暈宜笑或不宜顰。一日強起，薄送我畿，容更瑩然，翻覺靨之爲纇，一顰一笑，關夫品題，信無不宜者矣。（「李文玉」條，頁8）

在這段文字敘述中，潘之恒說到評李文玉者，皆謂其宜笑不宜顰，而根據作者自己的親身經驗，卻認爲文玉之笑顰，各有千秋，故言「一顰一笑，關夫品題」。女子之妍媸美醜，由男性觀者品題而定，「分別品流、衡尺人物」，是男性對青樓女子行使的一種言說權力。《板橋雜記》中的李香特別受到幾位文士的青睞：

人題之爲「香扇墜」。余有詩贈之云：「生小傾城是李香，

---

[54] 參見〈蓮臺仙會品序〉，同註[51]，頁 1952。

> 懷中婀娜袖中藏。何緣十二巫峰女，夢裡偏來見楚王。」武塘魏子一爲書於粉壁，貴竹楊龍友寫崇蘭詭石於左偏。時人稱爲三絕。由是香之名盛於南曲。四方才士，爭一識面以爲榮。（中卷「李香」條，頁48）

這位膚理玉色，身軀嬌小的李香，被文人們題爲可藏於袖中的香扇墜（物）。李香的名氣，因爲有余懷的贈詩、魏子一的粉壁書跡、與楊龍友崇蘭詭石的畫跡，此三絕爲李香抬高身價，使四方才士，爭睹一面爲榮。

余懷的《板橋雜記》，亦明明白白地將植入了男性的言說：

> 裙屐少年，油頭半臂，至日亭午，則提籃挈榼，高聲唱賣逼汗草、茉莉花，嬌婢捲簾，攤錢爭買……頃之烏雲堆雪，竟體芳香矣。蓋此花苞於日中，開於枕上，眞媚夜之淫葩，殢人之妖草也。建蘭則大雅不群，宜於紗櫥文榭，與佛手、木瓜同其靜好，酒兵茗戰之餘，微聞薌澤，所謂王者之香，湘君之佩，豈淫葩妖草所可比綴乎？（上卷「裙屐少年」條，頁12）

茉莉花的芳香，廣受歌妓喜愛，是因爲其花可媚夜，有助興情，爲淫葩妖草。建蘭可作爲酒兵茗戰的擺設，是湘君之佩，爲王者之香。余懷將茉莉與建蘭兩類花種的比較，置入青樓女子的評價中。在余懷心中，對茉莉「媚夜淫葩」的批評，被移借爲對青樓女子的貶抑。茉莉與建蘭的花種比較，就生態而言，本來並不涉及淫媚與雅靜的褒貶意涵，但由於歌妓喜愛茉莉，而建蘭擁有湘佩的傳統，遂使得對青樓女子的貶抑，轉嫁到茉莉上。男性文人余懷不僅對花品、亦對妓品擁有言說的權力。

五、性別場域下的商業機制

《金陵麗人紀》結論曰：

> 以上四君者，皆負才任俠，居然名流大家，貴介豪俊之士，或屢煩蹇修而不獲結褵，或終歲攀窺而莫覿半面，翩其徘徊，防以禮義，猶凜乎不可犯也，自王賽玉後，而始衰矣，既濯而往，何以觀之？（頁2）

金陵四名妓，即使當時名流貴介，皆不易獲結褵、攀窺或覿面，王穉登透過本書，將金陵四妓的身價高舉到頂極的地位。抬高歌妓身價的最佳模式，便是將青樓女子往菁英文化推去。《秦淮士女表》以駢文追溯六朝金粉的繁麗景象，如此令人流連忘返，乃因爲秦淮成爲男性名流豪縱鍾情、藏名寄寓的溫柔鄉，由於文人的參與與宣說，名士青樓的關係被美化爲上乘文化。

既能抬高身價，同樣地，也必能貶低身價。《燕都妓品》「方德甫云」評「李增」曰：「增貌不揚，情亦劣，而頗擅時名，終不見重於名家法眼」（「四名二甲傳臚李增」條，頁 4）。像李增這樣貌醜情劣的歌妓，是難獲文人認同的。每位歌妓在睜大「法眼」的文人間，備受觀看與公開談論，這種品評，文人戲仿史家之評稱爲「斧鉞」：「陰有袞鉞，盡屬某士一言。此作者之微權也」（《秦淮士女表》自序，頁 2）。「微權」亦同「斧鉞」，藉助於史筆，是作者對評價對象褒貶斧鉞的權力，這同時也是晚明特殊的讀者權。[55]由此可知，男性文人的「法眼」、「袞鉞」皆青樓書寫之「微權」也，男性作者、評點者（預設的男性讀者），使文本的呈現不止一位男性的聲音，而是男性群體意識的展現，青樓的書寫，背後充斥著性別的意涵。

歌妓身價的高低褒貶，純粹是男性／商業機制操作下的產物，歌妓經過文人化的包裝後，文化水準得以提昇，再利於文人賓客的延攬，如此形成一種循環。由於與貴遊文士的密切交往，不僅歌妓本身，即連歌妓的貼身用物與弦歌樂器皆充滿了商業價值，成爲外間人競相購求的雅物上品：

> 曲中市肆，清潔異常。香囊、雲舄、名酒、佳茶、錫糖、小菜、簫管、琴瑟、并皆上品。外間人買者，不惜貴價；女郎贈遺，都無俗物。（上卷「曲中市肆」條，頁 15）

歌妓的衣裳粧束，亦造成流行的趨勢：

> 南曲衣裳粧束，四方取以爲式，大約以淡雅樸素爲主，不以鮮華綺麗爲工也。初破瓜者謂之梳櫳；已成人者，謂之上頭。衣飾皆主之者措辦。巧制新裁，出於假母，以其餘物自

---

[55] 晚明詩文選集者經常使用的語言爲「操選政」，就是對古代文學家的一種評選權。青樓書寫的作者，同樣地擁有歌妓的袞鉞權。

> 取用之。故假母雖年高，亦盛粧艷服，光彩動人。衫之短長，袖之大小，隨時變易，見者謂是時世粧也。（上卷「南曲衣裳」條，頁 13）

青樓女子在社會中的地異常奇特，既屬出賣色藝、受到貶抑的低下階層，卻又因爲貴遊文士的接近，而成爲物質層面上讓人欣羨的對象。無論是貼身用物、弦歌樂器或身上的髮型、衣飾與粧束，隨時更換款式以求新奇。青樓歌妓是商業社會環節中的一項產物，爲創造流行趨勢的原動力。而流行趨勢的背後，包括物質的來源、不斷的世粧變換、女爲悅己者容……，在在隱含了男性權力操弄下的審美品味走向。

青樓女子必需被動地被男性觀看、品評、排次、物化、形塑與包裝，而歌妓的生涯本就是商業的一部份，因此，她們確實要透過被男性觀看、品評、排次、物化、形塑與包裝的過程，以提高自己的商業身價，[56]甚至成爲創造女性粧束流行趨勢的源頭。文士的花榜與品題、出資與供養、文人化的包裝，皆代表著男性權力，將青樓歌妓進一步推向商業機制中。

歌妓品藻本身就是一個充滿性別意識的場域。戲仿科考，科考是男性體系的投影，創造身價，則爲男性主宰之商業網絡的運作模式。品藻與商業的關係，除了品妓之外，品劇亦爲重要的現象。劇評家潘之恒著有〈秦淮劇品〉、〈曲艷品〉、〈後艷品〉、〈續

---

[56] 歌妓其實亦相當關注自己的身價：如「崔科，後起之秀……科亦顧影自憐，矜其容色，高其身價，不屑一切。」（中卷「崔科」條，頁 47）

艷品〉、〈劇品〉等包含女性優伶評價在內之系列作品。[57]劇品一方面反映了品評女優的意識，另一方面，亦具商業性，因爲蓄養優伶、成立戲班、觀賞戲劇，皆爲有錢階級的文化特權，而觀眾皆屬男性文人貴族，被品評者皆爲地位低賤的歌妓、優伶，其中隱含了權力關係與階級意識，品妓與品優皆屬同一套男性批評的權力運作模式。

肆、名卉的比附與知識的戲耍

一、歌妓／名卉比附的書寫型態

清苕逸史在《品花箋》叢書的第三部，插入了『名花譜系』的系列著作：《牡丹志》、《芍藥譜》、《海棠譜》、《梅譜》、《蘭譜》、《菊譜》等，全爲宋代的花譜。表面上這些著作似乎無涉於青樓，實際上卻在『名姬品第』的收書意識中，暗合了歌妓與名卉的書寫關係。那部充滿香氛與嗅覺慾望的《廣陵女士殿最》一

[57] 潘之恒爲徽人，觀劇數十年，著有一系列發表觀劇批評的書。潘在〈秦淮劇品序〉中提及自己如何觀劇，自眇（以技）到壯（審音中節）到垂老（神遇），三個年齡的觀劇境界，也有品評優伶的意見。潘的系列著作有〈秦淮劇品〉、〈曲艷品〉、〈後艷品〉、〈續艷品〉、〈劇品〉等書，收入同註[35]，《續説郛》，頁 1966-1972。關於遊走於仕商之間的潘氏研究，詳參林皎宏撰〈晚明徽州商人文化活動——以徽商族裔潘之恒爲中心〉一文，《九州學刊》6 卷 3 期，1994 年，頁 35-60。

書，以花與女人彼此錯位的論述，透過花的形體與氣味啓動人們的視覺、嗅覺與觸覺，帶領讀者游移於花與女人彼此換位、且艷氛無比的想像世界。

將歌妓與名卉比附的書寫型態，呈現的依然是男性的權力意識。前文曾論及《蓮臺仙會品》，「女學士王賽玉小字儒卿名玉兒行六，花當紫薇」、「女太史楊璆姬小字婆喜名新匀行一，當蓮花」，每一則文字簡化後，前爲科考品目，後爲配稱花種：「學士　紫薇花」、「太史　蓮花」、「狀元　杏花」、「榜眼　桂花」、「探花　西府海棠」……。[58]此書的框架，是以科考品目爲女士排榜，再配稱以花種，形成一個「科榜－花品」的審美系統。本書展示科場／歌妓／名卉的索引框架，亦暗喻了男性的慾望追求（功名權力），與對女人與花的觀看（情色），二者皆爲男性文化中的重要因素。歌妓與名卉的比附，究竟如何進行？

(一) 意象思惟

花榜著作擅長於意象思惟的運用，「飛瓊歸月態，雲英擣玉情」，乍看之下，這個詩意的對句，形容月夜玉潔的景致，它卻是曹大章在《秦淮士女表》中，用來評賞歌妓徐瓊英的語彙。[59]「女狀元」條中：

---

[58] 詳參同註[41]。

[59] 《秦淮士女表》「女會元」條：「徐瓊英小字愛兒名文賓行三，舊院道堂街住。品云飛瓊歸月態，雲英擣玉情」。（頁5）《秦淮士女表》每一則的敘述結構，前段爲歌妓的基本傳記資料，後接短句評語。此則除了後十字的自然語彙外，全無具體的品鑑內容。

> 蔣蘭玉小字雙雙，名淑芳，行四，舊院雞鵝巷住　品云：麗質人如玉，幽香花是蘭，漢宮宜第一，秦史合成雙。（頁4）

前半段爲字、名、排行、住那裡等最基本的傳記資料，後半段才是涉及品藻的短句評語，其餘如「六宮獨傾國，一笑可留春」（頁4）、「璠璵蘊藉崑山璧，明麗嬋娟倚月宮」（頁5）、「含英嬌灼灼，眞性自如如」（頁5）……等，與《江花品藻》類似，皆爲沒有具體眞實品鑑內容的意象批評。

青樓的品藻系統中，意象批評的模式來自於中國詩文書畫的批評傳統，《曲中志》「張如英」條曰：

> 丰神秀發，容色光生，而無纖穠妖冶之態。體度春融，儀文典雅，而無閨房兒女之習。動若無所爲，靜若無所思，天然性眞，不可以摹擬……絕代佳人也。（頁5）

以上整段引文，幾乎可通用於評詩、評文、評書、評畫的範圍。「天然性眞」、「平淡天眞」等傳統批評語彙，運用意象思惟，將大自然種種的形象美感，一一注入詩文書畫等文化成品的審美領域中。明末的男性作家，再將這種意象式的審美思惟，移轉爲青樓女子的批評語彙，帶進歌妓的品藻系統裡，以楊愼編撰的《江花品藻》最爲明顯。楊愼對於歌妓的品評語彙如：月林清影、春月初圓、流鶯過牆、南樹棲鴉、小桃破萼、草熏風暖等，正是意象思惟的運用。

傳統詩歌的摘句批評，亦是意象思惟的運用，被引入諸妓的品藻系統中。《燕都妓品》榜首「郝筠」艷驚人目的丰采，編者以摘句批評的方式曰：「韋應物詩能使萬家春意闌。評云不知秋思在誰家」（頁3），而榜眼「陳桂」眉目清揚的烈士風，摘句批評曰：「杜甫詩五陵佳氣無時無。評云五陵之氣如此」（頁3）。第三名探花「魏寄」的評語曰：「李群玉詩玉鱗寂寂飛斜月。評云是梅花神境」（頁4）。「詩評例」曰：「蓋斷章者取其諧情，闡微者窮乎肖貌……雖嫌鄭女之晦淫，亦賴唐風之振雅」（頁2）。左傳云：「賦詩斷章，余取所求焉」，給予詩的讀者，發揮創造性解釋的空間。傳統詩歌的摘句批評，是文人讀詩歷來已久的筆墨閒事，要在斷章中闡微，以讀者的立場「取其諧情」、「窮乎肖貌」。摘句批評運用於品藻諸妓，作者透過意象思惟以表述詩句引發的情境，以空靈無實指的詩意，傳達女子的美感，亦藉由唐詩的高雅（唐風）拉抬諸妓（鄭女）的聲價。

意象思惟的運用，是貴族性的，代表優雅、純粹、直覺、朦朧的美感，品妓利用摘句批評的語言，將歌妓當成是詩句，是可以觀賞體會的對象，卻不是可以生活在一起的眞實女人，這種隔離化的思惟，亦暗合了物化女性的意識型態。

㈡ 引類連情

青樓的書寫模式，除了傳記式地直敘事跡外，描述女性的各個層次，總是遮遮掩掩地用其他美事美物來譬況，意象思惟如何恰當地運用在諸妓品藻中？正需藉助「引類連情」的文化想像力。《江花品藻》「第十一名董蘭亭」條曰：

品云響遏行雲　　杏花

詞曰：永和九年時分，暮春三月，山陰管弦絲竹，少清音，論文藻，休誇往古說風流，不似如今，二難並稱了芳心。（頁 4-5）

在這一條中，「詞曰」的內容，使讀者無從確知董女與王羲之或蘭亭集有何直接關係？惟模糊中似乎暗示董女兼備了難得的清音與文藻。楊慎品評董女，是以王羲之的蘭亭集序作巧妙的「引類連情」，期使被論述之女子（董蘭亭）進入東晉風流之文化氣氛。

晚明陳繼儒曾提出「引類連情」的說法，探討由物聯結文化情境的氣氛論述：

瓶花置案頭，亦各有相宜者：梅芬傲雪，偏繞吟魂；杏蕊嬌春，最憐粧鏡；梨花帶雨，青閨斷腸；荷氣臨風，紅顏露齒；海棠桃李，爭艷綺席；牡丹芍藥，乍迎歌扇……以此引類連情，趣境多合。[60]

雖花與女子屬性不同，但花的生態一旦擬人化之後，二者確有相近之處，譬如荷花臨風拂曳的樣子，讓人聯想到紅顏露齒的女性姿態，梨花含帶雨滴，讓人聯想到閨女傷心斷腸的模樣，以情繫花，

[60] 參閱陳繼儒《巖棲幽事》，收入同註[17]，《百部叢書集成》之 18《寶顏堂祕笈》（民 54 年影印）第 12 函（據明萬曆繡水沈氏堂白齋刻寶顏堂祕笈本影印），頁 7 左。

以花連情，展現了情色的世界觀。陳繼儒的「引類連情」，利用相似原則發揮串連物情的聯想活動，與雅克愼語言學中的換喻軸極爲相似，使得物類與文化情境之間，巧妙地接縫起來，將物帶入文化層次。[61]

《江花品藻》運用「引類連情」的聯想力，以四字讚語下接一款花品的體例呈現，爲諸妓尋找審美定位：「樂昌餘韻　水僊」、「多情多愛　山茶」、「月林清影　枇杷」、「京兆畫眉　瑞香」、「徐娘丰韻　款冬花」、「高燒銀燭　迎春」、「錦步成蓮　簷錦」、「妙語如弦　薺菜」、「鼓琴招鳳　芷花」、「響遏行雲　杏花」、「前度劉郎　桃花」……，這些並置與串聯，基本上就是將女人「引類連情」至花卉上，以情（態、韻、情）繫花，以花連人。細審讚語本身，約分爲自然意象與人文景象兩類，屬於自然意象者如：月林清影、春月初圓、流鶯過牆、南樹棲鴉、小桃破萼、草熏風暖……等；屬於人文景象者如：洛浦神仙、京兆畫眉、高燒銀燭、鼓琴招鳳、徐娘丰韻、宋玉牆東……等。《江花品藻》用不同花種的描述，品賞歌妓，楊愼於每一則「詞曰」之後，補入與四句讚語相應的歌詠題詞，展露意象思惟的隱晦特質。無論是典故生成

[61] 關於晚明陳繼儒「引類連情」的運用，敬請參看拙著〈時與物——晚明「雜品」書中的旅遊書寫〉一文關於遊具的探討，拙文發表於「旅行與文藝國際會議」（2000 年 5 月 27、28 二日，國立中山大學文學院主辦）。「引類連情」亦可以另一種觀點來表明，就是「換位說」，將美人與花，利用換位的方式，使原分屬不同審美品類的美感，得以彼此橫越與補充。關於晚明美人與花換位的說法，請詳參拙著〈晚明閒賞美學之品味鑑識系統〉，刊登於《國立編譯館館刊》第二十六卷第二期（民 86 年 12 月），頁 239-264。

的人文景象，或是花樹禽月的自然意象，四字讚語與花款品名：「洛浦神仙　梅花」、「流鶯過牆　櫻桃花」、「月林清影　枇杷」，彼此含涉，並透過引類連情的心理過程，鉤連出青樓女子容貌情態的想像與評價，亦藉著花品／典故／歌妓的聯想，將青樓論述帶進了文化情境中。

㈢ 零句斷片的組合

青樓書寫最不易讓人信服的，的確是選美花榜的等第排次，《江花品藻》、《秦淮士女表》採用的是物類形容的意象語彙，事實上無法產生客觀嚴謹的歌妓排次，然而這些表列與架構，卻展示了文人嬉遊的一面，並影響了後世的青樓書寫。同治年間許豫編有《白門新柳記》一系列歌妓傳記，楊亨在小序中曰：

> 以記爲名，是記事非品花，採訪所及，隨得隨錄，名次之先後與色藝之優劣無關焉。即以記事而論，傳聞異詞，愛憎異性，雖免參錯，稗官小說游戲而已，不得以信史責之。[62]

楊亨試以讀者的立場，提出對歌妓品第的客觀性疑慮，因此特別爲作者許豫解釋，強調名次之先後與色藝之優劣無關。此外，也說明作者受限於「傳聞異詞、愛憎異性」之故，使傳記的眞實性也得存疑。品第是否客觀？傳記是否眞實？這兩個緊張解除了，剩下的就

---

[62] 參見〈白門新柳補記小序〉，許豫《白門新柳記》收入同註[3]，《香艷叢書》第九冊。楊亨小序見於頁 5025。

是讀者調整好心態，當成「稗官小說遊戲」來閱讀。

將女子作爲花事比附的書寫對象，晚明黎遂球的《花底拾遺》是另一種典型。作者自敘曰：

> 花事如羅蚪張翊，簡舉無遺矣。然而生香解語，顧影相憐，深院曲房，別饒佳致。道人讀書之暇，聊爲譜之。不必溺其文情，聊堪裁作詩骨。[63]

作者說道，此書乃暇中之舉，爲別饒佳致的花事，聊爲譜之，裁作詩骨。本書的撰寫內容是零句的斷片型式，彷彿是作者平日信手拈來的靈感紀錄，例如：「紅袂護風」、「深夜疏燈刺蠹」、「藏冰水製五色菊」、「采相思豆」、「戲拈榴瓣貼臂，作守宮砂」、「帶花春睡，惹浪蝶闌入紅綃」……等。每一個零句斷片，就是一件花事，而女子隱身其中，或逕行韻事，或帶有春情。整部書便是由這種畸零的片斷句組合而成，「摭拾花事作佳謎」、「調鸚鵡舌，教誦百花詩」、「揀古今名姬與花名合者，編作列傳」……等，彷彿是一個個寫作計劃的雛形，而「摟人搖落，緋桃成陣」、「粧樓上誤擲荼蘼，賺酸措大作情詩」、「春病倩女巫禳，解戒林下紅粧」，豈不更像章回小說的回目？這正是作者在敘文中所謂的「裁作詩骨」了。

《花底拾遺》這部纖膩的書，是透過花事寫女子的神話。「拾遺」出自文人的挖掘癖好，女人經由花事的裝飾，更具陰柔氣質。

---

[63] 收入同註[3]，《香艷叢書》第一冊，頁 21-25。

提供文人多樣化的文學景觀，流動於男人的視域裡。清初張潮爲此書續補，敘文曰：

> 嶺南黎美周先生，著花底拾遺百五十餘則，約束芬芳，平章佳麗，現美人身而說法，入名花隊以藏身。眞令人艷動心魄，香生齒頰。竊效于西子，同避世之東方，補其缺略，空慚狗欲續貂，仿厥體裁，或者蠅能附驥云爾。[64]

張潮認爲黎遂球的筆鋒同時針對了名花與佳麗，作者以美人之身隱藏於花叢中書寫，一百五十餘條的拾遺，零碎片斷，卻「艷動心魄、香生齒頰」，這是男性讀者情慾深藏的閱讀反應。

二、知識的戲耍：徐震的美人譜及其他

㈠ 譜錄型態的知識建構

收在『名花譜系』中的《牡丹志》、《芍藥譜》、《海棠譜》、《梅譜》、《蘭譜》、《菊譜》等系列作品，爲宋代新興的譜錄著作。在宋代濃厚的考古學風下，「譜錄」代表一種新興的書寫，[65]深具意義。不論書寫對象是器物、花木或飲饌，宋代強調

[64] 參見張潮〈補花底拾遺敘〉，《補花底拾遺》收入同註[3]，《香艷叢書》第一冊，頁27-28。

[65] 「譜錄」一詞最早始於宋代尤袤《遂初堂書目》中，其爲研究物類的專書，宋代開始興盛，《直齋書錄解題》、《郡齋讀書志》、《崇文總目》等當時書志著錄甚夥，南宋左圭編輯之大套叢書《百川學海》十集中之辛壬癸三集亦收入大量的譜錄書，大都爲宋人所著。

「釋名」與「考古」的譜錄著作，具有史書「紀傳體」傾向的敘述特質。花譜的作者歐陽修、陸游、范成大等人，透過詳細紀錄花之種種，爲物作紀立傳，搜羅洛陽、天彭、石湖范村等地牡丹或菊的所有品種，一一記錄名稱、外形色澤、時序生態等植物學特徵、產地來源或故實、功能，並給予品第高低、審美評價。其中著意於探求花之起源，繫聯花之家族，對每品花的細節種種亦特別注意。花品譜錄的書寫，涉及知識體系的建構。

明末的青樓品鑑，有時將歌妓視爲陰柔的審美景觀，有時則將之投射到知識建構的系統中，與當代的觀物意識合流。[66]筆者在前文，曾詳細分析品妓書寫中意象思惟與引類連情的問題，《江花品藻》藉著花品／典故／歌妓的聯想，以物／女性聯結文化情境的氣氛論述，將青樓論述帶入到文化情境中。

由於引類連情的習性，花的書寫，經常是文人觀想女性的借喻模式，不僅花有花譜，女人也有美人譜。明末徐震撰有《美人譜》一書，作者表明寫作動機：

> 蓋聞芙蓉別殿，曾居窈窕之姝；楊柳深閨，不乏輕盈之媛。然而偏長易獲，全美難臻，必欲性與韻致兼優，色與情文並麗，固已歷古罕聞，曠世一見，……亦見美人色之不易覯也。余夙負情癡，頗酣紅夢，雖淒涼羅袂，緣慳賈午之香，而品列金釵，花吐文通之穎，用搜絕世名姝，撰爲柔鄉韻

---

[66] 關於明末的觀物意識，請參見毛文芳著〈晚明文人纖細感知的名物世界〉，大陸雜誌第 95 卷第 2 期，民 86 年 8 月，頁 1-8。

譜，使世之風流韻士，慕艷才人，得以按跡生歡，探奇銷恨。[67]

在序文中，徐震顯然呈現了美色與歷史的雙重癖好，[68]作者將對美人之目光，放在歷史材料的閱讀與蒐查上，其「歷古罕聞、曠世一見」的歷史癖，表現在「美人色之不易覯……用搜絕世名姝」的美色收集中，是採用「品列金釵……撰爲柔鄉韻譜」的譜錄方式來呈現，提供給「風流韻士、慕艷才人」來閱讀。本書涉及了觀看歷史、收集美色、譜錄寫作、讀者意識等幾個面向。

㈡ 美色收集的享樂清單

《美人譜》最奇特的書寫方式，是以譜錄的方式收集美色，徐震仔細觀察女子的生態：

美人艷處，自十三四歲以至二十三，只有十年顏色，譬如花之初放，芳菲妖媚，全在此際。過此則如花之盛開，非不爛漫，而零謝隨之矣。然世亦有羨慕半老佳人者，以其解領情趣，固有可愛，而香銷紅褪，花色衰謝之後，祇有一種可憐

---

[67] 參見徐震〈美人譜序〉，《美人譜》收入同註[3]，《香艷叢書》第一冊，頁 13-18。

[68] 徐震編有《女才子集》，爲清代傳奇文專集，作者收錄歷代以來著名才女的事蹟，合爲一編。清順治刊本中，卷首冠圖，前幅女子繡像，後幅題句，每幅女子繡像皆可作仕女圖觀。顯示徐震對女性與歷史的興趣。

之態耳。[69]

以花的生態借喻爲女人青春芳華，正是引類連情，而花譜則成爲收集美色最便捷的書寫模式。

本書在第一部份，包括了一系列歷史人物與遺址的清單，首條「古來美人，有足思慕者」，下有西子、毛嬙、夷光、李夫人、卓文君、非煙、霍小玉等二十六人；次條「古來名妓，有足當美人之目者」，下有紅拂、李娃、薛濤等六人；其次「古來婢妾，有可爲美人之次者」，如樊素、小蠻（俱白樂天妾）、朝雲（東坡妾）等四人；其次「美人遺跡，有足令人銷魂者」，下有浣紗石、響牒廊、青塚、蒲東、蘇小墓等。此外又列舉十樣與女人相關的細目，簡引如下：

一之容：螓首、杏唇、犀齒、酥乳、遠山眉等……等。

二之韻：簾內影、蒼臺履跡、倚欄待月、斜抱雲和、嫣然巧笑……等。

三之技：彈琴、吟詩、圍棋、寫畫、蹴踘、臨池摹帖……等。

四之事：護蘭、煎茶、金盆弄月、焚香、詠絮、撲蝶、裁剪……等。

五之居：金屋、玉樓、珠簾、雲母屏、象牙床、芙蓉帳……等。

---

[69] 同註[67]，〈美人譜序〉。

六之候：金谷花開、畫船明月、雪映珠簾、夕陽芳草、雨打芭蕉……等。

七之飾：珠衫、綃帔、八幅繡裙、鳳頭鞋、犀簪、辟寒釵……等。

八之助：象梳、菱花、玉鏡臺、兔穎、錦箋、紈扇、毛詩、韻書……等。

九之饌：各色時果、鮮荔枝、魚鮓、羊羔、各色巧製小菜……等。

十之趣：醉倚郎肩、蘭湯晝沐、枕邊嬌笑、眼色偷傳、微含醋意……等。

整部《美人譜》，以戲筆的方式收集美色，根本就是一份大型目錄的分類清單，清單性質包括兩大類型。第一類是歷史遺跡的清單，作者遊蕩於歷史中，進行美女遺跡的考掘與收集，彷彿紙上選美，分別列出人物與古蹟的清單。這與女性傳記書寫的癖好，互爲表裡，只是《美人譜》以更簡單扼要的方式流傳佳麗。第二類是女子事品／物品的清單。與趙文卿《青樓唾珠》、衛泳《悅容編》、程羽文《閒情十二憮》、徐士俊《十眉謠》、葉小鸞《艷體連珠》等書相近，多以類型清單的方式，書寫女子容貌、身體、韻致、技能、從事、起居、節候、飾品、用物、食物、趣行等多重面向。[70]

---

[70] 趙文卿《青樓唾珠》是一部以簡單條目賞鑑歌妓的目錄小冊，共分事、遇、候、境、飾、劫等六項，每項下有若干名物。詳參同註[1]。衛泳《悅容編》爲「閨中清玩之秘書」，將與女子相關之身體、用物、事蹟、情態等，條分細說，詳參同註[85]。程羽文《閒情十二憮》亦《悅容編》之類，

《美人譜》品評女人的途徑，源於宋人的譜錄書寫模式，宋人爲花卉、禽魚、文房器具等生活用物，撰寫譜錄，譜錄就像物的傳記與族譜，透過史傳的書寫模式，勾稽來源系脈，爲物建構起知識的體系。[71]既有爲物流傳的慾望，花可作譜，文房器物可以作譜，女人一樣可以作譜，女人在歷史與名物共組的知識體系之下，被歸成檔案。

徐震的《美人譜》，具有指標性意義，雖然只是清單的型式，但其串聯歌妓品藻（譜錄）與青樓傳記（史傳）兩種書寫類型，投射出文人所具有知識戲耍與歷史遊蕩兩個面向，將視點聚焦於女人，一方面要透過知識的建構，爲女事女物製成檔案；另一方面則要爲女子留下歷史見證，並爲其塑造價值意義。這種介於譜錄與史傳之間的書寫框架，對後世的影響很大。[72]然而從商業社會的角度而

包括仙、達、俊、才、色、憐賞、風流、佐侍等段，表達雅人逸情。徐士俊《十眉謠》，專詠婦女粧飾，以詠物體寫出十種眉式與髻式，而葉小鸞的《艷體連珠》，亦爲髮、眉、目、手、腰、足等身體的歌詠，以上徐、葉二書，爲《釵小志》、《粧臺記》、《髻鬟品》（詳參同註⑮）之流的著作。《悅容編》、《閒情十二憮》、《十眉謠》、《艷體連珠》等書，皆收入同註❸，《香艷叢書》第一冊。

[71] 宋代的譜錄作者回到舊籍文獻中，駐足在細枝末節、文獻隱約痕跡之處，透過辨識細節，與屬於物個體的標記，譜錄著作正符合傅柯所言的譜系學精神：冀望在斷裂與隙縫中梳理重建物的歷史。詳參傅柯著〈尼采、譜系學、歷史〉一文，收入杜小眞編選《福柯集》（上海：遠東出版社，1998年），頁 146-165。

[72] 例如光緒三年胡鳳丹編輯《青冢志》一書，對於王昭君，歷代文人皆有特別的悲憫，紅顏遭忌、秋扇見捐、寵移愛奪，皆不必待毛延壽而薄命。作者認定此爲女子共同無所逃的命運，故值得「尋琵琶之遺響，摅弔古之幽

言，無論是爲歌妓作表列的《秦淮士女表》、或是兼具史傳與譜錄的《美人譜》、或是作爲酒牌圖文並茂的《江花品藻》，這些圖、表、譜錄，皆像是簡化的索引目錄，更像是享樂的清單，提供男性讀者／觀者的翻閱樂趣。

伍、見證、遊蕩與塡補的歷史癖

前文所論徐震的《美人譜》，以清單的形式，串聯著史傳與譜錄的書寫類型，投射出特有的文人歷史癖與知識的戲耍性格兩個面向。本文將針對青樓書寫中的文人歷史癖進行探討。

一、青樓書寫的史觀與見證

唐孫棨在《北里志》中自敘強調該書爲個人親身的經歷，而有物極必反、美事不易久常的憂慮，故紀錄下來，作爲談藪，爲一段歷史作見證。[73]孫棨爲後世的青樓寫作，奠下了爲歷史作見證的基礎。

情」（敘文）。該書的體例如下。卷一：古蹟。卷二：紀實七則、圖像四則、評論十三則。卷三以下爲藝文，細分爲序、辨、詩、摘句（明妃、昭君、王嬙）、歌曲、吟詠、圖畫題詩、昭君村、墓、青冢之題詩。後附目錄：引用書目洋洋灑灑一串書單。此書乃以昭君爲主題，整理搜集相關故實藝文，將昭君的史傳，以及昭君相關的事品／物品，一一蒐羅殆盡。收入同註❸，《香艷叢書》第九冊，頁 5075-5260。

[73] 詳參孫棨〈北里志序〉，同註❼，頁 1281。

㈠ 爲諸妓立傳

元末陶宗儀輯，明中葉田汝成補定的《名姬傳》，[74]自南齊蘇小小開始，集歷代名姬故事於一編，所收皆錢塘餘杭等地的名妓，按年編次，如蘇小小有後世李賀、蘇子瞻爲其賦詩而名益增；朝雲、秀蘭、琴操三姬，皆與東坡有段情緣；他如唐妓商玲瓏與白樂天、宋韓汝玉與范文正公、蒨桃與寇萊公、蔡君謨與三位詩妓、秦少游與妙奴、陸象山門人謝希孟與陸氏……等，每位名妓皆與文士有風雅關係而留名歷史。《名妓傳》所紀爲吳地（錢塘餘杭）歌妓，採取方志通史的體例。潘之恒的《曲中志》，亦以傳記方式寫金陵當代名妓，是特定地域的斷代紀錄。

「青史垂名」是人生意義的極致價值，《品花箋》品妓諸書的編成，一個很重要的意義，是要爲諸妓立傳。曹大章在《秦淮士女表》敘言曰：「女伎之興，其來尚矣。顧代有名姬，亦代有艷史。」就曹大章的觀察，前人的青樓著作如：〈漢上題衿記〉、〈湘皋解佩錄〉、〈南部煙花錄〉、〈廣陵花月志〉等書，或書皆不全，散見他卷，就寫作筆法而言，「或以標供奉，或以紀冶遊，或以載私奔，或以傳勝事」，間一及此，記載偏狹而不如人意。直到唐代三里三曲之書，「則獨爲女伎一家之乘矣」。「女伎之乘」指的就是歌妓的歷史，曹大章企圖接續漢代以來的歌妓書寫傳統，但對於明代中葉以後的品妓著作有所批評：一部是〈金陵名妓分花譜〉，該書在每位名妓之下，各綴一詞，曹以爲「切而不雅」。另

---

[74] 《品花箋》卷首總目標此書名爲《吳姬錄》，收書則名爲《名姬傳》，收入『名姬品第』中。

一部是〈女校書錄〉，也只不過「差強人意」，至於其餘諸書，則「紛紛蛙鳴蟬噪，刻劃無鹽，唐突西子，殊爲可恨」。[75]曹大章在序文部分清晰地交待了爲歌妓編寫歷史的意圖。

《燕都妓品》亙史跋曰：「薛素素才技兼之，一時傾動公卿，都人士見之，咸避席自覺氣奪，艷品中別爲立傳。」（頁17）對於如此才技兼長、傾動公卿的名妓，實有立傳的迫切性。除了眾美需要立傳，眾醜亦需並列，以別妍媸，《燕都妓品》的「四殿例」曰：

> 不啖安期之棗，執（按疑「孰」字之誤）辯嗜痂？不聞奉倩之香，誰加逐臭？故雖有一妍，不掩眾醜地，各簡一人以爲尾續，人各削其字，用示鈇誅。（頁2）

編者標眾醜「用示鈇誅」，企圖展示公正的史評精神。這些書籍錄典故、記史實，寓品藻於紀實中，作爲文人風雅的談餘。

㈡《板橋雜記》濃厚的史傳色彩

「昔宋徽宗在五國城，猶爲李師師立傳，蓋恐佳人之湮沒不傳」（《板橋雜記》中卷『麗品』小敘，頁20）。余懷抬出尊貴的宋徽宗，猶能爲名妓李師師立傳，史家基於多情心懷，爲諸妓寫史，以免佳麗湮沒不傳：

---

[75] 本段內容，參引自曹大章《秦淮士女表》自序，頁1。

> 余生萬曆末年，其與四方賓客交游，及入范大司馬蓮花幕中爲平安書記，乃在崇禎庚辛以後。曲中名妓，如朱斗兒、徐翩翩、馬湘蘭者，皆不得而見之矣。則據余所見而編次之，或品藻其色藝、或僅記其姓名，亦足以徵江左之風流，存六朝之金粉也。（同上）

對余懷來說，曾經擔任兵部尚書范景文幕府的書記身份，更有利其見證、書寫與保存歷史。由史的角度而言，舊院諸麗人不僅接續了明代往昔朱斗兒、徐翩翩、馬湘蘭等名妓風韻，還傳承了六朝江左之金粉與風流。

> 珠市在內橋旁，曲巷逶迤，屋宇湫隘。然其中時有麗人，惜限於地，不敢與舊院頡頏。以余所見，王月諸姬……恐遂湮沒無聞，使媚骨芳魂與草木同腐，故附書於卷尾，以備金陵軼史云。（中卷「珠市名姬附見」，頁49）

即使是無法與舊院頡頏、等級稍次的珠市名妓，也因爲書記的歷史使命感，事跡同獲留存，附於卷尾，作爲金陵軼史之一章。雖然地位卑下的歌妓，難登正史榜列，但「風乍起吹縐一池春水，干卿底事？彼美人兮，巧笑倩兮，美目盼兮。彼君子兮，中心藏之，何日忘之。」（中卷『麗品』小敘，頁20）對於癡情文士余懷來說，與名妓芳魂共同親歷的時代，就是一個值得懷念的時代，也是一個值得見證與紀錄的時代。

由體例上看，《板橋雜記》以人物傳記爲經，故詳記「麗品」，以事件爲緯，故「雅游」爲背景，並以「軼事」爲補充。紀傳體中卷的「麗品」，又以李十娘、葛嫩、董白、顧眉爲主，餘人爲次，詳略互見。然而要爲難登大雅之堂的青樓女子作史，儘管作者在傳記敘述的行進中，貫穿了仿照史家斧鉞的褒貶筆法，然而，畢竟不同於正統史書，作者游移於亦莊亦諧的書寫態度中，隱含作史的意圖，而出之於筆記小說的體裁，可謂寓史學於說部，兼有史、說之法，將史料與史識，融匯於傳說軼聞中。

㈢ 史觀與見證

鄭重其事地爲歌妓作史——「女伎之乘」，並非沒有疑慮！藉著他人之口提出疑問：「史家法程，皆中外侯王公卿將相之事，奈何降格于茲？是以金聲玉振之音，奏桑間濮上之曲也。」史家之筆，奈何降格以評歌妓之事？難道不誣衊金聲玉振之音？「洙泗刪詩，偏存鄭衛，更生列女，下及淫夸。」曹大章引述了朱子對「淫詩」的看法。

淫詩說，在南宋，是一項爭議性的論題，朱子自有其一套圓融的說法。朱子曰：「聖人存此，亦以見上失其教，則民欲動情勝，其弊至此，故曰：詩可以觀也」（《語類》卷 80）。又曰：「夫詩可以觀者，正謂其間有得有失，有黑有白，若都是正，卻無可觀」（《語類》卷 117）。「淫詩」看來是有必要存在的詩歌教材，爲了使人觀而知所懲勸。另外，朱子亦對「思無邪」提出新的解釋。他一反前人以「思無邪」爲詩人作品思想純正的說法，認爲詩的功用，「乃是要使讀詩人思無邪耳」（《語類》卷 23），不是詩人作者「思無邪」，也不是讀者「思無邪」後再來讀詩，而是要透過讀淫詩、觀而知所懲勸的過程，進而達到使讀者「思無邪」的根本目的。

曹大章即引用朱子對孔子不刪鄭衛淫詩在詩教上的新說法，抬出孔子詩教為前提：「是以金聲玉振之音，奏桑間濮上之曲也。」為自己的品妓寫作動機辯駁。[76]歷史材料沒有什麼好壞之分，只有讀者是正或邪的接受角度。

> 女有妍媸，即士有邪正也。既可史矣，何不可表乎？昔之為傳者，亦史之一例，但所褒不免雷同，而所貶過于荼毒。今之所表才伎，獨詳多寡長短，彰彰較著予者……丰姿概置不論，陰有袞鉞，盡屬某士一言。此作者之微權也。（《秦淮士女表》自序，頁2）

再者，過去的史傳，不是大同小異的褒，就是一逕荼毒的貶，這樣的褒貶，不盡完善。男子既可以歷史辨正邪，女子何不能以表分妍媸？曹大章對於品評歌妓不僅有熱誠，而且有正義感，要以史表的方式為歌妓進行評價。

以上由曹大章的自述文字中，吾人可以明瞭青樓書寫試圖與孔子詩教以及歷史搭連關係，藉以提昇品妓書寫的價值。《秦淮士女表》畢竟是轉折地呈現歷史意識，至於更直接的方式，就是為歌妓

---

[76] 關於朱子淫詩說的討論，及其對後世的影響，詳參張祝平撰，〈明代艷情小說的發展與朱熹的「淫詩說」〉，《書目季刊》第30卷第2期，1996年9月。曹大章為其品妓書找到經典的源頭，本節文字所引述者，參見《秦淮士女表》自序，頁1-2。

作史傳。《品花箋》收書，明代以前青樓女子的傳記，惟見唐孫棨《北里志》與元黃雪簑《青樓集》，二書皆以歌妓人物傳記爲寫作核心，包含了歌妓生平資料，典故事跡，以及相關詩篇等，長短不一。明代中後期以迄清初的品妓書，如《吳姬錄》、《金陵麗人紀》、《曲中志》、《板橋雜記》等，多在品藻敘述中，帶有史傳色彩。明末清初的青樓書寫，兼涵品藻與史傳的寫作意識，二者交融互補，爲後人立下規模。

筆者檢閱《香艷叢書》，清中葉以後，青樓傳記如雨後春筍，大量出現，例如乾隆珠泉居士著《續板橋雜記》、嘉慶捧花生編《畫舫餘譚》、同治許豫編《白門新柳記》、《補記》、《白門衰柳附記》等。光緒蘿摩庵老人編《懷芳記》，乃爲京師歌妓之傳，嘉慶西溪山人編《吳門畫舫錄》，則是吳姬芳蹤……等。[77]西溪山人云：

> 吳門爲東南一大都會，俗尚豪華，賓遊絡繹……省識春風，或賞其色藝，或記彼新聞，或傷翠黛之漂淪，或作浪遊之冰鑑，得小傳一卷。[78]

這些青樓傳記的寫作意識明明白白地就是替翠黛作傳，爲歷史留下見證。

---

[77] 文中所述皆清中葉後的青樓傳記，乃筆者翻閱同註[3]，《香艷叢書》第九冊收書的部份內容而得。

[78] 西溪山人撰《吳門畫舫錄》自序，該書收入同註[3]，《香艷叢書》第九冊，頁 4791。

二、歷史的遊蕩與縫隙的填補

前論徐震的《美人譜》，雖只是極簡易的清單形式，卻串聯著史傳與譜錄的書寫模式，投射出文人所具有歷史遊蕩與知識戲耍的兩個面向。明末清初文人喜好女性歷史的程度，更甚於以往，他們甚至耽溺於特殊的歷史詮釋中，如徐震一樣彷彿染上了歷史癖，遊蕩在歷史中尋找縫隙、填補空白。青樓傳記，的確顯示了文人在當代政治社會的崩解變動中，企圖透過親身的經歷與見證，留存歷史的扉頁。

歷史的癖好，不僅呈現在正統的歌妓史傳中，還有一些更自由揮灑的歷史考掘工作，出現在明末書寫女性的著作中，例如程羽文的《鴛鴦牒》，就是一個很鮮明的例子：

◇王昭君，淒情惋調，青塚難埋，宜配蘇子卿，旄落氈殘之餘，咏琵琶一曲，併可了塞外生子之案。

◇班氏昭，淵深典贍，宜正配鄭康成，六經爲庖，百家爲異饌。

◇蔡文姬，靈心慧齒，辱跡穹廬，宜續配禰正平，以胡笳十八拍，佐漁陽三撾鼓，宮商迭奏，悲壯互陳。

◇鮑令暉，清斷令巧，宜硬配庾信徐陵，庶可珊瑚鬭咽，琉璃鬭舌。

上述各則文字，讀者必定感到無比鮮奇：昭君如果得配蘇武，那麼遠在塞外，也就不那麼悽慘了。同樣地，善於音律的蔡文姬，不妨與嗜鼓的禰正平，合奏悲壯的宮商曲調。班昭與鄭康成，淵博的學問可以匹配。而鮑令暉與庾信徐陵的口才辭令，足可鬪咽鬪舌。

是怎樣的動機，促使程羽文寫下這樣的文字？作者自陳著作意旨如下：

> 古今多少才子佳人，被愚拗父母板住，不能成對，齎情而死乃悟，文君奔相如是上上妙策……冥數當合者，需鴛鴦牒下乃成……春風在手，抹殺月下老人，隨舉彰彰缺陷者，各下一牒，爲千古九原吐氣。[79]

原來程羽文是出於歷史的正義感，要爲古今才子佳人重點鴛鴦譜，以新的「鴛鴦牒」取代月下老人，彌補千古缺憾，重新圓成不美滿的姻緣。因此作者最後所附的一條但書：「有佳偶者不可另配，有節烈者不敢另配，一仍舊牒而已。」仍緊緊守住佳緣良配的原則。

還有更多奇思妙想，充斥在《鴛鴦牒》中。謝道韞風高林下，可配潘安仁美擅車中。王韶秀配寒郊島瘦、甄后配陳思王、江采蘋配孟浩然或林君復，皆詩如其人，風格相類。崔鶯鶯配韓致光或李義山，後者可貌其艷，或是配董解元、王實甫、關漢卿，利於爲她寫照摹情。蘇若蘭迴文錦，配楊德祖曹娥碑，二人皆有高藝。最大膽的配對，是將武曌配魏武帝，由帝鎖之銅雀臺，勿使播穢牝晨，或是另配金海陵，二者淫穢相當。……《鴛鴦牒》以女子爲核心，

---

[79] 程羽文《鴛鴦牒》收入同註❸，《香艷叢書》第一冊，頁 7-12。《鴛鴦牒》序文參見頁 7。

尋找宜稱相配之男士，男女雙方或性格、或文風、或命運、或美貌、或才識、或藝能、甚至缺陷……等方面得以搭配，或旗鼓相當，這樣的配對結構，其實已預設了女子因遇人不淑而致紅顏薄命的永恒悲劇感。

歷史的悲劇，來自於缺憾與隙縫，程羽文由文學典故中重新尋求才子佳人的婚配，基於歷史的正義感，自己彷彿成爲他人命運與情愛的主宰，企圖彌補歷史上佳偶不遇的歷史漏縫。繁多的歷史資訊，重新交錯連線，程羽文瀟灑自由地以文學遊戲的手法，重新塑造才子佳人的歷史。

明末尤侗的《美人判》，與《鴛鴦牒》相類，亦是一部奇書。[80]《鴛鴦牒》爲佳人重新配偶，而《美人判》則要爲千古佳人喊冤，討回公道。《美人判》共寫錄六則歷史奇案：「呂雉殺戚夫人判」、「曹丕殺甄后判」、「孫秀殺綠珠判」、「韓擒虎殺張麗華判」、「陳元禮殺楊貴妃判」、「李益殺霍小玉判」等。後附三則尤侗當代的判詞。[81]前六則歷史判詞，均先簡述該案的緣由，最後再以三兩句話，作爲判決定讞。如：

> ◇「呂雉殺戚夫人判」：「合依居廁之例，并加入甕之科……且令此嫗骨醉。」
>
> ◇「曹丕殺甄后判」：「曹丕降爲庶人，甄氏卻歸子建。」

---

[80] 尤侗《美人判》，收入同註❸，《香艷叢書》第二冊，頁 693-700。

[81] 有「俞生出妻判」、「張月蘭從良判」、「林仲和調戲女子判」三則，每則先錄該事件的緣由，後再附上判詞，據尤侗載，這三則足供時人省思的判詞，皆傳誦一時。參見同註[80]，頁 696-700。

◊「韓擒虎殺張麗華判」：「姑援議功之典，薄從朴教之刑，木以囊頭，鞭之見血。」

◊「李益殺霍小玉判」：「亟當撲殺此獠，庶足下謝彼美。」

戚夫人、甄后、張麗華、霍小玉等薄命紅顏，所遭受的是不公平的命運，尤侗則以官府判案的口吻，分析該事之理，最後給予公正的判決。雖古人已杳，於事無補，但是尤侗的字裡行間，一樣充滿了歷史的正義。

年代相近的《鴛鴦牒》與《美人判》二書，展示了作者們對女性歷史的考掘癖好，以文學遊戲的方式，透露出重新詮釋歷史、註解歷史的慾望，適與當代流行的閱讀評點風潮相呼應。晚明時期的閱讀活動，流行書籍文本的評點與詮解，透過實際的批語與作者隔空對話。站在接受美學的立場而言，評點就是在文本中遊歷，接受召喚，填補空白，一如旅者發現新風景，爲稀罕的空谷幽蘭，抉發潛藏之光。

明末清初的文人，不論是替佳人另配才子、或是爲佳人疑案重新定讞、或是爲恐沈埋湮沒的青樓發聲，基本上，都預設了紅粉的飄零易散，因此遊蕩流連於歷史的罅隙中，重新審視古今女子的命運，在虛構中建造眞實。從另一方面來說，《鴛鴦牒》、《美人判》等書，將歷史的資訊打亂錯接，造成語境淆亂，混亂了讀者對成型（固定）歷史的印象，如謝道蘊才女配道德有損的潘安、或是跨越百代的隨意配對，均讓讀者感覺突兀。作者選用聲色（婚配）的主題，的確造成了歷史錯接與淆亂的閱讀效果，這與明末文人時有的輕薄心態，相互呼應，更增強了文學的遊戲性。

徐震的《美人譜》收集美色，藉由譜錄書寫的方式，物化女性，既是觀看的權力，同時亦為知識的戲耍。而《鴛鴦牒》與《美人判》，文人推翻舊有的理解框架，雖充滿著訊息淆亂的遊戲性，但卻充分展現了填補歷史空白的慾望，[82]不只是彌補歷史的缺憾與遺漏而已，事實上更要重新詮釋歷史，甚至創造歷史。歷史與知識是男人主掌的大傳統，明末清初的男性文人，遊蕩在歷史的罅隙中，無論是執筆的作者，或預設的讀者，對女性進行言說與觀看，

---

[82] 中國歷史上的文人，喜好以文筆補綴亡佚，李賀曾曰：「筆補造化天無功」。曾作〈還自會稽歌并序〉曰：「庾肩吾於梁時，嘗作宮體謠，引以應和皇子，及國勢淪敗，肩吾先潛難會稽，後始還家，僕意其必有遺文，今無得焉。故作還自會稽歌，以補其悲。」參見《李賀詩集》（臺北：世界書局，1996 年）卷 1，頁 3。李賀為庾肩吾「補其悲」，便是典型的補亡詩，「補亡詩」是一個漫長的寫作傳統。填補歷史事實上是一種書寫的慾望，「補充」也是宋代以後的閱讀策略之一，清初戲劇專家毛宗岡曾經有過豪舉，計劃補寫十大喜劇，將原來十大悲劇改成喜劇的結尾，他說：「予嘗曠覽古今事之可恨者正多，擬作雪恨傳奇數種，綜名之曰：《補天石》，其一曰：汨羅江屈子還魂，其二曰：博浪沙始皇中擊，其三曰：太子丹蕩秦雪恥，其四曰：丞相亮滅魏班師，……其七曰：李陵重歸故國，其八曰：昭君復入漢關……諸如此類，皆足補古來人事之缺陷。」參見毛綸、毛宗岡父子評點《琵琶記》「總論」，收入侯百朋編《琵琶記資料匯編》（北京：書目文獻出版社，1989 年），頁 278。李賀的補亡詩、毛宗岡的改寫，皆填補歷史的書寫。李、毛二人在有跡可循的歷史線索下補充，而程羽文的《鴛鴦譜》，以男女婚配的題裁補充，容易造成訊息的錯亂。德希達在《論文字學》(上海：上海譯文出版社，1999 年)「第二章這種危險的補替」，頁 204-236，便對危險的補充有所詮釋，值得參看。

都流露出男性操控歷史或宰制知識的權力慾望。[83]青樓書寫創造出新的事實，教歌妓由文化的邊陲大步邁入充滿歷史意涵的文人文化中。

陸、邊緣書寫的感傷與焦慮

筆者前文幾乎環繞著性別言說中的男性權力而論，歌妓無可避免地被物化或被符號化，甚至成爲文學遊戲的媒介。然而作爲書寫主體的作者文人，如何去意識作爲書寫對象的青樓歌妓？這種主體／客體的界限與關係，是否會泯除或產生投射的現象呢？本節以下將探討文人的青樓書寫意識。

一、青樓書寫的邊緣性

晚明蘇士琨著有《閒情十二憮》，將觀看女性的風雅韻事，加以分類整理成十二段：仙、達、奇、俊、才、色、飲韻、憐賞、快境、惜別、風流、佐侍等，爲典型的小品體式。晚明小品的斷片型

[83] 宋代蘇東坡曾取杜甫的句子作集句，後來杜甫向東坡討回句子，東坡有詩〈次韻孔毅父集古人句見贈五首〉其一曰：羨君戲集他人詩，指呼市人如使兒。天邊鴻鵠不易得，便令作對隨家雞。退之今笑子美泣，問君久假何時歸？世間好句世人共，明月自滿千家墀。參見清王文誥、馮應榴集注《蘇軾詩集》（臺北：學海出版社，1991 年）卷 22，頁 1155。又如明末《牡丹亭》的閱讀反應，女性往往關心切身細節與情感，男性讀者則通常找尋歷史的定位，顯示男人役使古人與操控歷史的權力慾望。

式，隨興的以一個主題，串聯起文藝史上的珠璣字句，使風雅連線，透過斷片的方式，收藏風流韻事。袁小修一部旅遊筆記：《遊居柿錄》，「柿」字的運用，實爲這類作品的最佳代稱。[84]《閒情十二憮》有楊復吉跋：

> 是亦悅容編之類，而風期散朗，自見雅人深致。閒情一賦，寄托遙深，正不得輒以白璧微瑕，訾陶靖節也。

楊復吉「是亦悅容編之類」一句，將《閒情十二憮》與衛泳的《悅容編》並提。衛泳《悅容編》自許爲「閨中清玩之祕書」，要使女子之有情，不致埋沒，條述女子妝飾、用物、選侍、身體、情態、學識、居住空間等相關事項。[85]楊復吉這段跋語表面上謂其書與

---

[84] 《遊居柿錄》爲袁小修旅遊閒居的筆記書，以日記體的漫錄小品型式，紀錄舟遊生活見聞。「柿」爲小木片，作者以「柿錄」標明其著作，似乎告訴讀者，書中的內容，彷如小木片，是以小品斷片的方式寫作。該書收入袁中道著《珂雪齋集》（江蘇：上海古籍出版社，1989年）下冊。

[85] 衛泳《悅容編》的篇目如下：「隨緣」言天地清淑之氣，金莖玉露，萃爲閨房，言非奇緣不遇麗容。「葺居」爲美人居處與佈置之物。「緣飾」言女子之服式與粧飾。「選侍」言美人之婢侍。「雅供」指女人之生活用物、「博古」言女人之學養與才識。「尋眞」言美人之神態情趣。「及時」言美人自少至老、四時、曉暮晨午昏等不同時序中的姿態。「晤對」言女子之襯景。「鍾情」言以摯情對女子。「借資」言美人有文韻、有詩意、有禪機，非獨捧硯拂箋足以助致。又文無頭巾氣，詩無學究氣，禪亦無香火氣，言女子之清靈。「招隱」爲作者所提出之色隱觀。「達觀」言世之妖禍不必皆色，爲色淫禍國論翻案。本書收於同註[3]，《香艷叢書》第一冊，頁 35-40。楊復吉跋見頁 40。

《悅容編》相同，乃出於雅人深致，可是似乎又對這些並不符合嚴正意旨的閒書有所保留，只好將作者的意圖轉釋，說明這樣的寫法是有所寄託的，亦即言在此而意在於彼。也就是作者並非眞正想這麼寫，是另有所寄的，故以一句「不得輒以白璧微瑕」作爲緩頰。楊復吉的跋語透露了閒情之書風雅卻邊緣的特性。

《閒情十二憮》、《悅容編》，以及《品花箋》所收楊愼、曹大章、潘之恒……等人所作品妓諸書，在史家莊嚴的寫作意識下，卻時時不忘調笑，不僅內容涉及女性纖膩呈露的一面，型式上亦皆爲小品斷片，與過去的書寫大不相類。這類作品的作者，對此書寫已有定向的認知與自覺，誠如清茗逸史便自己表明《品花箋》：「茲集也，雖才情之餘事，抑亦可備風雅之逸編云。」（總序）他們其實明白，青樓纖膩的書寫，雖因風雅而可備軼事篇章，但畢竟是才情之餘事，是邊緣文學。女性本來一直就居於男性中心的文化邊緣，而爲命運處境更邊緣化的歌妓整理事蹟與評價，更屬邊緣之邊緣。

然而這種邊緣性的覺知，卻產生了浮動，余懷曾藉著歌妓之口，以揶揄文士的口吻道出：「名士是何物，值幾文錢耶？」（《板橋雜記》中卷「劉元」條，頁47）歌妓在文士眼中，原是卑微可憫的邊緣角色，一旦觀點翻轉，文士在歌妓眼中亦不值幾文錢。在男性觀看角度下，歌妓實際上具有多樣化的特質：既是商業社會的產物，成爲流行趨勢的創造原動力；也是文人文化的副產品，提供文人自我投射的對象；就兩性的角度而言，歌妓既可能執著情傷、或命運飄零，也可能轉身薄倖。奇詭的是，最爲邊緣的青樓女子，卻透過文人的書寫，成爲明末清初女性文化的一個發端。

二、感傷的旋律

明末清初的品妓書，雖因書寫青樓的題裁而不免流於艷情，然而卻潛伏著一種飄零傷感的色調，明末文人關心青樓女子，不自主地流露出對琉璃命運的感傷，而余懷的《板橋雜記》，則更是繁華夢斷的感傷極致。

㈠ 琉璃命運

《金陵麗人紀》形容榜首蘇五「亭亭獨立，寶月琉璃。」（頁1）這似乎是以琉璃的透光性比擬美女的艷光四射。而歌妓的命運寫照，也正如琉璃一般，既光潔亮麗透明，卻同時脆弱易碎。潘之恒《曲中志》的傳記書寫中，讀者一方面不僅看到了女子亮麗閃耀的身影，也同步存在著命運多舛的一面。例如徐姬早死，因所適非人，後奉佛終焉（「徐姬」條，頁 1）。葛餘芳所嫁暴戾而不文，邑鬱以死（「葛餘芳」條，頁 2-3）。王蕊梅自歎命運，每以胎骨於煙花爲恨，作詠梅花詩云：「虛名每被詩家賣，素艷常遭俗眼嗤，開向人間非得計，倩誰移上白龍池」，比興中自況其命（「王蕊梅」條，頁 6）。這是品藻歌妓文獻中，極爲罕見之女子自行發聲。

男性眼中的歌妓誠然華艷無比，柔情無限，然而來自生命最底層的身世感受，卻令人欷歔。《秦淮士女表》最後重申：「嗚呼，國色難逢，彩雲易散。慨自桂移梧落，玉折蘭摧，燕老飛鴻，鸞孤鶯瘦」（頁3）。曹大章用一連串美木美玉美禽的凋零，類比歌女生命的消逝：桂移、梧落、玉折、蘭摧、燕老、鴻飛、鸞孤、鶯瘦。《品花箋》總序亦云：「故每對紅粉，而惜飄零，未嘗不歎蕣華而傷青草也」。歌妓本身是容易消逝的，再如何難逢的國色，無可避免地，一樣會如蕣華萎落、如青草黃朽，如彩雲的流散，如紅粉之飄零。這些傷感的本質，促成了男性的書寫衝動：「羨名姬之卓絕，憤俗子之品題」（《秦淮士女表》序，頁 3），故搖其筆端，呈現男性的書寫關懷：品藻與作傳。

對於歌妓「琉璃命運」的認知，其中不免有文人的自我投射，王穉登《金陵麗人紀》中，對馬湘蘭這位青樓女子的評價不可謂不高，她充滿戲劇性的事跡、浮沈起落的生命經歷、向文人文化的認同、成爲公眾人物所造成的魅力風潮、生命最終的解脫方式，莫不迥異於平凡的閨秀女性，成爲文人筆下的一樁美談，投射出青樓文化的異質色彩，其中別有一番惺惺相惜的敬意。

㈡ 薄命紅顏

余懷一生經歷非常曲折，清順治二年（1645）清軍占領南京、南明福王弘光政權滅亡，余懷時年三十歲，以此年分爲前後兩個階段。一生活了八十歲的余懷，明亡後，有五十年的歲月是在清朝度過，《板橋雜記》爲作者過世前二年完成。余懷生存的時代，正逢明末清初社會大動蕩的時期，書中自然反映了作者特有的時代觀察與感受。

儘管余懷爲歌妓作傳的歷史意識，能抬高青樓女子的身價，然而在現實社會中，歌女的地位卻低賤堪憐，《板橋雜記》並未遺漏歌妓命運的表述。例如頓文爲琵琶師頓老的孫女，爲樂籍之後，略識字義，能誦唐詩。然而一生遇人不淑，始爲健兒、傖人所厄，後又爲某士挾持，牽連入獄，雖緣情得保，卻又守以牛頭阿旁，最終得遇一心悅者，其又遭橫禍而亡……云云。余懷對其身世的評語爲：「風月淒涼」、「佳人命薄」（中卷「頓文」條，頁 40）。亦有歌妓李貞美自行道出紅顏薄命之歎：

> 李十娘……後易名貞美，刻一印章曰：李十貞美之印。余戲之曰：美則有之，貞則未也。十娘泣曰：君知兒者，何出此言？兒雖風塵賤質，然非好淫蕩檢者流，如夏姬、河間婦也。苟兒心之所好，雖相莊如賓，情與之洽也；非兒心之所好，雖勉同枕席，不與之合也。兒之不貞，命也！如何？言已，涕下沾襟。余斂容謝之曰：吾失言，吾過矣。（中卷「李十娘」條，頁 23-24）

李十娘在對話中，堅持申明女性的尊嚴，在某種程度上，歌妓對於賓客可以自行抉擇，有所迎拒。這是一段少有的性別對話，在輕賤的男性戲言中，歌妓作了嚴肅的自我告白。然而其中仍有無可奈何之處，歌妓誠然心可有所迎拒，而身體卻必需服從；意志可以作自己的主宰，然而命運卻無從違抗。余懷透過李十娘的泣訴與淚光，看見了青樓女子無可逃脫的薄命。綜觀諸妓命運悲慘，所適鮮有善終，有的數易其主，有的所適非人，有的被富公子奪來爭去，成爲豪族買賣的商品……，余懷不免要「嘆美人之遲暮，嗟紅豆之飄零也」。[86]

---

[86] 中卷末有「珠市名姬附見」篇，其中諸妓的命運更是戲劇化，如王滿被保國公以金錢買置於後房。參《板橋雜記》中卷「王月條」，頁 49-50。寇

歌妓以自己的聲音表達身世飄零的命運，過去就有題壁詩的傳統，[87]《板橋雜記》在行文結束前，附上了幾則歌妓題壁詩本事，「宋蕙湘」條曰：

> 秦淮女也。兵燹流落，被擄入軍。至河南衛輝府城，題絕句四首於壁間：……薄命紅顏馬上來。……後跋云：被難而來，野居露宿。即欲效章嘉故事，稍留翰墨，以告君子，不可得也。偶居郎舍，索筆漫題，以冀萬一之遇。命薄如此，想亦不可得矣。秦淮難女宋蕙湘和血題於古汲縣……。（附錄一「宋蕙湘」條，頁72）

山東郯城縣亦有青樓女子題壁詩數首，皆與宋蕙湘一樣。歌妓已是

湄（字白門），十八九時，爲保國公購買，貯以金屋，甲申三月，京師陷，保國公降，家口沒入官，後白門匹馬短衣，從一婢而歸，歸爲女俠，築園亭，結賓客，日與文人騷客相往還，酒酣耳熱，或歌或哭。後召所歡韓生，韓生以他故辭，老而竟被韓生所負心，後遂病劇死。參「寇媚」條，頁51。

[87] 題壁詩源於六朝，到唐代進入全盛期，中晚唐開始流傳，如王氏〈書石壁〉、若耶女子〈題三鄉詩并序〉等。女性題壁經常自述身世，成爲女性自傳不可多得的早期文獻。作爲一種公開發表的書寫形式，甚至女詩人也加上題壁的行列。如薛濤〈題竹郎廟〉、魚玄機〈題隱霧亭〉等，女性出現在公共的書寫空間，這是很值得注意的現象。在歷代女性題壁詩的傳統中，就作者的身份而言，或者是不畏公開的名妓，或者是姑隱其名的化身，亦有男性換裝者，使得題壁詩增添了虛構假擬的成份，似乎是一種作者不在現場、不必拋頭露面，卻又具有流傳慾望的傳播方式，的確是一種十分神秘又奇特的書寫現象，值得進一步探討。

薄命，遇上兵燹離徙，更是悲慘，余懷以爲「皆群芳之萎道旁者也」（附錄一卷末語，頁74）。女性題壁詩是特殊的表述，一方面欲公開女性自己的心志，供人閱覽；一方面則在詩中慷慨激切地自歎命薄。一向男性總將歌妓塑造成繁華引人入勝的美麗身影，而女子則自道命運悽慘，厭薄青樓。男子收藏美麗，女子表達哀愁。余懷對於青樓女子的筆調，似乎更具悲憫，其中有余懷個人特殊的時代感應。

三、繁華夢斷的時代縮影

跨越明朝覆亡歷程的余懷，太平景象僅「恍然心目」而已，整部《板橋雜記》隱伏了繁華趨於衰亡的情感線索，使全書筆調充滿感傷的旋律。余懷曾經如數家珍地對於青樓繁華的生活場景，舉凡空間佈置、庭園設施、表演場面、賓客絡繹乃至秦淮燈船的景致，青樓的華光麗彩，一一細寫：

> 同人社集松風閣，雪衣、眉生皆在。飲罷，聯騎入城。紅粧翠袖，躍馬揚鞭，觀者塞途。太平景象，恍然心目。（下卷「同人社集松風閣」條，頁60）

作者對自己與友輩一同親身參與「紅粧翠袖，躍馬揚鞭」的生涯，視爲一個彷若在目的「太平景象」。繁華的青樓，頓時成爲太平時代的一個縮影。余懷紀錄兩位身份不同的男子，一位是下卷的「中山公子」條：

> 中山公子徐青君……家貲鉅萬。性華侈，自奉甚豐，廣蓄姬妾。造園大功坊側，樹石亭臺，擬於平泉、金谷。每當夏月，置宴河房，日選名妓四、五人，邀賓侑酒。木瓜、佛手，堆積如山；茉莉、芝蘭，芳香似雪。夜以繼日，恒酒酣歌。綸巾鶴氅，眞神仙中人也。弘光朝加中府都督，前驅班列，呵導入朝，愈榮顯矣。（下卷「中山公子」條，頁58）

余懷對中山徐公子灑金如土的性格、豪侈靡麗的生涯，以及揮霍帶來的榮顯，極盡描寫。然而下半段筆調一轉：

> 乙酉鼎革，籍沒田產，遂無立錐；群姬雨散，一身孑然；與傭、丐爲伍，乃爲人代杖。其居第易爲兵道衙門……賣花石貨柱礎以自活。吾觀南史所記東昏宮妃賣蠟燭爲業，杜少陵詩云，問之不肯道姓名，但道困苦乞爲奴，嗚呼豈虛也哉？（同上）

「乙酉鼎革」成爲徐公子一生由繁華走向衰滅的重要里程碑，所有前半生愈加豪侈顯達的生活場面，經過時代大局的變革，就對比出愈加零落潦倒的難堪。在時代的巨輪下，沒有任何人是可以例外的。另一位以青樓營生的鄙賤男子張魁，莫不如此：

> 有斷袖之好。……善吹簫、度曲。打馬投壺……每晨朝，即到樓館，插瓶花、爇爐香、洗岕片，拂拭琴几，位置衣桁，不令主人知也。以此，僕婢皆感之，貓狗亦不厭焉。……年

過六十，以販茶、賣芙蓉露爲業。……余游吳……魁猶清晨來插瓶花……如曩時。酒酣燭跋時，說青溪舊事，不覺流涕。丁酉再過金陵，歌臺舞榭，化爲瓦礫之場。猶于破板橋邊，一吹洞簫。……一老姬啓户出曰：此張魁官簫聲也。爲嗚咽久之。（下卷「張魁」條，頁56）

這位附寄青樓以生的男子，其命運隨著青樓的興衰而起落。余懷的眼睛、張魁的口音以及嗚咽的簫聲，一致見證了時代的足跡：「歌臺舞榭，化爲瓦礫之場。」

除了象徵太平景象的歌臺舞榭，繁麗化爲頹圮，青樓女子的命運凋零，同樣都是時代衰滅的指標。余懷與媚姐的情緣，曾一度擦身而過，再遇時，媚姐已他適爲妾，余懷以憾筆寫著：「問其家，已廢爲菜圃；問其老梅與梧竹無恙乎？曰已摧爲薪矣；問阿母尚存乎？曰死矣……」（中卷「李十娘」條，頁24）。透過物象人事的頹圮與變遷，表達幻滅與感傷。李大娘鬚眉有丈夫氣，生活極華奢侈靡，老來流落闤闠街市，教女娃歌舞爲活，余懷一逕以見證的口吻敘述：

余猶及見之，徐娘雖老，尚有風情。話念舊遊，潸焉出涕，眞如華清宮女說開元、天寶遺事也。昔杜牧之於洛陽城東重睹張好好，感舊傷懷，題詩以贈，末云：朋遊今在否，落拓更能無，門館慟哭後，水雲秋景初。斜日挂衰柳，涼風生座隅。洒盡滿襟淚，短歌聊一書。正爲今日而說。余即書于素扇以貽之。大娘捧扇而泣，或據床以哦，哀動鄰壁。（中卷

「李大娘」條，頁 28）

由繁華步向衰敗、顯榮豪侈的淪落，以至晚年潸然流涕，話說從前。這個敘述主軸與「中山公子」、「張魁」等條，如出一轍。余懷透過青樓的書寫，似乎在表達晚明清初文人共同的時代感受，余懷在上卷末，引錢牧齋金陵雜題絕句，作了以下發抒：

> 以上皆傷今弔古、慷慨流連之作，可佐南曲談資者，錄之以當哀絲急管。黃山谷云：解作江南斷腸句，世間惟有賀方回。倘遇旗亭歌者，不能不畫壁也。（上卷『雅游』末條，頁 17）

以本朝的錢謙益，遙接宋代的黃山谷，余懷點明了文人弦歌聲裡的寄託，中國文人在極度華麗的場景中，亦不免興起久暫之歎，何況是亡國的切膚之痛？哀傷之氣息如胡琴喑啞的旋律，迴腸蕩氣，隱伏而不絕如縷。

余懷《板橋雜記》整部書，不脫離一條時間行進的軸線，所有的青樓女子，乃至風月場中的所有軼事，皆充滿了強烈的時間感。在歲月的流逝中，諸君、美人、河山皆逃脫不了幻滅：「俯仰歲月之間，諸君皆埋首青山，美人亦栖身黃土，河山邈矣，能不悲哉？」（下卷「樂户有妻有妾」條，頁 67）因亡國變革所帶來的頹圮、幻滅、傷感與滄桑，宛如一首主旋律隱伏在華麗的表象底層，余懷「觀此可以盡曲中之變矣」（下卷「雲間才子」條，頁 70）。

四、情色書寫的焦慮傳統

明末清初的品妓專書，在歷史情感上，回溯六朝金粉，在書寫模式上，則源於唐代的《教坊記》與《北里志》二書。由於香艷情事，不易成爲正統的書寫對象，因此，品妓著作的作者，在書中不免流露出若隱若現的書寫焦慮。品妓書的兩部源頭《北里志》、《教坊記》，已多少流露出這樣的意識。崔令欽《教坊記》全書大致紀錄東西京的教坊制度、歌妓培訓等文化，在書末附上一記，大義凜然地闡述「溺聲色則必傷夭」以及女禍宜戒的觀念。[88]孫棨《北里志》正文多記事、制度，以及歌妓傳記事跡，後亦有附錄，屢言男子冶遊時所遇之神奇怪事，書末跋語同樣發抒了青樓惹禍殺身的警戒。[89]《教坊記》與《北里志》不忘在正文之外，補言歌妓之禍的警戒，似乎與展現歌妓迷人風采的寫作目的有所扞格。

正文以外，除了以附記補寫的方式外，在序或跋之處，作者亦經常表達了正文所不易察覺的書寫焦慮。孫棨曰：

> 予頻隨計吏久寓京華，時亦偷游其中，固非興致，每思物極則反，疑不能久，常欲紀述其事，以爲他時談藪……俄逢喪亂……前志掃地盡矣，靜思陳事，追念無因，而久罹驚危，心力減耗，向來聞見不復盡記，聊以編次，爲太平遺事云。[90]

---

[88] 參見同註[7]，《教坊記》，頁 1314-5。

[89] 參見同註[7]，《北里志》，頁 1299-1303。

[90] 參見〈北里志序〉，同註[7]，頁 1282。

孫棨在《北里志》序文處自我剖白，說「偷游其中，固非興致」，是要撇清，說「物極則反，疑不能久」，才是眞正動機。青樓歌妓代表美事美物之極致，後來遭逢安史之亂，則是物極必反，作者因爲親身經驗，故願作歷史的見證，僅就追憶中的零星不全，聊以編次，保存太平遺事。美人、美事、美物，可能瞬間消失，青樓書寫者，經常懷有流逝的惶恐，而在序文處顯露了書寫的焦慮。

孫棨《北里志》「物極則反、疑不能久」的體悟，與宋代以來追憶型筆記如孟元老《東京夢華錄》相同，[91]具有夢幻泡影的書寫意識。元人黃雪簑的《青樓集》，其書寫的焦慮更值得注意，雪簑友人朱經謹序文曰：

> 君子之斯世也，孰不欲才加諸人、行足諸己，其肯甘於自棄乎哉？蓋時有否泰，分有窮達，故才或不羈，行或不揜焉。當其泰而達也，園林鐘鼓，樂且未央，君子宜之；當其否而窮也，江湖詩酒，迷而不復，君子非獲已者。[92]

豈有君子甘於自棄？朱經謹以同情的理解，爲文人江湖詩酒的生涯作辯解，對君子之否泰窮達，頗有發抒。朱經謹搬出了唐代身世大落大起的杜牧來與雪簑比較：

---

[91] 孟元老的《東京夢華錄》，在敘文中，充滿對東京前塵往事，如夢如幻的追憶感觸。詳參《東京夢華錄》，北京：中華書局，1982年。

[92] 黃雪簑的《青樓集》，筆者所引據者爲《品花箋》本。〈青樓集序〉爲雪簑友人朱經謹所作（按《香艷叢書》本未署序文作者），參見同註[3]，頁1。

> 樊川自負奇節，不爲齷齪小謹，至論列大事……與時宰論兵、論江賊，書達古今審成敗，視昔之平安杜書記爲何如邪？天憖將相之權，弗使究其設施，迴翔紫薇，文空言耳，揚州舊夢尚奚憶哉？

對自負奇節的杜牧來說，年輕的風流落拓與後來的大事揚名形成強烈對比，後來的飛黃騰達卻將揚州時期的落拓，幻化爲年少輕狂的一場春夢。而一生平順的黃雪簑：「在承平時，嘗蒙富貴餘澤，豈若杜樊川贏得薄倖之名乎？」因此，寫作《青樓集》，「殆亦夢之覺也。不然，歷歷青樓歌舞之妓，而成一代之艷史傳之也。」揚州時期的樊川，如在年少春夢中，而雪簑卻是夢之醒覺，故記載如此清晰。

朱經謹於序文最後說道：

> 雪簑於行不下時俊，顧屑爲此，余恐世以青樓而疑雪簑，且不白其志也，故并樊川而論之。噫！優伶則賤藝，樂則靡焉。文墨之間，每傳好事，其湮沒無聞者亦已多矣。黃四娘託老杜而名存，獨何幸也，覽是集者，尚感士之不遇！

朱經謹承認整篇序文在澄清一種「俊士寫青樓」的疑慮，經謹透過補充旁白的方式，又舉出杜牧作爲並論，將青樓優伶作爲士之不遇的象徵：人生之否或泰、文士之夢或覺。《青樓集》後附另一位文人夏邦彥的感慨話語：「羅春伯〈聞見錄〉載陳了翁題蔡奴像曰：觀全盛時風塵中人物尚如此。嗚呼盛哉！余於青樓集不能無感云爾。」[93]自孫棨、崔令欽，以至朱經謹、夏邦彥的筆下，都不免在書寫中，傳達出文人的焦慮，他們透過不同方式，企圖訴說青樓繁華對於人生的啓示，甚至投射出一個令人懷念的盛世影像。

柒、結論：青樓書寫焦慮的解除策略

一、設問與詭辯

明末清初的青樓著作，依循過去情色書寫的焦慮，而有更複雜與獨特的發展，其中余懷的《板橋雜記》可作爲典型代表，首先是作爲男人的性別焦慮。在正文裡說到：「舊院與貢院遙對，僅隔一河，原爲才子佳人而設。」（卷上「舊院與貢院遙對」條，頁 13）貢院的才子與舊院的佳人，能成就無數佳話，似乎正面認同歌妓與文人的依存關係。但本條文字在描述平康里盛事的同時，亦提出警語：

> 若夫士也色荒，女兮情倦，忽裘敝而金盡，遂歡寡而愁殷。雖設阱者之恒情，實冶遊者所深戒也。青樓薄倖，彼何人哉？（同上，頁14）

行文至此，又成了一種道德勸說，唐代的《北里志》已有對青樓薄倖的指訾，而余懷對薄倖歌妓「裘敝而金盡」，「歡寡而愁殷」的

[93] 詳見《青樓集》書後跋語，同註[92]，頁21。

描述，確實將青樓歌妓由充滿柔情的理想佳人，轉換為世俗商業的產物，青樓尋歡成為徹底的交易！身世堪憐、命運脆弱的歌妓，經常是潦倒文人的自我投射；而歌妓薄倖，則反將才子佳人的情愛降格為交易，這是青樓女子令男性文人產生焦慮的兩重形象。

余懷跋語中有若干辯證，使不安與焦慮重重複現：

> 狹邪之遊，君子所戒。然謝安石東山攜妓，白香山眷戀溫柔。一則稱江左風流，一則稱廣大教化。因偶適其性情，亦何害為君子哉？（後跋，頁 76）

這段話隱藏了一個狹邪之遊的正反辯證論題。由反面而言，狹邪之遊為君子所應戒。由正面來看，謝安的江左風流、鼓舞閒情，稱為文化教主的白居易，二人狹邪之遊是偶適性情，無害為君子。如此說來，狹邪冶遊無傷大雅。但是書寫青樓仍有擺脫不掉的包袱：

> 唐有處士李戡者，痛惡元、白詩，謂其纖艷不逞，淫言媟語，入人肌骨，不可除去。秀鐵面亦訶黃魯直作為綺詩，當墮泥犁地獄。余之編斯記也，將毋為李處士所詬、秀鐵面所訶乎！（同上）

狹邪冶遊者，若有曠達胸懷如謝、李輩，則無害為君子。但余懷由另一個角度自忖，如同處士李戡對元白詩纖艷淫語的痛惡、僧人法秀對黃魯直艷歌小詞的責訶，這些語言將浸入常人肌骨，寫作者當墮地獄。[94]因此，余懷很明白這本書，將難脫教化之罪愆，亦必因此成名教之罪人矣！余懷藉由僧道人士對元、白、黃詩的批評，剖析自己所將遭致無可避免的攻訐。

而《板橋雜記》畢竟還是寫成了。面對這些書寫的不安與焦慮，余懷究竟有什麼書寫的理由，可以擺脫道德的負欠感？友人尤侗的題記，提示了一種解除書寫焦慮的策略。尤侗首先設計了一個問題，並試圖解決：

> 或曰曼翁少年，近于青樓薄倖。老來弄墨，興復不淺，子方洗心學道，何爲案頭著阿堵物？予笑曰：昔明道眼前有妓，心中無妓，伊川眼前無妓，心中有妓。以定二程優劣。今曼翁（按余懷）紙上有妓，而艮翁（按尤侗自己）筆下無妓，何傷乎一序？[95]

青樓書寫的男性作者、序者、讀者幾乎無法逃避地，總要面對道德冠帽下的恥感意識。在序跋文字中，圍繞著一個論題打轉，究竟狹妓與道德之間是相礙或相成？余懷設法轉化觀點，藉謝安、白居易的歷史評價，證明眷戀溫柔無害爲君子。尤侗則儘量撇清青樓書寫

---

[94] 《宋稗類鈔》卷 6「箴規」載：「法秀師嘗黃魯直曰：公作艷歌小詞，可罷之。魯直曰：空中語耳，非殺非偷，不至作此墮惡道。師曰：君以筆墨誨淫于我法中，當墮泥犁之獄，豈止墮惡道而已。」轉引自同註[16]，《板橋雜記》，頁 76，註釋第 6 條。

[95] 引自尤侗〈題板橋雜記〉，李金堂校注本（同註[16]）未錄，《香艷叢書》本錄之。詳參後者第七冊，頁 3654。

與個人風流的關係，藉著理學家程氏兄弟的論辯：有妓／無妓、心中／眼中，以開脫自己與友人余懷筆下／紙上、有妓／無妓的道德歉忺。

尤侗由修養心靈的角度來擺脫有妓無妓的焦慮，余懷則由歷史的角度切入，進一步脫釋道德束縛。余懷再度假擬質疑者的聲音，提出設問：「何爲而作也？……一代之興衰，千秋之感慨，其可歌可錄者何限？而子唯狹邪之是述，艷冶之是傳，不已荒乎？」（自序，頁 3）青樓與千秋歷史有何干係？國破家亡之後，竟寫作此書，豈不荒謬？余懷則應答曰：「此即一代之興衰、千秋之感慨所係，而非徒狹邪之是述、艷冶之是傳也」（同上）。余懷由金陵古佳麗地、衣冠文物江南之盛、文采風流甲于海內……等事蹟，一路說到明代三百年淡煙、輕粉、來賓的盛況，這些場面作者雖不能一一親炙，因少長於承平之世，偶爲北里之游，仍曾親歷絢麗燦爛的場面。惟「鼎革以來，時移物換。十年舊夢，依約揚州；一片歡場，鞠爲茂草」（同上）。許多美景、美事、美物皆不可得而聞、不可得而見、不可得而賞也。

明末絢麗燦爛的青樓，爲作者所親身經歷，明亡後旋即消滅，曾經的歡世，已不復再，豈非重彈《北里志》「物極則反，疑不能久」的老調嗎？而「辟疆老矣，一覺揚州，豈其夢耶？」[96]十年舊夢，依約揚州，依然如朱經謹〈青樓集序〉一樣，言談杜牧經歷、

---

[96] 《板橋雜記》的〈後跋〉，李金堂校注本與《香艷叢書》本，略有出入，前者較後者精簡。本段引文，僅見於同註[95]，《香艷叢書》本（第七冊），頁 3687。關於該書版本，詳參同註[17]。

如夢如幻的書寫筆調。作者自云：「蒿藜滿眼、樓館劫灰、美人塵土、盛衰感慨。豈復有過此者乎？鬱志未伸、俄逢喪亂、靜思陳事，聊記見聞、用編汗簡」。作者友人尤侗的題記中亦談及：「大抵北里志、平康記之流……未及百年，美人黃土矣。回首夢華，可勝慨哉？」[97]余懷爲自己鬆脫了書寫的焦慮，此書恰好負有使命：要爲歷史留下紀錄。作者余懷、讀者尤侗、序跋與題記、疑問與答辯，共同譜成明末清初盛極衰滅的感傷文學曲調。

二、疏離的書寫結構

上文中，筆者透過一系列青樓著作的序跋文字，進一步探索男性文人的焦慮不安與解除策略。正文的淫靡、以及序跋文字的焦慮，形成文字脫軌的現象，造就一種特殊的寫作結構。這種正文與序跋脫軌的書寫，文學史上有跡可循。吾人可上溯到漢賦侈誇淫靡「曲終奏雅」的型式。[98]宋以後，開始探討情色觀，朱熹解讀《詩

---

[97] 參見同註[95]，尤侗〈題板橋雜記〉。

[98] 漢代宋玉寫了一系列的神女賦，爲典型的漢賦結構。前有一段具誘惑力的序言，中間則極盡人神戀愛的誇寫描寫，神女多若即若離，使人徒留心動卻不得親近，或得親近卻不得永恆的悵惘。如〈神女賦〉末曰：「歡情未接，將辭而去，遷延引身，不可親附，似逝未行……精彩相授，志態橫出，不可勝記，意離未絕，神心佈覆……願假須臾，神女稱遽，迴腸傷氣，顛倒失據，闇然而暝，忽不知處，情獨私懷，誰者可語，惆悵垂涕，求之至曙」。末段則有一段起不了作用的訓辭，如《高唐賦》末曰：「思萬方，憂國害，開賢聖，輔不逮，九竅通鬱，精神察滯，延年益壽千萬歲」。道德家評論這樣的賦篇，皆以爲雲夢中、高唐之臺，此賦蓋假設其事，目的在風諫婬惑也。這正是漢賦侈誇淫靡的「曲終奏雅」形式。

經》，認為淫詩一樣可達「思無邪」，詩人無正邪，重點在於讀者的接受角度。後世讀者無論贊成或反對，皆不免抬出朱子的解詩策略，而兩面性的解讀，經常使作者／讀者陷在道德的掙扎裡，形成複雜對辯的閱讀。明末的《金瓶梅》可說就是這種意識下的作品，既可純粹視為一部艷情小說，也可道盡警惕與比興的大義。

青樓書寫正文與序跋脫軌斷裂的書寫構式，形成了特殊的閱讀效應——疏離。六朝的宮體詩，已率先提供了讀者這種疏離的閱讀效應。宮體詩有兩面讀法，一面是溫熱的女體展現、與迷魅的情色書寫，另一面卻呈現了沒有熱情內涵的過度修辭與描摹，後者反而造成情色閱讀上的疏離感。《秦淮士女表》、《江花品藻》、《蓮臺仙會品》等書，經常侈誇描繪後，突然附上一段道德說項。特別顯著的是，在序言中或藉歌妓而有所寄託、或崇偉、嚴肅與鄭重的表白，幾乎讓讀者正襟危坐了起來。然而翻開正文，卻荒腔走板，迎面而來的是一場場表列化、目錄化、符號化的文字遊戲。展示了讀者疏離的閱讀效應。

從唐代《北里志》開始，以迄明末的《品花箋》、清初的《板橋雜記》，青樓著作之序跋，其實也一直為正文的情色書寫與閱讀帶來平衡。序跋作者透過反覆辯證的文字，道德訴求的撇清、歷史幻滅的見證，企圖在序跋與正文間，造成脫軌與斷裂，目的就是要帶領讀者進入情色卻又疏離的文學閱讀情境。這些青樓歌妓，由情慾對象的血肉之軀，搖身一變成了文化建構中的特殊符號。[99]

---

[99] 羅蘭巴特脫衣舞孃的幻滅，講的就是疏離，脫衣舞孃成了文化建構的一個符號，將聲色文學的閱讀與符號建構文化一起探討。參見羅蘭巴特著、許

三、懺悔與徹悟

正文與序文兩相斷裂，正文處表現了執迷深入的風月情懷，而序文則對風月情懷處處撇清與辯解，明末清初的青樓文學，造成情色閱讀的疏離感，透過歌妓符號的文化建構，表述特殊的時代氣氛。衡諸商業社會中，這些歌妓以符號的方式，借代爲秦淮（南京／城市）與國家（明朝），南京城市有世俗化的情慾、繁麗、墮落與罪惡，正如惡之華一般，一旦幻滅了，感傷懺悔之心油然而生。張岱的《西湖夢尋》，一方面融入城市世俗化的生活，一方面卻又在亡國後，對前塵往事充滿悔恨。這樣的心理結構，孔尚任《桃花扇》也用艷麗與追悔的筆致，譜一曲哀江南，吟哦明末清初獨特的城市氣氛與時代感受：

> 俺曾見金陵玉殿鶯啼曉，秦淮水榭花開早，誰知道容易冰消。眼看他起朱樓，眼看他讌賓客，眼看他樓塌了。這青苔碧瓦堆，俺曾睡風流覺，將五十年興亡看飽。那烏衣巷不姓王，莫愁湖鬼夜哭，鳳凰臺棲梟鳥。殘山夢最眞，舊境丟難掉，不信這輿圖換藁。謅一套哀江南，放悲聲唱到老。[100]

薔薔、許綺玲譯《神話學》（臺北：桂冠圖書公司，1997 年），「脫衣舞」一文，頁 131-134。

[100] 本段原文，引自孔尚任著、王季思等校注，《桃花扇》（臺北：里仁出版社，1996 年），卷四「續四十齣 餘韻」〔離亭宴帶歇指煞〕，頁 320-321。另亦詳參張岱《西湖夢尋》（臺北：漢京文化事業有限公司，1984 年）。

余懷在《板橋雜記》跋語中再次申言：

> 余甲申以前，詩文盡皆焚棄。中有贈答名妓篇語甚多，亦如前塵昔夢，不復記憶。但抽毫點注，我心寫兮。亦泗水潛夫記《武林舊事》之意也。知我、罪我，余烏足以知之？（后跋，頁 76）

在繁華成空、麗世幻滅的感傷色彩中，男性文人無論是作者或讀者，皆藉著見證青樓的興衰，表達濃厚的感慨與懺悔。《板橋雜記》的序與跋，充滿許多矛盾的書寫意識，這正是明末清初情色書寫饒有興味的文學現象。武林舊事，在余懷的筆下寫來，充滿了菁英文化的投影。感傷與懺悔的書寫筆調，透過反覆辯證的過程而逐漸清晰了起來。吾人不妨再次回到孫棨的《北里志》，晚明陳繼儒曾在明刊本的書首識語曰：

> 孫棨，唐翰林學士，居長安中，頗有介靜之名，其撰北里志，風韻爾雅。雪簑子青樓集，崔令欽教坊記，莫能逮也。此志不典，無補風教，然天子狎游，膏粱平進，粉黛之妖，幾埒鄭衛，萬乘西巡，端由北里，作志者其有憂患乎？[101]

陳繼儒認為《教坊記》、《青樓集》遠遠不如《北里志》。雖然該書表面上並不典正且無補風教，卻隱伏了一個重要的脈絡啟示：

---

[101] 陳繼儒「北里志識語」，詳參同註[7]，《北里志》，頁 1282。

「天子狎游，膏粱平進，粉黛之妖，幾埒鄭衛，萬乘西巡，端由北里」。盛極繁華的端點在北里，卻同時亦步向衰亡，這正是作者的「憂患意識」。陳繼儒將朱經謹爲《青樓集》提出的夢幻醒覺說，向前推導，青樓不僅是太平夢幻泡影的追憶而已，還是繁華成空、極盛轉衰的端點。陳繼儒的解讀線索，爲明末清初的青樓書寫與閱讀，帶來更複雜的意涵。

明末一逕繁華，儘管帝國風雨飄搖，社會極度動蕩，但權勢之爭在北京、邊患遠在遼左，農民軍在陝豫、南京城高濠深，有堅固防禦，且有大江屛障。南都無事，富豪權貴避難南京，名流賢俊聚會陪都，以此爲樂土。此外，東林遺孤、復社名流，大會桃葉渡、集游秦淮河，他們帶著政治上失意的蕭瑟心情，在此尋得溫柔慰藉，將安邦定國的錦繡篇章，在此換成耳鬢厮磨的淺斟低唱。東林遺忠、復社名流，是舊院的貴客，青樓的佳賓，「勝國晚年，雖婦人女子，亦知嚮往東林。」[102]

由明末《品花箋》的系列著作、發展至清初余懷的《板橋雜記》，隱伏著一道青樓書寫的線索：一方面鋪陳女子之艷麗情事，另一方面卻以繁華追懷憶昔的方式，表達亡國之思。秦淮歌妓擺脫了《教坊記》、《北里志》以來「女禍宜戒」的罪愆，不僅成爲文人的紅粉知己，更成爲菁英文化的指涉符號。歌妓的命運與流離，就是文人的命運與流離，而青樓的衰亡與頽圮，亦如同國家之衰亡與頽圮，青樓文化由城市興覆的符號躍身成爲故國的象徵。

在明末清初特殊的時代氣氛之下，情色文學的書寫與閱讀，最

---

[102] 參見梁溪夢鶴居士撰〈桃花扇序〉，收入同註[100]，《桃花扇》，頁331。

淫樂也最幻滅，由疏離感出發，經過心理的懺悔，而希望達致宗教上的徹悟。清代中葉嘉慶年間吳錫麒寫過一段文字：

> 此梅鼎祚青泥蓮花記、余懷板橋雜記之續也。然而煙花之錄，拾自隋遺教坊之記，昉於唐作，一則見收於史，一則并附於經，似乎結想螓蛾，馳音桑濮，偶然陶寫，何礙風雅？若夫僕者，綺語之債，已懺于心，縮屋之貞，可信于友。……貴賤何常，作飛花墜地之觀……遊戲之文章作幻泡之譬喻。當此風花易過，水月重來……即色即空，我聞如是而已。[103]

吳錫麒將梅鼎祚的《青泥蓮花記》、余懷《板橋雜記》抬高到與經史同榜的地位，再提出情色文學更具有穿越情慾／超脫世俗等紅塵體驗的特質，進一步連結到由色悟空的佛教教示，文學的閱讀一樣可以達到宗教解悟的境界。吳錫麒作爲青樓文學的讀者，在這篇序文中，恰好爲明末清初的情色書寫，展示了一段疏離、懺悔與徹悟的閱讀過程。

---

[103] 吳錫麒爲西溪山人撰《吳門畫舫錄》之序。參同註[3]，《香艷叢書》第九冊，卷三，頁 4785-4786。

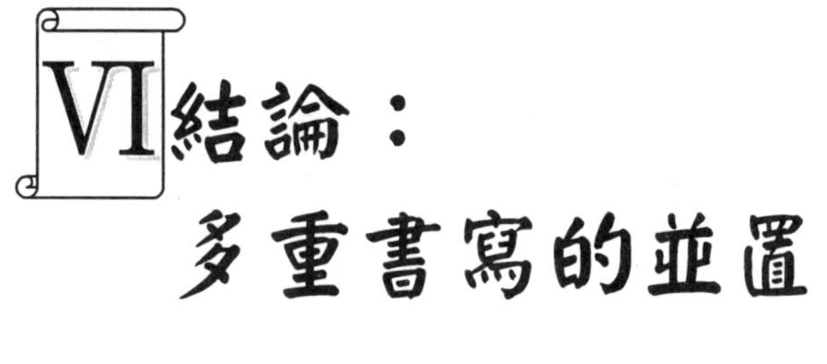

VI 結論：多重書寫的並置

一、小敘述與歷史知識的對話

筆者拙著的研究對象，偏向邊緣文類如小品、札記、題跋、評點、插圖等，以主流文學立場而言，討論的是毫不起眼的細節，如長物、園林應酬題記、女子畫像、青樓品藻等。這個閱讀進路，頗受解構主義的啓發。那些站在邊緣的小物、碎文、零語、插圖，可視爲小敘述，以零餘斷片的型式，顛覆傳統的宏偉敘述（grand narrative）。「短・小・輕・薄」，確實是商業社會大眾接受度最高的書寫型式，適宜供作享樂的閱讀遊戲，如張潮的《幽夢影》，不必深奧道理，只需悠閒，呈現玩世老手的聰明、機智，是明清世俗社會的產物。

司馬遷的《史記》，奠定了中國正統歷史的宏偉敘述規模，《史記》卻同時確立了軼事記錄的傳統。《伯夷列傳》論及司馬遷恐軼事湮沒不彰，亟欲補充歷史的不完整，使之正確無誤，所補充的正是充滿在宏偉敘述間的小敘述。因爲怕被湮沒，故以筆補充，明末清初的小說，基於這種理由而往往被視爲歷史。所以高明的讀者金聖歎說讀《水滸傳》如讀《史記》。❶金聖歎開闢了「才子書系統」，建立與儒家經典不同的另一個經典世界，這是晚明清初小說評點家的共同觀點，爲過去非正統的文體建立譜系、視作正典，

---

❶ 金聖歎說：「水滸傳方法，都從史記出來，卻有許多勝似史記處，若史記妙處，水滸已是漸漸有。」將《水滸傳》與《史記》並列於閱讀的經驗中，對歷史宏偉敘述的看法，有所轉變。參見金聖歎《貫華堂第五才子書水滸傳》，收入《金聖歎全集》（臺北：長安出版社，1986 年），第一冊，頁 18。

以與正統文學相抗衡，俗文學搖身一變，成為文學經典。❷《美人判》、《鴛鴦牒》、青樓論述等奇異的女性文本，與傳統正史不同，亦是基於補充敘述的理念，掘發沈埋的歷史。為久被忽略的往日故事，略作小小的歷史補充。挪借嚴肅的歷史觀，而從補充的小敘述入手，確實是一種書寫策略，正如李歐塔所說後現代情境中的宏偉敘述已崩潰，由小說、斷簡殘編的小敘述型態取而代之。❸

無論是長物誌、園林圖繪、才女寫眞、青樓品鑑，在明末清初的文學環境中，其內容、型式、文學價值皆屬「微小」的敘述，擺弄著歷史的姿態。在長物的誌寫、酒牌式的品妓斷片中，書寫者企圖為長物、美人作「譜錄」，又從塡補歷史的書寫慾望中，一腳跨入了知識體系的論述。

二、性別的對話

男性以性別權力觀玩女性，女性則努力知覺以建立自己的主體。明末湯顯祖的《牡丹亭》中，「寫眞」是關鍵性的一幕，女「寫眞」／男「玩眞」的情節設計，正巧妙地展演著明末清初文化

---

❷ 金聖歎說：「莊周有莊周之才，屈平有屈平之才，馬遷有馬遷之才，杜甫有杜甫之才，降而至于施耐庵之才，董解元有董解元之才。」（《第五才子書施耐庵水滸傳》序一），一個新的經典世界的出現，意味著新的思維方式的誕生。詳參楊義《中國敘事學》，收入《楊義文存》第一卷（北京：人民出版社，1997 年）「評點家篇第五」第十篇「建立另一個經典世界」，頁 414-423。

❸ 利奧塔爾（或譯為李歐塔）認為在後現代文化中，大敘述令人質疑，顯示宏偉敘述已崩潰。詳參氏著《後現代狀態：關於知識的報告》（北京：三聯書店，1997 年），頁 2。

書寫最新穎的一個面向：性別的對話。

㈠ 男性以權力建構女性

1.神女的塑造

在女性文本中，男性總是設計一個脫離現實的、虛構想像的女性，不管是將女性地位抬高，加以神聖化、偶像化爲仙女神女；或是如畫中人的故事傳統，將女性鬼魂化、魅影化，其實都是否定女性主體的邊緣化策略，將女性神（異）化，成爲超現實的存在，以補償自己才、情、色的渴求。男性的神女觀想，實際上，是創造一個可以投射自己慾望的理想偶像。

2.男性以論述控制或改變女性

「花榜」或許可以美學的純粹美感型式來探究，然其眞相仍在於男性品鑑歌妓，充滿濃厚的權力意味。《品花箋》諸書，以男性社會的科舉框架品第歌妓，品鑑的價值系統與社會等級觀念脫離不了關係。由流行文化的角度而言，選美可放在商業價值中加以探討，經由差異與比較，區別出聲譽的等級，進而建構出終極的第一名，以符合文士富豪的品味，因此選美是一種承認的政治，是尊嚴與比賽的結果。各類選拔競賽，皆脫離不了這種權力遊戲，六朝時期的詩品，對頂級詩的追求，反映了當時貴遊文學的現象。❹

---

❹ 透過競賽，別出品第與等級，乃在塑造菁英，創造出貴／賤、尊／卑等不平等的關係，進而給予獎賞。如文學獎、各種選美比賽，透過差異的比較，透過競爭，屬於菁英選拔的權力體系，其等第與標準是建構出來的，沒有純粹的美感型式在其中。品藻在中國文學傳統中，是貴族的遊戲，晚明則成爲商業化的產物，雖然皆爲同類的型式，會因時代與社會狀況，而

而明末清初對於歌妓的品藻，則必需置入市民社會的商業網絡中考量。

在女性畫像中，女子柔弱不勝、眼光迴避、低眉蹙顰、若有所思的造型，以及區鎖封閉的背景氛圍，皆爲男性目光預設下的產物。男性不僅以畫筆，亦以論述去改變女性的身體，例如弓足、纖腰、瘦身、豐胸、曲線，一旦形成世俗大眾認可的審美典型後，便內化爲女性的美感追求，進一步成爲塑造自己的標準。權力無所不在的存於性別書寫中，男性掌握的知識論述，變成一種權力，具有強大的宰制力。[5]

㈡ 女性的自我投射

男性視女性爲夢境中的仙女，女性則自我認爲是的魅影。畫中人眞眞復甦、麗娘還魂，皆是以幻爲眞的後設形象，是以女性的魅影再現自己。這與女子的薄命感受有關，女性的自我，彷彿成爲鬼魂的自我，魅影若有似無，象徵女性具有流動的不確定性。女子的

有課題與內容的不同。詳參楊玉成撰〈士庶、性別、地域：論南北朝的文學閱讀〉，中央研究院中國文哲研究所主辦：『空間、地域與文化』——「中國文學與文化書寫」國際學術研討會，2000 年 11 月 16－18 日。

[5] 在知識體系中，論述的方式同樣可以滲透造成女性身體的影響，例如紋身、化粧、髮形、曲線、豐胸、纏足……等，這些身體的審美標準，皆是男性以知識論述的方式達成改變女性身體的例證。尤其纏足，更是知識論述血淋淋地銘刻在身體上的現象。傅柯説眞正權力，不在執政者，而是一套知識的架構，知識的假設乃眞正的權力基礎。關於傅柯的權力論述，詳參梅奎爾著、陳瑞麟譯《傅柯》（臺北：桂冠圖書公司，1998 年），第八章〈傅柯的「權力學」：他的權力理論〉，頁 139-152。

外貌為男性所喜，而女子的心靈則回歸為自我的認同。

過去女子的詩文與容貌一樣不能公開，甚至詩文寫出即要焚燬，明末清初有了顛覆性的轉變，不僅女子的容貌可以透過肖像，公開流傳，作為《牡丹亭》暢銷戲曲的女性讀者，亦大大方方地寫下了自己的閱讀心得，並出版流傳。女人似乎可以走進歷史，參與歷史，留傳青史，這是女性意識的一大進步。女性的容貌與才華，可以在當代公開與流傳後世。

儘管如此，女性對自身性別的認知，仍舊是纖細、脆弱、流動、薄命的。明末清初女性的柔弱處境與邊緣地位，加強女子內化自己為楚楚可憐的柔弱傾向。當時戲曲小說傳佈的情觀，亦接近於塑造這種流動不定與感傷柔弱的女性特質，這樣更感性、更道地的文化價值，在當時傳播遞送。「情」成為文化的主流價值，「天地清靈之氣，鍾於女子」，公開宣揚了更純粹、更徹底、更道地的女性氣質。

一方面傳世欲望很強，另一方面卻又謙卑脆弱，在隱含的兩面性矛盾中，如何來詮釋自己？留傳千古是永恒，也同時是空虛的，留名經常在身後，女性的自我認同，既希冀永恒，同時也時時意識到瞬即消逝，因而產生感傷——傷春、傷逝，對於時間感的敏銳，與自我意識緊密地連在一起。[6]

---

[6] 克莉絲蒂娃認為男女的時間感不同，男性的時間感是直線，女性的時間感是圓形。人們習慣將循環時間、永恒時間與女性主體相聯。詳參張京媛主編《當代女性主義文學批評》（北京：北京大學出版社，1995 年）〈婦女的時間〉一文，頁 347-371。

㈢ 「我」是誰？

男性的視野，似乎並不關心女性的「我」（主體）是誰？爲女性作譜錄，是依照歷史列傳的體例，作類型區分，其中只有類的概念，沒有誰是獨特的個體。唐白居易、宋蘇轍均有自題寫眞的詩文，❼「寫眞」似乎成爲觀照自我的一種傳統方式，包含了自我如何呈現？（這像我嗎？）以及時間感，（我幾歲？）「寫眞」可視爲個人意識的抬頭。女性的「寫眞」要畫誰？唐代女性崔徽、薛媛透過畫像，喚回逝去的情愛，那個我是特定男性的依附者，因爲得不到肯定，崔徽因而自盡。傅柯認爲「我」是近代的發明，是「沙灘上的臉龐」，個人主義的意識高張如臉龐清晰印現，有時卻又如浪潮襲捲而來的覆滅感。❽明末清初既是強調個體興盛的時代，同時亦

---

❼ 白居易有一系列自題寫眞詩，如〈香山居士寫眞〉詩曰：「昔作少學士，圖形入集賢。今爲老居士，寫貌寄香山。鶴毳變玄髮，雞膚換朱顏。前形與后貌，相去三十年。勿嘆韶華子，俄成皤叟仙。請看東海水，亦變作桑田。」如〈題舊寫眞圖〉詩曰：「我昔三十六，寫貌在丹青。我今四十六，衰悴臥江城。豈比十年老，曾與眾苦并。一照舊圖畫，無復昔儀形……形骸屬日月，老去何足驚……」蘇轍〈自題寫眞〉詩曰：「白髮蒼顏日日新，丹青猶是舊來身。百年迅速何曾在，方寸空虛老更眞。一幅蕭條寄衰朽，異時彷佛見精神……。」引自清·陳邦彥選編《歷代題畫詩》全兩冊（北京：北京古籍出版社，1996 年）上冊，卷 54，「寫眞類」，頁 653-655。

❽ 傅柯以「沙灘上的臉龐」詮釋近代社會中「我」的意識，適與明末清初人們的自我意識接近，一方面強調個人主義，另一方面卻是幻滅。自我是被建構出來的，處於一種不穩定的狀態。詳參 Michel Foucault（傅柯）：*The Order of Things : an Archaeoiogy of the Human Sciences* (tran. Alan Sheridan. New York:Tantheon , 1970.) p.386。

是「我」之幻滅最強的時代，女性在紅顏薄命的悲劇感裡，一方面意識到自己的存在，另一方面又深覺青春脆弱易逝。明末杜麗娘的「寫眞」，源於「傷春」的情懷，減弱了崔、薛等人爲特定對象而畫的情結，既對「我」有模糊的認識，亦對時間有流逝的惶恐。女性讀者對文學虛構女角的同情閱讀，不得不引發一個「我是誰？」的疑問。麗娘故事，使後來的女性讀者俞娘、小青、小鸞、錢宜等人，開始往內心去思索女性再現、女性影像、女性自傳、自我與主體、時間感、流傳後世等一連串關於「我是誰？」的問題，在女性自我意識中，「寫眞」值得深思。

㈣ 男性寄寓

明末文人政治的失落，因狎遊而有「花榜」、「嫖經」的設立。❾爲歌妓排行、將嫖事以「經」命名，均有濃厚的嘲諷意味。花榜模仿科舉的作法，更是對科考、社會現實的諷刺，作者很有可能爲仕途科考不遂者。除了嘲諷之外，也有寄託之意。明末的幾社與復社，與當時代表清流的東林學術思想一脈相承，爲兼具政治性與文學性的社團，幾社以陳子龍爲主，復社成員包括文震亨、錢謙益、倪元璐、祁彪佳、黃道周、方以智、龔鼎孳、余懷、冒襄等活躍於明末的文人，藝妓便在這些社團與文人身上，尋得歸宿，如李

❾ 《嫖賭機關》一書的前半部爲『嫖論』，乃依據《嫖經》的內容而來。故意暴露裸裎的身體慾望。詳參明末江湖散人輯《嫖賭機關》，德聚堂刊本，收藏於國家圖書館善本書室。又王重民《嫖賭機關》提要云：「此明人惡習，尤爲習小說家言者所資以逞露材華之一道也。」參見氏著《中國善本書提要》（上海：上海古籍出版社，1986 年），頁 352。

香君（與侯方域）、董小宛（與冒襄）、卞敏（與申紹芳）、顧眉（與龔鼎孳）、馬嬌（與楊文驄）、柳如是（與陳子龍、錢謙益）等。[10]

反過來說，青樓更寄託了文化理想。一般妓院中色慾橫流的灰色場景，文人並不感興趣，而喜歡渲染富有傳奇色彩的名妓形象，因爲這更符合文化理想的創造。青樓名妓深諳箇中三昧，與重視才德兼備的閨秀詩人相較，名妓力求在文學、藝術品味的修養上，展現人格的魅力，提昇自己的價值。而明末缺乏行動力的文人，普遍喜歡將自己的愛國情操與英雄主義投射在名妓的身上，許多名妓不乏女中丈夫的氣概，體現了雙性氣質的理想。

薄命紅顏與落拓文人相近，都處於邊緣狀態，文人的窮途與紅顏的青春易凋，註定是悲劇性的，「偶效樊川，略同謝傅，秋風團扇，寄興掃眉，非沈溺煙花之比」（《板橋雜記》下卷「萊陽姜如須」條），效法白居易、謝安等慧業文人，寄興掃眉才子，而不沈溺煙花。青樓歌妓甚至成爲文人寄寓的替身，明末梅鼎祚著《青泥蓮花記》，替女人寫列傳，每則傳記後有「女史氏曰」，這位化身爲女史，替女人寫歷史的梅鼎祚，隱含了雙性的意涵。男性以換裝的姿態假擬女人參與寫作，十分詭異，其中不免有自身投射在內，梅鼎祚躲在文字後面，隱身爲「女史」，彷彿是要救贖這些悲情的歌

[10] 「幾社」的主旨爲「絕學再興」，崇禎二年（1629）成立，以陳子龍爲主。復社以「復興古學」爲名義，崇禎四年（1631）成立，成員包括了文震亨、錢謙益、倪元璐、祁彪佳、黃道周、方以智、龔鼎孳、余懷、冒襄等人。詳參郭秀容撰〈晚明女性繪畫研究〉（臺灣師範大學美術研究所碩論，1995 年），頁 45，附表。

妓，卻也是對自己的救贖。⓫

三、流行神話

長物的收集與佈列、園林的興築與圖詠、女性肖像的繪製與流傳、青樓名妓的形塑與品鑑，在明末清初透過出版的媒介力量，成爲流行時尚。流行時尚的根本是品味，而品味的締造涉及了發明者、傳播者、接收者與訊息內容。以羅蘭巴特的理論來說明，流行現象可釐爲三個層次。最高的層次，稱之爲流行神話，這個層次將流行物轉移爲宣說，傳遞的不是流行物本身，而是品味訊息，亦即流行訊息。居中的層次，是供應與製造流行物的生產機制。居底層者，則是物品消費者、接收者所在的社會層次。羅蘭巴特應用他在語言學和符號學方面的專門知識，將流行視爲一種書寫語言來分析，視這種書寫爲製造意義的系統，亦即製造流行神話的系統。⓬

⓫ 參見梅鼎祚（1553－1619）纂輯，《繪圖青泥蓮花記》十三卷，臺北：新興書局，1976 年。

⓬ 明代生活如古董收藏的風尚、書齋園林的築造、服裝樣式材質的選定……等，均牽涉到流行思惟的問題。羅蘭巴特將書寫的服裝視爲製造意義的系統，提出了三個層次的分析，提供筆者仔細探討這類論物雜品著作的語言。流行現象中的價值意識從何而來？如何傳播？這些現象如何締造生活用物的品類體系？這個物體系如何呼應上層的意識？如何在生活中具體而理想的展現出來？物體系的底層是消費群，這個消費群的結構又如何？詳參羅蘭巴特著、敖軍譯：《流行體系(一)：符號學與服飾符碼》、《流行體系(二)：流行的神話學》，（臺北：桂冠圖書公司，1998 年）。羅蘭巴特的語碼學（符號學）：key+code=文化符號學，帶領研究者衝破文本結構，將「天眞無邪」的面紗無情揭開，突破結構主義的「系統」概念，讓意義自由散播開來，讓斷片的意義閃熠。筆者即受該理論啓發，以流行文

回顧文震亨的《長物志》、祁彪佳的《寓山注》、汪廷訥的《環翠堂園景圖》、黃道周的《將就園記》、湯顯祖的《牡丹記》、杜麗娘「寫眞」、清苕逸史的《品花箋》、余懷的《板橋雜記》……等，在當時均透過出版公開的方式，與市民社會中的讀者大眾產生互動。夾在流行神話與消費需求之間的文士，締造流行品味，書寫的文本，成爲製造流行神話的意義系統，它們以僞裝或不僞裝的方式，調節、擺弄著社會價值與人們記憶。讀者大眾處在接收訊息的社會心理中，自覺或非自覺的追求流行品味，並使得訊息的傳輸更爲廣遠。締造流行意識並傳播流行訊息的仕與商、實踐流行物體系的藝術家與技術匠、廣大的社會大眾，他們既是消費群，同時也可能是意義的締造與傳播者，他們一同創造了當代的流行文化。

流行體系要分析的對象，不是物本身，亦不是語言本身，而是從物到語言的符號「轉譯」過程，因此，若沒有話語的建構，就沒有流行文化可言。話語是一個大的意象系統，不斷地從語義中衍生出來，流行話語需要靠符號的概念加以強化。長物、園林、畫像、歌妓，都可視作流行體系中的符號。居家生活中，營造古典情懷與文化裝飾的符號是長物，作爲財產炫耀的園林與女性肖像，是男性世俗慾望投射的符號，自我寫眞又同時是女性主體自覺的一種代碼，被文人價值所覆蓋的青樓歌妓，成爲酒色文化的符號。

化的符號學解析，探觸深層的意義。穿越生活物品的描述，並揭露出物符碼的分析。探討流行神話的運作解析，以及論述中表現的意識型態。關於流行文化的神話意識，亦請詳參羅蘭巴特著、許薔薔、許綺玲譯《神話學》（臺北：桂冠圖書公司，1997年）一書，其中有極精采的剖析。

明末清初整個流行文化的傾向，似乎在避俗與就雅兩端之間呈現拉鋸，無論是居家生活佈置的「古雅」長物，或是離塵隱逸、名士題詠的園林，或是刻意塑造才女形象的寫眞畫像、或是文人化了的青樓名妓，均極力地要別開庶眾，獨標高貴的品味。然而長物變成「古董日用」或以古式複製再造、豪華園林圖繪與華貴女性肖像的財富象徵與公開展覽、青樓名妓以商業評比的手法創造身價，這些現象，均將當時的流行文化，推向世俗慾望的滿足與追求。

四、自我拆解

文學系統向來具有不穩定性與頑強性。以漢詩爲例，一方面受詩教影響，有教化意義，另一方面仍可以爛縵的情詩讀之。⓭明末清初的《品花箋》，作者似乎要繼承文學傳統的規範性，將之視爲諷喻寄託之作，而讀者大眾，仍將焦點放在艷情，使得書寫系統呈現了不穩定性。我們不妨再次重申一個奇特的讀者反應，余懷《板橋雜記》引錢牧齋金陵雜題絕句數首，以作爲傷今弔古感慨流連之見證聲音，這樣明白曉示感傷哀亡的氣息，卻在入瓊逸客的評語中，蕩然無存，入瓊逸客評曰：

⓭ 漢朝充分發展的六經之教，那些詩經博士硬把詩教套入歌謠的詩篇裡，然而記號系統卻不見得那麼聽話，因此，漢朝普通讀者讀詩經時，一方面可能將之視爲詩教，一方面也未免會把它們當作原來的情詩來閱讀。關於記號系統規範功能模稜與反撲，詳參古添洪著《記號詩學》（臺北：東大圖書公司，1984 年），〈讀「孔雀東南飛」——巴爾特語碼讀文學法的應用〉一文，頁 294-295。

> 此記須用冷金箋、畫烏絲欄、寫洛神賦小楷、裝以雲鸞縹帶，貯之蛟龍篋中，薰以沈水迷迭，於風清月白紅豆花間開看之，可也。（上卷『雅游』末條）

入瓊逸客對余懷的解詩按語並不感應，反而著重在錢牧齋題詩的內容遐想上。入瓊逸客以爲青樓歌妓的事蹟，應以洛神賦小楷字樣，寫在畫有烏絲欄的冷金箋上，再以雲鸞縹帶收貯於蛟龍篋中，不忘以沈水迷迭香薰之，並於風清月白紅豆花間的時地上，展閱品賞。作爲讀者的入瓊逸客，讀完該書後，似乎有強烈的珍藏意識，將歌妓以頂級的材質，精緻書寫裱褙收貯。這與余懷引詩以傳達歌妓殘缺感傷的命運，彷彿是兩種聲音的交纏與撕裂，爲青樓的書寫，帶來豐富的閱讀經驗。

花榜的現象，不僅代表妓風之盛，也同時是知識份子不滿現實的表現，這些主持花榜或參與品題者，皆多爲鄙視功名，無意科舉者，或游走於科場與仕途邊緣的失意者，他們帶著遊戲人生、寄情紅粉知己之態，出入青樓酒館，消愁解憂，以詩文讚頌，以名花名卉比之，甚至將科場中最榮顯的頭銜如文、武狀元獻之，這是對社會的一種揶揄與諷刺。至於明末一批文士如張岱、王思任、倪元璐、祁彪佳、文震亨、等人，因爲時代處境之故，多有激越的情操。⑭那位鋪設長物體系的文震亨、大興土木建造寓園的祁彪佳、與青樓名妓纏綿悱惻的侯方域、楊文驄……這些士人既嗜慾甚深，

---

⑭ 參見董卓越輯著《閒雅小品集觀——明清文人小品五十家》（南昌：百花洲文藝出版社，1995 年），上冊，「祁彪佳」條，頁 469。

卻也有亡國殉難的節操。他們一方面深陷於其所相信的文人文化之中，極力去俗就雅，另一方面又以自我調侃、反諷的態度，將物所組成的慾望世界看成虛構，他們由物、由色悟空的省察，反映出明末文人特有的解悟。

隱伏在長物園林之財富追求、以及青樓歌妓聲色慾望的底層，有矛盾的兩面性：一方面是城市文明帶來的繁華歡樂，另一方面則是空虛、罪惡、毀滅、衰亡與揮之不去的懺悔。城市文明繁榮興盛的反面，是衰敗、放蕩、空虛造成的罪惡淵藪。張岱《西湖夢尋》、孔尚任《桃花扇》「謅一套哀江南」，⓯皆在這樣的兩面性中，顯示了紈姱子弟的追悔，城市與慾望成爲新興的文化主題。而《桃花扇》、《板橋雜記》甚至把戀愛與亡國繫在一起，使歌妓與文士糾葛在一起，將青樓歌妓視爲故國的象徵。

《四庫全書》爲《板橋雜記》提要云：「文章淒縟，足以導欲增悲」⓰，四庫館臣亦讀出了貫穿青樓書寫的兩面性：情欲與悲歎。青樓書寫彷彿是要在情慾中修行，先隱於色，然後要穿越情慾，達成徹悟。穿越形而下，才能到達形而上，這是佛家的解悟。六朝時，道是看不見的，要穿越形而下的山水，才能「即色遊玄」。「由色悟空」亦爲同一思惟模式，山水、情慾皆爲現象世

⓯ 詳參張岱《西湖夢尋》（臺北：漢京文化事業有限公司，1984 年），以反孔尚任著、王季思等校注，《桃花扇》（臺北：里仁出版社，1996 年），卷四「續四十齣 餘韻」〔離亭宴帶歇指煞〕，頁 320-321。

⓰ 參見《四庫全書總目》卷 144〈板雜雜記提要〉，引自《龍威祕書》（收入嚴一萍選輯，《百部叢書集成》，臺北：藝文印書館，本叢書各集出版年次不一）本書末所附。

界，六朝透過山水、晚明透過女色、情慾以解悟。這正是作者透過斷裂與疏離的結構，表達書寫焦慮的設計。既經歷亡國厄運，又處於城市文明中，形成明末清初幻滅、懺悔而徹悟的文學型態。

伊格頓（T. Eagleton）在《當代文學理論》描述說：

> 德希達自己典型的閱讀習慣，是抓住作品某個明顯無關宏旨的東西——一個注解、一個反覆出現的次要術語或形象、一個隨便寫出的引喻——精心地加以琢磨，以致它大有可能瓦解那些使文本成爲一個整體的對立物。分解論批評的策略因之可以歸結爲：展示出文本是如何同支配它們的邏輯體系相抵觸的；分解論通過抓住「徵候性的」問題，亦即意義的疑難或死胡同來證實這一點。因爲文本在這些問題上陷入危機，運轉失靈，顯得前後矛盾。⓱

筆者在拙著中，採取了邊緣文本的閱讀策略，頗受解構主義的啓發。筆者針對那些看來無關宏旨的零餘碎語，一再地琢磨研讀，以「徵侯性」的位置，多面顯相般地，暴露了許多矛盾與抵觸，洞穿了看似疑難深重的問題。「長物」經過古物的神話包裝，成爲非長物。「園林」基於世俗慾望的佔有心理而興築，而有朝一日終歸烏有。男性以隔離的觀照、女性以自身形象，投射在女子「寫眞」上，既有男性理想價值、亦有女性主體意識呈現，寫眞究竟是眞實

⓱ 參見伊格頓著、鍾嘉文譯《當代文學理論》，臺北：南方叢書，1988年，頁168。

或虛構？充滿性別對話的意涵。「青樓」歌妓經過品評附載濃厚的情色慾望，同時又瀰漫著深層的焦慮與感傷。因世俗慾望幻滅而興起的追悔感傷，成爲一種時代的氣氛，明末清初的文化書寫並非一元的，長物、青樓、園林、寫眞均涉及解構的思惟，呈現如此穿梭兩面、泯滅界線、自我拆解的意識，背後確實有強大的衝突力量。

五、多元話語的並置與光影交織

由權貴知識到商品印刷的文化遞衍下，「文本」已然改變。明末清初的書籍、圖像、園林、青樓，各是文本。「文本」是觀念論述意涵的織品，是存在於社會文化中任何一項可供解讀的對象，新的文本代表新的論述。⑱附載著經濟社會與意識型態的多元文本，究竟要將知識帶往什麼境地？祁彪佳寓園的四負堂，由有用走向無用、由中心走向邊緣、由經世走向日常瑣事，是個尷尬的閒適。⑲文藝不再附載過重的負荷，可以是暇時的休閒，園林題詠反映了社會性話語與審美活動的融合，成爲新的文化消費行爲。文藝家的生存策略，一方面對商品的規格化反叛，一方面卻又不得不投身其中。文人力圖爲文化定調子，追求新奇，創造新語彙，整個社會的文化語境與世俗性仍緊密地結合在一起。迎合時尚？超越世俗？二

---

⑱ 作品是作者的產品，有作者意志等特定的意向，而文本（或譯爲本文）則是獨立存在於社會文化的一項可供解讀的對象，後者較前者範圍更爲廣大。詳參羅蘭巴特〈從作品到本文〉，收入朱耀偉編《當代西方文學批評理論》（板橋：駱駝出版社，1992 年），頁 15-23。

⑲ 參見祁彪佳《寓山注》「四負堂」條，收入《祁彪佳集》（北京：中華書局，1960 年 2 刷），卷七，頁 168-169。

者不斷地辨證與融合。[20]

明末清初市民經濟發達，消費社會與資訊傳播的特性，改變了舊有的文化型式，帶來了媚俗的、異於傳統的新景象。商品市場以審美意識夾雜商業考量，追求新奇的潮流，養護身體、擺設居家、鑑賞古董、品評女人的書籍、園林的築設圖詠、女性肖像的繪製，皆屬可以交易的商品，版畫以及可大量抄襲複製的成品，可以輕易且隨意地組合過去的審美風格。任意操弄歷史、玩弄風格，將造成一種無深度性（depthlessness）的、歷史情感的消退（the Waning of Affect）。[21]明末清初的文學，使社會、歷史與文學各種因素，彼此離散與組合，以重新解釋歷史的方式，或隱或顯地體現爲當代的文化格調。

在多重話語並置的文本中，另有一種撇開滄桑幻滅的力量，逐漸形成。黃周星、李漁企圖走出明末的框架，用嬉笑倒轉原先的系統，《將就園》的遊戲性，《閒情偶寄》的顛覆性，似乎已擺脫了

---

[20] 參見祁述裕撰《市場經濟下的中國文學藝術》，北京：北京大學出版社，1998 年。

[21] 無所不在的模仿，並非全無熱情，卻是耽溺歷史的嗜好、或是對虛假事件和奇觀（spectacle）的嗜好。古物的交易不再擁有高貴的雅致情感，已淪爲商品社會的模式。詹明信認爲後現代社會的一項構成特質：新的無深度性、文化情感的削弱。明末的消費社會與歷史癖好，恰好呈現了如此的格調。參見 Fredric Jameson 著、吳美眞譯《後現代主義或晚期資本主義的文化邏輯》（臺北：時報文化出版，1998 年），第一章「文化」，頁 24-29。後現代主義的文藝特性，綜合而言，表現了深度模式削弱的平面感、歷史意識消失的斷裂感、主體消失的零散化、距離感消失的複製性等。詳參王岳川著《後現代主義文化研究》（臺北：淑馨出版社，1998 年）第八章，頁 236-243。

懺悔意識帶來的悲劇感，相對地以喜劇式的手法書寫遊戲文本。顧太清的女性畫像，在盛清出現，也脫離飄零感傷的柔弱氣質，往女性更獨立自主的道路前行。

明末清初新的經濟、政治、文化背景下興起的城市，自有其內含的社會需要、功能與結構，呈現著既對立又互補的面貌：安全／開放、確定／冒險、勞動／玩耍、可／不可預測性、統整／差異、獨處／全面、交換／投資、獨立（孤立）／溝通、立即性／長期視野……，人們透過視、聽、觸摸、體會，還有對於資訊、象徵、想像、遊戲的需要，以分離、結合、壓縮、擴張的複雜感知，統合在一個多元的世界裡。

在這些新興社會的需求聲音中，文化書寫必然亦是多層次的，公共／私密、中心／邊緣、情慾／道德、文仕／富商、男性／女性、感傷／遊戲……眾多話語，以及無法壓抑的聲音，此起彼落，眾聲喧譁，無所不在，組成繽紛多音的世界，彼此激盪，互相對話，並邀請讀者裡外穿梭。這些隱約光源而明暗閃爍著熠熠星光的意義片斷，時而碎裂四散紛飛，時而又像磁石般一塊塊黏附起來，彼此交織映照出時代的迷人光影。

參考書目

一、專書

〔詩文叢輯〕

景印文淵閣四庫全書，臺北：臺灣商務印書館，1985
四庫全書存目叢書，臺南：莊嚴文化事業公司，1997
百部叢書集成，嚴一萍選輯，臺北：藝文印書館，本叢書各集出版年次不一
叢書集成續編，臺北：新文豐出版公司，不注出版年
美術叢書，黃賓虹 鄧實合編，臺北：藝文印書館，1975
筆記小說大觀，臺北：新興書局，1989
說郛，陶宗儀編，臺北：新興書局，收入《筆記小說大觀》，1989
香艷叢書，蟲天子輯，臺北：文史哲出版社．古亭書屋印行，1973
續說郛，陶珽編，臺北：新興書局，1964
全唐詩，北京：中華書局，1985
宋詩話全編，南京：江蘇古籍出版社，1998
宋元詞話，上海：上海書店出版社，1999
詞話叢編，唐珪章編，北京：中華書局，1986
歷代題畫詩，陳邦彥選編，北京：北京古籍出版社，1996
四印齋所刻詞，王鵬運編，上海：上海古籍出版社，1989
寓山注，祁彪佳撰，明末崇禎刊本，藏於國家圖書館善本書室
品花箋，明末清苕逸史編，飡秀閣刊本，藏於國家圖書館善本書室
嫖賭機關，明末江湖散人輯，德聚堂刊本，藏於國家圖書館善本書室

歷代名畫記，張彥遠撰，四庫全書本

宣和畫譜，四庫全書本
類說，曾慥編，四庫全書本
遵生八牋，高濂撰，四庫全書本
詩歸，鍾惺、譚元春選評，四庫全書存目叢書本
枕中祕，衛泳撰，四庫全書存目叢書本
多能鄙事，劉基撰，四庫全書存目叢書本
寶顏堂祕笈，陳繼儒編，百部叢書集成之十八
巖棲幽事，陳繼儒撰，寶顏堂祕笈本
夷門廣牘，周履靖編，百部叢書集成之十三
天形道貌，周履靖撰，夷門廣牘本
山家清供，林洪撰，夷門廣牘本
考槃餘事，屠隆撰，龍威祕書本
長物志，文震亨撰，硯雲甲乙編本
瓶史，袁宏道撰，借月山房彙鈔本
武林第宅考，柯汝霖輯，叢書集成續編本
江邨草堂紀，高士奇撰，叢書集成續編本
將就園記，黃周星撰，叢書集成續編本
畫史，米芾撰，四庫全書本
圖畫見聞誌，郭若虛撰，畫史叢書本
傳神祕要，蔣驥撰，美術叢書本
古今畫鑑，湯垕撰，美術叢書本
燕閒清賞牋，高濂撰，美術叢書本
紙墨筆硯箋，屠隆撰，美術叢書本
香箋，屠隆撰，美術叢書本
山齋清供箋，屠隆撰，美術叢書本
起居器服箋，屠隆撰，美術叢書本
文房器具箋，屠隆撰，美術叢書本
遊具箋，屠隆撰，美術叢書本
洛陽名園記，李廌撰，筆記小說大觀本
遊居柿錄，袁中道撰，筆記小說大觀本

清閒供，程羽文撰，筆記小說大觀本
燕閒錄，陸深撰，筆記小說大觀本
青樓集，黃雪簑撰，香艷叢書本
荻樓雜抄，香艷叢書本
琵琶錄，段安節撰，香艷叢書本
教坊記，崔令欽撰，香艷叢書本
北里志，孫棨撰，香艷叢書本
釵小志，香艷叢書本
髻鬟品，香艷叢書本
妝臺記，香艷叢書本
影梅庵憶語，冒襄撰，香艷叢書本
美人譜，徐震撰，香艷叢書本
美人判，尤侗撰，香艷叢書本
花底拾遺，黎遂球撰，香艷叢書本
補花底拾遺，張潮撰，香艷叢書本
閒情十二憮，蘇士琨撰，香艷叢書本
悅容編，衛泳撰，香艷叢書本
鴛鴦牒，程羽文著，香艷叢書本
十眉謠，香艷叢書本
艷體連珠，葉小鸞撰，香艷叢書本
白門新柳記，許豫撰，香艷叢書本
吳門畫舫錄，西溪山人撰，香艷叢書本
青冢志，胡鳳丹編，香艷叢書本
洛陽名園記，李格非撰，說郛本
廣陵女士殿最，萍鄉女史撰，續說郛本
蓮臺仙會品，曹大章撰，續說郛本
金陵妓品，潘之恒撰，續說郛本
秦淮劇品，潘之恒撰，續說郛本
曲艷品，潘之恒撰，續說郛本
續艷品，潘之恒撰，續說郛本

劇品，潘之恒撰，續說郛本
青樓唾珠，趙文卿撰，品花箋本
燕都妓品，冰華梅史撰，品花箋本
秦淮士女表，曹大章撰，品花箋本
金陵麗人紀，王　登撰，品花箋本
江花品藻，楊愼撰，品花箋本
曲中志，潘之恒撰，品花箋本
侍兒小名錄，韋莊撰，品花箋本

莊子集釋，郭慶藩輯，臺北：漢京文化，1983
世說新語箋疏，余嘉錫撰，臺北：華正書局，1984
元稹集，元稹撰，臺北：漢京文化，1983
李賀詩集，李賀撰，臺北：世界書局，1996
蘇軾詩集，王文誥、馮應榴集注，臺北：學海出版社，1991
東京夢華錄，孟元老撰，北京：中華書局，1982
三才圖會，王圻、王思義編集，上海：上海古籍出版社，1993
萬曆野獲編，沈德符撰，收入『元明史料筆記叢刊』，北京：中華書局，1997
帝京景物略，劉侗、于奕正合撰，收入『宋明清小品文集輯注』，上海：上海遠東出版社，1996
珂雪齋集，袁中道撰，上海：上海古籍出版社，1989
焦氏澹園集，焦竑撰，臺北：偉文圖書公司，1977
馮夢龍全集，馮夢龍撰，上海：上海古籍出版社
園冶，計成著、陳植注釋，臺北：明文書局，1993
金瓶梅詞話，蘭陵笑笑生撰，臺北坊刻本
午夢堂全集，葉紹袁編，北京：中華書局，1998
長物志校注，文震亨撰、陳植注，南京：江蘇科學技術出版社，1984
湯顯祖全集，湯顯祖撰、徐朔方箋校，北京：北京古籍出版社，1999
牡丹亭，湯顯祖原著、徐朔方、楊笑梅校注，臺北：里仁書局，1995
吳吳山三婦合評牡丹亭還魂記，同治九年庚午重刊本，清芬閣藏板，現藏上海圖書館

桃花扇，孔尚任撰、王季思等校注，臺北：里仁出版社，1996
祁彪佳集，祁彪佳撰，北京：中華書局，1960
祁彪佳文稿，祁彪佳撰，北京：書目文獻出版社，1991 影印出版
陶庵夢憶，張岱撰，收入『宋明清小品文集輯注』，上海：上海遠東出版社，1996
西湖夢尋，張岱撰，臺北：漢京文化，1984
張岱詩文集，張岱撰、夏咸淳校點，上海：上海古籍出版社，1991
繪圖青泥蓮花記，梅鼎祚纂輯，臺北：新興書局，1976
青樓韻語，朱元亮輯注，上海：上海古籍出版社，1994
板橋雜記（附外一種），余懷撰、李金堂校注，上海：上海古籍出版社，2000
閒情偶寄，李漁撰，臺北：長安出版社，1992
明詩紀事，陳田輯撰，上海：上海古籍出版社，1993
金聖歎全集，金聖歎撰，臺北：長安出版社，1986
袁枚全集，袁枚撰，上海：江蘇古籍出版社，1997
巢林筆談，龔煒撰，收入『清代史料筆記叢刊』，北京：中華書局，1997
揚州畫舫錄，李斗撰，收入『清代史料筆記叢刊』，北京：中華書局，1997
顧太清奕繪詩詞合集，顧太清、奕繪著，上海：上海古籍出版社，1998
晚明二十家小品，施存蟄編，臺北：新文豐出版社，1977
晚明小品選注，朱劍心選注，臺北：臺灣商務印書館，1991
明清閑情美文，蕭元編，長沙：湖南文藝，1994
明清閑情小品，上海：東方出版中心，1997

〔史籍、目錄〕

新校本明史，張廷玉撰，臺北：鼎文出版社
列朝詩集小傳，錢謙益撰，臺北：世界書局，1985
中國史研究指南——明史、清史卷，高明士主編，臺北：聯經出版社，1990
明代史，孟森撰，臺北：國立編譯館主編，1993 年
四庫全書總目提要，永瑢等撰，臺北：商務印書館，1985
書畫書錄解題，余紹宋撰，臺北：中華書局，1980
中國善本書提要，王重民撰，上海：上海古籍出版社，1986
中國目錄學，昌彼得、魏美月撰，臺北：文史哲出版社，1986

中國叢書綜錄，上海圖書館編，上海：上海古籍出版社，1993
明人傳記資料索引，國立中央圖書館編印，臺北：文史哲出版社，1978
故宮文物月刊索引（第一卷至第十卷），國立故宮博物院編，1993 年
歷代婦女詩詞鑑賞辭典，沈立冬、葛汝桐主編，北京：中國婦女出版社，1992

〔藝術、圖錄〕

書畫書錄解題，余紹宋編，臺北：中華書局，1980
中國畫論類編，俞劍華編撰，臺北：華正書局，1984
畫史叢書，臺北：文史哲出版社，1983
中國美術全集，繪畫編，臺北：錦繡出版社，1989
中華五千年文物集刊，臺北：中華五千年文物集刊編委會，1991
中國繪畫史圖錄，上海：上海人民美術出版社，1997
故宮書畫圖錄，臺北：國立故宮博物院，1989
中國歷代仕女畫集，天津：天津人民美術出版社，1998
仕女畫之美，臺北：國立故宮博物院，1998
中國歷代家具圖錄大全，阮長江編繪，南京：江蘇美術出版社，1994
園林名畫特展圖錄，臺北：國立故宮博物院，1987
晚明變形主義畫家作品展（圖錄），臺北：國立故宮博物院，1980
新編中國版畫史圖錄，周心慧編，北京：學苑出版社，2000
明代版畫藝術圖書特展專輯，行政院文建會策劃，國立中央圖書館主編，1989
金陵古版畫，周蕪編著，南京：江蘇美術出版社，1993
日本藏中國古版畫珍品，周蕪、周路、周亮編，南京：江蘇美術出版社，1999
中國古代版畫叢刊二編，上海：上海古籍出版社，1994
中國古代服飾研究，沈從文撰、王孖增訂，臺北：商務印書館，未注出版年
中國文化新論 藝術篇——「美感與造形」，郭繼生主編，臺北：聯經出版社，1982
徽派版畫史論集，周蕪撰，合肥：安徽人民出版社，1983
中國版畫史，王伯敏撰，臺北：蘭亭書店，1986
中國工藝美術史，田自秉、楊伯達合撰，臺北：文津出版社，1993
氣勢撼人——十七世紀中國繪畫中的自然與風格，高居翰撰、李佩樺等合譯，臺北：石頭出版社，1994

物象與心境——中國的園林，漢寶德撰，臺北：幼獅文化事業公司，1996
清代園林圖錄，郭俊綸編撰，上海：上海人民美術出版社，1997
中國繪畫三千年，楊新、班宗華等人合撰，臺北：聯經出版社，1999

〔方法學〕

記號詩學，古添洪撰，臺北：東大圖書公司，1984
當代文學理論，伊格頓撰、鍾嘉文譯，臺北：南方叢書，1988
看的方法——繪畫與社會關係七講，約翰柏格撰，陳志梧譯，臺北：明文出版社，1991
當代西方文學批評理論，朱耀偉編，板橋：駱駝出版社，1992
知識的考掘，米歇傅柯撰、王德毅譯，臺北：麥田出版社，1993
文學的後設思考——當代文學理論家，呂正惠主編，臺北：正中書局，1993
當代女性主義文學批評，張京媛主編，北京：北京大學出版社，1995
西方文藝理論名著選編，伍蠡甫、胡經之編，北京：北京大學出版社，1996
神話學，羅蘭巴特撰、許薔薔、許綺玲譯，臺北：桂冠圖書公司，1997
物體系，尙布希亞撰、林志明譯，臺北：時報文化出版，1997
閱讀理論——拉康、德希達與克麗絲蒂娃導讀，Michael Payne 撰、李奭學譯，臺北：書林出版公司，1997
修辭學與文學閱讀，高辛勇撰，北京：北大出版社，1997
中國敘事學，楊義撰，收入《楊義文存》，北京：人民出版社，1997
後現代狀態：關於知識的報告，利奧塔爾撰，北京：三聯書店，1997
傅柯，梅奎爾撰、陳瑞麟譯，臺北：桂冠圖書公司，1998
後現代主義文化研究，王岳川撰，臺北：淑馨出版社，1998
後現代主義或晚期資本主義的文化邏輯，Fredric Jameson 撰、吳美眞譯，臺北：時報文化出版，1998
女性主義與藝術歷史，臺北：遠流出版社，1998
福柯集，杜小眞編選，上海：遠東出版社，1998
流行體系，羅蘭巴特撰、敖軍譯，臺北：桂冠圖書公司，1998
擬仿物與擬像，尙布希亞撰、洪凌譯，臺北：時報文化出版，1998
論文字學，德希達撰，上海：上海譯文版社，1999
視線與差異——陰柔氣質、女性主義與藝術歷史，Griselda Pollock 撰、陳香君

譯，臺北：遠流出版社，2000

〔文史、思想〕

李卓吾評傳，容肇祖撰，臺北：商務印書館，1973
澄輝集，林文月撰，臺北：洪範書局，1983
古籍鑑定與維護研習會專集，臺北：中國圖書館學會，1985
湯顯祖研究資料匯編，毛效同編，上海：上海古籍出版社，1986
公安派的文學批評及其發展——兼論袁宏道的生平及其風格，周質平撰，臺北：臺灣商務印書館，1986
晚明性靈小品研究，曹淑娟撰，臺北：文津出版社，1988
徽州社會經濟史研究譯文集，劉淼輯撰，合肥：黃山書社，1988
李卓吾事蹟繫年，林其賢撰，臺北：文津出版社，1988
中國印刷史，張秀民撰，上海：人民出版社，1989
琵琶記資料匯編，侯百朋編，北京：書目文獻出版社，1989
明代思想史，容肇祖撰，上海：上海書店，1990
左派王學，嵇文甫撰，上海：上海書店，1990
Superfluous Things : Material Culture and Social Status in Early Modern China, Craig Clunas, First published 1991 by Polity Press in association with Basil Blackwell,Oxford OX4 1JF,UK
明末清初學術思想研究，何冠彪撰，臺北：臺灣學生書局，1991
中國經濟史考證，加藤繁撰，臺北：稻鄉出版社，1991
抒情傳統的省思與探索，張淑香撰，臺北：大安出版社，1992
晚明小品與明季文人生活，陳萬益撰，臺北：大安出版社，1992
晚明曲家年譜，徐朔方撰，杭州：浙江古籍出版社，1993
日本學者研究中國史論著選譯，劉俊文主編，北京：中華書局，1993
中國歷史轉型時期的知識份子，余英時等撰，臺北：聯經出版社，1994
聞一多全集，聞一多撰，武漢：湖北人民出版社，1993
晚明思潮，龔鵬程撰，臺北：里仁書局，1994
晚明士風與文學，夏咸淳撰，北京：中國社會科學出版社，1994
中國文化史，杜正勝主編，臺北：三民書局，1995
日用類書による明清小説の研究，小川陽一撰，日本：東京研文出版，1995

湯顯祖與晚明文化，鄭培凱撰，臺北：允晨出版社，1995
晚明思想史論，嵇文甫撰，北京：東方出版社，1996
江南園林論，楊鴻勛撰，上海：上海人民出版社，1996
古典文學與性別研究，洪淑苓、梅家玲等合撰，臺北：里仁出版社，1997
明清時期商業書及商人書之研究，王學文撰，臺北：洪葉文化事業，1997
’95 國際徽學學術討論會論文集，合肥：安徽大學出版社，1997
理想景觀探源——風水的文化意義，俞孔堅撰，北京：商務印書館，1998
市場經濟下的中國文學藝術，祁述裕撰，北京：北京大學出版社，1998
徽商與經營文化，周曉光、李琳琦合撰，上海：世界圖書出版公司，1998
德．才．色．權，劉詠聰撰，臺北：麥田出版社，1998
明清戲曲國際研討會論文集，華瑋、王璦玲主編，臺北：中研院中國文哲研究所籌備處，1998
陳子龍柳如是詩詞情緣，孫康宜撰、李奭學譯，西安：陝西師範大學出版社，1998
晚明學術與知識分子論叢，周志文撰，臺北：大安出版社，1999
蘇軾題畫文學研究，衣若芬撰，臺北：文津出版社，1999
晚明閒賞美學，毛文芳撰，臺北：臺灣學生書局，2000

二、期刊、論文

明代的工匠制度，陳詩啓撰，《歷史研究》，1955
從嘉定朱氏論明末清初工匠地位的提昇，嵇若昕撰，《故宮學術季刊》9：3
明代社會風氣的轉變——以江浙地區爲例，徐泓撰，收入《第二屆國際漢學會議論文集》『明清與近代史組』
浙派畫風與貴族品味，石守謙撰，《東吳大學藝術史集刊》第 15 期
天地正義僅見於婦女——明清之際的情色意識與貞淫問題，鄭培凱撰，《當代》16、17 兩期
明太祖畫像考，濳齋撰，《故宮季刊》7：3，1973
明末畫家變形觀念之興起，收於《晚明變形主義畫家作品展》，1980
屠隆文學思想研究，周志文撰，國立臺灣大學中文研究所博士論文，1981
銘文和肉體示意圖——呈示法和人的肉身，依麗莎白．格羅茲撰、陳幼石譯，

《女性人》第 2 期，1989
葉小鸞眉子硯流傳小考，王稼冬撰，《朵雲》1990：1。
晚明蘇州繪畫中的詩畫關係，劉巧楣撰，《藝術學》第 6 期，1991
明末肖像畫製作的兩個社會性特徵，李國安撰，《藝術學》第 6 期，1991
張岱與〈西湖夢尋〉，周志文撰，《淡江學報》第 27 期，1991
明末江南における出版文化の研究，大木康著，收入《廣島大學文學部紀要》第 50 卷特輯號一，1991 年
塵封的鏡子：六朝愛情詩中的宮廷女性群像，安妮·比勒爾著、王憶節譯，《古典文學知識》1992：1
明代北京都市生活與治安的轉變，邱仲麟撰，《九州學刊》5：2，1992
十七世紀中國才女的書信世界，魏愛蓮（Ellen Widmer）撰，《中外文學》22：6，《女性主義重閱古典文學專輯》，1993
董其昌逸品觀念之研究，毛文芳撰，淡江中研所碩論，1993
鄉紳支配的成立與結構，(日)重田德撰，收入《日本學者研究中國史論著選譯》，劉俊文主編，北京：中華書局，1993
明清鄉紳論，(日)檀上寬撰，收入《日本學者研究中國史論著選譯》，劉俊文主編，北京：中華書局，1993
明代蘇松地方的士大夫和民眾，(日)宮崎市定撰，收入《日本學者研究中國史論著選譯》，劉俊文主編，北京：中華書局，1993
山根幸夫編《新編明代史研究文獻目錄》評介，徐泓撰，《漢學研究通訊》13：1，1994
明代北京的社會風氣變遷——禮制與價值觀的改變，邱仲麟撰，《大陸雜誌》88：3，1994
明清戲曲與女性角色，葉長海撰，《九州學刊》6：2，1994
論江南市鎮史的研究，陳學文撰，《九州學刊》6：3，1994
明代園林山水題畫詩之研究——以文人園林為主，鄭文惠撰，《國立政治大學學報》69 期，1994
晚明徽州商人文化活動——以徽商族裔潘之恒為中心，林皎宏撰，《九州學刊》6：3，1994
明末的戲劇與城民變，巫仁恕撰，《九州學刊》6：3，1994

試觀男性文化典律下昭君形象的扭曲，魏光霞撰，《國文天地》10：1，1994
中國古代婦女文學的感傷傳統，喬以鋼撰，《文學遺產》1994：4
清初山水版畫『太平山水圖畫』研究，黃貞燕撰，臺大藝研所碩論，1994
晚明女性繪畫研究，郭秀容撰，臺灣師範大學美術研究所碩論，1995
文房清玩——文人生活中的工藝品，蔡玫芬撰，《中國文化新論》藝術篇『美感與造形』冊，1995
詩情畫意——明代題畫詩的詩畫對應內涵，鄭文惠撰，臺北：東大圖書，1995
隱喻和換喻的兩極，雅克愼撰，收入伍蠡甫、胡經之編《西方文藝理論名著選編》（下卷），北京：北京大學出版社，1996 年。
女作家與傳世欲望——清代女性彈詞小說中的自傳性問題，胡曉眞撰，收入《語文、情性、義理——中國文學的多層面探討國際學術會議論文集》，臺北：臺灣大學中國文學系，1996
性別與戲曲批評——試論明清婦女之劇評特色，華瑋撰，《中國文哲研究集刊》第 9 期，1996
明代艷情小說的發展與朱熹的「淫詩說」，張祝平撰，《書目季刊》30：2，1996
眞情與享樂——論晚明小品的兩個主題，周志文撰，《晚明小品學術研討會論文》，1996
一樁歷史的公案——「西園雅集」，衣若芬撰，《中國文哲研究集刊》第 10 期，1997
晚明閒賞美學之品味鑑識系統，毛文芳撰，《國立編譯館館刊》26：2，1997
晚明文人纖細感知的名物世界，毛文芳撰，《大陸雜誌》95：2，1997
養護與裝飾——晚明文人對俗世生命的美感經營，毛文芳撰，《漢學研究》15：2，1997
北宋題人像畫詩析論，衣若芬撰，《中國文哲研究集刊》第 13 期，1998
流動與互動——由明清間城市生活的特性探測公眾場域的開展，王鴻泰撰，臺大歷史研究所博士論文，1998
余懷與『板橋雜記』，李金堂撰，《天津師大學報》，1998：1
身體：女性主義視覺藝術再現化的矛盾，王雅各撰，《婦女與兩性學刊》第九期，1998

余懷與『板橋雜記』，李金堂撰，《天津師大學報》1998：1
青樓：中國文化的後花園，王鴻泰撰，《當代》第 137 期（復刊第 19 期），1999
美感空間的經營——明、清間的城市園林與文人文化，王鴻泰撰，《東亞近代思想與社會——李永熾教授六秩華誕祝壽論文集》，臺北：月旦出版社，1999
北宋題仕女畫詩析論，衣若芬撰，收入《傳承與創新——中研院文哲所十周年紀念論文集》，中研院中國文哲所籌備處編，臺北：南港，1999
「世變中的文學世界」系列座談會之五：晚明與晚清文化景觀再探——歷史現實與文學想像，胡曉眞主持，《中國文哲研究通訊》9：4，1999 年
「世變中的文學世界」系列座談會之六：世變中的通俗與雅道——再思晚明與晚清的文化與社會，胡曉眞撰，《中國文哲研究通訊》10：3，2000
題畫文學研究概述，衣若芬撰，《中國文哲研究通訊》10：1，2000
「世變與創化——漢唐、唐宋轉換期之文藝現象」導言(2)， 衣若芬撰，《中國文哲研究通訊》10:2，2000
宋代題「詩意圖」詩析論——以題「歸去來圖」、「憩寂圖」、「陽關圖」爲例，衣若芬撰，《中國文哲研究集刊》第 16 期，2000
王昭君形象之流變與唐宋詩之異同——北宋詩之傳承與開拓，張高評撰，「世變與創化——漢唐、唐宋轉換期之文藝現象」研討會會議論文，臺北：中央研究院中國文哲所主辦，2000
閱讀與夢憶——晚明旅遊小品試論，毛文芳撰，《中正大學中文學術年刊》第 3 期，2000
時與物——晚明「雜品」書中的旅遊書寫，毛文芳撰，發表於「旅行與文藝國際會議」，2000 年 5 月 27、28 二日
祁彪佳與寓山——一個主體性空間的建構，曹淑娟撰，發表於「空間、地域與文化——中國文學與文化書寫」國際學術研討會，中研院中國文哲研究所主辦，2000 年 11 月
士庶、性別、地域：論南北朝的文學閱讀，楊玉成撰，發表於「空間、地域與文化——中國文學與文化書寫」國際學術研討會，中研院中國文哲研究所主辦，2000 年 11 月

小眾讀者：康熙時期的文學傳播與文學批評，楊玉成撰，《中國文哲研究集刊》第 19 期，2001

於俗世中雅賞——晚明《唐詩畫譜》圖像營構之審美品味，毛文芳撰，《第一屆雅俗文學與雅正文學全國學術研討會論文集》，臺中：中興大學中國文學系，2001

衣著、身體與性別——從佛教經典談起，陳美華撰，《世界宗教：傳統與現代性》學術研討會論文，嘉義：南華大學，2001 年 4 月 13、14 日

世變之亟——由中研院文哲所「世變中的文學世界」主題計畫談晚明晚清研究，胡曉真撰，《漢學研究通訊》20:2，2001

圖版目錄

* 圖版所在的頁碼，標示在前。

長物篇

68 / 圖 1　「盆中景」《圖繪宗彝》萬曆武林夷白堂刊本
引自《中國版畫史圖錄》第六冊頁 78
69 / 圖 2　盆景如畫
2-1　馬遠〈梅石溪鳧圖〉（局部）
文震亨曰：「馬遠之欹斜詰曲」
引自《中國美術全集》『南宋繪畫』頁 92
2-2　郭熙〈早春圖〉（局部）
文震亨曰：「郭熙之露頂張拳」
引自《故宮書畫圖錄》（一）頁 213
2-3　劉松年〈四景山水圖〉（局部）
文震亨曰：「劉松年之偃亞層疊」
引自《中國美術全集》『南宋繪畫』頁 81
2-4　盛子昭〈松石圖〉
文震亨曰：「盛子昭之拖拽軒翥」
引自《中國美術全集》『元代繪畫』頁 119
70 / 圖 3　奇石：「凝翠」　《素園石譜》萬曆 41 年刊本
引自《中國版畫史圖錄》第六冊頁 191
72 / 圖 4　倪瓚〈容膝齋圖〉
文震亨曰：「眞令神骨俱冷」
引自《中國繪畫三千年》，頁 175

85 / 圖 5　5-1　北宋「緙絲紫鸞鵲譜」
5-2　宋「緙絲仙山樓閣冊」
文震亨曰：「宋繡花鳥、山水，為裝池卷首，最古」
引自《中國美術全集》『工藝美術編 6 印染織繡』，頁 217、204

90 / 圖 6　6-1　商父乙鼎、6-2 周甕尊
文震亨曰：「三代、秦、漢鼎彝，皆以備賞鑑，非日用所宜」
《泊如齋重修宣和博古圖錄》萬曆泊如齋版本
引自《日本藏中國古版畫珍品》頁 243、244

91 / 圖 7　古錢貨布－可作題籤、可挂杖頭，卻不再作為買賣的貨幣
文震亨曰：「錢之為式甚多，詳具《錢譜》」
引自《三才圖會》珍寶二卷，頁 2010-2012

125 / 圖 8　「調鸚鵡」　《燕閑四適》明刊本
文震亨曰：「鸚鵡能言，斷為閨閣中物」
引自《中國版畫史圖錄》第八冊頁 245

園林篇

159 / 圖 1　[明]《金瓶梅詞話》插圖
崇禎刊本

170 / 圖 2　[明]陳國光「寓山圖」
《寓山注》崇禎刊本

202 / 圖 3　[明]謝縉〈潭北草堂圖軸〉（局部）
引自《中國繪畫史圖錄》頁 482

203 / 圖 4　[唐]盧鴻〈草堂十志圖〉－「草堂」幅
引自《園林名畫特展圖錄》頁 50

205 / 圖 5　[清]王翬〈一梧軒圖〉（局部）
引自《園林名畫特展圖錄》頁 87

206 / 圖 6　[宋]馬麟〈秉燭夜遊〉扇面
引自《園林名畫特展圖錄》頁 10

207 / 圖 7　[宋]朱光普〈柳風水榭〉扇面
引自《園林名畫特展圖錄》頁 60

208 / 圖 8　[明]仇英〈園居圖〉（局部）
引自《園林名畫特展圖錄》頁 20
209 / 圖 9　9-1　[五代]顧閎中〈韓熙載夜宴圖〉卷（局部）
引自《中國歷代仕女畫集》頁 18-23
210 /　9-2　[明]唐寅〈韓熙載夜宴圖〉軸（局部）
引自《故宮書畫圖錄》（七）頁 13
211 / 圖 10　10-1　[宋]李公麟〈西園雅集圖〉卷（局部）
引自《故宮書畫圖錄》（十五）頁 311-312
212 /　10-2　[明]尤求〈西園雅集〉軸
引自《園林名畫特展圖錄》頁 47
213 / 圖 11　[宋]宋徽宗〈畫唐十八學士圖〉卷（局部）
引自《故宮書畫圖錄》（十五）頁 359-360
217 / 圖 12　[明]〈梅妻鶴子圖〉（局部）
引自《園林名畫特展圖錄》頁 33
230 / 圖 13　[明]錢貢繪、黃應組刻《環翠堂園景圖》
13-1　「首頁」
13-2　「蘭亭遺勝」院落
13-3　文士風雅休閒的活動場景
13-4-1 奇石
13-4-2 盆景
引自《中國版畫史圖錄》第五冊頁 216-220
232 / 圖 14　汪廷訥造像　《坐隱先生精訂捷徑棋譜》
引自《中國版畫史圖錄》第五冊頁 215
237 / 圖 15　《瑞世良英》崇禎刊本，
畫面中呈現王進以手拒絕父老呈獻盆玩：「王進…性廉介儉約…去之日，行李蕭然，父老追謚，一無所受。」
引自《中國版畫史圖錄》第八冊 183 頁
251 / 圖 16　16-1　[清]袁江「東園勝概圖」（局部）　郭俊綸摹本
引自《江南園林圖錄》頁 117-8 夾頁
252 /　16-2　書齋與院落

252 / 16-3 精緻的居處
253 / 16-4 正廳的裝折、欄杆、漏牆

寫眞篇

285 / 圖 1 曾鯨〈王時敏小像〉
引自《中國繪畫三千年》頁 245
292 / 圖 2 明代半身后妃肖像畫
292 / 圖 3 明代貴族女子全身端坐肖像畫
引自《中國古代服飾研究》頁 469
293 / 圖 4 「鶯鶯遺像」
《王李合評北西廂記》萬曆武林起鳳館刊本
引自《中國版畫史圖錄》第六冊頁 1
297 / 圖 5 [五代]顧閎中〈韓熙載夜宴圖〉（局部）
引自《中國美術全集》繪畫編隋唐五代
305 / 圖 6 6-1 「易安居士三十一歲之照」
《漱玉詞》卷首冠圖
306 / 6-2 [清]崔鏏〈李清照像〉軸
318 / 圖 7 「寫眞」《牡丹亭還魂記》萬曆武林刊本
引自《中國版畫史圖錄》第六冊頁 118
320 / 圖 8 「驚夢」齣「沒揣菱花偷人半面」句
《牡丹亭》天啓吳興閔氏朱墨套印刊本
引自《古本戲曲叢刊初集》－《牡丹亭》卷首
320 / 圖 9 題句「樓上花枝照獨眠」
引自《古本戲曲叢刊初集》－《牡丹亭》卷首
321 / 圖 10 題句「添眉翠，搖佩珠，繡屏中生成士女圖」
引自《古本戲曲叢刊初集》－《牡丹亭》卷首
322 / 圖 11 麗娘、春香、陳最良三人
《牡丹亭》朱氏玉海堂刊本
引自《中國版畫史圖錄》第六冊頁 117
323 / 圖 12 「寫眞」《吳吳山三婦合評牡丹亭還魂記》

清康熙夢園刊本
引自《中國版畫史圖錄》第九冊頁 158
323 / 圖 13　「玩眞」《吳吳山三婦合評牡丹亭還魂記》
清康熙夢園刊本
引自《中國版畫史圖錄》第九冊頁 158
324 / 圖 14　「尋夢」《吳吳山三婦合評牡丹亭還魂記》
清康熙夢園刊本
引自《中國版畫史圖錄》第九冊頁 156
324 / 圖 15　「幽媾」《吳吳山三婦合評牡丹亭還魂記》
清康熙夢園刊本
引自《中國版畫史圖錄》第九冊頁 157
326 / 圖 16　（傳）宋王詵畫〈繡櫳曉鏡〉冊
引自《仕女畫之美》頁 13
327 / 圖 17　題句「遠山微畫翠猶顰，睡容無力羅裙褪」
萬曆靜常齋刊本《出像校正元板月露音》
引自《中國版畫史圖錄》第六冊頁 136
328 / 圖 18　「對鏡梳妝」 萬曆金陵世德堂唐晟刊本《琵琶記》
引自《中國版畫史圖錄》第四冊頁 187
329 / 圖 19　鶯鶯對鏡理粧　《西廂記》崇禎刊本，
引自《中國版畫史圖錄》第八冊頁 109
332 / 圖 20　「玩眞」　《牡丹亭還魂記》萬曆 45 年刊本
引自吳哲夫〈中國版畫書〉頁 256
335 / 圖 21　「崔孃遺照」　《西廂記》萬曆香雪居刊本
引自《中國版畫史圖錄》第六冊頁 85
336 / 圖 22　人像畫的側面比例
引自《三才圖會》人事四卷，頁 29-30
337 / 圖 23　「鶯鶯像」
《西廂記》明崇禎年間山陰延閣李正謨刊本
引自《中國版畫史圖錄》第八冊頁 104
338 / 圖 24　「雙文小像」

《張深之先生正北西廂記祕本》明崇禎刊本
引自《中國版畫史圖錄》第八冊頁 98
340 / 圖 25　嬌紅像
《新鐫節義鴛鴦冢嬌紅記》崇禎刊本
引自《中國版畫史圖錄》第八冊頁 113
342 / 圖 26　「梅妃麗容」 明刊本《唐貴妃楊太眞全史》
引自《中國版畫史圖錄》第八冊頁 242
356 / 圖 27　「小青像」
引自《中國版畫史圖錄》第九冊頁 17
371 / 圖 28　「西林太清夫人聽雪小照」
引自《顧太清、奕繪詩詞合集》書首

青樓篇

392 / 圖 1　青樓圖之一：整飾、華麗、幽勝、隔絕的樂境
引自《品花箋》明末飧秀閣刊本卷首冠圖
392 / 圖 2　青樓圖之二：筆墨書香的文化氣息
引自《品花箋》明末飧秀閣刊本卷首冠圖
392 / 圖 3　題句：「欲問相思處，花開花落時」（薛濤〈春望詩〉）
引自《青樓韻語》卷四附圖，頁 278-279
385 / 圖 4　題句：「執手但言君去後，竹窗虛影爲誰清」（趙觀〈喜友人至〉）
引自《青樓韻語》卷三附圖，頁 224-225
400 / 圖 5　《吳姬圖像》之一「狀元王嬌如凭欄圖」
引自《日本藏中國古版畫珍品》頁 626
400 / 圖 6　《吳姬圖像》之二「探花蔣雲襄夷球圖」
引自《日本藏中國古版畫珍品》頁 627
401 / 圖 7　《吳姬圖像》之三「榜眼馮僊僊彈棋圖」
引自《日本藏中國古版畫珍品》頁 628
401 / 圖 8　《吳姬圖像》之四「會元馮天然披古圖」
引自《日本藏中國古版畫珍品》頁 630

402 / 圖 9　《金陵百媚》「（探花）楊昭字鑾卿灌蘭圖」
引自《日本藏中國古版畫珍品》頁 634
420 / 圖 10　酒牌－「七十萬貫」－賀知章醉酒
高陽酒徒撰、黃應紳刻《酣酣齋酒牌》
引自《中國美術全集》『繪畫編 20・版畫』附圖 64
421 / 圖 11　酒牌－「七十萬貫」－沈采《四節記》「步步嬌」、「來時路」曲文
萬曆末《元明戲曲葉子》
引自《中國美術全集》『繪畫編 20・版畫』附圖 65
422 / 圖 12　酒牌－「萬萬貫」－「呼保義宋江」
陳洪綬繪《水滸葉子》
引自《中國美術全集》『繪畫編 20・版畫』附圖 66
422 / 圖 13　葉子－「寶湯瓶」－陶淵明
陳洪綬《博古葉子》
引自《中國美術全集》『繪畫編 20・版畫』附圖 190

國家圖書館出版品預行編目資料

物・性別・觀看 ── 明末清初文化書寫新探

毛文芳著. – 初版. – 臺北市：臺灣學生，
2001[民 90]
面；公分

ISBN 957-15-1108-0 (精裝)
ISBN 957-15-1109-9 (平裝)

1. 中國文學 – 論文，講詞等

820.77　　90021361

物・性別・觀看
── 明末清初文化書寫新探（全一冊）

著作者：毛文芳
出版者：臺灣學生書局
發行人：孫善治
發行所：臺灣學生書局
臺北市和平東路一段一九八號
郵政劃撥帳號：00024668
電話：(02)23634156
傳真：(02)23636334
E-mail：student.book@msa.hinet.net
http：//studentbook.web66.com.tw

本書局登記證字號：行政院新聞局局版北市業字第玖捌壹號

印刷所：宏輝彩色印刷公司
中和市永和路三六三巷四二號
電話：(02)22268853

定價：精裝新臺幣六一〇元
　　　平裝新臺幣五三〇元

西元二〇〇一年十二月初版

82097

ISBN 957-15-1108-0 (精裝)
ISBN 957-15-1109-9 (平裝)